大冰沟

何承久 著

北京燕山出版社

第一章 风雨来袭

第一回 老耗子夜闯碾子沟 李达成铤险走县城

这是深秋的季节，大冰沟的山里山外、大屯小村到了猫冬的时候了。场院堆积的豆秸、高粱和谷子已经被收拾得干干净净的了，那光溜溜硬邦邦的场院空荡荡的，只剩下去了木框架的孤零零的石碌碡停放在场院一边。所有的人家把一年或多或少的粮食收打入柜，再做一年的打算，可富裕人家石进斗量，在粮米上仓的欣喜之余却有隐隐的不安。

谁都知道这个时候，盘踞山头的土匪要开始砸大户了。这一带富裕人家大都曾遭受过土匪的洗劫，一到这个时候，遭劫的阴影便让这些人家心有余悸。除了豁出命的穷苦人，其他人还要设法想出一些对付土匪的办法。为了不让土匪掠去财物，许多人家在自己的院子里都秘密地修了一个宽敞的地窖，除了日常所需的物品放在外面，剩余的一些珍贵的细软、粮食等都放在窖里，以防被土匪掠去。

青龙河畔，南靠大冰沟沟门有个百余户人家的村子，村名叫碾子沟。村中有一富人家却与别的财主大不一样，从来没把遭劫隐患系心头。这家人姓李，主人叫李熙三。李家拥有良田五十余亩，在平原地带，这么些地算不了什么，可散落在这七沟八梁的一面坡，每坡不过几亩地的大山沟子里，这样的人家可算是蝎子㞎㞎——独（毒）一份了。

李熙三年逾六旬，家有两室，一大一小。有三儿一女，四个孩子中属女儿李秀兰最大，是大老婆养的，十六岁就嫁给了关里抚宁县城一个富裕人家，家中三个儿子都是小老婆生的。其中，老二李凤田在北面距家两百里远的塔子沟县城里做丝绸生意，因为他经营有方又善交际，几年工夫，就成了县城里屈指可数的巨贾富商，在这方圆几百里，也是一个响当当的人物。按父亲李熙三的话说，李家出了这样一个有出息的人，不仅是李家的光彩，也是碾子沟的荣耀。这些年来，李家的日子就像芝麻开花——节节高，令当地人艳羡不已。李家老大李凤山继承了父亲李熙三的行医行业——开药铺，他是当地有名的医生。李家是祖辈行医的杏林世家，李凤山受到祖世医药真传，自幼又笃学善思，注重临床经验积累，在传承了李家的行医之道后，颇有建树，他虽然三十刚出头，行医却有十几年的时间。因为他医道精深，为人忠厚，这十里八屯哪家有生病的，都跑到李家来找他诊治。所以，李家在当地的人情大多都是靠他来支应的。老三李凤奎从小性格温良，头脑聪颖过人，受到李熙三夫妇的百般宠爱，被视为心肝宝贝。李凤奎五岁那年，父亲就给他请来了一个私塾先生教他学文识字，到了十四岁，四书五经已能倒背如流。因他比两个哥哥多念了不少的书，所以不仅能写一手好字，还能打一手好算盘。现虽已十六岁，但他对家中事从不过问，过着饭来张口，衣来伸手的少爷生活。李家虽无法与《红楼梦》中显赫的贾府相媲美，但李凤奎的脾气秉性和他在李家的地位却与贾宝玉有几分相似之处。他谈吐文雅，举止大方，能和李家上上下下大大小小的人和睦相处，院里的人无人不喜，再加上他眉清目秀，仪表堂堂，经常游手好闲四处乱逛，被当地人称为"李秧子"。李熙三夫妇对老儿子百依百顺，觉得并不为过。钟鸣鼎食的李家，不管主人还是佣人，上上下下十八口人一起吃饭，老儿子却另起锅灶。按李熙三的说法，李家之大任，降于斯人也，要光宗耀祖非李凤奎莫属，李熙三把这重码压在了老儿子身上。他知道，老二在外求财有道，买卖兴隆；老大秉承祖业，后继有人。银钱斗量，骡马成群，在大冰沟外方圆百里没的说。这毕竟是山沟里的土财主，目光短浅，要让李氏家族真正走出乡野，显赫于天下仅这般怎么能行？多读圣贤之书，走科举仕途之路，李熙三看好了靠做官为宦的门径。他虽志存高远，但是否如愿以偿，只能指望自己的宝贝老儿子了。"书中自有颜如玉，书中自有黄金屋"成了他激励老儿子奋发向上的"口头禅"，可老儿子李凤奎并没有体会到他老子的良苦用心。

"爹，你知道宋朝赵普帮赵匡胤用半部《论语》就定了天下，又用半部《论语》以致天下太平。读那些书有啥用？成天咿咿呀呀的，该累死我啦！"

李熙三看老儿子无鸿鹄大志，内心深感焦虑。他只好好言相劝："老儿啊，话可不能这么说呀，你没听说吗？十年寒窗苦，方为人上人。要想出人头地，到大地方去做官，不多读书怎么行啊？听爹的，啊——"

"爹，现在都民国啦！哪有考试做官这一说？"

"老儿啊，不管世道咋变，科考是不会变的。你想啊，自古以来不管哪朝哪代，哪个当大官的不是考上的？听爹的，好好读。李旺，给你弟弟拿点儿点心来！"

"不用，我不饿呢！"

"哗——哗——"李凤奎手托着下巴漫不经心地掀着书页，不吭声。

"古人云，只要功夫深，铁杵磨成针，功夫到家没有不成的。能耐，能耐，有耐心就有能力。读书要有耐心啊。"

"知道啦，啊，关关雎鸠——在河之洲——窈窕淑女——君子好逑……"李凤奎拿起书哼哼呀呀地边走边诵读起来，他不想再跟苦口婆心的老爹理论什么。

李熙三是扔下六十已经向七十奔的人了，但时逢人旺、财旺、家门旺的他，倍感春风得意。此时的他精神矍铄，红光满面，一副银丝框水晶石眼镜架在他凸起的高鼻梁上，平日里，那花白的头发总是梳理成油滑状，整齐地垂落在脖颈处。在碾子沟留这样发型的只有他一人，其他上了年纪的男人花白的大辫子全剪成了油光锃亮的秃脑袋。他斥之为"人心不古"。要不是时兴剪辫子，他决不会把头发剪成现在这个样子。因为他觉得这样有失大雅。平日里，他总是把嘴角旁和嘴巴下长着的那三绺胡须都捋顺得整整齐齐的。无论出门在家，长袍总是要穿的。坏了老祖宗的规矩就是败坏了门风，这是万万使不得的，他心里时常这样想。

李熙三素来为人亲善，可谓有口皆碑。不过，他逢人谈及家事总是流露出一副自负得意的模样，叫人腻烦。他用手捋着下巴颏下的那三绺并不长的稀疏可数的银白的胡须，向庄里街坊邻居喋喋不休地炫耀着。

"我们家老二啊，盘下了塔子沟半条街，买卖做大啦！你们听说过吧？塔子沟，那是县城。大着呢！过去，乾隆皇帝都到过那儿，还送过一副对联，什么'铜帮铁底天元当，万代千秋塔子沟'。大清皇帝金口玉言，一言九鼎，天地兑验啊！你想，皇帝到过并受过皇封的地方能不好吗？"

"是啊，县城哪像咱这小山旮旯儿，鸡下个蛋嘎嘎嗒嘎嘎嗒一叫唤，满庄都知道。"

"大地方和咱这儿就是不一样。去年我去老二那儿,那是开眼了,茶楼啊,酒楼啊,当铺啊,客栈啊,嚆!那大大小小花红柳绿的幌子把你看得眼花缭乱的。那做买卖的一家连着一家一眼望不到边儿。塔子沟,大着呢!你想想,我家老二盘下半条街买卖会小吗?"

"有咱们村子这么大吗?"有人问。

"哈哈!咱们村子?哪到哪啊,没法比。你们看了吗?这老三比他二哥还有出息。哎呀,这都是老祖宗积下的德啊!"说完,满脸一派自豪的神情。时间一长,李熙三千番不变老生常谈的话语叫村人听得耳朵里长茧子。

常言说得好:"人怕出名,猪怕壮。"李家家大业大,富甲一方,当然也就成了土匪想吃的一块肥肉。

在当庄人的眼里,李家可谓大户人家。按山里习俗,逢年过节唱戏办会,大户人家是要解囊资助的,以示乡情。

初冬的一个早晨,李家人吃完饺子,桌子还没有撤,大门口来了一位高个子、脸呈红高粱色的老汉,亮出了一副洪亮的高嗓门:

"三哥!在家吗?"

串门的正是五十多岁的老村长刘鹏飞,他没等李熙三家人答应就迈进大门槛。

刘鹏飞向刚出来迎接的李熙三夫妇说:"哎哟!我就说嘛,我来,你老两口子就得迎出来。"

"那是!那是!我兄弟来了,我能不出来吗?啊?"李熙三乐呵呵把刘鹏飞迎进了客房。

村长刘鹏飞与李熙三有莫逆之交。李熙三非常欣赏刘鹏飞为人大度、善交勇为的性格,老刘在当地做了半辈子的土官——村长。尽管这山沟里也随着外面世界的风云变幻常常动荡不安,可他那把土乡绅的交椅就像安在他的屁股底下一样。这官一当就是二十余载。他为人磊落,办事公正,为家乡的事来回奔波,是乡里众人公认的好村官。

两人进屋,宾主坐定。

"大兄弟,你看,这桌子还没撤。来,咱哥俩再来点。"李熙三指着桌子笑着说。

"不了,不了!我刚撂饭碗,就跑到你这儿来了。"

"二丫,快点儿的,给你二叔沏茶。"

李熙三赶忙叫女佣把茶沏上,倒好。

刘鹏飞呷了一口茶,便开门见山:"三哥,今年风调雨顺,家家都没少打粮食,大仓小囤子的,吃的不用犯愁了。"

"嗯。可不是,这些年数今年收成好。"

"三哥,我和村里老少爷们商量了一下,今年过年想乐和乐和,你看中不?"

"那咋不中啊?好事儿啊!老弟,你就和大伙张罗吧,办会的钱我出一半!"

"嘿!三哥啊!兄弟还没有跟你张嘴,你就说出钱,你怎么那么能揣摩兄弟我的心呢?"

"大兄弟,过年办会,庄里老少爷们热闹热闹,乐和乐和,这喜庆的事儿,我能不算一份吗?哈哈哈……"李熙三捋着下巴颏那撮稀疏的花白的胡子得意地笑着说。

刘村长心里有数,这些年来庄里出会,李家都是拿大头,对庄里庄亲没的说,够意思。

"三哥,有你这句话,老弟我的心就有底了,我代表全村老少爷们谢谢你啊!秧歌拜年这第一家啊,就是你家。"

"哎——这是哪里的话儿,本村之事,大家有责嘛!区区小事,何谈谢字啊!拜年呢,还是听我的,从一头轮着来,可别坏了以往的规矩。"

"行!这事儿听三哥的。那——正月办会的事儿,就定下来了,三哥?"

"你看,这话说的,你三哥说的话什么时候不算话过?就这么定啦!"

"好!三哥就是敞亮、仗义。那么着,小弟还有事,不能久待,等正月闲空时再来和你喝几盅!"

"好,好,好!正月你来咱哥俩好好喝喝,老弟既然有事在身,我也不久留了。"

两人边走边说,李熙三的一家人把刘鹏飞送出了大门。

"三月是清明啊，杨柳又发青啊，小蜜蜂啊，采花心啊花心乱动啊——"李熙三得意地哼哼着秧歌小调回到书房，坐在楸木椅上，拿起了桌上的那本蓝皮线装的《红楼梦》，翻到折起一角的那页，兴致勃勃地看了起来。

管家李旺来到他的身旁嗫嚅不语，他知道李熙三平时看书时最烦别人打扰。他只好静静地站在他的身旁，李熙三全然不知，看到书中动情处，老头子摘下眼镜用手帕擦抹了一下眼角，摇晃着几下脑袋不由地叹息着："红颜命薄，可惜啊！"

他用手捏着眼镜腿让它再搭落在鼻梁上时，无意中抬头一瞥，见李旺不知什么时候站在他的身旁，便不高兴地问："哎——你站在这儿干啥？"

"老爷，有一件事我想向您说一声。"

"啥事？说。"

"老爷，刚才我在咱家大门口看到一件怪事。"

这不着边际的话可把李熙三绕到二门里了，他把书放下，冲着李旺问："什么事啊？大惊小怪的。"

"老爷，刚才您和村长在屋里说话时，我从街里回来，看见一个生人在咱们门口转悠。我很纳闷，就上前问他，你找谁啊？结果他咋说的？'啊，我是串亲的，我走错人家了。'说完就慌慌忙忙地向北村口去了。看那个人的样儿，岁数不大，贼头贼脑的样子，不像好人。"李熙三听了感到很奇怪。这个人既不借东西又不上院，还说走错了人家，那他在门口转悠什么呢？又一想，是不是远房来的亲戚，不好意思进来求助于我呢？

于是便说："你赶快到村口看看，这个人还在不。在的话，把他叫家来，我见见他。"

"是，老爷。"

李旺赶忙向村口跑去，到了村口，四处张望，哪里还有那个人的影子？于是，他赶忙跑进书房向李熙三禀告："老爷，那个人走了。"

李熙三听了想：这人会是谁呢？走了就算了吧。他拽了一下披在身上的外衣领，没有瞅李旺，只是用手摆了一下："你下去吧。"接着又拿起那本书看了起来……

在距大冰沟以北一百余里有一座闻名遐迩的大山，叫蟠龙山。在这山里盘踞着一伙打家劫舍的土匪。匪首叫宋震山，此人长得贼眉鼠眼，尖嘴猴腮，素日行迹诡异，昼伏夜出。他手脚功夫非同一般，双手使枪，枪法娴熟，黑夜打枪射击目标，百发百中，弹无虚发。这几年，宋震山凭借身上功夫在蟠龙山上拉杆子聚起一百余人。这些年来，他带着这些人打家劫舍，掠夺财物，不劳而食。所以，当地人送他一个绰号——"老耗子"。

这一天，蟠龙山的议事大厅上亮着无数蜡烛，老耗子身上裹着氅衣，坐在厅中央的太师椅上，侧歪着身子"吧嗒——吧嗒——"大口大口地抽着大烟。他把一只脚叠放在另一只脚的脚脖子上，扬放在八仙桌的桌角上，那浓黑的八字眉下不断眨着一双半睁不睁的狡黠的鼠眼，蜡纸般灰白的瘦长鼠脸给人一种深不可测的感觉。昏暗的大厅两侧，一群匪首在下面吵吵嚷嚷，一个满脸横肉、满腮长着浓黑大胡子的高个儿匪头冲着眯眼不睁的宋震山嚷嚷："大哥，姓肖的那个小子昨儿个出山，到现在还没回来，他妈的！这小子是不是又去嫖女人，忘了大哥您说的话？"

"挡不住让人家抓住给废了。"

"嘴巴没毛，办事不牢。我看这小子没准性儿，弄不好会误了我们的大事。大哥，我下山看看去。"一个身披黄色风衣，脚穿皮靴，腰系棕色皮带的高个儿匪首请缨下山。此人叫吴玉成，在匪首中排行老三。

"是啊，大哥。这小子到这个时候还没回来，八成让人家给宰了。要不，我和老三下山吧！"另一个匪首附和着。

正说着，一个土匪跑进来，向老耗子高喊着："大爷，肖七爷回来了！"

随后一名双腿绑着腿带，上身穿着青色夹衫的年轻男子走进了大厅。这名男子中等身材，瓜子脸，脸蛋白白净净，清眉凤眼。只见来人左胳膊挎着从身上脱下来的羊皮坎肩，大步流星地走到了老耗子跟前，笑嘻嘻地鞠了一躬："大哥，李熙三家我摸清楚了！"

刚走进大厅说话的人，就是肖七爷肖青。这时，老耗子才睁开他那双阴森森的双眼，"扑通"，从八仙桌上拿下那两条腿，拧正了身子。

"哦，你回来了？"

"啊！大哥，我打听好啦！"

"进去再说。"老耗子用烟枪指着身后的洞壁说。

"嘎吱——"壁门洞开，两个人一前一后走了进去，"咕咚——"洞门复闭，众匪见此散去。

肖青随着老耗子到了密厅。这是一间小屋，也是老耗子的卧室，更确切地说这是危急时刻他得以逃脱的暗道通口。小屋门外有土匪轮流站岗把门，老耗子就是在这里深居简出，山上若有大事他才与众匪首见面。这是一个神秘的地方，山上的土匪从来都没有进去过，就是老二、老三等他的几个把兄弟也很少走近他的榻下。肖青与众匪不同，他是老耗子最信得过的心腹。肖青才二十二岁，年纪轻轻，在蟠龙山坐上了第七把交椅，全仗有一手绝活儿：飞刀。黑夜伸手不见五指，十步远外他只要听到响声，飞刀甩出，绝对让目标一刀毙命，所以山上的土匪不论大小都称他"肖一刀"。他曾用这把飞刀救过老耗子的命。肖青虽上山时间短，但与老耗子有生死之交。所以平日里，老耗子对他关爱有加，很快他就在山上坐上了第七把交椅。

老耗子和肖一刀进了密室，把门锁上，接着又打开了西北角的暗道口，两人一前一后顺着暗道来到了后山一个无人知晓的大山洞里。别看是个山洞，但这里布置得宛如仙洞一般，四壁和洞顶是用华丽的木板装成的。在山洞中央摆放着一个做工精致、构思奇巧的檀木方桌，在离桌不到两米处，有一盆假山盆景。假山高不足一米，景致却富有一番诗情画意的韵味。从山脚到山顶，数座横峰竖岭逶迤绵延，峰林岩壁跌宕生姿，其间山径迂回盘旋而上，山涧山泉喷涌，山腰幽谷瀑布直泻，石斜曲径之处有白云人家，一览假山令人顿感妙趣横生，恍若身置秀山碧水之中。在这高山凌顶的荒野之处的山洞里，竟有如此的贵门豪族方能拥有的江南情调的风雅摆设！这可是老耗子的秘密巢穴中最为得意的精品。

两个匪首来到这个极为隐秘的地方议事，是因为老耗子认为拿下李家钱财的举动，非同一般，弄不好会玩火自焚。这几年，他一直惦记着这块肥肉。他知道县城里的李老二与县城警察局长是拜把兄弟，李家被洗，李老二岂能善罢甘休？所以至今没敢下手。两人在洞中商量了半天，终于想出了一条洗劫李家的计谋！

中秋节过了半个月了，碾子沟村按着以往的习俗，农家正是起粪和上山砍柴的季节，村里许多健壮的汉子，忙完了一年的农活都要上山。每天一大早，去冰沟大山上砍柴的人成群结队。有时半夜刚过，公鸡还没有打鸣，人们扛着扁担拿着镰刀就出发了。山里的男人靠的是勤奋，他们要让家里的女人一年在家下锅有米，做饭有柴。李家钱财不缺，缺的就是这样出苦力的庄稼人。

九月二十一那天，李熙三让大儿子李凤山在村里找了七八个小伙子到自家山上砍柴。

山星刚打横，李凤山就催老婆赶快起来做饭。还没鸡叫，人们吃完饭摸黑就上山了。李凤山这时背起药兜，要出去外诊，刚走到门口，就转身回到屋里，嘱咐老婆："玉芝，晌午饭你多做些，砍柴是个累活儿，多整几样菜，让大家吃饱点儿。"

"哦，我知道了。晌午，你早点回来，好帮我把饭送去。"

"唉。"

上午十点来钟，李凤山就匆忙回到家，他帮着老婆点豆腐脑，抱柴烧火，在锅台跟前帮着妻子上上下下忙得不亦乐乎。到了中午，两口子把饭做好后，一个挎着碗、盆等吃饭用的家伙，一个挑着小米干饭和豆腐脑，把午饭送到了大冰沟沟口的柴场。下午，两口子又开始张罗晚饭。

傍晚，李家人在前堂的客厅盛情地款待这些劳累一天的砍柴人，茶余饭后，大家坐在一起闲聊了一会儿，就散去了。

深秋的夜晚，总是给人们一种遐想不已的静谧，秋月在片片乌云中穿梭，时不时露出它苍白的身影。寒星在深邃的天空排列聚集成两盆白亮的银河，那长长的静静的始终不变的两股河汉向遥远的黑乎乎的山巅那边伸去，不知伸向了哪个遥远的地方。

夜深了，李凤山劝父母早点回后房休息，两口子便点上蜡烛收拾碗筷，抹桌子。忙活了一阵，两人都累得腰酸腿痛，李凤山看着老婆一会儿两手叉腰，一会儿用两手交替敲打着后背。他知道她这一天真是够累的，于是有些心疼地说："玉芝，你睡去吧，这点活儿，我整整得了。"

老婆对他一笑："咱俩收拾不快点儿？"她一边刷着碗筷一边说。

到了夜深人静的时候，李凤山夫妻两人就在前房的东屋和衣睡了。因为明天一早还要给砍柴的人做饭，李凤山一天也很累，所以脑袋一沾上枕头就打起呼噜来，而刘玉芝静静地仰躺在炕上两眼合不上，她要打算明天的伙食，没有一点儿睡意。

　　静静的夜晚，朦胧的月光悄悄地爬上了纸窗。她瞅了瞅躺在身边的丈夫，他睡得正香。地下的座钟"咚——咚——咚……"敲打了十一下，半夜了，她正想翻身睡一会儿，突然，隐隐约约地听到远处嗒嗒嗒的马蹄声，马蹄声似乎越来越近，不一会儿，这声音又消失了。她觉得很奇怪，刚才她分明听到了马蹄声，怎么顿时又没了声？难道自己的耳朵发惊？不对，她慌忙地推了丈夫一把。

　　"凤山，快起来！"

　　"哦——啥事啊？"

　　"不好了，我听到外面有马群跑过来的声音。"

　　"哎呀！马跑就马跑呗，关咱家屁事，挺累的，赶快睡觉吧！啊！"说着，李凤山就把被子往脑袋上一蒙。刘玉芝把他的被子往旁边一扯。

　　"不是，我听到马蹄声好像奔咱这庄来的，突然又没了动静。这三更半夜的，许不是——"

　　"唉，你呀！一天尽吵吵的，累一天了，快睡吧，睡吧，明天还得起早呢！"

　　两人正说着，就听到外面有人喝喊："把四面给我围住，不许放走一个人！"

　　接着就听到"哐当，哐当……"许多人踹大门的声音，随后伴随着"扑通，扑通……"许多人在越墙的声音。

　　李凤山这时才知道大事不妙，不用说，土匪来了。他慌忙坐起来冲着吓得发呆的老婆说："玉芝，你快去后屋，叫醒爹妈他们，说来马鞑子了！快！快点儿！让他们起来。"说完，李凤山披上上衣冲向前院。刘玉芝全身哆嗦地从炕沿底下摸着鞋子就往后院跑。她来到公婆的房门，使劲儿地敲着门："爹，不好了！咱家来马鞑子啦！快！您二老快起来呀！"

　　"什么？！来马鞑子啦？快点！鞋呢？"屋里，传来李熙三惊慌的声音。

　　李凤山刚开开屋门一看，大门嘎吱一声，跳进院子的那几个人已把插着的大门给打开了。随后，涌进黑乎乎的一大群人来。

　　一个人喊道："把火把点着！"

霎时，院内几十个火把转眼间亮起来了，照得李家大院骤然通明。这时，李凤山看得清楚，来人手中都拿着枪，向着几栋房子跑了过来。

李凤山快步迎了过去大声地喝喊："你们想干什么？三更半夜砸门进院抢劫！难道你们不怕掉脑袋吗？"

众匪一见他都围拢上来。簇拥的匪群中一个匪首站在老耗子身旁笑了，对老耗子说："大哥，你看，没等咱们抓就自己来了。"

土匪们一窝蜂似的掐着枪顶住李凤山，强硬地把李凤山推拥着。

"你们想干什么！你们这些恶贯满盈的土匪！你们这些王八蛋！"

不管李凤山怎样破口大骂，还是被这些土匪拥了过去。

这时，一些持枪的土匪冲进前屋，李凤山被拥推到了一群人面前。他借着火把的亮光一看，只见站在最前面的那个人粗黑的八字眉，猴头鼠眼，戴着高黑绒帽，被他身后站着的几个身材魁梧、手握短枪的人保护着。

李凤山知道这个人定是土匪头子，他使劲儿想甩开身边的土匪："你们这些畜生！杂种！你们想干啥？我们家你们都敢抢，你们是不是活到头了？"

站在李凤山面前戴着高黑绒帽的正是老耗子。他对李凤山的愤怒和大骂并不在意，就像他的耳朵里塞上了东西，什么都没听见，即使听见也让人认为那是在骂与自己毫不相干的人，他手指着李凤山问身边的人。

"他就是李老爷的老儿子吗？"

一个匪首说："大哥，他不是，他是李家老大。"

"哈哈哈……原来是李先生啊，久仰！久仰！"

老耗子双手在胸前合握，做出恭敬大度的样子。

"别来这一套！你们三更半夜闯进我家，明火执仗，你们到底想干什么？"

"李先生，你何必动怒呢，我知道你家老爷好交朋结友，仗义疏财，我想和他交个朋友。特此前来拜访。"

"胡说！半夜跳墙砸门，有这样登门拜访的吗？你们这些土匪！鱼鳖虾蟹！不要脸的东西！给我滚出去！"

"哐！"一大巴掌打在李凤山脸上，随后他的脖颈衣领被紧紧勒住。"妈的！给你脸你不要！你再骂我大哥一句，老子崩了你！"一个长得高大、前额左边带着三寸多长刀疤的随从从腰中掏出匣子枪对准李凤山的脑袋，他咬着牙把下巴伸长，再仰起，恶狠狠地说。

"嗯——"

老耗子用左手一挡，让他收起枪，那人乖乖退到老耗子的身后。

"李先生，俗话说得好，多个朋友多条路，多个仇人多堵墙。我今天来和李老爷子会面交个朋友，我想这个面子李先生不会不给吧？"

"呸！你们这群偷鸡盗狗的毛贼！你们是什么东西？想和我爹交朋友，你们也配？"

一听这话，老耗子用鼠眼打量着这个闻名遐迩的李先生，他已经不耐烦了，在昏暗的光亮中仍一脸淡漠的表情。

"把他给我捆喽。"

众匪听罢，一起拥上来，七手八脚把李凤山捆了个结结实实。

李凤山一边拼命挣扎，一边大骂：

"你们这群土匪，你们这群杀人放火、没有人性的土匪！"

前院李凤山和土匪的争吵叫骂声，李熙三听得清清楚楚，他心里明白，来者不善，善者不来。这些土匪夜来，无非是要钱、要物，不给他们，肯定会绑架他的孩子，他最不放心的就是三儿子李凤奎，他知道土匪绑票，最惯用的手段就是好往主人的心窝子里捅刀子，这样才会让人不惜一切代价往回赎人。他得赶快把老儿子李凤奎藏起来。

他哆哆嗦嗦的手指着老伴小声嘱咐："快！快！快把老三叫起来，让他躲进后院的薯窖里。快呀！"

这时，李旺跑过来，老太太急忙说："把你三弟叫起来，领他到窖里去。快点儿的！"

"唉！"

李旺进屋拽起睡得正香的李凤奎。

李凤奎不知道怎么回事，迷迷糊糊地问："哥，咋啦？"

"少爷，不好啦！马鞑子上咱家来了。快！穿衣裳！我带你去薯窖里躲一躲。"

李凤奎揉了几下惺忪的双眼坐了起来，李旺赶忙帮他穿衣裳，着急地敦促着。

"少爷，你快点啊！"

"唉。"

李凤奎穿好了鞋，跟着李旺走出屋门。这时，院子里红彤彤的，几十支火把飘散着火星已经向这面涌来。两人走到屋门口又慌忙退回到屋里。

"老爷，不行啦，满院子都是人，出不去了，怎么办？"

李旺瞅着李熙三，让他老人家快拿主意，李熙三这时心急如焚，有点惊慌失措。"这，这——"他用左手背打着右手的手掌，在原地打转儿。

李熙三的老婆在屋地挪动着三寸金莲，颤颤巍巍地让老伴拿主意。

"老头子，你快想法子啊！"她愁容满面叫苦不迭，不知如何是好。她知道土匪做事历来是不空手的。拿不走钱财，就绑票。绑票那还用说，就得抓他们的心肝宝贝老儿子，那样，就等于摘了他们老两口子的心。

"死老头子！你说话啊！我的天啊，这可咋好啊？"

"我，我——哎呀！"到了老儿子生死攸关的时刻，李熙三真的束手无策了。望着老伴六神无主焦急万分的样子，她知道救老儿指望不上这个该死的老头子啦。

她颤颤巍巍侧侧歪歪地迈着三寸金莲到里屋去点香，扑通一声跪在蒲墩上面，向着神态安详的菩萨像，虔诚地双手合掌于胸前，低头敛目，快速地张动嘴唇，熟练地不喘气地一阵嘟嘟噜噜："大慈大悲的观世音菩萨，让我的老儿子躲过这场劫难，阿弥陀佛，阿弥陀佛……"

迫在眉睫，李旺对李熙三说："老爷，要不，我带着三少爷翻墙走！"

李熙三摇了摇头，他绝望了：

"不行啊，那么高的墙，他会摔坏的。"

他当父亲的最清楚，老三出生以来就娇生惯养，从来没有过跳跳钻钻的经历，要他翻过这六七尺高的院墙是不可能的，到了这个时候，老爷子真的没辙了，怎么办？正当李熙三为了三儿子的事情一筹莫展，急得团团转的时候，大媳妇刘玉芝到屋来，给老爷子支了一招："爹，你看这样行不行，我把三弟打扮成一个傻丫头。"

李熙三白了儿媳一眼："啥？"心想，这个大媳妇，亏她想得出来。刘玉芝看出了公公的心思："爹！到什么时候了，保命要紧。就用这个法子吧！再晚就来不及啦！"

李熙三心想，到这个时候了，也没别的办法了，就听大儿媳妇的吧。于是就不吱声了。

"嘿！老三还愣怔个啥？快点的！"

"嫂子，那——"

"那什么那，过来！"

她把老三拽坐在炕沿上，从灯窝里抿了一手指黑烟灰往李凤奎脸上横三竖四胡乱一阵涂抹。

"快！把衣裳拿出来！"李旺从柜子中找出大小姐当初在家当闺女时的花衣裳。

刘玉芝看三弟木讷的样子，焦急地说："还傻愣着干啥，快点穿上啊！"

"啊？"李凤奎赶忙蹬上裤子，穿上花棉袄。李旺帮李凤奎系好衣扣，同时他乌黑的长发被嫂子编成了两个撅撅辫儿："站起来！"老三听嫂子一说，忙站起来张开双臂打量着自己身上的装束。刘玉芝噗的一下笑了。三弟身上的花夹袄和裤子很合适，就是脚上还缺了一双花鞋。刘玉芝看三弟这一打扮，模样的确挺像一个女孩，便一边为他修饰一边再三叮嘱。

"老三，记住！千万别说话，露了，那就完了。"

"知道了，嫂子。"

刘玉芝叫李旺赶快带少爷从后门到后房去拉磨，磨坊里有泡现成的豆子，并要他一定照顾好三少爷。两人赶快来到后院磨坊。李熙三望着老儿子李凤奎离去的背影，心方宽慰。

他松了一口气，转身去了前院，看土匪们正在纠缠着老大，他尽量压制着心中的惊慌。他想，家有千口，主事一人，他得压住阵脚。这些土匪既然今夜找上门来，他们绝不会轻而易举地放过自己。发昏挡不住该死，怎么也得会会这些贼寇。

李熙三满脸堆笑地迎了上去，主动向老耗子打招呼："这位兄弟，有话好说，请到屋里一叙。"

老耗子上前借着火光上下打量这个老头，见他虽然个儿不算高，但说话讲究，衣着整洁，气质不凡，便知道这个人一定是李家主人李熙三了。

"如果我没猜错的话，你就是李善人吧？"

"鄙人正是，外面寒冷，请兄弟进屋一叙吧。"

老耗子想，老七说过，李家没有护院打手，即使有也顶不了啥事，这大院前前后后，里里外外布满了我的人，就是他有千条妙计，也逃不出我的手心，于是说："李善人，今日兄弟们来到贵府多有打扰，你这样盛情，我宋某却之不恭。那我就不客气啦！"

这样，老耗子跟着李熙三来到客厅。李熙三指着檀木椅很客气地让座。

"兄弟，你坐。老大媳妇！给沏点儿好茶来。"

"哎！"

家人把沏好的茶水端上来。老耗子用鼠眼瞟了一下李熙三，便开门见山："李善人，我们既然是兄弟，我就直截了当跟你说了吧。现在我有一百多兄弟跟我混饭吃。宋某没能耐，兄弟们跟我眼瞅着粥都喝不上啦。所以啊，前来找你帮忙，给兄弟们弄点儿吃饭钱。不知道李善人能不能帮兄弟这一把。"

"行啊。古人说：'四海之内，皆兄弟也。'兄弟有难处，这个忙我一定帮，帮！"

老耗子笑了。那一双鼠眼眼角和没有一丝血色的瘦削脸颊立刻漾起卷曲的沟纹："李善人真不愧是积德行善之人。真仗义，爽快！那好，兄弟我不多要，这么些大洋就行。"老耗子冲着李熙三伸出巴掌，把大拇指弯曲下来，另四个手指托掌着。

"四百块？"李熙三望着他扬起的手掌面带微笑地问。

老耗子摇摇头。

"四千块？"

老耗子点点头，李熙三不由得吸了一口凉气。心里骂道：老耗子啊，老耗子，你的胃口也太大了。不用说四千块大洋，就是两千块大洋，我把房子、地都卖了也不够啊！你们这些吃肉不吐骨头的强盗！怎么办？常言说得好："秀才遇大兵，有理说不清。"何况这是一群杀人放火横行霸道的土匪呢？他知道这山匪既狮口大开就不会收口，这样的事他们历来是吐口唾沫就是钉子，钱给不够他们，他们就会绑肉票。事到如今，只好说一些好听的，以求得他们宽容几日。

李熙三满脸堆笑："兄弟啊，你的难事，就是我的难事，岂有不帮之理，不过兄弟需要四千块大洋，我眼下实在拿不出那么多啊。这么着，我先给兄弟张罗两千块，等我有了那些再给兄弟亲自送去？"

老耗子一听，茶杯一放，鼠眼一眨，把猴子脸沉了下来："李善人，你也太不够意思了吧？这方圆百里，谁不知道你是腰缠万贯的大财主，兄弟跟你讨两个钱儿花，你都舍不得。对不起，没钱，给人也行啊。听说你有个宝贝儿子？我看那么着，让他到我们那里待几天，我就按你说的，宽容几天。只要三天内把四千块大洋送到我那儿，我保证他安然无恙地回来。哈哈哈……带人！"

群匪像一群饿狼一样寻找李凤奎。李熙三一听要绑他的三儿子当人质，心里咯噔一下，就像一瓢凉水从脑袋顶上浇下来一般。他脑袋嗡嗡地响，脚也站不稳了，但他仍硬挺着站起来。他心里明白，这个时候他不能倒下去，一家子人都指望着他呢！到了这个田地，他必须做出理智的抉择。为了这一家子人和老儿子平安，他蒙受屈辱又算得了什么？他想到这儿，扑通一下跪在老耗子跟前："老弟啊，男人膝下有神灵。我活了六十多岁，一生跪过天，跪过地，跪过父母，从来没有给其他人下过跪。今天我给你跪下，请你高抬贵手，宽限四天。只四天，我就把四千块大洋一块不少地送到你那儿。"

老耗子见李熙三如此乞求，鼠眼骨碌转了转："不行！今天必须把钱带走！不然，你的那个宝贝儿子李凤奎就得跟我上山委屈几天了。"

李熙三一听脑门立刻冒出了汗珠。紧迫中，他倏地想起老儿子男扮女装的事，灵机一动："老弟，我的三儿子没在家。前天去了县城他二哥那儿。你别动肝火，有话好商量，千万别绑我家里人。"

老耗子心里想，老七跟他说这李老三是老两口的心肝宝贝，今天看来一点不假，今天要绑走李凤奎，明天就不愁四千块大洋不到手。老耗子哪信李熙三的那番话，他命令身边随从老三吴玉成、老七肖青领着所有的人把东屋西屋、前院后院、书房客厅翻了个遍。所有的地方都搜了，并没有发现李凤奎，老七向老耗子报告：

"大哥，所有的地方都找了个遍，没有啊！"

老耗子一想，这个院子被兄弟们围得水泄不通，难道这个人还能飞了不成？他走出客房，要亲自带领兄弟们搜一搜，他知道这是让老东西心甘情愿、痛痛快快掏出全部家产的唯一法宝，无论如何也不能放过这棵"摇钱树"。

一群土匪簇拥着老耗子来到后房屋门前，先领着一群土匪冲到后屋磨坊回来的匪首四疤瘌，来到老耗子跟前："大哥，全找了，就是没找到那个骚小子。"

"那屋里是干啥的？"老耗子眨着鼠眼问。

"大哥，是磨坊，里面有一个傻丫头和一个小子在拉豆腐。"

老耗子一听这话鼠眼一眯疑窦顿生：三更半夜的，还拉豆腐？

"嗯，看看去。"

老耗子在一群土匪簇拥下来到磨房，只见那个傻女孩哼哧、哼哧拉着磨，那个男管家在一边入磨，还一边呵斥着："快点拉！真能磨蹭，用你这个废物能干啥？"

老耗子看着磨盘上点着一个亮光如豆的小油灯，磨房光线很暗，磨下的豆汁流在磨盘下的水桶里发出吧嗒吧嗒的均匀响声。老耗子眨着鼠眼，看看拉磨的这个丫头脑袋上戴个青围裙，黑乎乎的脸，呼哧呼哧使劲儿推着磨杆，两条腿走得不是很利索，不管入磨人怎样吆喝，还是慢腾腾地撇着腿吃力推搡着磨杆，入磨的却是个很精明的人。

老耗子手背着，眯缝着鼠眼，细细揣摩这一男一女，一奸一傻两个人的动作、神情。站在老耗子身边鬼点子最多的匪首老三突然大喊一声："李凤奎！"

拉磨的傻女人没有反应，依然哼哧哼哧地推着磨杆。

老耗子来到李旺面前，用怀疑的目光一动不动地盯着他："告诉我，你家的三少爷呢？"

"这位客人，你找我家三少爷？你到我们老爷那儿问去，我们都是下人。"

后房三间屋里，土匪用枪连砸带挑一阵折腾，没有发现人。

"大哥，兄弟们都翻了，这李家老三真没有。"肖一刀在老耗子跟前悄声地说。

老耗子鼠眼一斜，顿生一计。他的鼠眼陡然间迸射出阴森森犀利可怕的目光，猛然一把揪住李旺的衣领，用枪顶着他的前额："你说，你家三少爷，你给藏哪儿了？啊？你要不说实话，我要你的命！"李旺吓得浑身哆嗦："大爷，饶命啊！我说，我……我说。"

"说吧。"老耗子把枪放下，手松开攥着的衣领。

"前几天，二少爷回家来看老爷子，临走时，三少爷说要到大地方开开眼，说啥要跟着去。二位老人怕他生气就依了他。就这么三少爷就跟着二少爷进城玩去了。"

李旺说得有理有据，和李熙三说的一样，真的把老耗子说信了。

"你说的是真的吗？"

"大爷啊，借我一百个胆，我也不敢跟您说谎啊，我家三少爷，老两口最宠了，上二少爷那儿去这么几天，老两口想哭了好几次。"

李旺正说着，拉磨的傻丫头口语不清地叫喊起来："王八犊子！王八犊子！"

老耗子一瞅是他的随身吴玉成想摸这个傻丫头的胸部，引起了傻丫头的大骂。李凤奎没找到，已耽误了正经大事，看手下的人又这样不顾山寨大局，净扯闲蛋，老耗子气不打一处来。

"老三！你他妈的正事不干，这个时候，还有心思扯王八蛋？啊？我崩了你！"吴玉成一看大哥今天动了肝火，吓得松开了手。

"玩女人也不分个时候，有了钱，漂亮的女人有的是，跟这样的女人动心思，有意思吗？"

说着，便走出磨房，吴玉成怏怏地跟了出来。

老耗子没有找到李凤奎，哪肯就此甘休？他对李熙三直言敞明："李善人，你家三少爷不在，我要让你的大少爷到我的山上待几天，期限三天。第三天，四千块大洋如数送到，大少爷完璧归赵。如果这钱送不到，那——你就可别怪我宋某不讲交情。"

就这样，老耗子不听李熙三苦苦哀求，带领他的人马绑着李凤山，把他拖到马背上，带领众匪向北扬长而去。

李熙三看着老大被土匪绑在马背上带走了，一下子昏倒在大门口的石阶上。

李旺赶忙抱起李熙三，呼喊着："三叔——三叔——你醒醒，你醒醒啊！"

刘玉芝瞅着丈夫被土匪掳走，泪流满面，看众人抢救躺在地上的公公，她忙跑过来："爹！爹！"

管家李旺瞅了瞅围过来的家人，着急地说："快！把老爷背屋去！"众人把昏迷不醒的李熙三扶在李旺的背上，背到后院客厅里。

刘玉芝一边掐着公公的人中穴一边呼叫着：

"爹！爹！你醒醒！爹！你醒醒……"

这时，李熙三的老婆迈着小碎步，哆哆嗦嗦地去取香，到里屋菩萨像前跪下，嘴唇不断地快速开合着：

"阿弥陀佛，阿弥陀佛……"

李熙三在众人抢救下终于醒过来了，他刚才仿佛做了一场噩梦。可看着眼前泪水洗面的这些家人，知道刚才发生的一切不是梦，的的确确是真的。三儿子李凤奎就在他的身边，他没来得及卸妆的一身女孩儿打扮让李熙三疑惑地瞅了又瞅，李凤奎明白爹那是在找自己。

"爹，我在这儿。"

李凤奎的声音让李熙三好好端详眼前的老儿子。然后，长长地舒了一口气，他知道老儿子没有被土匪抓去，心里踏实宽慰多了。他万万没有想到，李家今年这样倒霉，竟然招来这样天大的横祸。

他喘着粗气，攥着李凤奎的手。

"孩子，爹万万没想到，咱家会摊上这样的事啊！爹这一辈子没害过谁，也没坑过谁，可老天爷却把这横祸领到了咱家。呜——呜——"李熙三仰面大哭。

"爹，爹你别着急，咱们想想法子救回我大哥。"李凤奎攥着父亲的手劝着。

"傻儿子，有什么法子啊？啊？老耗子那是啥人？认钱不认人。钱拿不够，托谁都白扯，都难救回你大哥的命。呜——呜——"李熙三抽泣着。

"爹，我进城找我二哥去。我二哥跟警察里的大官是朋友，让他在城里调警察来抢回我大哥，灭了这群山匪。"

"你说啥呢？净说傻话！那么做，你大哥还有命吗？"

"要不，咱家花钱消灾。赶快去我二哥那儿取些钱来赎回我哥。"

"嗨——"李熙三长叹了一声，"事到如今，只好派人找你二哥去了。"

李熙三知道，远水解不了近渴，去找老二来救老大，谈何容易？从家到县城，有二百余里，就是不分昼夜地走，四天也赶不回来，况且这一路上，经过诸多荒山野岭，这些地方都是土匪出没的地方，过路的人被抢劫遇害的事多了。可是不去县城找老二，哪有这么多的钱？没有钱，那，老大就没命啦。

他叫管家："李旺，快，叫李达成过来，我有话跟他说。"

"唉！我这就去。"

不一会儿，李达成随着李旺来到李熙三跟前。

还没等李达成说话，李熙三一边抽噎着一边对他说："侄儿，你大哥昨天黑夜被土匪绑走了。"

"这，我知道。"

"那个土匪头子要我三天之内交四千大洋赎人。过了期限，你大哥就……就性命难保了！你受累，上县城去一趟吧。找你二哥去，赶快拿些大洋来。到那儿告诉他：'晚了，你大哥就没命了。'呜——"李熙三说到这儿肩膀一耸一耸抽泣起来。

他用哆哆嗦嗦的手掏出衣兜里的手绢，擦抹着眼睛，接着嘱咐李达成："达成啊，这路上，打杠子的土匪很多，你啊，得多加小心啊！"

"三叔，没事！凭我这身功夫，十来个土匪到不了我跟前。"

"可是土匪手里都有家伙，你呀，别使你那倔脾气，会误事的。你大哥的命保住保不住，就指望你啦。你听明白了吗？"

"我知道了，三叔。"

"你把放在你家的那匹马拉来，吃点饭早点走。"

"三叔，救人如救火，我揣点儿干粮，现在就走！"

"那——你就快去吧。"

"唉！"

不一会儿，李达成把那枣红马牵到了院中，背上马鞍，拴好了肚带。

刘玉芝拿出干粮递给李达成。

"达成弟，路远，一路一定要小心呀！"

第一回 老耗子夜闯碾子沟 李达成铤险走县城

"嫂子,你就放心吧。"

李达成把干粮揣在怀中,牵马来到大门外,他翻身上马,勒紧缰绳,那马两个前蹄腾起,仰起头嘶嘶地叫着,这时,李熙三在众人的搀扶下走出来。

"你别走山路啊,早去早回。"

"你放心吧!"

大门口外,枣红马有些等不及,在原地打了一个转,李达成扬鞭往马屁股上一抽,那马像一匹脱缰的野马向村北口奔去,一眨眼工夫路上腾起了一串烟尘……

一整天了,李熙三坐在实木椅上一动不动,呆滞的目光,蓬松的华发,像一尊雕像一般,一夜的变故,精神上的折磨与打击,使他一夜间明显变得衰老憔悴,与以往相比简直判若两人。他把全部的心思和唯一的希望寄托在去县城的李达成身上。他神色发呆的样子,叫家人不知如何是好。站在他跟前的只有老儿子李凤奎,他内心的思绪像风浪汹涌的大海上的一叶扁舟一样无法把控。此时,他的脑袋里晕晕的,嗡嗡的,像一团捋不清的乱麻。

李达成骑马奔出了村北口,他一路上快马加鞭,枣红马疾驰如飞。就这样,翻过了一座座山,越过了一道道岭。时至中午,来到了一个和大山对峙的大沟谷。沟谷流淌着一条清澈的河水,曲折迂回向北流去。

"到佛洞沟啦。"李达成去县城不是第一次,到这儿已走了一半儿的路程,他勒住马的缰绳,跳下马来。然后,用手摸摸湿淋淋的马背和被汗水浸湿的马鞍垫子,把缰绳往马鞍上一系,拍拍马的脖子。

"歇歇吧,老伙计。"

李达成挽起了裤脚,脱下鞋子光着脚来到河边,屈膝跪在光滑的一块桥石上,撅起屁股把嘴贴在水面,咕噜咕噜喝了个够。他起身抹了抹嘴巴,然后又把枣红马牵到河里一阵痛饮。离天黑早着呢,他把马牵到阴凉的地方,把装草料的布袋套在枣红马的脖子上,然后拍拍枣红马的白鼻梁打趣地说:"伙计,你也吃点吧,待会儿咱还得赶路呢。"

"呼呼呼——"枣红马打着响鼻,脑袋扎在草料袋里一搅一搅地咀嚼起来。

李达成倚在河边一棵柳树下一屁股坐下来,掏出怀中还有体温的干粮,大口大口地吃起来。人马歇了一会儿，为了快点儿赶路，李达成站起来，拍拍屁股上的沙土，来到枣红马跟前，一摸袋里的草料吃得差不多了，就把袋子摘下来披在马背上，然后，他仰头看看天上的日头，心想得走了。他紧紧马的肚带，挪动几下马鞍，跳上马背沿着沟谷向北奔去……

夕阳西下，一片红彤彤的晚霞横卧在西山巅顶。村舍山川都披上了绚烂多彩的衣装。李达成估摸这一天跑了足有一百七八十里，要是赶到县城，还要走很长一段路程。倘若马不停蹄一直赶往县城，即使到了地方，那时天色已晚，城门早就关了，倒不如在前面村子找一个客栈住上一宿，明天一早赶到县城为好。于是，他举目望去，看见前面不远有一个村庄，便扬鞭催马向前奔去。

进庄了，枣红马放慢了脚步，李达成在马背上寻找歇脚的地方。只见庄北头有一家大门口旁悬挂着"客栈"的招牌。

来到客栈门口，李达成勒住缰绳："好嘞！今晚咱俩就在这儿住一宿。"说着，跳下马来。

客栈是个老宅院，大门朝东，一人来高石头垒砌的土墙把院子围得严严实实，墙帽上长满了早已枯干的一溜小草。

李达成走上大门石阶，使劲儿拍打着关闭着的大黑门："店主！开门！我住店！"

一会儿，一个光秃的脑袋伸出门缝："住店？"

"啊！"

随着李达成的一声应答，吱一声大门打开了。李达成牵着马进了院子，那个人赶快把缰绳接过来，他满脸堆笑，用手一指身后的正房。

"大爷，请进屋吧。"

这时，李达成才看清这个男子。他个儿不高，脑袋瓜子虽成了"不毛之地"，但看面相也不过就是四十来岁。他接人待物一见如故，火热热的话语叫人有一种宾至如归的舒适感。经他一说李达成知道，客房有正房六间，院子西侧有一排矮小的黄毛草苫的茅屋。这个西厢房朝院子这面没有石墙和门窗，一进院门就可看到几根粗圆的木柱顶着托起房盖儿的檩木。里面摆放着两个大石槽，不用说，那是店主给来往过客的马准备的马厩。那人接过李达成手里的缰绳往西厢房马厩里拉,枣红马一看生人便使起性子,它昂扬着头打着响鼻就是不走。

"我来吧。"李达成把枣红马牵进马棚拴在食槽上,并嘱咐那个人。

"东家,你尽管多用一些好料,钱,明天一定多付。"

那个人还是笑容依旧:"大爷,您放心吧,差不了。"说完,就冲着刚出客房门口的一个小伙计大声喊:"嘿!给这位爷的马多添些好料!"

此人是这家店的管家。他吩咐店里的伙计给李达成打水洗脸,然后在桌子上摆上饭菜,李达成吃完饭,又来到西厢房的马棚,用手在食槽里划拉了几下喂马的草料,草料湿漉漉的,散发着一种生豆腥味儿。看起来店主人挺实在,料里拌了一些黑豆。李达成这才放了心。他回到客房,一摸被窝、炕,烧得很热乎。于是,就把鞋子一脱,上炕侧歪在油腻腻发黄的棉被上。

李达成从早到晚骑了一天的马,觉得有些疲惫,再加上晚上多喝了几杯小烧,浑身感觉到热热的,头也有点晕。困意袭来,他迷迷糊糊,挪动一下身子拽起被子盖在身上,脑袋沾在炕沿的枕头上不到一袋烟的工夫,便鼾声如雷。

到了后半夜,他一觉醒来,穿鞋下地,顺着小窗镜往外望望,窗外一片黑暗,心里想:这是什么时候啦?明天一早还要赶路,不知马是不是吃饱了。夜黑天冷,店伙计能不能起夜给我的马添足草料?看看去吧。于是,他披上羊皮袄,戴上毡帽,轻轻推开屋门。

"哈——"他立在院子里扬手伸了一下懒腰,张开嘴深深打了一个哈欠。

深夜,寂静无声,一切都令人感到神秘而又新奇。李达成抬头仰望夜空发呆。数不清的夜星密集排列在茫茫无垠的天宇间,宽宽的,长长的,老人说是一条银河,更像一根闪烁着银光的硕大无比的喂马拌料的草料杈儿,摆放在夜的苍穹之上,一端在遥远的天际,另一端双丫插进东南那边黑乎乎的山头。

看起来天亮还早呢,他走进马棚。枣红马"呼——呼呼呼——"亲昵地打着响鼻。他从衣兜中掏出火柴划着,看见槽里有尚未吃尽的草料,他把石槽里的草往旁一拨,槽底下有不少红红的高粱,然后又把草料捏一捏,草料发黏。嘿!店家够意思,明天一定多给他俩钱,李达成心里嘀咕着。

枣红马嗅着他的衣袖,"嘟噜噜——嘟噜噜——"亲昵着。他摸着枣红马的白鼻梁,说:"老伙计,咱俩是酒足饭饱,天亮,咱俩就可以起程喽!"说完,他把燃着的火柴梗扔到地上,用脚搓了搓,然后走到西厢房角,想撒泡尿回屋再睡一觉。

这正是夜深人静的时候,他似乎听到远处传来杂乱的马蹄声。这声音就像前天夜里洗劫三叔家那群土匪来时的声音一样,他惊恐地屏气凝神,呆然不动,倾听着这是来自何方的声响。马蹄声越来越清晰,李达成想,这半夜三更,出来的马队一定是土匪。这时,他想起店主人昨晚对他说的那番话:"大爷你不知道啊,近些日子,我客栈生意冷落得很,就是因为塔子沟县城来了一群日本兵,祸害了不少人。没人敢到城里去做买卖啦。不瞒你说,这几天,过路的客人就你一个。"这里,离县城只有五六十里路,是不是日本兵来了?要是这些人来了,那可就完了。得走!他主意已定,系上裤子,迅速解开马的缰绳,用右手摸摸揣在怀中的三叔交给他的那封信,还在。他解开缰绳,把马牵出了马棚。可又一想,这么走不打招呼对不起憨厚实在的店家。于是,他从怀中掏出一块大洋放在食槽沿上。

李达成急着拉枣红马要走,马蹄声惊动了店家,店主开屋门一看,见李达成不知何故半夜牵马出店,甚是不悦:"这位客人,怎么走也不言语一声,难道你付不起小店的钱吗?"

李达成顾不得与他解释,一手牵马往外面走,一手指着石槽沿儿。

"东家,我把钱放在食槽上,你去拿吧!我得赶路了!"李达成边牵马边回答主人的话。

到了店门外,李达成翻身上马,他扬起鞭子朝马屁股抽了两下,枣红马好像明白主人的意思,四蹄腾起,向北奔去。刚出村口,迎面来的马蹄声更加清晰了,李达成知道这些人马是从北面来的,走大路不行了,得赶快躲开。他一拉缰绳勒住狂奔的马,扭转马头,离开大道,奔向东北方黑乎乎的旷野。

夜风带来一阵阵丝丝的寒意,空旷的原野被夜幕笼罩着,什么也看不清。枣红马一纵一跃地行进着,李达成伏在马背上一上一下地颠簸着。走了一会儿,马不知何故停了下来,李达成定眼细瞧,原来前面是一片黑乎乎的树林,他下马走上前一摸,扎手,才知道这是一片槐树林。槐树枝上干枯的叶子在夜风的吹拂下，刮出"哗啦啦……哗啦啦"的枯叶声响。往前不能再走了，他攥着马的缰绳，一屁股坐下来。约莫此地不会离大道太远，枣红马低着头，吃着落地的槐树叶，时而抬起头吐噜噜习惯地打着响鼻，时而伸出嘴巴在李达成的手背上蹭蹭，李达成顺手摸了一下枣红马的嘴巴，说："对不住啦，老伙计，咱俩就在这儿过后半夜吧！"

果然，过了一会儿，西面不远的大道那边传来了"嗒嗒……嗒嗒……"清脆的马蹄声，声音由北向南奔向他刚刚出来的那个村子。随后，就听到村子里响起了清脆的枪声，接着，犬吠声、哭叫声、叫骂声，一片嘈杂。李达成站起来，望着刚刚逃出来的那个依稀模糊的村庄，他的心怦怦直跳。他庆幸自己躲过了这场灾难，顺着缰绳抚摸了一下枣红马的白鼻梁，舒了一口气。

天，刚有点放亮。李达成决定放弃走大道，他骑上马沿着田野的小道向北走，枣红马不用李达成吆喝，沿着僻静田间小路，直往北行。

天大亮了，日头还没有从地面钻出来。李达成到了县城南门外。离城门有三百多米远，他没敢贸然进城，翻身下马，把马拽到一片杨树林里，他翘首极目，朝着城门那边望了好一阵子。

一会儿，城南门开了。再凝眸细观，李达成不由倒吸了一口气。我的妈呀，城门口和城门楼上站着不少头戴钢盔，手端刺刀，身穿黄军衣的兵。这些兵是不是客栈管家说的那些日本兵啊？李达成心里嘀咕着。咋办？咋着也得进城啊，要不，咋把这信交给二哥呀？豁出去了，牵马进城吧。

"嘟嘟嘟……"一辆他从来没有看过的不少轮子的绿色大车从南门跑出来，跑得比他的枣红马还要快。车上绑着四个鲜血淋漓的汉子，还有不少穿戴和城门站着的那些兵一样的人，他们每个人手里都端着明晃晃的刺刀，头戴着遮着脸蛋带帽帘的黄帽子，脚穿着黑皮靴，这车刺耳地怪叫着向南冲去了。李达成傻了，咋整？这样拉马进城非得让那些人逮住，被他们逮住一定像刚才车上的那四个人似的被人打个皮开肉绽。听店东家说，日本兵可不管三七二十一，杀人就像杀小鸡一样。城里日本兵这么多，不知城里的情况怎么样，还是先打听一下再说吧。

他决定找一个熟人好好打听一下，再把这马安置在一个合适的地方，这样，自己进城也方便。但是城外举目无亲，找谁去呢？他犯了愁。

忽然，他想起一户人家来，这家姓赵，主人叫赵蔫，就住在城外西面不远的一条沟里，那条沟叫樱桃沟。这还是前年他与三叔一起来县城时和他认识的，他是老家的人！对！何不找他去？于是，他拍了一下马屁股，跳上马，向城西驰去。

樱桃沟虽然离城很近，但需要翻过一条小山梁。转眼工夫，李达成就到了樱桃沟。

樱桃沟沟窄地薄，是兔子不拉屎的小穷山沟。这条沟只住着赵蔫这一户人家。赵蔫为什么在此安家？这有一段无人知晓的往事。

赵蔫早年从碾子沟走出来才十一岁，为了生存，在县城里给一个财主干杂活儿，到了十七八岁时候，老财主看他既老实又勤快，很喜欢他，几年以后，财主就把樱桃沟租给他用，一来让他在这儿看山，二来这山沟里有些地，完全可以够他营生。民国十八年，发大水，赵蔫收留了远方一个到这儿逃荒的女孩做了自己的老婆。听赵蔫自己说，还是老财主帮他操办的婚事。成了家，赵蔫凭着年轻有力，和老婆在这个沟里起早贪黑地开荒种地。两口子勤俭，日子混得还不错。现在，赵蔫已经有了三个儿子。李达成记得前年他与三叔来时，赵蔫非常高兴，给他们蒸了一锅红薯，炖了一只山鸡，并把三个孩子叫到跟前认识一下。临走，三叔还给了他三块大洋呢！

一早，犬吠声声，惊动了赵家夫妇，两人出门一看，来了老家人，高兴得不得了，赶忙迎进屋里。赵蔫让媳妇赶快做饭，他忙着给马添上了草料，然后，把一盆香喷喷的野兔子肉端上了饭桌。爷儿俩端起了酒盅，边喝边唠，李达成这才知道日本兵进塔子沟县城有好多天了。鬼子杀了好多人，城里好乱。李达成把这次来因告诉了老人，老人听了为李家的不幸连声哀叹，并告诉李达成："这几天，日本兵在城里毙了不少人，他们说话叽里呱啦的，咱一句都听不懂。你可得小心点。"

"嗯。"

李达成急着进城，他狼吞虎咽地吃了一碗饭，急着要走。老赵跟着出了屋。

"孩子，城门都由日本兵看着。这样进城可不行啊！你等等。"赵蔫想了想，"要不那么着，你换上我砍柴的那套衣服，挑上两捆柴火，说是进城卖柴的，你看咋样？"

"嗯，这法子行。"

"那——我这就给你取衣裳去。"

赵薥赶忙进屋把那一身补丁摞补丁的砍柴衣服拿出来给李达成换上。李达成毕竟是大山里砍柴出身的孩子，挑、扛东西并不打怵。他拿起扁担，利落地挑起两捆干柴，忽悠忽悠地朝城南门口走去。

到了城南门口，日头已经一竿高了，只见城门口站着两排手里端着刺刀的日本兵，门口中间有五六个胳膊佩戴着袖标，头上戴着大盖帽的中国兵正在检查出入的行人，他们对过往的行人浑身上下搜个遍，无理纠缠过往行人，甚至有时辱骂过后还要拳脚相加。

李达成在离城门有五六十步的地方把柴担撂下，摸了摸揣在怀里的那封信，想了想，赶忙脱下鞋和袜，把怀里的那封信快速地塞进破臭的布袜子里，再伸脚穿好，看看信的确没有露着的地方，才深深舒了一口气。他尽力压制心里的慌张和恐惧，毅然挑起柴向南门走去。

来到城门口，被两个戴大盖帽的吆喝住："嘿！站住！"

李达成挑着柴站住。

"把柴撂下！"

两位大盖帽来到李达成跟前，一个用刺刀扎扎捆着的柴火，一个来到李达成跟前浑身上下一阵子乱翻。他叫李达成摘下头上戴的毡帽。一个当官模样的人走过来，用审视的目光瞅着李达成。

"小子，从哪儿来的？"

"樱桃沟。"

"樱桃沟？"他带着怀疑的语气重复了一遍并把后一个"沟"字拉得很长，手一指，吩咐手下的两个人。

"把他的鞋子脱下来看看。"

两个士兵上前，令李达成把鞋子脱下来。李达成脱下那沾满尘土的青布鞋，一股令人作呕的脚臭扑鼻而来。然后，他伸出穿着露出了两个大脚拇指的臭布袜子的脚，熏得那个当官的直捂鼻子。

"滚，快滚！"大盖帽子用枪托戳李达成的后脊，让他赶快离开。

就这样，李达成赶忙穿上鞋，挑起柴火进了城。

李达成一边大声地叫卖着："卖柴喽！谁买好烧的柞木干柴——"

街上冷清极了。没有人走动。临街的铺子没有几家开着的。临街商铺的每一家大门楼上都插着大大小小的膏药旗，叫李达成感到新奇。他挑着柴边叫卖边留心每条街道，他忘不了上次跟三叔来时，大街上熙熙攘攘车水马龙的繁荣景象。

二哥的铺子在第三条街往西拐吧？李达成瞅着前面的丁字路口停住脚步寻思着。

"嘟嘟嘟……嘟嘟嘟……"一声怪叫打断了李达成的思绪。李达成顺声音寻去，只见一群头戴钢盔的兵骑着插着和商铺一样的膏药旗的三个轱辘的车在大街上由北向南飞快地驶来，李达成吓得赶忙往道边一闪，鬼子的摩托车，呼的一声从他的身边一擦而过。他回头愣愣地看着这个跑得比他的马还快的怪东西，心怦怦直跳。他再也不敢走大街了，挑起柴绕过南街，拐了两个长胡同到了小西街。他记得二哥的铺子就在大西街，走过小西街往上一拐就是。

他绕来绕去，来到一堵与众不同的高大的花墙子跟前，其间有一个宽大的漆黑的店门，只见高高的店门上悬挂着苍劲有力的四个醒目大字——"财运亨通"。大门两侧竖挂着一对门牌，门牌上黑底金字，左联为"买卖兴隆通四海"，右联为"生意旺盛达三江"。

"嘿！总算到啦。"他可忘不了，大前年跟三叔来的时候，就是三叔向他指点这副对子，说了一些发福生财的话。

李达成撂下柴火挑子，用手擦抹了一下额上的汗水，拽了拽被柴担拧歪的衣领，扭头向东望望离这儿不远的大"十"字。日头已经跳上大"十"字那个最高的钟楼了，可店铺的大门还紧闭着。

李达成把柴火放在门外石阶上，他攥着金灿灿黄亮亮的大门环扣敲打着大门。

"开门！开门哪！"

这时，只听见大门里一个老头子的声音："谁呀？"

"我。找我二哥！"

"找谁？"

"找我二哥！"

"你二哥叫什么名字？"

"叫李凤田！"

这时，大门开了一条缝儿，钻出一个顶着西瓜瓣形毡帽，鼻尖担着银丝眼镜的脑袋来。

"你是——"

李达成赶忙向前搭话："大叔，老家有一封信要给我二哥。"

老头子用戒备的目光上下仔细打量了李达成一番，一看正是前年跟老东家一块儿来的那个小伙子，便把一扇门开得稍大一点儿。

"快进来！"

老头子把李达成领到后院一间客房里。李达成用手抹着脸上的汗渍，屁股还没坐在椅子上，就让老头找二哥李凤田："大叔，我二哥呢？我三叔给他来一封信。"

老头子一听，脸上露出一副遗憾的表情："哎呀！小伙子，你来得不是时候啊。大掌柜的，上关里去已经好几天了。"

"那——我二哥上关里干什么去了？"

"这，我也不知道啊！"

李达成一听心里凉了半截，心想：这一下子可完啦，怎么办呢？老头子一看李达成半信半疑和满脸沮丧的神色，连忙解释："小兄弟，老东家让你二百里地来捎信，家中一定有大事吧？这时候，我敢向你撒谎吗？这些天，城里来了东洋兵，铺子里生意不景气，大掌柜的那几天心急火燎的，我们下人也不能过问。前几天，他嘱咐我们看好院子，就匆匆去了关里。到底什么时候回来，我也不知道啊。"

李达成听到这里，知道二哥李凤田外出，不知什么时候才能回来，等，哪能行？他只好告辞了看院的老人，急急忙忙出了城门。到了赵家，他换了衣服，匆忙向赵蒉夫妇辞别，便骑马往回赶。

李达成走的第二天晚上，李熙三及家人老小都急切地期待着李达成回来。刘村长听到此事来到李家劝李熙三。

"三哥，别愁，老大被土匪抓去，老二会想法子的。说不定老二派来县城警察，清剿那些打家劫舍的土匪。三哥，你和我嫂子都吃点儿饭吧！"

李熙三摇头不语，他能吃得下吗？侄子李达成去县城还没有回来。钱是否能拿来，难以预料。晚上已经掌灯了，还没有动静。

李熙三呆坐在木椅子上，已经两天没有吃东西了。到了这把年纪，精神遭受这样的沉重打击，怎能受得了？他又急又忧，本来就不胖的身体急剧地消瘦着。平日满面红光神采奕奕的脸色，现在变得青黄憔悴。昏花的眼睛一动不动，像嵌在深深坍陷的眼窝里的两个发乌的玻璃球。素日护理得整齐有派的老年乡绅发型也已蓬乱不堪，那整洁得体的灰色长袍此时也似乎变得灰暗起来。人在危难绝望的困境中总是期盼出现惊喜来慰藉自己心里的痛苦和焦灼，李熙三何尝不是这样呢？他相信李达成今晚一定会赶回家，一定能从老二那儿拿回大洋，说不定老二还能同来家里主持大局，圆满化解这件事。这样，老大的性命就保住了，财去人安，花钱免灾，古往今来均是如此。只要老大安然无恙回来，花些冤枉钱也值得。但他害怕节外生枝，怕李达成中途出事，那样，老大就完了。希望、焦急、忧虑像三条无形的绳索交替地捆绑着他那颗诚惶诚恐的心。

"嗒，嗒，嗒……"清脆缓慢的马蹄声惊动了李熙三昏涨的神经。"回来了！爹，达成哥回来了！"老三李凤奎在院子里大声喊着。

打蔫的李熙三一下子精神起来。他倏地一下站了起来："达成回来了！老大有救了！"

他惊喜万分，扒开众人对他的搀扶，快步向门外走去，他相信李达成如期归来，带来的一定是佳音。

李达成跳下马，来到李熙三跟前，不知道该怎么说，他望着三叔那蜡纸般的脸色和期待不已的目光，像根木桩一样站在那儿，低下了头，一声不语。

"侄子，你二哥把钱拿来了吗？啊？"李熙三紧紧抓着侄子的羊皮坎肩，两眼顿时发红，"你咋啦？说话呀！"

李达成低着头，不敢吱声。李熙三已经猜到了八分，他颤抖着声音喊着："老二啊！你这个王八犊子！丧八辈良心的东西呀！家里出了这么大的事，你一点儿都不想管？难道你一点儿手足之情都没有？你这个王八犊子儿啊——"

"不是这样的，三叔！"

李达成和家人把气得浑身发抖的李熙三搀扶到屋里的木椅上，他把这次去县城的经过原原本本地告诉了李熙三。李熙三一听东洋鬼子打进了塔子沟县城，这与他无关紧要，可二儿子不知去向了，这可是摘他心的大事，大的被土匪绑架，二的又不知去向。他的精神支柱在无情的残酷现实面前轰然倒塌了，他彻底绝望了，扑通一下倒在地上昏厥过去，家人都跑过来。

"爹——爹——"

"三叔！三叔！"李家男女老少大声呼救着，家人把他抬进了东屋。李家男女老少乱作一团。

第二回 李凤山虎口险丧命 抗日联军进大冰沟

再说李凤山被老耗子绑架到蟠龙山,押在山寨大厅东面的厢房里。老耗子叫土匪轮流看守,第三天早上,看守的土匪按照老耗子的吩咐,按时给李凤山送饭。按老耗子的想法,只要有李凤山在,就不愁四千块大洋不到手。

已经到了下午,蟠龙山山寨的大厅里,押来了一个蒙面人,老耗子坐在大厅正面的太师椅上。

"把那个拿喽。"老耗子吩咐下边的人。

来的人正是李家的说情人,叫姜国尚,此人早年与老耗子认识。他请求老耗子再宽限几天,李家一定能把大洋钱如数送到。老耗子一听,勃然大怒。他鼠眼一翻,给说情的来个小猪钻灶膛———一鼻子灰。

"姜老弟,你我兄弟一场,我不为难你。你回去告诉李家,想把我宋某当猴子耍,没门儿!王八犊子!也不打听打听,我宋某让谁涮过?你告诉李家那个舍儿不舍财的老家伙,今天晚上我就送他大儿子上西天了!来人,送客!"

老耗子是什么样的人谁都知道,他是一个杀人不眨眼的惯匪,到这个时候,李家还没把银子拿来,对"肉票"他是绝对不会心慈手软的。

大厅里聚集着山寨土匪的大小头目。

"李家没有赎票,今晚谁来撕这个票?"老耗子问众匪首。

众土匪头目一听四千块大洋泡汤了,气得大骂。

"奶奶的,到嘴边的肉又没了!白忙乎了一宿,干脆把那个龟孙子一刀一刀剐喽!"

"剁了他!"

"对!剁了他。"

"大哥,当时,不如把李家的大儿媳妇弄上山来,让弟兄们乐呵乐呵。

也算兄弟们没白忙乎！"老三吴玉成一说完，引来众匪哈哈哈一阵狂笑。

"要不，咱们杀他个回马枪，把他那个王八窝烧了！不然，他不知道马王爷三只眼！"

"得了！得了！"老耗子不耐烦地摆了一下手，众匪安静下来，"你们，今晚谁去做了这小子？"

"大哥，我来！"一个土匪头目从群匪中大步跨出，八仙桌前他双手抱拳向老耗子自告奋勇要担当此任。

只见来人中等身材，身穿一身青衣，腿上缠着腿带，留着光溜溜的分头式，看上去不过三十来岁。

老耗子一看这个人，就甩出一句话："嗯，老六，这个活儿就交给你了！给我干干净点儿！"

"大哥，你就放心吧。什么时候？"

老耗子眨了眨鼠眼："吃完晚饭，带上两个人给你做伴，还在那个地方。"

"唉！"

这个毛遂自荐要杀人的人不是别人，正是陈忠堂。他是这帮匪首中上山入伙较早的一个。他不擅言语，但谋略过人，历来做事胆大心细，不仅有一身好拳脚，还有一手好枪法，在匪首中排行第六。

到了日头压山的时候，残阳的余晖从东厢房的木板窗棂中斜射进来，李凤山坐在墙角的一堆柴草上，等待家人把他救出去。因为他知道这是第三天了，按照老耗子说的期限，今天是最后一天。眼看就到了日头下山，鸟雀归巢的时候，外面还没有一点儿动静。他心里想，父亲一定是没有凑齐钱，看来我的命是难保了。都是要走的人啦，李凤山想到这儿，站了起来，走到窗口，从巴掌宽的缝里向外望。远处，西山头的日头是那样的红，在日头将要下去的地方还有一片红霞镶嵌在周边，真好看！他活了三十多岁，天天忙里忙外，可从来没有像今天这样细细观赏过夕阳西下的壮观景色。那即将落下的血红血红的残阳有两边红霞陪伴，并不为沉落而寂寞，却以它最后的辉煌绚丽的壮观景象告别这暮色苍茫的世界。大自然这种离别时的眷恋怎么能不让不久于人世的人黯然神伤呢？李凤山看着看着，内心油然掠过一股难以言表的酸楚，那是心上的剧烈疼痛。近处，蟠龙山一带山色此时已由微红变成深紫，暗淡的暮色也渐渐笼罩上山腰的树林、山坳。残阳如血，苍山如黛。何等苍凉而令人眷恋！

李凤山久久地伫立在那儿，日头从西山头沉下去了，晚霞不再那样执着地坚守，灰暗的世界挤走了片刻的辉煌与壮丽。再看土匪的大厅与每天一样，人影匆匆。

在寒窗里，李凤山眼前的世界随着夜幕的降临退缩了，隐匿了，透明的时空不再有，山野的一切变得更加空灵，更加深邃。他面对眼前的黑暗，想象的世界在放大。此时，他久久伫立在那里，胸中油然升起一股难以忍受的钻心似的生离死别的悲痛，他知道自己就要离开这个世界。死，对他来说是最熟悉的字眼。他不知道自己救活了乡里多少人，那些人都是从死的边缘又回到这个世界。他也痛心地看到许多人不情愿地划过这个边缘去了另一个世界。人，生与死不过只隔着一条无形的盲线。所有的人，终究要踏过这条线，到自己不愿意去的那边，只是一个时间的问题罢了。他心里难过的是去了那边，这边还有两位迈入古稀的白发苍苍的爹娘，还有和他生活了十余载的勤劳贤惠的妻子。老二在外，老三还小，他走了，两位老人谁来照顾？他想着想着不由得潸然泪下。

"哐啷"一声，门开了，一束光亮斜射进黑暗的屋子。两个土匪端着香喷喷的饭菜放在地上，还拿来了一壶热酒。

一个土匪冲着李凤山说："哎！今晚的饭好吃！有肉，有酒，你可劲儿吃吧，吃饱了，好上路。"说完转身走了出去。

李凤山对土匪的这番话并不感到惊恐。他平静地坐下来瞅着盘子里热乎乎的一大碗宽粉炖猪肉和一大碗香喷喷的小米干饭，旁边放着一壶烧酒。看着这些，他反而淡定了许多。心想就这么回事了，吃，是个死，不吃，也得死，还不如来个酒足饭饱，做个饱死鬼。于是，便大口大口地吃起来。

天，黑了，蟠龙山山寨像死一般寂静。李凤山酒足饭饱，静静地坐在柴草上，两手拢合在曲起的膝盖上，等待着把他送到另一个世界的人到来。经过一阵痛苦的精神折磨后，他现在什么都不想了，脑子里倒显得异常轻松。

"哗啦！"拴门的铁链被外面的人摘下，门开了。陈忠堂带着两个土匪进来，一个手拎提灯的土匪走到李凤山跟前。

"怎么样？李先生，吃饱了吧？"

李凤山不吱声，另一个满脸黑胡楂子的土匪粗声粗气地呵斥道："嘿！哑巴了？六爷问你话呢！今晚就叫你上路！待会儿，你就能到天堂享福去了，起来吧！"

李凤山站起来，陈忠堂命令两个土匪把李凤山绑起来。两个土匪抄起麻绳一个把李凤山两手往后一背，一个拿绳子往李凤山脖子上一套，麻利地把他五花大绑，捆了个结实，像牵牲口一般拽出了山寨。拉着李凤山在前面走的黑胡子土匪问陈忠堂："六爷，今儿上哪儿？"

"老地方。"

"啊！"

两个土匪把李凤山夹在中间，陈忠堂手握着枪跟在后面。土匪都知道，撕票的老地方就在山寨南面的一个山洼里，要翻过一个山鼻子梁。

三个人翻过那道山梁，不一会儿，就到了青石崖下的山洼里，在一棵没有枝丫的老柞树下，陈忠堂停住脚步，说："就在这儿吧。"这块儿是土匪撕票的老地方，老柞树下这些年砍下的人头有多少，山上的土匪都记不清了。

宽阔平缓的山坳里长满着没人深的榛柴林，其间稀疏地点缀着粗壮高大的柞树，再往上就是凶险的青石崖。山洼里，沿着柴草掩盖的山路往南去不远便是大片的松树林，碗口粗的松树长得很密，黑天看上去黑乎乎、阴森森的。山洼里的山道往下不超过六七步远，下面还是陡峭的石崖，如果白天人站在山坳底沿儿上向下一望，定会头昏目眩，心惊胆寒，原来平台似的山洼下面竟是深不见底的万丈深渊。

"就绑在这棵树上。"

两个土匪按着陈忠堂的吩咐，架起李凤山被捆绑的两只胳膊，让他背靠在树上，然后解开绳子再把李凤山紧紧地捆绑在这棵树上。长着络腮胡子的大个子土匪抽出背上别着的明晃晃的大片刀，在自己的衣袖上唰唰正反刮了几下，他笑呵呵地对陈忠堂主动请缨。

"六爷，杀鸡何用宰牛刀，这点事儿，我来！我这把刀啊，很长时间没开荤了。"

说着，放下片刀，他往手心里吐了两口唾沫，搓了搓手，就高高举起大刀想往李凤山的脖颈砍去。李凤山闭上眼睛，只等痛痛快快挨这一刀。

"慢着！"

那个土匪双手握刀高高举过头顶，两腿在山坡上一曲一直，抿着大嘴使足平生力气就要砍下去。一听喝喊，大刀停在头顶。他愣愣地用不解的目光瞅着与他不过两步远的陈忠堂。

"六爷，咋啦？"

"你看看，你看看，在山里待了这么多年，连一点儿规矩都不懂！杀人还能让他瞅着你呀！没用的东西！我来吧！那么着，你们两个去南山梁上瞅着点儿，以防李家派人来劫。"

"六爷，这黑天，在咱们的一亩三分地儿，他李家哪有这个胆子敢撒这泡尿？"

"浑蛋！三八赶集——四六不懂的东西！天黑就没事啦？不怕一万，就怕万一，你们知道吗？越是这样越是容易出事，如果这个肉票被劫，大当家的就会把你们和我的脑袋揪下来，剜个窟窿当尿壶！知道吧？"

"是！六爷。"

两个土匪赶快向高岗子方向跑去。这时，天已漆黑了，走出几步都看不清人，陈忠堂冲两个土匪喊：

"到梁上了吗？"

"到了！六爷！"

"给我好好瞅着！"

"唉！"

听声音，陈忠堂知道这两个土匪确实到了山梁。他赶快把枪往腰上一别，给李凤山松绑，并冲着他的耳根悄悄地说："大哥，你家老爷是我的救命恩人，常言说，知恩不报非君子，我今天来就是为了放你。你就从这儿往南走，翻过这道梁，前面有个山，山顶有个窟窿，叫窟窿山，你就直接奔那个山头，今夜你翻过那个山顶就没事了。不过今晚无论如何也要翻过去，不然被他们抓回来就完了！"他用手指了指南面那个黑乎乎的山道，接着说："现在你先别走，先藏起来，等我们走了，你再走，跟我来！"陈忠堂拽着李凤山钻进了茂密的柴树林里："你就蹲在这儿，别出声。"

没等李凤山大脑清醒过来,陈忠堂就离开了他。随后就听到"啪啪"两声枪响。接着,就听见"咕隆"一声,是一件沉重的东西跌下悬崖的声音。

"过来吧!"

陈忠堂高声向两个土匪喊:"过来吧!"两个土匪来到柞树底下,不见尸体。

"六爷,扔下去啦?"小个土匪不假思索地问。

"六爷,等我俩来做这件啊,有我俩呢,咋能让你自个儿动手。"

陈忠堂没回答这两个土匪的问话。一边摸着枪,一边说:"看到没,撕票可不像在法场上杀人那样,要利索点!连死尸都不能让人知道在哪儿,要不,被撕票的这家会来偷尸的。这不,打死就把他扔下悬崖。家人想找,不用寻思!"

"还是六爷说得对!"两个土匪讨好地说。

"好了,咱们回去吧!向大当家的汇报一声。"

三个人离开了山洼。李凤山蹲在柴草里,一动不敢动。他似乎在做一场噩梦。他定了定神,这夜晚眼前的一切却如此真切,刚才救他的人说的话他听得清清楚楚。他使劲儿地摇了两下发昏的头,力争恢复自己紊乱发昏的神情。他万万没有想到自己落到这个地步还有贵人相救,这真是摸了摸阎王鼻子,又回到了阳间。真是人要不死,终有救!可是救他性命的这个恩人姓甚名谁,他一点儿不知道。这时,他想起恩人说过的一句话,今天夜里必须得翻过窟窿山顶才能逃出虎口,于是他沿着模糊不清的小路,拼命地向窟窿山方向爬去。为了不再落入土匪手里,尽管是黝黑的夜间,找不着真正的山路,但是他凭着山里人能翻山越岭的习惯和求生欲望不顾一切奔向模糊不清的高大巍峨的窟窿山。

他穿过荆棘榛莽的柴草,越过深浅不一的沟壑,攀过陡峭的山崖,不敢放慢脚步,更不敢停留片刻。翻过几个山梁,豆大的汗珠从脸颊和发梢上滚落下来,滴在眼里辣涩涩的,滚到干裂的嘴唇上一舔,咸滋滋的,求生,使他顾不得用手擦抹一下脸上的汗水。匆忙中,柴枝挂坏了他的衣袖,划破了手背,他全然不顾,拼命地向窟窿山山顶爬去……

一直翻过了窟窿山顶,他才放慢了脚步,长长地舒了一口气。他回头望望自己走过来的这黑黝黝的山谷,真像一口吞噬生命的黑棺材。他暗自庆幸自己终于逃出了魔掌,走出了阴曹地府。一夜的奔波,他已经筋疲力尽,疲惫不堪。这时,他才感觉到两条腿像灌了铅一样沉重。尽管翻过了山顶,李凤山心里还是担心土匪会追来,他使劲儿地用手捶捶自己发酸的大腿,一步一步地挨下山来……

他连滚带爬一直走到山脚下一大片高大粗壮的松树林跟前,才停下脚步。天,还没放亮。夜风吹弄着高大的树冠,发出呼呼的响声。走进松树林,他低头细瞧,看到松树下是一片地面隆起的大大小小的土包。他心里十分高兴,知道这是坟地。有坟地,说明离住户人家不远了。听老人说过,出外人倘若不得已在野外过夜,宁宿坟地,不住庙堂。他实在太累了,于是,他决定天亮之前在这儿好好睡一觉。为了求得平安,在林里,李凤山凝眸细观觅找这家坟地之祖。在那高大浑圆的老祖宗坟前,李凤山屈膝一跪,磕了三个头,并虔诚地念叨着:"贵府先祖,今落难之人李凤山虎口余生逃至于此,极其疲惫,想借贵府宝地投宿休息,望您老开恩容纳,保佑鄙人平安无事。日后方便之时定来打点酬谢。"

然后,他就起身在祖坟附近一棵粗大的松树下背倚着树干坐下,一转眼工夫,就睡着了。

不知睡了多长时间,他醒了,打了一个冷战,李凤山睁开惺忪的睡眼放眼望去,依稀可见苍白的远山在天际处勾勒出的一条起伏柔和的线条;收眼近看,粗壮的老树干披着粗糙的皮衣,纵横交错的林中小路和满眼寒霜的整个山野已清晰可见。天已放亮了。不知怎的,他突然好像闻到一股腥臭的腐烂味,是什么东西呢?他扬头一看,吓得"哎呀——"叫了一声。他猛然立起,从松树下倒退了几步。原来,就在睡觉的这棵大树离地面一人多高的光秃树枝上挂着一个柴筐,只见柴筐里放着一个红鲜鲜血冰冰的人头,筐底缝隙流挂的血丝凝固成一串串紫红色的冰流。他顾不得多想,慌忙沿着一条小路向山脚下的村庄奔去。

深秋,崎岖山路两边颓败的枯草沾满了白花花的寒霜,不断地鞭打着他的鞋子和裤腿。他的下身早已湿透了,寒冷逼使他快步在山道上奔走,湿湿的鞋子随着他的脚步发出嘎吱嘎吱有韵律的响声。

第二回 李凤山虎口险丧命 抗日联军进大冰沟

他爬过一个小山包，绕过一片杏树林，呈现在眼前的是宽阔的黄土山坡地。脚下是一条大沟，把这片广阔的黄土坡分成了两半。蜿蜒曲折的大沟像一条巨龙藏卧在荒凉的黄土坡上。岁月给本来满脸沧桑的黄土坡刻上了一道不可逾越的鸿沟。就在这沟里的阳坡脸上，有一个十几户人家的小山村。大沟里面长着山杨树、柳树和杏树。李凤山看着这陌生的地方，心想，自己人生地不熟，走黄土坡上的大道会带来意想不到的麻烦，还是走大沟吧。他顺着沟帮拽着茅柴滑下沟去，走在树多林密的沟底，他心里踏实轻松多了。

走了半个时辰，沟越来越宽阔，沟谷里出现了人们开垦的一块一块与炕一样大小的方田。沟的两坡上长着一棵棵霜叶未落、红彤彤的山杏树，像一团团燃烧的火焰，点缀着这无人问津的荒野沟谷。

"这是什么地方？"李凤山自言自语地问着。

走着，走着，突然，听到大沟下面不远的地方传来了人的喊声：

"站住！"接着就是啪啪两声枪响。

李凤山一听，大吃一惊，糟了！又遇上土匪了，得赶快藏起来。他看了一下四周，两面沟坡上杏树虽然很密，但个个枝疏叶稀，根本藏不住人。此时，他不知如何是好，慌忙向树密的地方爬去——还好，沟坡上有一个仅能藏身的流水沟子。他跑过去趴在沟子里。这时，枪声越来越密，喊声越来越近，人在沟里跑，踏踩枯叶，嚓嚓嚓杂乱的脚步声都能听得清清楚楚，李凤山的心也随着越来越近的恐怖声音，怦怦怦跳得更厉害了。

果然，不一会儿，从下面的沟谷里蹿上三个人来，他们手里都攥着短枪，拼命地向沟里跑，边跑边慌乱地向后面开枪，跑到距李凤山藏身不远的地方，三个人突然停下来，一个人比画着让另两个人继续往沟里跑，他却转身向李凤山这个坡脸奔来。那个人眼看着就要跑到沟坎跟前，李凤山吓得浑身发抖，他抱着脑袋，身子紧紧地贴在能遮掩他躯体的土坎沿儿上。这时，后面人已经追到了下面，只听"啪"的一声枪响，这个往土坎子跑的人就倒了，顺着陡坡骨碌碌滚了下去。李凤山吓得"啊"了一声。自己赶紧捂住了嘴，他把身子往下缩，再缩，就像一个装死的刺猬，缩成一团。全身颤抖，两手捂着已闭的双眼，一动不动。

枪声、喊声都没有了，好像刚才这里什么也没有发生过。李凤山听没了动静，他像蜗牛一样慢慢地悄悄地伸长了脖子，抬起头，贴着土坎沿儿悄悄向下窥探。他这一望，倒让他吸了一口凉气，他看见那死尸跟前站着四个人，其他人已经向这土坎包抄过来。显然，他们发现了土坎后面还有一个人，李凤山一看不好，便站起来拼命地向上跑。后面的人一边高喊："站住！站住！"一边可劲儿地追，子弹从他的耳边嗖嗖地擦过，眼看着他就要跑进树林了，只听"啪"的一声枪响，就觉得左腿一下子麻热，不听使唤了。他趴倒在地上，用一只手拽着疼痛的大腿，还是不顾一切往林子里爬，鲜血染红了他爬过的茅草小路。他咬着牙，一捌一捌拼命继续往前爬。

这时，打着绷带穿着黑布鞋子的六条大腿像石柱一般挡住了他的去路。他抬头一看，三个黑乎乎的枪口已经对准了他的脑袋。他一想，完了。顿时，脑袋嗡的一下，就什么都不知道了。

不知什么时候醒的，只见自己躺在一间既简陋又洁净的小屋里，屋里靠北墙的一张小桌上摆放着一摞书，还有一个小瓷缸，小剪子、小镊子之类的东西也放在桌子上。他不知道自己到的是什么地方，掀开被子，想坐起来，但左大腿又疼又麻，好像烧火棍子一般，一点儿也不听使唤，受枪伤的大腿已经打着绷带，打得紧紧的，他纳闷：是什么人救了我？土匪？不可能。我是要被撕票的，被土匪遇上了那只有死路一条。这到底是怎么回事？他想起了当时跑的情景，是几个穿灰衣服的人打的枪，当时那几个人还拿着枪冲着他的脑袋，莫不是他们？这些人好像是当兵的，可又不像。在家的山沟里他看过大兵，那当兵的都穿黄军装，他们怎么穿灰衣裳呢？被撵的那三个人还死了一个，那三个人手里也有枪，他们是干什么的呢？这四个人为什么要抓他们？一个个解不开的谜团在他的脑海里翻腾着。

这时，走进来一个年轻人，穿着和那天抓他的那四个人一样的灰衣裳。那个年轻人看他醒过来微笑着问了一句："老乡，你醒啦？"

李凤山惊疑地瞅着他没说话。

"不要怕，我们首长找你有话说。"年轻人说完，就出去了。

李凤山这时断定是抓他的那几个人把他弄到这里来疗伤的。真是怪事，他们狠狠追我，还开枪打了我，为什么还要给我治伤呢？这些人到底是干什么的？唉，管他呢！我李凤山该着有灾祸，有祸躲不过，这是老人常说的话。

碰上好人留我一命，算我命大不该死，碰上歹人是杀是剐随他们的便，反正我这条命也是捡来的。一切听天由命。想到这儿，他不再想下去。

这时，他听到门外有脚步声，随后走进一个四十来岁的人，穿着打扮和那些人一样。这个人上中等的个儿，四方大脸，浓眉大眼，两眼炯炯有神，眉宇间透着几分威严。他浓黑的胡子好像有日子没刮了，足有半寸长。李凤山想坐起来，那个人忙弯腰制止："你有伤，不要动了。"

身后跟着的那个年轻人，忙拽过来一把木椅，恭敬地对那个人说："营长，您坐。"

进屋的人就是这次北上的抗日联军独立营营长——石春雷。石营长在李凤山头前一坐就微笑地问："老乡，对不起，我们误伤了你，现在，伤痛得厉害吧？"

不用说，这是个当大官的，李凤山心里嘀咕着。他瞅着眼前这个人，虽然胡楂很黑很密，浓眉大眼，威风凛凛，但细瞅面部却显得很和善。他目光有神，给人一种智慧过人且具有阳刚之气的男子汉的印象。李凤山虽然生长在山沟里，但也不止一次看到过大兵，那些经他家乡走过的黄衣大兵，部队里的那些军官不管是对老百姓，还是对他手下的兵都是张口就骂，举手就打，个个都是横行霸道，耀武扬威。看着今天面对着的这个大官，对人和颜悦色，说话和气，和那些当官的完全不一样，李凤山心情放松了许多。

李凤山没回答对方的问话，他判断这个人一定是个管事的大官："兵爷，我是一个治病的先生，我从来没做过坏事，我家还有两位老人和老婆，没人管啊，你高抬贵手，放了我吧！"

"老乡，不要怕，我们不伤害老百姓。"

不伤害黎民百姓，真稀奇！天底下哪有这样的军队？

"军爷，那你们——"

"我们是抗日联军，是共产党！"

"抗日联军？共产党？"

这可是个新鲜词，李凤山长到这么大，只听说过奉军、直军、中央军和东北军，可从来没听说过"抗日联军"，更别说共产党了，还是个党？党是做什么的？他感到这几个名词很新鲜。

"那你们上这儿——干啥来了？"

石营长笑了，向李凤山说："我们抗日联军，是共产党领导的部队，和其他军队不一样，是老百姓的军队，是给老百姓办事的。来到这儿，是为了消灭土匪和日本鬼子。"

日本鬼子？李凤山没听说过，更没见过，不过像老耗子这样的为非作歹的土匪他可没少见。

他望着这位长官，满怀疑惑地问："军爷，灭土匪，这是真的？"

瞅着李凤山半信半疑的样子，胡楂子军官笑了："我说的全是真的。"

"大叔，石营长是首长，叫他首长就行啦。"

"啊——首长，要是那样，咱们这地方的老百姓可就有好日子过了。日本鬼子咱这儿没有，没听说过。这土匪呀，可不少。这群贼寇不是抢，就是绑，还杀人哪！了不得呀！你们帮老百姓先把他们打尽了吧。不然老百姓就没有一天消停的日子啊。"

于是，他把自己这几天的遭遇，一五一十地向石营长说了一遍。

石营长仔细地听了一遍，知道了被抓住的这个人的家境和遭遇。于是，便对李凤山说："李先生，你介绍的情况对我们很有用，你静心养伤吧。有时间，咱们再唠。"

石营长从怀中掏出怀表看了看。喊道："卫生员！"

"到！"

"照顾好这位先生。"石营长说完，便向李凤山微笑着点了点头走了出去。

一眨眼，十几天就过去了，李凤山知道了天天照料他的那个年轻的卫生员叫白瑞俊，战士们都叫他小白。在小白的精心照料下，李凤山的伤口已经愈合，能拄着拐棍下炕溜达了。十几天来，他和小白朝夕相处，并与部队的首长以及其他战士交谈，不仅对抗日联军有所了解了，而且自己也有了一定的觉悟。他认识到，要想让老百姓过上幸福安稳的日子，就必须得让普天下的老百姓团结起来拿起枪，把邪恶势力消灭光。不然，老百姓是不会有好日子过的。

这几天，派出去侦察的侦察排战士们回来了。侦察排长葛振林向石营长汇报北部的情况："营长，鬼子占领了塔子沟县城后，他们的部队准备向南部山区推进。现在已控制了县城以南大部分乡镇。"

葛振林详细汇报了鬼子所到之处烧杀掳掠的野蛮行径。李凤山听侦察排的战士说鬼子杀害中国人的暴行，心里想，土匪恶，这日本鬼子比土匪还恶。是不是一群魔鬼？抗日联军除暴安良，不但要打日本鬼子，而且还要打山里的土匪，这真是一支老百姓的部队。他从心里渐渐地爱上了这支部队。

第二天，吃完了早饭，李凤山拄着拐杖找到石营长面前，说出了自己的心里话："石营长，我参加你们的队伍，行不？"

石营长叨着烟袋笑了："李先生，你家中有二老和妻子，跟我们干，能行吗？"

"咳——营长啊，过去有句话怎么说来着？国破家何在。如果都恋家，那谁还来当兵打土匪打鬼子呀？鬼子土匪不灭喽，这个家还能好吗？是吧？你就收下我吧。这个事啊，我想了好几天了。"

石营长想，李凤山是治病先生，部队刚到此地，还没站稳脚跟，行军、打仗在这一带与鬼子周旋，以后的艰苦生活无法预测。李先生能受得了吗？十几天的接触，他看出李凤山是个性情中人，他识大体，明大义，有正义感，来部队肯定是一位不可多得的好战士。况且，他是本地人，又是先生，对当地情况熟悉，又能给伤员治病疗伤，让他加入部队，这对部队了解这一带的情况，取得地方群众的理解、支持和配合至关重要，必须有这样的人才能使部队与当地民众尽快有效地联系沟通，形成广泛的抗日民族统一战线，只有这样，部队才能准确掌握敌情，更有力地消灭日寇和土匪。另外，战士要在这一带与敌人坚持长期作战，牺牲和受伤是难以避免的，如果有这样一位大夫随军治病疗伤，也会减少部队的伤亡。

石营长高兴地说："李先生深明大义，能舍小家为国家，和我们一起抗日，我很感动。李先生，我代表抗日联军全体战士欢迎你！"石营长边说边紧紧地握住了李凤山的手。

这天下午，派去县城侦察日军活动的侦察排长葛振林风尘仆仆地赶回驻地，带来了一些详细的消息。

"日本鬼子进县城已八天了，县城里有一个宪兵大队和一百多人的骑兵，他们进城后，纠集了警察和部分潜逃的散兵游勇，组建了一支有二百多人的警察大队，并推出亲日汉奸组建了伪政权。这几天，鬼子正纠集一些地痞流氓建立一个讨伐队。组建后，鬼子要派出部队向南进一步推进，并要在这一带山区建立起反动的伪政权。"葛振林喝了一口水接着说，"营长，我们在回来的路上——骆驼岭，与一支鬼子部队遭遇，虽打死了两个鬼子，我们的人也有一个挂了彩。"

听了葛振林的报告，石营长脸变得严肃起来，刚过来时，首长交代过："日寇控制了阜新、锦州这些辽西的重要城市，不久战火就会延伸到辽西山区。敌人很有可能在这一带利用燕山山脉的关隘要塞，打通一条通往关里的军事运输线。你们要赶到敌人前头在那里发动群众，建立抗日政权，扩大武装力量。利用察冀交界山大沟多这样的天然屏障阻击日寇军用物资南下，为我军在华北平原与日军作战赢得时间。"

怎么也没想到鬼子来得这么快。石营长摘下别在腰间的烟袋，习惯性地拧捏几下烟袋锅子的烟末儿，放在嘴里点着了火，啪嗒啪嗒抽了起来。石营长想，部队刚刚来到这儿还没站稳脚跟，鬼子就到了跟前，部队初来乍到，在这儿人地生疏，缺乏群众基础，况且敌我力量相差悬殊。这种情况下部队绝不能与日寇正面交手，得先避开鬼子的锐气，然后再想办法牵制敌人。

于是，他找来李凤山商量："李先生，现在鬼子马上就要南下。他们气势很盛。根据我们侦察员回来汇报的情况，鬼子部队也许不超过两天就会到这儿。我想，不久从这儿到南部山区都会遭到鬼子控制。眼前的情况，我们不能与敌人硬拼，等抓机会再揍他。我想把部队拉到一个不易被鬼子发现的地方，暂时安顿下来，你是本地人，请问有没有这样的地方？"

李凤山想了想，试着说了一句："营长，有。咱们上大冰沟。但不知那儿行不。"

"大冰沟？在哪儿？"

"在我家那块儿。"

"你家那儿。你说说，大冰沟是什么样的？"石营长坐在李凤山的对面，想听一下大冰沟里的情况。

"营长，这条沟离我家最近，哪条沟里长啥样的树，我都清楚。那儿，山高沟深，山林子很密。山场大着呢！整个沟南北长足有五六十里地。像鱼刺一样，主沟两边一个挨着一个大沟。每条沟里还有沟，沟沟岔岔多的是。沟深林子密的，几乎看不着天，那里别说住一百多号人，就是住上几千人也没有问题。鬼子就是到了那个地方，别说是打我们，就是想进沟他都不敢。"

石营长叫警卫员把草图拿来，在桌子上展开，查找大冰沟的位置，他一看，笑了，原来大冰沟是燕山山脉的北麓山区，地处察、辽、冀三省交界处。向南与冀接壤，是进出关塞的门户，战略位置极为重要。况且，大冰沟峰峦叠嶂，森林茂密，是消灭敌人、保存自己力量的好地方。

"好，好地方！咱们就去那里！"

当天夜晚，石营长就带领部队由李凤山做向导，悄悄向大冰沟进发。

一夜的行军，东方刚有些鱼肚白，部队就已经悄悄挺进了大冰沟。时值深秋季节，战士们一边扛枪在山谷里走一边看。大冰沟原始的独特自然风光让战士赞叹不已。

李凤山领着大家到了沟里，更是让所有的战士惊奇不已。这里不愧是一个封闭的自然王国，原始森林比比皆是，山外虽几经寒潮的光顾，霜叶满山，草木凋零，但这里依然是草青树绿，一派生机盎然的景象。层层峰峦簇拥着起伏的林涛，沟谷中叠翠千丈，遮天蔽日；山怀交枝荫翳，葛藤缠绕；林里落叶盈尺，地下盘根错节，根须如网；谷涧溪水淙淙，潺潺汩汩。这里有巨栋大梁的参天大树，珍禽异兽不时地在战士们眼前掠过，奇葩山果点缀山间，处处给战士们带来无限惊奇。

估摸进沟三十来里路，部队来到三岔路口。李凤山领着大家一头扎向西南方向的三道沟。

三道沟是人迹罕至的地方。沟里沟外，阴坡阳坡都是原始森林。大柞树高大挺拔，直冲云霄，大松树扩展绿冠，山树竞生，乔灌咸长，荆棘丛生，底层柴草繁密，荫翳处蕨类葳蕤，卧倒的巨大枯树上覆盖着苔藓，枯湿的身躯上长出一片片黑黑的木耳。不知道是多少年的枯藤像巨蟒似的绞杀着它身边的植物，盘绕着，攀缘在树干上，狍子结伴在繁密拥挤的柴草空隙中跳跃窜行，有时收住矫健的脚步扬头怔怔地观瞧这些新来的客人，林间流泻着婉丽清脆的鸟鸣，秋风袭来，林海枝舞叶涌，波涛滚滚，宛如虎啸龙吟一般。

"李先生，你给我们带到原始森林里来了！"石营长举目周巡，乐呵呵地对李凤山说。

"是啊！山野不失秀美，谷幽孕育珍华，这儿真是一个不可多得的好地方啊！"马政委欣赏中诗兴大发。

中午，太阳从东边高高的山峰中露出了半面脸。此时，部队进入了三道沟的腹地——老牛槽。石营长命令部队停止前进，原地休息。他把前后左右的山势仔细观察一番后，决定在此安营扎寨。

第三回 老耗子惨遭灭全军 吴玉成杀人潜深山

老耗子虽然撕了李家的票,但没有捞着一点儿油水,这可是损人不利己,他为此感到十分烦恼。这几天,他派出各处踩点儿的土匪陆续回来了,向他报告一些令他不悦的消息,让他感到做局没戏,只有去县城踩点的老三还没有赶回来,老耗子等得有些不耐烦了。

这一天晚上,他命令众匪首让土匪们吃饱喝足下山做事。山里的众匪一听去山外开局,都很快活,各个磨刀霍霍做好下山的准备。刚擦黑,老耗子带领人马下了山。

这个百人的队伍到了大道折向北去,半夜,正想对一家财主动手,却遭到了来路不明的武装攻击,死了好几个人。

"妈了个巴子的!是哪儿的一群王八羔子到这儿来搅局?给我狠狠地揍!"老耗子真是气不打一处来,他命令众匪占领有利地形,进行反击。可是,对方的火力太猛,机关枪"嗒嗒嗒",如爆豆似的叫着,子弹像雨点一样向他们压来,打得他们根本抬不起头来,一眨眼工夫,眼瞅着弟兄们又倒下了好几个。老耗子觉得不对劲,他打家劫舍十几载,抢山头,夺地盘,与官府较量从来没有遭到过这样凶猛的火力压制。

"妈了个巴子的!这是一些什么鸟?老六!你看看去!"

"是!"

陈忠堂帽脸往上一推,手攥着枪刚想迈腿,老七肖一刀跑了过来,喘着粗气向老耗子报告:"大哥,弟兄们挺不住了,怎么办?"

说着,趴在前面墙角的人又倒下了两个。老耗子一看这样打下去,非得吃大亏不可,他用枪顶了顶帽檐儿骂道:"妈了个巴子的!这是哪儿来的狗日部队,这么蝎虎!撤!"

众土匪一听，像兔子一样向原路逃跑。后面的人一边追赶一边放枪追击。老耗子带领众匪甩掉了追兵，狼狈地逃回了蟠龙山。到了山寨一清点人数，少了十七个弟兄。

老耗子这次下山捞油可惨坏了，他万万没有想到这次从天上掉下了天兵神将，坏了他的好事。"啪！"他把枪往桌子上一摔，一屁股坐在太师椅上，怒火难消。

"妈的！这是哪儿来的王八犊子！这么蝎虎。"他忽然想起交火时嗒嗒嗒的响声。不由脑子里浮现出一群弟兄在剧烈枪声中倒下的情景："妈了个巴子的，那家伙是啥玩意？打起来炒爆豆一样。妈的，没好家伙不行。我得把它搞清楚，弄到手。"他眯着鼠眼，心里琢磨着。

这时，一个土匪跑进来报告："大爷，三爷回来了！"

吴玉成进了大厅，走到老耗子跟前把狗皮帽子一摘。

"大哥，城里的情况我都摸清……"

"摸清了有个屁用！尽整那些马后炮的事儿。"老耗子把脸一沉。

吴玉成一瞅老耗子的脸色不对劲儿，再看看站在两侧的众人都垂头丧气的，像霜后的茄秧——打着蔫儿，有的弟兄用带子挎着胳膊，还挂了彩，就知道大哥已经出了山，并碰了钉子，吃了败仗，所以他也站在那儿不敢吱声。

过了一会儿，老耗子把鼠眼皮一睁，瞅了一下吴玉成，说："说吧，城里咋样了？"

"大哥，城里来了不少日本兵啊！这些人可厉害啦。家伙什都是新样的。什么歪脖子机关枪，还有什么炮啊。在县城里，我还看到了走起来嘟嘟嘟地响，跟马跑起来一样快的三个轱辘的车。那些日本兵坐在上面可威风了。"吴玉成看老耗子又闭上了眼，在细听他的话，接着说，"城里还有穿着黄衣服戴大盖帽的中国兵，也有穿着一身青衣裳的，别着短枪的讨伐队，听说这些人都得听日本人的。"

"能有多少人啊？"

"加起来估摸有七八百人。"

老耗子一听，对刚才的一仗明白了八九分，知道自己吃饭的这块儿地盘被日本人占了。自己拉的这一杆子人马以后真的不好混了。

"妈了个巴子的！这日本人不在自个儿国家待着，咋跑这儿来了？"

"是啊，大哥，这小日本真尿性，跑到这么远的地方来跟咱们争地盘。"

"大哥，要不咱们进城打他个冷不防，抢他点好家伙。"

"你们知道个屁！拿鸡蛋往石头上碰，找死啊？"

这时，匪首们默不作声。老耗子坐在太师椅上两眼闭着。他不是在敛目养神，是想今后日子怎么过。南面山大地少，能榨出油的人家很少。这些年，他这些人全靠北面县城附近的大户养活着，如今来了日本兵，他们势大家伙强，眼睁睁地看着这块地盘被人家占去了。看这架势他们不能不走了，跟日本人较劲弄不好自己的这点儿人马还得让人家给灭了。想想自己这几年惨淡经营的百人队伍，以后真的是朝不保夕了。常言说得好："惹不起，躲得起。"好汉不吃眼前亏。他撩起似睁不睁的上眼皮扫了一下站在大厅两旁的弟兄，语气有了缓和："诸位兄弟，日本人占了我们的地盘，也就是抢了我们吃饭的饭碗。刚才我们跟他们较量了，这日本人很蝎虎，我们打不过他们。这个年头，弱肉强食，不知哪一会儿，弄不好就得让人家给我们做了。我想把部队拉到关里去，大家看看行不？"

老二孟老千一听，赶快向前劝阻："大哥，不能去啊！关里可去不得。关内驻军很多，那里都是平地，一个堡子连一个堡子的，一家有事八方呼应。我们人生地不熟的，即使到了那里，也不一定站得住脚。再说，我们去关里路途遥远，要经过燕山那个败家的地方，那一带山高林密，地势险恶。古代人就凭着这个，在那儿修建了一个长城，来预防和抗击北方的鞑子。我们从这里走，不知前面有什么事等着我们呢！"

老三吴玉成看透了老耗子的心思："我看，大哥说得对，过去我们怕过谁？哪个山头的绺子不惧咱三分，可这世道变了，来了这些日本人，他们有的是好枪好炮，那是我亲眼看到的，咱们这两杆破枪跟人家比，哪儿到哪儿啊？在这儿，跟他们争饭吃啊，早晚让人家给收拾喽。大哥说得对，'三十六计，走为上策'。再说了，关里地大，财主多，油水大。就凭着我们这些弟兄，这些枪，一定会捞着大油水！"

众匪首这时你一句，我一句，七嘴八舌吵嚷着。寨厅里乱成了一锅粥。老耗子看着这乱糟糟的情景，也说不出一个子丑寅卯。他手一挥不耐烦地说：

"得了，得了！别嚷嚷了！我主意已定，进关里。不然的话，我们这一百多名兄弟就得喝西北风。这么着，兄弟们跟了我这么多年，谁不愿意去，我也不为难你们，你们可以回家；愿意跟我进关的，明天早晨就走。"

众匪首一听进关里有油水捞，个个举起枪赞同。

"我们不走！跟大哥进关里！"

"好！就这么定了，今晚收拾收拾，明天，天亮就走。"

第二天天还没亮，老耗子就领着土匪倾巢出动。这一吹灯拔蜡——走人，他的三个压寨夫人吵嚷着也要随队伍南下到关里开开眼。老耗子舍不得扔下这些如花似玉的女人，自然应允带她们前往。

土匪走了两天一夜，到了第二天晚上，他们来到了离抚宁县城还有六十里地的北面的一个小山村。为了不走漏风声，老耗子让土匪们把全村的人圈起来，并在村口布置了岗哨，并命令手下匪首："你们几个听着，这儿不比咱家门口那一亩三分地，事事要十二分小心。今天晚上，对所有的来人，只许进，不许出。违令者杀！"

"大哥！你放心吧，弟兄们差不了事！"众匪首向老耗子保证。

土匪逼着村里人给他们烧火做饭。土匪饱餐一顿后和衣抱着枪等信儿。

老耗子已派几个精明的土匪去县城踩点儿。他想："兵贵神速。"今天初进关里定要旗开得胜。他要他的部队神不知鬼不觉地当夜开一把大局。

天还不到二更，两个踩点儿的土匪回来向老耗子报告："大哥，我们看准了一户财主。在这县城是数一数二的。"

"城里有大兵吗？"

"没有，就有警察。夜间县城门口没人看守。"

"警察，哈哈哈，是一群白吃干饭的废物。该着今天让我发财。"

"大哥，我们回来的时候，城里的人一般都睡了，很消停。"

老耗子一听机不可失，他马上集合队伍。南村口，他背着手，攥着马鞭，把鼠眼睁得比平常大得多，他扫视了将要出发的这百号人："弟兄们，想不想发财？"

"想！"

"想发财，今天夜里，咱们就得卖点儿力气，使出你们的本事，别当熊种！谁要是怕死，现在你就给我滚蛋！谁不怕死，冲在前头，我就奖给他三块儿大洋，抓住漂亮女人，让他随便玩儿！听清了吗？"

"听清啦！"

"这才是爷们！今天开这一局就看你们的本事啦。走！"

夜深了，两个踩点儿的土匪领着老耗子的大队人马神不知鬼不觉地进了抚宁县城，悄悄地潜伏在这家财主的院墙外。

几个越墙进院的土匪回来轻声向老耗子禀报："大哥，后屋的灯都熄了，没一点儿动静，看样子人睡了。"

"看清了？"老耗子鼠眼皮一挑，不放心地问了一句。

"看清了，只有两个打更的在前房摆弄灯。"

老耗子一听暗自欢喜。他让老六陈忠堂过来，悄声吩咐："你进院先把那两个打更的做喽，得手后学三声猫叫。再把大门开开。"

"唉！"

陈忠堂枪一别，轻盈地跳过高墙。

老耗子接着告诉身边的吴玉成："老三，大门打开后，你带十几个干活利索的人进屋把人做了。记住！不能用枪。"

"知道了，大哥。"

吴玉成领着一些人沿着墙根绕到了前大门，这时，老耗子叫来肖一刀，悄声对他说："老七，你叫几个人收拾东西，要拣那些值钱的细软东西拿，到手后，快点儿撤。"

"嗯。"肖一刀点点头。

陈忠堂越过高墙，放轻脚步几个转身从屋檐下溜到了打更的房门口。他掏出匕首等待时机。又一想，两个打更的家奴打晕他算了，何必要他的命。他把匕首又别在腰带上。不一会儿，两个打更的人出来了，前面的人拎着提灯，后面的人拿着梆子，陈忠堂闪在一旁放过前面的人，后面的人刚迈出门槛，陈忠堂迅速用左手捂住他的嘴，右手一掌砍在他的后脖颈上，这个人像棉花团一样软绵绵倒了下去。前面的人听不到后面的人敲梆叫喊。

"老李，磨咕啥呢？咋不喊啊？"

这时，陈忠堂已来到他的身后，用同样的方法打昏了前面提灯的人。他拿起提灯把，并把打更的帽子戴在自己的脑袋上，快步来到院门前，"咪喵——咪喵——咪喵——"，学了三声猫叫。他轻轻地拉开门闩，又轻轻地打开大门。吴玉成领十几个人迅速用事先准备好的一块青布蒙好脸，悄悄地鱼贯而入。他们分别窜到下人睡房门前，用刀子悄悄伸进门缝儿轻轻拨开门闩，蹑手蹑脚摸到炕沿儿。屋子里雇的两个短工在睡梦中就被抹了脖子。随后，吴玉成带着兄弟吴玉山和其他三个土匪闯到主人住的卧室房前，吴玉成来到窗前侧耳聆听，屋里的人"呼噜——呼噜——"鼾声正响。

再说，这家主人邵东凯年过半百，觉很少，是一个精细人。每天半夜的时候，他总是醒来尿一泡尿，到院子绕一圈儿查看一下再回屋。今夜醒来，他觉得奇怪，挂钟"当，当，当……"敲了十二下，可却没有听到打更的喊声。他又好像听到房门有响动，觉得不对劲儿。他推了两下老伴："我说不用你家那些亲戚，一个个懒得屁股眼儿里挑蛆，你就是不听。咋样？没干上一个月就不精心了吧？今夜就没打更。"

"别瞎说，哪能呢？"

"你就护着吧，我老邵家是欠下你们的。"

"你说啥呢？别把话说得那么难听。你拍拍良心想想，你今天的日子是咋过起来的？还不是我老唐家给拉帮的。好了疮疤忘了疼，没良心的老东西！"

"得了，得了！我不跟你一般见识。"

邵老爷不放心，他披上衣裳，掏出放在枕头底下的那只手枪要开门出去看看。刚穿上鞋，砰的一声，屋门被踹开，吴玉成领着四个土匪闯进了屋，老太太这时正好把灯点着，邵老爷一看闯进了几个身穿青衣的蒙面人，手中都握着一把滴血的刀。不好，来强盗了！邵老爷握枪冲着进来的人就打。"啪！"枪声打破了宁静的深夜。邵老爷心情慌乱手发抖，子弹从吴玉成的左耳朵擦过，吴玉成疾步上前一刀砍掉了邵老爷的脑袋。吴玉山两步来到还躺着的唐夫人跟前，一尖刀就捅进了她的心窝，顿时，鲜血染红了缎被。吴氏哥俩杀人后正要翻找屋中的贵重之物，此时，老七肖一刀带着人进了屋，他们开始翻箱倒柜，一阵猛翻。

邵老爷的儿子邵林，是抚宁县的警察局局长，他在局子里听到了枪响，心里为之一震，这三更半夜的有枪响，知道城里发生了事。他问手下的一个执勤的警察："哪里打枪？"

守门的警察向他汇报："局长，枪声好像是从城北方向传过来的。"邵林一听，心里咯噔一下。坏了，自己家就在城北，是不是家里出了事？

"嘟——嘟嘟——"

"夜里有事了，马上集合！"邵林大喝道。

一会儿，警察局门口警察列队整装，他们荷枪实弹快速向城北奔去。不到一袋烟工夫，邵林带着队伍就来到了自家门口，看到大门敞开着，一群黑影已向着城北门方向逃去。邵林一想什么都明白了："快！抓住这些土匪！"他命令手下的人带领部队赶快追捕。

老耗子在平原上砸大户还是新媳妇上轿——头一次。以他以往经验，兵匪一家，知道后面追赶他的是警察，只要把抢来的一些财宝分给他们一点儿他们就会打马回朝，并不放在心上，便命令枪法好的在后阻击。又叫肖一刀把一些金银首饰放在路上，以让追者罢手。邵林一看这些人只知道在大道上跑，就组织火力进行猛烈的射击。常言说得好："黑土地耗子到黄土地拱不动。"老耗子只适合在山区抢劫，哪懂得在平原地方打仗。土匪在激烈的枪声中倒下了几十号人，老耗子领着剩余的人没命地跑，一直跑到北面的山里才敢停下来，这时天已大亮，他叫老二孟老千查点人数。老二哭丧着脸说："大哥，只剩下七十多个弟兄了。"

老耗子再一次清查人数，才发觉自己的三个压寨夫人一个都没有了。这时，他可真着了急。那些贵重值钱的东西都在大夫人手里，如果落到别人手里那可就完了。要是那样，就真的像《三国演义》里说的那样赔了夫人又折兵。他十分懊悔，出外打仗带上这几个累赘太不应该，他无论如何也得派人回去把她们找到。善于察言观色见风使舵的老三吴玉成看透了老耗子的心思。

"大哥，现在追我们的警察一定对我们路过的地方大搜捕，大哥，我带着吴玉山找我三个嫂子去！"

老耗子知道吴玉成的为人不怎么地道，但又一想，跟了他十多年，这小子就是满肚子花花肠子，量他也不敢跟他这个当哥哥的耍。为了以防万一，他眨了眨那对鼠眼："老三，你们俩咋行啊，途中万一碰上那么多警察，那还了得？还是多去几个人吧。"老耗子又叫了老五谢老光和两名精明能干的土匪一同前往。

行前，老耗子向老三、老五二位交代再三："一路小心，找人要紧，找回你三个嫂子，我一定重重奖赏你们。"

"请大哥放心，我们一定把嫂子们找回来！"

五个土匪向逃回的原路返回，出了山口，就看见沙土路上有一小队人马向着山口走来，其间有三台轿子。

吴玉山用手指着向这边走来的小队人马向吴玉成惊喜地说："大哥，你看！那不是嫂子她们吗？"

五个人快步迎了上去，吴玉成五人来到三台轿子跟前一看，六个抬轿的人大汗淋漓，见到吴玉成他们，叫苦不迭："三爷、五爷你们可来了，我们实在是走不动了。"

老耗子的大老婆掀开轿帘一看是老三、老五来接她们，就让轿子停下："停下！停下！"

她抬起屁股掀开轿帘走出来，脸拉得很长，冲着吴玉成第一句话就问："三弟，你大哥呢？"

"嫂子，我大哥已经进山了，让我们哥几个来接三位嫂子。"

"这个没良心的老东西！把我们扔在这儿，自己先走了，要不是你们来接，我们还不知往哪儿走呢！"

"嫂子，别生气，我大哥看你们没追上来，着急坏了。走吧，这里不宜久留。"吴玉成命令抬轿的土匪赶快抬着轿走。

"三哥，我先回去告诉大哥一声，好让大哥放心。"老五与吴玉成商量。

匪首老五并非叫谢老光，他的真名叫谢明善，因为他脑袋上光溜溜的没有一根头发，所以大家都叫他谢老光。叫惯了这个，真名就再也没有人叫了，时间一长，戏语成了真名。谢老光不在乎这些。他足谋深略心计过人，对天文地理周易八卦无所不晓，看事明了头脑灵活，是蟠龙山上匪首们公认的"诸葛亮"。此时，谢老光看透了吴玉成的用心。

"那你先走吧，告诉大哥一声，让他放心，这儿有我护送三位嫂子，不会有任何差错的。"

谢老光笑着说："三哥保重，五弟这就回去报信儿。"便与同来的两个土匪一同先返回山里去了。

六个抬轿的土匪抬着这三个胖女人已经走了多半天的路，已累得筋疲力尽。一路上，走走停停，停停走走，一直到日头落山才进了山口。这几个土匪又饿又累，抬着轿子趔趔趄趄，实在走不动了，吴玉成只好叫抬轿的土匪停下来歇一会儿。

老耗子的大老婆从蟠龙山出来时，金条、珍珠等所有珍贵之物都由她包裹起来，放在一个木匣里。这一路上，那木匣放在她的怀里，须臾没有离开过她，她怕一不小心被那两个小狐狸精弄去。坐了好几天的轿子，她们实在感到不舒服，三个女人下了轿，大老婆不放心手里的东西，就叫吴玉成看好轿里的木匣。吴玉成叫三个土匪警戒，他守着匣子。三个女人虽跟随老耗子久居蟠龙山，但她们从来没有见过这样高大险恶的大山，她们要方便一下，都不敢远去，就在道边的一个大石头后面解手。吴玉成这时打开匣子一看，嘿！匣子里全是金条、珍珠、翡翠和玛瑙。看见老耗子大老婆在大石后立起来，他慌忙盖好木匣，装作什么都不知道的样子站在轿旁。三个女人急着想见到老耗子，叫吴玉成赶快抬她们往沟里走。吴玉成命令启程。由于抬轿的六个土匪又饿又累，再加山里的路越来越难走，走得很慢，吴玉成并不使劲儿地敦促抬轿的土匪快行。

天黑了，三台轿子也没有赶上老耗子的队伍。冬天天短，一转眼的工夫，日头从东面的山头滚到西面的山顶。

山路，已经看不清了，六个抬轿的人只好把轿子停下来在道边过夜。老耗子的大老婆不住地抱怨："没良心的老东西！把我们扔在荒郊野外不管了。让我们在这儿遭罪。回去，我饶不了他！"

夜黑天冷，六个土匪在附近捡了一些枯枝败叶，靠在一石旁点起了篝火。他们把昨天夜里在关里百姓家里抢来的一点干粮放在火上烤，三个女人平常被伺候惯了，她们一掀开轿帘看外面漆黑，吓得坐在轿里不敢出来，等着土匪把烤熟的食物送到她们嘴边。

这时候，吴玉成把二弟吴玉山悄悄地叫到一边，小声地说："二弟，大夫人的匣子里全是金条、珍珠。"

"哥,你的意思是?"

黑夜里,吴玉山吃惊的眼神似乎看到了大哥两眼充满血丝的眼睛,胆怯地小声说了一句:

"哥,这——能行吗?"

"老二,这些财宝是大当家这些年积攒的全部积蓄。我们弄到手,就不愁你我这辈子没福享。"

"可大当家的知道了,还有咱俩的好吗?"

吴玉成听出吴玉山有些害怕、犹豫,便用训斥的口气说:"老二,你咋这样胆小?干不了大事!常言说得好:'打虎亲兄弟,上阵父子兵。'这个时候,你我不合成一股绳,还等什么时候?再说了,这些财宝,哪个不是咱们这些兄弟脑袋掖在裤腰带上整来的?拿走有什么亏心的?"吴玉成瞅瞅伸手不见五指的黑夜,"你看,这是老天给我们的机会。老二啊,过了这个村就没这个店啦!干脆咱哥俩一不做,二不休,把她们做了,拿着财宝远走高飞。大当家的知道了,他能咋的?"

"那——大哥,我听你的。"

"这就对了。"

兄弟两人商量好,假装解手回来。

吴氏兄弟半天才回来,引起了两个机灵的土匪怀疑,他们心里想:三爷和他的兄弟一定是在关里砸户时私藏了好东西,背着他们分赃。见他哥俩走来,两个土匪低下头,装作毫无察觉。六个土匪围在火堆旁烤着干粮和红薯,那些冻得硬邦邦的食物在柴火上燳烤得吱啦啦地响,散发出香甜诱人的味道。饿了一天的六个土匪的肚子咕噜噜直叫,每个人的嘴里禁不住咽着唾沫。食欲和馋涎牵动着蠕动的喉结,每个人又偷偷地把这些口水咽了下去。他们等着吴玉成发话。吴玉成来到火堆跟前,装作若无其事的样子。他捏了捏一个较大的红薯,已经烤透了,便对六个土匪放了话:"大家都累一天了,吃吧,吃饱了,明天好抬夫人赶路。"

吴玉成一发话,六个土匪狼吞虎咽地吃起来。

吴玉成、吴玉山没有吃,把拣好的红薯拿到轿子跟前分别送给三位夫人。

吴玉成来到大夫人轿子跟前把一个又红又大的红薯递到大夫人手中,带着一腔愧疚的口吻说:"嫂子,三更半夜,在这大山里兄弟实在找不到好吃的东西孝敬您,您将就吃点儿吧。"吴玉成的一片孝心,让老耗子的大老婆大为感动:"嫂子不怪你。你们也累一天了,一起吃吧,啊!"

这时,吴玉成声泪俱下地向老耗子的大老婆诉说衷肠,以表孝心。

"嫂子,都怪我们兄弟无能,让三位嫂子困在这深山老林里挨饿受苦。"

"这事儿,不怨你们,怨你大哥那个老东西!你看我回去怎么找他算账!"

三个女人折腾了两天两夜,饿得心里发慌,没有了平常那种养尊处优的娇气劲儿,大老婆从吴玉成手里拿过熏烤得黑乎乎的红薯,两手来回倒换着,连黑皮都顾不得扒,大口大口地吞咽着,就连粘在手指上的那块薯皮都用舌头舔进去了。她边吃边说:"三弟呀,这一路可多亏你啦,回去我要让你大哥好好地酬谢你。"

"嫂子,这话说远了。保护好三位嫂子是小弟的分内事,只要嫂子们平安无事回到我大哥身旁,那就是我们弟兄们的福分。"

"哎!你大哥,真是没白交你们这些弟兄。"

"嫂子,大哥平日对我们弟兄不薄,孝敬大哥、大嫂是应该的。大嫂,夜里山风硬,寒气重,吃完喽,你就安心在轿里睡觉,外面有我呢。"

"好,好。"

安顿好三个女人,吴玉成回到火堆跟前,摘下腋下的酒壶,递给旁边的土匪。

"他妈的!黑天,这山风真硬,大家喝两口,驱驱寒。"

土匪们听了这话心里高兴,咧着嘴笑了:"谢谢三爷犒劳!"

六个土匪就着热乎乎的红薯,你一口,我一口地喝了起来。一壶酒一会儿就喝了个一干二净。几个家伙喝得浑身发热,头有点儿晕。吃完了,困累一起向他们袭来。吴玉成看他们困倦的样子,心里暗自高兴,说:"弟兄们累啦,就睡会儿吧。"

"三爷,你呢?"

"黑夜山上有野牲口,保护好嫂子是大事。你们先睡吧,后半夜你们醒了我再睡。"

"三爷说得对，我们一会儿替你。"这六个土匪没等吴玉成说完，裹紧棉衣，身子一蜷就倒在道旁的柴草地上呼呼酣睡起来。

夜，已深了。山谷里一片漆黑，险峻的周山把夜空围成只有巴掌那么大，深山之夜的幽阒带着几分野冷与恐怖。沟谷里，寒气似乎已经凝结成固体，占据了大山以外所有的空间。栖息在山坳野林里的山鸟偶尔传来几声令人毛骨悚然的怪叫，叫人心惊胆寒。一会儿，又恢复了死一般的寂静。谁知，在这宁静山野中却潜伏着更可怕、更凶残的杀机。

吴玉成走到六个土匪跟前一看，只见他们睡得像死猪一般。他对吴玉山比画一下，示意守住这几个人。他腰间拔出匕首，悄悄地走到大夫人轿跟前，站在轿帘外他侧耳细听，然后倏地掀开轿帘，还没等大夫人反应过来，她的嘴已被一只大手狠狠地捂住，一束寒光凉飕飕进了她的胸口，她一声不吭地头侧歪在轿篷一旁，两手撒开了抱了几天几夜还带有体温的木匣。

吴玉成把匕首拔出来，鲜血溅了他一脸，他顾不得这些，把匕首往轿帘上蹭了蹭，别在腰间，在轿帘里，他划着洋火，打开木匣一看，金条和珍珠都在里面。他欣喜异常，盖上匣子，拉好轿帘，怕其他土匪醒来。他一手拎着宝匣，一手拿着短枪与二弟瞬间消失在漆黑的夜幕里。

吴玉成兄弟俩为了躲避老耗子的追杀，更怕殃及家人，连夜跑回老家，叫家人离开故土："爹，我们兄弟两人在外面发了财，我们带你和我们三个弟弟到外面去享享福，别在这儿吃糠咽菜遭罪啦。"

穷了一辈子的吴振国闻听此言，自然万分高兴，就跟着两个儿子举家搬迁。一家人跟着吴玉成走了七八十里的路后就钻进了沟大林深的大冰沟。

原来，吴玉成早就看好了离沟外不算太远的歪脖子沟，因为这条沟有一条便道，是北面沟外人南下走亲访友的抄近道。他和几个兄弟在山腰的平洼地方盖起了三间茅屋。

吴玉成选了这个地方，心里自然有他的算盘：一是一旦有个风吹草动，就可潜入深山，能藏能躲；二是能守住这条便道，可以抢劫过路人钱财。

深山躲灾的吴玉成哪里知道，老耗子的部队在他潜逃的第二天就全军覆灭了。那是老耗子派吴玉成五人接他的三个压寨夫人的当天，他没有命令部队北上前行，而是停留着等着他的三个夫人。可是到了夜深的时候，她们还是没有动静,老耗子心急如焚。

"五弟,你嫂子咋还没上来?"

"大哥,夜深了,道不好走,兄弟们挡不住,在半路打打尖,歇会儿。"

老耗子一想也是,三个夫人个个膘肥体重,两个人抬一个轿子不间歇地在这山路上整整抬了一天,哪能走得快?不过,那些金银财宝都在大老婆手里,这黑夜万一有个闪失,他这一辈子的心血可就白费了。不行!得赶快回去接她们。他鼠眼眨了几下叫来陈忠堂和肖青。

"六弟、七弟,你俩带十个人无论如何今晚把你三个嫂子接回来。记住!摸也得摸回来!"

"是!大哥。"

一大早,陈忠堂和肖青护着三个轿子,终于到了老耗子跟前。只见六弟、七弟脸色不好看,老耗子觉得不对。

"咋啦?"还没等两人回话,轿子里的二夫人、三夫人有板有眼地哭号起来:"天哪——我姐俩总算捡了一条命啊,大爷啊!那个挨千刀的老吴家哥俩把我大姐杀了,那些东西也让他抢走啦——"老耗子一听全明白了。这两个王八蛋背信弃义,在这个时候落井下石,竟敢背叛我干出这样的事,逮住他,我非剥他们的皮不可!他知道吴玉成奸诈无比,拿到这些财宝肯定早已逃之夭夭,现在派弟兄们在深山里寻找捉拿他哥俩,只能是瞎子点灯——白费蜡!匪首们听说吴玉成趁火打劫,一片哗然。

"大哥!八年了,我们哥儿几个盟约有先,有福同享,有难同当。如果哪个背信弃义,天诛地灭!没想到这个王八蛋不讲信用,开了小差不算,还害了大嫂子。我们逮住他要把他碎尸万段!"

"对!奶奶的!把他点天灯!"

"把他扔到青龙河里喂王八去!"

"大哥,我嫂子的尸体咋办?"军师孟老千悄声问脸色铁青的老耗子。老耗子眨了眨鼠眼,他望望四周险峻的大山心想,这儿也许还在关里的管辖地界,队伍不能在这儿久留,在这儿多一分钟就多一分危险。

"找一个地方把她埋了。"老耗子平静地说。

埋了大老婆,老耗子命令队伍快速前进。可部队没走出十里山路,就在一个山坡上遭到了岭上当地民团伏击，老耗子当时就被冷枪打死了。常言道，"树倒猢狲散"，老耗子一死，群匪呼啦一下子四下逃散。原来，老耗子队伍等老婆耽搁了一宿半天的时间，真的就没走出抚宁管辖地界。抚宁警察局长邵林带着他的警察追了一段路程后赶忙回到家里。一看二老和所有的家人都被杀死了，抱着二老痛哭流涕，立誓不灭掉这股土匪誓不为人。根据刚才的追赶方向，他知道这是关外的一股土匪，知道他们北逃所经过的山岭，因为他熟悉向北进山只有那一条路可走。于是，他立刻命令手下得力的警察官员火速北上，联系当地民团在必经之路——猫儿岭设下埋伏，阻歼这伙土匪，老耗子阴差阳错真的没躲过这一劫。

老汉吴振国跟两个发财的儿子走，本想到大地方开开眼，享享福，没想到一下子扎进了没有人烟的大山野林里，心里感到奇怪。

"大成啊，你哥俩不是发财了吗？咋带爹来这儿啊，啊？"

"爹，这个年月，钱多了会招风的。在这儿待着，消停。"

老人一听，也是。这年冬天，吴玉成领着三个兄弟在这一条山路上干起了拦路抢劫、杀人越货的勾当。凡是路过这里的人都遭到他们的拦截杀害。吴玉成干这些伤天害理的事都是背着父亲吴振国的，所以每次抢回来的东西他都说是哥儿四个在山外干活挣来的。五弟锁住今年十三岁，天天跟着父亲砍柴、做饭。

吴玉成告诫三个弟弟："千万不要把咱们做的事告诉老嘎达，他小，把不住嘴，爹知道了，就糟啦。"

"唉！"哥儿仨对大哥的话言听计从。吴玉成知道父亲的脾气，一辈子心肠软，知道他们干这样伤天害理的事，非气死不可。

吴玉成在这个便道上虽然人没少害，但并没有劫到值钱贵重的东西。

这一天，山路上来了两个人，一男一女，大的是个女孩，看上去也不过十八九岁，男孩有十六七岁。吴家四个兄弟从林子里窜出来正想拦截，老三和老四一看愣住了，原来他们是老家亲戚的两个孩子。那女孩叫翠凤，男孩叫志刚，是翠凤的亲弟弟。四个人的目光一对视几乎同时认出了对方。在这荒无人烟的大山里能见到熟人，给涉世不深、天真无邪的翠凤带来了无限的惊喜。

"志刚，这不是三哥、四哥吗？！"

"啊！翠凤！志刚！你们上哪儿去啊？"四个人乐呵呵凑到一块儿。

"去岭下我二姑家。三哥、四哥，你们在这儿干啥呢？翠凤看着他们手里都拿着刀和木棍不解地问。

"啊！我们在这儿打猎。你看，我们都带着家伙呢！"吴玉成抢过话说。

"翠凤啊，我参和我们就在这下面山腰住。"老四说，并用手指了指下面山腰的那几间茅草房。

"就住这儿啊？我爸说，你们发财了，说我二舅你们都搬到大地方去了。咋住这个大山沟里？"翠凤感到奇怪。

"大地方，乱，你二舅受不了。你舅愿意住在这儿，清静。走，到我家看看去。"说着，老四接过翠凤的包裹往下走。

姐弟俩在这儿与亲戚邂逅自然高兴，他们都想看看很长时间没有见过面的二舅舅吴振国。所以，没有推辞就跟随吴家四兄弟去了茅屋。

到了柴门前，老人吴振国正在屋里做饭，就听到熟悉的一个女孩的声音："二舅！"

老人放下活儿急忙从屋里走出来，立在门前一看，可把老人乐坏了。

"哎呀！翠凤啊！你姐俩咋到这儿来了？快！快进屋！"

翠凤走到吴振国跟前问了一声："二舅，您的身体好吧？"

"好！二舅的身体硬朗着呢。你爸爸妈妈近来身体怎样？"

"他们也行。"说着都进了屋。

"表姐！"锁住从西屋跑过来紧紧抓住翠凤的手。

"锁住弟！你长高了！"

"表姐，我可想你和我表兄啦。"

"我也是，挺想我舅你们的。"

"我要跟你们回老家去，不在这儿，这儿，没意思。"

"好，表姐回来就把你带回去。"

老人陪着姐弟俩唠嗑，诉说离别后的思念。中午，老人陪着两个孩子吃完了饭，因为两个孩子急着要赶路，老人又无法强留，就叫来吴玉成、吴玉山哥儿俩并叮嘱："你表妹表弟下岭串亲戚去，这里山大林深野牲口多，我不放心。你俩把他姐俩送到大西岭岭上，看着他们下了岭再回来。"

吴玉成和吴玉山听了老爹的话暗自高兴。

"爹，你放心吧。我俩一定给送到地方。"

"大西岭那边是个大坡，要是天晚，你哥俩就往下送送。"

"唉。"

老人把两个孩子送到门外，锁住拉着翠凤和志刚的手。

"表姐，回来一定带我回老家，我想老家那房子，大柳树。家那儿的什么东西我都想。"

"回去！来个人你就黏黏歪歪的。"

"我就回家！我就回家！"

吴玉山掰开锁住的手："回去！"锁住望着离去的姐俩眼泪在眼里打转。

姐俩在吴家哥儿俩的护送下离开了恋恋不舍的吴振国老人。

吴玉成本来是一个色狼，在老耗子手下，下山砸大户的时候，没少糟蹋良家妇女，在山寨里他以老耗子贴身保镖的身份常与压寨的二夫人眉来眼去，偷着干一些见不得人的勾当。来到大冰沟有一个月了，不但没有与女人快活过，就连一个女人的影子都没见着，他实在是憋得慌。

一路上，吴玉成不时地瞟着翠凤那双水灵灵的大眼睛，那白皙细嫩俊俏的小脸蛋，不高又不矮苗条的身材和那令他怦然心动的凸起丰满的少女的前胸。他淫心动荡，心血潮涌。翠凤与志刚对吴家哥俩以哥哥相待，一路上，与他们说说笑笑，毫无戒备。翻过两道大梁走到一片荒草地，吴玉成再也忍耐不住自己烈火般的欲望："翠凤妹，你头发上有根草叶。"

翠凤不知吴玉成怀有歹意，等着吴玉成走过去给她拿下来。吴玉成用他的魔手假装摸翠凤的乌黑的秀发，他再也控制不住对少女淫欲的禽兽之心，他倏地紧紧地搂住翠凤疯狂地一阵乱吻。翠凤被这突如其来的猥亵吓得不知如何是好，一边拼命挣扎，一边说："放开我！放开我！"

吴玉成哪里还肯。他兽性大发，不管翠凤怎样用拳使劲儿地捶打他的脊背，仍然被他抱进了密林。志刚一看姐姐要被人家欺侮，奔向前去。

"浑蛋！放开我姐！"

这时，吴玉山一把拎住他的衣领，掏出枪对准他的前额。

第三回 老耗子惨遭灭全军 吴玉成杀人潜深山

"别动!你姐与我大哥亲热,那是今世缘分,你何必多管闲事!"

"你放屁!我们把你们当亲哥哥看待,你们为什么这样做?!"

志刚猛地抓住吴玉山的胳膊狠狠地咬了一口,痛得吴玉山松开了手。志刚不顾一切地向林子跑去,想去阻止吴玉成对姐姐的兽行,吴玉山举枪朝志刚的后背射击,啪啪两枪,志刚随着枪声倒下了,吴玉山吹了吹发热冒烟的枪口,别在腰间。他来到志刚的尸体跟前,解气地说:"我让你咬!"

鲜血从志刚的胸前流出来,染红了身下的那片草地。听到枪声,林子里传来了翠凤痛心的喊叫声……

吴玉成从林子出来,他一边走一边系着衣扣,走到吴玉山跟前,看看趴在血泊里的志刚,知道了刚才发生的一切,满足地说了句:"过了把瘾。"

吴玉山看大哥得意的样子,有些生气:"大哥,回去怎么跟爹说呀?"

"真笨!到家跟爹说送去了不就得了。"

这时,翠凤披头散发、踉踉跄跄地走出来,正想扑向吴玉成,一瞅,弟弟躺在血泊里,她顾不得复仇,跪伏在弟弟的尸体旁号啕大哭。她双手捧着弟弟的脸使劲儿地摇着:"小刚!小刚!小刚啊……"少女撕心裂肺的悲泣声划过大冰沟崇山峻岭冲向阴冷的天宇,群山回鸣久久不绝。自己受辱,弟弟被杀,这两个伤天害理、丧尽天良的东西哪还有什么亲戚情分?纯粹是两只披着人皮的狼!胸中仇恨的怒火化作一股不可抗拒的力量。她猛然站起,把头向吴玉成的胸口撞去,然后死死地抓住吴玉成拼命地撕咬,把吴玉成的手背和脸都挂了花。"啪!啪!"又是两枪,翠凤慢慢松开了手,倒下去了。她两眼瞪得圆圆的,仰躺在地上,吴玉成心疼地抱起她大声喊:"翠凤!翠凤!"

吴玉成看翠凤已气绝身亡,他放下翠凤,愤怒地冲着二弟大声训斥:"浑蛋!谁让你开的枪!"

"我不允许任何人在我的面前向你无理。"吴玉山平静地说,"他们姐弟俩都死了,咱俩可以在爹跟前随便编,不然,她要闹回咱家去,那就热闹了。"

吴玉成虽然觉得翠凤死得怪可惜的,但一听二弟说得也在理。于是,就把姐弟的两具尸体趁着天还亮拽进了林子。

这天,哥俩回到家,向吴振国编了一套:"爹,已经把他姐俩送到西岭

大冰沟

下了。"

"没告诉山下有一条大河，让他姐俩蹚河小心点儿？"

"爹，你忒操心，我们都说过了。"吴玉山有些不耐烦地对老人说。

近些天来，人们再也不敢进大冰沟了。山外的人，三四个人结伴而行，都有去无回，是活不见人，死不见尸。所以人们都传说："大冰沟里有吃人不吐骨头的怪魔。这个怪魔经常在歪脖子沟那个道上等人。"还有人说："不对，沟里有一个岩洞住着一个千年的妖怪，专门喝过路人的血，喝够了九千九百九十九个人，就会成仙得道。"恐怖的听闻，令山外人谈此色变。

大冰沟成了龙潭虎穴。多年走出的山间小道现已成为人们不敢涉足的绝人之路。大冰沟的深山老林究竟潜藏着何种怪物呢，近一个月来吞噬了那么多人的性命？人们都说得离奇古怪，荒诞无稽，神乎其神，却没有人真正知晓它的内幕。

第四回 李凤山偶见山里人 侦察排遭遇日寇军

石营长率领的队伍进驻大冰沟已经一个月了，为了防止日寇的敌机侦察和空袭，部队全部住在石崖的大山洞里，一百多人挤不下，侦察排长葛振林想出了一个办法，让战士在洞口外的地方搭起和洞口一般大的木架，再在木架上绑上细长的树枝，然后战士们挖来山葡萄，移栽在木架周围，再把一条条藤蔓绑架在密密的木架上，木架下就是一个宽敞的屋子。

"明年五月，大家躺在床上就可以吃葡萄了。"

"我们在山洼种土豆子，山里的黑土地可肥啦！"战士们怀着对明年的憧憬笑谈着。

在这人迹罕至的大山里，战士运用了集体的智慧和力量，利用大自然赐予的条件创造了自己的绿色房屋。不但敌人的飞机不能发现，就是进这条沟的人不走到跟前也难看到这里住着人。

政委马骥看着战士们盖完的房子，高兴地对石营长说："老石啊，看到这样的房子，我就想起延安的窑洞来了。那时，我在抗大学习，亲眼看到毛主席、周副主席和朱总司令都住在窑洞里，主席在窑洞里写了许多关于抗战的文章。在窑洞里，我曾聆听过主席分析和判断我国目前抗日形势与未来发展的演讲，听过主席全面阐述我国抗日必胜的抗日思想理论，那时，主席清晰地指出我国军民在各不同阶段抗日的重大战略决策，这些理论和方针成了指导和武装全国人民抗日的强大思想武器。今天，为了阻击日寇南下进关，我们在这大冰沟里建造了这样的房屋，这是我们的战士因地制宜、巧利天然的得意之作啊！"

"是啊，我们暂时在这儿住段时间，摸摸小鬼子的花花肠子，再掏他的心窝！"

"嗯,知己知彼,百战不殆。这是我们部队暂住大冰沟的目的所在啊。"马政委仰头巡视着远近的大山,胸中激荡着难以言喻的豪情。

"我们就是要利用大冰沟这个天然屏障建起我们的大本营,要与鬼子展开持久的游击战,牵制打击他们。不过,我们眼前有许多困难,得和战士们说清楚。"石营长掏出烟袋捏上一捏旱烟说。

两个人边说边走进旁边的一个小山洞里,小山洞里的空间只有一间屋那么大,里面放着两个用木条绑的木椅,这里是指挥部。两人坐在木椅上分析目前的情况。

"老石,我们部队驻扎在大冰沟,我们就是以大冰沟方圆几百里的山海林原为依托,来保护自己,打击敌人。现在我们有了家,大家住的问题就算解决啦。不过,我们以后要面临许多意想不到的困难,比如,我们要深入到民众中去开展工作,我们的抗日需要得到民众的理解、配合和支持,我们驻扎在这儿,可以说为我们开展民众工作带来了很大的困难。另外,我们一百多人吃饭也是个问题。"

"老马,天无绝人之路。"

"警卫员!"

"到!"

"把侦察排的葛排长叫来!"

"是!"

战士们建"住房"已经半个月了,"房子"都已盖好。大家等待出山打仗的消息。听首长说,安排好住的,就出山去与鬼子作战。可半个多月过去了,一点儿动静都没有。大家都沉不住气了,一名侦察排的战士跑到了葛振林跟前。

"排长,咱们什么时候出山啊?"

"你问我,我问谁呀?"葛振林没好气地说。

这几天,葛振林怎么也想不通,钻到这个大山里来,怎么能消灭鬼子?不在山外与鬼子刀对刀、枪对枪地干,还叫什么抗日。真不知两位首长是怎么想的。

这时,警卫员来到葛振林面前:"葛排长,营长叫你。"

葛排长跟着警卫员来到指挥部，他向两位首长行了一个军礼后，默不作声了。马政委看出了他的心思："葛振林，这两天没仗打是不是闷得慌？"

这句话引出了葛振林憋在心里好久的话："政委，我就闹不明白，咱抗日打鬼子，钻到这大山里能打鬼子吗？"

"葛振林，不要急嘛，着急吃不了热豆腐。现在就有任务需要你去做，具体任务由石营长来告诉你。"马政委放下地图说。

葛振林一听，立刻精神起来："首长，太好了！我们就等着这一天呢。"

马政委瞅了一下石营长，石营长接过话茬："这次，你们侦察排出山，要到大冰沟沟门里面的金场、北沟、东台子三个村子看看。然后，去山外大西沟、碾子沟、河坎子一带侦察一下。主要侦察鬼子是不是到了这一带，掌握他们的人数和武器装备。得到可靠消息马上回来。"

"是！"

这时，李凤山走了进来，石营长微笑着向李凤山点了点头，接着对葛振林说："这次给你配一个好助手，李先生给你们做向导，怎么样？还有啥困难？"

"报告首长，没有困难！"葛振林咧开大嘴笑了。

葛振林向两位首长郑重地行了一个军礼后，侧脸瞅了李凤山一眼，什么话都没说。在他心里，李凤山是一个不懂打仗的治病先生，首长出了个馊主意。

"初次出山，你们要好好地配合，来，握一下手，祝你们旗开得胜。"马政委说。

"李先生，这次任务，我得听你的。"

"哎，领路你得听我的，打仗啊，我得听你的！"

"哈哈哈……"俩人一笑，打破了刚才尴尬的局面。

"营长，我们什么时候出发？"葛振林问。

"明天天亮就出发。"

"是！"

葛振林高兴地行了一个军礼，和李凤山一同走出洞口。

葛振林和李凤山来到侦察排把这个振奋人心的消息告诉了侦察排的每个战士。大家一听个个情绪振奋，摩拳擦掌，热闹起来。

"我就说嘛,排长去一定会有好事。怎么样?没错吧。"

"这回出山,我得在鬼子手里弄个好家伙,把这个破玩意撇了它。"一个战士把手中的步枪放到一边。显然,他已嫌弃这个老掉牙的家伙了。

"做梦娶媳妇——净想那个美事。"卫生员小白瞥了他一眼。

"哎!你不信,咱走着瞧!"

一排长卢亭江听说了这个消息,背地去找二排长曹士德。

"曹排长,首长叫侦察排出山了,比不起呀。咱们也不知道什么时候能出山。"

"人家是侦察排,能比吗?不用急,瞅着吧,快打仗啦。"

卢亭江一想也是,首长让侦察排出山,打仗就远不了。

翌日五更时,侦察排的三十二个人吃完饭,背起武器出发了。李凤山引领大家翻山越岭专走便路。

天刚蒙蒙亮,侦察排就到了歪脖子沟山腰那个小道上。李凤山往山下面的山坳里一望。

"咦!这山腰上是谁家盖的房子?"他感到十分意外。歪脖子沟里从来都没有人家。

只见山腰的山洼里盖起的那几间新苫的黄茅草房子并不低矮,茅屋四周用木桩围成了一个四方院子。早晨,茅屋顶上炊烟袅袅,在草房上空飘起一片乳白色的晨霭。不用说,这里有了住户。

"嘀!这沟里是啥时候搬来的人家呢?"李凤山自语道。

李凤山行医于山里山外,沟沟岔岔他都熟悉,他知道大冰沟虽然方圆有几百里,但因山高林大,进出不便,所以沟里只有三家窝铺有几户人家,其他的沟都没有人家。那几年,给三家窝铺的人看病都走这条路。这条路两年没走了,是谁搬到这儿来住了?

李凤山与葛排长商量:"排长,这沟里过去没住过人家,我看看这是哪家搬这儿来了。以后咱们来往好歇歇脚,讨个方便。"

葛排长想,部队以后要经常从这儿过,了解一下这是一个什么样的人家也是必要的。"也好。不过,李先生你要小心点。"

"唉。"

第四回 李凤山偶见山里人 侦察排遭遇日寇军

在尚不知内情的情况下，葛振林命令战士迅速分散在茅屋四周做好战斗准备。战士们潜伏在茅屋附近茂密的柴草里，目不转睛地盯着那个院子。

李凤山独自一人前去叫门。他站在院门口的柴门前大声喊："东家！我是过路人！想跟你们找点儿水喝！"

吴玉成在东屋里听到喊声，心里一惊，这个从不脱内衣的土匪嗖的一下从枕头下抽出匣子枪，他迅速穿上棉衣。几乎同时老二吴玉山也醒来，他蹦到地下，首先把枪插在腰间系好上衣扣子，然后扒拉两下睡得正香的老三、老四。

"快起来！来人啦！"

老三、老四愣了一下，慌忙坐起来穿衣裳。

吴玉成呵斥沉不住气的小哥儿俩："不要慌！沉住气，有我呢。记住，别说话！"

"唉。"老三、老四小声答应着。

吴玉成用舌头舔了一下窗户纸，用手指在湿的地方把窗户纸轻轻地捅了个窟窿向外张望。一看是一个过路的男人在叫门，不由喜上眉梢，心想：多少日子没有过路的人啦，今天这块儿肥肉自己送上门来了。

嘎吱一声，前门开了，原来在外烧火做饭的老爷子吴振国，听到外面有人喊，把门打开了。老头一边咳嗽一边朝柴门走来。他挪开一扇柴门，让柴门外的李凤山进屋。

"你是哪儿的？进屋来吧！"

李凤山一看开门的是一位须发苍苍的老头，后面跟着两个三十来岁的汉子。李凤山见是陌生人，知道是外地来的。李凤山没有认出吴玉成，是因为抓走他的那天夜里，院子里人多眼杂，夜色黑暗，吴玉成又没在老耗子身边，他没有看到吴玉成，一路上，他一直被土匪蒙着眼睛。在山上的那几天，吴玉成也没有与他照面，李凤山无论如何也想不到眼前的这个汉子就是蟠龙山上的三当家的，他向前与老头搭话，吴玉成怕吴振国说漏，忙上前回话。

"这是我父亲，年老了，耳聋眼花，说话好打岔。来，进屋吧。"吴玉成想把人叫到屋里再动手。

李凤山没有进屋，冲着眼前的吴玉成笑着说："东家，我是过路的，给我们舀一瓢水喝就行了，我们还要赶路。"

一说"我们"，吴玉成往外一望，见木墙外站着两个穿着灰军装的人，都挎着枪，他心里打了一个冷战。为了掩盖心里的惊慌，便扭头回屋。

"好，我上屋给你舀水去。"

吴玉成进屋想了想，把这几个人干掉，恐怕不太容易，人家手里也有家伙，万一不是他们的对手那就糟了，还是看看再说。他把枪好好别了别，舀了一瓢水走了出来，递给了李凤山。

李凤山一边喝水一边打听："兄弟，来这儿多长时间了？"

"一个来月。"

"家几口人呢？"

说者无心，听者有意，李凤山唠家常话使吴玉成满肚狐疑，他瞅着眼前的人觉得很面熟，很像李家的老大李先生，可他知道李先生早已被老耗子撕了票，根本不在这个人世上了。他告诫自己，今天这事儿，还是稳住点儿好，等他们一转身走时，再下手也不晚。

"大家出来吧！"葛排长一喊，在房子的四周草丛里出现了三十个穿着灰军装的人。

"天哪！原来是一支部队，幸亏没动手，好险！"吴玉成暗自庆幸自己没有贸然行事，不然，一家人得死在这些人手中。老头吴振国看到这些兵围住他家，以为是抓壮丁的大兵来到这儿，吓得老人忙跪倒在葛排长面前不住地磕头央求："军爷，军爷啊，饶了我们吧，我这五个孩子老早就没有了娘，是我这个当爹的一把屎一把尿给他们拉扯大的，不容易啊！你就高抬贵手放过我们吧。"

葛振林知道老头被官兵抓壮丁给吓怕了，赶忙把老人搀扶起来："大叔，我们是抗日联军，是打鬼子的，不是来抓壮丁的。你不要怕。"

"你们不是——抓壮丁的？"老人愣愣的，张着嘴望着眼前的这个兵头儿，满脸带着恐慌惊疑的神色。

侦察排的战士来到跟前，老人用恐惧的目光张皇地瞅着这群衣着特别的年轻人。转眼瞅着眼前这个面带微笑的长官，问起刚才他没听懂的那句话。

"军爷，打啥？鬼子？"

第四回 李凤山偶见山里人 侦察排遭遇日寇军

"打日本鬼子！"一个战士解释说。

"是日本鬼子吧？他们跑咱这儿来啦？"

"嗯，是日本鬼子，他们占了我们的东北，现在打到咱这儿来了。"

"哎呀——要是那样，咱们的人可要遭殃啦。过去，我听说过，日本人，没人性。清末年间，他们和好几个国的人就进来过，连杀带抢的，那时叫什么来着？啊！想起来了，叫八国联军进北京，可把中国人祸害苦了！这些王八羔子，又上中国干啥来了？"

老人浑身颤抖着用疑惑的目光望着葛振林，他想从这位长官嘴里得到确切消息。

"这，这是真的？！"

"这是真的，大叔。我们不仅打鬼子，还要为老百姓做事。你要有什么难事苦衷可以跟我们说，我们可以帮助你。"

"哎呀，那可忒好了！你大叔我这一辈子啊，还没见过你说的这样的给老百姓做事的兵。一听你们说话呀，这个和气劲儿，我就听得出来你们不会祸害老百姓。走，上屋里歇歇去。吃点儿饭再走。"

葛振林笑着对老人说："今天我们不进屋了，我们还要赶路，改日我们再来看望您老人家。"

"好，改日一定来呀！"

"唉。请回吧。"

"嗯。"侦察排的战士们走出了大门，老人仍站在屋门前大声嘱咐："你们来回路过这儿，千万要到我家坐坐呀！"

"好！老人家回屋吧！"葛振林回首应答。

告别了老人家，葛振林带领部队沿山中便路北去了。

吴氏四兄弟仰望着翻过山岭远去的部队，心里不免有些发慌，老四吴玉海问大哥：

"大哥，这是什么兵啊？"

"不知道，别瞎问！"吴玉成瞅着跟前的三个涉世不深的弟弟开训，"以后你们要给我记住！见到生人不许没把门儿地乱说，弄不好是要掉脑袋的！听着了没有？！"

"听着了。"三个人谁都不敢吱声了。

吴玉海问的话正是吴玉成心里解不开的谜团,他回到东屋坐在炕沿儿上,一声不吭,山里来了部队,以后有些事就不好办了,他琢磨着今后怎么办。

锁住看大哥坐在炕沿儿眼珠子一动不动地盯在泥墙上挂着的那个纸葫芦,可他好像并没有看它,呆呆的样子,就奇怪地问了一句:"大哥,你咋啦?"

"去!帮爹烧火去,你们都帮爹做饭去!"

吴玉成赶走几个弟弟后,扑通,脑袋冲下躺在尚未叠起的被子上,脑子里不断地回放刚才与那些人相见时的情景。这些人和他以前见过的军队真是不一样,不打不抢,说话和气。说是打日本鬼子,也许吧。反过来一想,又觉得这些人很可笑。哼!就凭着他们那三十来个人三十来杆破枪,打日本人,那是瞎扯!我们一百多人都让人家打得屁滚尿流。他们打得过打不过关自己屁事!不过,这些人在这条沟里扎下来,对我可大有不利,他妈的!得亏老子多了一个心眼,不然,今早非得让他们给除喽。想来想去,他意识到这些人的到来,对自己构成了极大的威胁。今后,在这儿再做以前的那些事可得小心点儿。他脑袋扎在炕底的枕头上闭着眼睛,总觉得有一种挥之不去的不祥之感。

李凤山领着侦察排来到了大冰沟最北端的几个小山村。部队当初进大冰沟从这儿路过,因天黑部队又绕道而行,并没有看到这些村子。侦察排到了金场一看才知道这里与自己想象的山村大相径庭,与其说是村子,倒不如说是山坡上的几户人家。

金场人家不多,却住得很分散。上坡一户,下坎一家,每一家都依山形地势建造房屋。

李凤山告诉葛振林:"排长,这个庄儿叫金场。"他指着人家下面的沟谷流淌的小溪向葛振林介绍:"经这里流进大冰沟里的溪流中有很多的河金。大的还有手指肚那么大呢。别看这个地方不咋大,在过去,有很多淘金的人千里迢迢来到这儿,成年累月地在这里筛金,有的发了财偷偷地走了,有的累死在这儿没人收尸。这块儿就是筛金的场地。所以,人们把这个地方叫作'金场'。原来金场没有人家,这里只是一个淘金的场子。金场这个地方,不管是山底下,还是谷溪中都有金子。所以,来此淘金的人难以计数。自康熙年间到民国十八年，几百年来，淘金者心里都揣着一个发财的梦，络绎不绝地来到这个金场淘金。为了发财，他们彼此相互争斗、伤害，甚至残忍地相互杀戮……说起这里的故事，三天三夜都说不完。"

溪水潺潺，莺歌燕舞，没人告诉，初来此地的人，谁能想象到，如此闭塞的大山里，曾有过疯狂的抢夺，曾有过刀光剑影血腥的厮杀？葛振林仿佛闻到一股血腥味，那是淘金者身上的血。不大的金场是人生的舞台，昔日那些淘金者无一不在这里扮演着亦喜亦悲的多重的人生角色，从而组合成了一幕幕诠释人性的历史悲剧。

葛振林瞅着这和缓清澈、水量不大的溪流，倾听溪水潺潺的悦耳声，再看这满山的野林，寂静的山村，不由令他暗自大为感叹。这长流不息、永不停歇的溪流带走多少昔日那些淘金人的喜怒哀乐？悠悠岁月，淹埋了多少历史的风尘与沧桑？给人们留下的只是一点点淡淡的轻烟似的记忆！

李凤山还告诉葛振林，向南往沟里走不到一里有一个大山洞，洞口有一人多高，六尺宽，从洞口到洞底足有两丈来深，那就是当年淘金人凿的洞。

侦察排到了金场，想和这里的人们见面，可战士们每到一处，家里都没有一个人。原来，这里常来土匪抢劫。今天，人们看到山梁上下来一队人马要进村，就都跑到山上的树林子里藏了起来。

"葛排长，你看！"李凤山用手指着东北方向的一个岭让葛振林看。

"过了那个岭，我们就出大冰沟了。这个岭的半山腰上还有一个比这儿大点儿的村子，叫东台子。那儿有二十多户人家。我们去那儿吧。"

日头已经跳出东面山梁一竿子高了。葛振林沿着李凤山指的方向仰望，山岭很高，一条弯弯曲曲的盘山路斜向云岭。山腰横着一抹乳白色的烟雾，笼罩着村子。显然，山上人家早晨的炊烟尚未被晨光驱散。葛振林命令战士们原地待命，就着溪水吃点干粮再走。三十多名战士囫囵吞枣般吞下自己怀揣的那块干粮，就沿着崎岖山路向东台子前进了。

半路，先派去的两个侦察员向葛振林报告："排长，村子里没有发现鬼子。"

"除了这村子，这里还有其他村子吗？"葛振林问李凤山。

"有。东台子往北走一里来地，还有一个村子叫北沟，和这个村子大小差不多。北沟是去沟外经过的最后一个村子，是一个山旮旯，前面有松山挡着，不到跟前看不到它。那儿我有亲戚，咱们是不是先到那儿打听打听？"

葛振林想，这个村子与沟外只一梁之隔，如果先在这里搞到山外的情况，有利于侦察排出山应对可能出现的各种复杂情况。他同意李凤山的看法，命令部队分成两个小队，一队由自己带领，另一队由一班长陈世秋负责，不走明显山路，两队分别从山坡两侧的密林向北沟进发，预定到村口会合。

部队到了村口，感到这个村子很不一般。村子的东面有几排鹤立鸡群、与众不同的宫殿式的建筑，从外面就可以看到那高大的琉璃瓦房。危脊翘檐，由青砖小瓦筑就的坚固高大的院墙按着东高西低地势合拢成仙境般的豪宅。战士们踏着硕大的白玉般的条石铺就的台阶，看着这朱门粉墙，感到十分惊诧。葛振林感到这里真是令人不可思议，这样一个穷乡僻壤竟有如此的富豪人家！

这豪宅就是李凤山的姥姥家。主人姓张，所以人们把这大院叫张家大院。那么，张家凭着什么样的实力，为什么能在这样的大山沟里建起这样的一片豪华住宅呢？这还得从清末年间说起。李凤山的外祖父张鹏飞是清末年间武举人，在那风云滚滚的年代，他凭借自己的实力，周旋于官衙府吏之间。1913年他任县议会议员；第一次直奉交战期间，任热河全区保甲总办；1925年10月，任热河承平镇守使，兼热河第三混成旅旅长；翌年病逝于热河。张鹏飞为官之时是张家鼎盛时期，张鹏飞虽然在京城有多所豪宅，但他始终不忘使他飞黄腾达的故乡。所以，他仿照京城皇家宫苑在他生长的地方盖起了宫殿式的住宅。张鹏飞去世后，张家从此趋向衰落。尽管颓败，但张家毕竟是豪门旺族，后裔满堂。张家后裔走出大山在京城做事的不少，只留下了李凤山的二舅张国相护守家园，支撑门户。常言说得好："百足之虫，死而不僵。"张国相凭借祖父多年打下的基业，经常赈济乡里乡亲，口碑极佳，民众威信颇高。作为德高望重的乡绅，他常周旋于当地官场之中，是一个亦官亦绅的头面人物。

李凤山领着葛振林来到大门前，用手攥着金黄色的大门铜环叩打着紧闭着的大门。

"汪！汪！汪……"院内的狼狗狂吠起来。这时，就听到院内一个上了

第四回 李凤山偶见山里人 侦察排遭遇日寇军

年纪的女人的声音,"德贵!看谁来了?"

"唉!"一个二十来岁,戴着眼镜的小伙子答应着。

随着一阵急促的脚步声后,"咯吱——"厚重的朱门打开了。德贵一看是李凤山,连话都没顾得问一声,回头向屋里惊喜地大喊:

"妈!我大表兄来了!"

在西屋织绣的秀娟、二凤姐妹俩听到哥哥喊大表兄来了,立刻放下绣盘,赶忙下炕,蹬上绣鞋,噔噔噔地往外跑。一看真是大表哥,她们跑上前来,一边一个拽着李凤山的手。

"表兄,我妈都着急疯了,你也不给我们捎个信儿。"

"表兄,我姑家的人都说你被土匪给绑票了,我们都不信。我妈听了,哭得在炕上躺了好几天——妈!我大表兄来了!"

张国相老婆在屋里一听大外甥李凤山来了,又惊又喜,她简直不敢相信自己的耳朵。去年腊月,李家就传来了信儿,说大外甥被老耗子那股土匪绑去了,撕了票。孩子怎么说是她大表兄来了呢?她慌忙穿上绣花鞋,两只小脚迈着碎步侧侧歪歪走出屋门。

刚出了前屋门,一看,她真的一下子愣住了,这不正是大外甥吗?只见两个女儿和儿子簇拥着李凤山已经来到她的跟前。她直怔怔地瞅着李凤山一句话也说不出来。李凤山高兴地先开了口:"二妗子,你老身体好吗?我二舅呢?"

老人家还是呆呆地望着李凤山,涔涔热泪夺眶而下。难道自己在做梦?不是啊!这容貌,这声音不正是大外甥凤山吗?大外甥没有死,大外甥还活着哪!她一下子拽住李凤山的手,泪水顺着她的脸颊流淌,吧嗒、吧嗒掉在她穿的红底蓝花的锦缎棉袄上。她上上下下端详着李凤山,满脸写着惊诧与悲伤,继而瞬间转悲为喜。她用手帕快速地点拭眼角和脸上滚动的泪珠,然后两手紧紧攥着李凤山的手:"外甥啊,妗子以为再也看不到你了。你这个丧良心的孩子,你躲哪儿去了?啊?"说着说着,眼泪又一次簌簌地往下流。

"妗子,别难受啦,我,这不是挺好的嘛。哦,我忘跟你说了,这是葛排长,是他们救了我。"

老人只顾伤心落泪,忘了跟前还有客人,她用自己镶有金边的上衣襟擦抹了一下还挂在眼角的泪水，歉意地笑了笑："你看我这个人，多糊涂，快！快进屋吧！"

老人把两人让进客厅，叫两个女儿赶快给客人泡茶倒水。李凤山进屋没看到舅舅，便问："妗子，我二舅呢？"

"去沟外啦。"

"什么时候回来？"

"谁知道啊？"

一提起这话，老人的脸上顿时喜去忧来。

"外甥，你不知道啊，你二舅是让日本人叫去的。沟外来了不少日本兵，凶着哪。到咱这儿没几天，就杀了咱们跟前好几个人了！"

说着，老人脸上布满了愁云。

葛振林问："老人家，日本人为啥杀的这些人？"

"听说是不给他们做事，不听话杀的。"

说到这儿，老人冲着李凤山叨咕起来。

"这不，你二舅前天也被几个日本兵叫到沟外去了，到现在还没个音信。我怕你二舅那个脾气，真的跟日本人拧起来，恐怕要出事的。唉，这兵荒马乱的，啥时是个头啊？"

停了片刻，老人瞅了两个人一眼，仿佛想从两人那里解决存于心里已久的忧虑和疑问。

"我小的时候啊，听过大人讲八国联军进北京，说抢走了不少好东西，走后又放火把那个地方给烧了，给中国祸害得够呛。隔了这些年，又来了日本人，还是烧啊，抢啊，杀人害人。你们说说这些人不在自己国家好好过日子，到别的国家闹腾，图的是啥呀？真是的。"

她瞅着戳在地上的那座"嘎噔，嘎噔……"不停歇的乌黑锃亮的老座钟，忧心忡忡地说："唉，啥时能太平了啊？"

老人紧蹙着眉头，满脸写着不尽的忧虑。葛振林正想宽慰老人几句，前去侦察情况的两个战士气喘吁吁地来到葛振林跟前。

"报告排长，鬼子进山了！"

"有多少人？"

第四回 李凤山偶见山里人 侦察排遭遇日寇军

"二十多人。"

"看清了？"

"排长，没错。我们过梁还没到山下那个村子，一队鬼子就出了这个庄的村口，我们趴在一棵松树下，看得清清楚楚。"

"都有啥家伙？"

"有一挺歪把子机枪。"

葛振林一听非常高兴，鬼子送上门来了，还有一挺机枪，那可是一个好玩意儿，弄到手部队又添了一个硬武器。他决定在山梁上狠狠地教训一下这些猖狂的鬼子，把这挺机枪夺到手。

时间紧迫，葛振林来不及与老人攀谈，便匆匆地向她告辞。李凤山向舅母劝说了几句："妗子，别着急，我舅不会出事的。我们还有事，有时间我来看您。"

"别忘喽，回家去看看。"

"唉。"说完，李凤山在张家人的陪送下，跟随葛振林走出了张家大院。

葛振林与李凤山来到村口。他命令一班长陈世秋和一名战士再前去侦察，然后命令全排战士在村口紧急集合。他向战士们做了简短的战前动员："同志们，据出沟的两名同志报告，有二十多个鬼子从山梁那边上来了，我们今天就跟这些鬼子较量一把，让他们尝尝我们的厉害！同志们！有信心吗？"

"有！"

"好。出发！"

三十多人迅速冲上山梁。这时，一班长小陈和那名战士从沟外的山坡密林里跑上来告诉葛振林："排长！鬼子上来了！不过，不全是鬼子。"

"咋回事儿？"

"鬼子队伍前面还绑着一个老头。"

"知道了。"

葛振林看了看地形，山道上面的整个山坡长着茂密的柴草，有没腰深，其间还有枝多叶密浓绿的松树，正是打伏击的好地方。他想了想，马上进行了一番布置。

"一班长！"

"到！"

"带领你班埋伏在下面转弯山路的那片草丛里，注意隐蔽！当鬼子往回逃跑时要截住他们的退路！"

"是！"

"二班长！"

"到！"

"你们班就埋伏在这片松林里，告诉每一个人把手榴弹两个两个地绑在一起，两个弦一起拉往外扔，先让鬼子坐坐飞机。注意，打敌人队伍的腰部和尾部，要集中火力狠狠地打！"

"是！"

"三班长！"

"到！"

"你带领三名战士隐蔽在离道较近的柴草里，趁敌人被打乱的时候，救出那位老人。"

"是！"

他命令三班剩下的六名战士，一定要守住山岭，决不能让敌人冲上岭头。他叫来神枪手邱生。

"你就躲在那棵松树下。"葛振林指着对面山路上没有遮拦的一棵松树说，"枪一响，你先给我把那个鬼子机枪手干掉。"

"是！"

不到一顿饭的工夫，一队头戴着钢盔，扛着挂着膏药旗、上着刺刀的三八枪的鬼子在山腰露了头。李凤山趴在草丛里，看到绑着走在鬼子前头的那个人，不是别人，正是他的二舅张国相。不用说，二舅没有顺鬼子的意，鬼子来大冰沟，是要在这三个村子的人面前拿二舅开刀问斩的，来恫吓山里人顺从他们。多亏部队来得及时，不然，二舅的命就难保了。可这仗打起来，枪子没长眼睛，这万一……他再也不敢往下想，脑门上汗渗了出来。

他捂着嘴冲着葛振林的耳朵悄声说："那个人就是我二舅。"

葛振林点了点头，鬼子大摇大摆地往岭上走，毫无戒备，可见他们一路南进，畅通无阻。队伍前头的鬼子离葛振林埋伏的地方只有十五六米远了，看敌人完全进入了伏击圈，葛振林大喊一声："打！"与此同时，啪的一枪响起，撂倒了前面的一个鬼子。随着一声枪响，二班战士的手榴弹如雨点儿般投向鬼子。随着爆炸声，山道上掀起滚滚浓烟。一些鬼子被炸得血肉横飞，嗷嗷乱叫，顿时，掀起的翻滚的浓烟挡住了邱生的视线。"咦？"他急得不知如何是好，着急地扯下棉帽子又使劲儿地扣在脑袋上。

走在队伍前面的鬼子军官被这突如其来的打击给弄蒙了，看着后面的队伍被打乱了，他挥舞着战刀像野猪一样号叫："冲啊！消灭他们！"

鬼子的机枪响了。"嗒嗒嗒……"向埋伏在松树林里的二班战士们猛扫过来。在敌人机枪的掩护下，鬼子们回过神来，端着枪很快地向树林这边冲来。一班长陈世秋在草丛里看清了鬼子的机枪射击的位置，他命令身旁的一个枪法好的战士：

"把那个鬼子干喽！"

"我来了！"这时，邱生猫着腰攥着枪跑了过来。他左右一打量，快速寻找到了一个合适的位置，一骨碌滚到一簇小松树毛下，迅速把枪顺出去。转眼工夫，啪的一声枪响，鬼子的机枪手脑袋一歪，倒在了一旁，另一个鬼子刚要去握住机枪进行射击，"啪！"又一颗子弹钻进了他的太阳穴。这个鬼子也一声不吭地倒在那个鬼子的身上。敌人的机枪哑巴了，二班的战士们手榴弹又是一阵猛扔，进攻的鬼子丢下七具尸体退了下来。鬼子军官气得挥舞战刀指向松林，声嘶力竭地狂叫："前进——把他们统统地，消灭！"命令前面的鬼子快快地投入战斗。他顾不上张老汉，直奔机枪准备重新组织火力进行反攻。这时，担任救人任务的三个战士趁着尚未散尽的浓烟，跃出丛林，利用斜坡滚到老人跟前，拽着老人就跑。张老汉经过鬼子两天的折磨，身体已经虚弱到了极点，由着两个战士使劲儿地拽着往丛林里跑，张老汉两腿酥软，跑起来很慢，好不容易拽到一个坎塄上，就要进林子的时候，敌人的一梭子弹扫了过来，三个人都中弹倒了下去。

李凤山要起来去救刚才倒下的三个人，被葛振林按住。

"不行！"

二班长把刚才的情况看得清清楚楚的。

"狠狠揍这些王八蛋！"

二班战士的手榴弹又一次密集地投向敌人，鬼子又是一阵狼嚎鬼叫。此时，葛振林命令身边的战士背回三人，在前面堵击敌人的五名战士迅速滚到倒下的三个人跟前，三个战士背起来就跑，另两个战士在后，向敌人射击掩护大家撤回林子，鬼子队长在一片浓烟里号叫：

"消灭他们！"

"嗒嗒嗒……嗒嗒嗒……"他推开两具死尸手紧握机枪向林子里拼命射击。一班长陈世秋看鬼子又要组织反击，真想带领一班战士参加战斗，可葛排长有话在先，在林子里埋伏好，截住逃跑的鬼子，他趴在柴草里眼瞅着鬼子的机枪又叫了起来，气得大骂："他妈的，这小鬼子真经打。"

他想了想，邱生就在下面的树毛子里，打这个不怕死的鬼子军官那是老太太擤鼻涕——手掐把拿的，可功劳不能让这小子一个人得喽。他用下巴颏示意离他不远的枪法好的那个战士。那个战士明白班长的意思，他沿着茂密的柴草悄悄地向鬼子机枪吼叫的地方爬去，爬到了离鬼子机枪扫射的地方只有十几米远的一棵松树下，他从草丛里顺出步枪，悄悄地瞄准那个一边狂叫一边拼命扫射的发疯的鬼子军官，搂机一搂，"啪！"子弹射进了鬼子军官的左臂。"八嘎！"鬼子军官用手捂着伤口喘着粗气，再也无法射击。

"嗨！这是咋打的？"陈世秋看鬼子军官没死，他遗憾地用手掌使劲儿地拍了一下膝盖，暗自骂派去的那个战士："吃货！"

冲进林子里的鬼子又被二班的火力压了下来。退下来的鬼子只有十一个。

"撤！撤退！"鬼子军官咧着嘴命令顽抗的鬼子们。

鬼子撤了下来想按原路逃回，陈世秋看得清清楚楚，心里笑着骂：

"小鬼子，你有能耐，还挺着呀。这回轮到我收拾你们这些狗杂种了！"

鬼子溃不成军逃到山道转弯处，一班长大声喊：

"打！"

长枪，短枪，手榴弹并用，又给退下来的鬼子一个蒙头打击。鬼子又倒下了六个，剩下的鬼子撇下山路，像兔子一样连跳带蹦逃进了山路下的那片密林。

第五回 惯匪生诡计露狼性　抗日联军巧布天网

冰沟岭一仗消灭了二十三个鬼子，缴获了敌人二十多支步枪和许多子弹，并得到了那挺歪把子机枪。侦察排有一名战士牺牲，有两名受了重伤，张老汉也被敌人罪恶的子弹夺去了生命。受伤的两名战士中，一位伤势严重，胸部的伤口流血不止，已经染红了前胸的衣襟，昏迷不醒；另一名战士是敌人的子弹打在他的大腿上，不能动弹。卫生员小白和李凤山包扎好两名伤员。葛振林命令两名战士跟着李凤山把张老汉尸体抬回张家。山路上，李凤山跟在舅舅的担架后不住地哭泣着。

"二舅，我还没有跟你见面呢，咱爷儿俩连一句话都没说，你就这样走了，外甥我的心难受啊……二舅啊……你老的血不会白流，外甥我一定给你报仇！你听到没有？呜……"

为了防备鬼子来报复，侦察排来到北沟，把老人的尸体交给他的家人，对老人的不幸，葛排长向张家人表示沉痛的哀悼，并告诉村里人："大家要防备着点儿，日本鬼子很快要到这儿来的。"然后，命令战士们抬着两名伤员按原路返回三道沟。

侦察排走到歪脖子沟时，卫生员小白急着跑来向葛振林报告。

"排长，小康流血太多，再走下去的话，会有生命危险。怎么办？"葛振林跟卫生员来到担架前一看，只见受重伤的小康脸色苍白，胸部流出的鲜血透过了包扎的纱布，垫在身下的被子都染红了一大片。

李凤山想了想后对葛振林说："葛排长，要不咱把伤员先放在这家养几天，你看怎么样？"

葛振林心里想，这儿离部队驻地还要翻几座大山，起码还需要两个钟头的时间。这样走到部队驻地，伤员肯定不行，眼下也只好这样做了。葛振林叫战士们原地休息，他和李凤山带着两名警卫员抬着担架来到吴家柴门前。

"老乡——"

吴家的四个兄弟这几天都没敢出去"打杠子",听到外面喊声,老大吴玉成慌忙走到外屋,悄悄开了一个小门缝儿向外张望:"快!把家伙藏起来!"

噼里啪啦一阵响,东屋哥几个把枪和刀子塞在预先备好的炕洞里,盖上炕坯撂下炕席:"爹!前几天来的人又来啦!""啥?"在西屋正在编筐的吴老汉停下手中的活儿走出来。老人耳朵有些聋。

"爹,昨天早晨那些人又来啦!"

"啊——那还不叫他们进来呀!"老汉吴振国埋怨几个儿子后,乐呵呵地出来迎接他心中的贵宾。屋门外,吴老汉扬手刚想说话愣住了,他看到柴门外长官站在那里,身后有四个战士抬着两个人,他赶忙走了出去,"这是怎么啦?"老人瞅着葛振林的脸神色惊慌,关切地问。

然后,老人到担架跟前一瞅,躺着的人脸色苍白,昏迷不醒,红鲜鲜的血染红了棉被子。他吓了一大跳,气愤地问葛振林:"哎哟!长官,这是什么人打的?把人打成这样。快!快把人抬到屋里去!"

没等葛振林回答,吴振国就让四个儿子帮着往屋里抬。他先进屋把被褥放在炕上铺好,两位伤员被慢慢放在炕上,卫生员小白连忙给两位伤员打上止血药,两位伤员流血稳住了。葛振林对吴家老少的一片热心表示感谢。

"大叔,几位兄弟,我们的两位战士流血很多,不能和部队一同前行,只好麻烦你们,在你们家住几天。"说着,葛振林掏出六块大洋送到吴老汉的手中,"等过几天我们来了,再好好地酬谢你们。"

吴振国老人虽然目不识丁,但是他懂得,打小鬼子,救自己国家,这些年轻人都是好样的。他说什么也不要这个钱。

"长官,你们是为打鬼子而受的伤,都是为了咱中国的老百姓,我虽然老了,但还没糊涂到那个份上,我哪能要这个钱?"

"大叔,这是我们部队的规矩。你收下吧。"

葛振林只好把大洋放在炕沿上,并与吴家爷儿俩商量:

"为了给两位伤员治疗,我们还得派两名战士留在你家护理。这样的话,我们会给你家添更多的麻烦。"

"长官,救人一命,胜造七级浮屠,只要能把两个人的伤养好了,比什么都强。唉，我这个死老头没用了，只能说，不能做，有啥事儿啊，有那个心思，可做不了。我这几个孩子从小就没了娘，虽然长大了，可不懂得怎么伺候人，留下两个人照料病人，正合我的心思。"

听了吴老汉的一番话，葛振林很激动，他握住老人家的手："谢谢您，老人家。"

"不用，不用。就这么着。"老人一锤定音。

临行时，葛振林向留下的警卫员小李和卫生员小白再三叮嘱：

"小白，照顾好两位伤员，你们责任重大，也很艰巨。千万不要马虎大意，掉以轻心。"

"是！"两名战士向葛振林郑重地行了一个军礼，用坚定的口吻向葛振林表态，"请排长放心，我们坚决完成任务！"

冰沟岭一仗，葛振林带领的侦察排把一个小队的日本鬼子打得丢盔卸甲，伤亡惨重。这次胜利，不仅为大冰沟里的抗日部队补充了一些武器弹药，而且山里的百姓对这支新来的抗日部队也有了初步的了解和信赖，大大增强了大冰沟一带民众抗日的信心，葛振林也得到了马政委和石营长的表扬。

驻扎在要路沟镇的日本宪兵大队的队部里，藤岛大佐气得像一只发疯的野牛。他大骂逃回来的受伤的川雄少佐。

"八嘎！"

"啪！啪！啪！啪！"藤岛一连狠狠地掴了他好几个大耳光。

"你这样狼狈地回来，丢尽了我大日本帝国军人的脸！是我们大日本帝国军人的奇耻大辱！"

"哈伊！"

川雄甘受其罚，他的两边嘴角流出了鲜血。藤岛一阵疯狂地发泄后，喘着粗气。其实，他心里也感到非常奇怪，日军自从奉天南下向关里进军以来，可以说是一路畅通无阻，长驱直入。占领了东北三省后仅仅三个月，就占领和打通了长城内外通往华北的各个交通要塞。继而日军以强大的军事力量，以摧枯拉朽之势又占领了华北平原的北平、天津等大城市，在中国这片土地上日军可为所欲为，可谓所向披靡，势不可当。这燕山山脉整个山区早已被日军控制了，怎么竟然还有战斗力这么强的一股抵抗日军的军队？一支武装精良的部队险些被他们全部吃掉,这绝非是散匪游勇所为。他打开地图寻找出事地点,然后在上面画了一个圈儿。他断定:一定是一支在大冰沟一带活动的、很有作战经验的正规抗日部队。他知道真正的对手来了。

事关重大,他必须向华北最高司令长官汇报,他抓起电话向司令官报告日军先遣小队在大冰沟山口遭到来路不明的一支部队的阻击,损失惨重。

电话传来司令官的训令:"藤岛君,大冰沟是燕山山脉的腹地,是冀察两地交界处,这里地形复杂,不能小视这支中国部队,一定要想办法尽快消灭他们。"

"哈伊!"

"藤岛君,你所管辖地区,是进出关内外的门户,是军事要塞之地,维护好这一带的秩序,确保辽西山区这条运输干线畅通无阻,对我大日本帝国在华北平原乃至全面对华的圣战,意义重大!你是一名曾立下赫赫战功的大日本帝国的军人,不要辜负天皇陛下赋予我们的'大东亚圣战'的历史使命!"

"哈伊!"

藤岛大佐恭听完训令后,把话筒轻轻放下,两眼放出凶残的目光,他决心在短期内彻底地消灭这支抗日部队。他看着被自己骂得狗血淋头的川雄少佐拐着受伤的胳膊一动不动地站在一旁,缓和了一下语气:

"川雄君,好好养伤,去吧。"

"哈伊!"

川雄出去后,藤岛又一次拿出地图,放在桌子上仔细地观看大冰沟一带的地形和日军小队遭袭击的地点,他先前还琢磨着,整个华北地区都在我大日本皇军手中,区区的一支小股抗日部队有什么能力与我大日本皇军抗衡?打掉就是了。后来听了司令官训话,一看地图才意识到,这是一支深入到日军身后的抗日部队,是扎进他们心脏的一把尖刀。他把战刀戳在地上极力思索着,终于想到了这支部队来此真正的军事目的:他们要用大冰沟这个天然屏障与我皇军作战,企图阻止、破坏这条由长城峪岩口进关的军事运输线,从而干扰我大日本皇军在华北的整个作战计划。他推开草图,转身离开桌子,背着手哈哈一笑:"中国人狡猾狡猾的。"

藤岛决定亲自出马看一看大冰沟的地形,然后再想办法尽快消灭这支抗日部队。

几天后，在一个霜雪满天的拂晓，藤岛命令一个日军小队和两个中队的伪军留守在要路沟镇炮楼，其他所有的伪军和鬼子加上一支骑兵大队共二百多人由川雄少佐带路，从要路沟镇出发，向西直奔大冰沟外香洼一带。

要路沟镇到香洼只有五十来里的路程。一路上，鬼子大队人马耀武扬威，所过之处战马嘶鸣，烟尘滚滚。沿途村庄的百姓都吓得逃到山上去了。鬼子的部队浩浩荡荡地开进了香洼，藤岛命令日伪军各小队分别进驻香洼一带大大小小的十几个村子，并对这些村子进行搜查。他带领一中队鬼子与川雄来到大冰沟外西山岭出事的地点。川雄向藤岛汇报上次在这里遭伏击的经过，藤岛对他的话听而不语。他首先要知道这支抗日部队的去处，再对他们进行一次彻底的军事清剿。

早晨的日头还没冒出来，藤岛站在西山岭上，西面是莽莽苍苍的烟海世界。他掏出望远镜向西南的大冰沟极目远眺。青墨色的山海簇拥着无数的危峰，群峰擎起灰蓝色的天，山海茫茫，层峦叠嶂。藤岛为大冰沟恢宏独特的气势暗自惊叹。

他在本国游览过山顶白雪皑皑、山下落英缤纷的富士山，那是日本著名的旅游观光胜地。也到过韩国的智异山，可从来没看见过大冰沟这样雄奇磅礴的群山。近处，峰峦叠嶂，巍峨而从容，折成几折的天然屏障把这一望无垠的山海林原与山外隔成了两个截然不同的世界。伫立远观，大冰沟两侧连绵起伏，逶迤远去的南北走向的山脉像两条蜿蜒舞动的巨龙。群峰中，几座高高的险峻山峰像即将起航的万吨巨轮一样昂扬着。凝眸遐想，又那么像古代大军出征时猎猎的旌旗——虽至深秋时节，那山谷间，依然弥漫着乳白色的烟云，白茫茫的云海缠绕着群峰款款地涌动着，飘浮着，蒸腾着。此时，梦幻般的谷浪烟云掩遮了大冰沟所有苍翠的沟壑，险峻的山崖，起伏的林海。"大冰沟，原来是一个神奇而可怕的世界。"藤岛自言自语，他被这大自然挥洒而出的苍莽寥廓的境界所陶醉。亲眼看到后他才知道这支抗日部队为何选中大冰沟，因为它可容纳下千军万马，它能令所有的征讨者望而却步。为此，他一筹莫展，暗叹之余他内心里涌动着一种无奈。

藤岛返身走下岭头，在川雄挨打的地方又停了下来，他一边看周边的地形,一边回想刚才川雄述说的部队受创的经过。事实证明了他的判断:这是一支很有作战经验、战斗力很强的正规抗日部队,绝不是不堪一击的军队或藏匿深山打家劫舍的土匪。如今看来,他只能采取特殊的办法来消灭这支抗日部队。

日伪军的大队人马驻扎在香洼。不过三天,便由这一带的土豪劣绅在各村子组建了村公所。到了第四天,大冰沟外的青龙河畔所有村落的大街小巷都张贴上了有伪满洲国印戳的悬赏公告,公告上写着:

乡民悉知

近日来,一股共匪流窜到大冰沟,他们杀人越货,袭击皇军,造成社会不安。为了消灭这股共匪,从即日起,大日本皇军不惜重金悬赏捉拿、消灭共匪的有功良民。兹将赏金公之于众:

杀死一个共匪,赏大洋二百块,多者,如数累计。

捉拿一个共匪,赏大洋一百块,多者,如数累计。

举报共匪藏匿处,赏大洋五十块。

望诸民详阅知晓且相告之。

满洲国要路沟警察署

十二月十三日

几天来,两名伤员在卫生员小白、警卫员小李和吴振国老汉的精心照料下,伤势都有了好转。吴老汉与这几位战士朝夕相处,对山里的抗日联军有了更深一步的了解。他从心眼儿里敬佩这些为拯救国家不惜牺牲自己生命的有血性的年轻人。

后天就是腊八了,按当地人的习俗,腊八是得喝腊八粥的。吴老汉让老大吴玉成去山外赶集。吴老汉暗自想好了,不到年根去赶集,因为年根赶集,那是穷汉子集,谁都知道那时赶集买什么东西都是贵的。他打算年货早准备,好和四名战士在一起欢欢喜喜地过大年。一早,吴老汉唤了吴玉成:"成头,今儿个你去赶集。到集上买些豆子和小米,腊八好做腊八粥。然后,再捎带一些年货回来。"

第五回 惯匪生诡计露狼性 抗日联军巧布天网

"唉！"吴玉成一边穿衣服一边回答。但他的心里真是打怵，生怕出山碰上蟠龙山上的那帮人。

睡在吴玉成身边的锁住蒙胧中听说大哥要出沟赶集，呼啦把被子一掀，赶快坐了起来。他用黑乎乎的手背揉着惺忪的睡眼，冲着穿衣裳的大哥嚷嚷：

"大哥，我跟你去！"

"瞎扯！你干啥去？这儿离大集远着呢。睡觉！"

"不！我就去！"

吴玉成瞅瞅锁住要哭，就缓和一下口气：

"锁住，听话！山外很远，你走不动。等你长大了，哥带你出去。"

"我不！我就去！"

"你不听话，我揍你！"

"咋回事啊？一早上就嚷嚷。啊？"老人拎着烧火棍走进屋问。

"爹！他不带我。我该有半年没到山外去了，在这儿待着，都快把人憋死了。"锁住嘟囔着，"哥，我什么都不要，就跟你玩一趟，你带着我吧！好吧？就一次。"锁住向吴玉成央求着。

"锁住，你要再不听话，我不喜欢你啦！快躺下睡觉，哥回来给你买好多好吃的。"

"不稀罕！"锁住央求不成，气得倒在炕上把被子猛地往头上一捂。

吴玉成穿上衣服，往怀里揣上三块儿大洋走了。

农历逢一逢六是香洼大集。因为这是年根的几个集了，所以方圆百里的赶集人群，如潮水般向这里涌来。虽然都说年根儿的集是穷汉子集，但这时候上集的人最多。

大集上，赶驴驮子的，卖苇席的，卖肉的，卖布的，卖糖葫芦的……真是应有尽有，年货一应俱全。

日头一竿子高了，街市上会聚的人群已摩肩接踵，人头攒动。熙熙攘攘的人流在集面上涌动着。吴玉成把狗皮帽往下拉了拉，让它遮住自己的脸，他挤进了拥挤的人群。

中午，他买完了货正想往回走，一抬头看见一群人挤在村公所的大门口，只见那些人个个张着嘴仰着头看墙上的公文。他虽然不识几个字，但他听得懂一个乡绅所念公文的意思：杀死一个共匪，赏大洋二百块。活捉一个赏大洋一百块。报共匪藏处，赏大洋五十块。这是真的吗？他简直不敢相信自己的耳朵。

他对身边的一个妇女小声说："大姐，我不识字，那个人念的是真的吗？"

"那还有假？这告示每个庄儿都贴着哪。"

然后她把脸凑到吴玉成的耳朵前悄声说："说那些人可厉害啦，前两天在大冰沟大西岭上打死了二十多个日本人呢。"

吴玉成本来就是一个视财如命的土匪，听此消息，邪念油生。干掉一个二百块大洋，四个就是八百块呀！这不就是天上掉下来的馅饼吗？

日头下山了，吴玉成回到了家，把背来的沉甸甸的年货放在外屋地上："爹，年货，我都买了。"

随后从衣兜里掏出了一串儿糖葫芦递给了站在旁边的锁住。

"怎么样？哥没逗你吧？"

"嗯！"锁住一边用舌头舔了舔酸甜的糖葫芦，一边高兴地点了点头，然后连蹦带跳地跑了。

吴老汉挪出一个盆，放好水泡上豆子，准备明天一早就做豆子粥。有客人在，他还要炖上一大盆好菜。有好吃的过节款待客人，老人的心里就别提多高兴了。他吩咐儿子："明天你哥儿几个早点儿起来，给我帮帮忙。"

"爹，明早我喊他们起来帮忙。"老大吴玉成痛快地答应着。

到了晚上，夜阑人静的时候，心怀鬼胎的吴玉成用胳臂捶了一下睡在身旁的老二吴玉山，悄悄地起来穿上衣服出去了，老二吴玉山随后也跟了出去。

两个人就像幽灵一样溜出了茅屋，走进南坡的密林里。吴玉成把今天在集市上的所见所闻向吴玉山说了一遍，最后说出了自己的打算。

"日本人出了这么高的价钱，咱们有货不出手，那也太窝囊了。我在集上买了一包耗子药，明天早晨我在菜里放上耗子药，把这四个人毒死后，我们把死尸抬到林子里，把脑袋和那衣裳装在麻袋里，背到山外换来赏钱，然后咱全家就远走高飞。"

"哥，这事，你可得想好喽。爹要知道非气死不可。再说了，抗日联军能放过我们吗？我看拉倒吧。"

第五回 惯匪生诡计露狼性 抗日联军巧布天网

"二弟！你咋到动真格的时候就胆小呢？常言说得好，胆小不得将军做，无毒不丈夫。上次，我俩要是胆小，那些珍珠财宝能整到手吗？听我的，就这么办！"

"那——爹那儿咋办？"

"这四个人死了，到那时生米做成了熟饭，爹再生气有什么用？你想想，咱是爹的亲骨肉，到真格的时候他能胳膊肘往外拐？"林子里寂静了片刻，吴玉成接着说，"明天吃饭时要看我的眼色行事。"

"还告诉老三、老四吧？"

"告诉他俩，把家伙掖好，如果我们被他们看出破绽，就先动手做了那两个没毛病的，炕上的那两个就好办了。"

腊八一大早，吴振国老人和吴玉成早起开始烧火做饭。

吴玉成将猪肉切了一大块儿，边切边故意大声说："爹，咱家半年没有吃猪肉了，可把我们哥儿几个熬得够呛。今儿个，咱们一家人好好解解馋。"

"那你就多切点儿，多弄点儿菜。给你们哥儿几个解解馋。不过啊，成头，你得跟你几个兄弟说好喽，得让客人先吃。"

"爹，这还用说吗，我们这么大了，这点儿规矩还不懂？"

东屋，吴玉山暗示老三、老四起来别好刀子，自己把短枪掖在裤带上。西屋，小李和小白起来叠好被子。一个帮老人到下面的山坳去挑水，一个料理两个伤员。

菜在锅里咕嘟咕嘟煮着，屋里弥漫着诱人的香气。吴玉成拿起勺子在锅里舀了点菜汤放在嘴里尝了尝，故意把嘴唇弄得啧啧作响，然后对猫着腰往灶膛里只顾塞柴的父亲说："爹，菜有点淡啦，得放点儿盐。"

"那——就再放点儿盐呗。"

老人回屋去取盐。吴玉成趁着老人不在，将一包事先准备好的耗子药撒在锅里，然后赶忙用勺子把菜搅和了几下。

外屋，吴玉成放上饭桌，摆好碗筷，拿来烫热的酒壶。然后，盛上一大盆热腾腾、香喷喷的粉条炖猪肉。锁住看到桌子上摆放着这么香的菜，他瞅了瞅吴老汉和大哥，趁着大家不注意，拿起筷子就夹盆中的一块肉。吴玉成转身一看，急忙上前一把夺下他手中的筷子，大声训斥："馋鬼！客人没吃，你就先动筷子。碍磕不？上一边去！"

说着，吴玉成把锁住搡到一边。这时，大家围好了桌子，小白看锁住含着眼泪从墙角默默地走开，觉得孩子怪可怜的，起身想拽住锁住让他和大家一起吃，被吴玉成拦住："小白，你们先吃吧，这孩子不懂事。来来，咱们围桌吧。"

小李、小白执意要与吴家五口人一起吃这顿饭。吴玉成只好找一个理由："小白，还是你们先吃吧。吃完，好照顾炕上的两位兄弟。"

吴老汉不知大儿子的用心："成头，你来陪着你两位弟弟吃吧，屋里两人的饭我来喂。"吴老汉从锅里盛完菜，怕菜咸，拿起羹匙舀了一点儿汤想尝尝，吴玉成一看不好，他大步走到老人跟前，夺下了就要沾到老人嘴唇的羹匙："爹，你咋这样的。埋汰不？自个儿尝完了，去喂别人，别人咋吃啊？这菜刚才我尝过了，不咸不淡正好吃。你就放心吧！"

坐在桌旁的小李对吴玉成的举动感到不对。这几天来，在这个家里他能看透彻的只有两个人，那就是深明大义、待人真诚的吴老汉和天真直爽的孩子锁住，可吴家年纪稍长的哥儿四个的眼睛里总是有让你琢磨不透的东西，尤其老大吴玉成那贼得发亮的眸子像无法丈量的深潭，充满了奸诈与狡黠。他缄默无语，这些天和他们也没说过几句话。他是居心叵测奸诈凶狠之人，还是天生就不善言语？真是令人难以琢磨。他的一举一动根本不像老实憨厚的庄稼人。那么，吴玉成与他三个弟弟在这深山里究竟干什么？他们是什么人？来这儿靠什么生活？今天，从吴玉成的举动可以看出菜里已放了东西。此时，小李感到情况有变。怎样保护好两位伤员？就只能靠自己和小白了。怎么办？他用脚碰了一下小白，小白会意。虽箭在弦上，一触即发，但真相没有大白，两人只装作不知。小白起身故意与吴玉成擦身而过来劝老人，感觉到吴玉成腰间有一个硬邦邦的东西，知道那是支枪，看起来，事发就在眼前，小白装作没有任何察觉，接过老人手中的大碗："大叔，还是我来喂他们吧。"说着就盛起菜来。

这时，锁住捂着肚子跑了进来，嘴里喊着："爹！我肚子痛——哎呀——我肚子痛——我——"锁住在屋里绕了半个圈儿，鼻子、嘴、眼睛都淌着血，一下子躺在门槛上，身子抽搐了几下就断了气。吴老汉一看傻了眼，一个活蹦乱跳的孩子怎么转眼间就七窍出血，痛叫着死了？

"这是咋啦？锁住儿！锁住儿——"

老人赶忙蹲跪在孩子跟前抱起来大声地痛哭。

"锁住！锁住啊！我的儿子啊——你怎么啦！你说话呀——呜呜呜——"

"锁住！锁住兄弟！"小白也蹲下，一边喊一边仔细观察锁住脸上的血，他想知道孩子暴死的原因。

吴玉成谋划杀害四人的计划还未成功，却先害死了自己的小弟弟，这真是偷鸡不成却搭上了一把米。事儿到了这种地步，他只好露出"庐山真面目"了。他用眼睛示意老二吴玉山，迅速掏出手枪，用枪口顶住蹲着的小白的后脑勺。几乎同时，吴玉山的枪也对准了小李的脑袋，同时用另一只手摸出小李腰间的手枪，刚刚洋溢着节日气氛的屋里霎时剑拔弩张，一片杀气。屋里空气瞬间窒息了。老人一看傻了，撕心裂肺的痛哭声戛然而止。他被两个儿子的举动给弄糊涂了，他不知道这到底是怎么回事儿。

"成头、山子！今天你们想干啥？啊？你们这两个混账东西！"老人从来不知道老大、老二手里有枪，看着两个儿子凶神恶煞的样子，一动不动地用枪顶着两名战士，吴老汉气得浑身发抖，连那花白的胡子也在微微地颤动。他想用父亲的威严遏制住两个浑蛋儿子："王八犊子！你们听着了没有？把枪给我放下！"

这时候，两个杀人成性的土匪哪里还听得进老人的劝阻。吴老汉一看老大、老二根本没把他的话当回事儿，气得把锁住的尸体放下站了起来，浑身发抖。他用颤抖的手指着吴玉成："畜生啊！你们这两个畜生！你们是不是活够了？人家和咱们无冤无仇，为了打日本鬼子险些把命都搭上，在咱家养几天伤，你们就想害人家。你们还是人吗？还有人味儿吗？你把枪给我！"说着，老人就上前去夺吴玉成手中的枪。

吴玉成用左胳膊一挡把老人碰个趔趄，狡猾的吴玉山狡辩说："爹，是他们毒死了我的弟弟，我们要替弟弟报仇！"

小白一听，分辩说："老人家，您对我们像对自己的孩子一样，您想想，我们怎么会害自己的小弟呢？吴玉成，你是不是锅里放了毒，想害死我们，结果害死了孩子？"

被对方揭了底，吴玉成这时两眼放射出凶狠的目光，他把嘴一咧冷笑道："算你聪明，我就是想用你们的脑袋到日本人那儿换大洋钱。这，你怨不得我们，是你们自己送上门来找死的。要不是你们到这儿，我小弟怎么会死？"

老人一听肺都要气炸了。原来是老大、老二想图财害命，结果害死了他们的弟弟，他气得脸色发青，话也说不好了。

"你，你们这两个畜生，原来是你们害死了你们的弟弟，你们这两个丧尽天良的东西！你们连禽兽都不如啊——"老人说着大哭起来。

两个土匪并没有因老人哀伤的痛哭而手软。老人看老大、老二杀人已铁了心，想到老儿子死了，如果再害死四条性命，这不是在作孽吗？他顾不得再想，指着两个儿子说："你们这两个瘪犊子！孽种！今天你们把我先打死吧，把我的脑袋也割下来换钱去！不然，杀害他们，你们别想！"说着，老人像疯子一样向吴玉成扑去，吴玉成一看老参要坏他的大事，就用力把老人往旁边一拨儿。老人本来气得头昏脑涨，身体站不稳，吴玉成这一拨儿使他重重地向后倒下，后脑勺正撞在锅台的棱角上，"呼——"鲜血从老人的后脑勺流了出来。小白想上手夺吴玉成的枪，几乎同时，吴玉成的枪响了，子弹正打在小白的胸部。小李恨自己太马虎大意让身上带的枪没了，他趁吴玉山一愣怔的空，一脚踢起了饭桌。稀里哗啦，碗盆飞起，小李趁着这个机会纵身一跳从敞开的后窗口逃出。"啪！啪！啪……"吴玉成一梭子子弹随后也从后窗户口射出。

"还不快追！"

吴玉山听吴玉成一喊醒过神来，攥着枪也跳出了后窗口。他看见小李往南山坡那边跑，离他有二十多步远，就不断在后面开枪射击，子弹在小李的耳边嗖嗖嗖地响着。小李顺着茅草丛冲上山坡，飞快地钻进了椽树林，隐藏在一棵巨大的椽树底下。吴玉山追进了椽树林，看不到了小李的踪影，他把枪紧紧地握在手中，在林里一个又一个绕着圈地前后左右寻找着，他走到小李隐藏的那棵大树下站住了，瞅了瞅又向前走去。小李想，这真是个好机会，他从吴玉山背后来了一个饿虎扑食将之按趴在地上，随后拧肘夺下他的枪，一枪击毙了吴玉山。小李把尸体翻过来，摸了摸腰带和衣兜，搜出了一把匕首。身上有了家伙,小李心里有了底。他知道吴玉成和老三、老四他们一会儿就会来,他把匕首插在腰间,打开枪膛看看里面只有两颗子弹,他迅速钻进密林深处。吴玉成看二弟追去了,看父亲仰躺在锅台边脸已蜡白,他赶忙去抱父亲大声地叫:"爹!爹!爹——!"

老人没有回声,他用手挨近老人的鼻子和嘴,哪还有气?他放下父亲,听见西屋有响动,拔出尖刀闯进西屋,看两个伤员挣扎着想爬起来,可又动弹不了,吴玉成像饿狼一般一手按住伤员脑袋,嗖的一刀抹断了伤员的喉咙,然后又一刀抹断了另一个伤员的脖颈。两名伤员就这样惨死在这个土匪手中。屋外的林子里枪声还在响着。他拎起被角擦了擦还滴着鲜血的尖刀,插在腰间,他攥着枪,向枪响的地方悄悄地潜入林子。狡猾的吴玉成在密林里没有盲目去追,却隐藏在一摊浓密葱绿的小松树毛下。小李击毙了吴老二后,他知道,吴玉成不是一般的土匪,不仅阴险毒辣,诡计多端,而且在山里一定有对弈搏杀的本事,不然他不会躲在大山里,再有老三、老四的配合,所以自己必须小心。小李手握着枪一边向从后面追来的吴老三射击,一边往后退,正好退到离吴玉成隐藏地点不远的地方,吴玉成从浓密枝叶的缝隙中把枪对准了小李的脑袋,他一搂枪的同时,小李倒下了,吴玉成认为人已打死,他拎着枪走到躺在地上的小李跟前,想再补上几枪,其实小李并没有被吴玉成打中,吴玉成两腿就站在他的头前,说时迟那时快,小李倏地抱住吴玉成的两腿猛地一撤,扑通一声,吴玉成被重重地摔倒在地上,小李趁势翻身骑在吴玉成的身上,使劲儿抓住吴玉成拿枪的那只手腕,想用另一手夺下枪,狡猾的吴玉成搂枪想让老三赶快赶到这里,"啪啪啪!"一梭子子弹射向天空。吴玉成给老耗子当了多年的贴身保镖,身手功夫自然厉害,他趁着小李全力拼夺枪的机会,把小李翻到底下,就这样,两人在山坡上滚打着,滚到一棵小树下,小李正好被吴玉成压在身下动弹不得,吴玉成正好得手,他拔出尖刀狠狠地向小李的胸口扎去,一刀,两刀……鲜血喷得他满身满脸。这个杀人不眨眼的恶魔正想割下小李的脑袋,这时候,"啪啪啪!"一梭子子弹向他扫来,接着就听到身后有人大喊:

"不许动!"

他回头一看,不好,正是前几天来的那伙人从山上冲下来了,他慌忙放开手来个就地十八滚，随后钻进了松树林。葛振林把满身是血的小李抱在怀里使劲儿地叫着："小李！小李……"

小李脑袋、前胸有多处刀口，上半身鲜血淋漓，简直是个血人。他浑身抽搐着，鲜血从刀口汩汩往外淌。当他听到呼喊声，吃力地睁开迷离的双眼望着排长，只说了半句："他们是土——"就咽了气。

看到小李牺牲，葛振林气得直咬牙根。他命令一班长陈世秋带领战士们赶快追击吴玉成，自己和李凤山径直奔向吴家茅屋，进屋一看大为震惊。外屋一片狼藉，只见吴老汉和孩子、小白都横七竖八地躺在外屋地上，桌子被掀翻，侧歪在锅台边，锅碗瓢盆碎的碎，扁的扁，七零八落，菜翻洒得满屋都是。葛振林一看，小白胸部中了三颗子弹，早已停止了呼吸。两名战士握枪冲进西屋一看，不由惊叫起来。

"排长！"

葛振林进西屋一看，两名伤员的脑袋全被土匪割走，身无全尸，真是惨不忍睹。四名战士的悲惨死去使葛振林再也无法控制住内心的悲痛，他后悔自己太大意，造成了今天这样的严重后果。他冲到院子里，看看南北山坡后立即布置。

"二班长！"

"到！"

"你们去那儿！"葛震林指着北面阳坡较高的那个山冈，牙咬得咯吱响，"一定把这几个山匪给我抓住！抓不住就全都给我打死！一个不留！"

"是！"

为了给死去的四位战友报仇，二班长领着九名战士如猛虎一般扑向北坡，北坡没有南阴坡树林高大浓密，草疏柴稀。没有柴草的羁绊，二班长带领战士们快速来到北坡的那个山冈，他站在突兀的黑色岩石上，向下鸟瞰，南坡的一切尽收眼底。南坡这片树林边缘，茅草疏落低矮，从树林跑出的人在这里会看得清清楚楚。二班长让神枪手邱生和另外两名战士隐藏在山冈的岩石后面，并嘱咐三人：

"这几个王八蛋出了树林，一个也不能叫他跑掉！就是要死的！听清了吗？"

第五回 惯匪生诡计露狼性 抗日联军巧布天网

三名战士向班长保证:"是!"

布置完毕,二班长领着其他的战士迅速冲进南坡山林里。

吴玉成滚到密林里像一只受惊的兔子一样,连蹿带跳越过沟槽。他攥着枪猫着腰很快钻进了下面的密林里,他心想:对方从上边来的,得从北坡林子往下跑,自己出了林子爬下一个石崖,下面就是满坡的大树林,逃到那里,不用说几十人来抓他,就是几百人也休想逮住他。他跑到一棵椓树下,突然,从树丫上跳下一个人来,吴玉成抬枪想打,一看跳下来的不是别人,正是自己的三弟吴玉海。

吴玉成心里舒了一口气,忙问:"老四呢?"

"大哥,我在这儿哪。"没等吴玉海回答,老四吴玉宝从附近的一片茅草里钻了出来。

吴玉成看他俩浑身哆哆嗦嗦惊慌地瞅着他,知道他们十分恐惧。幸好都在,就对两个弟弟说:"跟我走!快!"

三个人手握着枪在南坡林子里拼命地往下跑,到了林边一看,越过不大的水沟,就能拐进北坡林子了。吴玉成叫两个弟弟停下来,他像猴子一样迅速爬上一棵最高的树,倚靠在树顶的粗枝上,向四周的山冈张望。四面的山梁上,他没有发现人影,只听到南面的林子里追喊的声音越来越近。他知道:如果北坡高山冈没有布控,三人就能安然逃下山去。如果对方在北坡高冈上安排了人,控制这条出林下山的路,那可完了。原来这抗日联军也不过是一群蠢蛋,该着我哥儿仨有命,这真是"天无绝人之路"。刺溜——吴玉成赶忙滑下树来,冲两个弟弟用握着的枪在眼前画了一弧,指向下面山崖小路。

"快点儿!跑到下面的石崖下,我们就没事儿了!"

说着,就蹿出了阴坡林子,奔向北坡。邱生和另两名战士隐蔽在青石岩后,聚精会神地盯着北坡山林四周的动静,吴玉成兄弟三人刚蹿出林子就被邱生发现了,因为林外茅草没腰深,三个土匪又猫着腰跑,经过处茅草晃动,尽管邱生的枪法很准,但片片深草在习习的山风的吹拂下不断地起伏动荡,给邱生他们瞄准射击带来了很大的麻烦。眼看着三个土匪像兔子一样,就要跑到山崖跟前了,三个战士心里干着急。吴玉成领着两个弟弟逃到山崖沿上,他第一个从崖沿儿往下爬,山崖沿儿上的岩石裸露,没有茅草。打!邱生抓住了这个最佳的时机开枪射击，吴家老三、老四随着两声枪响都滚到山崖下去了，吴玉成从陡崖往下爬还不到三四步，听到枪响，往上一望崖上不见两个弟弟的身影，只见两个软绵绵的尸体从石崖上一个接一个地滚落下来，知道两个弟弟被击中，不由心里一惊，顿时一身冷汗。为了逃命，他顾不得看他们一眼，顺着山崖的险路慌忙爬了下去。呼啦啦——他像一只刚刚从猎人手里逃出的惊慌野狼一样一头钻进了崖下的大树林里。

分三路人马追击吴氏三兄弟的侦察排战士都赶到了山崖沿上，葛振林看看躺着的两具尸体，知道狡猾的吴玉成已经逃脱了。他站在山崖沿上的一个突兀的岩石上，俯瞰山崖下满山遍野的山林。随着山风的吹拂，棵棵树木枝摇叶抖，茫茫的野林宛如无垠的林海，山风袭来，汹涌澎湃，仿佛万马奔腾，再细细倾听，宛似远古的天籁之音。如此浩瀚的森林若找一个潜逃的人，无异于大海捞针。葛振林只好命令战士们不要追击了，邱生和另两个射击手拿着枪跑到葛振林跟前，把枪戳在石岩上，低着头内疚不语。

片刻，二班长自责地说："排长，我——我没有完成你交给我的任务。"

"不要说了！"

"排长！他杀了我们这些人，就让这小子这样跑了？太便宜他啦！"一个战士气愤地说。

"这匹丧心病狂的狼，他是逃不掉的！"葛振林气得咬着牙根说。

他望着山崖下广阔的山坡野林，密集的枝条上残留着霜雪染红的枯干的残叶，在阵阵山风吹拂下，树梢在微微地动，枯叶哗啦啦哗啦啦急剧地抖动。它们似乎提醒这些急于要报仇雪恨的战士们：继续搜寻是徒劳的。

葛振林心想：牺牲了这些战友，全是我疏忽大意造成的。他久久伫立在那儿，两眼禁不住流下了沉痛的泪水。

大家来到吴家院内，战士们把四位战友的尸体抬到院子里，没有白布，大家就用被子盖在上面，全体侦察排的战士整齐排列，向死去的四位战友默默低头致哀。然后，葛排长面向全体战士，他声调低沉，神情激愤，嘴唇在微微地颤动："同志们！在这里，我们失去了四名战友，他们身经百战，没有战死在战场上，也没有死在小鬼子的手里，却惨死在土匪的手中……"他说到这儿眼泪夺眶而出。

第五回 惯匪生诡计露狼性 抗日联军巧布天网

"我们一定要为惨死的战友报仇！决不放走这个恶贯满盈的土匪！"

"为战友报仇！决不放走土匪！"战士们义愤填膺，愤怒的喊声回荡在山谷。古老的群山被这激昂的情绪感动得战栗了，它也跟着发出了低沉的回音："为战友报仇！决不放走土匪！"

战士们把四名战友的尸体安葬在阳坡上一块儿地势较平缓的杏树林边，然后又把吴家的一老一少埋在茅草房附近的柴门外。

四位战士的牺牲，使葛振林懊悔不已。葛振林坐在一块石头上，他发红的两眼瞅着对面的山林发呆。怎么才能抓住这个恶贯满盈的土匪？他沉思着，一般土匪的特点是舍命不舍财，吴玉成为何在此安家？除了劫道外，也许把抢来的财宝埋在了这里。像吴玉成这样的狡诈惯匪，一定有一些不义之财在手中。他虽仓皇逃遁，但不会放弃那些东西，在这几天内他一定还会回来拿。必须让战士们在这儿埋伏等待。他叫来一班长陈世秋："一班长！"

"到！"

"我回营部向石营长汇报情况。我回来之前侦察排暂由你负责。为了逮住这个土匪，告诉大家一定要有耐心，沉住气，不管白天黑夜都要埋伏在这茅屋附近的山林里，记住，土匪一定会回来的，我们要张开大网等着他。"

"是！"

葛振林拍了拍部下的膀臂，用坚定的目光注视着陈世秋："我走了。"

然后，他与两名战士立刻返回了三道沟。

营部里，石营长和马政委仔细听着葛振林的情况汇报。葛振林请求首长对他进行处分。石营长听完肺都要气炸了，"啪！啪！啪！"把手中的烟袋锅子往桌子上使劲儿地磕了几下后，把蹬在木凳上的左腿放下来，他脸气得铁青，用烟袋锅指着葛振林脑袋大骂："浑蛋！你是干什么吃的？四名战士就这么死啦，你还觍着脸来见我？不是冲着你跟了我多年的分上，我一枪崩了你！处分你，处分你是轻的！"

马政委走到葛振林跟前，这位久经沙场的部下今天的确犯了一个麻痹大意的严重错误，让四名战士死于土匪之手，确实应该处分，但是考虑目前形势，部队在这种复杂陌生的斗争环境中，指挥员出现失误也是难免的。况且，葛振林带领侦察排初次出山立了一个大功，功过都有。现在，部队需要作战经验丰富的指挥员，免了他的职谁来担当？

他看着葛振林低头不语，便说："葛振林，四位战士死在土匪的手里，侦察排出这么大的问题，这说明了什么？"他停顿了一下接着说："我们到敌后，到一个新的地方开展抗日武装斗争，这是一场非常尖锐复杂的斗争，我们绝不能掉以轻心，麻痹大意！否则，我们这支部队不仅不能完成上级首长交给我们的任务，甚至有被鬼子吃掉的可能。这件事给我们的教训太刻骨铭心了。"他沉默片刻，若有所思，"土匪杀人，无非为了钱财和复仇，为钱，我们的战士手里没有钱。报复，我们刚到这儿，跟他无任何摩擦恩怨。这个土匪对我们的人下这样的黑手，我想，这背后一定有巨大的利益驱使他这样做。也许是沟外的小鬼子出了大价钱，买我们的人头。现在，逃掉的这个土匪，就等于在大冰沟埋下一颗定时炸弹。我们必须想办法把他除掉，绝不能留下后患！除匪这件事，我想听听你的意见。"

葛振林说："这个土匪很狡猾，当时把伤员放在他家的时候，我们没有看出一点破绽，今天与他交火，追击他的时候，才知道这是一个很难对付的土匪。他虽然跑了，但我想这一两天他一定还会回来的。"

"为什么还能回来？"

"我想，这个土匪安家在歪脖子沟，无非有两个目的：一是抢劫了不义之财，藏财躲祸；二是利用路经歪脖子沟的那个便道干一些拦路抢劫、杀人越货的勾当。我想，茅屋附近一定埋藏着一些财宝。对一个视财如命的土匪来说，他是绝不能放弃这些东西的。吴家的人除了他都死了，他也跑了，他会想，我们会以为他再不敢回来，或以为我们即使知道吴家埋藏着金银财宝一两天内他不敢回来拿。所以，他会做出这样的判断，这一两天他一定会回来的。守住吴家茅屋，我们就会抓住他。"

"嗯，好，好主意。这叫守株待兔。"

马政委掏出怀表看了看说："你现在就赶回歪脖子沟，我听你的好消息。一定把这个土匪消灭在大冰沟！不然的话，他会给我们带来更大的麻烦。"

"是！"

葛振林向两位首长行了一个军礼，走出营部趁着天还没黑，匆匆忙忙与两名战士返回了歪脖子沟。

第五回 惯匪生诡计露狼性　抗日联军巧布天网

吴玉成逃进大林子就像鲨鱼钻进了海底，他在密林里向山下一阵狂奔，一直跑到歪脖子沟沟口，才放慢了脚步。他手里攥着枪，不时地回头张望，听听后面山上确实没有了动静，便把枪别在腰带上。他停下来，倚靠在一棵树下喘着粗气。山风让他闻到了阵阵的血腥味儿，他不由得瞅瞅自己身上的血迹。脱险后的他此时心里才感到十分懊恼和沮丧。他用手抹了一下脸上的汗渍和血垢，更觉得晦气："他妈的，真是人算不如天算，好端端的一个生意，被他们搅和了，还弄了个家破人亡。唉——"

这时，他肚子咕咕直叫，才想到从早晨到现在折腾了大半天，一口水都没喝着。他顺手折下身旁的一根草茎放在嘴里用牙搅动着。

生存与去向摆在他的面前，他思量的不仅有这些，还有他最担心的那些金条翡翠，会不会让抗日联军发现。如果让他们得去，那可就是竹篮打水一场空，一切全完啦。怎么办？想来想去，他决定先到金场那几家弄点儿吃的，填饱肚子再说。于是，他出了歪脖子沟沟口沿着沟谷向北走去。

天还没黑，吴玉成隐藏在金场附近的一片柴草里。腊八，正是数九隆冬的严寒季节。当地有这样一句谚语："腊七腊八，冻死羊倌。"吴玉成在枯黄的柴草里已经蹲半天了，可那苍白无光的日头就像有人用杆子支上一样，一动也不动。

咕噜噜，咕噜噜，他的肚子不断地向他一遍又一遍发出信号。再看看村子前后山坡上白雪覆盖的坡地，稀稀拉拉地站着一些直挺挺、孤零零的苞米秆儿，它们枯干的身躯及其残缺的叶子随着凛冽的北风颤抖着，发出一阵阵哗啦啦呼啦啦的哀怜声响，好像痛吟着自己如此颓败与孤单。

吴玉成瞅着这些没用的东西，心想：要是秋天该有多好啊，钻进地里摘一些黄瓜、茄子什么的，哪怕是扒几个红薯或掰几个青苞米啃啃也好。这个时候，他妈的，地里一点吃的东西都没有。他只能耐心地等待，盼望着天黑，天一黑，他就有办法了。他不时地望望天上那个可恶的日头，用舌头舔了舔干裂发腥的嘴唇，他有意识地让冒烟的嗓子咽了一下唾沫，却感到嘴里没有一滴可下咽的唾液，只是喉结跟着上下蠕动了一下。

他斜歪着脑袋仰望天上纹丝不动的日头，心里气恨地骂着："他妈的，今天是怎么了，这该死的日头也跟我作对！"

他急切地企盼着天快黑。天一黑,这个世界就是他的啦。他可以悄悄钻进任何一家,杀死那家里的任何一个敢于反抗的男人;可以尽情地玩弄他家里的女人。然后,吃饱喝足再走。想到这里,他顿时打起精神。他拔出揣在腰间的尖刀,尖刀有几处出了月牙,但是还能用。他耐心地用衣袖把它擦一擦又别在腰上。他知道,深夜用它比用枪强多了。

　　日头下山了,抹在西山顶上的那片胭脂红的晚霞也悄然逝去。夜幕渐渐地落下。忙乎了一天的人们圈好了牛羊,关好柴门,回屋睡觉了。腊月初八的月牙儿是那样的稚嫩苍白,山空只有闪烁的群星眨着清冷的眼睛,山里,弥漫着夜的黑暗与宁静。偶尔山坡的农家院里传来几声悠长苍凉的驴叫,随后又是狗叫,这是山里夜的节奏,在诱人入睡。

　　这时,从村子西南头的林子里蹿出来一个黑影,如幽灵一般向村西头第一家奔去,村子里的狗顿时又狂叫起来,吴玉成只好趴在地上一动不动。男人出来了,以为来了野牲畜,吼喊了几声,听没有什么动静,责骂了自家狗几声就回屋睡觉去了。狗不叫了,又恢复了宁静。吴玉成蹑手蹑脚地来到这家院墙外,他把脑袋探出墙头看看这家灯还亮着没有。灯熄了,院子西面有一个草苫的卡茌房,里面是一群拥挤骚动的山羊。吴玉成轻轻地越过院墙,身子刚一落地,一只大黑狗倏地向他猛扑过来,吴玉成蹲在地上,没等那只狗搭在他的肩上,他就抽出铁钳般的两只手一下子狠狠地掐住了它的脖子。那狗既不能叫也不能动,吴玉成用一只手掐着狗的喉咙,用另一只手拔出尖刀朝着狗的脖子横抹下去。

　　他把刀子在软绵绵的狗身上来回抹了几下,握着刀轻轻地来到门前。

　　这时,只听见屋里一个女人的声音:"大喜,你听听外面好像有动静,快起来!是不是前几天来的那只狼又叼羊来了?"

　　"嗯,挡不住。这个该死的畜生!这回我非打死它不可。"

　　男人边说边穿衣裳,上衣一披趿拉上鞋,抄起门旮旯的扫把,赶忙跑去开前门。男人前门一开,一条腿刚迈出门槛,吴玉成挺身向前一步,一手紧紧地揪住他的衣领,另一只手握着的血淋淋的刀子架在他的脖子上,并一边往屋里推搡一边厉声威胁:"别喊!进屋去!"

　　吴玉成挟制男主人要进东屋,这时女人刚点上油灯,只穿着裤子和鞋子,上身披着棉袄前胸袒露着，蓬松的长发耷拉在丰满嫩白的胸前。她一手端着灯，一手遮挡着风，恐怕夜风吹灭了灯火，正想往外屋走来给自己的男人照亮。

咣当一声东屋门被撞开，屋里猛然拥进两个人来。只见光着膀子的丈夫被一个满脸杀气的陌生汉子用刀子逼着进了屋，她吓得"啊"地叫了一声，两手一撒把油灯扔在地上。吴玉成把刀子更紧地挨着男人的脖子，逼着男人："叫你的老婆儿把灯点上！"

那个男人只好叫自己的媳妇快把灯点上。女人哆哆嗦嗦地把灯点着了。吴玉成用眼睛四周溜了一遍，看到炕上还睡着一个小男孩儿。

他狞笑着对女人说："我告诉你，你要听我的话，不然，我就一刀杀了他和你那个孩子！"

女人吓得浑身打战，她知道家里来的这个人一定是土匪，她想跑出屋子喊村里人来救，可又一想那样做丈夫就没命了。她只好扑通一声，双腿屈膝跪在吴玉成跟前不住地哀求："大哥，你行行好，只要你不杀我们当家的，你要什么，我都给呀。"

油灯下，吴玉成瞅着跪在自己脚下的这个成熟而俊俏的女人，没想到在这样的大山里，竟有这样貌似天仙的女人，再一细瞧，真是被迷得有点神醉魂飞：一对弯弯的柳眉下有着一对水汪汪的大眼睛，乌黑的长发顺溜溜地披散在丰腴而白嫩的前胸，那秀发无法掩盖一对白嫩撅起的乳房，红润的乳头随着女人的动作而颤动，她为了救自家的男人，正用乞求的目光仰视着他。吴玉成望着这个女人，淫心荡漾，他用贪婪的目光盯着女人的脸蛋和前胸，这时，女人看着他直勾勾的眼神才意识到了自己裸露的上身，她羞赧地低下了头。

"这样说嘛，大哥爱听。你想让你的男人活着，不难，你得听我的。你要跑外嚷嚷，那就别怪我杀他！听清了没有？"

"大爷，我不喊，你让我做什么，我都做。"

女人哀求吴玉成放过她的男人。吴玉成瞅了瞅屋中间那根碗口粗的顶梁柱说："去，找一根粗绳子来。"

女人一听拿绳子知道不好，跑到外面喊人吧，丈夫肯定会被这个歹人杀了，怎么办？吴玉成看她不动，把男人使劲儿一拽。

"怎么着？不想找去？"他把刀刃紧挨着男人的脖子做出要抹下去的样子。

女人连忙磕头说："大爷，饶命啊！我这就去。"

女人从外屋拿来了捆柴的绳子。土匪绑人杀人是家常便饭，吴玉成用那绳子三缠两绕很麻利地就把男主人结结实实捆在柱子上，然后用炕沿的枕巾堵住男人的嘴。吴玉成一屁股坐在炕沿儿上，从怀里掏出枪在手中掂量几下，然后就像耍戏法一样让枪在手里滴溜溜地旋转了几圈儿。

他握着手中的枪威胁这对儿山里夫妻："认得这家伙吗？不认得吧？这个东西一百步远都能要人的命。"他随后抠下枪匣子，从里面倒出一颗子弹说："这里装的这个东西，你们知道是什么吗？这可不是花生粒儿，谁要是吃了它呀，谁就得到阎王爷那儿去喽！唉，跟你们说，你们也不懂，快点儿，给我弄点好吃的来！"

女人不敢怠慢，把熟睡的孩子和被子推到炕梢，放上桌子，到外屋赶快拿出家中最好吃的豆包放在锅里，生火馏了一遍，把预备的过年货，什么肉、粉来了一个乱炖，家中预备过年吃的鸡蛋、兔子肉全都拿到桌子上来。女人吓得一句恭维的话都不敢说，端上了这些吃的退站在屋的一角。她只盼这个凶狠的汉子放过他的男人。

吴玉成一天肚子没进东西了，看着满桌子的可口饭菜，就狼吞虎咽起来，一阵风卷残云。酒足饭饱后，他用手抹了一下嘴巴，打着饱嗝。"把这些好吃的东西给我包好，我要给我的弟兄带去。"他打着饱嗝接着说，"现在，我告诉你们，我是抗日联军里的。今晚的事儿，你们可不能向任何人说。说出去你们就没命了。我们抗日联军是专门打鬼子的，你们听说了吗？前几天就在咱们的岭上我们打死了不少鬼子，我们流血、流汗都是为了你们这些老百姓。"

女人对这个满身血腥味的男人说的话信以为真。十天前，她听说了东梁上一支队伍打鬼子的事。那时，她心里猜想，能打死那么多鬼子兵，那一定是一支很厉害的部队，是一支为老百姓着想不让鬼子进山的好部队。可没想到这支部队的当兵的是这么的野性，和进山的马鞑子一样。

"还愣着干什么？快点给老子拾掇！"

第五回 惯匪生诡计露狼性 抗日联军巧布天网

女人从愣怔中醒来："唉！军……军爷。"

女人赶快收拾家中所有好吃的东西包裹起来放在吴玉成的眼前。这时，吴玉成一把抓住她的手，搂在怀里，不管她怎样挣扎，还是被这个色狼捺在炕上，剥去了衣裳，拖进热乎乎的被窝……

绑在柱子上的男人眼看着自己的女人被糟蹋，自己却不能动，不能喊，气得恨不得把这个畜生碎尸万段。吴玉成玩完了女人提起裤子，他一手拎起包裹，一手攥着枪，发出得意的奸笑："小子，记住，我们抗日联军就住在这大冰沟里，你们要把今晚的事儿说出去，你们这一家子就没命了。"说完，吴玉成走出屋门，一转眼就消失在黑乎乎的夜幕之中。

天还黑，山星打横，离天亮早着呢！吴玉成停下他急促的脚步想了想：这样走出大冰沟不知有多少麻烦，况且歪脖子沟还埋藏着自己用心血换来的那么多的财宝，怎能这样一走了之呢？于是，吴玉成按原路回到了歪脖子沟口，因为他出来时发现在沟口不远的北山坡有一面陡峭的大山崖，崖脚有一个山洞，那里倒是一个过夜的好地方。他来到山洞跟前，从衣兜里掏出火柴划着一照，看见山洞洞口有一人多高，两米多深，洞壁和洞顶罅隙都有渗水的乳白色的流痕。除了一些鸟粪外，洞里光溜溜的什么东西都没有。这时，他觉得又困又累，走进洞里把包裹放在一边，倚着洞壁就睡着了。

睡梦中他梦见老耗子抓住了他，把他捆在一棵大柳树上，大骂他不忠不义。老耗子用烧得红通通的烙铁逼问他把抢去的金银首饰藏在哪里，他就是不说，老耗子命令手下的人拿来刀子挑开他的四肢，劐开他的胸膛，拿出他的心脏来做下酒菜。开刀之前老耗子用手掐着他的喉咙问他说不说，掐得他嗓子发痒，胸闷得上不来一口气，憋得他一下子醒来。一看外面天气阴沉昏暗，天亮了。自己还在山洞里，才知道这是一场噩梦。他定了定神，寻思着怎样上山携宝逃出歪脖子沟，再远走高飞。这样做能行吗？他反复掂量着：今天返回茅屋取宝，如果那些抗日联军没有撤离，还在那里蹲坑等候，我去了那儿可就完了。一想起昨天发生的事真是让他心有余悸。这群人可不是像他以前想的那样简单。他们的枪法很准，在山上打仗比他厉害，还能抱团儿，一个个都不怕死，这和在蟠龙山时他们那些哥儿们打仗可不一样。什么同生共死，到真格的时候，还不是各顾各，个人揣着个人的心眼儿。

洞外"沙沙沙"的声音打断了他的思绪。往外再望，外面飘起了青雪花儿。

"嗬！好啊！下得好！"吴玉成惊喜地叫着。

吴玉成看如此天气自然高兴，心里想，这真是天助我也。昨天他们把我吴家人打得死的死，逃的逃，他们无论如何不会想到我吴玉成今天还会回来。如果他们真的能掐会算，在茅屋附近埋伏一宿没有动静不撤，可下起这样的大雪，也得撤。老天爷开恩，成人之美啊！给了我这样一个好机会，该着这些财宝是我的。吴玉成决定回山腰的茅屋去，取走那些财宝。

中午，吴玉成冒着风雪悄悄上了山，他趴在南面山坡一片柴草里，不敢贸然靠近茅屋。

山空中灰白的云雪把苍穹覆遮得严严实实。从早晨到响午，由沙拉拉的雪粒儿变成了纷纷扬扬漫天飞舞的雪片子。雪，不喘气地下着。山坡上的雪已经有半尺深了。吴玉成趴在柴草里一动不动，时间一长，他慢慢地扒开眼前的茅草，偷偷地向四周窥望。

茅屋院前柴门外出现两个浑圆的雪土包，不用说，那是两座新坟。屋门用一根木棒别着，看着这些不由想起昨天的事，宛如一场噩梦抓着他的心。想到这儿，他更是心里打战不敢轻举妄动。他趴在雪里继续耐心地等候，就像一只隐匿网边的蜘蛛等待飞虫到来一样。昏暗的雪天到什么时候啦？他时时在积雪的毛柴里扬起脖子偷窥茅屋附近的动静。除了风雪与山林相容的隐隐沙沙窸窣声外，这里的一切仍然那样安宁。山林、岩崖、茅屋、沟壑都覆盖着厚厚的积雪，整个山都化作了一个银装玉砌的世界。吴玉成浓黑的胡须、眉毛甚至鼻子、嘴都结了冰霜。

吴玉成藏在柴草里足足有四个小时，饱尝了他从未体会过的寒冷难挨。他自豪地相信，世上除了自己没有任何人能忍受得了这么长时间在冰天雪地里的煎熬，但他心甘情愿遭这个罪，因为这样的代价会换来以后终身的尊贵与幸福。

天越来越暗，他等到了现在，茅屋及其附近一点异样没有，肯定没有人在这里埋伏。他坐起来瞅了瞅四周，然后解开身旁的包裹掏出一枚咸鸡蛋扒了扒，一口放在嘴里吞下，再拿出硬邦邦的饽饽捧着吃起来，他时而抓起一大把雪掴进嘴里，就着雪水把食物往下使劲儿地吞咽。一阵囫囵吞枣，他填饱了肚子。为了以防万一，他还得静静地再等一会儿。又过了一顿饭工夫，四周还是没有任何动静。此时，他真的以为没有抗日联军的埋伏，心里暗暗为自己的神机妙算而得意。他心里笑话那些抓他的人。哼！那些人不过是一群蠢货，无能之辈！如果今天他们在这里设下埋伏，我吴老大还能逃得了吗？今天，我可以稳稳当当把这些财宝取走喽！这真是大难不死，必有后福啊！

雪，不停地下；天，渐渐黑沉下来。他估摸到了黄昏的时候，该动手了。他从腰间掏出枪，打开枪膛看看，里面只有两颗子弹，他遗憾地把它别在腰间，带上包裹走出那片柴草。他首先奔向那两座新坟，只见那坟头前戳立着一块巴掌宽、一米高的新木牌，上面写着"吴振国之墓"，原来这是父亲的坟。他心想：他妈的，这抗日联军是咋想的？还给我爹埋上了。他扑通一下跪在坟前，不住地磕头作揖，边哭边念叨："爹！我对不住您老啊——是我害了您呀——"

哭一阵后，他抹了抹眼泪，抽噎着说："本来吧，把您老接到这山里来，是想让您老享几年清福，可哪想到来了这一群人。要不然，咱家哪会出这样的横祸呀。您这一辈子就是心眼儿好，为了一群素不相识的人您什么都豁出去啦。您这是图个啥呀！爹呀——我的苦命的爹呀——"

这时，侦察排的战士们从草丛里悄悄地包围了过来。吴玉成刚一抬头，看到不远处的柴草在晃动。

不好！原来抗日联军就在附近埋伏着，我被他们骗了！吴玉成一下翻过柴墙，向茅屋这面跑去。茅屋里有两名战士正在屋门内等候，看吴玉成向茅屋奔来，两个战士只想活捉住这个土匪，两人相互示意。吴玉成一边向屋里跑一边想，茅屋里一定有人，但往外跑是跑不了的，只有进了屋还能抵挡一阵。他跑到了门前迅速拔出刀子一脚踹开虚掩的两扇门，当两个战士一起向前抓他的时候，吴玉成的刀子横向猛地画了一个半圆，寒光已从两名战士的脖颈掠过，两名战士就这样倒下了，吴玉成一转身赶紧插上门，躲在屋门旁。二十多名战士迅速包围了茅屋。葛振林握着枪向屋里大声喊："吴玉成！你乖乖地出来吧！你只有死路一条！"

不管外面怎样喊，他紧紧地手握滴着血的刀子一声不吭。他盼望天快黑下来，天一黑，这些人未必就能抓住他。

天，越来越黑，葛振林看出了吴玉成的用意，他命令一、二班班长带领本班的战士把每个窗口死死地盯住，他上前一脚踢开门。黑暗中只见一道寒光向他飞来，葛振林说时迟那时快，头向左一歪，咣！刀子扎在了门轴上。吴玉成知道来者不善，他趁着对方躲刀的时机，一纵身从后窗口蹿了出去。守候在后窗口的四名战士一起奋力向前想把他捺住，狡猾的吴玉成却没有站起身，他又来了一个就地十八滚，就着很陡的山坡一下子滚到了一大片柴草边，战士们眼看他要溜掉，都端起了枪一边猛追，一边射击。密集的子弹射向吴玉成，一颗子弹射中了他的左膀，他顾不得疼痛，用右手捂着伤口没命地逃进山林里。

第六回 搜匪队巧遇烧炭郎 异乡客佯扮做饭人

歪脖子沟事件引起了马政委的高度重视，六名战士的牺牲使他认识到：部队在敌后与鬼子作战，必须深入民众，了解当地的情况。侦察排回来的那天晚上，马政委召开了紧急会议。会上，葛振林一直站着没吭声，石营长大声地训斥他："孬种！你打了十多年的仗，领了七八年的兵，你这仗是怎么打的？领一排的兵，一个土匪抓不住，还死了两个战士，砢碜到家啦！我要你这个排长有什么用？"

葛排长心里难受极了，跟着石营长南征北战这些年，大大小小的仗打了无数次，立功受奖也不少，从来没像今天这样窝囊过。真像首长说的那样，砢碜到家了。马政委叫石营长消消气，对葛振林说："这个事的确给我们敲响了警钟，我们指挥员不能因为在山里就放松警惕。何时何地稍有不慎，就会给我们部队造成严重后果。我们是深入敌后的一支特殊部队，事实告诉我们：在敌占区与鬼子作战，我们面临的不仅仅是鬼子汉奸，还有土匪等各种敌对邪恶势力。这也告诉我们开展敌后抗日斗争的残酷性和复杂性。古代兵法说，知己知彼，百战不殆。目前，我们要走出去，想办法接触老百姓，开展群众工作，有针对性地与敌人斗争，只有这样，我们才能完成军首长交给我们的任务。现在我们商量一下下一步要做的工作。"

会上做出了决定：葛振林降为侦察排一班班长，暂时代侦察排排长，还决定由葛振林带着两个侦察员到沟外了解敌情；二排、三排战士去金场、北沟一带寻找受伤的吴玉成。为了认出这个土匪，各排都配了几名侦察排的战士。

第二天早晨，李凤山听说葛排长挨了降职处分心里感到很愧疚，就跑到石营长面前说："营长啊！千错万错都是我的错啊。当时叫两位伤员到吴家养伤是我出的主意，没想到……"说到这儿，李凤山掉下了眼泪。

"李先生，你别自责，你刚来到部队，不知道对敌斗争的复杂性。我批评葛振林，是因为他跟我作战多年，是一名指挥员。由于他的麻痹轻敌，造成了我们六名战士牺牲。一个指挥员竟然犯了这样严重的错误，就必须受到处分，请你不要多想。"李凤山不好再说什么，刚想走开，"等等！"石营长赶过来，"老李啊，这次你跟葛振林一起出去，到家看看吧，有半年没和家人见面了吧？不过，可别离开呀，咱这儿需要你呀！"

"石营长，我这条命都是大家给的，在这国难当头之时，我怎么能离开大家呢？您放心吧。"

葛振林、李凤山等四人穿上便服翻山越岭，抄近道走险路，不到中午就到了大西岭。李凤山就在这儿与三人告别，他沿着山上的松林向东北走，这是最近的路，翻过这座山就能到家。此时，他思绪万千，不一会儿就能见到父母和妻子了，经历一场生死离别的遭遇后能与家人团聚，这是何等的快乐！心中对家人的思念与牵挂，那种合家团聚其乐融融的惬意，怎能不叫他归心似箭？他狂奔在山腰的山路上，十多里的山路只用了半个多时辰就走完啦！他要给家人一个惊喜。可他想起石营长说的话，大意容易出事儿。他收住匆忙的脚步，站在村子前的山腰向村子里张望。

村里，一字形街道被他看得清清楚楚。他吃惊地发现，村公所门前两旁站着两个头戴钢盔，手端刺刀枪，穿着黄大衣的兵，那穿着与上次在大西岭上见到的鬼子兵一样。不好！来庄里的鬼子还没走。他的心不由得紧张起来。靠椆树叶掩护，他开始向山下走。还没到山下，他就停住了脚步，扒开树叶往庄里凝神细观。街上没有一个人。不一会儿，从村公所里走出一队全副武装的鬼子来，他们背着刺刀在街上来回地走着。看起来，鬼子来碾子沟已好几天了，李凤山心里想。他心中探家的热情像被浇下了一瓢凉水一样，一下子凉了半截。怎么办？他下意识地摘了一片枯叶，把叶柄插放在嘴里，用嘴唇吮动着。心里想，只能等天黑再回家了。

当天，抗联的一、二两个排在石营长的带领下走出三道沟后进入大冰沟沟谷，然后折向北行。部队北行大概有十五六里，走在前面的一个战士跑回来向石营长汇报。

第六回 搜匪队巧遇烧炭郎 异乡客佯扮做饭人

"报告！前头不远东面的一个山坡上发现一股浓烟！"

石营长一听，马上叫来二排长，他手指着浓烟滚滚的山坡命令道："你带领你的排和侦察排的人包围那个地方。记住！我要活的。"

"是！"

二排长向石营长行了一个军礼，他握着枪，手臂一挥向战士们发出命令："跟我来！"

二排战士在排长的率领下迅速向有浓烟的地方迂回包抄过去。就要靠近浓烟的地方了，大家悄悄地向前逼近，离浓烟升腾的地方只有十几米远了，战士们停止前进，端着枪埋伏在附近的柴草里。二排长躲在一棵大树背后，他从密叶的罅隙中看到了一个蹲靠在一根灌木桩下专心吃饭、毫无警觉的人。一瞅是个小伙子。只见他红通通的脸上沾抹上了几道黑黑的痕迹，尽管这样，还是掩盖不了他脸上拥有的几分少年固有的纯稚与锐气。细看上去这个人年龄也不过十七八岁，上身披着青色棉袄，里面穿着带有补丁的白色布褂，下身穿着打着绑带的青色粗布棉裤。脚穿一双圆口的布棉鞋。在他不远的地方有泛起的新土，足有两米见方那么大，浓烟就是从那里源源不断地冒出升腾起来的。二排长打个手势让两个战士绕到他背后趁其不备将他拿住。那个小伙子一边大口大口地吃着干粮，一边用带有成就感的目光瞅着眼前这股扶摇直上的浓烟，不时地拿起膝盖上的羊肚手巾擦抹脸上的汗珠。突然，他感到身后有动静，机警的他一个前滚翻翻到了放斧子的地方，当两名战士扑向他的时候，他已拾起了斧头，看着两个穿着同样衣服的陌生人袭击他，他怒不可遏。手紧紧地握着斧子两腿叉开，大声喝道："你们是什么人？"

这时，哗啦一声围在周围的三十多人从林子里全都站起来，个个枪口一动不动地对准了他。那个年轻人毫不怯懦，他望着众人怒目而视，并大声叫骂："山贼！你们有种的！哪个敢上来！"

战士们端着枪瞄着他，就等排长下命令一起射击。

此时，二排长跟前的一个侦察排战士对二排长小声说："排长，这个人不是吴老大！"

"看准了吗？"

"排长，我看不是，吴玉成比他岁数大。"

二排长一听不是吴玉成，命令战士们："把枪放下。"

二排长把枪插在枪盒里，向那个毫不示弱的小伙子跟前走了几步。

"小伙子，你叫什么名字？是哪个村的？"

年轻人站在那儿仍一动不动，右手紧紧地攥着斧子："你们是什么人？我凭什么告诉你？"

见小伙子用警惕而敌视的目光看着周围的人，二排长笑了，说道："小伙子，别误会，我们是在抓一个坏人，你不是，哈哈哈，这是误会。"

"这里除了山就是山，连个人影儿都没有，哪儿来的坏人，你们撒谎！"

"我不会骗你，小伙子，你不信到山下见见我们的首长，到时候你就知道了。"

"见个鬼！我还干活呢，没空搭理你们！"

几名战士向排长说："排长，这个人说话像粪坑里的石头——又硬又臭，不知好歹，咱们走吧。"

"呸！你们才是一群粪坑里爬出来的臭屎壳郎呢！"

说着，小伙子把坎肩往肩上一甩，上山砍柴去了。二排长一看他要走，就来了个激将法："小伙子，你不要怕我们首长，他不会把你怎样的！"

小伙子一听这话转身回来，冲着二排长大声说："我怕他个屁！今天我就下山见他，看他能把我咋地？"

说着，他穿上坎肩，棉袄一披就和二排的战士一起下了山。

到了石营长跟前，小伙子手里的斧子还在提着，眼睛瞟了一下四周的人，做出随时准备格斗的架势。

"小伙子，多大年纪啦？"

"十八。"

"叫什么名字？"

"魏强，老魏家的魏，魏强的强。"

小伙子说的这些话逗得在场的人都乐了。

"笑什么？就是嘛！"他瞅了一眼发笑的这群人很反感地说。

石营长看着眼前这个勇敢、爽快的小伙子也禁不住咧开了嘴。虽然，他红通通的脸颊上有一道道带有泥土的汗痕，但仍遮掩不了他眉宇间所具有的那股英雄少年的气概，石营长打心眼里喜欢上了这个山里的小伙子。

"来来来，坐这儿来。"他一边拍着跟前有平面的大石头，一边用友好的口气微笑着说。

魏强看着这个眉毛胡须都特别浓密的人，心想：这些人里，他一定是领头的，但不凶，反而说话很和善，倒像一位厚道人。他瞅了葛振林一眼，把斧子往大石头上一搁，把披着的棉袄往石头上一放就坐了下来。

石营长这时掏出了烟袋，捏了一锅子烟末，他一边点烟一边问："小伙子，你在哪儿住？"

"北沟。"

"家里几口人啊？"

"两口。"

……

一阵攀谈，魏强敌意的目光渐渐消除了。说来说去，石营长唠起了部队到大冰沟来干什么，听得魏强入了迷："那我想跟你们一起打鬼子，您要我不？"石营长瞅着他求真的样子，高兴地告诉他："要！我们的部队就愿意要你这样有血气的年轻人啊！"

魏强一下子拽住石营长的手，像小孩子一样兴奋地说："你们要我，现在，我就领你们去金场、北沟！"

就这样，魏强领大家一起向金场出发了……

两天后，三队人马都回到了三道沟驻地，都没有发现吴玉成的蛛丝马迹，可打听到了山外的许多消息。当天晚上，马政委召集了排长以上干部的碰头会，葛排长和李凤山首先分别汇报了自己出山的所见所闻，通过对金场、北沟和石头沟三个村的了解，大家一致认为，大敌当前，当地群众还没有觉醒，面对凶残的鬼子，人们缺少团结、敢于斗争的思想意识；另外，群众对我们部队缺乏了解，甚至不知道这里还有我们这样一支抗日部队。会上，葛振林还向马政委和石营长汇报了他在山外了解到的一些情况。他讲述了近几天发生的一件令当地乡民大为震惊的事件："五天前，达摩洞甲长马林不给鬼子捐粮捐款，被鬼子定了一个私通抗日部队的罪名，押到了日本大营要路沟，鬼子对他进行了严刑拷打。他没有买小鬼子的账。前天早晨，鬼子用洋刀把他劈了。身首异处，死得好惨啊！"

在座的人都佩服地说："真是一条硬汉子，有中国人的骨气！"

"这说明我们民众中还有许多爱国的仁人志士。他们是我们中华民族的精英，是我们抗日的力量和希望！"马政委激动地说。

根据搜集的情报，马政委指出部队今后的工作方向。他说："今后我们要完成两项任务：第一，部队要充分做好作战准备，要告诉战士们，近日要准备打大仗，打硬仗，要出其不备给敌人一个致命的打击，打掉他们的嚣张气焰，来激起这一带广大民众与敌人斗争的勇气和抗日的信心；第二，我们要把大冰沟作为依托，走出山去，广泛接触民众，宣传抗日救国的道理，用我们的言行让广大民众明白我们这支共产党领导下的抗日部队是为老百姓谋利益的队伍，是一支英勇善战的队伍。让广大民众知道，我们是他们的主心骨、贴心人。让他们坚信，抗日一定会取得胜利。让抗日之火在辽西山区形成燎原之势。"

根据马政委的指示精神，部队经常到金场、东台子、北沟、大石头沟一带深入群众，了解群众的疾苦，讲抗日救国的道理，几个月下来，广大群众的思想觉悟有了很大的提高。

端午节过后十来天，在一个风清月朗的晚上，石营长和马政委在"营地指挥部"召开了干部会议。会议总结了几个月来所取得的成绩，分析了目前的斗争形势和策略。经过商量，石营长决定，部队近日要打一次大仗。作战目标锁定鬼子的大本营——要路沟炮楼。

未雨绸缪，为了打好这一仗，石营长命令侦察班班长葛振林、一班班长陈世秋和新来的小伙子魏强组成侦察小组去要路沟了解敌情。

石营长嘱咐刚入伍的魏强："小强，到鬼子的心脏里搞情报，不是简单的事。你要小心，要听排长的话。"

"是！"魏强学着葛排长的样儿向石营长敬了一个军礼。

第二天，天刚蒙蒙亮，魏强爬起来就要走，却被母亲叫住了。

"强啊，这老早上山干啥呀？"

"妈，不用整饭啦，我进沟有别的事。"

程大娘这几天觉得儿子不大对劲儿，她看魏强这几天心里好像装着什么喜事，早晚在家总是乐呵呵的。这一早不吃饭就上山干活儿可不行，便问："啥事啊？告诉妈，再有事也得吃饭呀！"

"妈，你就别问啦，好事。"

"那好事，也得让妈知道啊。"

"妈，这——"

"你这孩子，有啥事儿啊？还背着妈？"

"妈，你不懂，这是纪律。"

魏强的话说得程大娘更糊涂了。

"什么？纪律？你说的，妈咋听不懂啊？孩子，这几天，妈就看你乐呵呵的，你得跟妈说实话，到底啥好事？让妈也高兴高兴。"

魏强一看母亲一个劲儿地追问，就把前几天的事情一五一十地告诉了母亲。然后说："妈，我没告诉你，怕不让我干。"

"啊——"程大娘恍然大悟。

"妈，你别害怕。"魏强瞅着母亲的脸色说。

"哎，妈不糊涂，跟他们打鬼子是为了老百姓，妈怎能挡你啊？"她仔仔细细地端详着儿子，舒心地笑了。

"妈，他们叫抗日联军。"

"抗日联军？是不是上回在西岭梁上打鬼子的那些人？"

"就是那些人。妈，那些人有的和我岁数差不多，可威风啦。妈，咱们是中国人，打鬼子也有咱一份。把小鬼子撵跑了，咱这儿就太平啦。妈，您说是不？"魏强怕母亲不同意，与母亲商量着说。

"强啊，把鬼子赶跑，咱们才能过太平日子，妈知道这个理儿。不过，你岁数小，人家要你吗？"

"要。那个当官的说啦，还说就要我这样的。"魏强自豪地说。

"看把你乐的，妈这就给你热饭，吃饱再去。"

"妈，不用啦。他们等着我进沟去吃，晚了，会耽误事的。"

魏强收拾完东西，朝母亲笑了笑，拿着每天进沟用的那个布兜子就走了。

"小心点儿！"程大娘跟在儿子身后小声嘱咐。

"妈，您放心吧。"

大冰沟

　　从大冰沟到要路沟足有八十里的路程。葛振林他们三个人到了要路沟西岭，已近黄昏。

　　葛振林站在岭上向东放眼望去，山下那片平整而葱绿的大地上散落着十多个大大小小的村落，其中有个四五百户人家的大庄坐落在宽阔平整的土地中央。这大庄距大西岭山脚有一里来地。庄南头公路旁，有一个鹤立鸡群的高大建筑，那就是鬼子的炮楼，借着晚霞的余晖，插在炮楼上的一排日本膏药旗被看得一清二楚。不用说，那就是要路沟镇。

　　葛振林与两人商量："要路沟镇是这一带鬼子的大本营，鬼子一定防守得很严，我们不能贸然进去，在这儿先吃点儿东西，填补填补肚子，天黑到镇附近的小庄探听一下情况，再进要路沟镇。"

　　五月中旬的夜晚，玉盘般的圆月给山川、田野、村落都洒下了一层皎洁的月光，天地间，烟蒙蒙，灰茫茫。月夜下的自然界宛如披上了一层神秘的面纱。三人借着月光悄悄地向最近的一个小村子摸去。

　　三人来到村东头，这儿有一个大院子，院子四周围着高高的石墙，三人从墙根绕到大门前，只见大门紧闭，葛振林借着月光看了看大门上面悬挂的牌匾，只见匾上写着这样几个字——"要路沟镇北房村村公所"。

　　葛振林从大门缝儿往里一望，院子挺大，空荡荡的，里面有一排房子，靠东边的一间房子还亮着灯。葛振林用手朝两人比画一下，随后三人轻轻地翻过了墙。三人来到还亮着灯的东屋窗墙下，听到屋里有稀里哗啦的洗牌声。葛振林用舌头舔了一下食指，轻轻地把窗户纸钻了个小窟窿，一望屋里，原来是四个警察在玩麻将。一个大个子、倭瓜脸、满脸横肉的家伙好像是牌打得不顺手，冲着他身旁的一个人没好气地发泄："做你的下家真他妈倒八辈子霉！"他用不悦的目光瞟了一下挨着他的人。啪！打出了一张五条。

　　坐在上家的那个戴着大盖帽的，帽檐儿拉到耳朵边，嘴角叼着一根香烟的人，瞅也不瞅发牢骚的大个子一眼，边扔牌边回敬："活该，谁让你做我的下家。看你那个熊手，还他妈的赖别人！"

　　两个人对骂着。

　　"吵！吵个屁啊？懒得玩，都给我滚！"坐在炕沿边披着黄军衣、光头的人提着高嗓门痛骂刚才说话的那两个人。此时，那两个人不再吱声了。

第六回 搜匪队巧遇烧炭郎 异乡客佯扮做饭人

屋里,只听到啪啪的出牌声。

片刻,光头的人好像不解气又接着数落:"日本人才走了两天,你们这些东西就他妈的不知姓啥啦?玩,就好好玩,不玩,拉倒,一个个说话满嘴喷粪。"乓!老光头弹出一张牌。

屋里平静了一会儿,叼着烟的那个人眯缝着被烟熏得直眨巴的三角眼,冲着光头说:"所长,你说这日本人到这儿才五天,怎么说走就走了呢?"

"你他妈的真是贱种!他们来对咱们有什么好?净受他们的窝囊气。他们不在这儿,咱们才清闲点儿——白板!"

听到这里,葛振林拽了一下魏强的衣角,用手指了指墙外,三人悄悄地回到院墙跟前,一纵身翻到了墙外。葛振林把枪插在腰带上,对两人悄声说:"去镇上!"

三个人来到镇子外,葛振林小声嘱咐两人:"这里是鬼子的大本营,我们初来乍到,这儿的情况我们一点也不清楚。我想,夜间,街上鬼子汉奸一定会巡逻的,我们千万要加小心,弄到情报,我们都好好地回去,听见了吗?"

"嗯。"两人点头答应着。

"好。为了缩小目标,咱们今天晚上分头行动,找一个落脚的地方住下,弄清了敌人的情况,明天午后到西岭上碰头。"

魏强和陈班长点了点头。然后,迅速钻进了胡同。

魏强单独行动心里发慌,因为他这是头一次做这么大的事儿。他摸了摸衣兜里葛排长给他的几枚铜子,顺着一个小巷往南走,他想去找一家小旅店,先住下来再说。刚走到一个拐角处,就听到一阵阵的脚步声,这声音越来越近。不好!魏强赶快把身子紧紧地贴靠在一个墙角暗处,他侧着身子屏息凝神,目不转睛地盯着大街。险些撞上的这些人过来了,借着月光,魏强看得真切。这些人头戴着钢盔,肩上都扛着枪,枪口朝上还都上着明晃晃一尺多长的刺刀,在月光下一闪一闪地发出刺眼的光芒。这些人在街上列队走过,魏强松了一口气。他听过葛排长讲打鬼子的故事,鬼子的枪都是上着刺刀的。他想,这些人这身装束,一定是鬼子巡逻队。

"乓!乓!乓!"有人在敲梆喊更,"各家各户请注意啦!三更半夜防火防盗!各家各户注意啦!三更半夜防火防盗……"

夜，已三更，魏强想找一个僻静的小店歇息一下。走过半条街，也没有看到这样的地方。他顺着墙边左闪右躲再向南走，谢天谢地，终于找到了这样的地方。只见这家大门口高高悬挂着一个揽客的牌子，牌子上写的字在朦胧的月光下依稀可见，"荣昌大车店"。

尽管月光普照，一片皎洁，高高悬挂在店院内的几盏灯却依然不知疲倦地亮着。

走了一天，终于有了歇脚的地方了。魏强不由得内心欣喜，他赶快来到店门前，刚想伸手敲门，就听到旅店里传出来一群人的说话声和杂乱的脚步声。魏强赶忙退到院墙角黑暗的地方躲起来。

咯吱，店大门打开了，走出三个人来。走在前面的两个人戴着礼帽，由于帽檐遮着，魏强看不清他们的模样。

大门外，三个人没走出多远，戴礼帽的人停住了脚步，用带有威胁的口气告诫送他的那个人。

"邱老板，店里如果来了可疑的人你要及时报告。皇军说了，如果知情不报，就按通匪论处。你可知道，安上通匪的罪名，那可是要掉脑袋的。"

"赵队长，兄弟一定照办，一定照办，决不收留可疑的人住店。"

"不！要收留。只要悄悄地告诉我们就行了。"

"是！是！我一定照您的吩咐去办……您慢走。"

那两个戴礼帽的人走后，店里的人关上了大门。魏强听到了这些话知道这店是不能住了。他没想到镇子里鬼子汉奸查得这样紧，不用说，镇上所有的旅店，鬼子汉奸都安了眼线。怎么办？他立在阴暗的墙影里，想自己今夜的去处。此时，已到了后半夜，天气渐渐地凉了，夜间的时光真是难熬。魏强想了想：镇里没有安身的地方，还是到野外过夜吧！一切等明天再说。他把黑夹袄最上面的领口扣系上，按原路退到野外，坐靠在一个背风隐蔽的石墙根下睡着了。

天亮了，魏强醒来。他打个哈欠，机警地向四周看。陌生的地方总会给年轻人一个新鲜的感受，哪怕是面临危机的时候。魏强面冲着东方新奇地欣赏着这个新地方的黎明。不愧是大地方，和山里的早晨就是不一样。遥远的东方一片火红，一轮红日大大方方地从东方那锯齿形的群山顶处露出了它的

第六回 搜匪队巧遇烧炭郎 异乡客伴扮做饭人

红脸。要路沟这个闻名遐迩的大镇子从沉沉的昏睡中渐渐地醒来了。听，鸡鸣声、犬吠声、驴叫声、街上行人脚步声汇成了这个镇子初夏早晨特有的音律。

农历五月中旬，地里的秧苗长有一尺多高了，正是耪第一遍地的时候。镇里的农户一早就到自己的地里锄草。魏强坐在田间的一个田埂上，手一把一把无意识地薅着身旁的青草，两眼一直瞅着镇上那一栋挨一栋的房子发呆，营长让了解炮楼里鬼子的情况，现在，就是炮楼外的镇上都待不得。怎么办？第一次办事要砸喽，以后人家还用咱吗？

突然，一个五十多岁的驼背老汉牵着一头毛驴，扛着锄头从庄口朝他坐着的这块儿地走来。只见他到了地头在一片放荒的草地上钉下橛子把毛驴拴在那儿，然后就近耪起地来。他老人家耪一会儿，歇一会儿，半天耪了一个来回。魏强虽然年龄不算大，但因为他很早就没有了父亲，勤奋懂事的他十来岁就帮家里做一些农活。到了十六岁，耪地、扶犁、砍柴、烧炭等农活儿已样样都会。魏强见老汉体力不支，耪起地来很吃力，就走过去说："大叔，我帮您耪。"

没等老汉答应，魏强就接过锄，一口气耪了八个垄。老人看这个年龄不大可干活儿却很麻利的小伙子，心里非常喜欢。心想，这孩子是哪家的？岁数不大，却干一手好庄稼活儿。

火红的日头升起有一竿子高了。魏强耪到地头，磕了磕粘在锄板上的土，然后转身还要耪。

"小伙子！别耪了。"老汉走到魏强跟前笑呵呵地打量着他，"孩子，你给大叔耪了一早晨的地，大叔还没问你是哪儿的人呢！"

"大叔，我是香洼的。"

"上这儿——串亲来了？"

"不是，我想到这儿找个地方学手艺。"

"哎呀！这——可不是个好时候。"老汉瞅着他遗憾地摇摇头。

老汉拔下钉在地上的橛子，牵着驴对魏强说："走，到我家再说吧。"

"哎。"魏强痛快地答应着，扛着锄跟在老汉后面向镇子走去。

路上，老汉告诉魏强，他姓杨，是土生土长的本镇人，并小声嘱咐魏强："孩子，进庄不管谁问你，你就说你叫来福，三岔人，是我的外甥，记住了吗？"

"嗯。"

到了村口，魏强看到有四个鬼子和一个班的伪军把守。原来天明后，镇子的进出路口增添了岗哨。十来个日伪军全副武装，检查进出的人们。即使是扛锄、背口袋、推车的本镇的熟人，他们也要例行公事，进行全面检查。

就要到检查的村口了，老汉再次叮嘱魏强："孩子，我跟你说的话，你记住了吗？"

"记住了。"

到了村口，一个领班的伪军向老汉打招呼："杨老汉，一早就去放毛驴了？"

"啊！捎带着，我耪地去了！顺便牵着它遛遛。"老汉说着，牵着毛驴走了过去。

"站住！"刚才说话的和另外几个伪军上来用枪截住了魏强。他们用傲横而审视的目光打量着魏强，"你是干什么的？"

老汉回头看魏强被拦住了，拽着缰绳转回身对那个领头的说："韩四啊，我忘跟你说了，他不是小时候跟你一起玩的来福吗？"

老人看他还在用怀疑陌生的目光上下打量着魏强，赶忙说："三岔的！你忘啦？我的二外甥来福。秋来你们小时候在一起玩儿，你不总是叫他来子、来子的？这有十多年没过来了，想起来了吗？"

"啊——想起来了！想起来了！走吧。"

两人进街不远到了一个丁字路口，老汉告诉魏强："到家了。"

说着，老汉牵着毛驴往右一拐，进了一个很深的窄胡同。

胡同第三家就是杨老汉的家。老人推开虚掩的大门，牵着毛驴一边往西边的草棚走着，一边大声朝屋里喊："孩子他妈！来客人了！"

"哎——"

屋里传来老太太的声音，随后，一位白发苍苍的老妇人打开了屋门。

她面带笑容冲着魏强说："哟——这是哪儿的客人呢？快进屋吧。"

"婶儿，我不是客人。"

"孩子，快进屋吧，进屋再唠。"杨老汉跺了跺鞋面上的泥土，边说边领魏强进了屋。

第六回 搜匪队巧遇烧炭郎 异乡客佯扮做饭人

不用说，这位上了年纪的老太太一定是杨老汉的老伴儿。老太太说上几句家常话后，就忙着给魏强端上热乎乎的洗脸水，拿来新毛巾，然后又重新做起饭菜来。

从大山里走出来的人不会用动情的语言表达对两位老人热情好客的感激，只是一个劲儿地说："婶儿，不用再做饭了，不用再做啦，吃现成的吧。"

两位老人哪肯，忙乎了一阵子，老汉放好炕桌，老太太端上家中所有好吃的农家菜。老汉把魏强扯到炕头，然后从橱子里拿出了一壶自己平时最爱喝却舍不得喝的"小烧"。他要与这个自己喜欢的年轻人喝上几盅。

盛情难却，魏强只好端起酒盅。喝下几盅后，杨老汉叫老伴儿去院子把大门插上，把日本人来到要路沟后发生的事儿向魏强一五一十地说了一遍。

说完，他劝魏强说："孩子，世道这么乱，这镇子里的店铺十家关了九家，你跑出来学手艺，上哪儿学去啊？不是时候啊。还有……"

老汉说着，从黑夹袄兜里掏出了一个印有"良民证"的硬卡给魏强看。然后问魏强："有这个东西吗？"

魏强看了看，瞅着那个证摇着头说："我没有。"

"这个，是日本人来到这儿给当地人发的，没这个，鬼子汉奸就把你当成什么'抗日部队'给抓起来，抓到炮楼里打个死去活来，要是没人担保，就得被鬼子杀喽。前两天，就在西山根儿崩了两个口里人，听说就是因为没有良民证被杀的，你说这人死得冤不冤？这年月乱呢，孩子，你夹点儿菜吃。"

老人看魏强只顾听他说，手拿着筷子忘了吃，就忙着往魏强的碗里夹菜："吃，就热乎吃！别瞅着。"

老人自己也夹了一口菜放在嘴里。接着向魏强小声说："这些日本人呢，是一群杀人不眨眼的魔鬼，杀中国人就像杀小鸡一样。他们杀中国老百姓，也杀中国当官的。凡是中国人他们都不放在眼里。前一个月，从达摩洞那块儿绑来一个人。这块儿的有些人认得他，在一个警察所里面当官呢！说是不给他们办事儿抓来的，不几天，就在西山根那儿，被鬼子的大头子叫什么藤岛的，用洋刀给劈了。脑袋、左胳膊和那半拉身子撂在两处啦！唉！可惨了——来，咱爷儿俩再来一口。"老人端起酒盅邀请魏强与他同饮下手中的这杯酒。

喝酒话多，老人一边喝一边说，把久已压抑在胸中的话全说了出来。他自打鬼子来到这儿修炮楼，讲到豢养治安队、讨伐队和短枪队；从鬼子汉奸草菅人命杀人如麻，讲到镇子里百姓人心惶惶；从鬼子戒备森严，讲到街市买卖萧条。

两人酒喝下了大半壶。老人已喝得面红耳赤，气愤中多了几分冲动，骂那些汉奸不是人，丧了八辈儿良心，丢了老祖宗的脸。

魏强问老人："大叔，鬼子修炮楼干啥？"

"嗯——是呢？鬼子到这儿就逼着老百姓修这个，足足修了一个多月。现在，一天黑那上面几个大灯一个劲儿地亮着，一直亮到天亮。还有几个端着刺刀的鬼子不分白天黑夜地在上面来回溜达。那还不说，他们还用铁丝在炮楼四周圈了一个大院子，听说来的鬼子都住在那儿。"

"大叔，炮楼里住了多少鬼子呀？"

"嗯——这个，我可不知道，反正是不少。这十来天了，每天都有七八辆大卡车的鬼子在那院里停下来。不过，在炮楼里待个一顿饭的工夫就上车南去了。这几天，邻近的村口、道口，鬼子都设了卡子，治安队便衣满街转悠。"

两人刚撂下饭碗，就听到哐当哐当声，外面有人在操大门。

老人赶忙跟魏强说："孩子，到西屋躲一下。记住，不管外面有什么事你都不要出来。"

"唉！"

魏强赶快去了西屋。老汉随后吩咐老伴儿。

"去，开门。"

咣！咣！咣！咣咣咣……大门在强暴的推敲中忽悠晃动。杨老汉的老伴儿慌忙迈着小脚向大门走去，并紧说着："哦！来了！来了！"

大门开了，大门外走进来一个便衣和端着刺刀的两个鬼子。杨老汉这时到了前门口，没等老人开口，那个便衣就放开了公鸭嗓子："杨老头！明天轮到你家去炮楼给皇军做饭！记住啊，误了事，皇军生气，那可谁也担当不起！"

说完，转身走出了大门。魏强在西屋，外面来人的话他听得一清二楚。心里顿时有了主意。杨老汉走进屋的时候，魏强从西屋走出来，他想要与杨老汉商量明天去炮楼帮老人做饭。他知道这是了解鬼子情况的最好时机。

老太太把大门插上，回到屋里瞅着老头子不吱声，儿子被抓去当兵好几天没回来了，这又让老头子去做饭，一天三顿饭，一个上了年纪的人怎能做得了那些小鬼子的饭？

"愁啥呀？"老汉看出了老伴儿的心思。

"婶儿，我帮我叔去做。"魏强把自己帮杨老汉去炮楼给鬼子做饭的想法向两位老人说了，杨老汉一听，脑袋摇得像拨浪鼓一般："那可不行。"

"大叔，我在家做过饭。"

"孩子，你和我去炮楼做饭，可不是那回事儿。那个鬼地方查得很严，没有那个证是进不去的。"

"大叔，就说我是您的外甥，特意来帮忙的。"

"孩子，你以为说说就能行？鬼子能信吗？这个法子万万使不得呀，真的让鬼子看出来缠住，可就完了，不中，这可不中。"

老人执意不许，他身靠被垛把烟点着，吧嗒吧嗒抽起来。老太太在一旁也劝魏强："孩子，这可不是闹着玩的，听大娘一句劝，去不得呀。"

正说着，外面的大门又响了起来，随着听到一个年轻人的喊声。

"娘——开门！我回来了！"

"开门去，秋来回来了。"

老汉脸上露出几分惊喜。又一次叫老伴儿去开大门。

大门走进一位穿着黄军装，扎着腰带的二十岁左右的年轻人。魏强刚想躲开。

老汉对魏强说："这是我那小子，前几天被鬼子抓去训练，好几天没回来啦，这不，才回来。"

说话这空儿，秋来掀起门帘大声喊着："爹！我回来了。"

一看地上还站着一个陌生人，他感到惊诧："爹，这是哪儿的客人啊？"

"这位，你得叫兄弟呢，是我今天早晨认识的朋友。"

"啊！"秋来高兴地拉住魏强的手。

"秋来，他们放你回来的？"老妇人关切地问儿子。

"不是，我跟队长偷偷请假回来的。这鬼子忒狠，我好几个弟兄都被那个鬼子教官打吐了血。"秋来一边说着,一边把大盖帽往柜上一扔,松开腰带一屁股坐在炕沿上。听了这些话,两位老人默不作声。秋来看出两位老人在为他担心,知道自己说走了嘴,便笑着说:"爹,我在那里吃不了亏,我有办法对付那个鬼子。您放心吧。"

"孩子,在兵营千万别耍倔脾气,鬼子那么凶,你会吃亏的。记住了吗?"老人嘱咐着。

"嗯,我知道。"

"你还没吃饭呢吧?"杨老汉的老伴儿心疼地问儿子。

"嗯。"

"我和你弟弟刚吃完,菜还热乎,上炕吃饭吧。"杨老汉说。

老太太转身到外屋去拿饭,秋来一边吃着,一边向父亲问家中这几天的情况。老汉就把明天早晨让他去炮楼做饭的事儿向秋来说了一遍。大家沉默了一会儿。

老汉接着说:"刚才,我们爷儿俩正说这件事儿,炮楼里鬼子少不了,让我一个人去做,他们真是眼瞎心也瞎!我这么大把年纪能做得了吗?你弟弟想和我一起去炮楼帮我做饭,可没有那个证,我怕被鬼子汉奸查起来,把他当成抗日联军,那就糟了。"

"这小鬼子忒恶道!他不管你死活。"秋来气愤地说了一句。停下送到嘴边的碗筷,想了一会儿说:"我弟弟去的话,嗯——我想办法。不过,爹,这样做不对呀!人家初来乍到是咱家的客人,怎能让人家去帮忙啊?"

"哥,你这样说就见外了,我叔自个儿去做饭忙乎不开,我闲着也是闲着,替我叔做点儿活又咋地?"

"那好吧,进炮楼的事我去办。不过,进去后你要十分小心,那里到处都有眼睛,如果让他们怀疑上你,那可就性命难保啦。"

"你放心吧,哥。"

第二天,天还没亮,杨老汉就招呼魏强起床,爷儿俩把柴草、小米、黄豆捆的捆,装的装,收拾了满满的一推车子。魏强推着,杨老汉在前面拽绳子,圆月还悬在西边的夜空,尚未退却的月光洒在大街和两旁铺店的房顶上,眼前依然是灰茫茫一片。大街上,爷儿俩一前一后推着车子。咯啦啦,咯啦啦地向南面鬼子炮楼走去。他们前行的身影被月光越拉越长。

"站住！干什么的？"三个便衣从一个胡同蹿出来，"品"字形围拢过来，魏强把车子停下。

一个叼着洋烟的歪着脑袋问："这么黑，你们想上哪儿去？"

"我们上炮楼给皇军做饭去，去晚了，怕耽误皇军早晨吃饭啊。"

杨老汉一说，一个汉奸用手电照了照车子上的东西，看车上确实装的是做饭用的柴草、粮食。那个汉奸还是不死心，用手电又照了照老汉和魏强。最后把亮光停在魏强的脸上："把你的良民证拿来我看看！"看样子他觉得魏强的面孔很陌生，这一下杨老汉可急了："我说，你们有完没完？这是我外甥，为了给皇军做饭是我特意找来帮忙的。要是你们不让我们去做，我们就回去！来福！把车子转过来，我们不去了！"

杨老汉一倔，三个汉奸害怕了，皇军的事就是天大的事，如果误了事，皇军怪罪下来，自己可没好果子吃。

"好了！好了！走吧！"

三个便衣不敢再纠缠，向北走了。

这是一条笔直的街道，从北街杨老汉家到镇南头的鬼子炮楼有两里多路。推车在冷清的街道上嘎吱嘎吱发出分外悠远的响声。

天就要亮了，炮楼顶上的几盏大灯依然是那样刺眼，不过，那苍白的亮光和西边天空的那轮圆月一样，显出一副疲惫不堪的样子。好像是这个拔地而起的庞然大物疲惫不堪地睁眨着惺忪而倦怠的睡眼，窥视着夜间周遭的一切。炮楼上端着刺刀枪的鬼子不断来回走动。炮楼下方圆百米亮如白昼，炮楼四周围着铁丝网，大门口持枪站岗的鬼子和阻拦人车进出的长长的横木，还有铁丝网内炮楼下的两排新房，百米外都清晰可见。

两人推车来到了炮楼的大门口，两个鬼子端着明晃晃的刺刀拦住了他们。并叽里呱啦说了些什么。这时，从门旁边的岗亭里走出一个戴礼帽的高个子。杨老汉一眼就认出来了，这个人就是昨天早晨告诉他给鬼子做饭的那个人。

老汉冲着他说："郭所长，皇军不让我们进去呀。"

那个高个子摘下礼帽，向阻拦两人的两个鬼子躬着虾米般的身躯，满脸堆笑谦恭地说了一些鬼子能听懂的日语。鬼子似乎并不太信任他，还是用刺刀挑开了绑柴草的绳子,车上的柴草哗啦啦撒了一地,另一个鬼子猫下腰,亲自上手摸了摸车上鼓囊囊的半截口袋,觉得袋子里的确装的是粮食,才放行。

"开路,开路的!"鬼子回到原来的地方。

那个高个子的脸立刻晴转多云,冲着老汉喊:"还傻愣着干啥?快收拾收拾进去呀!"

魏强赶快帮老人收拾起散落在地上的柴草往车上搁,用绳子捆好,跟着那个高个子把车子推进了大院。高个子没有盘问魏强,显然,秋来已过了话。

魏强一边推着车子一边瞅,原来鬼子炮楼下的大院里,是一片宽敞平坦的平地,已经被踩得光溜溜、硬邦邦的,如秋天的场院一般。院子中央还留有大卡车轮子走过的辙痕呢。

"就把车子搁这儿吧!"

魏强一看已经到了平房跟前,车子一放,高个子一边用他细长的胳臂指着眼前敞着门的那几间屋,一边说:"就在这屋做饭。饭哪,得做六十多人的。另外,你俩要记住,做完饭就在这里待着,没事别满院瞎转悠,楼里更不能去,听明白了吗?"

"啊!"老人一边答应着,一边卸车上的东西。

两人一阵收拾后,忙乎着做早饭。

魏强一边烧着火一边留心院子的情况。一早晨,夜间出外巡逻的鬼子开着摩托车陆续回来了,汉奸便衣也三三两两进了大院。早饭的时间到了,高个子来到门口招呼:"杨老头!到吃饭的时候了!饭做熟了吗?"

"熟了!"魏强回答着高个子的问话。

两人忙把饭菜按桌子放好。不一会儿,一群鬼子从炮楼里拥出来。两间吃饭屋子坐满了鬼子。魏强一边续着饭菜一边在心里暗暗地数着鬼子的个数,一个、两个、三个……总共五十六个。鬼子吃完走后,魏强想:怎么没看到鬼子里的那个当官的呢?除了吃饭的这些,炮楼里还有多少鬼子呢?另外,炮楼里有哪些武器?必须搞清楚,只有这样才能摸清鬼子的家底呀。可高个子警告过,只能在屋里做饭,院子里都不许溜达,何况去炮楼里。怎么办?魏强左思右想也没有想出进炮楼的办法。

该到预备响午饭的时候了,魏强问老汉:"大叔,中午做什么菜呀?"

老汉想了想说:"人多,做个豆腐得了。"

两人把黄豆放在车子上刚要走,高个子走了过来:"干什么去呀?"

"响午没有菜呀,我爷儿俩磨豆腐去。"老人一边把盛豆子的口袋往车上放一边说。

一听中午吃豆腐,高个子高兴地咧开了大嘴:"好!好!老头子想得不错。不过,要快点!别误了皇军吃饭啊!去吧。"

中午,有了大白菜炖豆腐这道新鲜菜,小鬼子一吃,非常高兴。许多鬼子对前来上菜的爷儿俩伸出大拇指叫着:"豆腐的米西米西的!哟西!"魏强看鬼子当官的早饭、午饭都没有下来吃,他突然想出一个主意,鬼子喜欢豆腐,不防我把饭菜送上去。鬼子离去后,高个子和几个汉奸进屋吃饭。

魏强趁着给他们端菜的机会对高个子说:"军爷,太君吃点儿啥?"

"啊——这事不用你管!太君从来不吃你们这些人做的饭。"

"啊——那好啦,要不我们正愁着给太君做点什么饭呢!"魏强笑嘻嘻地说。

进不了炮楼,魏强心里犯起愁来。明天还有一天的时间了,如果明天再进不去就白来了,怎样才能进鬼子炮楼呢?魏强心里一个劲儿地琢磨着。

晚饭的时候,炮楼里传来了话,要两人做一盘清炖大豆腐给大佐送去,魏强一听心里十分高兴,心想:机会来了!

杨老汉炖好了一盘豆腐叫魏强:"外甥,把这盘菜送上去。"

魏强这下子可高兴坏了:"好嘞!"

魏强端着一盘豆腐走到炮楼门口,没想到被两个鬼子用刺刀拦住。菜被炮楼里的一个鬼子接了过去。

"这些鬼子真可恶!"魏强心里骂着,空手而回。

第二天早饭后,炮楼里又传出了大佐的话,皇军喜欢豆腐的米西。杨老汉和魏强刚想拿豆子口袋,动身到村里去磨。这时,来了三个身穿黄军衣,系着皮腰带,头戴大盖帽的人,其中有一个额头右边带着两寸长的伤疤、留着分头式的人。这个人有三十来岁,八字眉,三角眼,尖下巴,一副刁钻相。他走到车子跟前,一脚蹬着推车把,一手托着腮,龇着有缝子的大门牙说:"杨老头，皇军有令，兄弟们今天都到这里来。藤岛太君要检阅一下我们的功夫。皇军说了，晌午，不回镇北训练场，就在这儿吃了。我哪，领了两个弟兄给你帮忙。我说啊！晌午你可得给我们整点好吃的，我们好几天没沾一点荤了。"

杨老汉看来了帮手，自然心里高兴，但看这个人的样儿和说话的腔调，心里的气就不打一处来："我说三疤癞，你们这些人不拿来东西，这天不掉，地不结的，我上哪儿给你们弄好吃的去呀？"

这人一听没好气地说："得啦，得啦！就当我没说！"转身走开，嘴里骂骂咧咧着："妈的！老倔驴，要不是你儿子和我在一起搭伙，我非宰了你。"

杨老汉瞅了一下他的背影："呸！王八蛋！想吃好的，光棍儿做梦娶媳妇——你想得美！"

杨老汉把豆子装上车，叫来的两个人磨豆腐去了。

魏强听老人说这个人是本镇的一个二流子，好吃懒做，有一肚子坏水。因他姓于，排行老三，镇子里的人都叫他于三疤。

早饭后，炮楼下这片宽敞的平地上，今天多了不少人。六十多名身穿黄军装、头戴大盖帽的年轻人在鬼子军官的口令下排成了两排，等待藤岛大佐前来检阅。炮楼四周鬼子加强了警戒。大门口多了四个鬼子兵站岗，炮楼上的射击孔露出了黑乎乎的枪口，居高临下冲着训练场地，铁丝网四周还有许多便衣在走动。

藤岛终于露面了。在翻译官、鬼子教官的陪同下走出炮楼来到院子中央。炮楼里的鬼子也都出来了，排成"一"字队列。准备与最近训练的新兵进行一次格斗演习。藤岛大佐立在新兵队列前，手握着战刀，用冷淡的目光扫视了一眼眼前这些中国新兵。他要看看经过一个月时间训练的这支武装部队是否达到了他所预想的军人素质标准。

魏强在屋子里烧火，不时听到屋外的场地上传来令人惊恐的惨叫声和狂笑声。他不时地顺着门缝向外偷窥，看到许多新兵在与鬼子的格斗中被打得鼻青脸肿，甚至折了胳臂和大腿。啪！院子里传来一声枪响。魏强被枪声引到窗户跟前，他顺着窗户纸窟窿向外一看，心里咯噔一下。原来，一个被鬼子打得站不起来的士兵被鬼子教官掏枪击毙了。在场的新兵当时吓得目瞪口呆，有的用手捂住脸，有的脸色灰白。鬼子教官觉得在长官面前丢了脸，他兽性大发，揪出一个浑身颤抖的胖子，要他与刚才摔场取胜、满脸傲横的鬼子交手。两个回合过后，胖子就被那个鬼子一拳打在正面脸上，当时满脸开花，鲜血模糊，一下扑倒在地上，教官上前扬起大刀一下子劈了下去，可怜这个胖子顿时被劈成两半。

"你，上！"新兵连输数场，鬼子教官恼羞难当，指着跟前的一个高个子兵，喝令他出场。

秋来一看凶狠的鬼子根本不把这些中国人当人，把杀人当踩死蚂蚁一样。他把上衣脱下来和帽子一起递给身旁的一个人，没等鬼子教官把那个人拉出来，就大喊一声："我来！"

秋来大步走出队列，两腿一叉站在摔场中央。魏强看到训练场上一幕幕触目惊心、惨绝人寰的情景不由得心里震颤着。此时，他看到出场的那个人，正是杨老汉的儿子秋来。他行吗？他为秋来捏着一把汗，他回头瞅了瞅杨老汉，他正猫腰忙着做饭，全然不知外面的情况。他想老人就这一个儿子，如果有个闪失，那不得要老两口子的命啊！刚才两场交手他看得清清楚楚。那个鬼子只是狠，没有深功夫，要是我，三下五除二，定能让那个鬼子见阎王，可我去不得呀。怎么办？这真是骑牛撵耗子——有劲儿使不上。

好！外面人群喝彩声打断了他的思绪，往外一看，嘿！秋来把那个鬼子摔了个"狗抢屎"。那个鬼子恼羞成怒，站起来攥起双拳嗷嗷地叫着向秋来猛扑过去，秋来身子一闪，闪在他的身后，等那个家伙返身的时候，秋来的右脚已经飞起，不偏不斜正好踢在他的脑袋上，"啊！"那个鬼子一声痛叫，仰躺在地上，双手捂着头两腿蜷缩着，翻滚着……

"八嘎！"

这时，一个鬼子军官气势汹汹地走出来，他袒胸露乳，两手紧紧地攥着，两个胳膊上的肌肉立刻鼓起，他扭动了几下青筋凸起的粗脖子向秋来怒目而视，要与秋来格斗，比个高低。秋来双拳紧握，毫不示弱。

"嗯——"藤岛阻止了他。

藤岛走到秋来跟前，用非常欣赏的目光打量着这个与众不同、有胆量的年轻人，他用手拍拍秋来的肩膀，露出一丝微笑："哟西！"

中午，炮楼里，藤岛严厉训斥鬼子教官。

"木村君，我们急需一支有战斗力的部队来加强这一带的社会治安和对敌对势力的打击。你训练的这支队伍如此不堪一击，对我们大日本帝国东亚圣战有何裨益？嗯？我要你用半个月时间，必须把这支队伍给我训练成一支真正的有作战能力的部队！你的，明白？"

"嘿！"教官木村两腿并拢，挺胸抬头向上级保证。

"还有，今天决赛取胜的那个新兵是一名优秀的军人，让他来当你的助手。"

"嘿！"

敌人集中演习，魏强看清了鬼子的人数和一些稀奇武器，他虽然不知道这些武器叫什么名字，但它们的样子，魏强记得清清楚楚的。他心里特别高兴。他想：鬼子的这次演习训练把家底都抖落了个八九不离十，这次我总算没有白到这儿来。

一晃两天过去了，杨老汉给鬼子做饭的天数够了。魏强与杨老汉离开鬼子炮楼的当天晚上就向二老告辞。他知道好几天了，排长他们一定走了，他只好披星戴月急着往回赶。

第七回 大部队绕走黄崖岭 抗日联军袭要路沟

黎明，魏强赶到抗日联军驻地——三道沟，向马政委和石营长汇报了自己这几天在要路沟所看到的一切，石营长一听，心里非常高兴。他知道自己又收了一名难得的战士。他拍了拍魏强的肩膀笑着说："小魏，干得不错！"随后，转过身给他倒了一杯热乎乎的白开水，指着眼前的木凳说："坐下，喝点水。炊事员！"

"到！"隔壁的炊事员跑了进来。

"首长，什么事？"

"去，给小魏做点儿好吃的。"

"首长，就有高粱米。"炊事员低下头瞅着石营长无可奈何地说。

"啊——那我这儿有些小米，你拿去做吧。"

"营长，不用。我可喜欢吃高粱米饭了。"魏强说着，推着炊事员走了出去。

石营长望着他的背影笑了，自言自语地说："这小子，是个好料。"

这天晚上，在石营长指挥部的山洞里，召开了班长以上的军事会议。这也是石营长率领这支北上部队独立行动以来召开的第一次最重要的军事会议。会上，马政委首先作了当前形势的报告，他说："由于东北军奉行蒋介石不抵抗命令，日寇不仅占领了东北三省，而且现在已经占领了华北平原的北平、天津等重大城市，控制了华北大部分地区。"

他拿出地图挂在洞壁上让大家看，然后他用手指指着晋冀地区大别山一带，讲述了目前的战争局势。

"现在，日寇的胃口越来越大，占领华北后，他们持续不断地向南向西推进，为了打击日寇的嚣张气焰，我们共产党领导的抗日部队在晋冀鲁豫建立了抗日根据地，领导广大抗日民众与日寇展开了殊死的斗争，消灭了大量的日寇。随着敌人战线的拉长和我抗日部队的有力打击，日寇的军事供给成了问题。单凭山海关秦皇岛一线运送军事物资满足不了他们前线作战的需求。现在，日寇利用辽西山区、燕山关隘的天然通道安全隐蔽的特点，又秘密开辟了从峪岩口进关的第二条军事运输线，要路沟这个鬼子据点就是这条运输线的枢纽。敌人的军事运输线就是他们侵华战争的生命线。所以，上级指示我们，为了配合我军在大别山以及各大战场与日寇的作战，必须破坏敌人这条运输线，阻止他们的部队和军用物资顺畅进关南下！为了完成上级首长交给我们的任务，这次我们的作战首选就是拔掉要路沟镇的鬼子炮楼，切断鬼子这条运输线！"

"太好了！"大家一听要打大仗，高兴地你一言我一语，会场的气氛一下子活跃起来。

石营长披着外衣，坐在长条凳上。他一条腿着地，另一条腿蜷曲着，脚蹬在凳子上，左手捏着烟袋，胳臂肘顶在膝盖上。吧嗒吧嗒抽着烟。随着他那慢腾腾有节奏的吸烟声，烟袋锅里闪亮着通红的火星。他一声不吭，浓密的胡须中喷出的一缕缕烟雾在山洞里缭绕蔓延着。他手下的这些人都知道他的脾气，每当打仗之前，营长总是坐在一个地方一声不吭，半天半天地抽烟，好像烟口袋里的碎烟末就是营长开动脑筋运筹谋略的能源。石营长捏着烟袋杆静静地听着大家的意见，浓浓的烟雾在不断升腾。

山洞里，大家都为这次作战出谋划策，有时想法不同发生争议，所以大家就等首长拍板定音。

当！当！当！石营长的烟袋锅子在板凳上磕了几下，众人期待的目光都投向他。大家知道，这次营长一定有了具体可行的作战方案了。

马政委说："关于这次作战的一些具体方案，由石营长给大家说一说。"

石营长站起来，然后习惯性地用嘴吹了两下烟袋嘴，把它别在腰间。他扫了大家一眼，说出了自己的想法："马政委刚才说了当前的形势，同志们，端掉要路沟的鬼子炮楼意义重大。现在，我说一说这次作战的具体步骤和时间，第一，我们为了更稳妥地打好这一仗，部队必须秘密神速地半夜赶到要路沟。我们这里离要路沟大概有七十多里的路程，为了这次军事行动的保密，我们要避开村庄翻山越岭。这样，给我们的夜间行军带来了很大困难。我们要告诉战士必须做好充分的思想准备。第二，我们这次军事行动的主要目标是端掉鬼子的炮楼。我们这样做的目的是阻止鬼子大部队和他们的军事物资的及时入关南下。所以，我们要挑选几名精明的爆破能手来完成这项艰巨的任务。这个任务由侦察排长葛振林来负责，爆破人员也由他来挑选。"

"是！"葛振林站起来高兴地接受了任务。

"第三，部队行动时间。明天晚上六点，准时从这里出发，你们回去做好一切准备，散会！"

作战的消息一传开，战士们高兴得个个摩拳擦掌，情绪激昂。

这是一个不同寻常的黄昏，太阳在西山顶的骆驼峰低洼的地方尚未沉落，羞涩地露着半面火红的脸，那余晖倾泻在整个三道沟东山脚下。此时，大冰沟百里群山无一不在彰显着夕阳西下时所拥有的壮丽辉煌的景色。

战士们吃完了晚饭，他们个个检查自己随身携带的武器和鞋子，就等营长一声号令出发。

晚六点整，部队集合在驻地前不远的一块较宽敞的山坳里。石营长对战士们说了几句话："同志们！要路沟炮楼是鬼子南下的交通枢纽，是鬼子在这一带驻军的大本营，我们必须拔掉这颗毒牙！大家有没有信心？"

"有！"

一百二十多名战士异口同声，喊声在山谷中久久地回荡着。

"好！出发！"

部队离开三道沟，在魏强引领下，部队进了大冰沟沟谷，南下十余里后折而向东，他们爬山越过大冰沟的女儿岭，接着一口气拦腰翻越了夹皮沟、大狼沟、木头沟三条大沟。这天，正是农历五月二十，部队走出了这几条大沟，已经到了夜深人静的时候。

朔月爬上了高空，给远近的山川披上了灰茫茫的神秘面纱。

乍出大山，站在山梁上的战士们依稀可以看到东面低矮宽阔的山川排闼而出，顿觉豁然开朗。山脚下有了点点亮光，战士们迎着山风喘着粗气，尽情地吮吸着山野清新的空气。

"营长，那是个庄。过了这个庄，蹚过庄东南那边的那条河，就进了黄崖沟,营长你看!"魏强指着东南方黑黝黝塔峰叠立的高高的山峰说,"那就是黄崖沟。"

石营长望着那朦胧不清的地方问魏强:"你们上次去要路沟,是从这条沟走的吗?"

"嗯。"

"好,能走就行。"

他立刻叫警卫员把葛振林和三个排长叫到跟前,嘱咐道:"告诉大家下山时绕过村庄,不要发出任何声响。"

"是!"

葛振林他们马上来到队伍中传达了营长的命令。部队下山为了避开这个村庄,他们不走山道,一个个拽着柴草摸下山来,蹚过青龙河,进了黄崖沟沟口。在背风处,石营长掏出怀表,划着火柴用手捂着亮光一看,已经是夜间十点多了。

他问魏强:"小强,这儿离要路沟有多远?"

"嗯——还有三十来里路吧。"

石营长把怀表往怀里一揣命令部队:"快速前进!半夜赶到要路沟!"

黄崖沟山势险恶,沟谷里的崎岖小路上有无数奇形怪状的大小山石拥着,插着,竖着,卧着,阻绊多多。

深夜,月亮从黄崖沟两边大山镶成的狭缝儿中钻出来,在清幽的沟谷里投下一束束银辉。战士们在崎岖蜿蜒的石林小道中急速前进。经过一个多小时的急行军,部队终于到了黄崖沟沟底。

这时,走在前面的一个战士向后喊:"营长!前面没路了!"

部队停了下来。石营长抬头一看,可不是,前面有一座十余丈高的山崖挡住了去路,山崖两侧是耸入云端的陡峭的山峰。

石营长走到山崖下,他左看右看,的确找不到上去的路。心想:月夜灰蒙蒙一片,魏强前几天是第一次走这条路,难道他领错了路?如果是那样,这次作战计划可就泡汤了。

这时,魏强跑了过来:"营长,这是南天崖,上去就是马头山岭。下岭再走十来里路,就到了!"

"南天崖？"

"是啊。"魏强说，"人经这儿过，唯一的路就是走南天崖。当地老百姓叫它南天门，从这儿上。"

魏强用手指着石崖底下长有一簇柴草的地方，一脚踩上柴草，两手抠着石崖就往上攀，并转过头来对石营长说："营长，告诉大家千万要小心往上爬，我在前面领着，能上去。"说着，掉过头便向上攀去。

后面的战士也一个跟着一个攀了上去……

上了南天门，大家都松了一口气。

"同志们！急速前进！"石营长瞅了一下怀表，命令部队加快步伐。

行军的路上，魏强悄悄地对石营长说："营长，刚才我们爬的南天崖，你知道当地人为什么给它起'南天门'这个名字吗？是因为从下往上攀这个崖要往南攀才能上去，一个脚窝蹬着另一个脚窝，攀上了这道险崖就像上了天。所以，给它起名叫'南天门'。前几年，南台村一个人去要路沟赶集，图近便走这个南天崖，不小心摔死在那儿。家人等啊，等啊，好几天了，赶集的人没回家，也没个音信，就求人四处寻找。人们找到南天崖下才找到了这个人，可让野牲口吃了，只剩下一具尸骨，要是没有衣裳啊，还真认不出来了。从那以后啊，这个道很少有人敢走。"

时值半夜，部队到达了预定的地点——要路沟西山梁，朦胧的月光弥漫着银灰色的穹窿，石营长向东极目远眺。深夜，空旷的原野被月夜含蓄的笔触涂抹上异常柔和的乳白色，宛如一张亦真亦幻的月夜美景图。要路沟镇是一块令人瞩目的深色板块，而镇南头那个显眼的黑黝黝高大的炮楼上几个大灯闪着雪白的亮光，如一头硕大的怪兽眨着诡异的眼睛，照得它四周雪亮雪亮，泻在旷野那柔美的月色与其相比，可谓黯然失色。

"营长，那个就是鬼子的炮楼。"魏强用手指着远方说。

石营长拿出望远镜借着炮楼的灯光眺望，炮楼上，几个鬼子端着带刺刀的枪在来回踱着。

这正是夜深人静的时候，石营长想：组织部队强攻，显然不行。他叫来一、二排排长，让他们带领两排战士埋伏在山脚下，一、二排接受任务走后，石营长瞅了一下怀表，命令葛振林："现在，你们就行动吧。"

"是!"葛振林带领侦察班和三名爆破手就要走,前去炸鬼子的炮楼。

石营长叫住葛振林:"振林,兵贵神速,这次能不能端了这个炮楼,就看你们的了。"

"营长,你放心,不拔掉这个鬼东西,我就不回来见你!"

"乌鸦嘴!我不但要你们毁了它,也要你们好好地活着回来!听清了吗?"

"是!"

葛振林四人穿上准备好的白衣裳,挟着炸药包迅速地下了山。

魏强领着石营长和三排下山,迅速来到离炮楼不远的一条荒草埂处趴下,石营长前后打量了一番。

然后,叫来神枪手邱生、熊士权,指着前面不远的黄土坎子:"你们在前面那条有土塄的地方配合爆破小组。一旦炮楼上的鬼子发现了我们的行动,立刻打掉炮楼上所有的灯。一定要快,要准!掩护爆破组的同志完成爆破任务!"

"是!"

石营长望了望炮楼,问:"炮楼这么远,枪能射得着吗?"

两个战士蛮有把握地说:"营长,没问题。"

"嗯,那就好。"

葛振林的爆破小组向鬼子炮楼爬去,离炮楼下的铁丝网不过五十米远了,炮楼上的灯光照得越来越亮,葛振林用手向下比画了几下,四个人立刻趴下一动不动。眼前就是通往关里的那条公路。十来米宽的公路全在炮楼上的灯光的控制之下,无法通过。看到这种情况,葛振林皱起了眉头。怎么过去呢?他瞅了瞅夹在腋下的炸药包,略抬一下脑袋,留心观察炮楼下围着的铁丝网,想不出一个好法子。想想还是自己先来,葛振林夹着炸药包一点一点地趴着挪,其他三个人也学着他的样子一寸一寸地爬。葛振林就要爬上公路了,突然,从炮楼下的铁丝网内传来了脚步声。四人迅速骨碌到路边一个土坎子下,借白外衣的掩护,四人趴在有秧苗的地垄里,这儿离公路不到五米远。他们屏住呼吸,纹丝不动。

这是鬼子的夜间巡逻队,七个鬼子背着枪出了炮楼大门由北向南沿着公路走了过去。一切又恢复了平静。一个爆破手要行动。葛振林打了一个手势，四人静静地等待。果然，不一会儿，这群鬼子又折了回来。鬼子巡逻队过去了。葛振林一个手势，四人悄悄又爬过公路，也许是炮楼上的鬼子以为他们的巡逻队刚刚巡逻完无事，几个鬼子懒散地来回走着并没有往下瞅，敌人没有发现。四人迅速爬到铁丝网跟前，一名战士拿出事先准备好的铁钳，小心翼翼地剪着一根根铁丝，葛振林手拿着短枪机警地巡视着周围的动静。几句话的工夫，铁丝网就被剪出了一个能容一人爬过的豁口，两名爆破手一前一后递过炸药包爬过口子，向炮楼底下爬去。这时，炮楼上的鬼子发现了他们，大喊："有人！"

啪！啪！炮楼上的鬼子一边向两名爬向炮楼的战士瞄准射击，一边喊叫着。

一名战士在鬼子的枪声中挂了彩。随后炮楼上的警报呜呜响了起来。瘆人刺耳的怪叫划破了要路沟镇夜的宁静。炮楼上鬼子的机枪嗒嗒嗒、嗒嗒嗒地向葛振林他们狂扫起来。顿时，枪声、警报声、警笛声像炸了锅似的。三个爆破手抱着炸药包不顾一切冒着弹雨迅速滚到炮楼底下，摞起炸药包。

枪声一响，石营长知道葛振林他们被炮楼上的鬼子发现了，他命令身边的两名神枪手："快！打掉炮楼上的那几盏灯！"

啪！啪！啪！炮楼上的几盏灯随着枪响相继熄灭了。

石营长立刻命令："三排长！带领所有战士快速靠近鬼子的炮楼！掩护接应爆破人员！"

"是！"

三排冲到爆破小组曾经隐蔽的那个有土坎的地方，集中火力向炮楼里的鬼子猛烈地还击，可炮楼里射击口鬼子的机枪嗒嗒嗒嗒，像爆豆似的叫个不停，狙击手小熊借着敌人火舌的亮光啪的一枪，鬼子的机枪变成了哑巴。

"打得好！"

石营长刚说完，嗒嗒嗒嗒……鬼子的机枪又凶猛地狂叫了起来。葛振林知道炮楼里的敌人片刻就会出来，如果不能在鬼子到来之前炸掉炮楼，那么整个作战计划就落空了。他不顾炮楼上鬼子雨点般的扫射，滚到炮楼底下，一看两名爆破手已点燃了导火索，导火索蹿射着火花儿，发出吱吱的响声，为了缩短爆炸时间，他夺过手下人的铁钳子，咔嚓一声，将燃着的导火线剪到半尺来长。

他用脚踹了一下他身边瞅着他发愣的战友，吼了一声："快走！"

"排长，你……"

"快！快走啊！"

葛振林看爆破手都滚出了铁丝网，他迅速划着火柴，双手捂着摇曳而微弱的火苗。吱一声，导火线点着了。葛振林心里好像放下了千斤坠似的，心里的高兴劲儿就别提了："小鬼子，这回让你闹腾，一会儿，让你的老窝升天。"

他迅速在弹雨中滚到铁丝网豁口跟前。这时，鬼子部队已从门口冲了出来，他们一边朝这边跑一边打枪。没想到却遭到了埋伏在那里的三排战士的阻击。

轰隆一声巨响，月夜下，高大的黑影在一片浓烟中骤然消失。一切的一切都被这巨大的震动和浓烟淹没了。四名战士被凶猛的气流推出了七八米远，昏倒在地上，三排的战士冲进呛人的滚滚浓烟中，救出了四名昏迷的战友向西山梁撤去。

凶恶的敌人并没有因炮楼被炸而退缩，他们追击到西山脚下，在藤岛大佐的指挥下，鬼子七辆摩托车、五十多名鬼子和六十多名便衣、一个大队的伪军在两挺机枪的掩护下分成两队向埋伏在西山坡的一、二排战士压过来，一、二排战士们虽然占据了有利的地形，可武器和鬼子比起来，相差太悬殊。有三名战士在交火中牺牲了，为了拖住鬼子，掩护石营长和三排战士撤退，两排战士英勇阻击，击退了鬼子的第一次疯狂进攻。跑在前面刚冲上山坡的两辆摩托车在爆炸声中着火报废。其中一辆车上的鬼子在爆炸声中飞出了摩托车，死在山坡上，另一辆车上的两个鬼子在车上与车同时燃烧着。狡猾的藤岛通过第一次较量知道这次与他博弈的是一支很有作战经验且战斗力很强的抗日部队，他想：这支前来偷袭皇军炮楼的部队，也许正是他要找的那支隐藏在大冰沟里的抗日部队。虽然炮楼被毁，但如果能消灭这支抗日部队也算值得，他要用所有兵力来围歼这支部队，以绝后患。他命令驻扎在镇北培训基地的全部新兵火速前来，参加这次作战。

各路兵马到齐。藤岛手指着右侧山坡命令便衣队队长于三疤："你的，那边前面的开路！"

"哈伊！"

"你的，那边的开路！"

藤岛指着左侧的山坡命令伪军大队长赵万奎。

"是！太君！"

五十多名新兵此时扩充到伪军大队里，一百多人像羊群一样满山坡冲了上来。

藤岛孤注一掷，凭人多势众企图一举成功。但他不放心这些初次打仗的治安军和便衣，在他眼里，这些人都是贪生怕死的软蛋包。他命令身边的岛田少佐："你的，督战的干活！"

"哈伊！"

鬼子的全面进攻开始了。三队人马一起向山坡发起进攻。岛田把鬼子小队分成两个督战队，分别跟在伪军和便衣队伍的后面。

右侧，便衣队刚冲上山坡不到十米已倒下了十来个。这些便衣从来没有见过今天这样的阵势，个个手颤抖着拿着短枪向前胡乱地射击，并边打边壮着胆喊："你们跑不了啦！快投降吧！"

岛田带领六个鬼子随后跟了上去，一个便衣佯装提鞋想跑，被岛田一刀劈死。这些汉奸一瞅，心里震颤，哪个还敢逃？岛田洋刀一挥，命都没了。

"前进！"

于三疤也战战兢兢地喊着："兄弟们——我们发财的时候到啦！冲啊……"

左侧，近百名伪军在赵万奎的指挥下猫着腰往上爬，一排战士趴在一条流过水的沟槽里，借着朦胧的月光看黑乎乎的人群向上蠕动。山坡上偶尔发出碎小山石滑动和碰撞的声响。一排长小声告诉大家："沉住气，靠近了再打。"

山上没有了响动，前面的伪军胆子大了起来，拎着枪争先恐后地往上冲。只有七八米了。

排长一枪撂倒一个伪军，并大声喊道："打！"

三十多名战士一起开火，密集的子弹射进敌群。战士一阵猛烈射击，冲在前头的伪军倒了一片。呼啦！前面的伪军一下全卷了回去。一些伪军趁着慌乱逃进荒野，还有一些像兔子一样跑下坡来。不管后面的鬼子督战队怎样血腥地督战，伪军还是一溃不可收拾，乱成了一锅粥。

正面，五十多个鬼子在藤岛的指挥下，向上发起猛烈的进攻。

一个战士悄声对一排长告急："排长，咋整？我只剩两颗子弹了。"

一排长趴在一棵小松树底下没有吱声，他的眼睛一直盯着下面的山坡。夜月下，往上来的这群鬼子，只见这群家伙端着刺刀，头戴钢盔一声不响地分散着往上走。一排长知道所有战士的子弹都没多少了，手榴弹也没有多少了。面对上来的这群鬼子，他告诉大家："别白搭子弹，等敌人靠近了再打。"松林里，一排长来到二排面前与二排长商量，"你看。"他用手指着冲上来的敌人说，"这次敌人是分成三拨上来的。如果敌人从侧面爬到我们上面来，就糟了，我们也给他来个一对一。"

"嗯！"二排长表示赞同。

"我是这么想的，你带二十个人在这儿，我带二十人去右侧，咱两排各抽出十人到左侧。"

"行！"

"敌人这就上来了，咱俩得快点儿布置。"一排长说完马上走了。

二排长冲一班长说："快！带你们班的人到我的左面山坡去！"

"是！"

十一个人在一班长的带领下迅速跑到左山坡的一片草丛中隐蔽起来，一排长走后，二排长摸摸身上的子弹。

"哎呀！咋只剩三颗子弹啦？"他知道大家的子弹都不多了，就和身边的二班长说："问问大家还有多少手榴弹？"

一会儿，爬过来一个战士说："排长，一共十八颗。"

"好。"他对身边的这个战士说，"都拿到前面来。"

所有的手榴弹都传过来了。二排长把五颗手榴弹交给一名战士说："给一班送去，告诉一班长，在万不得已的时候再用。"

"是！"

送手榴弹的战士刚走。轰一声，一颗炮弹在距二排埋伏有四米远的地方爆炸了。

"同志们！注意隐蔽！敌人……"轰！轰！一连几颗炮弹在战士们的附近爆炸，爆炸声淹没了二排长的说话声。

山下，鬼子把山炮运来了，十来门山炮向松林里一阵猛轰。从山腰到山顶整个山坡进行了扫描式的炮击。呼啸的炮弹在夜空中划出一道道弧形的亮光，山石和山土在爆炸声中横空四射。茅草、小树被连根拔起，随着飞起的山石，挪了地方。有的战士在敌人的炮击中受了伤。炮击过后，靠近松林的大批敌人趁机改变原来的方式疯狂地猛扑上来。嗒嗒嗒……嗒嗒……嗒嗒……机枪在吼叫着，掩护他们的人往上冲。二排长嘱咐大家："大家要注意！对两边要策应配合，要节省子弹！"三股敌人边打枪边往上冲，他们以为这一阵子炮击，山上的人不被炸死，也得吓跑了。左侧山坡，敌人离一排战士埋伏的地方只有二十多米远了，一班长大喊一声："打！"战士们一阵猛烈射击，冲在前面的伪军倒了一片，有几个鬼子也中弹倒下，后面的鬼子都趴在地上。这时，鬼子的机枪嗒嗒嗒……嗒嗒……嗒嗒……又叫了起来。战士们又一次被鬼子密集的子弹压住不能抬头。一排长判断鬼子的机枪离自己埋伏的地方不远，便示意二班长用手榴弹干掉它。二班长点了点头，顺着流水沟爬了下来，偷偷地爬到距火舌十五六米远的地方，朝着正在疯狂扫射的机枪手投去两颗手榴弹。轰！轰！鬼子的机枪立刻成了哑巴。二班长趁着滚滚的浓烟猫着腰返回了阵地。鬼子的机枪手和机枪在爆炸声中消失。卧倒在离机枪不远处山坡上的岛田，摇晃着脑袋爬起来，他抖落了一下满身的山土，气急败坏地挥舞战刀。

"前进！消灭他们！"

这时，卧倒的敌人都爬起来了，他们仗着人多，又拼命地向上冲。两排的战士子弹打得没有多少了，在这紧急关头，一排长让战士把仅有的十颗手榴弹准备好，等听他的口令一齐投向敌群。突然，从他们背后冲下来一支部队，原来石营长带领三排战士来增援，石营长让战士们集中火力向敌群猛扫，敌人又转身往回跑。为了叫部队早点儿撤出阵地，石营长命令三个排把所有的手榴弹投向山下的敌群。战士们的手榴弹像雨点儿一样投掷到山下，山下随着阵阵爆炸声，掀起了滚滚的浓烟，敌人被打得死的死，逃的逃。一部分还因逃跑被鬼子击毙。山坡上顿时躺下一片横七竖八的死尸。趁着浓烟,石营长命令三排一班战士跟他留在这儿掩护,其他各排所有人员立刻撤回到山梁。

"营长!我在这儿,你走吧。"一排长说。

"乱弹琴!我还用你支配?执行命令!赶快撤!我们随后就到,把所有的手榴弹给我留下。"

"是!"

一排长带领战士们,有些战士背着伤员一起撤退。

西山山坡经过一阵阵激烈的枪声和爆炸声的喧嚣后,恢复了死一般的宁静。浓浓的烟雾与湿重的夜气混合后很快沉落下来。眼前的夜空又被银色的月辉悄然代替。山坡上周围的一切依然如初。山下向上蠕动的一群黑点依稀可见。埋伏在山上的八名战士静静地趴在山坡刚刚被炮击过的土坑里悄悄地等待着敌人的到来。嗒嗒嗒……嗒嗒嗒……上山的敌人不时地用枪扫射着,在战士们眼前掀起了一片尘土。

石营长对一班的战士们说:"沉住气,等他们到跟前,把前面这几个先撂倒,再把手榴弹一起甩出去,我们就撤。"

七名战士在石营长的指挥下,等敌人靠近,再靠近,只有十几米了。

"打!"

石营长一喊,一颗颗手榴弹在敌群中爆炸。山坡上再一次响起轰轰的爆炸声。估摸着敌军撤到了山梁,石营长和一班的战士在浓烟中迅速撤退。响声过后,山坡上又多了十几具尸体。藤岛真是无法想象,山炮这样猛轰,机枪这样扫射,一百八十多人的部队不仅不能歼灭这样一支抗日部队,还死了这些人。此次一战,让他这位赫赫有名的日本军人不能不为之汗颜,他喘着粗气,气恨不已:"八嘎!"

月光夹杂着尚未散尽的硝烟,藤岛仰望这片让他的部队寸步难行的灰蒙蒙的山坡,一次次惨败粉碎了他的黄粱美梦。这场鏖战,不得不让他多了几分慎重的考虑,山上物影绰绰,簇簇灌木、片片丛林里究竟埋伏了多少抗日军人?他无法估测。对方在高处,又在暗处,自己的部队在低处,又在明处。这样打下去,定会吃更大的亏。炮楼已被端,部队再损失惨重,这样,他非被送上军事法庭不可。想到这儿,他无奈地摆了摆手,命令部队停止追击,撤回镇子。为了防止"万一",他命令山炮再一次往山上猛烈地炮击,来掩护部队撤回。

夜月尚未隐去苍白的面容,群山在东方血色晨霞中衬托出巍峨雄姿的时候,要路沟镇西山坡的枪声才停了下来。要路沟镇南头那个赫然矗立的大东西,一夜之间就不见了。森严壁垒的禁地变成了一片废墟。日伪军只好以镇北训练场作为大本营。老百姓看到这些,心里暗自称快。

第八回 "霍三喇叭"为虎作伥 蒙族骑兵惨败走北

要路沟一仗,给了猖獗的鬼子一个很大的打击,也增强和提高了当地民众抗日救国的信心和勇气,并造成了日寇利用长城峪岩口这条运输线进行军事运输的暂时中断,有力地配合了我军在华北平原与日寇的作战。为此,藤岛受到了在关内与我军作战的日军最高长官的严厉训斥。同时,日本关东军司令最高长官为了确保这一重要运输线畅通无阻,保障大日本帝国在华北平原和大别山一带对中国军队的圣战,关东军司令部在辽西山区增派了日军,加强了这一带的军事力量,用来打击和围剿这一带山区的抗日武装。

根据藤岛的汇报,日军在要路沟镇增加了一个中队日军的兵力。另外,又调来了一支投靠日军的骑兵,这支骑兵有一百多人,都是蒙族人,他们个个身形彪悍,善于格斗和骑马打枪。骑兵队长叫霍三,此人过去是寺院的一个和尚。日军占领东北三省后,进入了大草原,此人就投靠了日军。他满脸横肉,紫黑色的脸上左面有一块红记,这个人个儿比一般人高出半头,天生一副凶神像。当地人叫他"霍三喇叭"。他秉性暴戾凶残,荒淫无度。因为他从小在寺院长大,有一身的功夫,所以人们送他一个绰号"黑面金刚"。

自从霍三的骑兵部队在要路沟出现后,要路沟一带的老百姓就更糟殃了。霍三带着他的骑兵在要路沟的方圆百里以寻找抗日部队决一死战为名,到处横行霸道,奸污良家妇女,草菅人命的事屡屡发生,广大民众恨透了这个人面兽心的畜生。

抗日联军端了鬼子的炮楼后,石营长为了了解鬼子的新动向,经常派魏强、葛振林等人化装成老百姓出大冰沟探听情况。

这一天,魏强从山外回来向石营长报告:"营长,霍三的骑兵到香洼了,现在,他们住进了韩家大院。看样子,要在这儿住下来。"

"有多少人？"

"有一百来人。"

石营长一听哈哈大笑起来："他们在找我们，不找到我们打一仗，他是不会回要路沟见藤岛那个鬼子的。"他磕了磕烟袋锅子别在腰间风趣地说，"这是鬼子送到我们嘴边，让我们吃的一块肥肉。"

石营长这几天在山洞里叼着旱烟袋沉默寡言，他琢磨着怎样除掉这支投日的骑兵。他知道吞下这块肥肉并不容易，不能掉以轻心，得选择一个很好的时机。

霍三骑兵部队在香洼驻扎半个月了，香洼村的韩家大院变成了他的骑兵营地。半个月来，他的部队踏遍了大冰沟外这一带的山岭。霍三扬言："一定找到山里这股共匪，要把他们斩尽杀光！"

可这些天来，他带领骑兵翻山越岭日行百余里，可一个抗日部队影子也没找到。这些骑兵就像一群疯牛，到处乱跑乱窜。眼看着骑兵的作战锐气随着时间的推移与日俱减，况且，离他向藤岛应承下来的消灭抗日联军的期限没有几天了，到现在抗日联军在哪儿，他一点儿眉目都没有。这叫霍三怎么能不着急？这两天，风雷秉性的他，大发雷霆。叫手下人抓来了一些百姓鞭笞逼问，来寻找抗日部队的下落。

这天晚上，霍三在正他的卧室里与他随军的三姨太躺在炕上抽大烟。

突然，一个手下的探子跑进屋来兴冲冲地报告："队长，我们找到了大冰沟抗日联军了！"

"是吗？在什么地方呢？"他简直不敢相信自己的耳朵，赶紧把烟枪从嘴里拽出挪开，仰起脑袋，瞪着牛犊子般的眼睛一眨不眨地望着站在眼前的探子迫不及待地问。

"现在，这伙人都在碾子沟庄。"

霍三赤背裸胸，从被窝里一骨碌坐了起来，他兴奋得要死，胸部上那些黑乎乎的浓毛随着酱红色的胸肌在微微地颤动着。

"他们在碾子沟？有多少人？"他一边忙着穿上衣一边问。

"有八九十号人。"

"是你亲眼看到的，还是听别人说的？"

大冰沟

"队长,这,都是我亲眼看到的。今天早晨,你让哈卓与我去打听抗日部队的消息,我们俩吃完饭,换了衣裳就出去了。上午,我们走到一个叫张家弯的村子。在村口,就听到在村口大井挑水的两个男子闲聊,说碾子沟庄昨天来了不少抗日联军,穿的都是灰衣服,我们为了知道这个消息是不是真的,就装作过路人,向一个孩子打听去碾子沟的路。到了碾子沟村口,真的看到两个穿一身灰色军装拿着枪站岗的人。我们没敢进村,就爬到后山梁上,往下一望,嘿!街上真是有不少身穿灰衣服背着枪的人在走动。两头村口都有人站岗,所以我们没进去。"

"好啊!老子找了他们这么些天,终于找到他们了。告诉兄弟们,马上集合!"

"是!"

"嘟嘟——嘟——"几声角号响,一百多名骑兵集聚在韩家大院门外。屋里,霍三系上宽厚的皮腰带,披上黑风衣,佩带好马刀,拉开门就要走。在炕上躺着的三姨太埋怨着:"我说,你只有今天,没明天啦!眼瞅着黑天了,不分个早晚!"

"彩云,打仗这个事儿,你不懂,兵书讲'兵贵神速'。只有出其不意,才能消灭这些共匪。"

"你懂?你懂个屁!薄情寡义的东西!这儿,人生地不熟的,扔下我一个人,你的心是不是被狼掏了?"

"我的姨奶奶!你怕啥啊?有我,谁敢动你一根汗毛?消灭了这些抗日的,皇军会给咱们马都拖不动的大洋。有吃有喝,我们就可享一辈子的福啦。"

"多少钱我不稀罕!黑夜撇下我,让我一个人守空房!三儿,你知道,你走了,我是什么滋味吗?"

三姨太使出风流女人所有的招数,也没有拴住"霍三喇叭"狂妄的野心。三姨太谢彩云一看没戏,没好气地哼一声,拽了一下被子,盖上还露着的那一条白胖的大腿。身子一侧歪,脸调到一边,接着抽她还没抽完的那半截子大烟,不吱声了。

霍三求功心切,他知道悠悠万事,唯此为大。只有消灭了抗日部队,他才能飞黄腾达、要啥有啥,还愁找不到比谢彩云更漂亮、更年轻的女人?他哪还顾得上今夜与她厮守,耽误大事?

院大门口外,蒙骑兵们骑在马上,他们枪在背,腰刀系在胯上已在等候,霍三接过随从递过的马鞭,纵身跳上大青马马背,向手下的人大声喊:"弟兄们!大冰沟的抗日联军就在碾子沟,我们今晚要把他们全部干掉!好到皇军那儿领赏!你们愿意不愿意啊?啊?"

"愿意!"

"好样的,走!"

嗒嗒嗒……一百多匹骏马昂首挺胸,铁蹄如麻,在土道上风驰电掣般地疾飞而过,经过处掀起一道滚滚的黄尘。

从香洼去碾子沟不到三十里的路程,对于急行军的骑兵不过是一顿饭工夫的事,可偏偏天公不作美,板起了面孔。在这个云气氤氲、雨意缠绵的夏季,天上的云像一块含水欲滴的硕大无比的海绵,天公稍一挤捏,满天就会下起倾盆大雨。这不是,晚饭后天空还一片灰蓝,不知怎的,一眨眼工夫,微暗的西边低垂起伏的山峦悄然涌起铅色的云。随着夜幕的降临,乌云四合,云层越来越低,夜晚山川顷刻昏暗,天地间像锅底反扣下来一般。

云低夜黑马蹄疾,霍三人马一阵狂奔赶到碾子沟,已掌灯时分。他叫部队在村口东一里处停下来,并命令三十个坐骑悄悄地绕过村庄隐蔽在村南的一片杨树林中,等抗日联军撤出村口后再突然杀出。这次,他要亲自带领大队人马杀进村子,把这些抗日联军杀个片甲不留。

可让他万万没有想到的是,他的马队冲进村子,村口并没有一个穿灰军装扛枪站岗的抗日联军。街上没有人,疾驰喧嚣的马蹄声惊起了村里各家狗的狂吠:"快!抓住他们!"霍三以为抗日联军就在各家。他命令手下的人到各家各户去搜。顿时,碾子沟整个村子被弄得乌烟瘴气。吼叫声、辱骂声、哭叫声,乱成一片。

这时,一位身穿灰色长衫,手拄着拐棍的老汉向霍三走过来。老汉带着几分从容的微笑向骑在马背上高高在上的霍三鞠了一躬。

"这位军爷,今晚带领众弟兄屈就穷乡僻壤之地,不知有何贵干?若不嫌弃老朽无能,鄙人可效犬马之劳,不必劳驾诸位弟兄。"

"你?你是干什么的?"

"禀报军爷，鄙人是一村之长，村长也。"

"啊，你是村长。我问你，你们村驻扎大冰沟的抗日联军为什么不报告？私通共匪是掉脑袋的罪！今夜，找不到共匪，我要把这个村子铲平！"

"军爷息怒，听我倾诉缘由，今天确实来了一支部队，在敝村逗留几时，他们也说是皇军手下的部队。老朽看他们的胸前印着抗日联军的字样，我就想暗中派人去香洼报告皇军。可他们当官的对我说：'我们这身打扮是为了引出大冰沟里的抗日联军，老朽乃凡夫俗子，不能慧眼识珠。良莠难辨，真伪难分，不敢妄为造次。倘若他们真是抗日部队，那么一切罪过由老朽我一人承担，与他人无关。"

扑通！霍三翻身跳下马来："跟我说真话！不然我砍了你！"

"军爷，您要不信，我就没办法了。"

"那，你说，有多少人？这些人上哪儿去了？"

"嗯，六十有余，这群人在这儿吃了晚饭，集合队伍朝那边去了。"老人手指着霍三部队来的方向接着说，"我听那当官的说，是要去唐杖子。走了不过一个时辰，你们来晚了一步啊！"

"你说的都是真的？"霍三半信半疑。

"军爷，他们去唐杖子是那个当官的亲口跟我说的，老朽不敢信口雌黄、胡说八道。"

霍三听完，啪啪啪，猛力挥手中的马鞭。

"于副官！集合部队火速向唐杖子前进！"

三声鞭响，在村里抢劫的骑兵们慌忙把抢来的细软珍贵之物揣到怀里，窜出各家大门，背好枪，骑上马，聚集在街头。不可一世的霍三挥鞭要指挥部队向东南追击，被身边副官于三疤劝住了："队长，天这么黑了，去唐杖子的路我们谁都不熟，如果抗日联军设下埋伏我们就得吃亏，不如在这个村子住上一宿，明天起早再追。"

听了于三疤这番话，"霍三喇叭"大眼睛骨碌了几下，觉得有理，他心里明白，藤岛太君如此器重他，是因为他有一百多人马的家当，如果这些老本弄丢了，他狗屁不是。今夜，正好令他头疼碍事的三姨太没来，他可以在这村子找一个漂亮的女人尝尝鲜儿。

于是，他在马背上手攥着马鞭大声喊："大家听着！今晚咱不走啦！在这儿住下！明天一早再追那些共匪！"

霍三命令他的部队在碾子沟庄过夜。这一下可给这里的老百姓带来了祸殃。这些人到了哪家，哪家倒霉。他们三个人一伙，四个人一拨再次闯进民宅，有的用枪逼走家中男人，奸污女人；有的翻箱倒柜抢夺财物；有的干脆不睡觉，叫主人杀鸡宰羊做好吃的。碾子沟庄一夜之间成了一群野兽施暴、纵欲、发泄的娱乐场所。

村长刘鹏飞打扮成老者，本想叫这支骑兵今夜去唐杖子追赶抗日联军，因为这是石营长临走时和他商量好了的消灭这支骑兵的作战方案，没想到他们在村里住了下来。刘村长只好把霍三领到庄里一个大户李熙三家歇息。霍三和他的警备班住在李家大院。李熙三只好腾出五间正房和东厢房给霍三他们用。家中男女老少十一口人只好蜗居在三间西厢房里。

李熙三知道这样做是引狼入室，可又有什么办法呢？他们这群东西不去李家也得去张家，去哪家还不是一样祸害人？刘村长这样说了，也是没办法的办法。不说，这群没尾巴的狼闯进来你能咋样？

李熙三知道这个横眉厉眼的骑兵头子是不能惹的，只好硬着头皮满脸堆笑来作陪。

正房的大客厅里，烛光把整个屋子照得通明。屋外的院子里也点着几盏提灯。这个夜晚，李家就像办什么喜事似的。客主落座，李熙三马上叫家人沏茶倒水，自己亲自给霍三点烟。李熙三的恭维之举，让霍三无可挑剔。他右手摸了一下浓黑的八字胡，两腿伸出一个"八"字，便从嘴里挤出了三个字："打扰了。"

"哎呀，军爷，不打扰，不打扰啊！今天诸位兄弟光临敝门，令寒舍蓬荜生辉！这是我李家最大的荣幸。"李熙三满脸堆笑着说。

一直到了半夜子时，于三疤走进来，到霍三跟前对着霍三的耳朵说了几句悄悄话就走了。霍三听罢喜形于色，他咧开大嘴，两边的八字胡都微微地翘动起来。李熙三心里想，这些东西，不知今晚要干出些什么缺德的事儿，得赶快走开，便笑着对霍三说："军爷，你们有军务大事，鄙人不便打扰，告辞。"

"哈哈哈！好！好！"霍三坐着回话目送李熙三出去。

李老爷回到厢房，随手把木门带上，见全家人都没睡觉，焦急地等着他回来。老人知道自己是一家之主，这个时候他是家里的主心骨，在家人面前万万不能沉不住气。

他故作镇静悄声对家里人说："唉，没事，都回屋睡觉去。"

"老爷，这是哪儿的兵啊？"老伴儿问。

"睡觉去吧！一个妇道人家问那么多干啥？"

可他心里知道，这种情况谁能睡得着呢？一家人挤在一铺炕上一声不吭地坐着……

一袋烟的工夫，只听到大门咣啷一声，接着，院子里响起了急促杂乱的脚步声。大儿媳刘玉芝坐在炕里一听外面有动静，用手舔了一下唾沫悄悄地把窗户纸钻了一个小窟窿，她从窗户窟窿往外一望，不禁啊了一声赶快用手捂住了嘴："爹！你看看！"

"啥事儿啊，大惊小怪的，你们给我消停点！"李老爷责备素来好说好动的大儿媳。

原来，大儿媳看到从大门走进两个穿长袍、系腰带的壮汉，后面还跟着一个穿便衣、戴礼帽的人，走在最前面的那个人，肩上扛着一个装着软绵绵东西的麻袋，径直向正房走去。

李家男女老少都默不作声，一种难以预料的焦虑与恐怖抓着一家人的心。

不敢想的事情终究发生了。正房屋里发出了噼里啪啦物品破碎的撞击声和女人的喊叫声。

"你放开我！畜生！你放开我……"一阵撕心裂肺的哭喊过后没了动静。

时隔不久，咣当！李家的大门豁然大开，一个手握铡刀的大汉闯了进来。

大汉进门破口大骂："狗日的！你们这群牲口！我今天不把你们都杀了我就不姓周！"说着，直奔正房前门，两个给霍三守门的兵端起枪刚想朝他射击，哪还来得及，大汉的铡刀一抡，咔嚓两声，两个脑袋搬了家，脖腔涔出的鲜血喷在门窗上，溅在屋檐上。大汉满脸是血，他全然不顾，正想闯进屋去，啪！啪！啪！三声枪响。大汉手举着鲜血淋漓的铡刀，身子晃了几晃，咣当！他和他手里的铡刀一起扑倒在血泊里。睡在东厢房的七个警卫兵提着

第八回 "霍三喇叭"为虎作伥 蒙族骑兵惨败走北

枪跑到院子里，个个心惊胆寒地瞅着他们的队长。

霍三上身光着，赤着脚，手里握着手枪，立在前门口对手下的人淡然地说了一句："把他们拖出去。"

这时，在屋里的女人披头散发赤着脚跑了出来，她神情呆滞，呆呆地站在大汉的尸首跟前，慢慢弯下身去，用她那纤细颤动的手抹下那个大汉还瞪着的眼睛，然后抚摸着他那沾满鲜血的脸。她一声不吭，霍三和他的兵都站在跟前，他们被这个女人的异常举动弄得莫名其妙。突然，女人倏地站起来，一头向霍三扑去，用沾满自己男人鲜血的双手拼命撕挠霍三那张黑脸，一个羸弱的女子用她的仇恨点燃起复仇的火焰和力量。她恨不得把眼前这个凶残的色狼，这个不共戴天的仇人碎尸万段。可弱小的女人与强悍的男人拼死一搏，无异于以卵击石。霍三飞起一脚踢在女人的胸口，女人被踹倒在墙角下，"噗——"一股鲜血从嘴和鼻子里喷出，可怜的她再也没有起来。

天，有些放亮，霍三这一夜虽然玩着了女人，但心里并不舒畅，他没想到这山沟里的人竟这么倔强、凶猛，令他感到震撼，为了一个女人他搭上了两个贴身保镖，自己的脸也挂了彩，真是不划算！他照着镜子用梳妆台上的雪花膏涂抹脸上被挠伤的地方，但脸上几条伤痕仍难以掩盖，甚至伤重处还在往外渗着血。他心里实在感到晦气："他妈的，让这个小娘们给挠了。"

他心里越想越不是滋味。这不仅让他这个堂堂的骑兵队长在手下的人跟前丢人现眼，更使他犯愁的是，回去三姨太问起来怎么办？

那可是女人的手印。

"报告！"一个骑兵进来打断了他的思绪。

"什么事儿？"

"队长，我们的马被人偷走了两匹。"看马的骑兵自知理亏，他的声音越说越低。

"什么？马你们给我看丢了？"啪！啪！霍三抄起炕上的马鞭使劲儿地抽了来报信的这个人两鞭，"你们这几个饭桶！没用的东西！还不赶快给我追回来！"

霍三快步走出李家大院，纵身跳上随从给他拉过来的那匹大青马的马背，一声号角响，骑兵转眼间在村口列队集合完毕。

大冰沟

"队长,两个偷马贼往那条沟跑的。"两个看马的骑兵不敢大声言语,小声地说。

啪!啪!啪!霍三在马上挥舞着皮鞭,向马前站立的两个看马的骑兵一阵狠抽,他边抽边骂:"废物!熊种!"然后,他怒发冲冠手攥着皮鞭向东南方向一指:"兄弟们!杀死这些偷马贼!把马给我追回来!"

嗒嗒嗒……霍三的骑兵部队沿着越来越窄的山路像疾风一样追来,霍三骑的大青马好像知道那两匹马去的方向,昂着头,嗒!嗒嗒!嗒嗒……铁蹄腾越奔向大南沟。

拂晓,骑兵赶到大南沟沟口,只见沟里有两匹青马被两个人牵着,在一片较为宽敞的葱绿的草坪上悠然从容地吃草。霍三用望远镜一看那两匹马的彩辔头、花配鞍,正是自己部队的那两匹马。那两匹马胫蹄没在恣蔓的草丛中,马尾梢应和微微的晨风在扫拂,偷马的两个人看到了后面有人骑马追来,骑上马向沟里逃去。霍三想命令一个骑兵排迂回抄到前面截住盗马贼,可大南沟是两山夹一沟的地方,没有第二条路可走。

一肚子坏水的于三疤跑过来劝霍三:"队长,我们不能因虱子烧棉袄啊!我看我们还是先别进沟,两匹马就别要了,咱们还是小心点儿。"

"咋啦?你怕啦?"霍三用鄙夷的目光瞟了一下于三疤,他看不上这个油嘴滑舌又贪生怕死的人,要不是藤岛大佐的安排,他的骑兵部队绝不会要他这个玩意儿。

"队长,您听我说,昨天晚上那个老头说抗日联军去了唐杖子,这三道沟正是去唐杖子的路,这两个偷马的是不是真正的做一个字买卖的还很难说,挡不住是抗日部队使的圈套,引我们上钩的。"

"你是什么意思?"霍三瞪着发怒的眼睛没好气地问。

于三疤眨了眨三角眼说:"队长,你看这条沟两边大山柴草深密,这沟谷又很长,如果抗日联军埋伏在大山两面前堵后截。你想想,我们的人马就像装进人家的口袋一样,我们就是有翅膀也难逃脱。"霍三这时才有所醒悟,他举目观望大南沟的地势,觉得于三疤说得有理。

"那,你说怎么办?"

"队长,我倒想出一个办法,不知行不行……"

"别他妈磨磨叽叽，有屁快放！"霍三瞪着豹子眼有些不耐烦了。

"唉，队长。"于三疤瞅着沟里说出了自己的鬼主意，"我想不如派一个班的骑兵先进沟探探再说。"

霍三勒住马的缰绳，大青马扭仰着脖子在原地打了一个转儿才停下来。霍三望着眼前长长的不见头的沟谷，两面对应的山坡从山脚至山顶长着茂密的柴草，其间还有稀疏的高高的山杨树。他想了想于三疤说的话，寻思打探一下也好。

"桑格尔！带领你的人给我追回那两匹马！记住，进沟后要快点儿给我来信儿。"

"是！"

骑兵小队长桑格尔带领他的十二人，挥鞭催马直奔沟里。

已经有两个时辰了，进沟的一个骑兵回来向霍三报告。

"队长，我们找回了那两匹马，偷马的人吓跑了。"

"你们看山上有人吗？"

"报告队长，我们追上那两匹马的时候，除了盗马的那两个人在往山上跑，没有看到山上有别的人！"

"你看看，你看看！'风声鹤唳，草木皆兵。'两个偷马贼就把你们搞得头昏脑涨！"我就知道抗日联军那几个人不敢和我们干。没见到我们，他们就吓得比草原上的兔子跑得还快，还敢在这儿埋伏来拔老虎嘴上的胡须？哼！见到老了的骑兵，准叫他们没路跑！卓娃，告诉部队快速前进，去唐杈子围歼他们！"

霍三说完，往大青马屁股狠抽了一鞭，大青马像离弦的箭一般冲进沟口，随后，其他的骑兵一窝蜂似的紧随其后进了大南沟。

石营长率领的部队已在大南沟两侧山林里埋伏多时了。两个黎明前进碾子沟庄偷马的人就是石营长派去的葛振林、魏强两人。他两人快速上山，来到一片很深的茅柴东面一棵松树跟前，等待向正在用望远镜观察沟谷敌情的石营长汇报。

石营长挪开望远镜，看两人站在身边，高兴地说："嗯，你俩干得不错！"

"营长，他们没全进沟。"

"霍三在试探,他们会进来的,大家做好战斗准备!"

"营长!进沟的骑兵有两个跑回去啦!"一个战士说。

石营长用望远镜一看笑了:"草原上的野狼再狡猾,也不是猎人的对手。按计划行事!"

先进沟的敌人找到了马,他们停下来,等着后面大队人马到来。霍三大队人马一阵风似地冲进沟里来,不到一袋烟的工夫他们就赶到了这儿。

这时候,石营长告诉神枪手熊士权说:"看见了吗?把最前面的那个给我打下来。要准,只许一枪。"

"是!"

小熊端着枪在高深的柴草中猫着腰快速跑下来,在沟谷没有遮拦的一棵松树下趴下来,他身子一动不动,聚精会神地瞄着。

一百多骑兵一聚集,群马有些发惊,呼——呼——,昂首踏蹄,相互挤靠。

霍三一马当先,骑兵部队一字排开向沟里进发,到了距小熊比较近的地方,小熊一看,这正是射击的好机会。

"啪!"

随着一声枪响,霍三从马上摔了下来。随后,战士们的手榴弹像雨点儿一样投向沟里进发的先头骑兵。顿时,骑兵大乱,群马在强烈的爆炸声中惊恐地仰首嘶鸣,彼此相靠拥挤,骚动起来……随后,惊恐的群马随着背上主人声嘶力竭地喝喊,如脱缰的野马在沟谷中突奔。这时,敌人已经进沟大多半了。他们仗着马快想往沟里跑,想冲出抗日联军的包围圈,没想到又被雨点般的手榴弹截了回来。其中有两个冲在前面的骑兵在爆炸声中因马惊被摔下马来,其他的骑兵又逃回到原来的地方。向沟里冲不过去,有三十多个骑兵调转马头往回跑,也被一阵手榴弹截了回来。

前无出路,后无退路,这队骑兵在沟谷里骑着马向山坡盲目地开枪射击,草原战马在广阔的大草原可奔跑如飞、自由驰骋,可堵在狭窄的沟谷里却无法施展它们的本领。一百多匹马一阵狂奔和马背上的主人一样,锐气大减。呼,呼,呼!群马挤在一起团团转。骑兵们被困在了沟里一片宽阔的草地上。

枪声这时停了下来,魂飞胆丧的于三疤开始吓唬霍三手下的几个头目:"我说诸位弟兄,我们无论如何也不能落到抗日联军的手里呀,那些人会把我们抽筋扒皮的。上次他们抓住了我们一个人就剁成了肉馅儿，包成了饺子吃，想活，就得冲出去呀。"

于三疤妖言惑众，使不明真相的骑兵吓得个个面面相觑，他们决心以死相拼，也许还有个生路。

沟谷里，几个骑兵头目商量着怎么分散抗日联军的火力阻击，副队长卓娃决定：部队兵分两路，所有骑兵不惜任何代价一齐向沟里、沟外两个方向迅猛突围。这时，北面的山坡上跑下一个人来。

只见这个人一只手被一个白纱带缠着，挂在脖子上。他一边往下跑，一边扬起另一只胳膊摆手。

"卓娃哥——卓娃哥——"

卓娃是这支骑兵的副队长，也是最被骑兵们推崇、信赖的首领。他一看跑下来的人不是别人，正是自己的弟弟卓布，卓娃翻身下马迎上前去。

"卓娃哥！"卓布气喘吁吁地来到哥哥跟前，"哥哥，抗日联军说和我们谈判，他们是好人，他们让我告诉你，去和他们谈谈。"

他略略扬动一下包扎好的受伤的胳膊说："是他们给我包的，他们是好人。"

"你是怎么上山的？"

"刚才跑的时候，我的马被他们打死，我摔下马，这儿摔坏了，他们把我弄到山上去的。"

卓娃瞅着弟弟胳膊上的纱布，眉宇间微微蹙起。心里就闹不明白了，抗日联军到底是什么样的人？于副官说他们是杀人不眨眼的恶魔，弟弟说他们是好人。他知道弟弟从来不说谎话。如果他们真像弟弟说的那样，我要和他们谈和，我要化干戈为玉帛，来保住这些弟兄们的性命，这比什么都重要，我要见见他们。

"他们说要见我？"

"嗯。他说我们都是中国人，中国人不打中国人。"

"好，你领我去。"

卓娃跟弟弟走了几步有些不放心，他回头告诉在这儿等待他消息的所有骑兵："大家先不要动！等我回来再说。"

"副队长！去不得啊！他们是杀人不眨眼的土匪！去了就没命啦！"于三疤骑马到前面阻拦。

"于队长，给我让开！"

卓娃皮鞭一指，于三疤只好退到一旁。

卓娃把短枪掖在红腰带上和卓布上山去了。

在一棵大树下，石营长看卓娃跟卓布来了忙迎过去。"他就是我的哥哥卓娃。"卓布向石营长介绍。

石营长上前攥住他的手说："卓队长，我们打死了霍三，因为他替日本人卖命，坑害民众，杀人成性。他是罪大恶极的汉奸。你们和他不一样，都是受蒙蔽的人。"

卓娃紧张的心一下子放松下来。言谈中，他知道了抗日联军的部队是正义之师，是一支抗日救国的部队，而自己和弟兄们却稀里糊涂帮日本人打自己人，真是敌友不分，好坏不辨，丢了一个中国人的良心，感到无比懊悔和羞愧。他表示从今以后再也不给日本人卖命。当天，他就带着骑兵回北方草原去了。

第九回 小鬼子疯狂大扫荡 落魄人店中大撒野

霍三被击毙，他的骑兵部队被打散，这个消息当天就传到了藤岛那里。传消息的不是别人，正是逃回来的汉奸于三疤。他一把鼻涕一把泪地在藤岛跟前哭诉："太君，都怪霍队长不听我的话，不然不会全军覆灭。"

然后，把在逃回的路上脑袋里编好的霍部失败的经过说了一遍，他心里想：如今，霍三死了，他的兵都走了，死人无招对，活着的一个不在，我在日本人面前还不是说什么是什么。我要把屎罐子都泼在霍三身上，也好显显我的能耐。于三疤本来就是一个油嘴滑舌、能言善辩且又能察言观色的人，他把此事编得天衣无缝，使藤岛深信无疑。然后他用三角眼偷瞟了一下藤岛的表情，不由心里暗自高兴，太君的脸上已经显出了对他的信任。为了在藤岛面前表明自己绝对效忠皇军，他献上一计："太君，我看就把那块儿刁民平了得了。那里的人都和大冰沟抗日联军有联系，给抗日联军通风报信，烧火做饭。不灭掉他们，皇军就不会安宁。"

藤岛瞅了瞅眼前这个自作聪明、诌媚取宠的没灵魂的东西，实在不愿意跟他多废话。

"你去吧。"

"哈伊！"于三疤学着日本兵的样子，本来好鞠躬的他，今天来了个挺胸行礼向后转，美滋滋地走出去了。

自从霍三的骑兵部队被抗日联军打散后，藤岛没有一天不在想怎样对付这支让他棘手的抗日部队。进山清剿是不可能的，组建快速作战部队来追踪打击他们还不行。他反复考虑骑兵覆灭的原因，主要是冰沟附近的老百姓给了抗日联军支持，他们给抗日联军做饭、给霍三报信引骑兵上钩，还有那两个偷马的，天黑后一定就待在老百姓家里。皇军剿匪计划不能实现就是与大

大冰沟

冰沟一带的老百姓有直接关系。最后他决定进行血腥的大扫荡,用大日本强大军事力量和威严来震慑当地民众。他认为,只有这样,大冰沟一带所有的百姓才能乖乖地顺从大日本帝国的统治,远离这支抗日部队。

一支耀武扬威的骑兵部队一夜间灰飞烟灭,不见了踪影。各地的警防所里给日本人做事的那些汉奸听到这件事个个胆战心惊。他们以前横行霸道的野蛮行径也有所收敛。当地老百姓的心如雨后天晴——敞亮多了。

一晃到了金秋八月,大冰沟外的青龙河畔,不管是平地还是山坡,整个山川都变了脸,前山后坡,沟里沟外到处是一片片金黄的庄稼。这里的人们和往年一样,到了收获的季节,男女老少都忙乎起来。有的磨刀,有的修场院,有的编帘子,大家都沉浸在秋收的喜悦之中。朴实憨厚的山里人,让曾遭受创伤的痛楚随香爽的秋风飘向远方。他们以为,小鬼子好几个月没来了,过去的一切已经过去。有了粮食,老百姓今后又有好日子过了,可哪里想到一场前所未有的灾难正悄悄地向他们逼来。

农历八月十五晚上,一轮圆月悬挂夜空。要路沟镇镇南头重新建起的炮楼下,一百三十多个鬼子头戴钢盔,肩背带有刺刀的长枪,列队排开,整装待发。藤岛向身边的翻译官嘀咕了几句,翻译官走到于三疤跟前。

"于队长,太君命令你部前面的开路。皇军今夜必须赶到香洼、碾子沟!"

于三疤两腿一并,把手掌使劲儿地举过头顶。

"是!"

原来,于三疤近日被藤岛大佐任命为便衣队大队长。一个月来,他风光得不得了,整天领着四十多个手下在要路沟镇子附近大大小小的村子里不分白天黑夜地转悠。今日,藤岛要出去大扫荡,叫他打头阵,皇军如此信任与器重,怎能不使他受宠若惊呢?

"弟兄们,皇军让我们在前面引路,走!"

于三疤手攥着匣子枪在空中向前一挥,随后把枪插在腰间。他右腿往车上一蹁,骑上自行车,在启程部队前面摇头晃脑猛蹬起来。

四十多个便衣骑着自行车在前面开路,鬼子的十一辆摩托车紧跟着,后面就是四辆装满鬼子的大卡车。轰鸣的马达声撕破了要路沟镇夜晚的静谧。十几道雪亮的灯光融入月夜的银辉里在西去蜿蜒的山路上时左时右,一起一伏地延伸着。

鬼子部队到香洼时已是深夜，岛田命令部队暂停在庄外，所有的鬼子立刻跳下车，徒步向碾子沟跑步前进……因为这里是大冰沟抗日联军出山的第一站，也是霍三的骑兵部队全军覆灭之地。

夜，静悄悄的。劳动了一天的人们都进入了梦乡，鬼子在人们的酣睡中包围了碾子沟村子。当犬吠时，鬼子已经闯进了村子。他们用枪托挨家挨户地砸门。有的衣服没穿完就被他们赶到村头的大柳树下。

两百多名男女老少拥挤在一起，人群中有几个被惊醒的婴儿依偎在母亲的怀里大声惊哭。鬼子把人群包围起来。他们端着明晃晃的刺刀对着这些惊恐万状的人。人群后面的一个高高的土堆上，两个鬼子把一挺重机枪架在那里，虎视眈眈地冲着惊恐而骚动的人群。

一小队鬼子和便衣没有在碾子沟停留，而是向西面的大石头沟村扑去。这部分敌人包围了大石头沟村后，他们像一群穷凶极恶的野兽一样见到女人就强行奸污，有些女人不堪忍受侮辱拼命反抗，都死在了鬼子的刺刀下。全村的三十多个青壮男子被鬼子用绳子拴在一起，他们要被押往碾子沟村。鬼子离开时，汉奸队长于三疤向鬼子小队长精赤出招，"太君，你看！"他手指着村西头不远的山梁说，"太君，过了这道梁，那边就是大冰沟，抗日联军一定从这里出来，这个村子就是抗日联军歇脚的地方，把这个村烧了得了。这一烧啊，嘿嘿，太君，那抗日联军就别想像以前那样方便地出山了，再也没有老百姓给他们烧火做饭了。"

精赤一听，十分赞赏地点了点头："哟西。"

他大刀一挥，命令鬼子和汉奸：

"统统地烧！"

大石头村六十多户人家顿时变成一片火海。惨无人道的敌人瞅着冲天的大火，哈哈哈地狂笑不已。村里的男女老少看着自己的家园瞬间变成一片火海，他们面对如此的灾难傻了，疯了！女人、老人跪倒在地，冲着熊熊大火号啕大哭，有的冲进去与正在放火的敌人拼命，却被鬼子刺死，有的爬进烈火燃烧正旺的自家屋里，想抢出一些财物，被活活地烧死在里面。大石头沟啊，这个有着几百年历史的古老山村被外族列强付之一炬……

在这儿，几十户人家一百多口人，一心一意掩藏在大山那深深的皱褶里，终年默默地接受着大山给予的温存与粗暴，但他们做梦都没想到，这样一个简直与世隔绝的偏僻山村也会有倭人闯入，没有想到亲人会无辜地惨遭杀戮，更没想到自己赖以生存的家园会在这美好的中秋月圆夜毁于一旦。

碾子沟庄东头的大柳树下，藤岛双腿叉开，手握的战刀戳在地上，翻译官潘文站在他的身边。这时候，精赤、于三疤分别命令日军小队、便衣队把在石头沟捆绑的人带过来推进黑乎乎的人群里，人群一阵骚动后又平静下来。藤岛向潘翻译官嘀咕了几句，潘恭敬地"哈伊"了一声，他冲着人群向前走了几步，开口讲话："乡亲们！今天是八月十五。这么晚了，皇军把大家请出来，就是想把一些私通抗日部队的人找出来！大家都知道，私通八路是犯死罪的！不过，请大家放心！皇军说了，只要你们把私通抗日部队的人说出来，把抗日联军的老窝告诉皇军，大家就可以放心地回家！如果大家都不说，那我们就无法保证你们全村两百多口人的生命安全了！"

黑压压的人群鸦雀无声。潘文看没人说话又把嗓子清了清。

"人命关天，大家要好好想想！知道的，现在就可以说出来！"

这时，人群中还是一个说话的都没有，连痛哭的婴儿都被母亲用奶头堵住了嘴。

一个人都不出来。藤岛以为人们都不说，是因为缺少奖赏。他对翻译官哇啦了一通。

潘文又点头"哈伊"了一声。他伸长脖子，再一次向人群喊："乡亲们，皇军说了！如果哪个站出来指出与抗日联军有关系的人，皇军就赏给他十块大洋！"

人群还是一点动静都没有，潘文以为人们对皇军的奖赏不动心，故意调高嗓门。

"乡亲们！你们不要害怕，尽管说！只要说出抗日部队巢穴和私通他们的人，皇军马上把大洋给你！皇军说话是算数的！大家想想，那是十块大洋啊！"他一边说，一边高高举起叉开五指的双手，以示日本人奖赏的分量。他知道十块大洋，是山里一个壮汉累死累活地干一年也挣不来的工钱。皇军开这么大的价钱，定会让这山里人开口，不开口，是因为他们从来没有见过这样的场面，吓得不敢说，"不要害怕！皇军是不杀老百姓的！"

一袋烟的工夫过去了，还是没有一个人走出来说出私通抗日部队的人。这，大大超出了他的预料。

藤岛一看这个法子不灵，心想，山里刁民一根筋，非得让他们尝尝大日本皇军的厉害，才能镇住他们，他走到一个年轻人跟前，一把将他从人群中拽出。

他阴冷冷地说："你的说，哪个私通抗日部队？"

"我，我——我不知道。"那个年轻人两腿发抖，胆怯地说。藤岛嗯了一声，三个鬼子如狼似虎地扑了上来把他踹倒在地，把他的胳膊拧到背后，用绳子紧紧地捆绑起来。这时，一个鬼子光着膀子，手攥着皮鞭向这个年轻人一阵猛抽，抽得他躺在地上哎呀妈呀地翻滚痛叫。那个凶恶的鬼子听他叫声渐小，不能滚动，才停下手。藤岛又从人群中拽出四个人，因为他们都不吭声，都和那个年轻人一样被捆起来。藤岛刚想命令把这五个人用绳子吊在大柳树的树枝上。这时，于三疤摘下礼帽，恭敬地在藤岛面前弯了九十度的腰，媚颜献计："太君，这些刁民忒可恶，我看不如把这几个好好收拾收拾，让他们看看，是他们的嘴硬，还是我们皇军的刑法硬！"

"嗯。"

于三疤一听藤岛太君应允他的说法，一双三角眼笑成两条小斜缝儿。

"哈伊！"

他把身子弯得像个锅里煮过的海虾，向藤岛再一次深深地鞠了一躬。他做梦都没想到藤岛太君这样抬举他，今天他要在太君面前露一手，让太君看看他的真本事。他把袖子卷到胳膊肘，大声命令面前的几个便衣。

"把他们的上衣都扒下来。"

那几个便衣走到五个人跟前抓住衣领一阵猛扯，瞬间把五人上身衣裳撕得精光。

于三疤冲着这五个人，皮笑肉不笑地问："想说不？"

没人吭声。

"啊，不说是吧？"

他叫身边的一个便衣拿几颗子弹来，他命令一个便衣抓住五人中排在最前面第一个人的左手，他用两颗子弹使出吃奶的劲儿夹住这个人的食指。

"哎呀"一声，这个人昏了过去。

于三疤走到第二个人面前。看他瘦小的身材，背有些驼，虽到了秋季，可他下身还穿着单裤。于三疤瞅着他，指了一下已经昏厥躺在地上的人。

"你看到了吧，说不？"

于三疤见他浑身打战不吱声，眼睛一眨眯，用左手把戴在头上的那项日军的黄帽子帽檐往上推了一下，那帽子整个扣在他的后脑勺上。一手叉着腰，一手指着他的鼻子。

"他妈的，你是一个哑巴？不说话，是吧？这回，老子给你换个玩法，让你尝尝咸盐的滋味儿。——过来！"他命令两个便衣死死地抓住他的肩膀，按跪在地上。然后，他用手攥着一颗子弹，来到背后。

"把好！"他命令身边的两个便衣。

然后，他猛然狠狠地把子弹头向那人的后背划去，一道、两道、三道……被划的人疼痛地惨叫着。后背的皮肉被划得裂开，鲜血从横七竖八的被划开的裂缝中淌出来。

"说！谁和抗日联军有来往？"

"大爷！饶了我吧——我，我真的不知道啊——"

只见他疼得苞米粒大的汗珠从额头和两颊往下淌。

"还是不说。来！再给我放上点儿作料！"

一个鞋底子脸的便衣，双手捧着盐面向血肉模糊的后背抹去。

"哎呀！妈呀——"

第二个人也昏了过去。就这样，于三疤使出了所有的损招，在这五个人身上进行百般的肉体折磨，最后还是一无所获。

藤岛早已等得不耐烦了。

"把他们统统地枪毙！"

啪！啪！啪！啪！啪！昏迷不醒的五个人被上来的几个鬼子开枪打死。

藤岛又从人群中拽出五个年轻人，命令鬼子把他们吊在大树枝杈上。

五个年轻人全被鬼子吊了起来，像吊起来的沙包一样在树杈下悠荡着，离地面一人来高。

第九回 小鬼子疯狂大扫荡 落魄人店中大撒野

五个鬼子手攥着明晃晃的洋刀来到树下等待藤岛下令动手。藤岛扫视了一下鸦雀无声的人群。他要砍掉这几个人的双脚给众人看。他想用这种酷刑告诉这一带的老百姓私通抗日联军的后果。

这时,只听人群中有人喊:"把他们放下来!是我给抗日联军报的信儿!"

洪钟般的喊声后,人群里走出一个老汉。此人正是村长刘鹏飞。他从容地走出人群,迈着大步走到藤岛跟前。

"太君大人,抗日联军做的一些事儿都是鄙人给他们通的风、报的信,与他人无关,请皇军放了他们。"

藤岛用惊奇的目光注视着眼前这个老汉,他不卑不亢的样子,不得不令他刮目相看。

"你的,什么的干活?"

"禀报太君,我是一村之长。"

"你的,私通抗日部队?"

"对,给抗日联军通风报信都是我一个人干的。"

"你的说,抗日联军现在在什么地方?"

"大冰沟,你们到那儿就能找到他们。"

老人嘴里说着,心里在骂:小日本鬼子,王八蛋!告诉你们,你们敢进大冰沟吗?你们这些东西,只能欺负手无寸铁的老百姓!

"是他!就是他!"丁三疤从旁边跑过来手指着刘鹏飞,好像发现了真正的秘密,"太君,那天骑兵来到这儿,就是这老家伙告诉霍三的,说抗日联军去了唐杖子,结果骑兵就毁在去唐杖子的路上。"

"这不假,管抗日联军的饭,让骑兵往抗日联军口袋里钻全是我一个人干的。"

"嗯。"

藤岛瞅着刘鹏飞从容不迫的样子,他已确认这个就是私通抗日部队的人。

"抗日部队,你的,知道?统统地说出来,关系的,没有。"

"刚才我告诉你啦,抗日联军在大冰沟。我可以领你们去找,就怕你们没有这个胆量。"

刘鹏飞说完，潘翻译官就向藤岛翻译。

藤岛一听极为恼火："八嘎！给我的，带走！"

鬼子在碾子沟折腾了半宿，除了一个老村长不打自招外，关于大冰沟抗日联军的任何消息都没有得到。藤岛怎能就此罢手？他命令精赤："把这些人，统统地带走！"

"哈伊！"精赤带领一个小队的鬼子冲进人群，把年轻的男人用刺刀一个个逼出来，和老村长刘鹏飞一起五花大绑后全部带走。

当夜，刘鹏飞和被绑的那些年轻人被鬼子押上汽车，送到要路沟镇。

第二天一早，藤岛在炮楼里要见刘老汉。

"把刘村长叫来。"

"哈伊！"

不一会儿，两个鬼子就把刘鹏飞押来了。藤岛看着这个老汉毫无惧怕的表情，从内心佩服这个中国人，他命令鬼子给老汉松绑。

"你的坦率，我大大地佩服！"藤田伸出大拇指赞赏地说。

刘老汉瞅了他一眼，没吱声。

"你的，请坐。"

刘老汉没客气，就坐在一把木椅上。

"刘村长，以前的事，按你们中国的话说，我就'既往不咎'了。只要你的，以后和我们大日本皇军合作，把大冰沟抗日联军的，活动统统告诉我们，我，重重，奖赏你，我这里大洋，大大的有。"

他用手一示意，一个鬼子拿来铁匣子打开，藤岛把白花花的大洋钱成把捞攥在手中，然后一撒，哗啦啦，在桌子上撒下了一大堆。

刘老汉不屑一顾，平静地说："太君，你认错人啦。"

刘老汉的一句话一下子把藤岛弄蒙了。在他的眼里，中国人是没有信仰、没有气节的。只要满足他的欲望，给足他利益，他就会跪在你的脚下，死心塌地给你卖命。眼前的这个老头不由得使他感到惊诧，这个不为钱所动的人在他接触过的中国人中实属罕见，他也许另有想法。于是藤岛改变了话题："刘村长，我们，大日本皇军，是攻无不克、战无不胜的部队，任何抗日的支那军队都会被我们统统地消灭！抗日联军是不堪一击的。他们只能给你们带来灾难和毁灭！你的明白？"

"太君，谁给我们带来灾难、带来毁灭，我们中国人心里明白，也最清楚。我问你，我们招惹你们了吗？凭什么闯到我们这儿又杀又烧？你们就是一群强盗！杀人不眨眼的魔鬼！是你们给我们带来了灾难！和你们合作，那我也就变成了魔鬼啦。你记着，我这么大岁数是不会干那样的缺德事的。"

啪！藤岛被刘老汉的话激怒了。他把茶杯蹾在桌子上，冰冷的长脸绷得更难看，那双阴冷的眼睛一动不动地瞅着刘鹏飞，射出凶残的目光。他知道遇上这样的人，给钱、动刑都没用，唯一的办法就是把他处死。

"八嘎！死啦死啦的！"

藤岛唰地抽出腰间的战刀，举过头顶照着刘鹏飞的右肩胛想劈下去。

刘鹏飞把身子、脑袋一侧歪，等着藤岛砍。

"小鬼子，来吧，往这儿砍，我要眨一下眼睛，我就不是中国人。"刘老汉面不改色心不跳，他坦然地笑着说。

藤岛的刀没有落下，两个鬼子拿着带刺刀的枪进了屋。

"嗯！"

藤岛一摆手，两个鬼子会意，在刘鹏飞左右，一个拽着一只胳膊往外拖。

"小鬼子！我这把年纪了，还怕死吗？你就随便吧。哈哈哈……"

刘老汉豪爽大声地笑着被拖走了。

不一会儿，啪！啪！啪！铁丝网外靠公路的一片草地上响起了鬼子的三声枪响。

金色的阳光温柔地普照着金黄色的山川和这块儿毛茸茸的碧绿色的草地。它们和萧瑟的秋风默默地抚摸着这位老汉平静的面容和血染的衣裳，似乎特意前来凭吊这位为正义、尊严而客死他乡的老人。

"把那些人统统送到阜新煤矿，苦力的，干活！"藤岛怒气未消，命令岛田立即执行任务。

"哈伊！"

岛田带领鬼子小队荷枪实弹，把昨夜抓来的几十个年轻人分别押上两辆大卡车……

要路沟这个历史悠久的关外小镇，虽比不得繁华的九衢三市，但毕竟是出入山关的必经之地。小镇虽经过鬼子半年甚嚣尘上的折腾，临街小铺和个人作坊少了多一半，但上千人口的镇子在外吃饭的、做点儿小生意的人还是有的。过去挂着幌子的街面小吃、茶庄还是剩下了几家。不过，这些镇上小店的门口挂的不再是招揽顾客的幌子，代替它的是清一色的日本膏药旗。

这一天早晨，小镇子下着凄凉的秋雨，镇北街头的"蓬莱酒馆"里却少了平日的悠闲，因为来了几位穿着便服而说着日本话的客人。店主哪敢怠慢，他除了殷勤地一个劲儿地向这些人猫腰点头、点烟倒水外，还要扯着脖子招喊着店小二赶快上菜上酒。

酒菜上好，这几个人就推杯换盏痛饮起来。餐桌上，火锅子里燃起的木炭在噼噼啪啪的挣裂中升腾着跳动的蓝色火焰。不一会儿，铜锅里的菜发出咕嘟嘟的沸腾声，火锅上冒着白气，袅袅绕绕……香气弥漫着酒馆的整个屋子。

几个日本人望着散发香气的锅中酸菜、猪肉、粉条，眉飞色舞，喜悦无比，喊叫着："哟西！哟西！"狼吞虎咽地吃起来。

店外的秋雨潇潇地下着，不紧不慢打着屋檐上的青瓦发出有节奏的清音，这几个日本人身居异国他邦，听此瓦乐，油然撩起他们思乡的离愁别绪。几杯白酒咽下，望着户外丝丝斜斜细雨，倾听着窗外檐前缠绵而凄清的滴滴沥沥，不由万种缱绻，牵惹得他们感慨万千。一阵狂饮，他们个个喝得脸像红萝卜似的。一个日本人轻轻地哼起了日本的樱花小调，其他几人也和着唱了起来："樱花啊，樱花啊，阳春三月晴空下，一望无际是樱花。如霞似云花烂漫，芳香飘荡美如画。快来呀，快来呀，一同去赏花……"

哐啷！虚掩的店门开了，一股凉风撞进来。一个湿淋淋的滴着雨水的破草帽子探进了门，随后，一双湿漉漉的破布鞋迈进店门槛。进屋的人马上摘了草帽，也许他在外面被阴冷的秋雨浇了多时，浑身都在颤抖。这时，店主才看清他丑陋的面容。他满脸麻子，连鼻子尖上都是大大小小的坑。被雨水淋湿结在一起的长发在草帽的盖压下，在额前变成了大小不一的几绺，几乎遮盖住他的整个前额和阴冷的双眼。他那沾着泥水、污秽不堪的裤脚并没挽起，坏了好几个豁口的裂角处滴着串珠般的水滴。细看，他两个膝盖和上衣衣袖胳膊肘的地方都打着大大小小的补丁。他肩上搭着一个破旧的钱褡子，要不是看到他背着这个东西，真让人以为他是一个沿街乞讨的乞丐，此时来此处遮雨避寒的。这个其貌不扬、衣衫褴褛的人进来后目无旁顾，就在店门口的地方找了一个餐桌坐了下来。

他把破草帽子往旁边一放，不禁打了一个冷战："小二，给我弄一壶小烧来！还有，一盘豆腐！"

看着他那副模样儿，店里没人回应。

"想喝酒啊？"半天过来一个人问。

"嗯。"

"喝啥的？"

"小烧，再来一盘豆腐！"

端酒菜的人走后，那个人默默坐在木凳上静候。

窗外，街上檐前凄冷的秋雨，夹在秋风里无方向地扭卷着，吹打着店前门口那棵满身披挂黄绿秋叶的垂柳。刚坐下来的人微蹙着眉头，不得不扭过头张望外面缠绵不息的丝丝冷雨。随着一阵阵飒飒秋风，冷雨在不断变换着情调，时急、时缓、时大、时小，斜打着过街对面参差不齐的院墙、店面、街柳……凉凉的秋雨带来的寒意弥漫在无人走动的大街上。

店门前那棵婆娑的垂柳，此时，它站立在秋风寒雨中，拂动的修长枝条、黄绿色的秋叶也在风雨的催逼之下忽紧忽慢地抖动着。望着秋雨中肃杀的颓败景致，"麻子"满脸的抑郁，他把脸转过来，再也不想向外多看一眼，一双带有乏意的眼睛瞅着香气飘溢出来的地方，喉结不住地在动，他已经一天一夜没睡了，头一低，困意袭来。

"酒菜来啦——"

一声亮嗓赶走了他的睡意。"麻子"抬起头来一看，端菜的把一壶酒、一盘炖豆腐送到了他眼前的桌子上。他实在是饿极了，低头一口酒、一口豆腐大口大口地吃着……

这个"麻子"就是八个月前在歪脖子沟负伤潜逃的吴玉成。那天，吴玉成被抗日联军打伤后，他捂着受伤的胳膊趁着黑夜逃出了大冰沟，在野外的一片杨树林里过了一夜。

第二天，天刚蒙蒙亮，他忍着剧痛过了青龙河向北走。他不敢走大道，顺着山野地边小路逃进了一条他不熟悉的山沟里。中午,终于在沟里看到了一户人家。他走得两腿酸痛,口干舌燥,心想:谢天谢地,我可找到吃饭的地方了。他小心地来到院外,脑袋探在不高的石墙头上。

一只大黑狗向他猛扑着,汪!汪!汪汪……一阵狂叫。大黑狗见他露出墙头的脑袋依然不动,也许闻到了一股血腥味,它后腿弯曲,前腿直想踮起,仰着头瞪着眼睛,冲着他狂叫不已。

"死狗!叫啥?"一个三十来岁的女人一边骂着狗,一边站在屋前门口向院外四周张望。

汪汪!汪!大黑狗见主人从屋里出来,向前猛扑猛叫。

"大姐,我是过路的。"

石墙上探着脑袋的吴玉成一搭话,把这个女人吓了一大跳。这沟里没人家,他们住在这儿可以说是蝎子粑粑——独一份。住在这儿,成年看不到一个外地人。这个男的怎么说是过路的?莫非是走错了路?她赶快喊屋子里的丈夫:"嘿!来人啦!"

"谁呀?"

一个身材魁梧的壮年男子惊讶地问了一声随后走了出来。他一望墙头上露着一个男人的脑袋,便问:"你是哪儿的?"

这一下可把吴玉成问住了。说是香洼哪个村子的吧,编个名字又怕露馅儿,伤口剧痛使他灵机一动。

"大哥,我是岭下的,来找一个先生给我看看病,走错路了。这一路我忒累了,想找口水喝。"

吴玉成编得顺理成章、天衣无缝。山里人就是实在,同情心赶走了他对这个陌生人的戒备。男人赶跑了大黑狗,把他让进屋里,又催着女人给他做饭。吴玉成狠狠地饱餐了一顿,可胳膊里的子弹让他疼得坐卧不安。他知道自己作孽太多,仇人不少,必须找一个稳妥的安身之处藏起来。要是碰上老耗子和那些弟兄们,非把他大卸八块不可,抗日联军看到他那更不用说。怎么办?他想了想,突然想起以前曾经与他同床共枕的老情人乔翠花,何不到她那儿避一避风?当天晚上,他和这家男人吃饭,假装称兄道弟。吃完饭,吴玉成趁着这家男人下地取鞋低头的一刹那,拔出尖刀捅进了他的后胸。接着他迅

第九回 小鬼子疯狂大扫荡 落魄人店中大撒野

速窜到门旮旯儿，一刀又抹了进屋来收拾桌子的女人。然后，他翻箱倒柜，找出这家柜里的一点儿钱掖在腰间，趁黑夜逃之夭夭了。

吴玉成来到乔翠花家的第二天，伤口红肿化脓，他疼得无法忍受，又怕走漏风声，不叫乔翠花找医生疗伤。眼见伤口溃烂，他只好躺在炕上，咬着牙，生让乔翠花扒开红肿的伤口，取出了子弹。

一个月过去了，吴玉成的伤口好了许多。他叫乔翠花出去，打听老耗子的消息。才知道，老耗子部队在猫岭与当地民团武装遭遇，早就全军覆没。老耗子在这场较量中也被打死了。老耗子一死，树倒猢狲散，蟠龙山的土匪就散了伙。他一听，心里敞开了半扇窗，但他的心还是悬着。他知道他杀害了那些抗日联军，抗日联军是不会放过他的。只要他活着，抗日联军总是要找他算账的。抗日联军可不是老耗子部队能比的，不好对付。怎么办呢？这一天，他终于想出一个办法：让过去的他在世人面前消失，他要向《西游记》里的妖精那样，摇身一变，变成一个连自己都不认识的人，看他抗日联军还能有啥法子找到他。毁容，是一件伤及身心痛苦的事儿。他知道，毁容后再也找不到掩盖他兽性的人面，他将变得丑陋无比。可还有比生命更重要的吗？为了活命，为了日后那些享不尽的财宝，他不得不这样做，还有什么法子呢？

一天，他叫乔翠花搬来荤油坛子，他把油倒进大锅里。

"玉成，你这是想干啥呀？"乔翠花瞅着吴玉成的举动感到莫名其妙，满肚狐疑惊诧地问他。

"一会儿，你就知道了。"

"你想干啥？可不要胡来！"乔翠花夺过倒了一半的油坛子说。

"我的小宝贝！你就放心吧。"

吴玉成笑嘻嘻地从她怀里拿回坛子。接着咕嘟咕嘟把一坛子油全倒进锅里。然后，把坛子往锅台上轻轻一放。乔翠花愣愣地瞅着他。吴玉成也望着她，心里似乎有一种说不出的滋味。他拽过乔翠花，紧紧搂抱着她，并在她的脸蛋上狠狠地亲着，他不知道，她还能不能接受以后的他。

灶里木柴把锅里的油烧得翻开，锅里不时地发出噼啪油蹦的响声。

"翠花，去，到大门口瞅着点儿，我要大变活人。"

"你到底想干啥呀？你不说清楚，我不走！"

"我的姑奶奶！你说我还能害自己呀？快去吧，啊！"

乔翠花不放心地瞅瞅锅里滚开的油，瞅瞅她心中的男人，不放心地走出屋门。

支走了情人后，吴玉成把眼睛用湿布蒙好，手里攥着一个铁勺子，脸探近翻开沸腾的油面，他心一横，铁勺向着油面狠狠拍去。

"啊——"一声惨叫。

乔翠花赶快往屋里跑。此时，吴玉成在锅台前打着转儿，跺着脚，满脸全是大白泡。

"我的天哪！你这是咋整的？你不要命了？"乔翠花惊呼着，不知所措。

她上前要看伤着眼睛了没有，吴玉成推开她，疼得哼哼唧唧地说："没事，一会儿就好了。"

一个月后，吴玉成满脸的烫伤留下了疤痕，那就是满脸坑坑洼洼的麻子。他真的变成了另外的一个人。在乔翠花家里，吴玉成不止一次瞅着镜子里的他，每当此时，他心里有着五味杂陈的滋味，默然涌出哭笑不得的泪水。但他也为此后没了后顾之忧感到异样的轻松。乔翠花并没有厌弃那张叫人恶心的麻子脸，反而对他更关爱有加，以为从此以后他再也不能弃她而去，两人可以过上男耕女织、朝夕相伴的农家日子了。

吴玉成逐渐恢复了体力。一个习惯了打打杀杀、无恶不作的土匪怎能安享平静如水的常人日子？水性杨花、娇媚动人的乔翠花尽管用她素有的撩人魅力施展百般柔情，但还是没缠住野性十足的吴玉成。

他走了，他要找当今势力最大、大洋钱给得最多的日本人做自己的靠山。

事实上，投靠日本人并不像他所想象的那样顺利。一个月了，他遭遇过日本鬼子追击，也有过随着逃亡的人群跑进山林里过夜的经历。风餐露宿、栉风沐雨是家常便饭。眼看乔翠花给他的盘缠花光了，今后怎么办？他沮丧极了，心里涌动着几分无奈的痛苦与沦落的酸楚。逃亡路上，他时常心里骂道："他妈的！到日本人那儿做事，怎么就这么难？"

这几天，他手里的钱花光了，好几天肚子里没进东西，饿得他肚子叽里咕噜地叫，眼睛冒着金花儿，走起路来身子晃晃悠悠。他拄着棍子只好吃百家饭了。落魄人一到这时怎不想入非非？他想起以往花天酒地神仙般的生活，

第九回 小鬼子疯狂大扫荡 落魄人店中大撒野

也想起逃亡路上饿殍载道的惨景。他不久的将来是不是成为躺在路旁的一具骨瘦如柴的尸体？只好听天由命吧。今天，他终于来到了这个镇子。

一壶热酒灌下，整整挨了一天一夜冻饿的他，此时感到全身发热，脸有点儿烧。他抓起桌上的酒壶抖动着往杯子里倒酒。手中的酒壶已经倒不出一滴酒来。

他把酒壶使劲儿地晃了晃，然后磕在桌子上。

"给我再来壶酒！"

店主看他如此光景，已喝得有几分醉意，就走到他跟前冷淡地扔过一句话："我说这位客人，我劝你少喝点吧。"

吴玉成抬起头望着眼前跟他说话的这个人，只见他不用正眼瞅自己一眼就转身走开了。他手掐着空酒壶瞅着店主离去的背影，刚才店主那种鄙视的目光在他的眼前回放，那刻薄的话语还在他的耳边萦绕。他此时想起过去，那是何等的风光，如今沦落到如此境地！他再也无法忍受这种屈辱。

"站住！"吴玉成站起身，喝喊往回走的店主。

"哎！你想干啥？"店主回过头来。

"店主，我还要一壶酒！"

店主走了过来，没好气地说："不卖！你走吧！"

这几句话激怒了吴玉成，酒力让他露出了土匪的本性。他从腰间拔出枪对着店主的脑袋。

"你再说一句？我送你上西天。"

吴玉成的枪对准着店主的脑门儿，店主一下子吓傻了，没想到这样的人手里还有枪，哆哆嗦嗦赶快吩咐。

"快！快给这位大爷上菜！上酒！"

旁边吃饭的鬼子看这个人有枪，以为一定是便衣队的。一个便衣竟敢在皇军面前耀武扬威、目空一切，扫他们的雅兴，实在让他们心里不舒服，他们要教训一下这个不知深浅的东西。四个鬼子走了过来。

"八嘎！"

一个鬼子骂着，伸出手向吴玉成的左脸扇去。吴玉成听这语音心想："哟！这几个原来是日本人啊，他们可不是好惹的，但是也不能等着挨打呀。"他右手一挡,鬼子的手腕"嘎巴"一声,那个鬼子疼得忙把手缩回去,用另一只手攥着手腕嗷嗷叫,被打的正是鬼子小队长精赤,一个堂堂的日本军官怎能忍受这样的一个中国人对他的不尊与反抗?另外三个日本人还没等他发话,一起扑向吴玉成,吴玉成一脚踢飞饭桌砸向他们,两个鬼子脸上立刻挂了彩。精赤此时觉得不对,哪一个便衣汉奸敢在皇军面前如此胆大妄为、肆无忌惮?说不定是潜入镇子里来的探子。他掏出手枪就向吴玉成射击。

啪!啪!啪!清脆的枪声穿过屋外萧萧的秋雨寒风,传遍雨中小镇。精赤开枪并没有打中吴玉成,原来咫尺之遥,吴玉成一手攥住了他的手腕,子弹打在屋顶的檩子和房笆上。哗啦啦!房顶掉下了许多泥土,出了一个露天的大眼子。精赤面对动作敏捷的吴玉成大吃一惊。吴玉成把他的手腕一拧,他痛得把手一撒。啪啦!手中的枪掉在地上,精赤遗憾身边没刀,他猛地一脚向吴玉成的肚子踢去,吴玉成躲闪不及,被踹得倒退好几步,哗啦啦,他身后的桌椅全都撞倒。精赤趁机上前一拳照吴玉成面部砸来。吴玉成身子一闪,飞起一脚踢在他的左腋下。两人在店里拳脚相加。屋里顿时桌倒椅翻一片狼藉。店主哪还顾得上店里的东西,惊慌地从厨房后门逃了。

这时,三个鬼子一起上前动手,想捉住吴玉成。吴玉成这个土匪哪是那么好擒的?他眼尖手快,跳、推、踢、躲。四个鬼子气得嗷嗷叫,店里一阵吼叫暴响。锅碗瓢盆、桌椅板凳成了他们随时抵御和攻击对方的武器。吴玉成想:镇子里的鬼子听到枪声就得过来,这样下去,自己非挨抓不可。要想逃出这儿,他必须逮住这个头儿,他故意踢飞脚下的一个桌面,那桌面像硕大的飞碟向两个鬼子脑袋横飞过去。精赤见此一愣怔,吴玉成一个箭步已窜到他身边,一把雪亮的尖刀已经架在他的脖颈上。三个鬼子傻了眼,他们再也不敢靠近。

"你们离我远点儿!不听话,我就抹了他的狗头!"吴玉成手中那把尖刀紧紧挨着精赤的喉咙,并用另一只胳膊紧紧搂住精赤,一步一步向门口挪去……

吴玉成挟持着精赤还没走出店门,哐啷!虚掩的店门开了。吴玉成往外一看，傻了。门外，站着一个络腮胡子挎着洋刀的日本军官，此时，几十个头戴钢盔、端着雪亮亮刺刀的鬼子堵住了店门口，一个个黑乎乎的枪口对准了他。

第十回 鬼子冰沟外摆重兵 魏强走险夜探亲人

鬼子扫荡,虽然抓走两个村的壮年男子到阜新煤矿做苦役,但藤岛心里明白,这是一次失败的军事行动,他连一个抗日联军的影子都没有看见,更谈不上消灭这支抗日武装力量了,本想请求上级派重兵进山围剿,一举歼灭山里的抗日联军。可大冰沟方圆几百里,峰峦叠嶂,山高谷险,地形复杂,再有原始森林覆盖千山万壑。他知道,即使几十万大军进这样的大山搜剿这支抗日部队,也无异于大海捞针,是无济于事的。何况,目前日军在华北战场上作战兵力不足,请求上级增兵是不可能的。他靠在椅子上眼睛直瞪瞪地瞅着悬挂在对面墙上的松鹤图,他脑子里推出了一个又一个设想,又一个个推翻。他心里不得不产生对驻扎在大冰沟里抗日部队的忧愁与无奈。大冰沟,对他来说,如龙潭虎穴一般,真是令他忧虑重重、一筹莫展。

几天后,诡计多端的藤岛终于想出了一个办法。他要在大冰沟北部附近出入沟口的所有村庄增设兵力,在主要进出山口、关隘要塞设置哨卡和坚固的军事防范设施。在此,不分昼夜站岗盘查过路行人。这样,大冰沟的抗日联军就无法与当地老百姓取得联系,用不了一年半载,这支抗日部队缺吃少穿,就必然会离开大冰沟,即使他们不走,也得困死在那条大沟里。

鬼子扫荡后不过三天,藤岛已派重兵把守住了离大冰沟沟口最近的村子。大西沟、碾子沟分别进驻了一个小队的鬼子和一个中队的伪军。西岭当初伏击鬼子的地方,现在,鬼子在那儿设上了卡子,鬼子、汉奸、伪军不分白天黑夜轮流站岗看守。被鬼子烧后的大石头沟往西去的凌家岭,也被鬼子设了卡子。两处的卡子都设在半山腰上,鬼子在卡子跟前建起了由水泥建构的房子,在有利于阻拦射击地势的地方都设有不易被人们发现的暗堡似的机枪射击口。西岭山脚下大西沟村,不仅驻守着一个小队的鬼子和一个中队的伪军

第十回 鬼子冰沟外摆重兵 魏强走险夜探亲人

的兵力,还有一个便衣队。敌人这一招,真的给住在大冰沟的抗日联军和当地老百姓带来了很大的麻烦。

往日,金场、北沟、东台子这些山里人家日常用的油、盐、酱、醋这些生活用品都要到山外去买。自从鬼子设卡以来,人们害怕被鬼子当抗日联军给抓起来,谁也不敢出山。沟外的人也怕招私通抗日联军的嫌疑,不敢进山走亲访友,砍柴烧炭。

一晃两个月过去了,冬季来临。大冰沟迎来了不寻常的第一场大雪。大雪封山,山路阻隔,大冰沟成了被人们遗忘的地方。一到冬至,随着一天比一天更有强劲势头的北风的到来,大冰沟里的天气也一天比一天寒冷起来。可是,住在大冰沟里的一百一十多名抗日战士身上还穿着单衣,有几名战士冻得得了伤寒。吃的也成了大问题,自从鬼子封锁大冰沟以来,部队的给养就断了,三个月前,当地百姓送给的粮食现在已经不多了。战士们只好有时饿着肚子到山上林里打些野物来充饥。由于山物越打越少,一百多人的吃喝是越来越困难。石营长几次派葛振林、魏强出山买粮,由于鬼子严密封锁都没有成功。解决战士吃和穿,成了迫在眉睫、刻不容缓的问题。

这一天,距部队驻地不远的山谷里来了两个人,一老一少,老的看上去有六十多岁,是一位稍微驼背的老头。他头戴着一顶带有毛耳的旧毡帽,消瘦的脸上刻满了生活的皱纹,下巴有一缕花白的胡须。他背着多半袋沉重的东西,使他本来弯驼的脊背弯得更加厉害。他喘着粗气一步一步吃力地向战士的驻地三道沟沟里走来,后面跟着一个十六七岁的少女。她穿的衣裳很鲜亮,尽管是旧布做的,却干净整洁,还是红底蓝花的花棉袄呢。她像一只小鸟总是在老人的后面走走停停,蹦蹦跳跳。头上梳着的那根又粗又长的乌黑的大辫子,随着她轻盈蹦跳的脚步在花棉袄背上左右摆动,弯弯的柳叶眉下忽闪着一双水灵灵的大眼睛,她不时四下观瞧,眸子里带着初来乍到的那份惊喜与好奇。少女挎着一个白色的柳条篮子,篮子里盛着满满的东西,一个崭新的羊肚手巾覆盖在上面。少女跟在老人身后一边走,一边不时地将挎着的篮子从左胳膊换到右胳膊上。

她有时快走几步追上来,歪着脑袋向沟里张望,冲在前面走的老人不时地询问。

大冰沟

"爹！还得多会儿到呢？"

"嗯，快了。英子儿，累了吧？"

"爹，不累！"

少女停了一下脚步，用手擦了一下额上的汗珠又快步追上老人。这俩人就是金场的董成老汉和他的独生女儿小英。今天他们是来看望沟里这些抗日战士的。

爷儿俩刚走过一片柴树林，拐进一个山崴子，就听到山道旁有动静，接着就是"咔嚓"一声推枪栓的响动，"站住！干什么的？"

"爹，有人！"爷儿俩站住了。

"啊，是我，金场的。"老人把口袋放下。

这时，两个战士从林子里走了出来。一看真是金场董家爷儿俩，笑嘻嘻地迎了上来："大伯呀！你们咋找到这儿来的？"

"嗐！大伯在这山里该活一辈子啦，这山里呀，没有大伯不知道的旮旯，石营长在吗？"董老汉一边问一边颠肩上的口袋。

"在，就在上面。"两个战士笑呵呵地回答老人。一个抢过老汉手中的口袋背在肩上，另一个接过小英的篮子。

到了驻营地，石营长高兴地握住董老汉的手。

"大叔，这么冷的天儿，您爷儿俩怎么来了？"

"这么冷的天儿，我才惦记你们呢！山里没有什么好吃的，我们爷儿俩呀，给你们送点儿粮食。"

"大叔，我代表所有战士谢谢您老人家！"

"哎——还谢什么呀！要不是你们在这沟里，那小鬼子早到山里来了。"

石营长把爷儿俩迎进山洞，喊警卫员给两人倒上满满的一杯热水，笑着叫爷儿俩坐下。

"大叔，喝点儿热水吧，暖暖身子。"

"唉。"

董老汉端起缸子喝了一大口水，用手抹了一下下巴下那绺染上霜雪的胡子。

"营长啊，搬出去吧，这冰天雪地的，人住在这儿哪行啊？村里的人都想让你们搬到庄里去。他们让我爷儿俩来捎个话,他们说了,有自己吃的就有你们吃的。"

"谢谢乡亲们对我们的关心。"

这时,魏强跑了进来,笑着对老人说:"大伯,你们来了!"

没等老人说话,英子惊喜地抢嘴说:"强哥!"

小英像小孩子似的上前一下攥住魏强的手摇晃着。

"强哥,我们来了,我就知道你一定会来看我们的——这里真好!你带我到外面看看去好吗?"

"那可不行,我们这儿不许外来人随便看。"魏强一本正经地说,小英一听不高兴地把嘴一噘,不吱声了。

石营长瞅着这两个孩子气的年轻人笑了,他告诉魏强:"小强,我和大叔有话说,领着你小妹到外面看看。"

"是!"

然后,他对正在噘嘴生气的英子说:"小英,走吧。"

英子一听,刚才的气一下子抛到了九霄云外,她拽着魏强的手高高兴兴地跑了出去。

走出山洞,小英还像小时候一样攥着魏强的手叫他领着,魏强把手抽回来,"多大人了还攥手,我们的人看了会笑话的。"

"嗯——咋啦?"小英不解地问。

小英刚要不高兴,可一瞅站在她面前的以往好淘气的哥哥现在变成了一位帅气的抗日联军战士,他真变成一个大小伙子了。哼!那有什么了不起的,不搭讪人儿!她气得转身要走。

"小英!"魏强拦住她跟她解释,"我们这是部队,是不允许随便拉手的。"

这一下可把小英弄愣了,她睁着黑乎乎的眸子凝视着魏强的眼睛,随后嘴一抿笑了:"你骗人,我不信!"

"真的。"魏强挠挠脖颈不好意思地也笑了。

"小强哥,你穿的这身衣服真带劲儿!"

"我们抗日联军战士都穿这样的服装。"魏强自豪地说。

魏强领着小英看了战士们的"宿舍"。虽然,战士们住的地方很冷,但他们是那样热情地给这个进山的女孩让座。两个人绕了一圈儿走出了战士们的"宿舍"。

小英搓着冻得发红的手很有感触地说:"强哥,你们穿得那么薄,住在冷冰冰的不像房子的屋里,多冷啊!"

"首长说了,为了打鬼子,就得不怕吃苦。"

"嗯!你们这些人真是好样的!"

小英瞪着大眼睛微笑地望着魏强,小嘴一抿,流露出无限敬佩爱慕的神情,"强哥,你跟你们大官说说,让我当兵,行不?"

"小英,开什么玩笑啊,你看,这里有女兵吗?当兵是要打仗的。"

"我知道,你能打鬼子,我也能打。"小英不服气地说。

"那也不行,人家不会要你的。"

"这也不行,那也不行,哼!"小英把胸前的辫子使劲往后一甩,一赌气走了。

下午,爷儿俩与山里部队告别。

临行时,石营长对老人说:"大叔,乡亲们的心意,我领了,请您老代我们向乡亲们表示谢意。"

"这,我会跟他们说的。"

小英跟在父亲后面,向送他们爷儿俩的魏强哥笑盈盈地摆摆手,刚才不快的事似乎已忘得一干二净。

送走了董家父女,石营长到各个宿舍走了一遭。有几个战士已躺在床上发起了高烧,昏迷不醒。李凤山开了药方子,可无处去买草药,这真是巧妇难为无米之炊,急得他不知如何是好。石营长叫炊事员赶快给这几位战士熬点小米粥喝,好驱寒。

炊事员来到他跟前小声说:"营长,小米没了。"

"谁说没有?上午老乡拿来的那些。"

"营长,那你——"

"我让你拿去,你就拿去!"

"是!"

饥饿和寒冷像两把无情的刀,向山里抗日战士杀来。

第十回 鬼子冰沟外摆重兵 魏强走险夜探亲人

石营长和马政委看到战士们在饥饿和寒冷中一天天消瘦下去,甚至有的已倒下,心里就别说是什么滋味了。虽然这些钢铁般的战士在艰难困苦中毫无怨言,但这种无声的煎熬与承受已使他们到达了生命的极限。残酷的现实使两位首长心急如焚。

"不能再这样等下去了!"石营长和马政委说。

"嗯,我们得马上改变目前的不利状况,必须想办法摧毁鬼子的封锁线,扭转被动局面!"

"警卫员!"

"到!"

"叫葛排长、小魏。"

"是!"

山洞里,石营长披着军大衣,叨着旱烟袋来回踱着步。

"马政委,一百多名战士如果这样冻饿倒下去,我们也太窝囊了,我们现在必须打出大冰沟去!"

"我同意你的看法。我们三个月没有出山与鬼子交手,现在,小鬼子以为设的卡子万无一失。我想,我们趁这个机会绕到他的背后,打他个措手不及。"

"嗯,关键是咋打,我们得好好琢磨琢磨。"

石营长在木桌上展开草图,聚精会神地寻找那张草图上能出入大冰沟的山路。

"报告!"

"进来吧。"

葛振林和魏强两人一前一后走了进来。

"营长。"

石营长抬头看两人进来,就在长板凳的棱上磕了磕烟袋锅子里的烟灰,用烟袋指了一下靠在洞壁那边的长板凳,示意两人坐下。两人坐下后,石营长回头又把目光落在那张草图上,盯了一个时辰,他抬起头把烟袋绳子缠在烟袋杆上,别在腰间。

"我交给你俩一项任务。"

"营长，啥任务？"两人站了起来。

"今天晚上，你俩务必想尽一切办法到大西沟去一趟。"

"是！"两个人向石营长行军礼表示坚决完成任务。

"你们要绕开西岭的鬼子哨卡，找一条别的路去大西沟，摸清那里鬼子的情况。"

"是！"

两个人高兴地接受了任务往外走去。

"等等。"石营长叫住了他们。

"小魏，你是本地人，那边有熟人吗？"

"有，我姥姥家就在那个村子。"

"都有什么人？"

"我大舅、舅母和几个表兄。"

"他们……"魏强领会石营长的意思。

"营长，您放心吧。我这次就去找他们，绝不会出事的。"

"好。还有，你们想咋绕过鬼子的哨卡去大西沟？"

"我们走天云山。走那儿，鬼子想都想不到。"

"天云山？"石营长自言自语地重复这个名字，他头一次听说这个山的名字。

"一定要小心！我等你们早点儿回来，越早越好。"

"营长，您放心吧！"魏强蛮有把握地说。

当天下午，两人换了便服，各带一支短枪别在腰上，魏强扛着一捆绳子，两人从驻地一直向东山梁爬去。

这是一条人迹罕至、极其险恶的山路，也是避开鬼子哨所通向大西沟最近的路。魏强领葛振林越过蘑菇沟、月亮沟两个大山梁，足足走了十五六里地的山路。日头就要落山了，两人才到天云山山顶。

天云山高入云端，它是大冰沟东侧山脉中最高最险的一段山脉。站在山巅极目远眺，可以看到西天晚霞下映照的巍峨妖娆的雪峰，蔚为壮观，令人遐思；身处天云山顶巅，近观蜿蜒起伏、白雪皑皑的所在山脉，人就像站在舞动着的巨蟒苍龙脊背之上；放眼东北，山高岭险之势稍逊，略有宽缓的沟

第十回 鬼子冰沟外摆重兵 魏强走险夜探亲人

谷间坐落着山庄小村。

"排长,从这儿下去,就是大西沟。"魏强对正在极目远眺的葛振林说。

葛振林站在山梁上沿魏强手指的方向俯瞰。山脚下的大西沟村从东到西稀稀拉拉的有两里地长,足有两百多户人家。下了天云山,穿过山脚下的那片黑松林就能到达大西沟的庄西头。

"排长,这下面就是天云崖。"

"天云崖?在哪儿?"葛振林问。

他随魏强往下走。果然,从山顶往下没走出多远,下面就是幽暗的山涧,葛振林把着崖沿柴草探头一望,不由吸了一口凉气。天云崖高有数丈,绵延数里,平整光滑的岩崖宛如云中仙女腰间的宽长飘带逶迤起伏,飘逸在天云山山腰,拦住了行人的上下去路。目之所及,左侧的岩崖多有裂罅,其间斜倚伸出稀疏而枯老的树干,不时倏忽弹出两只乌黑的山鸟。眨眼间,落在不远处另一崖缝儿的枯树干枝上,枯树底下坠落着细碎的岩石。看此凶险,真是令人望而却步。初来此地,一定以为走到这里就算走到了绝路。

"小强,往哪儿下去?"

"这儿。"

魏强领着葛振林来到离山崖不远的一棵虬枝糙皮的苍松跟前。

"排长,就在这儿下去。"

魏强用手指了一下松树下面的山崖,就把粗绳在松树上缠了两圈儿,牢牢地系了一个扣,然后绳的另一头拴在自己的腰上。

魏强笑着对葛振林说:"排长,我先下去。"

他两手捯着绳子,脚蹬着山崖滑了下去……

过了一会儿,山崖下传来了声音。

"排长!没事儿!下来吧!"

听到喊声,葛振林也学着魏强的样子滑了下去。

天,还没黑,两人只好隐蔽在山脚下的那片松树林里耐心等待。村子靠南头的村公所大门,插着白底红圆的日本膏药旗,村里时时传来日伪军巡逻队的口令声。魏强指着最靠山根儿的三间青瓦房的四合院,对葛振林说:"这就是我大舅家。"

葛振林瞅了瞅地势，掏出怀表看了看，尚早，便从怀里掏出一块野菜饼子，掰成两半，一大半递给了魏强。两人相互推让后，吞下了手中这点儿东西，感到肚子里舒服多了。

终于，盼来了天黑。天一黑，街上已经没有了人的走道声和说话声。两人摸到魏强大舅家的西墙外，魏强一纵身翻过院墙，悄悄摸到舅舅住的东屋窗下。葛振林手握着枪在院墙外警惕地听四周的动静。

大舅家的油灯没点着，只听舅母不知道为什么在唉声叹气。

这时，就听舅舅说："别想那么多了，过一天算一天吧，愁也没用，睡觉吧。"

魏强知道屋里没有外人。他瞅了瞅黑乎乎的四周，轻轻地敲了几下窗棂，轻声招呼："大舅——"

"谁？！"

"大舅，是我，小强。"

程浩一听是外甥魏强的声音，冲老伴儿说："嘿，小强来了！"他把被子一掀，一下子坐起来，赶忙披上棉袄去开门。

"哎哟，这孩子是怎么过来的呀？"舅母一边自言自语地嘀咕着，一边也忙穿衣裳，点上油灯。

程浩打开屋门，赶紧让魏强进屋，他巡视一下院子四周，然后插上了屋门。

没等舅母下地穿鞋，魏强已进了屋。

舅母一把抓住魏强的手："孩子，这黑灯瞎火的，道上有鬼子把着，你怎么过来的呀？啊？"舅母担心地瞅着魏强问。呼，灯被一股风吹灭了。舅母还要点。

"别点了，摸点黑吧，鬼子便衣这时候正到处绕呢。"程浩把小油灯从炕沿儿送到黑柜上。

"我从南山下来的。"

"傻孩子，那道多少年没人走啦，你咋这没深没浅的！"舅母担心地责怪着。

"妗子，我用绳子下来的，没事。"

"快，你往炕头坐坐，暖和暖和。"舅母出去做饭了。

第十回 鬼子冰沟外摆重兵 魏强走险夜探亲人

魏强这时跟程浩说:"大舅,院外还有一个人呢。"

"嘿,你这孩子,怎么不让他和你一起进来,在哪儿呢?"

"在墙外。"

"你去,快让他进来!"

魏强领葛排长进了屋子。

深夜,朦胧的月光泻在纸窗上,给屋里带来了几分长时间未曾有过的温馨。鬼子设卡,程浩很长时间没有到姐姐家去看看了,只一山之隔,却宛如远隔千山万水,亲人难以相见。外甥的到来给两位老人带来了意外的惊喜。

三人盘坐在炕上,程浩向两人述说自己心中的烦恼;他历数清朝末年以来,在家门口这儿,亲眼看到的直奉交战时一次拉锯战的惨烈情景。

他感叹地说:"那时打仗,是中国人打中国人。伪满洲国一成立就更糟了,来了东洋鬼子打中国人。欺负祸害中国老百姓。我就纳闷儿,咱这大山沟里要啥没啥,穷得叮当响,兔子都不拉屎的地方,这小鬼子到这儿来有啥抢的?啊?"程浩停了一下,就说起自己这几天闹心的事:"前几天,甲长把我叫去,让我当村长,我知道,这个差事就是给日本人做事的。我想了想,不当,鬼子会找我麻烦的;当了,就得跟日本人穿一条连裆裤子,糟蹋乡亲。"程浩说到这儿,无奈地叹着气。

"大舅,别憋闷,干呗,应付小鬼子。"

"小强啊,前些日子我去北沟了,你妈跟我说,你当兵去啦。说你参加了冰沟里的抗日联军,人家要咱这样的人吗?"程浩有点儿不信。

"大舅,我参加抗日联军好几个月啦!炸要路沟炮楼,打散霍三那些骑兵我都参加了。"魏强自豪地说。

程浩一听,用手抹了一下嘴巴上浓黑的胡茬子笑了。

"嗬!我大外甥真出息了,成大人了。"

"大舅,这位就是我们排长。今儿个,就是我俩一起来的。"魏强指着葛振林笑着告诉大舅。

"啊,您贵姓?"程浩目光转向葛振林。

葛振林笑着说:"免贵姓葛。"

"啊!葛排长,你们,冰沟里抗日联军有多少人啊?这鬼子汉奸这么多,家伙又好，能打得过吗？"程浩用担忧的目光瞅着这位从沟里来的抗日联军当官的，想知道个实底。

"程村长，不瞒你说，我们有一百一十多人，论数量我们没有鬼子汉奸加起来的人数多，比武器我们的武器也没有鬼子的武器好，但我们每个人都是身经百战的老兵，有老乡帮忙，一定会打败鬼子的。不瞒你说，今天，我俩到你这儿来，就是想了解鬼子近些日子的情况。"

"啊——要提鬼子在这儿的一些事嘛，我还真是知道得不少。这几天，鬼子又来了一个班，有七个人。嗯，现在在大西沟的鬼子、伪军、便衣合起来得有八九十人，负责这块儿的是一个日军小队长，叫井田。"

"村里有鬼子储备过冬的粮食吗？"

"有，前几天鬼子拉来一大车粮食，全是成袋的大米白面。现在放在村公所院里西厢房的仓库里。听便衣队长说，明天，鬼子还要运来一大批棉衣裳，有棉大衣，还有棉皮靴呢！"

"程村长，这个消息准吗？"

"这个家伙也是听这里的鬼子队长井田说的，假不了。"

听到这里，魏强兴奋地抓住程浩的手说："大舅，太好了！这些东西正是现在我们着急要用的。你知道吗？我们一百多人已经很长时间没吃的了，大家穿的还是单衣裳。"

黑暗中，程浩一摸两人穿的衣裳。可不是，都穿的是单衣裳。恻隐之心油然而生："哎呀！你们这些人真够可怜的，都啥时候啦，还穿单衣裳，不用说是肉长的，就是铁打的身子骨也挺不住啊。"

"老程，现在鬼子封锁所有的路口，连沟里的百姓都不能出来。为了打鬼子，部队就得克服这些困难。这次我们来就是想了解这儿的鬼子的情况，好袭击鬼子哨卡，让我们部队尽快摆脱这个困境。"

"这个，我帮你们整！"

"那太好啦！"葛振林握住程浩的手。

"我虽斗大字不识半升，但我懂得人们常说的那句话，国家兴亡，匹夫有责。你们在沟里忍饥挨冻，图希个啥？还不是为了赶走这些小鬼子，让老百姓过上好日子啊？"程浩听完两人说的话心里很感动，他沉默片刻，又说，

"不过，把鬼子的粮食、棉衣搞到手，不是一件容易的事。放衣、粮的库房都有鬼子看着。这件事，我得好好琢磨琢磨。"

夜深了，时间移走了纸窗上的月光。三个人最后定准，后天晚上，抗日联军从天云山下来部队埋伏在松林里，程浩做内应，里应外合全部消灭驻扎在大西沟的鬼子、汉奸部队。

时间催人，葛振林和魏强要告别程浩返回大冰沟。

临别时，程浩握着葛振林的手说："葛排长，我程浩为大冰沟的老百姓杀东洋鬼子，早有这个心，可我知道一个人办不了大事。今儿个你们这么一说，我的心就有谱啦。我也是一个中国人，杀东洋鬼子，为民除害，绝不含糊！定准了，后天日头压山时，我派人在这南山下的松林里和你们接头。"

"好！我们准时到松林里等候，听你的消息。"

程浩铁骨铮铮，一身肝胆侠气让这位老抗日战士葛振林心里由衷地敬佩。他把狗皮帽子往头上一戴，使劲儿攥着程浩粗糙厚实的手："我们后天见！"

"嗯，后天见。"

葛振林与程浩摇晃着紧握着的双手以示决不食言。

已经后半夜了，两人趁着天黑，没走大门，轻轻翻过院墙直奔来时的大阴坡的天云崖而去。

第十一回 宴上程浩拳脚显威 岭下群英智取敌哨

第二天早晨，石营长在指挥部的山洞里，召开了班长以上的干部会议。会议不仅通过了夺取鬼子粮食和棉衣的决定，还提出了要一鼓作气彻底消灭大西沟、碾子沟两个地方的日伪军，并在此开辟抗日根据地的计划。第三天下午，全体官兵一起吃了一顿一个月来都没有吃到过的高粱米饭。石营长命令驻地由一排一班的七名战士留守，李凤山看护驻地所有的伤病员，其他人都参加这次战斗。

程浩自从与魏强他们见面后，心里就别提有多高兴啦。他久已被压抑的心一下子变得敞亮起来。

天一亮，他就在自家前院的一棵杏树底下，练起扔了多年的太极拳来。严冬早晨，虽北风刺骨，寒气逼人，五十岁的程浩却神采飞扬。他虎步蛇行，拳击掌推，动作变化繁多。

老伴儿倚靠在屋门框说他："老头子儿，死冷的天，你耍个啥？吃饭吧！"

"嘿嘿！你不懂，老骨头，就得活动活动，不然就待完蛋喽。"程浩打了一阵拳，浑身出汗才肯罢休。他深深呼吸一下早晨的空气，伸伸膀臂，才回屋吃饭。

后天，就是自己的生日。也是他与大冰沟抗日联军立下盟约，除掉东洋鬼子誓为父老乡亲报仇雪恨的日子。晚上，他躺在炕上暗自筹谋后天如何安排。

翌日，程浩吃完早饭，叫来两个侄子，"大柱，今天你到庄西头王老六家买个肥猪来杀喽。"又吩咐二侄子，"二柱啊，今天是大集，你去集上买些菜来。"

"大，都，都——买啥菜呀？"他瞅着大伯问。

第十一回 宴上程浩拳脚显威 岭下群英智取敌哨

"嗯——买青椒、辣椒、花生、干豆腐、粉条、鸡。还有——你看集上有哪些新鲜菜再买些。"

"大,你,你说,说得忒多,我记,记——记不住。"口吃的二柱很为难地瞅着大伯用手挠着脑袋。"你这孩子,真是个废物!"程浩喊回走到大门口的大柱,"大柱,你回来!给他拉个菜单。"

两个人走后,程浩来到村公所。

村公所里,在村上做事的两个人正等着他。这两个人一个叫王信,是本村人,过去曾跟程浩拜师学艺,学了一些拳脚功夫。此人能说会道,又会见风使舵,做事圆滑,是驻守在大西沟的便衣队队长王占江看中了他,把他推举给日军小队长井田在村里做事的。另一个是外庄的,叫李广全。五十多岁,是村里的管账先生。因为他的算盘打得好,又有"袖里吞金"的绝招,所以当地人都称他"铁算盘"。王、李两人都在程浩手下做事,日常一些事情都得由程浩来做主。两个人看程浩来了,都跟到程浩的屋里。王信望了望外面把门关上,悄声对程浩嘀咕。

"师父,井田队长告诉我们,这几天要给他们准备一顿好饭菜米西。"

说完,他瞅着师父的脸,期待他拿主意。

"老程啊,这九十多号人几天一餐,咱们上哪儿去弄啊,你看看。"李二先生从抽屉里抽出账本翻到合计那页给程浩看,一脸无可奈何的样子。程浩一听装出不高兴的样子。

"你看看,你俩,愁眉苦脸的熊样,不就是皇军吃一顿饭嘛。明天,我请皇军和兄弟们吃一顿。"

"你,你这是——"

李二先生用手把卡在鼻梁上的老花镜往上推了推。他好像是在看一个初次见面的陌生人似的,深深嵌在眼窝里的那一双眼睛,直愣愣地望着程浩。这,实在让他感觉不可思议。

"你——你说啥?这九十多号人的饭你管?这可不是闹着玩的,你用啥管?"

"你不信吗?二先生,我不是说笑话。明天,是我的生日,我要用这个吉日让皇军和所有的兄弟们都来为我高兴高兴。我呢,早想好了,把我的生日办得隆重些。你们两人受点累，帮我张罗张罗。"

王信说："师父，让我做啥，你就吩咐吧！"

"好，你下请帖。请井田队长和所有的日伪军、便衣。这些客人请得来请不来，就是你的事了。常言说得好，饭好做，客难请。这个事，你得给我办瓷实点儿。"

"师父，你放心，这个事就包给我吧。"

"二先生啊，今天，你也得给我忙乎忙乎，帮我写写帖子好让王信早点儿送去。不过，写请帖时别落款。然后麻烦你再去河东一趟，买一百斤上等的小烧，用毛驴驮回来。"

程浩一边说着一边从衣兜里掏出两块大洋递给了二先生，二先生忙说："好！好！我这就去写。"

宴席就设在村公所。村公所原来是袁家大财主的住宅，鬼子来后就在这儿设了村公所。四方大院内有前、中、后三栋瓦房。每栋都是五间房子。程浩让庄里与两个侄子要好的几个年轻人首先在后栋房子东头一间房子进行了一番特殊布置，这个单间是专门给井田太君准备的。后屋其他房间里桌椅都摆好了，这是安排鬼子在此吃饭的。中间那栋主要是安排便衣和伪军的。前屋是厨房。

第三天上午，程浩请来的两个厨子，在前屋搭起炉灶，吱吱啦啦煎炒烹炸起来。两个厨子汗流浃背，忙得不亦乐乎。挑水的、劈柴的，找来的几个小伙子在厨房屋里屋外跟着忙乎着。

中午，王信来到日军驻地，弯腰把红帖子双手递到井田小队长面前。满脸堆笑说："太君，今天是程村长五十大寿，程村长说，他备下酒席，特邀太君和诸位皇军到村公所会宴。下午三点开席，请太君和皇军赏光，都到村公所酒肉的米西。程村长还说，太君倘若给他面子，是他一生中最大的荣幸，他不胜感激。"

听李翻译官翻译完，井田接过请帖笑了，他拍了拍王信的肩膀，李翻译官说："哟西，告诉程村长，他的生日，我们一定去祝贺。"

"嘿！太君，我一定转告程村长。"王信再一次弯腰点头致谢，说完，王信又去了便衣队。

第十一回 宴上程浩拳脚显威 岭下群英智取敌哨

日头还没压山，鬼子小队长井田后面跟着李翻译官，两人来到村公所向程浩祝寿。

井田与程浩一见面，就高兴地用手比画，翻译官在旁翻译。

"井田太君说，程村长，祝你生日快乐！"

"哈哈哈……快乐，快乐。谢谢太君，谢谢太君！今天我生日，皇军能来，就是给了我大大的面子，这是我程某一生中最大的荣幸。太君，里面请。"

"请。"

程浩恭敬地把井田让进了早已布置好了的那间屋子里。接着高喊："六子！快给太君倒杯茶！"

"唉！来了——"

不一会儿，便衣队长王占江也来了，他笑嘻嘻地走到程浩跟前双手抱拳贺喜。

"程村长，今天是您的五十大寿，可喜可贺，可喜可贺啊！兄弟备了一份薄礼，不成敬意，请您笑纳。"

说完，他回首一指，命令身后正捧着一个用红布裹着、黄丝线缠着的精致盒子的便衣，说："把东西拿过来。"王占江接过盒子，亲自双手递给了程浩，"程兄，这是兄弟早年在关东时弄到的六品叶山参，这样的山货，就是在关东大山里也是少见的，今天您生日，小弟敬献此物，聊表小弟一点儿心意。"

程浩一听连忙拒绝："王队长，如此贵重的东西，我怎么敢收呢？"

"哎……你这就不对了。咱俩谁跟谁？拿着！拿着！"王占江摆出仗义疏财的样子，一摆手，一脸无所谓的神情。

"王信，快领王队长进屋休息。"程浩一喊，王信满脸笑容迎过来，"哎呀！王队长啊——快进屋！"

王信领着王占江一进屋，王占江看井田在座，他居高自傲的表情立刻消失变成了一副奴才的模样，忙给井田鞠躬施礼："太君，您来了？"

不一会儿，一小队鬼子来到了村公所。随后，三十多个伪军和便衣也陆续回来了。程浩知道这是换岗下来的那批人。按人数算山上的哨卡还有一半。

"开席啦！"

知客韩六全高嗓门一喊，村公所大门口悬挂在长杆子上的那挂长鞭噼里啪啦地响了起来。

后两栋屋子里共有六十多名敌人围桌准备就餐。小屋里，井田小队长坐在炕上。这时，知客王信要找师父程浩进小屋与王占江两边作陪。他到中栋的大屋里一看还有一半的席桌闲着。

"哟！人咋没来全呢？"王信觉得不妥。

跑到程浩跟前小声说："师父，山上还有一半人没下来吃饭。"

"最好把山上的弟兄叫下来，大家聚在一起乐呵乐呵。那该多热闹啊！"

"师父，我明白了，我这就去！"

王信掀起小屋门帘，走到井田跟前，满脸遗憾的表情："太君，山上的皇军还没有下来米西。您看——"

王信掀开隔帘用手一指鬼子就餐的大屋里几张桌子空无一人。井田冲着翻译官李忠贤嘀咕了几句。

翻译官给王信说："太君说：'在山上的皇军不能下山，麻烦你们把饭菜送到山上去。'"井田点了点头表示就是这个意思。

井田不肯叫山上的鬼子下来。王信想，小鬼子，真可恶！怎么着？今天让我往山上送！寻思得美！

既然井田说了，王信不便再多说。他面对着井田，故意脸上流露出几分歉意。

"那好。待会儿，我一定叫些人把饭菜送上去。"

王信走到门外，看到程浩小声说："师父，井田不让山上的鬼子下来。"

程浩一想：山上的敌人不下来，村公所里吃饭的鬼子一旦与抗日联军交火，枪声传到山上，山上的敌人就会知道山下有事，那可就麻烦了。让山上的人都回来一起吃饭，这话不能向井田多说，多说定会引起他怀疑的。

程浩首先来到后屋小房间。他满脸笑容，对上座的井田不好意思地说："今天我生日，惊动了太君。让太君屈尊前来捧场，我深感不安，也深感荣幸！实在是不好意思。我呀，备了这些粗茶淡饭，聊表寸心！请太君一定给我这个面子，您一定要吃好，喝好。"

"程村长，你的，大大地够朋友！"

"谢谢太君的抬举！太君，这些皇军都前来给我祝寿，我想说说我的心

第十一回 宴上程浩拳脚显威 岭下群英智取敌哨

里话,以表达我的感激之情。可我不会说你们的话。"程浩表现出为难的样子。

"程村长不必为难,我去说。"

翻译李忠贤跟着程浩到了大屋,他向在座围桌就餐的日本兵嘀咕了一阵。三十几个日本兵顿时翘指狂叫。

"哟西!"

随后,他们端起酒杯。顿时,屋子里喧嚣起来。

程浩又来到中间的那栋房屋里,掀起门帘,见伪军个个早已杯觥交错,推杯换盏喝了起来。程浩高高举起酒杯。

"各位弟兄!非常抱歉!程某晚来了一步。为了表达我对大家的谢意,今天,我和诸位兄弟一起干下这杯酒!大家都斟满!来!一起干!"

"好!"众伪军齐声不喊,个个一饮而尽。

程浩一口喝尽了手里杯中的酒,摸了一下长有浓黑胡茬的嘴巴。他左手高高举起空杯大声说:"兄弟们,今天是我程某的五十大寿。诸位兄弟的到来,让我感到无上荣光!弟兄们!太君还在后屋,很抱歉!我不能一一奉陪。请大家一定吃好!喝好!好好地乐呵乐呵!如果哪位喝不好,那就说明我程浩做得不够,兄弟们不给我这个老头面子。吃好,喝足!那才是瞧得起我程浩!够朋友!"

"程村长,够朋友!我们一定好好地喝。"

"对!不喝的,是狗熊!能喝的,是英雄!才够哥们意思!"

"对!那才是纯爷们儿!"众伪军你一句,我一句,乱嚷嚷着。

"好!兄弟们这样给我面子抬举我,我欢喜,我高兴!"

两屋安排完,程浩又回到井田用餐的单独小间。席桌上,他首先给井田斟上满满的一杯酒,自己也倒上一杯,他站着端起酒杯满怀欣喜的样子。

"太君,您的光临,让我感到十分荣幸。首先,这杯酒我来敬你。"

说着把酒杯送到嘴边,张开口,一仰脖。咕噜!程浩来了一个"底中净"。他把杯子倒过来让诸位看,以表自己的敬意。

"程村长,你,我的朋友。大大的好!为了大东亚共荣,干杯!"

井田端杯也一干而尽。

然后,程浩拿起酒瓶恭敬地给井田又斟上一杯。然后,和三个汉奸一起干了三杯："哈……"他摩挲了一下嘴巴对井田、便衣队长王占江笑着解释。

"太君，王队长，今天来了这些弟兄给我祝寿，我得去和各位弟兄表示表示，我拜托两位，先替我好好陪陪太君，我一会儿就回来。"

说完，程浩喊来王信："王信！你来陪陪太君和两位长官！"

"唉！"

王信跑了过来。程浩刚走出门口，就听到一声。

"等等。"

程浩回头一看，王占江站了起来："程村长，我陪你一起去，怎么样？"

程浩难以脱身，无法叫人与松林里的抗日联军联系。他知道，王占江是阴险狡诈、诡计多端的铁杆汉奸。他跟着一起出来，是不是这个家伙看出了一些破绽还是别有用心，不管怎样一定得加倍小心。

"王队长，那感情好。有你在场，我也好认识一下各位弟兄。以后也好打交道啊！走吧！"

王占江走后，王信笑着说："太君，李翻译官、郭队长请你们尝尝这个菜。"

王信瞅着井田吃下他让的那口菜，嘻嘻地笑着问："太君，这菜的味道怎么样？"

"哟西。"

王信听完高兴地给井田倒上酒："太君，只要您吃得可口就好。程村长说了，无论如何得让太君吃好，喝好，让所有的朋友吃好，喝好。因为是这些高朋贵宾的到来给他一生带来了难得的荣耀。只要是太君高兴，所有的朋友高兴，他就高兴。"

说完，王信又指着另一盘菜："太君，您再尝尝这个。这叫'红烧焖肘'，这道菜是最有我们当地风味的菜。程村长让厨师特意给您做的。您尝尝。"

井田夹了一口细细咀嚼，咽下后不住地点头："哟西！"

王信的笑容随着井田的表情在不断地刷新绽放，他不失时机地给井田斟酒，让井田欢心。

程浩和王占江从后屋走到前屋，前屋的伪军都喝得醉眼迷离。但他们仍在划拳行令，在比高低。多数伪军已喝得脸红如枣，话语不清，可他们仍伸

第十一回 宴上程浩拳脚显威 岭下群英智取敌哨

着红红的脖子，脑门的青筋明显地凸起，一双充满血丝的眼睛在与对方"叫板"。像争斗不休的大红冠子公鸡。有的嫌酒杯小，索性抄起大海碗倒上满满的酒相互碰撞。屋子里沙哑的吵嚷声、划拳行令声、粗野的辱骂声和肆无忌惮的狂笑声，嘈杂一片。

后屋，程浩看到鬼子把枪放在自己身旁，他知道鬼子的事不好说。前屋，伪军的枪也都靠在饭桌边，怎么把人和他们的枪分开呢？

程浩对王占江故作担心地说："王队长，我做梦都没想到我这辈子能有这一天，有这么多的好弟兄给我祝寿，给我捧场。弟兄开怀畅饮，我程某高兴，不知怎样答谢。不过，我也有点儿担心。"

"程村长，你担心什么呢？"

"我担心的——"程浩把嘴凑到王占江耳根悄声说，"俗话说'酒后英雄胆'，弟兄们都是年轻人，正是血气方刚，争强好胜的时候，万一弟兄们多喝了几杯，因口角抄起身边的家伙来——那还了得。我呀，怕出事。一旦出事，太君怪罪下来，我这好心不就成了办坏事了吗？"程浩瞅着王占江接着说，"反过来说，我张嘴让弟兄们少喝点儿，我程浩是舍不得酒，还是管不起大家的酒啊。弟兄们给我祝寿来，我连酒都管不够，传出去我忒砢碜了。"

王占江一听的确是这个理儿。

"程村长，皇军的事，我管不了，弟兄那面我告诉他们把枪放起来，你看怎样？"

"嗯，这样的话，我的心就踏实了。"

王占江来到前屋，伪军们正喝得热火朝天。他提高了嗓门儿："大家静一静，这里哪位是管事的？"

"我！"一个络腮胡子高个子光头站起来。

"啊！秦队长。把你们的枪全部放到里面的房子里锁上！"

"放那里锁上干啥？"光头不解地问。

"让你放你就放！这是太君的命令！问那么多干啥？快点儿！"

"噼里啪啦！"伪军们把枪都扔到屋里，头也不回就跑回原桌继续喝酒去了……

王占江喝得有几分醉意，他返回了小屋还没回座。王信左手端着自己的酒杯，右手端起桌上的酒杯，笑嘻嘻地送到王占江眼前："王队长，正好。咱俩得特殊表示一个！"

"不喝啦！不喝啦！再喝就多啦！"

"王队长，今天我借花献佛。借程村长的酒，我得跟您好好表示几个。您对我的错爱，我这辈子都忘不了。"

"哎——哪里，哪里。"

"吱——"王信一口喝了个净。

"这小子。"王占江说着，接过酒杯只好也喝了下去。

就这样，王信情真意切地敬劝王占江干下了三杯酒。小屋里，酒在轮回进行着……

程浩回来叫王信去厨房："告诉大柱上一盘丸子。"

"唉。"

王信快步来到厨房就喊："大柱，给太君上一盘丸子！"大柱明白大伯的意思，回应道："好啦！丸子随后就到！"他叫厨子赶快给小屋送上这盘菜。他神不知鬼不觉地去了南山。

西边太阳下去了，时间不早了，程浩心里着急。心想，天快黑啦，抗日联军怎么还不来呢？还是哪儿出了岔头？不能啊，小强那孩子办事很稳当的。

"酒来了。"王信从外面又提来热乎乎的一壶酒把它放在桌子上。他笑着走出去喊厨子，"师傅！快把菜端来呀！"

程浩会意："王信，你陪太君一会儿，我看看去，这菜上得咋这么慢。"他离开小屋脱开了身，进了大屋。一看，两屋敌人已喝得酩酊大醉，有的趴在饭桌上手拿着酒碗说着胡话；有的侧歪在墙角下昏睡；有的不知什么时候钻到了桌子底下。饭桌上盆倒碗翻，一片狼藉。

有几个鬼子看程浩走过来，他们端起酒碗踉踉跄跄走到程浩跟前，睁着一双发红的眼，把酒碗送到程浩的嘴前笨笨吃吃地说："酒，酒的米西。"

程浩看到敌人喝到这个程度，已达到了自己的目的。收拾敌人的时候到了，他把几个鬼子拉开，快步向井田吃饭的屋走去。并对身后的韩六全说："六子，再陪陪这几位皇军。"

"唉。"

小屋里，王信、便衣队长王占江和翻译李忠贤正陪着井田，井田此时已有八分醉意。见程浩进来，抬手打招呼。

"程村长，快快！酒的米西。"

"唉！"程浩歉意地笑了笑，"太君，对不起，我又失陪啦。快点儿！"

"来了！"随着屋外一声应答，厨子端着一盘丸子来到桌前，把新菜赶忙摆放好，走了。

王占江瞅瞅桌上的菜，小眼睛一眨冲着程浩说："程兄，今天，你是主角，我们得好好陪陪你呀。"

"哈哈！要说陪酒嘛，还是我陪太君和几位贵宾才对呀！"

"嗯，程村长不愧是见过世面、做大事的人，对朋友够意思。"王占江伸出大拇指。

"哎，王队长过奖了。我程浩是个鲁莽汉子，一生交朋友讲一个'实在'。要说见世面、做大事呀我哪有那么大的勾当啊？今天，我是托太君和几位队长的福。"程浩笑着提议要与井田和三个汉奸再一次举杯痛饮。

程浩心里想，今天我得脑袋清醒点儿，好配合抗日联军消灭你们这些杂种！可是，不喝怎么能行？今天是自己的生日，不喝，恐怕会引起这些王八蛋怀疑。看样子他们都留着一定的酒量等着跟我喝呢。擒敌先擒王，不把他们撂倒，捉拿这些敌人也是个麻烦。今天豁出去了！

"好！今天我们陪太君好好地喝！"随后他冲屋外喊。

"王信！把那陈酒拿来！"

"好嘞！"

不一会儿，王信酒拿来了。

程浩接过那个大肚子坛子笑着对井田说："太君，这是我保存多年的酒，一直在窖里放着，没舍得给别人喝。今天，让大家尝尝。太君，你说句话，今天的酒，咱们怎么喝？"

"程村长不愧是朋友，今天，太君一定好好品一品你的陈酒。"李翻译官说。

"谢谢，谢谢太君！"程浩高兴地揭开坛子的盖儿。一股馥郁醇香扑鼻而来。屋里的人同时闻到了这股飘逸的不同寻常的陈酿味道。

"太君说得好！啊——这么着，我看这酒……"程浩抱着坛子摇了摇，"超不过五斤，我们五人正好一人一斤，怎么样？"

"哟西！"

井田一表态，三人岂敢不遵？

程浩拉来一把椅子，他还是先给井田倒上一杯，然后自己也倒上一杯。

"太君，山里人喝酒有个讲究，先干的为敬，我程浩为了表达对太君的尊敬，我先干下这杯酒！"

说完，程浩端起酒杯，脖子一仰，一口喝了下去。石井看程浩如此豪爽，也把酒杯举起。

"哟西！"随后，也一干而尽。

程浩向其他三人轮流敬酒，就这样喝了一个时辰，桌上酒坛里的酒已喝了多一半。井田有了九分醉意。身边的翻译官李忠贤喝得脸由红变黄："嘿嘿，不好意思了，我，我得到外面方便方便。"他边说边趔趔趄趄地往外走。

走出屋门转到西山墙，他目无旁顾，解开裤腰带，在墙根哗啦哗啦撒起尿来。此时，他感到浑身酥软，虽叉开双腿仍难以站稳，浑浑噩噩的脑袋随着身子不由自主地前后晃动。他满嘴喷着酒气，瞅着眼前的一切都在天旋地转，耳朵也在嗡嗡作响。他裤子还没系完，突然觉得一个硬邦邦的东西戳着他的后脊骨。他朦朦胧胧听到一声："不许动！"

"浑——浑蛋！你眼瞎心也瞎啦？我，你，你不认得？妈的。"他身子继续不停地前后晃动着，一边系着裤腰带，一边口齿不清地骂着。

此时，他觉得后筋骨被顶着的地方更硬了，硬得发痛，然后听到这样一句话："睁开你的狗眼看看！抓的就是你这个狗汉奸！"

李忠贤一听这话感到奇怪，是谁吃了豹子胆了敢跟我撒野？

"你，你他妈是——"

他转过头来一看，站在他身后的是一个穿灰军装的陌生人，端着枪对着他的后心。他顿时吓得满身筛糠，冒了一身冷汗。就这样，李忠贤乖乖做了俘虏。

屋子里，三人又喝了一轮，还不见李忠贤回来。王占江觉得不对劲儿。这时，王信又上来了一盘肘子肉。

第十一回 宴上程浩拳脚显威 岭下群英智取敌哨

"太君,王队长,程村长请慢用。"

他说完退了出去。程浩一见菜上来了,心里十分高兴,知道两屋的敌人已全部被抓住。

"来来来,吃点儿热乎的。"

"慢着!"便衣大队长王占江放下酒盅,用疑惑的目光瞅着程浩。

"程村长,李翻译官怎么这半天还不回来?"他说完,两眼盯着程浩。

"王队长,你放心,不会有事的,王信!"

"唉!"王信走进来。

"你去看看李翻译官!叫他快来!告诉他,我们都喝一轮了!他咋还不来?"

"唉!"

又过了一会儿,还不见李翻译官回来。院子里又响起了细碎急促的脚步声。鬼心眼多的王占江放下酒盅,他感到自己的直觉没有错。

"程村长,李翻译官到底去哪了?你是不是给我们摆的鸿门宴?"说着,就从枪盒子里去掏枪。

"哈哈哈!"程浩开怀大笑。

"王队长,你这一惊一乍,疑神疑鬼的,想干啥呀?你是不是想在太君跟前害我呀?"

这时,王占江把枪对准程浩的前额。

"别来这一套!姓程的,你给我说实话。不然,今天你的生日就是你的祭日!"

"哈哈哈……哈哈哈……就是鸿门宴!"

哐!程浩右拳向王占江的左眼迅猛击去,顿时王占江鲜血四溅,接着程浩左手向前一拧王占江的手腕,把枪夺了过来。

王占江哎呀一声,捂着眼睛疼得原地打转。

这一切都在一瞬间闪现,井田这时才知道自己上了当,唰地抽出了军刀向程浩劈头砍来,并气急败坏地骂着:"八嘎!"

井田是日本武士出身,刀法娴熟,此时,他气冲斗牛,紧握明晃晃的军刀,一双充满血丝的眼灼灼逼人,他不顾一切向程浩举刀劈来,程浩一闪,战刀劈空，哐！井田随即一脚把炕上的饭桌踢翻飞起，桌上的坛子、盘、碗随桌子一起飞出，撞在对面的墙壁上。哗啦啦，顿时化为飞溅四射的碎屑。井田此时跳下炕来，趁程浩用胳膊遮挡这些迸射碎片的一刹那，战刀向程浩的脑袋狠狠地斜劈下来，程浩身子往后一闪又没有劈着。此时，井田双手紧握战刀步步紧逼，他左削右砍，横拦竖劈，寒光上下翻飞。

程浩知道不能开枪，他把夺来的枪甩出门外，赤手空拳只能躲闪，他抓到椅子一挡，椅子被井田一刀劈成两半；眼看着井田的刀猛回手又斜劈下来，程浩纵身跳到炕上，井田在炕沿横扫千军一般一刀拦过程浩的双腿。说时迟，那时快，程浩纵身跳起，趁井田返回刀的机会，一飞脚踢在井田的脸上，井田一下子被踢得满脸开花，眼眶、嘴角顿时流出了鲜血。哐当！倒退了几步身子靠在屋角。

"嗯——"他怒视着程浩，手握着刀，脖子使劲儿地来回拧动了几下，发出嘎吱嘎吱的响声。

几个回合，让井田尝到了程浩拳脚的厉害，他小心谨慎起来，目不转睛地盯着炕上的程浩。他再也不敢小看眼前这个年过半百的老汉，他要以更凌厉的刀法除掉这个敌人。

这次，井田像凶神一样疯狂地向程浩挥刀扑来，他一刀比一刀快，一刀比一刀狠。咔！程浩躲闪不及左肩挨了一刀，鲜血立刻流了出来。还好，这一刀使程浩接近了他。与此同时，程浩忍着剧痛左腿倏地向前猛跨出一步，右拳猛击，铁锤般的重拳击进井田的太阳穴，井田的左侧颅骨即刻塌陷，血浆挤了出来。他重重地倒在地上，气绝身亡。

这时，王信领石营长、魏强与几名战士跑进小屋，见程浩左臂鲜血淋漓。

"大舅！"魏强一下子抱住将要昏倒的程浩。

石营长命令卫生员："赶快！包扎。"

"大舅，呜——"魏强抱着舅舅双眼泪水涌出。不放心地问正在包扎的卫生员。

"小弥，我大舅伤着骨头了没有？"

"锁骨断了。"

"强啊，没事儿，这点儿小伤离要大舅的命远着呢。"程浩脸色苍白，

第十一回 宴上程浩拳脚显威 岭下群英智取敌哨

他睁开眼睛叫魏强不要害怕。

原来，侄子大柱去南山树林，与在松林里等候的抗日联军取得了联系，两排的战士在他的引导下迅速进入村公所，神不知鬼不觉地把醉倒的鬼子伪军全部捆绑，嘴里都塞上了旧棉、破布，把他们都分别弄到前面两个黢黑的小屋里看起来。

为了迅速拿下山上的敌人，石营长命令一排长和葛振林带领一排和侦察排的部分战士按着敌人每天换岗的人数跟着王信上山。一排的战士扒下屋里鬼子和伪军的外衣，化装成山下吃完饭的日伪军，大摇大摆地向西岭哨卡走去。

西岭腰上，敌人的哨卡有六个鬼子和两个班的伪军把守。负责值班的是伪军一排排长周大凯。周大凯是天津人，四十来岁，说起话来总是好添个"嘛"字。他的嗜好是打麻将，因为枪玩得好，来西沟前被伪军大队长张毅提升为要路沟皇协军大队二连一排排长，协同井田小队长，负责大西沟的军事防务。

天，就要黑了，西岭上风大，寒风呼呼地刮着。哨卡旁两间敌人栖息避寒的平顶水泥房里烟雾缭绕，三个伪军正陪着周大凯玩麻将。

一个站岗的伪军走进来擤了一把鼻涕说："排长，外面太冷了。这鬼天气，弟兄们实在顶不住了。"

"顶不了啊？顶不了，吃这碗饭？"

报告的伪军被他训了一顿，只好缩着脖子走了出去。周大凯和手下的人又玩了一阵子，觉得肚子发空，他推开麻将："嘛时候了？别玩了。"

他披上大衣走出屋，外面强硬的寒风敲打着他的大衣，并发出阵阵挑衅者般的谑笑。周大凯望望山脚下的西沟村。傍晚，弥漫在村子上空的炊烟飘散殆尽。按素常，已经到换岗的时候了。程村长叫人送给他的请帖还揣在怀里。他知道今天村长设宴有请，山下的人也许多贪几杯。可是，军务如山，怎么也不会误岗啊。

他心里骂着："饱汉不知饿汉饥。日本人真他妈的不讲究。他们吃饱喝足，却不管山上这些人挨饿受冻。"

"排长，这都什么时候了，他们怎么还不来换岗？"跟他一起玩麻将出屋的伪军问。

"你问我吗？我问谁去？"周大凯没好气地说。

他望着渐渐昏暗下来的天，他何尝不盼山下吃饭的人早些上山换岗呢？山下村口没有丝毫动静："妈的！还不上来换岗？"然后，转身回了屋子。

一会儿，一个伪军挑帘进来，惊喜地向他报告："排长！换岗的来了！"

周大凯走出屋子向下一看，顿生几分惊喜："嘛时候了，这群小子吃饱喝足了，才上来。"

山下，一队日伪军排着队上来了。哨卡旁，饥肠辘辘，翘首企盼的伪军们有些忍耐不住了。

"排长，这群人走得咋这么慢？"

"急有嘛用？屋里的人快出来！"周大凯朝屋里喊。

刚进屋躲风避寒的几个伪军慌慌张张拎起枪跑出来，他们各就各位像泥塑木雕的一样，一动不动地站着。

翻译官李忠贤走在队伍前面，葛振林叫他摆出平常那副盛气凌人的架势。

一到岭，李忠贤就命令前来迎接的周大凯。

"周排长，现在队伍交接。排队！"

"是！"

周大凯挺胸抬头，行了一个规范的军礼。然后来个向后转，面对排好的队伍大喊："列队，报数！"

"一、二、三、四……"伪军报告完毕。

"好了，把枪放到前面，皇军要训话。"

所有的伪军都把枪放到李忠贤脚下，回到原处站好队等待训话。这时，四十多条枪把三十二个日伪军团团围住。

"皇军，这！这是干什么？"周大凯惊恐地望着四周端着枪指向他们的日本兵疑惑不解地问李忠贤。

没等李忠贤说，穿着鬼子军官大衣的葛振林就大步走到了他跟前："周排长,睁开你的眼睛看看,我们就是你们日日想要找的大冰沟里的抗日联军。"

"啊？"周大凯愣愣的,他用惊恐的目光瞅着四周端着枪的人,低下了头。

这个陌生的军官怎么说起了让他们听不懂的中国话？六个鬼子很惊诧。

李忠贤走到他们跟前用日语对他们说："你们已被抗日联军俘虏了。"

第十一回 宴上程浩拳脚显威 岭下群英智取敌哨

六个鬼子一听推开李忠贤,不顾一切地去抢放在地上的枪。嗒嗒……嗒嗒嗒……三个侦察排战士一起向六个鬼子开枪射击,五个鬼子栽倒在枪堆旁。另一个鬼子冲出去奔向放在哨卡旁的那挺机枪。邱生的步枪抬起一搂,啪!那个鬼子的太阳穴就出了一个血洞,当时就一动不动地死在了山坡上。二十多个伪军见此情景吓得浑身哆嗦,高高举起手来,他们乖乖地被战士们押下了山。

石营长掏出怀表一看,拿下盘踞在大西沟的敌人只用了两个小时的时间,这次战斗很顺利,战士没有一个受伤的,大大出乎了他的预料。

马政委来到程浩榻下,魏强和卫生员正守在程浩身旁。

"政委,程村长伤得很重,得用消炎药。"卫生员把政委叫到一旁悄声说。然后用期待的目光瞅着首长,等他拿出办法。

马政委想了想,便喊:"警卫员!"

"到!"

"把翻译官叫来。"

"是!"

转眼间,两个战士把李忠贤带到了马政委跟前。

"李翻译,你知道鬼子的药品在哪儿吗?"

"报告长官,我知道,就在皇军,不!鬼子的营房里。"

"这里有日本军医吗?"

"报告长官,有,在那个屋里。"他指着前栋圈鬼子的那个屋。

李忠贤说完,他偷瞅了一下躺在炕上的程浩。只见他膀臂缠着的厚厚的纱布上渗出大片的鲜血。心里才明白了自己被抓后,那间小屋一定发生了一场惊心动魄的厮杀。井田,还有那个贼奸油滑的王占江现在怎么样了?他心想,多亏自己的一泡尿救了自己,不然的话,自己的小命肯定完了。现在自己虽然做了抗日联军的俘虏,但并没有处置他,常言说:"好死不如赖活着。"让他活着就好,看看两个抗日联军战士背着枪站在他的身后,李忠贤这时才感觉到自己是一名为日本人卖命的汉奸,今后是死是活,都攥在抗日联军的手心里。他不由心里打了一个冷战。

"李翻译官,你去,跟那医生说,就说我请他为一名伤员治病。"

"唉！唉！长官，我这就去。"

"不行啊！长官！怎么让鬼子给程村长治病？"王信瞅着马政委担心地说。

"是啊，长官，小鬼子恶着呢。程村长宰了他们的头儿，鬼子能给程村长好好治伤吗？"韩六全也觉得这样做没把握。

"程村长的伤势很重，他是医生，也许他会好好对待病人的。"

李忠贤在两个战士的看押下来到了圈日军俘虏的黑屋里。

他走到一个戴眼镜的日军跟前，叽里呱啦说了一通。

"你说的是什么屁话？"押着他的战士骂他。

"长官，我跟他说，板川先生，抗日联军长官请你给他们的伤员看病。"李忠贤瞅着板川以为一定会拒绝，可回答大出他所料。李忠贤对身后的葛振林说："长官，他同意给程村长疗伤，他说作为医生，关爱生命是天职。"

葛振林叫两个战士给板川松绑，并把他带到程浩家里。此时，两位首长都非常重视程浩的伤情，都守候在他的身旁。板川对程浩的伤口做了重新处理后，对两人做了交代："这个人的伤不轻，需要精心护理，不然伤口感染，是很危险的。"

马政委说："板川先生，双方打仗必得刀枪相见，死伤难免，你能以一个医生的良心给我们的人看病，我很感激。既然程村长伤势厉害，那就麻烦你在此照看护理。等程村长伤好，我们会谢谢你这位朋友的。"

"谢的，不要，我是一名医生，治病救人是我的天职。"

"咦！这个日本医生原来会说中国话。"两位首长和在场的人惊诧地瞅着这个日本军医。

"哎！什么天职不天职的。别说那些没用的。告诉你，好好给我师父治，治好了，没说的，治不好，你看着了吗？"王信拿起鬼子那把洋刀，"把你的脑袋削下来！"板川愣愣地瞅着王信。

"这位老乡，让他好好给治吧。"马政委劝阻着。

全体战士在村公所吃完晚饭，石营长命令一排长和二排长清点这次缴获的枪支弹药，然后命令战士在村公所院内换上棉衣就地集合。石营长命令葛振林马上组建由八个人组成的侦察小分队。任命侦察排长葛振林为队长，由魏强引路，先潜入碾子沟，摸清碾子沟敌人的情况。

大西沟与碾子沟只一山之隔，大西沟在山南，碾子沟在山北。使两村相隔的是一条从大冰沟延伸向沟外来的一段山脉。它出沟向东绵延十几里，宛如一峰巨大的骆驼趴卧在大冰沟沟口处，尾西头东，俯首张口伸向湍流不息的青龙河，它把大冰沟向北的出口处隔成了两个出口门户。在沟里，从金场向北往山外走，是一个"丫"字形的两条路。一条路是从金场向东上山经过山腰的东台子、北沟爬过东梁，沟外人叫它西岭，西岭下面就是大西沟；另一条路是从金场向西北，从沟谷走四五里地到大石头沟村，再向东走几里地翻过凌家岭再走七八里就是碾子沟村了。从大西沟去碾子沟，走平道绕山足有二十里的路程，魏强领着小分队爬北坡上山翻岭，虽夜间山路不好走，但能少走多一半的路程。

小分队走山路。到了岭上，正是半夜时分，布满寒星的夜空悄然爬上来几大片乌云，夜色更加黑暗。站在山顶向北看，十几里东西走向的碾子沟黑乎乎的，什么都看不清。敌人在沟里山梁上设的哨卡有几盏灯闪着光亮。黑夜看去，像悬在西边夜空的几颗亮星，魏强知道那是石头沟的凌家岭。小队刚刚来到碾子沟南山脚下潜伏下来。这时，后面的部队也赶了上来。

魏强指着西边沟里有亮的地方对石营长说："营长，鬼子设的哨卡在凌家岭。"

"庄里有鬼子巡逻吧？"石营长问。

"没有。"

石营长想，凌家岭离碾子沟庄这么远，敌人不可能不在凌家沟驻扎部分部队。于是，由侦察排二十三人组成一个小分队。命令葛振林带领小分队出其不意袭击凌家岭上哨卡上的敌人，并嘱咐："我们对凌家岭上的哨卡情况不了解，要谨慎行事，最好别打枪。"

"是！"葛振林接受任务后就率领小分队迅速向沟里摸去。

小分队进沟后，石营长命令一排长带领一排战士下山埋伏在去山里凌家沟的途中，他对一排长说："你们选好有利地形，一旦哨卡枪响，碾子沟的敌人必去援兵。你们埋伏在那儿，阻击、消灭进沟增援的敌人。"命令二排、三排，埋伏在村公所大院四周，等敌人出村西去支援凌家沟后，听到沟里枪响，再攻打留守在村公所里的敌人。

说也奇怪，后半夜，低沉的乌云带来了嗖嗖的北风，北风越刮越大，呜呜的北风刮得山林呼呼地响。小分队到了凌家沟的时候，满空的乌云全部遮住了稀疏的夜星。不一会儿，空中飘起了雪花。

天气更冷了，夜更黑了。雪花在山林中沙沙沙地响。

小分队来到凌家岭下，魏强悄悄告诉葛振林。

"排长，前面就是村子，叫凌家沟。"

葛振林一听，命令大家停止前进，隐蔽在村旁的丛林中。葛振林对跟前的魏强悄声说了几句，魏强点了点头。

魏强和几个队员悄悄摸进村子一看，凌家沟没有住户，也没有日伪军，只有几座空房壳儿。便向葛振林汇报："排长，村子是空的，没人。"

"去哨卡！"葛振林说完，小分队队员在山下的这片树林里换上鬼子的军装向哨所摸去。

离山腰哨卡三十多米的地方大家停了下来。葛振林示意队员们潜在山路旁的疏水沟里做好战斗准备。他和魏强沿着沟渠悄悄向哨卡靠近。

距鬼子哨卡只有十多米远了。两人趴在暗处，窥探上面哨卡的情况。

风雪中，几盏灯悬在哨卡两旁两个高大的木杆上，杆顶上的几面日本膏药旗在寒风雪中呼啦啦呼啦啦急剧地飘摆着。高悬的灯映照着附近的一切，鹅毛般的雪片在夜空中飘舞纷飞。积雪盖上灯罩，大灯已不能放射出夺目刺眼的白光，像几团被黄布包裹着的黄色火球。

哨卡前有六个鬼子穿着黄色的军大衣，戴着皮帽一丝不动地站在高大的木杆下。四个伪军躬着腰缩着脖子，耸着肩，他们把枪戳在身旁，两手交插在黄大衣的衣袖子里，在不停地跺着脚。葛振林返回小分队潜伏的地方做了周密布置。

"小陈，你班解决那边下来的六个鬼子，要利索！"

"是！"

"其他人跟我来！"

其他队员跟着葛振林迅速上了道。到了离哨卡有十来米远的地方，听到了鬼子拉动枪栓的声音。

"什么的干活？"

"精赤队长派我们调防！"小周流利的日语让六个鬼子深信不疑。小分队队员来到鬼子跟前。

小周说："根据天气变化，精赤队长命令，今夜由我们接防！"

六个鬼子递过袖标，速速离去。这群伪军看有人来换岗，有的摸一下冻红的鼻子头，高兴地咧开大嘴。心想，谢天谢地，后半夜老子再也不挨这个冻，遭这个罪了。

"你们的队长呢？"小周故意用日语问。

伪军们傻愣愣地瞅着小周不知他问的是什么。

"太君问你们话呢！你们的长官呢？"魏强解释着。

"啊！报告太君，唐队长在屋里。"一个伪军手指哨卡旁的房子说。

靠在背风的水泥房窗下，六个伪军裹着大衣挤在一起正在酣睡。一个伪军被说话声惊醒，他捶了捶其他几个人。

"嘿！不好！来人啦！"

六个伪军抄起枪赶快站起来。一看，灯光下站着一队皇军。他们都吓傻啦，呆呆地站在原处，一动不敢动。葛振林知道哨卡不可能只有十个伪军看守。这死冷的黑夜，当官的肯定在屋子里。小周用日语嘀咕了一阵，那六个伪军呆若木鸡，傻愣愣地瞅着魏强他们。

"告诉你们唐队长，皇军叫他出来！"

"是！"

两个伪军赶快来到水泥房门前叩门并喊："报告！皇军来了！"

六个鬼子就要走到山下了，等他们走过一班侦察员埋伏的地方后，班长陈世秋向战士们示意，他把手掌横放在脖子上，又点了点头。战士们明白班长的意思，一起纵身跃出路沟，悄悄从鬼子身后猛扑过去，六个鬼子转眼间全被处死。战士们把六具尸体拖进了道旁的路沟。

葛振林来到小房门前。魏强他们十来个人端着枪站在水泥房门口。

"队长！皇军来啦！"站在门前的一个伪军见屋里无人回应，就又喊了一遍。

这时，只听屋里鼾声如雷。一个伪军殷勤地给葛振林照亮，哐！葛振林一脚把木门踹开。

"谁？"

伪军队长唐俊生从睡梦中惊醒，他惊恐地坐起，掏出腰间短枪，屋里另外三个伪军也惊恐地坐起来，在漆黑中慌忙去摸枕头下的枪。这时，一个伪军拿着手电跟了进来，并把手电递给葛振林。手电一晃，四个伪军刺得用手遮挡眼睛。

"唐队长。"

"嘿！"

伪军小队长唐俊生根本没看清进屋的人，就慌忙站起来，直直地立着，等着捆耳光。

"八嘎！把枪给我统统地缴了！"

这时，小分队队员进了小屋把他们手中的枪夺了过来。

"八嘎！皇军叫你们把住哨卡你们却把军务视为儿戏！睡大觉。玩忽职守！你们死啦死啦的！"

"太君，我错了，我再也不敢了。太君，饶了我吧。"伪军队长唐俊生跪在小周脚下不停地磕头乞求饶命。

水泥房外，木杆上红黄一体的灯光下，雪片纷纷扬扬。簌簌簌……飞雪的落地声如少儿的喃喃细语，轻吻着凌家岭寂静的夜。伪军列成"一"字队，等着皇军训话。伪军队长唐俊生站在排头，昏暗中，他偷偷地瞟视了一下这个训话太君的模样。精赤的嗓音他是最熟悉不过的了，而今夜来的太君口音听起来生疏。

他不是精赤。唐俊生很有把握地判断，便试探着询问。

"太君，您是？"

"我们是日本宪兵巡查队！"

"啊！太君，饶命啊！我错了！我再也不敢睡觉了，饶我这一次吧，太君！"唐俊生扑通跪在雪地上可怜巴巴地仰望着葛振林他们，乞求宽恕。

"唐队长，哨卡，这几个人的干活？"

"报告太君，皇军和便衣今晚都住在碾子沟村，明天早晨八点来换我们。"

第十一回 宴上程浩拳脚显威 岭下群英智取敌哨

"你！欺骗皇军。"

"真的！太君，我不敢撒谎。精赤太君说了，皇军白天站岗，晚上我们站岗，每天夜晚，太君派六名皇军与我们一起在这儿防守。"

"八嘎！重兵驻扎在碾子沟村，一旦抗日联军袭击哨所，怎么能及时增援？"

"嗯——是精赤太君让我们都搬到大庄去住的。"

"胡说！他不会做出这样愚蠢可笑的决定！"

"太君，是这么回事，这山下的几户人家前几个月，失了一次大火，烧死不少人。自从烧后，就没人家了。当时，我们来，精赤太君也和您想的一样，觉得哨卡离碾子沟庄忒远，就想让部队在山下小村子里住下。刚住下不几天，哪知道，一到深更半夜总是有动静，好像有人哭。半夜，皇军与弟兄们出来循声找人，可什么人都没有。这样，吓得我们脑袋发炸，闹得大家天天不敢睡觉。没办法，太君叫我们大家都搬到大庄去了。"

"明明是你们贪图安逸，还敢欺骗皇军，统统绑起来！"

队员们一拥而上，把十二个伪军全绑了起来。

"太君！太君啊！我说的都是实话啊！小的不敢撒谎，太君他们也听着过，住不住山下，我们说了也不算，那真是精赤太君的命令，请太君明鉴。"伪军队长唐俊生哭哭唧唧地说。

葛振林让小分队清点哨卡得到的武器，一个队员抱着一挺轻机枪高兴地来到葛振林跟前。

"排长，你看！还有这家伙哪！"

小分队押着伪军下山时，一个队员拿起石头想去打碎悬挂在木杆上的那几盏灯，葛振林忙制止："别砸！留着它。"

小分队押着伪军到了一排埋伏的地方，一排的战士端枪迅速靠近路旁。

"排长，营长他们现在一定围住了鬼子。"

"嗯，营长是在等我们，要不，早就动手了。"

一排长一听是葛振林的声音，知道小分队押着伪军回来了。

"老葛！"二排长和战士们都站了起来，一排长跨上大道来到葛振林跟前惊喜地问，"哟！这么快就拿下啦？"

"嗯。你们咋在这儿?"

"营长叫我接应你们。看,你们穿这身黄皮,你要不说话,我得把你们当鬼子收拾喽。"

"可不是,大家赶快把身上的衣裳脱掉!"

这时,这些伪军才恍然大悟,知道自己已稀里糊涂做了抗日联军的俘虏。

小分队和一排的战士们到了碾子沟村南山脚下。葛振林来到石营长跟前,汇报了敌人的情况。

石营长听完,对葛振林说:"把那个伪军队长叫来。"

伪军队长被押到石营长跟前。

"军爷,饶命啊,我是被鬼子抓来的,千万别杀我,我家还有老婆孩子,还有一个七十多岁的双目失明的老母。饶了我吧。我再也不给皇军,不,小鬼子,我再也不给他们做事啦。"

"起来说话。"

唐俊生一听,有活的希望。他在地上磕了三个响头:"谢军爷,谢军爷。"

"起来吧。"他站了起来。

"只要你配合我们,立功赎罪,我们是不会杀你的。"

"配合!我一定配合!"

"我问你,碾子沟住着多少鬼子?"

"鬼子有一个小队,三十二个人。"

"还有吗?"

"啊——有,便衣队有十四个人。我们弟兄三十六个,有四个做饭的。"

"都住在什么地方?"

"这些人都住在村公所那个院。"

"都有哪些武器?"

"有一挺机枪,手榴弹有两箱子。不过,这些东西都放在西厢房里没人动过,剩下就一人一把家伙。"

"还有吗?"

"别的,嗯,还有四辆摩托车,是专门给皇军,不!不!不是!是专门给鬼子去哨卡用的。"

第十一回 宴上程浩拳脚显威 岭下群英智取敌哨

"就这些？"

"啊，就这些。长官，我不敢撒谎，我要是有半句谎话，你就把我崩喽。"伪军队长唐俊生发誓自己说的没有半句假话。

石营长想了想，他叫葛振林派几个人看押好这十二个伪军。

根据伪军队长交代的情况，石营长重新布置兵力。他命令侦察排首先控制厢房里的武器，然后袭击院里的日伪军。他考虑围歼敌人，只要枪一响，狡猾的鬼子一定会知道抗日联军包围了驻营地村公所，凌家岭上的哨卡一定是丢了，他们突围后必往东逃。于是，命令二排、三排在距村东半里多远的黄土桥两旁埋伏，不等鬼子过河就截击歼灭敌人，因为凌家岭哨卡的灯还亮着，为了防止敌人向西奔凌家岭哨卡，石营长命令一排再回原地埋伏。

侦察排押着伪军队长到了村最西头的一个大院附近停住了脚步："长官，都住在这儿。"唐俊生小声告诉葛振林。

石营长瞅了瞅眼前的院墙有两米来高。再看四周，黑乎乎的夜幕遮挡着几步之外的所有景物。他回想前几个月来这院子偷马时的情景，细想这块儿的地势位置。

这儿，是把边儿的地方，后面紧靠着后山。东面是庄里，南面就是大车道，葛振林叫来一班班长陈世秋。

"你带你班，再带上这挺机枪上后山。这样，居高临下，可以控制大院里的所有敌人，还能堵住敌人从后山逃跑的这条路。记住！不要放走一个。"

"是！"

一班走后，葛振林拽着伪军队长回到石营长跟前，汇报了村公所四周的地理位置和侦查一班去了后山安排。

石营长说："你把二班布置在大道南面的山脚下，对着前门放上这挺机枪。"

"是！"

石营长心里想，后截前堵，东西两路都有埋伏，住在警皇所里的这些敌人就是插翅也难以逃脱，可以动手啦。

所里酣睡的日伪军全然不觉。侦察排剩余的一个班，由葛振林带领。在院墙外,一个人蹬着一个人的肩膀,悄悄上了西厢房顶。

也许天气太冷,敌人没有出来巡逻。准备好后,二班长在村公所南山脚下冲对面喵喵喵学了几声猫叫。不一会儿,一班长在山上学猫头鹰叫了几声,葛振林知道大家已经准备好了,命令三班长带领两个战士翻过院墙来个瓮中捉鳖。

战士们刚想翻墙。突然,吱一声正房屋门开了,走出八个戴钢盔的鬼子。他们有的在墙角尿了一泡尿,回过头来就发动院子里停放的那四辆摩托车。

嘟嘟嘟,嘟嘟……有一辆摩托车鬼子在启动。趴在厢房顶上的一名战士要向院子里的鬼子开枪射击,身边的班长制止了他。

嘟嘟嘟,嘟嘟嘟……摩托车发动着了。三对儿白色的光柱照在大门口两侧的院墙和黑色的大门上,投下圆月般的雪白锃亮的亮光,摩托车随着马达的轰鸣声颤动着,哐啷,一个伪军从屋里跑出来把大门打开。院子里的摩托车虽响了半天但还没有出来。因为天冷,还有一辆摩托车打不着火,两个鬼子干着急。

三辆摩托车从大门出来了,摩托车灯光由南向西扫过。原来,鬼子小队长精赤觉得天冷又下雪,怕伪军跑到小房子里睡觉,他派日军上山到哨卡看一看。

嘟嘟嘟……嘟嘟……

葛振林趴在厢房房顶,看三辆摩托已经动了,他心里想:夜黑天,鬼子摩托车一出院上了土路,就不如在院里得收拾。干脆这口肉自己独吞算了。他大声喊:"打!"手中的枪一伸,照着最前面车上开车的鬼子就啪啪啪三枪。开车的鬼子肩胛已中弹。但他咬着牙加大油门。嘟嘟……车还是闯出了南大门。房顶上的三名战士也猛烈地向其他三辆摩托车射击。

突如其来的激烈枪声,令精赤大吃一惊。精赤这才知道大院被抗日联军包围了。

"快!消灭他们!"精赤命令屋内的日伪军。

嘟嘟嘟……鬼子第一辆摩托刚闯到大门口,就被对面雨点儿般的子弹堵截住了。驾驶摩托车的鬼子脑袋和前胸中了数弹,当场毙命。吭当!摩托车凭着惯力飞驰而出,一下子栽倒在大门口外车道旁的沟子里。第二辆摩托车上坐的正是精赤的助手。他知道村公所已被抗日部队包围，不用说，山上的哨卡一定是丢了。要想活命他只能是东逃，第一辆摩托车挨打给他提供了逃生的机会。鬼子的摩托车手猛地在一辆车后来了个九十度的弯儿向东疯狂逃去。第三辆摩托还没有出院，车上的两个鬼子就被房子上的战士们开枪击中。哐当！车撞在西厢房的墙上，立刻着了火。第四辆车还没来得及发动，两个鬼子就被打死了。

屋里的便衣听到枪声，慌忙穿衣裳，个个拎着短枪刚跑出屋门，对面一梭子子弹把跑在前面的几个便衣击中，撂倒在门前的台阶上，后面没死的几个便衣转身逃进了屋子。

"队长！不好啦！我们被抗日部队包围了！"

"熊种！慌什么？"

便衣队长于三疤一边慌乱地系扣子，一边顺着门缝向外瞧。一瞧，他的心凉了半截，我的妈呀，西厢房上有人啦！再看看院子里，院子里四辆摩托车只剩下了两辆。一辆在西厢房墙角着火照得院子通红，没动的那辆摩托车跟前躺着两名皇军。

"队长，咋办……"一个便衣脸色变白，枪在手里发颤。

啪！啪！啪！子弹顺着窗子飞进来打断了那个便衣的问话。

于三疤心里明白，日本人蹽的蹽，死的死。到了这个境地，他们就是水缸里的王八——咋扑腾也跑不了。这个时候，只好让手下的人当挡箭牌，碰碰运气啦。这紧要关头正是他立功的好机会。

"弟兄们！几个抗日联军瞎诈唬，干掉他们！"

"是！"

"弟兄们！给我冲出去！"

院子里，二十多个便衣和伪军在东厢房屋里向西厢房顶上的几名战士猛烈开火。于三疤趁这个机会转身跑进正房。看精赤在屋里面命令伪军中队长迟胜海带领伪军从后院上山，妄图占据最高点，控制、打击埋伏在村公所周边的抗日联军。于三疤拎着枪到了精赤跟前："太君，抗日联军已经包围了我们，房子上都是人啦！"

于三疤一说，精赤觉得目前的处境要比自己想象的严重得多。汉奸于三疤看着一筹莫展的精赤，眼睛眨了眨，忽地他赶快脱下自己的宽裆黑裤子递给精赤。

"太君，快！脱下衣裳，穿我的。"

于三疤随后把挎在肩上的枪盒子撂在炕上，他赶快摘下礼帽脱下上身的青色便衣。就这样，于三疤和精赤相互换了上衣和帽子。

"太君，我们往外冲的时候，你就翻过东墙去。"

于三疤说完，领着便衣拼命地往大门外冲，迟胜海带领三十多名伪军端着枪打开屋后门，跳过后院墙向后山摸去，嗒嗒嗒……后山上的机枪叫起来，队长迟胜海和摸在前面的十几个伪军被打死。二十多名便衣边向西厢房顶上放枪边向大门外冲。于三疤带着十几个便衣刚冲到大门口，南山脚下那挺机枪便冲着村公所的大门口，一阵嗒嗒嗒地吼叫，于三疤和十几个便衣全被打死，堆在大门口，后面的便衣惨叫着卷了回来。趁此慌乱，精赤和两个鬼子翻过东面院墙，像兔子一样，趁着天黑和混乱，钻进庄里靠后山的一家后院。

这家主人高文波，听到自家不远的村西头那边枪声忽密忽稀，知道一定发生了什么事。他喊起妻子和两个孩子赶紧起来，穿上衣裳躲躲，高文波慌慌张张地去开后门，想让家人钻进后院的草堆里藏起来。刚开门就和逃进来的精赤撞个满怀，全家人一看闯进来三个神色慌张的便衣，手上都拿着枪喘着粗气，他们用枪口对着高家老小逼着一家人都退到屋里。这三个鬼子顾不得祸害这家老少，他们用刺刀逼着高文波和他的妻子找出农家衣裳，高文波的妻子吓得哆哆嗦嗦，赶紧翻箱倒柜，从衣柜里把所有的衣服都找出来放在炕上任凭三个鬼子挑选，而后战战兢兢站在屋墙角抚摸着挤在她身边的两个孩子的头。精赤慌乱地穿上高文波穿的胳膊肘都露着棉絮的破旧棉袄，侧脸一看高文波呆呆地立在一旁，他上手一下拽下高文波头上戴的那顶破棉帽，扣在自己的头上。三个鬼子因为衣裳不够穿，鬼子还逼着高文波扒下身上穿着的棉衣。他们趁着夜黑村子里一片混乱逃出了村子。

"爹，我害怕。"大儿子石根儿用惊恐的目光望着上身脱个精光的父亲。高文波哪有时间回答儿子的话，在炕上胡乱找几件自己能穿的破上衣赶忙披上，抱起小女儿，喊着发呆的老婆："还不走？快！"

四口人跑出后门，钻进了后院那堆苞米秸里。

村公所里，活着的敌人全部被抗日联军抓住，铁杆汉奸于三疤和多数便衣在逃亡中被击毙，剩下的便衣跪在大院里举枪投降。

第十二回 解放区人民庆胜利 热血男儿踊跃参军

　　碾子沟深夜的枪声惊醒了睡梦中的人们，这个时候，谁也不知道外面发生了什么事儿，每家男女老少都不敢出来，穿着衣裳在炕上待着。恐惧、惊慌、猜度、期待在抓挠着每个人的心。因为鬼子来到这儿以后，村子里每天都有可能发生一些意想不到的事儿。

　　天，就要亮了，灰白的晨空浸透着漫天的寒气。哐，哐……碾子沟的大街上响起了正月以来从没响过的锣声。大街上有人大声地喊着："乡亲们！抗日联军来了！鬼子被赶跑啦！"

　　敲锣的人边敲边喊，在大街上喊了两三个来回。大家听得出敲锣的人就是刘村长的大儿子刘德贵。抗日联军真的打回来了吗？心有余悸的人们都不敢开家门先出来到街上看个究竟。已经半顿饭时间了，锣声和喊声依旧在街上远近地响着……胆大的男人不顾老婆的阻拦，叫孩子们好好在屋里待着别出去，自己开开门站在家门口，想向刘德贵问个明白，胆小的人在自家的石墙头探出脑袋观望街上的动静。

　　村东头有三间低矮的茅草房，此时，破旧的黑门嘎吱响了一下，门缝探出一个露着上半身，蓬头的男人。只见这个人伸着脖子，张着嘴向院外张望，继而裹紧没有系扣的衣襟，轻轻地打开屋门，蹑手蹑脚来到大门前。他哪敢打开大门？街上的锣声近了，他撅着屁股，猫腰弓着身子，让脸贴近大门缝儿，用两手捂着两颊往外偷窥，他真的看到了成群结对的人们都上了街，就回到屋里兴奋地告诉妻子："桂珍，真的，是抗日联军来了。"

　　这个人叫张怀仁，是村里有名的"胆小鬼"。他怕穿军装的大兵，怕他厉害的老婆，更怕那些凶残的东洋鬼子。拿他老婆的话来说，他是世上少有的窝囊废。

第十二回 解放区人民庆胜利 热血男儿踊跃参军

天亮了，碾子沟村每一家男女老少都走向街头，像过春节一样，每个人都露出会心的微笑，个个奔走相告。人人情绪激奋，都融入了这人声鼎沸的人流之中。

这时，有人喊："乡亲们！大家去村公所呀！鬼子和汉奸都被抗日联军抓到那儿去啦！"听了这句话，人们如潮水一般涌向村西头的村公所。

黑夜的枪声惊起了李熙三一家。李家正房屋里，一家男女老少六口人都集聚在那儿，李熙三坐在檀木椅上，眼睛瞅着窗外，没有心思喝大儿媳给他泡的茶，朝不保夕的生活处境让他早就失去了过去拥有的"阳光"心态。他坐在木椅上一动不动，不知在寻思着什么。他不时捋一下花白的胡子。自从土匪闹的那一场，他的耳朵聋了许多。日本人一来更令他感到生逢乱世生死难料，只好凶吉祸福随它去。两个月前，老大不期归来，才知长子死而复生，这，让他喜出望外，心存慰藉。地窖里，他叫李旺准备好了一些吃的、用的。一旦吃紧，他要让老儿子去那里躲一躲。当他听到街上锣声和喊声代替了昨夜那吓人的枪声，心里稍安。

"李旺，你到大门口那儿听听，大街上嚷嚷什么呢！回来告诉我一声。"

"唉！"

不一会儿，管家李旺回来贴在他的耳边说："三爷，大冰沟的抗日联军打回来啦！人们敲锣打鼓庆祝呢！"

"啊？昨晚的枪声是大冰沟的抗日联军打的？那些畜生是被赶跑了，还是都打死啦？"

"这个——我没听清。说是抓住了不少，都在鬼子住的那个大院里呢！"

"好啊！总算叫咱们过几天安稳的日子了。"

李熙三长长舒了一口气。心想，这些人来了，老大是不是回来了呢？他叫来李达成说："侄子，你去街上看看，看看你大哥回来了没有。记住，消停地找，千万别声张。"

"唉。"

李达成刚要走。

"等等。"李熙三不放心地嘱咐着，"出去的时候千万要小心。"

"知道了，三叔。"

一早，李凤山的妻子玉芝在外屋烧火做饭，听了这个消息，心里自然高兴，她想抗日联军来了，他一定能回来。

"大嫂子，你不看看去？抗日联军来了，我哥挡不住回来了呢！"新过门的李凤奎媳妇既说的实情话又有些取逗大嫂的意味。

"他回来不回来凭他，我才不看他去呢！"

"哟——大嫂子。"

"啥呀？"

老三媳妇手攥着一根半截柴火想要往灶里填，但她却停了下来，凑到大嫂子耳朵根连逗带笑说了一句："大嫂，这么长时间你没和我大哥见面了，你不想他呀？"

"老三，我们老夫老妻的，哪像你们年轻的，把那点事儿当饭吃，一会儿都离不了，拿自个比别人，不害臊。"

"啧啧啧！我才不信呢，你真的不想？咯咯咯……"

刘玉芝用肩膀撞了兄弟媳妇一下，不好意思地说："去你的，没正经的。"

玉芝嘴上这样说，她心里怎么能不想念自己久而离别的丈夫呢？要不是鬼子打到这儿，她说啥也不能让他再离开家了。

石营长布置好关押的俘房，清点一下被俘的日伪军和便衣人数，发现小鬼子的头目精赤逃掉了，为了防止鬼子反扑，石营长立即派一个排的兵力在碾子沟东面的山头警戒。然后，派警卫员和一班的两名战士把一封写好的信送到大冰沟去。并告诉三人：

"越快越好！"

警卫员三人向石营长行了军礼一早就赶回了大冰沟。

上午，战士们分发了棉衣，对于仓库里的粮食，部队留下一部分以备不时之需，其他全部分给民众。

中午，在大西沟村公所后院的一间大房子里，马政委和石营长召开了党员大会。大会的内容主要是对目前实际工作做一下具体安排。会上，马政委就当前的工作提出了三点要求。他说："建立巩固东北抗日根据地是毛主席和党中央在延安最新提出的战略方针。为了加强巩固我们的胜利成果，扩大我们的抗日武装力量，增强广大民众与我们的血肉联系，我们要建立起大冰沟抗日根据地……"

啪啪啪……马政委的讲话赢得了大家的掌声："在敌人的后方——辽西山区，我们建立起第一个抗日根据地，了不起呀！"

啪啪啪……又一阵热烈的掌声打断了他的讲话。

"同志们，为了巩固我们的胜利果实。现在，我们必须尽快做好三件事：一、减租减息，惩罚汉奸，让民众知道我们的部队是给人民做事的，是抗日的队伍。二、我们要扩充整编，扩大队伍。并且，还要发展地方武装，各村组建民兵队，这样，我们才能有实力抗击日寇，保卫我们的胜利果实。三、尽快地建立起抗日民主政权和各种抗日团体，保障抗日根据地的抗日工作正常有序地开展。"

石营长叼着烟袋对大家说："同志们，昨儿个夜晚一仗打得漂亮，我们把大西沟和碾子沟两处的敌人一下子扫个溜干净。河对岸河坎子、河东、小北杖子等几个村庄的敌人也都吓跑了。可以说，我们在这儿打开了抗日的局面。如何保证不让鬼子卷土重来，保证这儿的百姓不再受到鬼子的杀害，让这片天，永远是老百姓的天，那就得看我们的了。今天，马政委指出了我们今后一段时间的工作方向。希望大家做好自己的工作。尤其我们的党员干部更要起模范带头作用。"

然后，马政委、石营长对每个党员干部都布置了一些具体工作任务。

半个月后，程浩经过精心医治，伤势好多了。一天，他把魏强叫到跟前。

"小强，你到老王家看看玉琴去。"

"唉。"

"这就去！别唉唉的！"老人说着脸上有些不悦。

魏强一看大舅生了气，不敢怠慢："大舅，我这就去。"

"这就对啦，去吧。"

魏强走出大舅家门口直奔玉琴家。

魏强四岁时，父亲在沟里烧炭，因炭窑坍塌被砸死了。那时，魏强的母亲才二十一岁，丈夫走后，她决定守着小强过，不再改嫁。从此，母子相依为命，在大山里过着凄凉而艰难的日子。程浩看姐姐拉扯个孩子实在可怜，就把小外甥小强接到自己家来抚养。在魏强的记忆中，大舅家生活并不宽裕。

听母亲说，舅舅十七岁前在山东做工，在那儿跟一个艺人学了一身好功夫。回来后，舅舅从此以地为生，再也没离开故土。舅舅的拳脚功夫是独一无二的。一些地方恶霸、地痞流氓都吃过他的铁拳，方圆百里闻名遐迩的舅舅，不知谢绝了多少财主雇他当保镖的差事。魏强五岁那年来到大舅家，六岁就和大舅学太极拳。九岁那年，大舅又收了一个女徒弟，叫玉琴，是大舅家东面邻居王祥木匠的孩子。山里人家的孩子能念书的很少，女孩子更不用说。和魏强年龄相仿的小玉琴天天爬着墙头看程浩教魏强练拳。时间一长，玉琴入了迷，有时回到自家屋里照着样子也嘿嘿耍一阵子。玉琴到了九岁，就央求父亲找程伯伯，她也要学"太极"，因这事儿，母亲不知骂了她多少次。

"骚丫头片子，你疯了？一个女孩子家有练那个的吗？"

不管母亲怎么骂，怎么打，玉琴还是哭着喊着执意要去学。没办法，王木匠只好跟程浩说了这件事，就这样，程浩收了这个女徒弟。玉琴聪颖好学，刻苦认真。一年后，功夫大有长进。她经常和魏强比武切磋。后来，她知道了魏强家中的不幸，十分同情。玉琴经常把家里好吃的拿来给魏强吃，夏天，掰下来的新玉米，在灶膛烤好了玉琴首先给魏强拿来。每当魏强吃得满嘴黢黑时，玉琴笑他："呀，像个黑老包。"

于是，两个孩子又追又闹地跑撵着，一晃几年过去了，魏强和玉琴到了十四岁，两人在一起学武练拳，都有了一定的功夫。两人渐渐地不像从前那样昏天黑地地打闹了，玉琴更是多了几分少女所持有的稳重。平时，即使她想要帮魏强做些什么，也不像以前那样直截了当，不加掩饰，毫无隐晦地去做。她不知道现在自己给魏强做些事为什么总是不好意思。甚至有时驱使她背着师父师母和爹娘悄悄地帮他做好，她时时刻刻在意他的一切。

有时，魏强的衣裳脏了，玉琴看到就叫他脱下来。

"师母没有时间，我来洗吧。"

十四岁的玉琴比魏强只大一个月，可平常总像亲姐姐一样待他。孩子大了常在一起，玉琴的母亲怕出来一些闲言碎语，说什么也不让玉琴再去程家练功。那年年底，玉琴的母亲向程浩说了些表示谢意的话，就不让玉琴再去程家了。理由是女孩子家，这么大了，得学点儿针线活儿，将来也好找个好婆家。

玉琴不去程家后,心里却一直装着魏强。师父教她的那些功夫,她不甘心就这样半途而废。邻居一墙之隔,玉琴经常拿着针线活儿在墙头瞅师父教魏强练功。有时,程浩走了,让小强自己练,魏强做得不到位,玉琴在墙这面就着急地告诉魏强:"小强,做得不对,是这样的。"

玉琴放下手中的针线活儿,一点儿不差地做着师父刚教完的动作。小强点点头,就照着她的动作做。

后来,玉琴学会了做鞋,准备把自己亲手做的第一双鞋送给魏强。

这一天,玉琴站在自家墙头这面对正在练习的魏强说:"小强,晚上你出来会儿,我有一件事儿跟你说。"

"玉琴姐,什么事儿?"

玉琴微笑着:"现在,我不告诉你。"说到这儿,玉琴嘴一抿笑着转身回屋去了。

晚上,魏强吃完饭走出来,玉琴已在门前不远的大柳树下背着手等候。

"小琴姐,什么事儿?"

"你猜。"玉琴背着手说。

"是不是有人欺负你了?要是这样,咱俩一起去,我非揍扁了他不可!"

"哎呀!不对!"

"那还有啥事啊?"魏强挠挠后脑勺,"我猜不出来,你就告诉我吧。"

"你看!"

玉琴把背着的手像变戏法似的一下子拿到前面来,一双崭新的布鞋展现在魏强面前:"小强,这是我做的头一双鞋,你看好不好?"

"嗯——真好看!"魏强瞅了瞅鞋子说,"玉琴姐,你可真能耐,这么短时间就会做鞋了?"

"谁像你那么笨呢。来,试试,看穿合适不,合适的话,就送给你。"

"真的?"魏强惊喜地问。

"咦,还不信是咋的,这双鞋就是给你做的嘛,不喜欢,还给我。"

"谁说不喜欢?我穿穿。"

小强一穿不大不小正合适,他高兴地穿着新鞋做了一套太极拳动作。玉琴瞅着他一副天真、高兴的样子,抿着嘴笑了。

一晃魏强十六岁了，而玉琴，已经成了一个亭亭玉立的大姑娘了。步入青春的她对魏强的关心已经不是孩提时单纯友谊的直白表达，而是把这种炽热的情感，诚挚的关爱逐渐融进了一个情窦初开的青春少女内心世界的圣洁殿堂里。

两个孩子的往来，程浩的妻子看在眼里。走过来的女人最知道少女的初恋情怀。

背后，魏强的舅母就对丈夫说："我说，你看见了吗？玉琴这孩子，对外甥啊，有点儿意思。"

"咳，你一天竟说些没影儿的话，我咋没看出来呀？"程浩不在意地回了一句。

"你呀，榆木疙瘩，啥，你也不知道。前几天，玉琴给小强买了一个白衬衫，那是背着她爹娘买的。你说，这不是对小强有意思，是啥？"

"嗯，要是小琴这孩子愿意的话，这可是一件好事啊。可这个事儿，得家里大人愿意，是吧？"

"你说呢，这还用问吗？常言说得好，父母之命，媒妁之言，不托媒人怎么能中啊？我想啊，大姐夫没得早，姐一个人拉扯这个孩子不容易。这个事呢，咱们得给张罗张罗。"

"嗯，过一年半载的，咱再托媒，孩子还小呢。"

就在这年的秋季，魏强的母亲收秋时在地里跌了一跤，大腿摔折了。魏强回家了。懂事的他为了不让母亲再吃苦受累，从此以后，魏强就再也没离开家，家里的所有活儿他都要自己扛起来。从此，来大舅家的次数很少了。前年冬天他来大舅家，和玉琴见过一次面。玉琴和魏强一见面，她半天说不出话，双眼噙着泪水，她看到自己日日牵挂的人长高了，长壮了。黑瘦的脸盘完全脱去了在舅家时的那种天真快乐，她埋怨魏强为什么不常来大舅家看看。总之，两个人唠了很多很多。最后离别时，玉琴面颊绯红，掏出自己早已绣好的一对鸳鸯手帕递给魏强："小强，我等你。"说完，她露出两个迷人的酒窝，转身走了。

那一刻，魏强才知道玉琴姐对他的一片心思，他手里攥着那个手帕，呆呆望着玉琴离去的背影。

第十二回 解放区人民庆胜利 热血男儿踊跃参军

两年了，玉琴姐现在怎么样了？魏强想起过去的事不知不觉地来到了王木匠的家门口。

"大叔！"

"谁呀？"

"我！小强！"

"哦！小强啊！哎呀，这孩子好几年没过来了。来了！大叔来了！"咯吱，大门一开，王木匠吓得一愣，站在门口的是一个穿着一身灰军装比他高半头的小伙子。

"大叔，我是小强啊。"魏强瞅着发愣的王木匠说。

"哎呀，大叔老了眼拙，差一点儿没认出来。快，快进来。"这时，小琴听到魏强来家了，放下手里的针线活儿兴冲冲走了出来。她走到屋门外，停住了脚步，一双惊诧的目光望着这位身穿灰军装散发青春帅气的年轻人。

"小强！"她惊喜地叫着，眸子里陡然闪现出晶莹的泪花。

"小琴姐，在家呢。"

"哎哟——小强来了？"

王木匠的老婆紧接着也出来了，一见面她就惊叫起来。

"哎哟——我的外甥长成大小伙子了，啧！啧！穿上这身衣裳啊，可真带劲！"

王木匠老婆这么说是按乡俗称呼的，给魏强说得不好意思地笑了笑。

"小强啊，这两年你在家也没大过来，我们都很想你，你娘的体格怎样？"王木匠老婆把一碗热乎乎的水放在魏强跟前，随口问了一句。

"我妈体格挺好的。"

魏强就把自己这两年的经历说了一遍。说完，他向玉琴说："玉琴姐，参加抗日以来，我懂得了许多事情，学了不少知识。你也来参加抗日吧，咱们一起打鬼子，保卫咱家乡，凭你的能力，一定比我干得好。"

魏强的一席话，激起了玉琴要参加抗日保家卫国的思想涟漪，但王木匠的老婆听了这话心里可着了慌，她赶忙接过话茬儿："小强啊，当兵打仗，那是男孩子干的，女孩子家，哪有当兵的啊，你琴姐可干不了那个。"

"妈，咋没有女兵呢？过去的花木兰，就是女的，替父从军呢！"玉琴问得母亲哑口无言了。

待了一会儿，魏强因为有事就告辞了。玉琴把他送到大门外，离开时，玉琴担心地向魏强问了一句："小强，我是女的，人家能要我吗？"

"琴姐，我跟石营长一说，保管能成。"

魏强说完憨憨地一笑，露出两个小虎牙。玉琴也笑了，她仿佛看到了童年的小强。

"那——你就给我好好说说，我愿意和你一起去打鬼子！"

"唉！"

魏强走了，玉琴站在石阶上望着魏强健壮而匆忙的背影又嘱咐了一句。

"小强！我说的事，别忘喽！"

"忘不了！琴姐，你回吧！"

两天后，大西沟和碾子沟的农委会先后都建立起来了，随后妇救会、儿童团等抗日群众团体相继成立。村政权成立后，抗日政府召开了对汉奸、恶霸的公审大会，处决了一些十恶不赦、罪大恶极的汉奸。抗日政府除了留下一部分军粮外，把鬼子从百姓手里征收的粮食按着征粮账簿又都退还给了广大百姓。人们都说："抗日联军是咱们老百姓的兵。"

玉琴在村上当上了妇救会主任，成了大忙人。王木匠的老婆这几天为闺女的事儿气得在炕上躺了好几天。她手指丈夫数落着："生是你惯的，成什么样了？一个大闺女家不在家学一手好针线活儿，在外一天天跟一些男人东跑西颠的，像个啥？丢死人啊！怎么养活了这么一个不争气的东西！"

"谁惯的？这孩子起小就这样，像小子似的。再说了，搞抗日，打鬼子也是对的。要不，让小日本鬼子在这儿，咱们能有好日子过吗？"王木匠劝她说。

"打鬼子，打鬼子！那是男人的事！她能干啥呀？啊？你们爷儿俩气死我了！我做的是哪辈子的孽呀！怎么摊上你们这两个玩意儿！"

"得了，得了，消消气吧！整天没完没了的，这是干啥呀？真是的。"王木匠在院里一边干着手里的木匠活儿，一边带气地说。

这几天，玉琴不顾妈妈的阻拦和生气，决心挑起妇救会主任这副重担。白天，她和妇救会的其他姐妹挨门挨户宣传抗日救国的道理，布置全村妇女

第十二回 解放区人民庆胜利 热血男儿踊跃参军

给抗日联军做军鞋，请李二先生写标语，带领着姐妹们贴标语。晚上，她招呼着庄里的姐妹们到村公所学习文化，真是忙得不亦乐乎。玉琴自从干上这个工作以来，每天起早贪黑，有时废寝忘食，可她并不觉得累。她要向魏强看齐，她看魏强每天晚上都参加学习，而且是那样认真，她的心里总是乐滋滋的。

这一天晚上，她和姐妹们来到学堂学习。时间还早，担任老师的二班班长姚雪明还没来。玉琴和姐妹们坐在座位上，掏出了本子和铅笔，等姚老师来。

人来得差不多了，玉琴看看魏强还没有来，就向屋外瞅了几眼。心想，老师就要来了，他怎么还不来？她焦急地再一次向外张望。

"玉琴姐，你找谁哪？"同桌的秋菊姑娘笑着问。

"我，谁都没找啊，我在瞅老师来了没有。"

"不对吧？琴姐。找我强哥呢吧？哈哈哈……"

"去你的吧，净瞎说，我瞅他干啥？"玉琴用胳膊肘戳了一下秋菊，不好意思地低下头，摆弄起手里的铅笔来。那乌黑的秀发挡住了她绯红的面颊。

半个月了，部队在解放区成立了军事指挥部，在香洼一带开始进行扩充整编。各个村子的大街小巷贴满了抗日救国的标语。各个村子的年轻人都踊跃参军。大西沟村公所院子里开完新兵入伍大会后，大柱、二柱兄弟两人首先报名。李二先生也把自己唯一的儿子永生送来了。

他凑到账桌前斜歪着脑袋看了一下记名簿子后说："给永生记上。"

"二叔，把你的宝贝儿子送来，我二婶答应了吗？"在桌前登记的王信开玩笑地对李二先生说。

"国家兴亡，匹夫有责。我和你二婶都想好了，让他到部队锻炼锻炼。"

不知谁说了一句："哎哟，这可是日头从西边出来了啊！"引起大家一阵笑。

庄里人都知道永生是李二先生老两口子的独子，那是捧在手里怕摔着，含在嘴里怕化了的心肝宝贝。老两口子送永生当兵去打仗真是出乎人们的预料。李二先生的女儿小凤看大家都笑话她爹，不服气地说："哟——咋啊？别人能当抗日联军，我哥当就笑话呀？我还要当哪！"她小嘴一噘，脖子一扬，一根粗大的辫子一甩甩到前胸。

"哈哈哈……"逗得大家又一阵大笑。

许多穷苦人家的父母和自己的孩子一起来到村公所报名参军。没过半天，大西沟、碾子沟两个村子就有五十多名青年报名参军。

部队一下子扩充到了二百五十多人。为了提升部队的战斗力，石营长决定：由各排排长组织领导，各班长为教官的军事训练。另外，各村都组建了民兵小队，同时和新兵一起演习训练。一场轰轰烈烈的抗日救国，保卫家乡的群众运动如火如荼地开展起来了。根据地的老百姓有了自己的抗日队伍保护，大家都有了主心骨。

农历十一月，虽然是农闲时节，可人们还在欢天喜地，高高兴兴地忙着农活。起粪的起粪，送粪的送粪，打柴的打柴，又过上了以前那样的山里的农家日子。

离过年只有半个月了，大西沟、碾子沟乃至香洼一带十几个村子的人们和往年一样，忙着做豆腐、杀猪、蒸豆包、扫房、赶腊脖子集买年货。解放区的人民喜气洋洋，到处都洋溢着欢乐、祥和的节日气氛。

为了防止鬼子利用过节对解放区人民进行偷袭报复，石营长命令葛振林和其他几名新兵教官抓紧对新兵进行训练，命令部队各级党员干部提高警惕，各司其职，严格布防，不分昼夜把守好各个交通要道。各村民兵边训练边配合部队参加站岗和夜间巡逻。

几天来，把守各个要道的民兵和部分战士向指挥部报告的都是："没有异常情况。"

大年这一天，石营长、马政委把部队的各级干部找到一起开了一个短会。重点强调了除夕之夜千万不能麻痹大意，严加看守要道隘口，保障各路情况传递畅达，以便各部迅速有效地配合作战。

除夕夜，万家灯火，爆竹声声。解放区的人民欢天喜地过了大年。

人们按着以往的习俗，正月初一吃饺子，早饭后，男女老少穿上新衣裳，梳洗打扮一番，去串亲拜年。到了初三、初四，各村办会的人又收拾出每年正月用的那些家伙——锣鼓镲，喜气洋洋、兴高采烈地敲打起来，初五以后，好乐和的人们踩着高跷，扭起了大秧歌。朴实憨厚的山里人沿袭着先人传给他们的一年一度的闲暇与快乐，找出属于自己憧憬的生活。正月的欢乐和喧闹接连不断，舒心的日子使他们渐渐地淡忘了两个月前任人宰割的痛楚。一直到了正月十五元宵节，热闹才算完事儿。这十五天，解放区没有鬼子来偷袭报复，一派太平景象。

十五这天，村长程浩来到指挥部。

他对石营长和马政委笑呵呵地说："营长，政委呀，有件事，我得跟你们叨念叨念。"

"啥事啊？老程。"

"是这个事儿，今天是十五。"

"是啊，咋啊？老程。"马政委不解地问。

"啊，那个——"程浩不好意思往下说。

"说吧，有什么困难？"

"不是。"老程挠着后脑勺笑了笑只好说出了缘由。

"咱这儿，一到正月十五就时兴'撒路灯'。你想想，这小鬼子啊，来到咱这儿差不多有一年了，这一年，人没少死。大家有这个意思，想办'撒路灯'驱除一下冤魂，今后过日子好太平一些。"

"我说老程，你咋信这一套？世上哪来的鬼神。这是过去一些坏人坑人害人的鬼把戏，这种迷信活动，我们共产党不兴这一套。老程，你向老百姓解释一下。"马政委也说："老程，今天是正月十五。鬼子趁十五，很有可能偷袭我们，这个时候，我们是马虎不得的。你向民众说明利害，劝劝乡亲们别办啦。"

程浩有些为难："营长啊，这事儿，每年乡亲们都办，今年不办不好说呀。再者说了，小鬼子过年都没敢来，十五哪能就来呢？就让乡亲们办一下得啦。有没有这码子事儿大家办啦，心也就平和了。您看呢？"石营长一看程浩成心思办这件事，强硬制止不让大家做，恐怕会引起大家不高兴。

"老程，你可不能忘了正事啊。鬼子过年不来，不能说十五就不来。你得安排好岗哨。"

"那是，那是！我绝不会含糊。营长啊——那我走啦。"

程浩一听两位首长对这件事儿默许了，高兴地走出了指挥部。

每逢正月十五，每个庄驱邪的人们都自愿地举起熊熊燃烧的火把，走上街头。几百支火把宛如一条长长的火龙,在锣鼓声中从村东头游向村西头。人们一直把邪恶送到村西口外很远的地方,方止住脚步。当地人把这种一年一次的驱鬼避邪活动叫"撒路灯"。今年和往年一样,没有鬼子了,人们可忘不了这个年年要做的事儿。

　　按照以往的惯例,这一天,人们吃完晚饭后要做好用麻绳裹缠的火把,月亮出来时,大人和知事的半大孩子把火把蘸上麻油,点着,随着街上敲锣打鼓的人群在各家各户的门口撒落下星火来驱送那些冤魂野鬼,为的是让每家一年弭灾免祸,平安无事。朴实的山里人墨守成规,他们认为,尽管抗日联军这些人不让信鬼神,可这老祖宗传下来的驱鬼避邪的法子不能丢啊!不管怎样,也不能破先人留下的规矩。

　　到了晚上,大西沟的男人和半大男孩都点起火把,融进了驱逐冤孽的灯火人流中,在当当当,嚓嚓嚓,当嚓当嚓当当嚓的异样锣鼓声中,人群挨家逐户洒下油火,由村东头缓缓地流向村西头。

　　正月十五,皎洁的月光泻下梦幻般的银辉,伴着喧闹的人群走进了深夜。程浩领着撒路灯的人群还没有走出村西头,二柱气喘吁吁地跑到程浩跟前,结结巴巴地向东比画着:"大,不,不好了!鬼子来啦!"

第十三回 日伪军偷袭解放区 小鬼子各庄大逮捕

"什么?"

"鬼,鬼子来了!"

"停!停!!别敲了!"程浩扬手高声大喊着。

程浩制止正起劲地打镲和敲鼓的人们,一切喧闹声戛然而止。人们都不知何故,愣愣地瞅着程浩。

"你刚才说啥?!"程浩神色突变,他简直不敢相信自己的耳朵,又问了二柱一遍。

"大!鬼子来啦!就要进村了!"二柱用袄袖擦着脑门的汗着急地说。

"这是真的?这不可能啊!各路口都有咱们的人把着,小鬼子难道他飞进来不成?"

"大,你快点儿吧!石营长让我告诉您,把村里的民兵赶快组织起来,葛排长正在村东山嘴那儿等着呢!"

"啊!好!我这就去!"

一听鬼子来啦,撒路灯的队伍顿时乱了,人们各个都慌了神儿,他们用脚踩灭火把,呼啦!人群一下子都散了,人们都要忙着往家跑。

"等等!大伙儿等等!"程浩右手一摆。

大家止住了脚步,不约而同地回首愣愣地望着程浩。

"刚才大家都听着了,我们刚刚过上几天消停日子,这小鬼子又祸害人来了。不过,大家不要怕,咱们有抗日联军,小鬼子他整不了。各家有民兵的,告诉马上拿枪出来,到村东头山嘴子那儿去集合,越快越好!"

不一会儿,四十多名民兵扛着枪全部到齐,调来的侦察排和一排战士已在山嘴排队等候。

距西沟村东有一里地的山嘴子是南山根伸出的一个不大的山包，山包浑圆向北拢来和西沟的后山形成鳌爪利鳌般的地势，这儿是阻击敌人最有利的地形。

葛振林面对着大家异常严肃地说："同志们，小鬼子袭击了北岭，现在朝西沟这儿来了。为了保护我们的父老乡亲，兄弟姐妹，我们要坚决地消灭来犯敌人！大家不要慌，要听从指挥，服从命令。"

情况紧急，刻不容缓。一排排长和葛振林一商量，两人马上作出决定。

葛振林站在山嘴黄崖下布置作战任务。

"侦察排的一班、二班在南面这个小山头，给你们一挺机枪，阻击从这儿山嘴进村的鬼子！"

"一班长！"葛振林冲侦察排队伍的前列大喊。

"到！"

"这山头儿由你来指挥！"

"是！"

"民兵队和侦察排的三班上北面那片山坡，埋伏在松林里，什么时候打，要听我的枪响，记住了吗？"

"记住啦！"

"现在大家开始行动！"

"是！"

"一排上北坡，在民兵队埋伏地点的右侧！"一排长一喊，三十多名战士迅速进入指定地点。

"老程，你还回村子。"葛振林冲着因没有安排而发愣的程浩说。

"葛排长，这里缺人手，我回村干啥？"葛振林这么说，程浩就更不理解了。

"你回村叫那几个打鼓打镲的，在村里使劲儿地敲打着，告诉他们别害怕，家伙别停下来。"

"啊——"程浩恍然大悟，"我这就回去告诉他们。"

大西沟村里消停了片刻后，咚咚嚓，咚咚嚓……鼓镲又有板有眼地敲起来。

第十三回 日伪军偷袭解放区 小鬼子各庄大逮捕

在程浩听到小鬼子偷袭扑向大西沟的事儿前半个时辰，大西沟村公所的马政委和石营长就已得到了这个消息。

原来，发现鬼子偷袭的是二排的两个战士，他们与鬼子遭遇在河东村北面拐弯的小山沟里，如果不是听到脚步声立刻蹲在一个黑石后，就要和鬼子碰个正着。

听了两名战士报告后，石营长立刻派出两名机灵的侦察队员前去侦察鬼子的动向，两名战士回来报告：鬼子有一百来人，已经过了河，向大西沟来了。所以，石营长把消灭鬼子的任务交给了夜间执行防务的侦察排和一排。他要求葛振林在大西沟村东面一里地远的地方——山嘴子阻击、消灭这些鬼子。

石营长知道，北岭失守了，是他犯了一个天大的错误。

"大意失荆州。"他自责地嘟囔着，后悔当初把这样的交通要塞交给了一群缺乏作战经验的民兵来看守，以致酿成大错令他追悔莫及。

这时，魏强赶到指挥部。

石营长一看，忙叫魏强。

"哎，魏强你来，正好我有事叫你去办。"

"营长，什么事啊？"

"鬼子现在过了河，你赶快去一趟碾子沟，告诉刘德贵集合村里民兵，快速赶到这儿！记住，要跟在敌人的后面，不能让鬼子发觉。等敌人来到山嘴时埋伏在沟外的那片杨树林子里，堵住他们的后路。小张！你带警卫班和魏强一起去。"

"是！"

香洼这一带的十几个村子都坐落在大冰沟北端群山脚下，依偎在青龙河畔。群山环绕的青龙河流域，方圆有近百平方公里的土地，这里，有着独特的自然风光。虽然地处塞外，却有"江南风景"的美誉。每当春寒料峭的二月，青龙河悄然脱去僵硬的晶莹洁白的躯壳，那清亮亮哗啦啦的河水首先给两岸带来温情美妙的春的律动。这儿，春天的脚步总比周围其他地早些到来。河水中，鱼游鹤立，野鸭成群，两岸的群山经不起这春水的诱惑，它们也开始着意自己的靓丽打扮。满山山花一簇簇、一片片争奇斗艳，绚丽多彩。烂漫的山花到处散发着馥郁的芳香。这里，风光旖旎，景色宜人，再增添这一洼洼四溢的芬芳，故得名"香洼"。

香洼如此与众不同的佳境来自这儿天造地设的自然环境。

这是一个四面环山的小盆地。西，是大冰沟高耸的山峰；南，是夹皮沟；北面是塔子山；东南，是南北两山相应的沟谷，也是青龙河进入香洼的入口处。在此，北面瘦骨嶙峋的猴子山与南面巍峨的龙宫山对峙。山间沟谷里，从东而来终年奔腾不息的青龙河水在此峰回路转，傍山逶迤而行十余里后钻出山谷，徜徉于香洼盆地后又义无反顾地流向西北……

香洼东北处有一个小岭，叫北岭。岭北向东，村庄也多了起来。所以，这里的人们经常出外的路只有两条：一条是向北的路，走北岭；一条是东南方的山谷里的道，这条路与河相伴。在山谷，沿着青龙河向东逆流而上，走十里的路就到了达摩洞、西庄、东庄、东沟、南台子等村子。这条路有一个咽喉之地，那就是东山梁。

此次偷袭香洼的日军，正是精赤带领的部队。精赤的部队轻而易举地越过北岭，是因为当天站岗的民兵疏忽大意。看守北岭的民兵大都是住在附近村子的人。十五这天下午，住得较远的民兵向民兵队长刘涛请假，要回家过节。刘涛想起葛排长的再三嘱咐，不允。

一心想要回家过节的九名民兵围着刘涛央求："队长，我们吃完饭就回来，不会耽误事的。"

"队长啊，今天是十五，家家团圆，就放一次吧。"

"队长，哪儿那么准哪，鬼子就今儿个来。这半个月了，我们天天在这儿守着，啥事都没有。"

"是啊，队长，咱这儿有抗日联军部队，那鬼子来，他也得琢磨琢磨。"

大家七嘴八舌，说得刘涛没了主意。一想，是呢，这些天，都没事儿，偏偏今天就能有事吗？今天是大正月十五，回去一会儿，不会耽误什么事。刘涛想到这儿就放了话："你们回去吃饭吧，可有一宗，吃完了，就得马上回来！"

"唉！队长，我们吃完饭就回来。"下山的人一哄而去。

住在山下的堂弟刘四也求哥网开一面。

"哥，今儿个大十五，我也回去一下，给你们拿些好菜来。再拿几棒子好酒，咱们在这儿也好好过过节。行不？"

"老四，快去快回！"

"中！"说完，刘四兴冲冲地下了北岭。

岭上，只剩下队长刘涛和两个民兵看守。日头压山时，刘四咧着大嘴乐呵呵地背着满满的一布兜子吃的东西上山来了。到了刘涛和两个弟兄跟前一掏，什么猪肘子、猪肝、猪耳朵……

"嘀！全是好吃的啊！"三个人惊喜地叫着。

他们盘坐在光秃秃的一片沙石上，喜笑颜开地抄起碗和筷子……

刘四得意地说："等会儿，还有这个呢！"

他从棉衣兜里又掏出了两棒子六十度的小烧。

"嘿！够咱哥几个喝的了！"

三人一围，你一碗，我一碗，就着菜尽情地喝起来。

"来来！你再喝点儿。"刘四被拽到跟前和三人又喝起来……

太阳在西边的山顶沉落了，回去的人还没回来。队长刘涛站起来望了望山坡小道："这几个人咋去这半天？"

"哥，今儿个十五，哪家不得过个团圆节？这疙瘩有咱几个呢，你别着急，一会儿就上来。喝酒。"刘四拽哥哥坐下接着喝起来。

两棒子酒都喝了，四个人喝得醉醺醺的，迷迷糊糊地仰躺在岭上一个背风的地方。不一会儿，各个鼾声如雷。

鬼子摸上了岭，前面的鬼子听到鼾声，他们迅速地悄悄围了过去，月光下，只见四人横躺竖卧打着呼噜酣睡着。十一支步枪都放在一旁。

精赤知道这是抗日联军在这儿设防。此时，他咧开黑乎乎的大嘴轻蔑地笑这些曾经让他黑夜仓皇逃遁的抗日联军原来也是一群愚蠢可笑的笨蛋！用这些人把守这条重要的山路，他们可真是失算了。他手一挥，鬼子们的刺刀一起扎进了四个人的胸膛。如注的鲜血溅到了鬼子的身上。可怜这四个年轻人，在醉睡中，就这样惨死在鬼子的刺刀下。

夜晚，村村锣鼓喧天地热闹着，给这支偷袭根据地的鬼子部队留下了一个可乘之机。要不是从东梁回来的两位战士遇上敌人，那就不堪设想了。

石营长想，鬼子从北岭偷袭，必有大队人马从大路杀来。东梁必将有一场激战。布守在那里的二、三排战士还不知道现在的情况,形势严峻,他必须马上赶到东梁。

"马政委,村东面山嘴子阻击鬼子的人员已布置完毕,我去一趟东山梁。"

"老石,东梁我去吧。"

"政委,这事儿咱俩就别争了,警卫员!"

"到!"警卫员进屋向石营长行了一个军礼,等待命令。

石营长一边系腰带一边说:"你呀,给我保护好政委,要有什么闪失,我可饶不了你!"

"是!"

他瞅着站在眼前刚刚报告完的两名战士。

"你俩跟我上东山梁。"

说完,他就疾步走出了村公所的大院。石营长知道情况非常危急,鬼子一定会兵分两路,从东面的达摩洞来的敌人大部队沿青龙河西下进攻东山梁,越过北岭的鬼子听到枪声如果不去大西沟,转而扑向东山梁,那么东梁六十名战士就会遭到敌人的前后夹击,腹背受敌,这样的话,他们的处境会非常危险!

越过北岭的鬼子,在鬼子小队长精赤的带领下,绕过河东、小北杖子两个村庄,直奔大西沟而来。

正月时节,寒冷依旧。青龙河河床上冻着厚厚的洁白的冰。宽阔的冰面与皎洁的月光遥相辉映,宛如白昼一般。精赤未料偷袭如此顺畅。他听村村敲锣打鼓,可想这里的军民毫无戒备,于是,作出了趁着这时候,先干掉大西沟的抗日联军的指挥部,然后在悄悄返回扑向东山梁抗日联军的决定。

日伪军偷袭部队悄悄地从冰上走过,他们躲过山庙村,直接向西扑向大西沟村。

鬼子到达山嘴脚下,听到大西沟村里锣鼓喧天,热热闹闹,似乎对他们的到来毫无察觉。狡猾的精赤命令大队鬼子悄无声息地从后山上去,绕到庄后,企图居高临下,控制村里抗日部队的反击。让一小部分鬼子经村东山嘴子悄悄前进,到村东口突然进村袭击抗日联军指挥部。

上山的鬼子在精赤的带领下,像一群羊一样争先恐后地顺着山坡往上爬。

第十三回 日伪军偷袭解放区 小鬼子各庄大逮捕

敌人就要进松林了，埋伏在林子里的战士和民兵着急地等待发令的枪声。

"啪！"随着一声枪响，山坡的一个鬼子倒下，嗒嗒嗒……嗒嗒嗒嗒……埋伏在松林里的那挺机枪吐出火舌。轰隆！轰隆！一个接着一个的手榴弹爆炸声把鬼子打个晕头转向。精赤大吃一惊，原来抗日联军已经发现他的偷袭部队，早有了准备，上山的鬼子全都退下山来。走大道进村的敌人同样遭到南面山包上一、二班战士的猛烈阻击溃退到离山嘴一百多米远的洼地处，和大队的鬼子聚集在一起。精赤清点人数，九十多人的队伍一下子剩下七十余人。他气得像一头疯牛，命令两挺机枪向北面的松林进行扇形交叉式的疯狂猛扫。密集的子弹射向北面山坡的松林，有几个民兵在敌人扫射中阵亡。精赤借着月光看清了南北的地势。南面山头平矮，如果拿下北山坡的树林，就可以完全控制对面的南山嘴。狡猾的精赤命令两挺轻机枪对北山坡不断地进行猛烈射击。然后，命令整个部队向北山坡冲去。

葛振林告诉大家："要沉住气，等敌人靠近我们的时候再打。"

一班长一看敌人全部进攻北坡，他想，这么多的鬼子在两挺机枪的配合下都进攻北坡，一定会给排长和北坡的战友增加巨大的压力。北坡一共有四十名战士和三十多名民兵，他知道情况危急，急中生智，准备下山夺敌人那两挺机枪。他望着山脚下鬼子疯狂射击的那两条火舌，命令身边的两名战士与他一起下山。

"周海波！小赵！跟我来！"

"是！"

"手榴弹！"

战士们知道班长的意思，把手中的手榴弹都给了一班长和两名战士。

小周、小赵掖好手榴弹在一班长的带领下快速摸下山去。他们猫着腰绕到鬼子机枪手的后面爬向敌人，九十、八十、七十……鬼子的机枪手顾头不顾腚，一个劲儿地向山上射击，哪知一班长到了他们的身后。

三人离鬼子机枪手只有二十米了，三人停了下来。一班长打了一个手势。"嗖——嗖——嗖嗖——"三个人的手榴弹分别投向机枪吼叫的地方。轰！轰！轰！敌人的机枪立刻变成了哑巴。三人如猛虎一般跑到机枪跟前，把炸伤和炸死的鬼子踹到一旁。一看，一挺机枪炸坏了，另一挺机枪完好无损，一班长高兴地笑了。

"用这个!"

嗒嗒嗒嗒嗒嗒嗒……两名战士架起鬼子的那挺机枪向往山上冲的敌人猛烈地射击。

"我来!"

一班长还觉得不够劲儿把机枪接过来,咬着牙猛劲儿搂着扳机。嗒嗒嗒!嗒嗒嗒……山上的敌人一片一片地倒下去了,突然,一个被炸昏的鬼子醒来,他向身旁趴在地上射击的一班长扑来,并用手死死地掐住一班长的脖子,身旁的小赵急了,掏出腰间的手榴弹照着鬼子的后脑勺使劲儿地砸去,啪嚓!那个鬼子的脑袋立刻开了花。一班长用脚一蹬,扑通!死尸翻到一旁。

一班长用手擦抹了一下溅到头上的脑浆,对攥着手榴弹的小赵说:"看看这几个还有活的没有。"说完他又趴下向山上的敌人猛扫。

敌人的机枪哑巴了,枪声再一响起,鬼子一片一片地倒下。战士们知道班长已经得手。二班长命令手中的那挺机枪对着北山坡,向往上蠕动的鬼子群射击。山坡上的敌人死的死,伤的伤。就要冲进松林的鬼子又被林子里埋伏的部队一阵手榴弹给打了回来。敌人在山坡上,上,上不得;下,下不来。精赤见山下爆炸声后,山下的那挺机枪不再向林子里扫射,而是向冲锋的日军射击,知道两挺机枪已落到了抗日联军的手里。他后悔怎么没保护好这两挺机枪?

精赤命令身边的小队鬼子。

"把机枪夺回来!"

精赤和五个鬼子顺山坡一起滚下来,离一班长不到二十米的地方,鬼子掏出手雷向喷着火舌的地方投去。轰轰轰……一班长当即被炸昏,小赵在爆炸声中壮烈牺牲。小周跑到班长跟前一看班长的胳臂搭在机枪把上,一只手被炸伤,人已昏了过去。

"班长——班长——"

狡猾的鬼子不站起来,他们顺着山坡连滚带爬迅速向三人逼近。周海波把班长挪到一旁,他移动一下机枪,向从山上扑来的鬼子进行射击。可机枪怎么搂都不管用,成了哑巴。机枪坏了,鬼子就要扑到跟前了,小周丢开机

第十三回 日伪军偷袭解放区 小鬼子各庄大逮捕

枪掏出手榴弹甩向鬼子,同时他被鬼子打中倒了下去。六个鬼子冲到跟前一看,两挺机枪已经都不能再用。

"队长,机枪全废了。"一个鬼子向精赤报告。

精赤听说两挺机枪都成了废物,又怒又悔:当初为什么不保护好它们?没有机枪将意味着什么,他心里最明白。现在只好硬拼,他命令部队不惜一切代价拿下北坡。这是控制、占领大西沟的关键。

"冲啊!消灭他们!"他挥舞着战刀怒喊着。

鬼子端着枪边打边向山上冲,趴伏在前沿阵地的一排战士并不还击。

一排长告诉战士:"大家听着,子弹、手榴弹都省着点儿用,让鬼子靠近点儿再打。"

鬼子冲进了林子,看不到人影,也没有还击声,以为阻击部队已撤退,他们凶猛地往上冲。

"打!"一排的战士一起向鬼子射击,嗒嗒嗒……嗒嗒嗒……松树下机关枪喷着火舌射向扑上来的鬼子群。鬼子倒下了一大片。后面的鬼子又涌了上来。而且离一排越来越近,好多战士手里已没了子弹。有几个鬼子端着刺刀冲到了一排阵地和战士们厮打在一起,被战士们一起下手弄死。眼看着大队鬼子成群地冲到一排战士跟前,就要冲破一排的防线,这时,侦察排战士带领民兵队冲了过来。冲在前面的鬼子又一次被打退。

"同志们,捡家伙!"葛振林喊道。

刚喊完,就听到山下传来了众人的呼喊声。

"抓住鬼子呀——别让他们跑喽——"

精赤指挥鬼子在林子里正想向葛振林他们做最后的一次冲杀。听到山下传来了铺天盖地的喊声,知道抗日联军来了援兵,并堵住了他的后路。他想:我的部队被包围了,再硬拼下去非全军覆没不可。

"撤!"

他战刀一挥带着仅有的五十四个鬼子顺着山路逃走。

阻击敌人的几路人马汇集在山嘴外的林子里。葛振林与一排长商量,决定一排长带领一排战士今夜去北岭,侦察排和各村民兵带着刚缴获的武器由葛振林率领去东梁。

东方已露出鱼肚白，战士们在东梁守候一宿。

"敌人不能从东路来了。"石营长对大家说。

东路的敌人的确像石营长说的那样不来了。精赤后半夜逃回达摩洞，向上峰藤岛大佐汇报了这次偷袭惨败经过，被藤岛狠狠地掴了四个耳光，打得精赤少佐嘴和鼻子都出了血。精赤一动不敢动，像木桩一样直挺挺地站着。藤岛两颊上的青筋突起，他大骂精赤："八嘎！谁让你自作主张去大西沟的？你误了我消灭抗日部队的整个计划！我要对你军法处置！"他命令两个鬼子先把精赤押送到要路沟再做处理。

精赤偷袭惨败，打乱了藤岛偷袭部队从北路潜入后伺机行动，再对东山梁的抗日联军进行里外夹击的歼灭计划。对于大西沟的阻击，他怀疑皇军内部有了抗日部队的情报人员。

随他一起前来的讨伐大队长张大炮说："太君，我看是达摩洞这里的人报的信，要不这抗日部队怎么就像猎人下套子一样等我们钻？"

"赵大队长，你看呢？"藤岛问这个上峰新派来的，也是让他一直不放心的大队长。

"太君，我觉得北岭设防空虚，我们顺利地通过北岭，说明我们的计划没有泄露。"

"什么设防空虚？太君，这明明是抗日联军放开的口袋嘴，让我们钻进去后再扎起来，揍我们！"张大炮反驳说。

赵万奎用鄙夷的目光瞅了一下这个土匪出身的同伙。

"抗日部队不是傻子，他们不会想不到如果放进我们的部队，会'后院起火'腹背受敌的。如果我们的部队不去偷袭大西沟，而是按计划行事，等我们东路部队与东山梁抗日部队守军交火，潜伏的部队再抄他后路，内外夹击。我想，这时抗日联军已经不复存在了。"

"那你说说，大西沟山嘴埋伏的那些抗日联军是怎么回事。"张大炮不服气地问。

"鸟儿过还有影子呢，何况近百人的队伍，在月光下进行十多里路的行军，途中能保证没有人发现吗？"

藤岛听了赵万奎一番话觉得在理。但这样损兵折将，偷鸡不成还白搭了

第十三回 日伪军偷袭解放区 小鬼子各庄大逮捕

一把米的事儿，他能甘心吗？

于是，他命令部队："有嫌疑的人，统统地抓捕！"

藤岛一声令下，日伪军马上分成几支队伍扑向达摩洞的各个村子。

已经后半夜了，人们已经睡觉了。不到一个小时，三百多名日伪军和一百多人的讨伐队迅速地包围了东庄、西庄、东沟、大石门沟和南台子等村庄。

八百多名群众都被赶到西庄南面青龙河边的一片沙滩上。鬼子的四挺机枪对着微动的人群，日伪军和讨伐队端着枪，把人群围得严严实实。蜿蜒的银河透着深夜的寒气，河边，冲淤在沙滩上的白花花的鹅卵石被集聚的人群踩动着发出咔啦啦的声响。灰茫茫的月光铺盖着清冷的山川，静静守候着连它也不知道的结局。对着人群不远处，西山山腰悬崖里那座古庙似乎也瞪大惊诧而悲悯的双眼，注视着这群惶惶不安的人们。

翻译官潘文按着藤岛的旨意高声喊话，当然还是老调重弹的那些话。

"乡亲们！大家不要怕！皇军请大家到这儿来，主要是找出串通共匪的人！也就是说给抗日联军通风报信的。找出这些人，你们就可以回家了！皇军说了，如果谁能指出这些人，皇军要赏他二十块儿大洋！"

人群中没有人说话。不一会儿，翻译官拿来一张皱巴巴的带字的纸，他左手捏着手电照在那张纸上向在场的人们高声说："现在！我念一下这些人的名字，念到谁，谁出来！白永富，牛大山，李会友……"八十多名群众被叫出了人群，这时，走过来一队日本兵和伪军，端着刺刀呼啦一下把出来的这些人团团围住，翻译官一个接一个地审问，大家闭口不语。

讨伐队队长张大炮走到跟前说："翻译官，你这么审，审到明天早晨他们也不会说的，瞅我的。"

他手里拎着一根镐把粗的柴木棍开始问一位老人："你和香洼哪家有亲戚？"

"军爷，我没有和他们来往啊！"

啪！啪！当时这个骨瘦如柴五十多岁的老人被打倒在地上，接着张大炮的木棍像雨点儿一样向躺在地上的老人没头没脑地打去，老人抱着脑袋在地上叫着，翻滚着，直到他不叫不动了，张大炮才松了手。轮到第二个，张大炮还是那句话。

"你和香洼哪家有亲戚？"

"河南老倪家是我姥家。"

"嗯，你挺老实。"

张大炮拎着木棒向前迈了一步，到了第三个人跟前，用鼓努着的眼睛斜睬着瞟了一眼李会友，随后拉着阴阳怪气的腔调问："听说，你和大西沟程浩是表兄弟？"

"这不假，他是我表兄。"

"你表兄是袭击大日本皇军，跟抗日联军跑的人。"

这时，张大炮把眼皮挑起，骨溜溜的牛眼一动不动地盯着李会友。

"这事儿，我不知道。"

"死到临头了，你还嘴硬，来！"

两个膀大腰圆的家伙上来了。

张大炮瞅着李会友的衣领皮笑肉不笑地说："小子，嘴硬是吧！不给你点儿厉害，你就不知道马王爷是三只眼。来！给他来个'锅里炖'。"这两个家伙拿着麻袋，不由分说把麻袋往李会友脑袋上一套按在河滩上，把他的身子全部塞进麻袋里后扎上绳。两人抬起麻袋往地上使劲儿摔，然后又踢又踹。十来分钟过后，两个家伙把李会友倒了出来。这时，只见他蜷缩着身子，鼻子、嘴、眼睛、耳朵都在往外淌血，已然奄奄一息了。

到了第四个人，翻译官喊完名字，没等敌人去拽，一位老人自己走了出来。这个人与众不同，只见他戴着一副眼镜，月光下，依稀可见他清瘦的脸上没有一点儿恐惧的神色。他迈着大步，羸弱瘦长的身材让月光在沙滩上拉出一条纤细的影子，他穿着一件灰色的长棉袍。此人本来有些驼背，可现在身子骨却挺得很直。他就是达摩洞上下沟有名的私塾先生李济州，张大炮并没有瞅这位老人一眼，他只为他高超的损招自鸣得意。

"看着了吧！不说，嘴皮子硬就得挨收拾。"张大炮说到这儿，才撩起眼皮瞅了一下他要教训的这个人。

"我要是猜不错的话，你——好像是一个文化人。文化人呢，都识文嚼字，知书达理。大道理呢，不用我说。把你知道的给抗日联军报信的人都说出来，省得挨揍。"

第十三回 日伪军偷袭解放区 小鬼子各庄大逮捕

"你让我说啥呀?"

"嘿——这个老东西!你是真聋啊还是装聋,啊?跟你说了半天,你还和我磕牙,你想找死啊?"

李济州瞅了瞅这个助纣为虐、为虎作伥的狗汉奸,早已义愤填膺。

"古人云:'玉可碎,而不改其白;竹可焚,而不毁其节。'做一个堂堂正正的中国人,死何足惜啊。可怜的是,那些卖国求荣的行尸走肉们,他们死了,那就惨了。死后得让人们鞭尸五载或暴尸荒野,死无葬身之地。因为他们作恶多端,恶贯满盈,是天理难容的!"

"啪!"

张大炮一个大耳光把济州老人打倒在地,他恶狠狠地吩咐手下人:"打死这个老不死的东西!他妈的,用这些之乎者也来骂人,呸!老子就当狗放屁!打!"

几个家伙一起上来,一个揪住李先生的长袍衣领把他像抓小鸡一样薅起来,冲着脸就是一个"通天炮"。当时老人脸青鼻肿昏倒在地,接着四个家伙你一脚我一脚,把老人踢得一动不动才松手。

"队长,这个瘦猴子死啦。"一个便衣来到张大炮跟前报告。

藤岛知道张大炮这样做,是土匪的惯用手法,不过是发泄一下野性罢了,他一点儿都不感兴趣。不过,他不阻拦这个土匪在这儿对广大民众肆无忌惮为所欲为地大发淫威。他认为让张大炮施暴,可以杀一儆百,来警告达摩洞的老百姓,不要接近抗日联军。

藤岛心知肚明,抓来的这些人都是日出而作、日落而息的庄稼人,审问他们私通抗日联军,那是脱裤子放屁——多此一举。既然一无所获,藤岛只好草草鸣金收兵。他命令日伪军和讨伐队逮捕所有值得怀疑的"抗日"分子,押往热河监狱。就这样,达摩洞有八十多人被送进了热河日本宪兵警狱的大牢。

大西沟山嘴阻击战,打得日寇屁滚尿流。这一仗,使这里的广大人民群众增强了抗战的勇气和斗争的信心。同时,大家也提高了警惕性。各个路口,抗日联军和各村民兵配合守卫。村里男女老少在抗日救国会、妇救会的号召下,积极筹措军粮、军鞋和军袜等军用物资。各村的夜校都学着西沟的样子陆续办起来。

程浩觉得这件事全怨他，疏忽大意差一点出大事。第二天，他不好意思地向石营长和马政委作了检讨："你说我这玩意儿，咋就不记甩头？这小鬼子偷着来也不是第一次。我咋就好了伤疤忘了疼了呢？这样的傻事再不能有第二次了，太险了。"

"鬼子鬼子，老程啊，我们为什么叫他鬼子？就是说他有一肚子花花肠子，又凶残又阴险。对他们，我们要时刻警惕才行，以后注意就是了。"石营长说完把烟袋锅子往一旁一放接着说："这事，不怨你啊！说实在的，错误全在我们身上，是我们对敌人袭击缺乏足够的认识和准备造成的。"

"是啊，老程。问题出在我们俩身上，这次事件给了我们大家一次刻骨铭心的教训，巩固抗日根据地，保护我们的胜利果实，要时时刻刻提高警惕，严加防患不能懈怠才是。不然，我们的根据地就会得而复失。"

这几天，王玉琴和姐妹们可忙得够呛，每天晚上，她们学习完了还要分工到各村夜校去教字。为了宣传抗日救国的道理，提高广大群众的思想觉悟，部队派一些有文化的干部和战士有时间都到夜校去任教。还有战士主动帮一些困难老乡挑水、劈柴、扫院子。解放区人民一边学习，一边劳动，拥军爱民的风气，已成了解放区的一道亮丽风景线。

一位住在河西村历经沧桑的鳏寡老人拄着拐棍颤巍巍地对众人说："我打自个记事儿起，从来没见过这样好的军队，也没听说过女孩子也念书识字，这世道可真变啦。"

清明三月，桃花开了，杏花开了，梨花也开了。青龙河用它甘甜的乳汁悄悄地滋润着两岸松软的土地。春，喧然而至，它兴冲冲地敲开了千家万户的门窗，温情地抚摸着人们欣慰的笑脸。解放区人民在农会领导下，开始了轰轰烈烈的春耕生产。

这一天，部队和村委会在一起开了一次春耕会。大家商量着如何帮助一些困难的群众种地。

二胡椒桂珍正在院子里和自己男人张怀仁种土豆，听到了街上有人说村里开会。她对正在埋头勾垄的丈夫下了一道命令。

"嘿！你把镐放那儿，听听外面说啥。"

第十三回 日伪军偷袭解放区 小鬼子各庄大逮捕

"啥?"

"你耳朵塞驴毛了?什么你也听不着?"

二胡椒把盛土豆的筐往地下一蹾,扭身跑了出去。

"哟——他二叔,这么忙干啥去呀?是不是开会去?村里开什么会呀?"她笑盈盈地问正走到她家门口的王信。

"村干部在村里商量给困难人家种地的事儿。"

"啊!这事儿啊,这是好事儿啊!啊?"

王信走过后,二胡椒想:抗日联军政府给困难人家种地,肯定不会要钱,这便宜的事儿不找白不找。她转身到了院里招呼园子里的丈夫:"唉,你自个先种着,我出去有点儿事儿。"

"干啥去呀?"

"干啥去,你管不着!干你的得了。"

二胡椒忙三霍四到屋里换上新鲜的花夹袄,用脸盆的水摩挲几把脸,把本来不乱的头发散开,重新用木梳梳理一番。她照着镜子,左瞅瞅,右看看,一直把头发扎到她满意为止。然后,打开雪花膏瓶盖,用二拇指掭了两下涂在脸上,轻轻地涂抹……如此打扮,她恐怕美中不足,又拿起了镜子,前后上下细细打量一番,才心满意足地走出来。她向丈夫甩了一句"我走了啊"便走出了大门。

二胡椒兴冲冲地来到了村部,直奔开会的屋子,掀门帘刚要迈进去,一看,又忙把身子缩回来。原来屋子里除了程浩,其他都是陌生的面孔,她只好把身子倚在门框上,把着意打扮的那张脸探到屋里。

她调了调嗓门,向屋里正在开会的程浩说:"大叔啊,听说你们给困难人家种地,你们行行好,给我家那几亩地种上呗,今年什么也干不了。"

"你先回去吧!"程浩瞅着她妖里妖气的样子,不耐烦地打发她走。

"哟——大叔,你听我把话说完哪,我说的都是真的,不信,我领你到我家看看去。这个事儿,我就指望您啦!"

"去吧!去吧!"程浩用手背向外摆了几下,示意她快走。

"那我就走了?"

二胡椒扭动着屁股走出了村部。走到大门口,她突然停下了那两只小巧的脚,心想:这事儿,中不中啊?我得问准。可又一想,程浩刚才给她的青白眼,再去只能讨个没趣,算啦,凡是给别人家种,就得给我种!

这一天,石营长和两个战士在大洼山脚下帮孤独的赵老头种地。

突然,警卫员跑来报告:"营长,我们在西沟沟里抓住两个身份不明的人。"

"人在哪儿?"

"那儿,这就上来了。"警卫员手指山下的坡路。

石营长往山下一瞅,只见大柱和几名新战士押着两个被绳绑着的人向这儿走来。在前面的这个人穿着一身青布衣裳,浓眉大眼,四方大脸,中等身材,看上去有三十来岁。到了石营长跟前,此人一见石营长笑了,石营长一看也愣住了。

"哎呀!老周!"石营长叫大柱,"快把绳子松开!"

营长见到他们这么高兴,这两个人到底是谁呀?大柱他们都愣住了。

第十四回 大部队连夜赴战地 勇士热血大战日寇

来的人叫周树国,是冀东军区第一主力团二营营长,以前和石营长都在一个团,是石营长的老战友。原来周营长是冀东军区首长派来送信的。

在回村公所的路上,周营长对石营长说:"老石啊,时间紧迫,所以首长派我跑一趟。"

石营长知道周营长从关里爬山越岭来找他们,不用说,一定是事关重大,情况紧迫。他们边走边谈:"老周,啥事啊,这么急?"

"首长让我告诉你,首长在大石岭镇与你们见面,并要求你们部队务必在天亮前赶到大石岭镇,有紧急任务。"

"啊,请告诉首长,我一定执行命令,按时到达大石岭镇。"

到了村部,周营长和马政委见面聊了几句,就匆匆辞别。

石营长、马政委和程浩商量:部队明早到大石岭,今晚必须出发。为了防止敌人报复,保护人民群众,石营长临时任命村长程浩为民兵大队长,把五个村的民兵小队编成一个民兵大队统一归程浩指挥。另外,为了稳定民众情绪,部队今晚撤走,要严加保守秘密,不能泄露任何一点儿消息。

石营长对程浩说:"老程,这里的事,全靠你啦,估摸几天后,部队就能回来。"

"你放心吧,我宁可丢了脑袋,也不会让小鬼子大摇大摆地进来!"

"嗯!"石营长回以完全信赖的目光,微笑着用手使劲儿地拍拍程浩厚实的肩膀,点了点头。

玉琴听说部队要走,她执意和部队一同南下。部队就要出发了,她焦急地找到了打背包的魏强。

"小强,你出来会儿!"

"琴姐，啥事啊？"

"你就出来会儿吧，快点儿！"玉琴着急得直跺脚。

魏强一出来，玉琴把他拽到一边说："小强，你去找营长说说，我也跟你们去。"

魏强一听皱了皱眉头："小琴姐，部队不要女的。"

"谁说的！部队也有女兵，葛排长讲过，女兵一样打仗，有的还当卫生员呢，快去！给我说说。"

"姐，你就别去了，你知道，现在咱们部队一个女兵都没有，石营长哪能答应？"

"你看你！没说呢，怎么就知道他不答应？快点儿的！再晚就来不及啦！"她不由分说拽着魏强就往指挥部跑。

玉琴跑到石营长跟前，瞪着眼睛拽了一下魏强的衣袖让他快说。石营长忙着整理一些东西，回头一看两个人跑来谁都不说话，感到奇怪。他扭头望了一下，又忙起来："什么事啊？"

"营长，琴姐她……"

"到底怎么回事？快说！"石营长一边忙着一边让魏强快点儿说事，时间紧迫，他还有许多的事情要处理。

"营长，我也跟你们去！"玉琴看魏强不说就自己鼓起勇气说了出来。

"什么？跟我们一起去？不行！不行！有些事啊，我正想和你谈谈。"这时石营长放下手中活儿，转过脸瞅着王玉琴焦急的神色，郑重其事地说，"玉琴，我们进口里打仗，几天就回来。这几天，需要你和你程叔叔做好解放区的防务、生产各项工作。入伍打仗的事，以后再说。"

"营长！我哪里做得不好，您可以提嘛，为什么不让我入伍？"玉琴把嘴一噘不高兴地说。

"小琴啊。"石营长坐了下来。

"我跟你说，你的工作做得很出色。为部队，为老百姓，为抗日做了许多工作，我们都非常欣赏你这样的热血青年。不过，这次部队要进关里作战，要应对意想不到的各种复杂情况。刀尖见血，你呀，还没见过。这么说吧，你在家帮助程村长做做工作，这里的工作很多，也很重要。"

第十四回 大部队连夜赴战地 勇士热血大战日寇

"营长！您是不是认为我是女的不能打仗？我保证，别人行，我就行！打仗，我决不后退半步，绝不会给部队添麻烦、丢脸的。营长，你就让我跟你们去吧。"

玉琴一个劲儿地央求着，这倒让石营长犯了难，根据目前的情况，部队要急行。不分白天黑夜地走，部队带个女的，实在是感到不方便，不带吧，玉琴苦苦央求，执意要去。部队就要出发了哪有时间做她的细致工作？正犹豫不决，玉琴用牙紧紧咬着下嘴唇，一双黑葡萄般的大眼睛瞅着石营长的面部表情变化。她看出营长思想有点儿松动，便用胳膊碰了一下呆呆立在那里的魏强，满脸焦急的样子，向魏强递过一个眼神，让他帮忙说几句话。魏强"啊"一声从茫然中醒悟过来。

"营长，让我琴姐去吧，她可能吃苦啦，拳脚功夫比我还厉害。"

"又来个帮腔的，得了，那就照量照量吧。"

王玉琴一听石营长答应下来了，高兴得眉飞色舞，脚跟踮起恭恭敬敬地向石营长行了个礼："感谢营长！"

"你回去赶快准备一下，部队一会儿就出发。"

"是！"

玉琴兴奋万分，转身正想走。

"等等，魏强！你和你琴姐一起去，告诉葛排长一声，就说我说的，王玉琴主任先安排在你们侦察排。"

"是！"

魏强用祝贺的眼神高兴地瞅了瞅玉琴，两人跑出了指挥部。

夜幕刚刚降临，队伍静悄悄地离开大西沟，向大冰沟进发。二百五十多人的队伍，宛如一条蜿蜒蠕动的巨蟒，由北向南穿行在大冰沟幽暗漫长的沟谷之中。夜里行军情更迫。队伍经过五个小时的急行军到达了一个沟谷的开阔处，再往南走，前面一个小岭挡住了去路。

李凤山和走在前面的几个当地的新兵向石营长介绍：这是大冰沟南头了，翻过这个小岭扎下去，那边山下就是青龙河了，过了青龙河南岸不远有个七八十户的村子叫蝎子洞，再走十五六里地，就到了大石岭镇。石营长掏出怀表看看，正是半夜的时候。到目的地还有二十多里的路程。他命令部队原地休息。葛排长和魏强一起走到王玉琴跟前："小琴，行吗？"

葛振林清楚，侦察排在部队里经常接受特殊军事任务，是在尖刀刃上行动的一支小队。她一个女孩子家跟着，这不是胡闹吗？他心里埋怨，营长怎么想的呢，把她安排在哪个排不好，偏偏安排在侦察排里，碍手碍脚的，这不是个累赘吗？净给我添麻烦。不行，跟营长说说，叫两个战士把她送回去算了。

"排长，这点儿路不算什么。"

"那就好。"

葛振林走到一边坐下来，他打着松动的腿带，心里嘀咕着：瞅着吧，有你哭鼻子的时候。

此时，王玉琴跟着部队南下，开启了她的部队生活的新历程。即将到来的新奇、火热的战斗生活激荡着她的心房，激情与满足驱除了她夜间急行的不适与疲惫，她兴奋地微笑着捋了捋两边的头发向耳朵后掖去。突然，她想起了一件事儿：魏强的鞋子是刚成立妇救会时候给他的，穿了这么长的时间了，今天走了这么远的山路还能穿吗？

"小强，我问你点儿事儿。"

"啥事儿啊？琴姐。"

"你的鞋底漏了没？脱下来我看看。"

"琴姐，没漏，还能穿哪。"

"脱下来吧。"

玉琴生硬地让魏强脱下了一只鞋。一看，果真，鞋后跟出了一个手指大的窟窿。

"看！这，还能穿？"玉琴一边责怪魏强，一边从布兜子里掏出一双新布鞋。

"出发！"有人喊了一声。

队伍出发了，大家走上南面平缓的小岭，立在岭上往南放眼望去。嗬！真是别有天地。仰头看去，头顶上群星洒满夜空，懒散地眨着疲倦的眼睛。灰蒙的苍穹带着几分深邃、几分神秘，浩瀚无垠的天宇涂上了纯一色的灰彩。远方，夜幕四垂，遥遥的天际星辰点点，泛着时现时隐微弱的星光。远山，

第十四回 大部队连夜赴战地 勇士热血大战日寇

幽暗而缥缈，默默与灿星相望相守。再低头俯瞰脚下南坡，真是让人心惊胆寒。看不到脚下要去的山路，山底下一片幽暗，俨然是深不见底的万丈深渊。站在岭上，人们仿佛立在九霄凌云之上，举手可摘星辰。

"路在哪儿？"有人问。

"跟我走吧，这儿，山路我熟悉。"李凤山跟石营长说。他和侦察排的战士打头阵向山下摸去。

"李叔，到半山腰了吗？"魏强问走在他前面领路的李凤山。

"快了。"

不一会儿，"哗——哗——"人们隐隐约约听到山下清亮的河水声。

青龙河无时不在彰显着它的活力。宁静的深夜，它奔腾不息，激流涌荡的撞击声尤为作响。水声拨动着人们欣喜的心弦。

"小强，听到了吗？河！"玉琴惊喜地对魏强小声说。

"听到了。琴姐，快啦，咱们就要下山了。"

终于，队伍全部摸到了山下。山脚下的河水呈现在人们的眼前。

天太黑，河水不知有多深，李凤山领着大家找到一段水域宽阔的地方，蹚过了冰凉的河水，队伍沿着河岸绕过蝎子洞村向南前进。

拂晓前，部队来到大石岭镇，一团团长张向东正在村头的联络点等候。他见了马政委和石营长，开门见山直接切入正题，告诉了两人这次战斗的具体任务。

"你们看，"张团长打开地图让两人看，"昨天夜晚，冀东军分区两个团在双山子镇包围了一个中队鬼子和一个大队的讨伐队。部队将要把他们一举歼灭。据可靠情报，要路沟一个大队的鬼子来双山子支援被困的敌人。这个岭是鬼子的必经之路。"团长指着公路经过的南面的山岭说："你们部队的任务是在这个岭上阻击这股增援的鬼子部队。这次能不能彻底消灭双山子的敌人，就全看你们的了。"

张团长看了看表："嗯——现在四点多一点儿，估计敌人很快就能赶到这儿，你们要做好战斗准备，在这个岭上一定要把敌人截住，并把他们消灭在这儿。"张团长用握马鞭子的手指着眼前的大岭说。

"请团长放心，我们保证完成任务！"

"嗯。"团长点了点头,接着说,"关于兵力,我从二营给你们调来一个加强排和几名卫生员。整个作战部署你们自己安排。我要赶回双山子。"说完,张团长和警卫员翻身上马,两人手攥马鞭往马屁股一抽,那两匹马脖子一仰,四蹄腾起,向南疾驰而去。

情况紧急,部队所有的人一口水没喝,一粒饭没进,快速跑步前进,直接跑到离镇子四里地远的南面的山岭上。石营长环视了一下山岭的地形,这是一道险峻的山岭,依偎在魏峨的独山脚下。目之所及,公路是从东北向西南伸,通过这个岭再折向东南,那是去双山子镇的路。再看,这段山路,由于山坡陡险,爬山的公路左转右拐如"九曲回肠"一般。石营长把部队伏击点定在山腰。一排和前来增援的二团一个排安排在这儿,二、三排分别埋伏在离山顶不远的地方,堵截敌人。最后,石营长在侦察排挑出二十名精明强干的战士,由排长葛振林带领,埋伏在东面的一个山洼里。山洼离各排埋伏的公路隔着一个绵羊鼻子似的山梁,虽一梁之隔,却有二里路远。岭上,葛振林领着二十名战士向东跑步来到山洼岭上。

刚到山洼岭,他的目光首先被岭上一座高大显赫的石柱所吸引。这个突兀拔起巍然屹立的石柱,足有十余丈高,为危峻的山岭又平添了几分庄严魏峨的气势。远观,它宛如一把利剑,锋芒直指苍穹,又酷似一座巍峨的宝塔,令人感到巍伟壮观。近看,晨光映照在它那满身的裂痕交错的紫褐色的石岩上,俨然是古代战将出征披挂的铠甲,熠熠生辉。由岭趋步而下不超过三十米就是一道青色的石崖,崖高有两三米,葛振林心里想,山腰有这样一堵石崖可以有效地阻击小鬼子上山,这一道屏障是最好不过啦。青石崖到岭上那片山坡上,有一片参差不齐、挤插如林的乱石地,是易守难攻的好地方。葛振林站在那儿,上下左右地看一遍后对身边的战士们说:"我们就在这儿拦截鬼子。"

由于绵羊鼻子形山梁的阻隔,小鬼子从这里的山洼悄悄上来,石营长那边埋伏山腰的战士根本就无法发现。这时,他想起石营长嘱咐他的话。

"如果敌人在公路上受到阻击,他们很可能从这山洼偷偷地上来,爬到我们的身后给我们一拳,或偷过山洼后抛开我们直接扑向双山子镇。所以守住这里很重要。"

第十四回 大部队连夜赴战地 勇士热血大战日寇

葛振林心想：营长的话真是不差，这个地方太重要啦。无论如何都不能让鬼子从这儿上来。

时值春季，正是白天渐长的时候，五点钟天已大亮。这时，经过一夜急行军，备战完毕的战士们这时才感到饥肠辘辘。肚子里咕咕地叫，不断告急。

"排长，营长说鬼子什么时候来？"趴在葛振林身旁的魏强问。

"不用急，鬼子比咱们还急哪，有吃的吗？"

"有，排长。"玉琴接过话茬儿。

葛振林回头一瞅，急了。

"小琴，你怎么过来了？赶快回去！"因为挑选的二十名战士根本没有她。

葛振林满脸严厉的表情，使王玉琴感到惊诧，她头一次看到葛排长发这么大的火，一脸冰冷冷的严厉叫她没有任何争辩和解释的余地。自己做错了什么，至于让他发这么大的脾气？

"不！我和你们一起在这儿打鬼子。"玉琴倔强地说。

"这是命令！你听着没有？给我赶快回去！"葛振林急怒了。

王玉琴看他瞪起了眼睛，那斩钉截铁的态度和威严的语气让她发恐。喝令中，她似乎受到了莫大的委屈，双眼噙含的眼泪禁不住骨碌碌地掉了出来。她爬起来就跑了。

东方，一脉山峦托着一缕胭紫色的红霞。不一会儿，红霞被撕扯成了数不清的大大小小鱼鳞般的碎片分散开去。太阳款款地露出了红红的脸。这时，从东北方向那边公路的一个小山包上，小黑点爬上来，一个、两个、三个……一共八个。黑点儿向大石岭镇这边徐徐蠕动着，越来越大，爬动得也越来越快。战士们隐隐约约可以听到机器马达嘟嘟嘟的轰鸣声。

"鬼子来啦！"

久候的战士们情绪振奋，饥饿、劳累都抛到了九霄云外。一袋烟的工夫，黑点儿变成了绿色的乌龟壳在土路上爬动。

石营长掏出望远镜向尘土飞扬的公路望去。车上的敌人他看得清清楚楚，前两辆卡车上全是戴大盖帽的伪军，后面的六辆卡车载的全是小鬼子。每辆车厢前面驾驶楼上都架着一挺机枪。到了离山下不远的地方，埋伏在山上的战士们终于看清了。每辆军车上载着满满的戴钢盔的鬼子,车上的钢盔和林立般的刺刀在朝阳的映照下闪动着亮光。八辆卡车风驰电掣地向大石岭这边驶来,疾驰的卡车过后,山路上扬起一股股长长的尘烟。

石营长告诉各排排长,挑出枪法好的战士,首先干掉鬼子的机枪手。

嘟嘟嘟……马达的轰鸣声越来越大,回荡在山谷。敌人的卡车爬上来了,随着卡车在凹凸不平的山路上颠簸,满车厢的敌人背着枪不由自主地在车上前后左右晃动着。

还不到山腰,鬼子突然把车停下,鬼子的指挥官从车上下来,抬头仰望前面的山道,然后用望远镜巡查了一下,又上了车。他不知说了些什么,一挥手只有装载伪军的两辆卡车向山上开来,后面的卡车都拉开了距离,徐徐地向前开动,山道上,敌人八辆卡车前后相距足有七八百米远。

"营长,怎么办?"一排长看敌人的车辆距离拉开,知道鬼子的这一举动给阻击带来了麻烦。打头一辆!不能让敌人过去。可后面的鬼子咋整?

"这小鬼子,鬼点子真多。"石营长瞅着鬼子突然摆起了长蛇阵,感到焦急万分。他没有想到小鬼子使出这一招。打前,后面的敌人就会扭头跑掉;打后,前面的敌人越过了部队的埋伏圈。他望着越来越近的军车,想不出一个万全之策。

"营长,我有法子,我拦住他们!"在身边的玉琴看出了营长的心思,主动请缨。没等石营长说话,玉琴已挎着她那个随身带的包裹跨上了山路,冲着还没露头的敌人卡车,她不慌不忙地往下走去,走出百步远,便在路中间把包裹一放坐了下来。

"哎呀!乱弹琴!这不是在添乱吗?完啦!"

石营长瞅着玉琴的背影急得眼冒金星,他不知如何是好,叫战士把她拽回来,可哪来得及?嘟嘟嘟……敌人的卡车冒了头。

"小王啊,你干什么呢!你这样做,把我们在这儿设的埋伏全部暴露给鬼子了!你知道吗?你呀!破坏了这次整个作战计划呀!"石营长眼睛瞪得圆圆的,牙磕得吱吱地响,两腮的肌肉在抽动。

"嗨!当初真不应该……"他把棉帽子一把从脑袋上择了下来,紧紧攥在手里,厚厚的嘴唇连那浓浓的胡须都在微微地颤动。他的眼睛都红了。千

第十四回 大部队连夜赴战地 勇士热血大战日寇

不该，万不该，他后悔当初最不应该带这个没打过仗，组织观念淡薄的女孩子来。这一下子，仗打到什么程度就难说了。

前面敌人的卡车上来了，王玉琴在路中间用手摸着左脚，花布包裹放在身旁。卡车到了跟前，嘎吱，刺耳的一声尖叫停了下来。

"队长，路上有人。"开车的司机向坐在身边的伪军队长报告。

伪军队长从蒙胧的睡意中被叫醒。

"什么人呢？"

他顺着挡风玻璃往前一瞅，原来是一个年轻貌美的姑娘坐在路中间不断地揉着脚，看样子是崴了脚，不能站起走路，他气消了三分。这个奉命前行的伪军队长是一个色狼，对坐在地上的玉琴顿生怜香惜玉之情："你下车！看看怎么回事？"

啪！司机开了车门，下车把车门一关，向王玉琴走去。

"要不是打仗，带上她多好。"伪军队长瞅着道上坐着的玉琴，在车里暗自惋惜与遗憾。

"队长，这个人脚扭了，不能动。"

"笨蛋！把她挪一边去不就得了吗？"

他边说边打开车门，到了玉琴跟前，细细端详着这个漂亮的姑娘，邪念顿生。心想：也许是个黄花闺女呢，可惜不是时候，有日本人跟着。

"姑娘，脚扭啦？来，我抱你……"

"滚开！别碰我！"

"嘿！'狗咬吕洞宾，不识好人心'，把她拽到一边去！"伪军队长命令司机。

"你敢！"

玉琴毫不示弱。后面的卡车一个个都赶了上来。鬼子的指挥官不知前面何故停车，他走到前面一看，伪军队长赶忙跑到他跟前报告。

"太君，这个女人腿伤了，坐在这儿车过不去。"

"八嘎！"

啪！啪！鬼子指挥官扬手两个耳光打得伪军队长鼻子流出了血。

"一个受伤的人挡住我们去路，这么个简单的问题就没办法吗？贻误战机,你的,死啦死啦的!"

伪军队长挨了一顿揍,无处撒气,便掏出手枪冲着玉琴的脑袋:"你走不走?再不走,老子崩了你!"他抹了一下鼻子里流出来的血,恶狠狠地说。

玉琴瞟了一眼,眼前敌人的汽车都一个挨一个地停下来,于是,她装作很害怕的样子,拾起包裹,一拐一拐地慢慢挪到路边。

嘟嘟嘟嘟嘟……敌人的卡车全部启动了。后面车上的戴着钢盔的鬼子,瞅着道边的玉琴。

"花姑娘!花姑娘!哈哈……哈哈哈……"淫荡的狂笑声抛向徐徐而行的大卡车的身后。

敌人所有的卡车一个挨一个从停止的地点启动出发,两车相距不到几米远。此时,石营长才知道玉琴跑上车道的用意。他打心眼里佩服玉琴紧急时刻所表现出来的机智与勇敢。这么一来,她可真解决了眼前的一大难题。

敌人卡车全部进入抗日联军的包围圈,玉琴转身钻进了密林。

"打!"

石营长一喊,战士们一阵手榴弹像雨点儿一样投向路上的卡车。轰隆!轰隆……爆炸声震撼着大石岭。公路上,刚刚隆隆作响快速爬坡的大卡车,立刻瘫痪不动,继而升腾的滚滚浓烟吞噬了一个个庞然大物。车上的敌人还没顺过枪来就被炸死了很多。前后两辆车的司机都被打死。卡车横斜在不宽的山路上。车上的鬼子、伪军活着的慌忙跳下来,一部分不顾一切逃离公路,不要命地向道下不远的荆棘林狂奔逃命;一部分钻到车厢底下,向外胡乱放枪。

"射击——消灭他们——"负责此次增援任务的鬼子先行指挥官是日军大佐藤雄一秀。他推开车门跳下车,洋刀一挥声嘶力竭地向所有的鬼子发出命令。

后面卡车上的鬼子的机枪嗒嗒嗒地猛烈向道旁密林射击。其余的鬼子纷纷跳下了车,向林子里打枪。鬼子开始反击。大石岭的山腰上,杀声连天,火海一片。

前面的敌人在山腰受阻纷纷跳下卡车,他们依靠车身的掩护,负隅顽抗,与埋伏在林里的抗日联军激战起来。后面有一百多鬼子,在混乱的交火中迅速撤退，向南折向山洼，跟着板川次郎大佐跑步前进。他们想借着大石岭先头部队与抗日联军埋伏部队混战的时机，顺着山洼小道悄悄偷越过山洼岭。这一百名鬼子只顾爬山前进，快速上岭。板川次郎以为，前面部队遭伏击，抗日联军不可能想到他们从这儿通过。

鬼子到了离山顶不远的大石崖跟前，距侦察排战士埋伏的地方只有五十来米远了。

"打吧，排长。"魏强对葛振林悄声说。

"等等。"

葛振林做手势让大家准备手榴弹。离鬼子只有十五六米远了，并且敌人队伍沿着山道由原来顺向走折成了横向"一"字排开。

"扔！"

嗖！嗖！嗖！二十多颗手榴弹几乎同时掷向敌人。嗒嗒嗒，随后机枪步枪一同向敌人开火，鬼子当时倒下了三十多人。没死的鬼子立即匍匐在山坡的柴草里向山上还击。板川次郎根本没想到这条山岭还有伏兵，所有的鬼子毫无戒备，遭到这样的沉重打击使他恼羞成怒："炮击！"他挥舞战刀，跟在鬼子队伍后面的九门小炮开始对山上的石林进行猛烈轰击。轰！轰……炮弹在青石崖上狂炸着。大小的碎石、山土和柴草随着爆炸声飞上了天空。顿时，青石崖上空如飞沙走石一般，浓烟蔽日。

十来分钟过去了，鬼子炮击停止了。鬼子疯狂地炮击后，青石崖上面山坡炸出了一个个半米深的大坑，躲在大石底下的战士们浑身上下全是土，有的耳朵被震得嗡嗡地响，什么也听不见。大家抖落着浑身的山土，尘土满面，个个像变了一个人似的。

鬼子的炮弹一停，战士们立刻出来拎着武器进入阵地。

鬼子上来了，尽管青石崖上经过凶猛的炮击，他们还是多了一个心眼，再也不敢掉以轻心。鬼子改变了前进的方式，像一群野鸡，不走一条山道而是分散在没腰的柴草里。一个个猫着腰端着枪，小心翼翼往上摸。

鬼子的机枪也架在一片茂密柴草背后的一块大岩石上，准备掩护上山的鬼子。

战士们埋伏在青石崖沿儿上的一片密柴中。葛振林告诉大家："别急，要打准,别放空枪。"

片刻的宁静,前面的十几个鬼子在青石崖沿儿上露了头。葛振林举起枪,啪的一枪把那个鬼子脑袋钻了个眼儿,死尸掉下悬崖。战士们一起射击,十几个鬼子全被打下石崖。尽管这样,鬼子仍然没有停下来,一批鬼子又爬了上来。他们不断地边走边向上打枪。

"打!不能让鬼子上来!"

战士们一阵猛烈射击,鬼子又被打了下去。

鬼子架在岩石后的机枪响了。另一挺机枪紧跟在上山鬼子的后面,嗒嗒嗒地叫个不停。战士们被鬼子的两挺机枪打得抬不起头。这时,鬼子像一群凶残的野狼一样,在山崖口冲了上来。

"排长,鬼子爬上来了!"

"手榴弹!"

战士们向山崖口鬼子多的地方又是一阵猛甩。与此同时,葛振林夺过机枪向敌群猛扫——狡猾的敌人又被打了下去,山崖口堆下了一堆鬼子的尸体。

板川次郎经过两次交火,知道这不是抗日联军的主力部队。如果不尽快地消灭这小股部队越过这座山岭,支援双山镇的计划就会完全落空,他将要受到上级的严惩。

他咆哮着:"炮击!"命令九门火炮以更猛的势头炮击青石崖。轰!轰!轰……鬼子的炮弹打得更密更凶,整个青石崖上的石林和周围山坡好像掀去了一层皮,一位战士在鬼子猛烈炮击中牺牲,还有三位战士受伤。炮击刚停,鬼子又上来了。

"看看,都有多少子弹了?"葛振林拧开水壶盖咽了一口水问。

"排长,我没有了。"一个战士说。

"我这儿有两颗。"另一位战士说。

大家一检查自己的子弹袋都傻了眼。所有的子弹合起来一共有十一颗。手榴弹、子弹都要没了,鬼子上来了,怎么办?葛振林心想:没了子弹和手榴弹,只好靠近鬼子,刀对刀地拼了,不然山洼就得失守。

"这点儿子弹大家匀和着用,千万别白搭。"

"排长,敌人上来咱们可以用石头砸!"魏强说。

"嗯，好法子。"葛振林赞同魏强的想法，这样可以拦截鬼子一段时间。

"大家准备些石头！"

敌人上来了，这次可放大了胆子，他们认为这一阵狂轰滥炸，简直把坚硬的青石崖上的石林和山坡炸成了一堆废墟，抗日联军即使不被炮弹炸死，也会被腾空而起的无数山石砸死。

敌人涌上青崖口，攀上了青石崖。

"砸！"

葛振林一喊，战士们双手举起大石头使出全身的力气使劲儿地掷向敌群。举不动的大石头大家索性就把它推下去。咕咚！咕咚咚……无数大大小小的石头沿着陡坡经过青石崖口翻滚着、腾跃着、狂奔着，如同千军万马势不可当。有的鬼子躲闪不及被石头活活砸死，有的被石头撞倒滚下青石崖。石头扔尽了，大群的鬼子还是上来了。

"同志们！用刀！"唰！葛振林抽出背上插着的大片刀，第一个冲向涌上来的敌群，十六名战士像他一样拔出大刀勇猛地冲向敌人。

侦察排的战士闯入敌群，与鬼子展开了一场殊死角斗和厮杀。他们闯入敌群，横砍竖劈，有十多个鬼子的脑袋都搬了家。葛振林手握片刀杀出一条血路直奔板川次郎。板川次郎本来出生在一个日本武士家庭，弄拳舞棒是门里行家。对葛振林杀过来他并不慌张，两眼流露出冷淡和蔑视的目光。他抽出战刀双手紧握，誓要亲手杀死这个支那军官，让大日本帝国军人所向无敌的神威在这儿得到印证。

葛振林冲到他跟前一刀砍去，被板川次郎一扭身战刀一挡，迸出撞击的火星。葛振林大刀猛地抽回，再次砍下又被板川次郎拦住。山坡上，葛振林片刀紧握，刀旋风生，上下翻飞，板川次郎双手紧握战刀横挡竖拦，招招紧逼。几个回合，两人锐气大减。板川次郎把刀握得更紧，他两腿叉开，两眼瞪得溜圆，以谨慎的目光注视着葛振林，因为他刚才领教了这个支那军人的厉害。葛振林从昨晚一宿急行到现在和敌人作战好几个小时，他和战士们一样一口东西都没吃，一口水都没进，又经过这一场你死我活的拼杀后，体力不支，他满身出着虚汗，不由自主地感到两条腿发软。他知道自己的身体已力不从心，但面对这些吃人的野兽，他绝不能有一点儿大意和疏忽。他沉着、冷静地对视着板川次郎咄咄逼人的目光。脚下这片山坡，被炮击得东倒西歪的柴草经过两人急剧的周旋、踏击，俯首帖耳地趴在地皮上。

十五名战士与鬼子厮杀在一起，有的与敌人正在交手时被后面的敌人用刺刀攮进后胸；有的和鬼子摔打在一起滚下山坡；有的杀死几个鬼子后力气不支被众多的鬼子用刺刀挑起。可怜的十四名战士由于寡不敌众，都惨死在鬼子的手里。魏强是大山里的人，又有拳脚功夫，在山坡上与鬼子交手，手脚灵活，他用短枪打死两个鬼子后再搂"勾命鬼"的时候，枪里已经没有了子弹。他索性把枪一扔，身行如猿猴，纵、越、转、闪，多少次躲过鬼子的刺刀。他拳脚并用，虚虚实实，招数变化多端。鬼子的刺刀并没有伤着他。

山坡上，只剩下了葛振林和魏强两人与鬼子拼杀。鬼子倚仗人多势众，把两人分割围起来。魏强赤手空拳，他用手抹了一下脸上的血渍，此时，一个鬼子向他猛地刺来，他轻盈转身向前一步，手如铁钳一般掐断了鬼子的喉咙，这时，四个鬼子"呼啦"一下子将他围住。魏强沉着冷静地站在中央一动不动，他身前身后两个鬼子突然同时向他迅猛刺来，说时迟，那时快，魏强早就预料到鬼子这一手，倏地一下来了个雄鹰展翅，腾空而起。两个鬼子的刺刀同时刺进对方的胸膛，另两个鬼子见此状吓得惊呆了。就在此时，魏强落在端着刺刀还在发呆的一个鬼子背后，狠狠朝他后心一拳，那鬼子当时哼都没哼就躺在了地上。魏强正想奔向还活着的那个鬼子，可顺向一看，不禁大吃一惊，葛排长上衣胸前背后染上大片鲜红的血迹，正和那个肥胖的鬼子军官杀得难解难分。会功夫的人看得明白，葛排长的腿越来越沉，刀在手里也好像越来越重。这样斗下去，葛排长非吃亏不可。可这瞬间，一群鬼子又围了上来，缠住了他，魏强不敢走神。小心应付身边的这群鬼子。"啊——"一声惨叫吸引了魏强焦灼的目光。原来板川次郎猛转身抽刀向葛振林劈来，葛振林躲闪不及，后背猛扫着了一下，那件薄棉袄裂开盈尺长的口子，洋刀带出的棉絮被掠过的弧形刀影抛向空中。鲜血从葛振林后背划过的刀口处流出，葛振林踉踉跄跄地退了几步，他倚在一棵被炮火炸得没有枝丫的碗口粗的树干上，力求短时间内恢复一下体力。

"啊——"狡猾的板川次郎哪能给葛振林喘气的机会，他双手高高举起战刀来个"二郎劈山"想一下劈死他的对手。咔嚓！葛振林一闪，刀斜劈过树干，刀劈过的树干上端，啪嚓一声倒了下去。留下了齐刷刷斜茬的树桩。板川次郎再挥刀想砍葛振林的时候，哐啷一声，他的刀飞了出去，魏强飞身一脚踢在他的手腕上。板川次郎疼痛难忍。

"嗯——"发出野牛般低厉的怒吼。

原来，魏强等鬼子把他围住圈小时，他来了一个腾空而起，越出重围，奔向击杀正酣的板川次郎。

板川次郎没想到半路杀出个程咬金，他把凶残的目光转移到魏强的身上。魏强毫不示弱，他双手紧握，对视着眼前这个凶悍的鬼子军官。板川次郎以为站在他面前的不过是一个年轻气盛：不知深浅的小伙子，他厚厚的嘴唇随着他下咧的嘴角颤动了几下，那向下撇动的嘴角充满着对魏强的轻蔑与讥笑，他两眼迸射着凶残的目光，挓挲着宽厚的膀臂，脖子拧了拧，同时两手攥得嘎嘣直响。"啊——"他怒吼一声向魏强奔来，与魏强一阵拳脚相击，魏强小心地应对。板川次郎拳脚功夫胜于刀法，虽在山坡赤手空拳与对方迎战，他的出手并不比魏强慢，而且击杀凶猛。多亏魏强手脚灵活，左躲右闪，一次次避过了他凌厉的拳脚。一阵较量，魏强意识到硬拼不一定是这个鬼子的对手，他有意退到一棵柞树跟前让板川次郎出手。板川次郎一看时机已到，迅猛一脚照魏强的两腿间踢去，魏强嗖地一蹿，双手拽住树杈身子吊起。哐！大树在震颤，顿时，那大树被板川次郎一脚掀下一大块树皮，露出一片光溜溜黄亮亮的内体。与此同时，魏强两脚猛地朝板川次郎的小肚子端去，噔！噔！噔！板川次郎身子向后一仰，他不由自主地倒退了几步。此时，六十多个鬼子端着刺刀把葛振林和魏强团团围在中心，并一步步向他们两人逼近。

大冰沟

第十五回 抗日联军挥师南下 葛振林夜入大冰沟

在这千钧一发的时刻,只听到山梁上嘟嘟,嘟嘟嘟……响亮的冲锋号响彻山谷,抗日联军如潮一般从山洼岭涌下来。板川次郎和六十多个鬼子一看不好,他们顾不得向葛振林他们两人射击,忙着往山下撤退。

葛振林由于伤势过重,流血很多,扑通一声,他倒下了。魏强一看排长倒在地上,脸色苍白,鲜血从胸肋骨一侧有刀口的地方往外淌。他慌忙跪下去,抱着葛振林的脖子大声地呼叫:"排长,排长,你醒醒!你醒醒啊!你看看,鬼子都跑了!"不管魏强怎样地喊,葛振林两眼紧闭毫无反应。见此情形,从来不掉眼泪的魏强此时泪如泉涌,他不松手抱着葛振林的脑袋哭泣着。

"排长,你醒醒啊,你不要走啊,我们人都来了。你看呢!呜呜……"悲伤的泪水把他沾满尘土的黑脸冲洗出两道沟儿。泪水顺着他的下巴滴答、滴答地滴在血染的衣襟上。

石营长带领部队冲到侦察排战士与鬼子厮杀的这片山坡跟前,只见眼前青石崖上这片山坡,已经看不到一点儿五月间柴草蓬勃的新绿,山坡上稀疏高大的柞树有的枝折叶落,伤痕累累;有的落得个秃枝丫;有的整个树冠被炮火不知搬到了何处,只剩了一根可怜巴巴的树桩;有的连根拔起,横卧在山坡。那些大大小小的树木,无论是躺着的,还是长着的,炮火烧焦的,伤残处都悄然流淌着孕育生命的汁液,发出凄惨的叹息声,仿佛是一群无辜的不幸者遭遇伤害后,流下伤心的泪水,发出痛苦的呻吟。在这片满目疮痍的山坡上,横七竖八躺卧着五十多具尸体。死去的战士和鬼子躺压在一起,有的刺刀和大刀进入了对方的身躯还没有拔出。

石营长无声地流出了眼泪。在这血染的山坡上,他四周查看,寻找是否还有活着的战士。他发现二十米远的一个树桩下,躺着一个满身是血的人,

第十五回 抗日联军挥师南下 葛振林夜入大冰沟

抱着不知死活的另一个在哭泣。石营长一看还有活着的，忙和战士们跑过去，仔细一看，不由惊喜地叫了一声。

"小强！"

"营长，排长他……呜……"

石营长上前用手放在葛振林的嘴、鼻上一试，尚有微弱的气息。

"快！来担架！"石营长命令担架队把一息尚存的葛振林赶快抬走。

阻击日寇增援部队的全体战士胜利会聚在青石崖岭上，十八名勇士的遗体被战士们抬到了石柱下面，全体战士摘下军帽，默默哀悼和他们一起南征北战，在枪林弹雨中冲锋陷阵的这些战友。

大石柱下，石营长蹲下来，在十八具战士尸体面前一个个地瞅，一个个用手擦抹他们脸上的血渍，他的眼泪夺眶而出。二百多名抗日战士围在十八具尸体跟前悲痛万分。石营长站起来掏出手枪，然后，他扬臂举枪，仰首向着苍穹大喊："兄弟们！你们一路走好！"

嗒嗒嗒，嗒嗒嗒……子弹射向天空。全体战士含着眼泪也举起他们手中的枪向高空射击，来为十八位勇士送行。

石柱下清脆的枪声穿入山洼岭的上空，掠过周边群山，回荡着激昂悲壮的回音。在这荒野的山岭上，战士们用这种方式来告慰牺牲的战友，向他们作最后的告别。

十八名战士静静地摆放在大石柱下面。巍然耸立的大石柱，俨然是为十八名英烈所树立的一座千古不朽的丰碑，它缄默无语，却无声地述说着抗日英雄在此血染的风采。

冀东军区的一、二两个主力团围歼了双山子镇的鬼子。一团团长张向东和警卫员策马赶到阻击敌人的山梁。张团长看着这满山坡被炮击后的残枝败叶、伤痕累累的树木，闻着尚未散尽的呛人浓烟，显然，这里经过了一场不同寻常的激战。十八名战士的尸体排放在大石柱下，鲜血浸透了盖在他们身上的军衣。他走到跟前蹲下去，掀开盖着的军衣，并逐一瞻仰他们的遗容。然后，他肃然站在他们脚下，两腿并拢，像一位战士面对着他心中所敬仰的老首长那样，以崇敬的目光，郑重地举起左手向十八位战士的遗体告别。

他站起身来，仰望这个高高的大石柱，意味深长地说："这个石柱很高啊!像我们战士心中一杆永远不倒的旗杆。我们从今以后就把它叫作'红旗杆'吧。"

大石柱山,这个洒过抗日战士鲜血,经过战火洗礼的山洼岭,从此改名为"红旗杆"。至今,大石柱山,当地人们依然这样敬称它为"红旗杆"。

"你的人现在有多少?"张团长问他身边的石营长。

"报告团长,这次阻击,牺牲了二十六人,还有一百四十多人。"

"你单挑有一年多了吧?"

"报告团长,一年零七个月。"

这时,张团长转过身来瞅着这位跟他八年的老部下。一张不修边幅、胡子拉碴的脸和额上那几道深深的皱纹,使他的心底油然产生几分爱怜。石营长文化不高,也不好说。从当兵到现在跟他南征北战出生入死,跟他经过关中游击,百团大战……这无数次大大小小的仗,谁也难以记清。身经百战,久经沙场使他磨砺成了一名优秀的指挥员。这一年多,让他带领一个连的队伍去塞北山区到敌后开展抗日活动,不容易啊!

"团长,是不是有新的任务啊?"石营长的问话打断了他的沉思。"嗬!你的脑袋瓜子转得真快。是啊,根据晋察冀边区的抗日斗争形势和冀北山区抗日斗争的实际需要,冀东军分区命令你们回归冀东军区主力一团。要求今晚八点,到双山镇集合整编。有什么问题吗?"

"团长,回大部队,我们没说的,一百个同意。不过……"

"不过什么?有问题说吗?"

"团长,有两件事我放心不下。"

"哪两件事儿啊?"

"第一件事儿就是大冰沟北部的抗日根据地刚刚建立,那里的人民群众斗争觉悟已有提高,抗日局面已打开了。我们一走,那里可能又成为沦陷区,老百姓又会遭到鬼子疯狂的报复,那里的民众还要惨遭杀害;第二件事儿是这次阻击战,有几名伤员,其中伤势最重的是在这儿青石崖负责指挥的侦察排排长葛振林。他现在昏迷不醒。"

"人在哪儿?"

"在那棵树下。"

张团长顺着石营长手指的方向望去，只见在背风的一棵老松下，有个卫生员在一个担架前忙着包扎，周边围着一大群战士。张团长走到跟前，大家一看首长来到，闪到一旁。

张团长蹲下来，瞅着这位满身鲜血、昏迷不醒的作战英雄。只见他的脸苍白如纸，嘴唇发紫，鼻和嘴角还留有没擦尽的血渍。张团长瞅了瞅伤口，虽然已缠上了厚厚的纱布，但不止的鲜血仍然渗了过来。

"谁在护理？"

"报告首长！我。"

在担架跟前看护多时的李凤山向张团长行了个军礼说。

"警卫员！"

"到！"

"你赶快回双山镇，找卫生队把最好的消炎药拿来，再带一些营养品来。"

"是！"张团长的警卫员翻身上马。他缰绳一勒，嗒嗒嗒嗒……那马扬蹄翘尾离开了山梁，一股烟儿奔向双山镇去了。

由于时间关系，张团长向石营长做了简单交代："你说的情况我已想过，但我们要顾全大局，听从指挥，所有的战士全部归队。葛振林伤势严重不能随军南下，必须妥善地做好他离队养伤的整体安排。"

"是！"

石营长想了想，葛振林伤势严重，性命垂危，把他安排到什么地方去养伤？谁能照顾好他呢？想来想去，最后，石营长准备把这个任务交给李凤山和魏强两人去护理，并把葛振林送往大冰沟去疗伤养病。理由是李凤山医术精深，魏强入队以来，跟着葛振林从没离开过，两人情深意笃，亲如兄弟。况且，护理人员都是本地人，他们思想坚定，意志坚强，又胆大心细，善于应对复杂情况，完全有能力解决和应对他们离队后出现的各种各样的困难。

西边，远方苍山如海，浩渺涌动的海面托起一片血色般的晚霞，给静静的山岭送来绚烂夺目的光彩。

松树下，侦察排的十二名战士整齐地排成"一"字队形。他们是和李凤山、魏强一起去大冰沟护送自己排长的。站在他们面前的石营长向他们交代："同志们，一路上，你们要多加小心，保护好你们的排长。把他送到地方，就返回部队，我在双山子镇等你们。"

"是！"十二名战士异口同声地回答。

临别，石营长一手拽着李凤山，一手拉着魏强用完全信赖的目光望着两人："我知道，有你俩，葛排长的伤会好的，我等待着你们三人早日归队。"

"营长，您就放心吧。"

两个人眼里噙含着泪水告别了石营长和与他们朝夕相处的战友们。

山洼岭上，两名战士在松树下抬起担架，执行北上护送任务的十几名战士与大队人马挥手告别，他们走下山坡，消失在晚霞的余晖里。

按着原路，战士们不间歇蹚过青龙河，爬上大西岭梁。一路上，李凤山一遍一遍地掀开盖在葛振林身上的军衣，查看伤情变化。

上了大梁，顿感晚风习习。这时，天已黑。病人不能在此耽搁，李凤山把葛振林身上的大衣盖紧，让大家赶快下山。

幸亏走过的路还熟，北坡短而平缓，抬担架的战士增加了两人，他们小心翼翼相互搀扶，尽量地保持担架平稳。终于，到了部队出山时休息的地方，风小了许多。

"待会儿吧。"

李凤山说完，他和魏强一起把着担架两边轻轻地放下。

黑夜的大冰沟，是一个完全由大自然主宰的神秘世界，四周黑乎乎的直立于眼前的大山给人一种来势如压的感受。群山巅顶用它魁梧的臂膂毫不客气地挡住人们头顶上的夜空。十几个人抬起头，仰望到的只不过是巴掌大的一块儿天。沟谷的溪流在大家身旁哗啦啦哗啦啦流淌着。夜间溪水潺潺不息的流动声如一曲无休止美妙动听的琴音，响奏着它与大山的缠绵与柔情。偶尔，不知山林里还是山崖上传来几声山鸟惊恐的叫声，随即又恢复了大山沉睡般的寂静。

"走。"李凤山说。

十二个人拿起家伙，抬起担架，沿着山谷小溪逆流北上向沟里摸去，有两名战士用片刀砍了几根镐把粗的木棍递给抬担架的人。

李凤山叫大家手都攥一根镐把粗的木棍。

他告诉大家："黑夜，这沟里的野牲口不少，遇见金钱豹这样的野牲口靠枪不好使，还是这个家伙防身得劲儿。"

山里人都知道，黑夜是野兽出来觅食的时候，在这人迹罕至的地方，狼群经常出现。饥饿时，凶猛的金钱豹白天有时还大摇大摆进庄寻觅食物呢！何况，这是漆黑的夜晚。

果然，在一个拐弯的地方，人们发现不远的山坡有几对绿亮，那几对绿亮在黢黑的对面山上跳跃着，闪现着无数道弧形绿的光线。那奇异的光线一直奔向山下，就像几盏诡异的亮光在黑暗的夜幕中闪动、坠落。瞬间，几对绿亮到了山下。

"狼群！"魏强说。

"停下来，把担架保护好！大家不要怕！都拿好家伙在跟前划拉几把烂柴叶。"李凤山告诉大家说。

这时，几对绿亮到了人们跟前，在十来步远的地方停下来。李凤山把柴叶用洋火点着，呼呼，火着起来了，火苗蹿有半人高，照亮了附近山下柴草和石崖。大家这时才看清几只狼夹着尾巴没命地逃到山上去了。

为了减少与野兽遭遇带来的麻烦，战士们抬担架宁可勤轮换，也不停下来歇息。

半夜时分，终于赶到了北沟。俗话说得好："大庄的孩子，山沟里的狗。"虽然每个人也不想发出声响，可还是惊动了村头的狗。

汪！汪！汪汪……

距魏强家还有一百米米远，战士们放轻了脚步。

"大家停一停。"李凤山说完，又告诉魏强，"小强，你先到家看看。"

"好。"

魏强快速向家走去，他轻轻跳过矮小的石头墙，来到窗下小声招呼："妈——妈——"

"谁呀？"

"妈，是我。"

程大娘一听是自己的儿子的声音，披上衣裳赶快下地，她灯都没顾得点，趿拉上鞋就出去开门。

"你这孩子，这几天哪儿去了？上哪儿也不给我个信儿，让我……"

"妈，你先别说了，葛排长受伤了。"母亲正唠叨着，魏强着急地打断了母亲的话。

"啥？葛排长伤啦？哎呀！那还不快让进来呀，快点儿。"娘俩赶紧走出屋门。院外，除了两名战士在门口站岗外，大家推开柴门来到屋门前，把担架抬进屋，程大娘点上油灯，赶快铺上褥子，战士们七手八脚地把昏迷的葛排长轻轻地抬到炕上。

魏强上炕把一块儿旧布单挂在窗户上。黢黑的小屋，灯光如豆，屋里还是昏暗。程大娘拔出插在脑后的簪子拨了拨灯捻儿，屋里骤然亮了许多。她把手中的油灯递给魏强，掀开盖在葛振林身上的大衣一看，吓了一跳："哎呀——这是哪个遭报应的东西这么狠哪，把人砍成这个样儿。"

她摸了摸昏迷不醒的葛振林的前额，烧得滚烫，就赶快下地打开小黑柜取出一个崭新的羊肚手巾。

"强，帮妈烧点儿热水去。"

"唉。"

水烧好后，程大娘把手巾放在热水盆中揉了揉，拧了拧，然后抖落开，轻轻地覆在葛排长的额上。

遵照石营长的指令，他们明天早晨必须赶到双山镇，与大部队会合。十二位战士只好怀着万分的担心和牵挂，深情地瞅了瞅昏迷不醒的排长，然后告别了魏强、李凤山和正在忙碌的魏强的母亲，匆匆地消失在夜幕中。

第十六回 救战友夜走青松峰 识大体高真入冰沟

第一遍鸡叫了,葛振林还是没有醒来,他两眼紧闭,苍白的脸有些发黄。他的呼吸比以前更急促了。

"魏强,你过来会儿。"李凤山把魏强叫到一边。

"魏强,葛排长够呛了。"李凤山非常悲痛地对魏强说。

"那咋办?"

魏强愣愣地瞅着李凤山,悲痛的两眼露出企盼的目光,希望能治病的他赶快拿出主意。李凤山眼里含着泪水,摇了摇头,他脸上露出无望的神情。魏强看他如此表情,心如刀割一样。难道排长真的没救了吗?哪怕是一丝希望我也要把他救活!决不放弃!

"不!不能!他不会!呜——"魏强潸然泪下,他小声抽泣着,用衣袖擦抹了一下眼泪,说,"李先生!离部队时,营长嘱咐我们俩护理好排长,他好了,让我们三人要一起归队。排长要是有个三长两短,我们哪有脸去见营长啊!李先生,难道真的就没有办法了吗?"魏强说着眼泪不停地流。

"咳!我只会用草药治病,这样的刀伤我真是没招儿啊。"李凤山无可奈何地说。

他蹲在墙角低着头用双手摸着脑瓜门一筹莫展。突然,他站了起来,脸上浮现出一丝希望和惊喜:"小强!要不那么着,咱俩到碾子沟洼跑一趟,请高真来,或许能救活葛排长。"

"是啊!我怎么没想起我二叔哪,他对刀伤最拿手,咱这就去找他!"

救人如救火,两人哪敢耽搁?

"妈,我俩找我二叔去。"

"孩子,快去吧,早点儿回来!"

"嗯!"

两人带上各自的家伙,勒紧裤腰带往外走。

"等等!"程大娘突然想起一件事儿,她从柜橱里拿出两个玉米面饽饽递给一人一个,说,"揣在怀里,好路上吃。"并嘱咐两人路上要加倍小心。"唉。"魏强一边往怀里揣着饽饽一边答应着。

两人抄起刚放到门旮旯儿的木棍,就奔后山去了。

碾子沟洼就在大西沟和碾子沟相隔的那个山脉的一个大山梁上。稍靠北坡的山坳里,那里一共五户人家。从魏强家上那儿去,走大西沟、走碾子沟哪条道都可以,有十七八里地路程。走近路就是爬过山顶,能省多一半的路程。不过,这是一条险路。因路险,即使白天,人们都不走这条山路。为了救葛排长,抢时间,两人只好走这条近路。

天,漆黑。两人在山梁上用手薅着山上的茅草摸着往前走,谁也不知道自己摔了多少跤。钻过两处山林,跨过四座险峻的山峰,两人终于爬到了兀立于险峰之上的三棵松树下。

这时,东方微明,三棵苍松在峰顶斜出,虬龙般曲扭的身姿出现在两人眼前。魏强是第二次走这条路,他知道松峰的那面是危耸的山崖,但这次到此感受不同。在这黎明的时空里,魏强感受到那虬枝盈冠探向凌空的老松,把壮美的身躯拓在苍茫的天宇之间。它们在这险峰凌顶上独享无限美妙的时光。

"李先生,到了。我二叔就住在下面的山洼里。"魏强对李凤山说。

两个人在苍松底下,一屁股坐下来,各自用手攥着汗衫前襟角抹了几下脸上的汗水。黑夜走,白天打仗,不间歇地折腾了两宿一天,两人并没感到体力不支,挽救排长性命这无形力量在敦促着两人。肚子一宿没进东西啦,两人掏出怀中带有体温的玉米面饽饽,大口小口地吃起来。

须臾,周山不再朦胧。几处茅草苫的房子静静地依偎在青山的怀抱里尚在酣睡。山里人家周围山石垒就的月牙形的层层山地历历在目。出入的柴门、柴枝围就的院墙,还有悬挂在屋檐下的那些锄、镐、刀、镰以及那一串串火红火红的辣椒,两人都看得一清二楚。乱世之中,这里的几户人家竟然过着这样平静安宁的农家日子,真是一片让人羡慕的净土。

第十六回 救战友夜走青松峰 识大体高真入冰沟

"小强,这地方,多肃静啊!"李凤山有感而发。

"嗯,走吧,那儿就是我二叔家。"魏强指着靠西头的独一家说。

红日从东山尖冉冉升起,露出了带有少女般羞涩的半面脸。它首先把晨晖洒在寂静安详的山洼里。

两人悄然推开柴门,趴在柴门旁的狗站起来汪汪汪一个劲儿地叫,高真和妻子都起来了。

"谁呀?这么一大早就来找我呀?"刚起床的高真一边说,一边去开门。

他开门一看朗声大笑:"嗬!是李先生啊!这么早啊!"

再往后一瞅不由惊讶地叫起来:"哎呀!我的大侄子呀!你们——这么早啊!有事儿吧?快上屋。"

"嗯。"

三人进屋坐下,高真叫老婆赶快烧火做饭。两人心急如焚,哪有心思吃饭?李凤山开门见山:"大哥,别让我嫂子烧火了,我们这么早来,就是请你来了,给一个病人瞅瞅。"

"你看,那也得吃完饭去啊!啥病啊,这么急?我说,你是咱这块儿的名医,还用我?你去给看看就得了呗。"

"哥,这病我能看得了,还能找你来吗?是外伤,很重!"

"啊——在哪儿?"

"在我家呢,二叔。"

"小强啊,谁啊?"高真震惊了,他睁大眼睛,用担心与疑虑的目光望着魏强。

"是——"

"是抗日联军吧?"

魏强点了点头。

"伤哪儿了?"

"肋骨。"

"啊,那——走吧。"

高真二话没说,应了下来。他知道伤重不能耽误,提前一分钟,受伤的人就会多一分活的希望。

"春他娘,上西屋把那包治刀伤的药拿来。"

他赶快打开妻子拿过来的红绸布包裹,小心地掀开每一层,最后,双手捧着那点儿红色的药面子送到自己的鼻前,闻了又闻,然后小心翼翼地包裹起来。红药、镊子、剪子……他急三火四收拾了一包,跟着两人就走。

临行前,他小声嘱咐出来送客的妻子:"我也许等几天回来,你不用惦着。另外,谁来找我,你就说我出远门了。"

"知道啦。"

"你回去吧,记住,谁来找我就这么说,别的话少噜噜。"高真肩上背着小布包不放心地向妻子又嘱咐了一遍,才与两人匆匆忙忙地钻进柴林,按着原路爬上了青松峰,沿着山梁穿林攀崖,向北沟方向急走。

后门开了,三个人直奔东屋。这时,守护在葛排长身旁的程大娘别提心里多高兴了:"哎呀!二兄弟,你可来啦!"

"病人咋样?嫂子。"

"你快看看,挺厉害的,我给你们烧水去。"

高真来到炕前,揭开蒙在额上的热手巾,仔细观察了一下葛振林苍白发黄的脸,他用手扒开葛振林闭着的双眼,然后掀开盖在身上的布单。他弯下腰偏着脑袋边看包扎在伤口上的纱布,边问李凤山:"伤后,伤口上过什么药啊?"

"当时怕感染,刀口里上的是消炎的药。"李凤山从衣兜里掏出一包药打开给高真看。

"就是这个药。"

"吃的什么药?"

"没有吃药。"

"自从昨天受伤后,一直到现在都在昏迷着。"魏强补充说。

高真瞅着昏迷不醒的葛振林沉思了片刻,对李凤山说:"来,咱俩把他扶起来。"

两人用力把葛振林慢慢扶起架着。

高真打开纱布一看,伤口处已经红肿就要化脓了。因为刀口太大,伤口深的地方,伤口缝有二指宽,白皙的肋骨都能看到。高真心里想:刀伤这么

第十六回 救战友夜走青松峰 识大体高真入冰沟

大，不缝上怎么能行呢？幸亏我来得早一些，再晚，伤口化脓，人就完了。虽然来得及时，但从来没有治过这么大的伤口，况且又伤在要命的地方。我尽力治吧，给他多用些药。是死是活，就看他自己的造化了。

"二叔，怎么样？"魏强望着二叔担心地问。

高真没有回答，只说了声："把我的包拿来。"

魏强拿来包裹，他赶紧打开包裹拿出剪子、镊子……

"嫂子，水开了吗？"

"开了。"

"端一大碗来。"

"唉！"

程大娘看高真动手，知道人有活的希望，她满心欢喜地答应着。高真想：人到了这份儿了，死马就当活马医吧。他挽起衣袖洗了一把手，用以往的土办法清洗、消毒、敷上自己带来的红药，然后用针缝合，最后又敷上一层自己带来的消炎药。不知疼痛所致，还是其他原因，就在这时，葛振林干瘪的嘴唇动了几下。

"水。"

高真接过半碗温水，一点儿一点儿往他嘴里送……半天，葛振林终于醒过来了。他慢慢地睁开了眼睛，嘴唇微微地在动。看样子他使劲儿想说些什么，但极度的虚弱使他无法说出声来。葛振林奇迹般地醒来，四人高兴得不知如何是好。程大娘把坐在锅里的一碗热乎乎的小米粥端到葛振林跟前，她用羹匙搅了又搅，每一口饭，她都要拿到自己的嘴边吹一吹，然后再一点儿一点儿地送到葛振林的嘴里。吃了一碗粥，葛振林精神多了。高真想，病人伤势这么严重，需要精心护理。别看他醒过来，伤口一恶化随时都可能过去。如果我离开他身边，是很危险的。想来想去，他决定让葛振林到自己家去养伤。

"嫂子，病人抬到我那儿去吧，给他换药好方便些。"

"二兄弟，你一天挺忙的。这，这哪行啊？"

魏强和程大娘觉得这样做过意不去，说还是留在自己家，高真一听知道娘俩的心思。

"嫂子，病人在我家养伤，难道你们还信不过？"

"不，不是，你二叔啊，你这是想哪儿去了，我啊，怕——"

"得了，嫂子你别说了，我哥在世的时候，我们不分彼此，两个人就像一个人一样，就是多长了一个脑袋。现在，我哥不在了，你们的事我更应该管。现在兵荒马乱的，他是一个抗日分子，要是走漏了风声，你娘俩还有命吗？我那里消停，病得养。我呢，在家给他看病也方便得劲儿。"

"你二叔，那样做要给你添麻烦的。"

"这话说的，哪儿跟哪儿。就这么办吧，小强，东院你有个堂兄吧？"

"嗯。"

"叫什么名字？"

"魏同。"

"人怎样？"

"我哥他是老实巴交的人。"

"那好，这么着儿，你把他找来。今晚，咱四个人把病人抬到我那儿去。"

高真在魏强家里护理了一天，就等到天黑再抬病人。

天，黑了。四人吃了晚饭，抬着担架悄悄地出了村子。青松峰的山路太险，抬人是无法走的，大家决定走北面的路，奔大石头沟、碾子沟，再上碾子沟洼。

一路上，魏强手握着枪走在担架前面，四个人轮流抬着担架。

虽然还没有进六月，但天气已经闷热得很。夜晚一点儿风都没有，天阴得连一颗星星都看不见，日老爷虽然滚到西山那边多时，但白天酷热丝毫不减，深长的沟谷像个闷罐子，闷得让人喘不过气来。从大石头沟到碾子沟有十五六里地，是一个两山加一沟的沟筒子，四人过了大石头沟翻过凌家岭，还没走出四里地，天气骤然突变，呼呼刮起了西风。常言说得好，"风来雨就到"，紧接着就是沉闷的雷声，轰隆隆，轰隆隆……一个跟着一个响着。几个人看看山道两边，除了半人高的庄稼在疾风中呼呼地摇曳着，什么遮风避雨的地方都没有。四人步履匆匆，小跑似地急着往前赶路。

雨，说下就下起来了，大雨点儿噼里啪啦掉下来。

"快！把衣裳脱下来！"高真着急地喊。

四人忙把上衣全部脱下来盖在葛振林的身上，光着膀子没命地往前奔。几层单衣如何挡住疾雨的浸透？他们多么希望在路旁不远的地方有一个避雨

第十六回 救战友夜走青松峰 识大体高真人冰沟

的地方啊，哪怕是只能放一个担架也好。风，越刮越大；雨，下得越来越大。

"怎么办？"魏强用手撸了一把头发上的雨水焦急地说。

四个人急得不知如何是好。谁都知道伤口沾了雨水，非感染不可。那样的话，人就完了。

"二叔！上那儿去！"魏强惊喜地指着路旁十多米远的一个土坎子的地方。

那边有一个多年被人取土挖出的两米多深的土洞。

"快！快点儿！"高真好像看到了一座金山，他兴奋地喊着。

他护着担架一口气跑到那里。高真顾不得脸上的雨水，揭开盖在葛振林身上的衣裳。一看，他长长地舒了一口气。谢天谢地，雨水还没淋透衣裳。

雨，下得疯狂。黪黑的夜空，一道道闪电像一条条张牙舞爪的巨龙随着头顶上一个个的雷声在夜空中或近或远接连闪现。它们肆无忌惮地舞动着，变幻着身躯，狂怒地撕扯着漆黑的夜幕。大雨随着狂风在征服着一切。瓢泼大雨倾泻在空灵的世界中。近处田野，呼哗，呼哗……庄稼的叶儿随着暴风骤雨紧紧拥吻，纷纷狂舞欢叫。几袋烟工夫，就听到山根下和道边水沟里哗哗哗的激流声。

雨停了，四个人光着膀子，索性脱了鞋，赤着脚踩着泥泞的路，蹚过无数条流淌的雨溪，不顾一切向前疾走，终于来到一个转弯的南山脚下。

"在这旮旯上。"

大家跟着高真下了大道到了山脚。这是一个被柴阜淹没的羊肠小道，刚下过雨的山水顺着这条山路哗啦啦地流着。沿着山道，四个人齐心协力，护着担架上了山。

到家正是深夜，高真并不喊老婆开门。他把篱笆墙扒开一个豁子，让三人抬人快进屋。黑狗汪汪两声，一看到高真就不叫了，它使劲儿地摇摆着尾巴，紧跟在高真的身后。高真拽开门闩绳，推开屋门。咯吱，前屋门开了。

"谁呀？"开门声惊动了欲睡未睡的妻子。

"我。"

妻子一听是自己的丈夫语声，松了一口气，赶忙点上油灯下地开门。

门开了，高真一脚迈进了屋。

"快!把炕铺上褥子!"

高真的妻子看进屋的这四个人都光着膀子,头发打成了绺,没有挽着的湿淋淋的裤脚下面,是沾满泥草的大脚丫子。再抬头看看这几个人,个个像落汤鸡似的。他们抬着一个人忙乱地挤进屋里。"轻点地,轻点地!"高真在指挥大家轻放。

高真的妻子心里明白了几分,她二话没说,赶快推了一把炕上睡得正香的孩子。

"醒醒!小春,上炕梢睡去!"

她推醒熟睡的儿子,忙乎着整理炕上的东西。把葛振林安排好后,高真叫妻子赶快煮一些姜汤,他又叫三人到了西屋,换换衣裳,躺下歇歇乏。

第十七回 百余民众惨遭杀戮 日军清乡始拉大网

四人抬葛振林折腾了大半宿，又累又困，还没等喝汤，一个个就侧歪在炕上睡着了。

高真的老婆悄悄把高真叫了出来："你怎么把病人弄到咱家来了？这还了得？"她埋怨着。

"这个人的伤很重，不来咱家咋整？"

"春他爹，你没听明白，我不是不愿意这个人来咱家养伤。以前多少个来咱家治病的人一待就是个把月的。我埋怨你吗？我烦过谁？可他是抗日联军啊。这兵荒马乱的年头，万一漏了风声，怎么办？古人说得好，'猪嘴、羊嘴都能绑得住，人嘴绑不住'。这方圆百里来找你治病的人多了，让他在咱家养伤，你能保证不出事吗？到那时，不但保不住人家，反而害了人家。你说，我说的对不？"

"是啊，你说的在理儿，嫂子也不让把人抬咱家来，也怕给咱添乱。可有啥法子啊？放在嫂子那儿，这个人的伤这么重，能活吗？'救人一命，胜造七级浮屠。'再说了，前些日子我也听山下人说过，抗日联军专门打小鬼子，保护老百姓。这些人都是好人。能不管吗？鬼子好在山下大庄转悠。这大山上，他们不会来的。你放心吧。"

"傻话，他们长着两条腿，去哪儿不行呀？"

"唉！鬼子来喽，咱想办法呗。咋也不能给人家抬回去吧？"

轰隆，轰隆，远处的枪炮声惊醒了魏强他们。魏强和李凤山迅速掏出枪。魏强拨拉几下酣睡的高真。高真愕然坐起，看两人手攥着枪，惊恐地问："小强，咋啦？"

"二叔，远处有枪声。我们看看去。"魏强说完就出了屋门。

天，还没亮。两人站在柴门外侧耳细听，觉得枪炮声是从梁南大西沟那面传过来的。两人跑到梁上，密集的枪炮声格外清晰了。夜幕中，两人俯瞰大西沟东面山嘴子梁上亮光闪闪，一道道交错的流光在灰蒙蒙的夜空中穿梭着。魏强知道，部队一走，鬼子来了。这是舅舅领着民兵跟敌人干起来了。鬼子来了多少？舅舅带领的民兵能顶得住吗？他多么想下山助舅舅他们一臂之力呀，可自己的任务是护理排长。舅舅他们会怎么样？他心里像压上一块儿大石头，沉甸甸的。两人缄默无语走下山梁。魏强知道形势严峻。

天还没亮，魏同在高家吃完了饭，告辞回家。魏强把哥哥送到大门外说："哥哥，今晚这件事儿，你千万不能当任何人说，不管什么时候，出现什么情况都不能吐出一个字，说出去会掉脑袋的。"

"嗯，我知道。"

"告诉你二婶一声，我在这儿护理病人几天，等伤好些了我就回去。叫她别惦着。"

"唉。"

高真的妻子先给葛振林喂了些鸡蛋汤，然后在大家的汤里放上几片姜让大家喝。梁南的枪声给了魏强他们一个警告。三个人商量眼下的情况。

高真对两人说："病人虽然清醒了，但是还没有脱离危险，如果护理不及时，伤口还会化脓恶化，那时就难说了。现在得及时吃药换药，营养也得跟上去。"

"二叔，那——"

"强，这些事用不着你们操心，我有办法。"

"二叔，还有一件事。"

"你说吧。"

"我想，山下来了鬼子，他们一定会搜上山来的。给病人找一个藏身的地方吧，说不好鬼子这一两天就会上来。"

"唉——不能！不能！这地方鬼子没上来过，没事儿。"

"还是提防着点好，'不怕一万，就怕万一'。如果鬼子真上来，那不抓瞎了。"

高真想想也是。把病人放到哪儿呢？他走到院子里瞅着东厢房，突然眼睛一亮，兴奋地说："有法子了！"

高真前几年盖东厢房时，为了年年冬天储菜不挖窖，就在挖厢房的地基时挖了一个大菜窖。虽然里面有些潮湿阴暗，应急倒是个地方。

"要不——这么着，我东厢房下面是个地窖，平常在那里就放些乱七八糟的东西。收拾收拾，把病人放到那里倒能将就。不过，那里头阴暗潮湿的，不利伤口愈合啊。走，你俩跟我进去看看。"

三个人进了厢房，揭开窖口盖子，高真点上提灯，三个人下了窖。窖很宽敞，四面全是用石头砌的，长一丈有余，宽六尺，高八尺。

高真边看边说："鬼子来了，就叫病人在这里躲一躲，敌人走了，就让病人上来。你们看，这个法子行吧？不过，我得想想办法把这里的潮气放走，不然的话，病人没法待。"

"行，这个地方挺好的。"

李凤山和魏强认为眼前的情况下，这也就是最好的办法了。

"行的话，咱们拾掇拾掇。"

三个人在窖里动手收拾起来。清理了窖里的一些杂物，放上木板床、桌子、凳子、油灯、火盆等需用的东西。四面石墙高真用纸糊上。病人有了藏身的地方，大家的心也有了底。

"大哥——"

"啥事儿啊？老四！"高真走了出来。

"大哥，不好了！大庄来了不少鬼子！头戴着钢盔子，枪上还上着刺刀，明晃亮甲的，吓死人啦！"刚下山回来的邻居高平趴在墙上惊恐地说着山下的事儿。

"你亲眼看到的？"

"可不，是我亲眼看到的！"

为了证实这是真的，高平就把今天下山买东西目睹的情景一五一十地向高真说了一遍。

这一天，山下的吓人消息不断传来："大西沟的民兵都被鬼子打死啦，有几个人头装在木笼里被挂在村头的柳树杈子上啦……"

"鬼子在柳树湾那儿祸害了一个大姑娘，祸害完了还给挑了，现在还在河边扔着，没人敢去埋。"

山下的传闻令山上的人心惊胆寒，惶惶不安。昨天，大西沟黎明前发生那场夜战，叫魏强实在惦记舅舅的生死安危。这些传闻，更让他焦躁不安。

来高家第二天，魏强把枪别在腰间，要下山去大西沟走一遭。

李凤山劝阻说："小强，你在大西沟那阵子，谁都知道你，认得你。现在，小鬼子一定在搜查我们这样的人，你去大西沟，那还了得？就是下山摸底，也得我去合适。咱们在大西沟那阵子，我穿的是便服，没露过面，就是回家几次也是偷偷的。大家都知道我被土匪绑去过，若有人看到我，我就说从土匪那儿逃回来的，没人不信。还是我下山看看去吧。"

"不，还是我去。鬼子抓不住我。"

"小强，你是不是觉得我岁数大，不中用？"

"不是。"

"不是的话，就听我的。我去，我岁数大，遇事儿法子多一点儿。"李凤山一席话说得魏强没法争执，他知道，李先生宁可自己下山，也不想让他冒这个险。

"李先生，你要小心哪。"魏强担心地说。

"小强，你就放心吧，"李凤山一边往腰上别枪一边说，"给我一颗手榴弹。"

李凤山把手榴弹也插在腰间。下山时，李凤山边走边嘱咐："小强，你早晚精细点儿。帮着你二叔护理好葛排长，这是营长交给我俩的任务，说啥得完成好喽，不然出了一差二错，将来真的没脸去见营长。"

"嗯。"魏强点头答应着。

"好了，回去吧，我探听准山下的情况，今天晚上就回来。"

李凤山下山眼看两天了，可到现在还没回来。难道出事了？高真、魏强他们在家里心情沉重，忐忑不安。

原来，前两天夜晚，日伪军大队人马兵分两路，很快夺下北岭和东梁两个哨所。后半夜，鬼子大队摸进大西沟东头山嘴儿的时候，遭到了程浩领导的四十多名民兵顽强阻击。那天黎明前，足足打了两个时辰。由于双方的力量悬殊，程浩和他的民兵大队全部壮烈牺牲。鬼子割下程浩和几个民兵的人

第十七回 百余民众惨遭杀戮 日军清乡始拉大网

头,挂在大西沟村头大柳树的枝丫上示众。小鬼子疯狂反扑,血洗大西沟是藤岛在香洼一带实行法西斯殖民统治的开始。

大石岭阻击战使日寇损失了一个大队的兵力,使坐镇华北战区的日本最高长官大为震惊。

他在电话中对藤岛训令:"藤岛君,延安触角深入热河,全热河行政权无法行使!你要调动所有的力量不惜一切代价,必须尽快消灭大冰沟一带的抗日武装。确保燕北山区时局稳定,保证燕塞这条运输线畅通无阻!你明白吗?"

"哈伊!"

藤岛放下电话,他眯缝着眼睛,凶残狡黠的目光直视着西边远处墨色的山峦:"抗日联军。"他自语着,把牙磕得吱吱地响。他这次决心孤注一掷,与大冰沟的抗日联军决一雌雄。

于是,他纠集了四百多名日伪军,杀气腾腾地向达摩洞、香洼扑来。抗日部队的离去,使日伪军很快占据了这一带。

为了搜捕抗日分子,藤岛采取了拉大网似的清剿。鬼子、汉奸、伪军所有的围剿部队所到之处,无不烧杀掳掠,无所不为。他们对村子里年轻的男子不是当作抗联战士杀掉,就是捆绑带走,装上卡车押送到远处煤矿做苦役。在日寇清剿的日子里,哪个庄都有被鬼子无辜杀害的百姓,每一个村都有十六七岁的男孩儿到年过半百的男人,在鬼子刺刀的威逼下上了卡车被拉走,随后就是亲人撕心裂肺的哭叫声。日寇惨无人道的杀戮和驱役,使青龙河畔的老百姓再一次陷入妻离子散、家破人亡的悲惨生活之中。

葛振林在被抬到高家的那天早晨,他虽然没有气力说出话,但在炕上朦朦胧胧听到激烈的枪炮声和魏强他们的说话声,他知道自己的部队已经不在此处,鬼子打过来了。他知道当地民兵既缺少装备又缺少作战经验和搏杀技能,想靠他们来抗拒装备精良、来势凶猛的鬼子大部队是绝对不行的。小鬼子卷土重来,他们会对解放区民众实行更疯狂、更野蛮的报复和镇压。大脑清醒的他已意识到,今后这里的形势更为严峻。他心里明白,可极度的虚弱使他说不出话。

这两天,山下的汽车声、摩托车声不绝于耳,有时还听到枪声。李凤山

大冰沟

下山说当天晚上回来，可到现在还没有回来。魏强和高真表面显得很平静，其实心急如焚，魏强知道李先生是沉着稳重的人，说话是有准的。难道……他不断地猜想，又不断地否定。不论怎样，李凤山两天还没有回来，一定是出了事儿。魏强和高真商量把病人抬到厢房去养伤，一旦有事去地窖里藏也方便。高真老婆把厢房的炕烧热乎，重新铺上褥被，夜里，两人悄悄地把葛振林抬了过去。

过了两天，大家担心的事情真的出现了。就在葛振林抬到厢房的第二天早晨，小春和邻居的孩子在下面路边山坡摘山杏，慌慌张张地跑回家来："妈！妈！不好了！"

"喊啥！啥事啊？值得这么大惊小怪的。"高真的妻子在责怪自己的孩子。

"妈！不好了！一群头戴铁锅子的人上来了！"小春一边往院里跑一边大喊着，他用小手指向去山下的那条道。

"小春，他们在哪儿呢？你在哪儿看着的？"高真心里不由得一阵紧张。

"爹！就在下边！我们跑的时候，一个人还喊我们哪！叫我们站住。"

"真的？"

"真的！不信，你去问小莲！"

"快！收拾收拾！"高真吩咐完妻子，三步并作两步到厢房和魏强一起把葛振林弄到菜窖里。

他出来时，嘱咐守在窖里的魏强："记住，不管外面有什么动静你都不要出来。"

高真上来后把窖口盖好回了正房。砂锅子里正熬着汤药，咕嘟嘟、咕嘟、开着锅，并放出呼呼的白气，汤药味儿弥漫着整个屋子。汤药好藏，可药味儿难除。瞅着就要熬好的汤药，高真的老婆不知怎么是好。高真灵机一动。

"去，躺炕上，把被子盖上。"

高真妻子一听此话，明白了其中的意思。她躺在炕上盖上被子，把小春叫到跟前再三嘱咐："小春，他们来了，就说妈妈闹病了。记住了吗？"

"嗯。"小春瞅着妈妈点了点头，答应着。

高真又把热手巾敷在妻子的额上。

"等会儿！挺湿的。"

"那——"高真想说些什么。

"哎哟！鬼子来了我自己盖！"

乓！柴门一下子倒在了一旁，一群头戴钢盔、手端着刺刀的鬼子闯了进来。高真一出屋门就被鬼子围住。

"啊——大侄子，你就住在这儿啊？"

说话的人个儿不高，却很胖，看上去有四十出头，倭瓜脸，青蛙嘴，说出的话却亲亲热热的叫人受听。他穿的是便衣，脑袋却戴着小鬼子的黄帽子。

"啊！三叔来了！快进屋。"

"好，好啊！"胖子转过身对那鬼子小队长恭维地笑着，嘀咕了几句之后，鬼子队长凶神恶煞的样子稍有收敛，随后转过身命令身后的鬼子："快！速速地细细地搜查！"

十几个鬼子赶快跑出去到别的院子搜查去了。出言顺耳与高真论家族的这个胖子叫高占奎，住在碾子沟大庄，和高真的父亲是一个爷的孙子。

一提起高占奎，附近的人无人不知，无人不晓。他是一个走街串巷挑货郎挑子的买卖人。这个人心活，脑袋瓜子转得快，什么焗锅焗缸、丝线头绳，只要赚钱他样样都做。高真惊诧，什么时候他又吃上日本人这碗饭了？

碾子沟庄里上了年纪的人都知道，高占奎是个从小就死了爹娘的孤儿。他六岁那年，跟着光棍儿二叔背井离乡去了关东。自从爷儿俩走后，十几年杳无音信。后来有人说他爷儿俩在满洲里做"拉皮条"生意。随着时间的推移，庄里知道他们的人对他们渐渐地淡忘了，后来，很少有人再提及此事。高占奎爷儿俩当年离家出走闯关东的辛酸往事就和他们一样，随着漫漫的岁月飘远了，消失得无影无踪。没想到离家三十年，在人们心目中早已忘却的他，竟然风光地回来了，他是带着老婆和四个孩子一大家子人回来的。庄里老人都说，高占奎不善劲儿，能在外成家立业，混到今天这个程度不错了。回家不久，高占奎在自家老房壳的地方盖了四间大瓦房。这一下子庄里人更刮目相看了，都说这小子在外发了大财。阔别多年，荣归故里的他，当然不会丢弃他在外做生意时见风使舵、处世圆滑的那套本事。与庄里乡亲处世，他能说会道，左右逢源。回家不到半年，庄里的大事小情他无不到场。这几天，日本人来碾子沟清剿,由于他在外地学了点儿眼前的日语,岛田相中了他,让他干起了保长的差事。这一下子使他飘飘然——真晕啦!他这辈子想过娶老婆、发大财,可做梦都没想到做官啊!因为这个欲望对他来说简直是痴人说梦,遥不可及。没想到"铁树开花",他这个驴粪球子真有发潮的时候了。从走马上任的那一天起他就想:我得好好给有权有势的日本人做事,保长这个饭碗子说啥都不能丢。

高占奎走进屋,一股汤药味扑鼻而来。他心里疑窦顿生:这小子是不是窝藏着抗日联军伤员呢?要是给抗日联军疗伤治病,哼!我就不客气。今天我要"大义灭亲",把他送给日本人!

"侄子儿,谁闹病了?熬这些汤药?"

他两眼直勾勾地盯着高真,想从高真的脸上找到一点点蛛丝马迹。

"你侄媳妇,这两天脑袋疼。"两人说着进了屋。

高占奎一看一个女人躺在炕上盖着被子,额上还搭着热乎乎的手巾。

"春他娘,这是咱家三叔。"

"啊!三叔啊?快坐那儿。"高真妻子说着脸上露出歉意的表情,她要坐起来。

"侄儿媳,你别动!别动!我也不是外人。得病多长时间啦?"

高占奎屁股不沾炕,摆出一副长辈的姿态。

"四五天啦。"

"高真啊,我侄媳看样子病得不轻,你得好好给扎古扎古。"

"唉!这两天一直吃汤药呢。你看,这不正熬着呢!"

鬼子小队长精赤,看炕上躺着一个生病女人,冲着高占奎说:"我们的开路。"

精赤要走,高占奎不敢久留叙旧,说了几句亲情的话走出屋门。

十几个鬼子踹开另外四家的大门,端着雪亮的刺刀闯进了院子。山里的人哪见过这样的阵势,吓得大人面如土色,浑身打战,躲在一旁大气不敢出。小孩子没命地往大人的怀里钻。这些鬼子并不问话,进屋用刺刀挑开锅盖、炕席,柜盖……再到院子里这儿扎扎,那儿翻翻。鬼子们把每家的屋里屋外,前院后院全翻了个遍,没有发现任何可疑的地方。"嘎喔——嘎喔——"早晨,东院高平家尚未打开的鸡窝里的公鸡打起鸣来。脆亮的打鸣声惊动了正在屋里乱翻的这群鬼子。

"鸡？鸡的米西！哈哈哈……"

这一下子鬼子可高兴坏了，两个鬼子跑出屋，直奔鸡窝。鬼子扒开鸡窝门，噼里啪啦，掏出了鸡窝里挣扎的四只鸡，乐呵呵地把它们绑吊在枪头上，高高兴兴地出了院子。

"报告！伤病员的没有。"鬼子们陆续来到高真家院里向精赤小队长报告。

没有发现伤员，精赤只好命令鬼子下山。临别时，高占奎对高真显得特别亲近："侄小子儿，你知道皇军到这儿来，翻什么来了？"

"不知道。"高真瞅着高占奎的脸，眼睛露出一副困惑不解的神情，摇摇头说。

"不知道吧？皇军这是在找抗日联军的伤病员呢！"高占奎圆鼓鼓的大眼睛瞪着，蛤蟆嘴角在微动，显露出一种唯我独知的神秘感。他舒缓了一下语气接着说，"前几天啊，皇军在岭下石岭子镇吃掉了大冰沟的抗日联军，有几个没死的跑了，还有几个受了伤跑不了的，到岭上这面来了。皇军怀疑这些没死的就在这一带的小山沟里养伤。哎呀，这七沟八岔，南梁北坡的，藏上几个人不易找啊。你要是知道这些伤员的下落或听到什么消息告诉我，三叔我保证让你们两口子发一笔大财，也省着背着药兜子东跑西颠地到处去治病。"

"三叔，你说的这些，都是真的吗？"

"嘿嘿！我是谁呀？我现在是皇军任命的保长。我又是你叔！我的话，你咋不信呢？三叔啥时说过假话？你想想，没有这个事儿，皇军能上来吗？侄小子儿，过去说'肥水不流外人田'。你、我一个'高'字没掰开，又是近家。我告诉你，就是让你多留点儿心，打听着这个消息告诉我，我保管你吃香的，喝辣的，让你成一个腰缠万贯的财主。你说，人活在世上谁不想发财呢？你们公母俩做成这个省劲儿现成的大买卖，不就发了洋财了吗？到那时，三叔都得借你的光啊。"

"三叔的好意我领了。我要知道喽，一定告诉三叔你。"

"嗯，上点儿心啊！"

"唉，一定上心。"

鬼子走后，高真回到屋里。

"鬼子走了？"在炕上躺着的妻子问。

"走了，起来吧。"

高真坐在木椅上回想高占奎临走说的那些话："没有这个事儿，皇军能上来吗？"听这个话音儿，难道鬼子知道葛排长在这儿养伤吗？再想一想，觉得又不对。如果知道这里有伤员，他们能这样轻易地走吗？那高占奎是见钱眼开的人，按他的话说，抓住抗日联军的伤员能腰缠万贯，假设他真的知道抗日联军的伤病员在这儿，他能放过吗？他们只是猜想罢了。不过，看起来，鬼子真的注意到这碾子沟洼了。今后，鬼子一定会对这一带进行严密的监控，这样一来，病人在这儿长期养伤，随时都有可能被敌人察觉或被利益熏心的人告密。要是那样，不但伤员和侄子魏强的命保不住，恐怕自家三口人的命也难保。怎么办？换个地方？可到处都是鬼子汉奸在搜查，藏哪儿去呢？再说了，让病人来自己家也是自己说的，怎么能出尔反尔呢？他反复思量，最后决定不管怎样，也不能让两人离开自己的家。

晚上，孩子睡着了，高真的老婆站在院子里纳着鞋底站岗。高真在地窖里和两人说今天发生的事情。葛振林晚上吃了一大碗鸡汤，有了一定的气力。他听完高真的话沉思了一会儿，向两人谈了自己的看法。

"鬼子是在敲山震虎。大石岭一战敌人说我们有伤员，那谁都能猜想到的。打仗嘛，双方哪能没死人受伤的。鬼子之所以把我们的伤员锁定在这一带，是根据这一带是抗日联军开辟的抗日根据地，有群众基础。鬼子汉奸来了这些天，他们一定了解到你是治外伤的大夫，到这儿来搜查那是理所当然的。不过，现在正是敌人最猖獗的时候，任何地方都是敌人怀疑和监视的场所。以后敌人少来不了。高先生，为了你一家人的安全，想一想有没有别的地方？"

"老葛，到处都是鬼子，上哪儿去啊？哪儿都不能去！就在我这儿好了。"

说着，他提起油灯，掀起了被子，看了看葛振林的伤口，又重新换了一遍药。

晚上睡觉的时候，高真的老婆一边脱衣裳一边问高真："病人怎样？"

"没事儿,比来那两天强多了。今天我们唠了会儿,别说,看人家抗日联军的官儿,就是不一样,说的话有条有理,让人佩服。"

"那还用你说呀,没两下子,人家还敢跟鬼子干?我说,今后咱俩得小心点儿,你没看今天这拨人像一群狼一样凶。还有,让你给他叫三叔的那个,带着鬼子进屋时东张西望的,不像个正经人。嘴说得好听,可不知他心里是咋想的。"

"这个,我心里有数。哪儿好哪儿赖还用说吗?人家葛排长打鬼子是为了救国家,救老百姓。他给日本人做事儿为的是啥呀?还不是为了升官发财。咱们做人得有个良心。春他娘,无论如何咱们也得把葛排长的伤治好,交人嘛,就得交这样正经的人。"

"我也是这么想的,以后啊,咱得多加小心。"

"嗯,那是——睡吧。"

第十八回 与日伪军同归于尽 葫芦沟里险遭狼袭

三天过去了,高真他们仍没有得到李凤山的消息。原来,李凤山下山的那天晚上,想回家看看家人,一想起眼前形势严峻,情况复杂,心想,还是先探听一下敌人的情况再说吧。他想起了昨天早晨的大西沟山嘴那边的枪炮声,于是准备先进大西沟村探听一下情况,回去告诉魏强,也省得他心里放不下。

大道上,鬼子的汽车、摩托车屁股后面拖着股股狼烟,发疯似地来回跑着,鬼子和伪军的部队驻进了大大小小的村庄。道上都是敌人,大道不能走。李凤山顺着山下的林子绕到了大西沟山嘴东面的那片柳树林里。他走到林子边一看,不好!一群鬼子把沟里群众正往这里赶。他掏出枪躲在柳树林边一棵柳树下,窥看鬼子到底想干什么。

原来,早上鬼子打下山嘴后,鬼子部队马上进了大西沟庄进行大搜捕。一直到第二天早晨,鬼子还端着刺刀,挨家挨户砸门而入来了一个第二次搜捕大兜网。天刚亮,大西沟的老百姓被驱赶到村东山嘴子路口。鬼子把战死的民兵尸体从山嘴梁拉下来,藤岛大佐命令翻译官叫死者的家属来认领这四十多具血淋淋的尸体。面对鬼子滴着鲜血的刺刀,被驱聚在山嘴的人群鸦雀无声。

翻译官潘文瞅了一下人群,一脸淡然冷酷的表情:"你们听清。太君说了,哪家的人哪家可以抬回去,没人认就地处理!"

大家不知道鬼子葫芦里卖的是什么药,没人敢去认领。一个汉奸拖出一具尸体,他拎起死者的头发,把脑袋薅起来。

"看看这是谁家的?啊?"

不一会儿,他把死者的脑袋一撒便说:"没人要,是吧?"

他拿起皮鞭使劲儿地抽打尸体。边打边说："让你还打皇军！让你还和皇军作对……"

一阵子，那具血染的尸体顿时血肉模糊，惨不忍睹。

"乡亲们！我们跟鬼子拼吧！"

人群里有人一喊，人群立刻动乱起来。凶恶的鬼子正想用机枪扫射愤怒的人群，这时候，啪！啪！林子里射出的两颗子弹打中了一个鬼子。

"在林子里！"一个伪军惊叫着。

"抓住他们，统统消灭！！"

藤岛以为是一股增援的抗日部队来了。他抽出战刀一喊，敌人撇下群众，像一窝蜂一样向柳树林这边追来。李凤山想，把鬼子引得越远越好，这样群众才能逃散，他一边跑一边回头放枪。鬼子从后面猛追，子弹在李凤山的耳边嗖嗖嗖地穿过。跑出有二里多地，鬼子的骑兵从前面包抄过来。

林子里，李凤山被包围了。密集的子弹压得他只好趴下来。他知道跑不掉了，瞅了瞅林子里的四周没有遮掩身子的地方，只有一个不大的沙坑。他刚想往沙坑里跑，一颗凶恶的子弹穿进了他的后心，他不能动了，自己摸摸前胸，黏糊糊的，鲜血浸透了他的前襟，他吃力地掏出腰间的一颗手榴弹压在身下。

鬼子围过来了，他们聚拢在李凤山跟前，一个鬼子小队长以为李凤山已死，到了李凤山跟前抬起皮靴想踢一下他不动的身躯。此时，李凤山已拉开手榴弹的盖儿猛一翻身。滋——手榴弹冒着白烟，周围的鬼子一看吓呆了，众鬼子没等逃走，轰隆一声，李凤山和敌人同归于尽了。藤岛赶到一看，打死的人穿的是老百姓的衣裳，他认定是一个逃出来的民兵。林子里扔下了几具尸体，鬼子大队扫兴地走了。

李凤山从高家走后一直没有消息，魏强急得坐卧不安。高真夫妇劝魏强："侄儿小子，李先生是个稳当人，不会有事的。"

"可这已经三天了，二叔，咋能不急呢？"

"急，也得稳住劲儿，慌不得。"高真夫妇这样劝魏强，可他们也一样，为这事儿心里惴惴不安。

这三天，葛振林的伤，在高真夫妇的精心调理下好了许多。李凤山不回来，魏强几次想下山去找，再想打听一下舅舅的消息，都被高真劝阻下。

这天晚上吃完饭，又到了给葛振林换药的时候了，高真喊正在外面洗碗的妻子："春他娘！那儿的药拿来。"

妻子把药放在炕上。他打开红绸布一看皱了皱眉头。

"就这些了？"

"嗯。"

"这，可怎办啊？"

"怎么啦？"妻子不解地问。

"你看，这点儿药只能再用两回。将就着用，只能用两天。病人的伤口还没愈合，没有这药哪行啊？"

常言说得好，"巧妇难为无米之炊"，眼瞅着药没了，高真心里怎么不犯愁呢？他沉默了一会儿，把这点儿药分了又分，小心地用纸包了两包，拿走一包去了厢房。

一转眼两天过去了，药用光了。高真知道断了这个药，病人的伤口很可能发炎，那是很危险的。果然，不出他所料，少了这个药的第二天，葛振林的伤口红肿起来，身上发起烧来。这天晚上，高真把魏强叫到外面。

"侄子，缺药病人是不行的。你好好看护病人，我到朋友家去取药，明天早上回来。"

"二叔，买药，我去吧。我年轻，走得快。"

"你去？你知道去哪儿买呀？这不是你能干的。"

"二叔，到处都是鬼子，还是我去吧。你告诉我地方，不就行了吗？"

"你去，鬼子就不出来了啦？你去和我去，还不是一样吗？再说了，你去人家不认识你，药能给你？你知道买啥样药啊？"高真笑着对魏强说，"这事啊，咱爷儿俩就别争了。"

西边的日头离青松峰还有一竿子高，高真揣上两块大洋，别上防身用的两把尖刀子，背上钱褡儿就走。没走几步，他突然停住脚步。"侄儿，你过来，我有话跟你说。"他小声嘱咐魏强，"侄儿，我估摸明天一早就能回来，我走喽，家里的事，就靠你啦，你要当心啊。"

"二叔，我记住啦。"

第十八回 与日伪军同归于尽 葫芦沟里险遭狼袭

"那，我走啦。"说完，高真匆匆忙忙下山去了。

山下到处都是鬼子。高真不敢走大道，只能走山中险路了。他直接奔向北去的三道梁、二道梁，一口气爬了十多里的山岭。然后，走过一条七八里地长的葫芦沟，来到了让当地人都称为"鬼门关"的梯子岭。

梯子岭南坡从下到上，全是黑乎乎的陡峭的山崖，山道极其险恶。青龙河水由南向北顺着山势从香洼几经迂回流到梯子岭脚下，在这儿形成一弯泓水。夏季汛期，奔腾咆哮的青龙河水宛如千军万马一齐凶猛地撞击着梯子岭脚下几十米长卧伸出来的裸露的山岩，在这里撞就了一片宽阔而碧绿的水域。好在古人北去图近便，在濒临绿水的这面峭崖上硬凿出了一级一级的石阶。北去的人们攀缘上岭，拾级而上就像登梯子一样，故被人们称为梯子岭。

梯子岭山险阶窄只许路人单行。所以，经常有山贼在岭上持凶器隐匿岭头等候行人，抢劫钱财。这里，杀人越货、图财害命的事儿时有发生。被害死的人经常被歹徒踹下山崖掉进山下的深水中。几天过后，腐烂的尸体腹腔向上漂浮在水面。后来，一些打劫的盗贼为了掩人耳目，逃避官府的缉拿，故弄玄虚，干起装神弄鬼抢钱劫财的把戏来。他们穿上红裤子、绿上衣，披头散发，再戴上面目狰狞的面具隐藏在岭上岩石后，等行人到了跟前突然出现，把人吓昏跌下山崖。然后，他们再到山下打捞出尸体搜走钱财，再把尸体投进水中。久而久之，人们把行人在这里遭遇不幸的事，添枝加叶编成了骇人听闻的神鬼故事，说是梯子岭上被害死的人太多了，他们死得冤，所以冤魂不散。听者信以为真。一桩桩有鼻子有眼的无稽之谈让人们毛骨悚然。当地有个顺口溜可以为证：

> 梯子岭，梯子岭，
> 路上行人难到顶。
> 劝君切莫孤人行，
> 不然阎王前来请。

高真到了梯子岭根儿，他想，翻过它，再走十来里地山路就到了。他用衣襟擦了擦额上的汗珠。仰头看了看西面，日头下山多时，不早了。他动了动肩上的钱褡儿，用绑带把它捆在胸前。他拔出尖刀握在右手，腾出左手扶着陡窄的石阶，一步步爬上了梯子岭。

掌灯的时候，高真到了朋友家的门口。他没有贸然上前敲门，可院子里的狗却汪汪叫了起来，狗叫声惊动了屋里人。

哐啷！门开了，随后一个年轻的男人大声吼道："谁？"

年轻人站在台阶上拎着提灯仔细地瞅了瞅四外和大门，看不见人，也没了声响。

"爹！睡觉吧，没人。"

高真在院外听得清楚，说话的人正是朋友罗祥的大儿子罗海泉。高真知道罗家没有外人，他敲了敲大门。咚！咚！咚！海泉刚想回屋听到敲门声，不耐烦地嚷："谁呀——这么晚了，有事明天来吧！"

"海泉，是我。"高真轻声顺着大门缝儿往里喊。

"啊！是高叔啊！"

海泉听到是高真的声音赶快下台阶去开门。

门打开了。海泉不好意思地说："二叔，快进屋，我当是谁呢！"

"唉。"

"爹！我高叔来了！"海泉在院子高声喊。

在屋的罗祥一听是高真来了，自然十分高兴。他放下手中的大烟枪，叫老伴儿赶快给他找鞋，他要下炕。刚挪到炕沿儿，高真已随着海泉进了屋。

"哎呀！是二兄弟来了！"罗祥刚要起身，被高真把住："哥，我常来常往的，不用下地迎我。"

"那，哥就不动了，快上炕。"罗祥两腿一收屁股一拧与高真对面打坐。随后便喊老伴，"哎——二弟来啦！"罗祥的老伴儿迈着三寸金莲侧侧歪歪来到跟前。

"二兄弟，从家里来的？"说完泡上茶水端了上来。

"啊。"

"这么晚了到这儿来，有紧事儿吧？"罗祥接过话茬，边问边拿起大烟枪使劲儿地吸了两口。

老伴儿拿来水果，她嗔怪罗祥："你这个老头子儿，是越老越糊涂，二兄弟刚进屋就问这问那。二兄弟，上炕里去，好好歇歇。"

第十八回 与日伪军同归于尽 葫芦沟里险遭狼袭

"嫂子，近来你们两人的身子骨好吧？"

"咳！还行，就是这个老东西呀，抽这个抽得蝎虎，这一天不抽啊，他就没晴天，老给我们娘几个生气。"

罗祥把烟枪端在手中笑了："嘿嘿嘿，二兄弟，你别听你嫂子胡说八道的，她就会告我的状，你做饭去吧。"

"啊——你看看，嫂子光顾说话了。"罗祥的老伴儿正要转身去做饭。

"嫂子。"高真立起忙拦住，"嫂子，不用做饭了，我一会儿就得赶回去。"

"啊？这么急？啥事啊？这黑灯瞎火的，可不行！住一宿吧。"罗祥的老伴儿劝高真。

"不行，嫂子，住不下呀。我今晚必须得赶回去。"

"二弟，在这儿委屈一宿不行啊？啊？要是白天，嫂子不留你。这么远的山路，大黑天的怎么这么急？住下吧！"老两口子好说歹说要留住高真。高真心里着急，哪能住下？

"大哥大嫂，我不瞒你公母俩。我家里啊，有一件吃紧的事，我就因这件事来的。"

"啥事啊？这么打紧？"罗家老两口子手里的活儿都停下来担心地问。

"我家里有一个亲戚上山砍柴，不小心砍坏了手。当时，没当回事儿，现在化脓溃烂，我是来给他弄点儿药，晚了恐怕人不行了。"

"这么重哪？嗯——那么着，海泉！"

海泉进了屋瞅着父亲："啥事儿啊？爹。"

"把上回给你叔拿的那几包刀伤药拿来。"

"唉。"

海泉转身要走。

"等等！"

海泉停住了脚步望着父亲，等着吩咐。"把那几样药，都拿来。"

罗祥把拿来的药好好地看看，然后，包好递给高真说："你经常说'救人如救火'，救人要紧，我就不留你了。这些药，你就都拿去吧。"罗祥掂了掂手中的药包递给了高真。

"哥，都给我，你用啥呀？"

"二弟，你不知道啊，这儿，来了不少日本兵，前天，他们不知咋听到的，跑到我这儿要这刀伤药，我听不懂他们的话，一个穿他们衣裳说咱话的人说了我才明白，他们向我要这刀伤药。我说没有。一个黑胡子戴眼镜的鬼子上前就给了我几大巴掌。哎！可惜了的，我多年苦心研制的那点儿药，让那群兔崽子全拿走了。这点儿，是在黑坛子里放着的，所以他们没翻去。都给你，我就省心啦。"

高真这时才知道这里也来了鬼子。他把药接了过来，随手从衣兜里掏出带着体温的两块大洋，放在炕沿儿说："大哥，这药我就全拿走啦。这点儿钱，是兄弟一点意思，请哥嫂收下。"说完，起身告辞。

"二弟，这，这我多不好意思。"

"哥，这不是药钱，是弟弟孝敬哥哥的。"高真与罗祥边走边唠。

就这样，罗家人悄悄地把高真送到大门外。

"二弟，大黑天，这么远的山路，你可要多加小心啊。"罗祥不放心地嘱咐一番。

"哥，你放心吧，我身上带着家伙哪——哥嫂留步吧。"

说完，高真就沿着原路疾步往回走。

山星打横了，高真爬下了梯子岭，走进了葫芦沟。葫芦沟是一条封闭的死沟。沟两端，北有梯子岭，南有二道梁，沟中间，两边大山相对而峙。说也奇怪，这条沟被大山圈得很像一个宝葫芦，故而得名。沟里没有人家，沟外的人由于险岭阻塞，无人到那儿去砍柴。所以，日久天长，这沟里柴草葳蕤，山林茂密。如果孑然一人夜间行在这大山野岭之中，真是叫人感到脑袋发炸。高真夜间出诊的时候不少，但走这样的山路还是第一次。他步履匆匆，背着钱褡，右手紧紧攥着尖刀把儿不回头。他行走如飞，眼前道旁柴草眨眼工夫被他甩在身后。夜风习习含一丝凉意，可他汗流浃背，汗水湿透了他的衣衫。走了好一阵，到一个山崖下，看看前面的上坡路，高真知道前面就是二道梁了。

"该出沟了。"他松了一口气，自言自语地说。

这时，他感觉腰酸腿痛，想歇一会儿。看到道边有一个平滑的大石头，就把钱褡铺在上面一屁股坐了下来。他感觉自己太累了，索性把两腿一缩仰躺在石头上，仰望着群星璀璨的夜空。此时，他感到身上无比轻松。

第十八回 与日伪军同归于尽 葫芦沟里险遭狼袭

夏夜的旷野万籁无寂,道边野草丛中,各种昆虫不知疲倦地高吟浅唱,组合成优美动听的"夏夜联欢曲"。高真不知不觉地在大石头上睡着了。不知什么时候,他突然醒了。一翻身坐了起来,他感到脑袋发大,头发在扡挲,一种从未有的恐惧感向他袭来。他定下神来,四面一看。

"哎呀!"他惊恐地叫起来。

两只狼一左一右不知什么时候,蹲在他睡觉不远的地方。这两个畜生端坐在两旁,探着脖子,射出的两对绿亮一动不动地逼视着他。它们在静静地等待。怎么办?如果被两只狼前后夹击就坏了。他急忙掏出衣兜里的洋火,弄出两根火柴一起划着了。呼——火柴放出光亮。哗啦啦——两只狼看到光亮,转头窜过茂密的柴草向远处逃去。高真知道狼不会逃得很远,如果趁这空儿自己往山上跑,狼很快就会追上来,并且会马上遭到两狼凶猛的攻击。那样,毫无疑问,他就会被凶恶的野狼吃掉。他赶快拿起钱褡儿,跑到十几米远的山崖下,那是一个崴子的地方。在崖下,高真收拾一些枯枝败叶,点起了篝火。

果然,狼并没有跑远就回来了,见了山崖下的火光,两只畜生不即不离,还是耐心静静地等候。高真盼着天亮。篝火在山崴子里伴着啪啦啪啦的响声,熊熊地燃烧起来……

跟前的干柴枯叶烧尽了,火熄灭了。高真就用木棍扒拉火灰,尽量让燃尽的火灰红着。他知道:只要有一点儿火红的亮光,狼就不敢靠近他。

天,要亮了,火灰已尽。这时,两只狼向崴子靠近。它们在离高真有七八米远的地方,各找一片柴草稀疏地方蹲下来。它们还是一动不动地蹲着,像两尊泥塑石雕的塑像。它们时而半闭半睁着双眼,一副昏昏欲睡的模样;时而陡然睁开睡眼,用贪婪的目光久久注视着高真。两只狼似乎显得很淡定,但掩饰不了急于猎取食物的那份焦躁。它们终于伸出红红的舌头,舔了几下长长的嘴巴后把舌头露在外面半截。高真知道狼的进攻是瞬间的事儿,它越是安详,进攻就越迫近,他知道对付这两只凶猛的野兽最好用木棒,可眼前没有这么粗的树木。果然,两只狼从左右两个方向一起向他走来。高真心里想,今天死活靠这两把尖刀子了。他右手紧紧地握着尖刀等着狼的到来。两只狼很狡猾,走了两步又停下来,它们凶残的目光像两把犀利的尖刀逼视着高真。

对面的那只狼把一条腿抬起来，脖子伸出，做出跃跃欲试的架势。它张着嘴，长长的啮齿露出，想震慑对方束手待毙。高真沉着冷静地攥着刀把子。他想，不能白白等着送死，死活也得与这两只野兽拼一场。

双方对视着。哗啦！一条狼倏地窜出低矮的草丛扑向高真。高真并没有躲，他知道狼的第一口是要咬住猎物喉咙的。他左手攥着一块拳头大的石头，塞进张开的狼嘴，同时右手的尖刀划过狼的脖子，那只狼的脖子被抹开了大口子，一声没叫就倒下去了。此时，第二只狼的两只腿已经搭在高真的后肩上，只要高真一回头，那只狼就能咬断他的喉咙。高真没有回头，用鲜血淋漓的左手攥紧拳头朝狼的头部猛地一击，这一下狼一口咬住他的胳膊，高真忍着剧痛，猛地一转身，右手的尖刀捅进了它的咽喉。两只狼都死了，高真的左胳膊却被狼撕裂去了一块肉。只见那只狼躺在地下嘴里还叼着那块肉皮。高真不顾疼痛，他咬着牙用刀子在它的喉咙上使劲儿地抹下去。看看两只恶狼真的死了，高真才觉得疼得要命。他用右手把着左胳膊肘，用牙撕下上衣襟角，使劲儿地缠在左臂上，然后把带着血的尖刀在狼身上抹了抹，别在腰间。他已经没有一点儿力气了，瘫在地上。过了一会儿，他慢慢地站起来。为减轻走路的负担，他把钱褡里的药拿出来小心地揣在怀里，扔掉了钱褡，忍着剧痛向二道梁一步步走去。鲜血从左胳膊的衣袖里流出来，滴答，滴答……山道上留下了一串殷殷的血迹。

清晨，他终于走到了家门口。

"春他娘，开开门。"

"唉！"屋里传出妻子惊喜的声音。

高真的妻子推开屋门，三步并作两步向大门走来。自从高真走后，她忐忑不安一宿没有合眼。她知道大庄有鬼子不能走，丈夫黑夜去他的朋友家一定是要走梯子岭的，那是在闯鬼门关啊！她怎能放心得下？听到丈夫的声音，她一颗悬着的心才落了地。

打开柴门一看，她大吃一惊，只见丈夫浑身上下全是血，脸色如同一张白纸，一双带有血丝的眼睛却仍然带着平常那种让她熟悉的微笑。她望着丈夫临行肩背的钱褡儿也不见了。

"哎哟！你这是怎么啦？血呼啦啦的。"

第十八回 与日伪军同归于尽 葫芦沟里险遭狼袭

高真的妻子惊叫着。赶快向前扶住高真。

"别吵吵,没事儿。"

"你这是怎么整的?啊?浑身是血。"高真的妻子把声儿放小。

"到屋再说。"

进屋,高真让老婆把揣在怀里的药掏出来,望着这包带有体温和血腥味的药,高真的心里充满无限的欣慰,这是一包救命的药啊。尽管自己险遭狼袭,但是吉人自有天相,老天爷还是保住了他和病人的性命。

高真的妻子赶快给他带血的衣裳脱下来。一看,啊的一声,差一点没晕倒。胳臂肘下的那片红鲜鲜的地方露出了骨头,不断滴着血。

"慌啥?没事的!"他对惊慌失措的妻子说。

他叫妻子在伤口上面用布带紧紧扎住,在伤口上上一点儿药,包扎起来,换了衣裳。他被妻子慢慢扶倒在炕上,咬着牙闭上眼睛。他太累了,想安静一会儿。

高真的妻子坐在丈夫身边,默默地望着丈夫那张苍白吓人的脸,眼泪掉了下来,心里不由一阵后怕。到底发生了什么事,她不敢去打听。

她去外面打一碗鸡蛋汤,想让疲惫不堪的丈夫眯一会儿,再喝下一碗鸡蛋汤来提提神儿。

天,大亮了,到每天给葛振林换药的时候了。高真嘱咐妻子说:"春他娘,我的事儿不要给侄儿小子说。听着了吗?"

"唉。这还用你说,我也不是个傻子。"妻子含着眼泪说。

"你把今天用的药分出来。"他吩咐妻子。

地窖里,高真忍着疼痛,他尽最大的努力让脸上洋溢着满心的欢喜,他一边给葛振林换药,一边高兴地回答魏强的问话:"二叔,你啥时到家的?"

"早回来了。"高真脸上显出一副轻松无所谓的样子。

"侄儿小子,别人说这条路有鬼神,哪有的事儿。这都是人们自个儿吓唬自个儿。这不,二叔半夜前就赶回来了,啥事儿都没有。"

高真瞒着两人,每天半夜叫妻子给他打开伤口敷药,口服一些止痛的药。可他从罗祥家弄来的药舍不得用一点儿。

这几天,魏强总觉得二叔不对劲,自从弄药回来,他的脸色蜡黄蜡黄的,手背上有好几道伤痕,左手好像不敢拿东西,魏强问了好几次。

"二叔,你咋啦?"

"没咋啊?你看二叔不挺好吗?"

一天夜晚,高真的妻子给高真敷药的时候,魏强突然出现在他们面前:"二叔,这是咋整的?怎么不告诉我?"魏强看着高真胳膊上吓人的伤口,心里难受极了,两眼充盈着泪水。

"没事啊,二叔几天就好了,侄儿小子,这件事你千万不能跟葛排长说,记住了吗?"

"嗯。"魏强用衣袖擦抹着泪水,他点了点头,答应二叔的嘱咐。

一晃半个月过去了,葛振林在高真的精心调治下,伤口一天天好起来。他有时能下床溜达几圈,有时坐着和魏强、高真唠唠过去的事情,谈谈抗日救国的道理,当然,也经常分析眼前鬼子占领香洼后的严峻形势和对敌斗争的策略。渐渐地,高真和魏强知道了许多过去不懂的东西,同时也和葛振林建立起深厚的感情。

辽西的六月,正是草长莺飞的季节。漫山遍野的青草悠悠,山林郁郁。山坡地的庄稼经过几场雨水的洗礼,各个挓挲着腰板,争先恐后地往高了拔。青纱帐起来了。天黑的时候,魏强和葛振林有时到外面透透气。

高真为了能听到山下的情况,每天以行医为名,都要到山下转一圈儿,回来把当天知道的一些事儿告诉两人。

这一天中午,高真戴着草帽背着药兜子从山下回来,他着急地进了地窖,告诉葛振林和魏强一件让人想不到的事儿。

"老葛,不好啦,山下的鬼子出了一个损招。"

"高先生,别急,慢慢说。"葛振林让满脸是汗的高真坐下再说。高真摘下草帽放到一边,边解开汗衫的扣子边说,"今天我去香洼大庄,看到大街上都贴着鬼子的告示,要出钱悬赏那些告密的人。听说大西沟有一家就是被别人给告了,一家人都死了。"

魏强听了这话,为了解开积压在心中多天的疑虑,他决心下山走一趟。

地窖里,葛振林反复考虑,觉得应该让魏强下山去一趟,了解一下鬼子的情况。他答应了魏强下山的请求。并嘱咐魏强:"小强,这次下山主要是

第十八回 与日伪军同归于尽 葫芦沟里险遭狼袭

了解山下鬼子的情况，千万不要感情用事。"

"嗯。"

当天晚上，魏强别上几把飞刀戴上草帽下山去了。走到山脚下，他停下了脚步，心想：先去西沟，好打听一下大舅的情况。他知道，这些天，鬼子的搜捕不会松懈，大道上一定会有鬼子、汉奸走动，各个村口道口都会有敌人站岗，盘查路上的行人。于是他就从山林里摸向大西沟。

六月十六夜晚，正是月圆的时候。魏强在村东头北山坡的一棵松树后向大西沟村瞭望。村口，几个鬼子端着刺刀把守着。

鬼子看得这么紧，村子不能去了，魏强心里想。咦！那棵大柳树枝丫上悬挂着三个木笼子，他爬着过去，身子贴着土塄，靠近那棵柳树想看个究竟。

月光下，他仔细一望，心里不禁腾腾地疾跳。里面装的是黑乎乎的东西！按前几天人们说的，里面装的一定是人头。他张望着，想看看木笼里的人头到底是谁。虽有月光，可是，这毕竟是夜晚，常言说得好，"好黑夜不如赖白天"，这些人头在树上挂了这些天，天气热，日头又晒，已面目全非，难以辨认。魏强含着眼泪，退到身后的一片苞米地里，久久地呆望着柳树枝丫上悬挂的木笼，无法抑制自己的悲伤，想想大舅可亲可敬的音容笑貌，他的眼泪像决堤的河水一般禁不住地流。他抽泣起来，泪水模糊了他的视野。

唰！唰！唰！土路传来了杂乱的脚步声，魏强马上趴在苞米地里，他用手背抹了一下眼泪，窥视路上情况。

去香洼的路上，一队日伪军押着一个人走过来。响！是二先生。这到底是咋回事？他决定到李家去一趟。

魏强躲过鬼子的暗哨，越过靠着后山石头砌的矮墙，潜藏到李家后院的柴草堆里。

夜深了，李家屋里传来了母女俩痛哭的声音。当！当！当！魏强机警地看看四周，轻轻地敲了几下后门。

"谁？"小凤抄起菜刀厉声问道。

母女俩毕竟是女人，是什么人趁着爹爹不在家夜闯家宅？此人定是图谋不轨。素来胆小的小凤今夜壮大了胆子。李二先生的老伴儿吓得浑身直哆嗦。

"小凤，我是魏强。"

"啊！魏强哥呀！"小凤闻言拉开了门闩。

深夜，李二先生家屋里没敢点灯，小凤悄悄地站在院子里放哨。李二先生的老伴儿把鬼子来西沟后发生的一些事情跟魏强说了一遍。

老人告诉魏强："鬼子在南山嘴把你舅抓住的时候，你舅身上已没有一点好地方，满身是血。他已经人事不知了。那个丧尽天良、恶贯满盈的鬼子头一刀砍下了你舅的脑袋，并把他的人头挂在村头的大柳树上。王信也被鬼子抓住枪毙了，鬼子说他是你舅的同党都杀过他们的人，脑袋也在村口那棵树上挂着呢。这，又牵扯到你二叔。唉——"说完，老人痛苦无奈地叹息了一声。

"小强啊，你二叔这回被抓走，鬼子是不会放过他的。"

魏强听着听着，失声地痛哭着，泪水再一次湿透了他的衣襟，他眼睛红红的，脑袋发热昏涨。这时，他想起排长的那句话，"千万不要感情用事"。

"强啊，还有一件事。你二叔前几天在家说，为了救大西沟的人，一个人引走了大队鬼子。后来这个人在林子里没跑出去，拉响身上的手榴弹和几个鬼子一起死了。有人看到那人的上身都崩没了，没人敢埋，是你二叔黑天去给埋上的，就埋在东面那柳树林子里。好可怜啊！"

老人这么一说，魏强立刻联想到李先生。会不会是他？这件事得弄个水落石出。

"二婶，我走了，不管出啥事，你们要多保重。以后我会再来看你们的。"

没等老人挽留，魏强就从后门走了。魏强顺着后山脚下的苞米地绕道走出大西沟村东山嘴外，进了柳树林。他决心要找到埋在林子里的那座坟，把它扒开看个究竟。听李二先生的老伴儿说，救乡亲的那个人已经没有了上身。魏强想，只要看到下身的裤子和鞋就错不了。

在林子里，魏强从南到北细心地查找着。终于，一座新埋的小土包出现在他的眼前。新坟堆虽不大，可他没家伙，只好回到碾子沟洼去。

当夜，魏强把心里的话跟高真一说，高真二话没说，在灯窝里拿出火柴揣在衣兜里。

"二叔，你身上有伤，我自己去。"

"没事儿，给你做个伴儿。"

第十八回 与日伪军同归于尽 葫芦沟里险遭狼袭

魏强扛着铁锹,趁着黑夜两人来到柳树林那座新坟跟前,动起手来。挖了不到一米深,尸体露出来了。一看,真的不是全尸。上身和脑袋没有,只有下半身。魏强机警地观察四周的动静,他在坑里,接过高真递给他的火柴,捂着亮儿,看死者穿的裤子和鞋。果真是李先生下山时穿的那条裤子和那双鞋。

"二叔,你看!"他轻轻地招呼高真过来。

高真也跳进坑里,仔细地一看,可不是,正是李凤山下山时穿的那裤子和鞋。

"是他。"两个人瞅着发臭的尸体潸然泪下,心像刀绞一样难受。

"埋上吧。"高真说。

魏强含着眼泪又用土把尸体填埋。临走时,两人跪在坟前磕了三个头,魏强泣不成声:"李先生,你放心!我们一定给你报仇血恨!不杀死这些小鬼子,我就不是您兄弟!"

"走吧。侄子,人死不能复生。这个仇早晚要报。"高真用衣袖擦抹着眼泪,把魏强拽走了。

第十九回 求名医却来不速客 葛振林住进鸽子洞

这几天,葛振林的伤口好多了。可他心里添了一个不可愈合的伤疤。李先生的牺牲,让他悲痛不已。鬼子这样猖狂,他们绝不会放过与抗日有关系的任何人。于是,他牵挂起魏强的母亲——程大婶。

晚上,两人吃完了饭,他对魏强说:"小强,你和我在这儿住了有十来天了,我的伤口已经长新肉,没啥事啦。你回家看看我大婶,再了解一下沟里的情况。"

"唉。"

"我琢磨,鬼子一定进大冰沟啦,并会把那儿作为重点,进行搜查,你回去要多加小心。无论出什么事,都要冷静对待,要好好地给我回来。"

"知道了,排长。"

"早点儿走吧,好早点儿回来。"

"唉。"

天已擦黑,魏强别上枪,携带一把尖刀,辞别了葛排长和高真夫妇直奔青松峰那股山路。

魏强走的第二天下午,高真家里突然来了三个不速之客。这三个都是年轻人,其中一个岁数较大的高个子向高真介绍:"高先生,我哥仨是岭下大乌兰的,我三弟左胳膊伤了,听说高先生治骨伤很拿手,我们哥仨就找上门来了,无论如何,请高先生费费心给我三弟好好看看。"

高真听完后,叫那个有伤的年轻人躺在炕上,他伸手捏摸伤处,然后一拽胳膊。那个年轻人"哎呀——妈呀——"地大叫。

高真觉得奇怪,年轻人胳膊上有一块儿发紫,但里头的骨头根本没伤着,另外他这样的捏也不会有多疼痛。

第十九回 求名医却来不速客 葛振林住进鸽子洞

吃完了午饭，高真给年轻人包了一包药递给他们。

"伤不重，回家把这包药吃了，就没事了。"

那个岁数大的却说："高先生，我们离家忒远，你发发善心，留我们哥仨住一宿吧，明天一早我们就走。"

"是，高先生叫我们住一宿吧！我们走了一上午，现在实在走不动啦。"另一个附和着。

高真听了这话，觉得意外。哥三个这么自来熟，没有一点深沉，一点儿不像当地人的品行。这些年，来山上找他治伤的，除了实在严重不能动的，他就留在自己家住上几天，一般的病人看完病是不好意思打扰他的。可这个看病的没什么大伤，走路没有妨碍，三个大小伙子一天走一百来里的山路算得了什么？他们却偏偏要留下来住一宿，哪有一点儿山里人所具有的"不得已，不麻烦人家"的人情味？他们是不是鬼子派来的奸细，在找抗日联军伤病员的呀？要是这样，不留他们，必得引起他们的怀疑。但又一想，如果人家真的是看病的，跋山涉水到我这儿求医，我若怠慢，岂不让人家回去说我高真没有人情？山里人讲究来到自己家的，都是客人，哪有不留的道理。想到这儿，高真只好答应下来。

"那好吧，三位弟兄既然走不了，就在山上寒舍委屈一宿吧。"

"谢谢高先生。"三个人一听高真留住，高兴地一个劲儿地道谢。晚饭后，高真的老婆和往常招待客人一样，把好被子、褥子拿到西屋给客人用。

岁数大的那个说："嫂子，大气热不用这个，我们到厢房住去，凉快。"

"厢房没有炕啊，那里放的都是一些乱七八糟的东西，从来没住过人，你们就在西屋住吧。"高真的妻子说。

由于三个人没走，高真夫妻俩没法去地窖给葛振林敷药送饭，心里很着急。

夜深了，高真把油灯一吹，两口子穿着衣服躺下，遇到今天这样蹊跷的事儿，两个人哪来的觉？高真两手插合在一起垫在后脑勺，仰望着屋顶。白天的情景在脑海里一幕幕浮现。他实在弄不清这三个人的来意。没什么大伤，偏偏要跑出一百多里的山路到这儿来看病。三个人长相大不一样，分明不是亲兄弟。他们到底是什么人？上这儿干什么来了？疑问和不祥的预感紧紧地抓住他紧张的神经，他更睡不着了。

夜深了，弯月落到了青松峰的西边去了，山洼里顿显深夜的幽暗。吱——高真夫妇几乎同时听到轻微的开门声。妻子用胳膊碰了一下高真，高真会意，他悄然坐起，爬到窗前，顺着纸窗上的小花镜往外望，只见两个黑影一前一后蹑手蹑脚地向厢房走去。他们轻轻地推开厢房门进去了。另一个立在窗下显然在看着他们夫妻俩。高真的心怦怦怦地跳着。老婆想悄声问，被他捂住了嘴。他抽出放在枕下的尖刀，屏息凝神注视着院子的动静。去厢房的那两个黑影正是岁数大的和那个有"伤"的年轻人。他俩进屋后打开手电，屋里大面、旮旯放的筐篓、大缸、苇席……所有的东西都翻了个遍。

"哟！"高个儿突然发现了地窖口惊叫了一声。

另一个跑了过来，两人像发现了埋藏地下金银财宝的地方一样。高个子摆摆手，示意另一个别弄出响动，他们把脸挨在窖门口倾听了一阵，窖里毫无声响。高个掏出手电往里照。窖里冲门口的地方堆满了破筐旧篓，难以照到里面。其实葛振林在窖里早已做好了准备，那些筐篓是他堆在窖门口的，晚上高真没有到地窖去，葛振林就知道外面有了情况，果然到了深夜，就听到上面有脚步声和翻东西的响动声，他握着枪躲闪在窖角的一旁。一会儿，窖口射下一束亮光。地窖的门锁着，他们无法下去，两个家伙带着几分发现的惊喜和不能进窖的遗憾离开了厢房。

高真目不转睛地瞅着院子。不一会儿，两个黑影出来了，三个人悄悄地进了西屋。

天，大亮了，高真和老婆早起做饭，三个客人也起来了，高真夫妇待客正常，昨夜的事儿他们好像什么都不知道。

吃完饭，三个人说了一些感激的话，向高真夫妇告别下山。

三个人走后，高真让儿子小春到庄头薅草看动静。他到厢房一看，屋里的东西被翻了个底朝天。他赶快扒开窖门的那捆蒿草一看，窖门的锁已被动过。

他担心地冲着窖口喊："葛排长！"

"高先生，我在这儿。"

高真听到葛振林的语声心里有一种说不出的惊喜和兴奋。他快快地打开

第十九回 求名医却来不速客 葛振林住进鸽子洞

窨门，顺下梯子让葛振林上来，并把昨晚发生的事向葛振林说了一遍。葛振林想了想。

"高先生，这跟前还有能藏身的地方吗？"

"没有。"高真摇了摇头说。

"这样吧，高先生，你和我嫂子赶快把地窨收拾一下，窨里不要留下任何住过人的痕迹，放好过去放的东西，最好放一些较珍贵的物品，锁好窨门。我到山上林子里躲一躲，你不要同我去，敌人时间不会太长就会回来的。你不在家会引起敌人的更大的怀疑。记住，敌人知道你是治刀伤的医生，引起鬼子的注意是正常的，他们没有真凭实据只能瞎咋呼，不要怕。"

"嗯，我扶你上去吧。"

葛振林咽下高真给他的药，高真叫妻子出门望风，他忍着胳膊伤口的剧痛，咬着牙搀扶葛振林进了山上的桲椤林子。葛排长靠在一棵树下，他又向高真重复了一遍："高先生，记住我的话，鬼子是没有确凿的证据，他们不会怎么你。你赶快回去收拾收拾，不能留下任何痕迹。"

"唉。老葛，黑天我来接你，千万别走动。"说完，匆匆下了山。

高真夫妇到地窨里忙三火四地把葛振林用的东西收拾个干净，放了一些筐篓和一些腌鸡蛋的小坛小罐，高真还扛下一个盛细软之物的箱子好好地摆放在地窨的一头。

两人刚出了厢房，就听到儿子小春嗷嗷的哭叫声。没等高真的妻子跑出去看孩子是怎么了，就听啪啦一声，柴门已被踹倒，一群端着刺刀戴着钢盔的鬼子一窝蜂似地闯进了大门。其中一个汉奸捏拎着小春的耳朵，把小春拽到院子里，疼得小春直咧嘴。

高真出了屋门没走出几步，十几个鬼子二话没说，把两人团团围住。两个汉奸上来就把高真用绳子五花大绑捆起来。

高真怔怔地望着这些如狼似虎的日伪军大声质问：

"这！这是怎回事啊？军爷们，我咋了？"

一个手里拿短枪的汉奸把嘴里的半截香烟一吐，绷着脸阴阳怪气地说："咋回事儿？你自个儿不知道吗？"

"我在大山上住，我知道什么呀？这位军爷，你们让我死，也得让我死个明白吧？"

啪！啪！那个汉奸狠狠地给了高真两个耳光，打得高真两眼冒金星，嘴角、鼻子里流出了鲜血。

"他妈的，还给我装！老子今天扒你的皮！"高真瞅了一眼站在他面前打他的这个人的相貌，这不正是今天从他家走的那个老二吗？他身后那两个手攥着匣子枪，不错，正是一起来的那两个。

鬼子小队长精赤站在台阶上命令日伪军："统统地搜！"

所有的鬼子和汉奸像一群饿狼闯进正房和厢房，随后，就听到正房屋里噼里啪啦一阵砸、摔的破碎声。

在厢房，假装有伤的那个汉奸踢开盖窖门的草，得意地对鬼子小队长精赤说："太君，洞口就在这儿。"

咔嚓！

锁地窖的木门被鬼子一脚踹开了。几个鬼子在小队长精赤的命令下，下了地窖。鬼子左挑右扎，一阵翻腾什么也没找着，只是把窖里的箱子举了出来。那几个鬼子从窖里上来，向精赤汇报："报告！伤员的没有。"

精赤看看这紫檀色的箱子很特别，外面绘有精美的山水图案，他叫两个鬼子把它抬到院子中央。日伪军围了过来，他们都用惊奇的目光瞅着这个紫檀色的箱子，没人去碰它。

精赤向刚才对高真发威的那个汉奸嘀咕了几句。

那个汉奸在鬼子小队长精赤面前不住地猫腰点头。

"哈伊！哈伊！哈伊！"经过一阵鸡啄米般的点头后，来到高真跟前他的脸也由晴转阴。

"你说！抗日联军伤员你给藏哪儿去了？啊？"

"你说的是啥呀？我是一个治病的，上哪儿知道那个。"

"你他妈的别给我装疯卖傻的。我问你，你要是没窝藏抗日联军伤员，做贼心虚，那你为什么让孩子望风？"

"哎呀！军爷，你这是冤枉我呀！军爷，你打听打听，这山上人家，哪家的孩子不得天天割草、挑菜、整猪食，都得帮大人干点啥呀。山上的孩子命苦，比不上大庄的孩子。"

第十九回　求名医却来不速客　葛振林住进鸽子洞

"那你锁着地窖干什么？啊？"

"嗨，凡是我的箱子也被你们给拿出来了，我也就不背着瞒着谁啦。军爷，你想，人活在世上谁不敛财？我行医十余载，风来雨去的不容易，这点儿积蓄都在这箱子里。你说，我能不搁到一个背静的地方放起来吗？"

"哎，你说你这箱子里都是好东西。来来来！你打开，让我们看看，给他解开。"

打高真的那个汉奸叫身旁的一个汉奸解开高真身上的绳子。高真摘下腰间的一串钥匙，找出最旧的一个走到箱子跟前，他蹲下来用手抹了抹鼻子里流淌出来的血滴，然后抿在布鞋上。他用力去打箱子。所有的鬼子汉奸哗地一下都退出十多步远，他们端着枪冲着高真围成了一个大圆圈。

箱子打开了，高真拿出来一匹缎子，他一手拎着，一手珍惜地拍着上面的尘土。

鬼子、汉奸这时才围拢过来。精赤来到箱子跟前，撅着屁股一看，嘿！可不是！箱子里装的全是他从来都没有看过的图案精美、色彩艳丽的绸缎布料。高真从箱子里一个一个拿出来给他们看，鬼子们张着嘴都看傻了眼。但他们对这些东西并不感兴趣。鬼子小队长精赤吼了一声："撤！"

三十多个鬼子和汉奸呼呼啦啦地撤走了。几个汉奸在后面偷偷地停下来。打高真的那个汉奸骨碌几下眼珠，手里攥着枪，瞅着箱子笑了："把这箱子给我带走。"

"是！"

两个汉奸马上关上箱子盖，然后一个汉奸扛起来。

"走。"

他们乐呵呵地走出了高真家的大门口。

"呸！一群魔鬼！"高真瞅着敌人远去的背影狠狠地唾骂了一句。

葛振林在林子，心里十分焦虑。他担心高真一家，万一让鬼子看出了蛛丝马迹，这一家三口人就都得死在鬼子的手里。

就要晌午了，高真的妻子半天才缓过神来，她无力地走到屋里一看，屋里一片狼藉，所有的东西都被砸得稀巴烂。不用说大缸、小盆，就连老祖宗留下来的那对古老珍贵的瓷瓶，还有结婚时她从娘家带来的梳妆台也被砸得粉碎。她瞅着这满屋子的碎屑、废片两眼发呆，祖辈留传下来的这些珍贵的东西转眼间变成了一堆齑粉。目睹眼前的一切，此时，心疼得眼泪禁不住不停地往下掉。

"人保住了就好，东西没了，咱再置买。别难受了，拾掇拾掇吧。"高真一边收拾一边劝妻子。

日已偏西，高真怀里揣上两个大苞米饼子，扛着扁担进了林子。他找到了葛振林，笑着迎上去。

"老葛，早饿了吧？"

"不饿。"

葛振林看高真的脸青肿着，知道鬼子汉奸一定是把他的家糟蹋够呛了。高真夫妇为他付出的太多太多，真是无法用语言表达对他们两口子的谢意。大恩不言谢，他知道，这种建立在民族大义上的真挚友谊与纯朴感情是坚如磐石不可动摇的。

"早饿了吧？你嫂子忒能磨，我给你带两个饼子，还热乎着呢，快吃吧。"高真边说边从怀里掏出来递给了葛振林，对于刚才家里发生的一切闭口不谈。

葛振林边吃边问："鬼子来家了吧，他们是怎么走的？"

"他们咋呼一阵子就滚蛋了，没啥事儿。"高真脸上露出毫不在乎的样子。

听了高真这轻描淡写的话语，看他一副平静的表情，好像鬼子刚才上山发生的事如一缕微风轻轻掠过一般。葛振林专注地瞅着这位朋友。他心里明白，他在极力掩饰自己遭受的伤害是为了安慰他。凶恶狡猾的鬼子既然上山来，哪能轻易地走呢？他们把高家到底祸害成什么样了？这样下去可不行，高家已经引起鬼子的注意，早晚会出事儿的。

为了高家三口人的安全，葛振林决定不再回高家养伤。

"高先生，鬼子这次没得得逞，但已经盯上你们了，他们不会就此罢手的。你看看，这山上是不是有可藏身的地方？"

"你说啥哪，在山上住？别看这是夏天，山上风可大啦！黑夜冷着呢。黑天野牲口也会出来。你这样，在山上待着，伤能养好吗？再说了，也危险。那可不行！不行！"高真紧摇着头连连说不行。

葛振林边吃边跟高真解释："高先生，你听我说。我现在的伤口已愈合了，身体恢复得不错。在山上待一段时间没一点儿问题。现在，山下的小鬼子已经盯上你家，如果我再回去一定会被他们发现。为了安全起见，你就按我的想法做吧。"

高真瞅了瞅山洼四周的山犯了愁："哎呀，不回家，那你上哪儿啊？哪儿有合适的地方？"他左思右想，忽然想起一个地方，"要不，就上鸽子洞。"

"鸽子洞？在哪？"

"你吃完了，我背你看看去。"

"好，一言为定。"葛振林满意地笑了，他大口大口地吞咽着玉米饽饽。

吃完了，葛振林拄着木棍立起来，笑着对高真说："走吧，咱哥俩看看去！"

高真扶着葛振林在密林里向青松峰山顶慢慢地走去。出了山腰那片树林子，葛振林喘着粗气，他已大汗淋漓。

"老葛，我来背你。"

"没事儿，我再走走。"葛振林笑着说，拄着棍执意继续走。

"老葛！你的伤没好利索呢！这，可不是闹着玩的，来吧。"高真强硬地拦住葛振林，随后转过身，猫下腰，等葛振林趴在自己的背上。高真强忍伤口的疼痛背着葛振林咬着牙一步一步在丛林里往上爬……

离青松峰不远了。高真找到一个有大石头的地方把葛振林轻轻放下。他拽开衣扣用手指着对面山上的青石崖告诉葛振林。

"洞，就在那儿。"

原来，鸽子洞就在青松峰下南面的青岩崖上。葛振林顺着他的手指方向望去。只见一壁青褐色陡峭的山崖，却看不到山洞。葛振林仰望着几棵青松下的这片岩崖，品味着它与众不同的雄姿。他已惊诧和完全陶醉于眼前这个大自然鬼斧神工的杰作了。几十米高的青岩崖好不奇险！顶窄底宽，整个山崖酷似一个硕大的三角形矗立在青松峰下，崖顶一块突兀的青岩向外探出的部分，足有人伸开的双臂那么长。那悬空突出的岩石外端扁而尖尖，像一只刚刚敛翅停落在崖沿上的苍鹰把利喙伸向凌空，幻化为一种雄伟壮丽，真是令人叹为观止。整个山崖都是纯一色的青，就是山崖罅隙里和蒲台大小的崖台上长出的柴草树木都是一律的纯青色，好像它们要和生它养它的母体，永久有着一致的默契与和谐。

"洞在哪儿？"葛振林问。

"到跟前就看着了，走吧。"高真说着，背起葛振林就走。

越往上走，山越陡，柴草越密，高真喘着粗气，他艰难地行进着——葛振林几次要他放下来自己慢慢走，高真哪能依他？高真心想，他的伤稍好，这样的山路，无论如何不能让他走。

"老高，你把我放下来好吧？你歇歇。"

"一会儿就到了，不用歇。"

不管葛振林怎样说，高真就是不肯把他放下来。

终于到了山崖下，高真用手指着崖上一撮枝密叶茂的桑树说："葛排长，洞就在那儿，那撮桑树后面。"

葛振林仰头细观。那两簇桑树郁郁葱葱，微风中，冠顶的每片绿叶在阳光照耀下闪亮地抖动着，完全遮住了那个洞口。桑树不上不下正好长在山崖腰处，离崖底和崖顶都有五六丈高。

"走，到里面看看。"葛振林说。

两人到了山崖的一旁，高真停下来，把背上的葛振林往上轻轻地掂了一下，告诉他："把住我的脖子。"

原来，通向山洞有一条不易被人发现的山崖偏道。高真顺着陡峭的山崖小道，他攥牢一根又一根茅柴，小心翼翼地踩实每个脚窝子一步步地往上挪——有时，脚登碎的岩石哗啦啦地滚落到山崖下，好不让人心惊胆战。

终于，爬到了洞口。

"到喽——"

高真把葛振林放下来。两人松了一口气。

山洞不算小，有一间屋那么大的空间。葛振林瞅了瞅四周光滑的岩洞。扑面而来给他一种野冷的感觉。洞不高，人伸手可触及洞顶。两侧光滑青黝的岩壁上，排布着大大小小的灰白色的流痕，洞底有两个黑乎乎的小洞。走进山洞，脚就能踩着厚厚的松软的鸟粪。显然，这是山鸟栖息的地方。

葛振林想，这里的确是一个藏身的好地方。

啪啦啦！一只山鸟带着惊恐的叫声从小洞里飞了出去，接着又是两只。

葛振林坐在温乎乎的鸟粪上说:"高先生,今晚我就住在这儿啦。哎呀,小鬼子,这回你再找我,可就更难喽。"

他风趣幽默的话语给高真逗笑了。随后高真觉得葛振林的话不对:"老葛啊,这可不行!"

"咋啊?"

"要住,也得等两天啊,我好让你嫂子准备准备,该拿的东西拿上来,这儿什么都没有,咋住啊?不行!不行!"

"唉!这不挺好的吗?"

高真还想说什么,这时葛振林拉住高真的手一起坐下来。葛振林向高真分析了眼前的情况:"小鬼子今天虽然走了,但不会放弃对这一带和对你家的暗中监视。我回去一旦被鬼子察觉,到那时,一切都完了,我们都会遭到小鬼子杀害。老高啊,我的伤现在没事了,眼前,为了躲过敌人的搜捕,这点儿困难算啥呀?这事儿,你得听我的。"

高真一看葛振林说什么都不走,只好依了他:"你不走,我给你取被子去。"

高真把汗衫脱下来,披在葛振林的肩上说:"我走啦。"

葛振林看看日影,对高真说:"走吧。老高,今晚你就别来了。"

"那哪儿行啊?"

"哎——这鸟粪就是褥子嘛,暖和着呢,你摸摸。"

高真在洞子里绕了一圈,一边细细地看着,一边对葛振林说:"老葛,这,可将就不得。你不知道啊,黑天,高山上寒气重。别看白天火辣辣得热,夜间洞冷着呢!我走啦。你注意着点儿,洞里会有长虫什么的。"说完,高真爬下山崖。

第二十回 魏强思亲回家探母 壮士飞刀怒斩群魔

魏强离开碾子沟洼,他思母心切,借着朦胧的月光沿着青松峰那条山梁路往家奔,到家已是夜阑人静的时候。魏强越过后院矮墙,到了后门轻轻地叩打后门。

"妈,妈——妈!"

却没有程大娘的回音,他的心里不由惊颤起来,一种不祥的预感笼上心头。他掏出尖刀想顺着门缝拨开门闩。一拨,才知道门是虚掩着的,并没有闩。

"妈。"

魏强进屋招呼妈妈还是没有答声,他摸炕上,没有躺着熟睡的母亲。不好!他知道妈妈从来不在外住的。他记得小时候,即使去了姥姥家,舅舅、舅母怎样地留他们母子俩,妈妈还是不肯住下,领着他回到自己的这个矮小茅屋的家。后来他知道,妈妈不弃不离始终守护这个简陋不堪的家,是守护一种希望,那就是把他拉扯成人。妈妈三更半夜能上哪儿去呢?他顾不得多想,急忙转身出了屋子,翻墙到了东院去找哥哥魏同。

"哥!开门!开开门!"

门打开了,站在他面前的是一个赤着脚、披头散发、神情痴呆的女人。

给他开门的,正是魏同的妻子。魏强看到嫂子如此模样感到惊诧。嫂子是一位机灵稳重、干净利落的人,几天不见,怎变得这样邋里邋遢呢?到屋里一看,家里只她一人。

"嫂子,我哥哪?"魏强转身问身后的嫂子。

魏同妻子并不回答他的话,她呆滞、木讷的神情叫魏强越发吃惊。突然,她像疯子一样拼命地往外推搡魏强,用嘶哑的声音叫着。

"快!你快走!快走啊!"

第二十回 魏强思亲回家探母 壮士飞刀怒斩群魔

魏强看嫂子神志不清,像着魔的疯子一样,他惊呆了。心想,嫂子这是咋了?哥哥不在家,他只好走。刚一转身,就听到院子里一个男人粗声粗气的声音。

"你们两个精细着点!如果放走了那个小子,皇军会把咱们崩喽,扔到大冰沟里喂狼去!"

"是!"

魏强一听全明白了。他掏出刀子转身躲到门旮旯。那个男人一推门,门开了。

"嘿嘿!真乖,门还给我留着呢。"

那个人一进屋就搂住魏同的妻子。

"我的心肝宝贝哦——想我了吧?"

说着抱起魏同的妻子往炕上扔,迫不及待地去扒她的裤子,魏同的妻子拼命地挣扎反抗。那个男人一边压过去一边说:"我的小娘子,我哪一点不如你那个憨头憨脑的臭男人。你别寻思他了,他现在啊,在阎王爷那儿干活呢!"

魏同的妻子已不挣扎,她像一个没有灵魂也没有知觉的木偶一样,任其摆布。魏强知道,哥出事了,嫂子的精神已崩溃,丧失了女人自卫的本能。

"王八蛋!"

魏强咬着牙来到他的身后,一把攥住这个汉奸的头发猛地拽起,右手反握的刀子在他的喉咙上一抹,那个人就像死猪一样一声不吭倒下去了。魏强转身出去。大黑天,这两个汉奸以为魏强是他们的头儿,都没来得及看清是谁都被抹了脖子。等魏强再进屋的时候,见嫂子拿着剪子寻短见,魏强赶忙上前夺下来。

"嫂子,你怎么这样想不开?他们是汉奸,是牲口。你说,咱家这到底是发生了什么事?你告诉我,告诉我啊!"此时,魏强像一头狂怒的狮子,他再也抑制不住心中怒火。

听了这话,魏同的妻子情绪稍有安稳。她泣不成声地把前几天发生的事儿从头至尾向魏强诉说了一遍。

"前几天,从梁东来了一大群鬼子和汉奸,他们到这儿就围上了你家,说是找你的。他们翻了一阵没找着,就把我二婶吊在院子那棵枣树上打。要我婶子说出你在哪儿,我婶子不说,他们就用皮带沾凉水抽,把我婶活活地打死了。鬼子走啦,你哥哭着把我二婶从枣树上放下来。你不在家,你哥没办法,就用你家的那口黑柜当了棺材,把老人家装殓了,后来,找了几个人,把老人家抬到咱家老坟茔地柳树沟那儿埋了。鬼子想抓住你,派这几个人白天黑夜地在这儿守着。他们对我起了歹意,到我屋里要对我动手动脚想糟蹋我。前两天,你哥下地回来,看到死的这个当官的对我无理,就狠狠地捆了他两个大耳光。这一下激怒了他们,他们就向鬼子报告了,说你哥是抗日联军。就这样,你哥被鬼子五花大绑地抓走了。这些东西是天天守在这儿等你,死的这个占了我的便宜,你哥没了,我被他们糟蹋了,我哪有脸还活在这个世上,死了算啦。"

"嫂子,千万别想不开,我娘常跟我说,'留得青山在,不怕没柴烧'。只要我们能活着就好,嫂子你去金场那儿躲一躲吧。"

魏同的妻子说完只是不断地抽噎,哪里听得进去,等魏强走后,她从柜里找出一条白布,套在悬梁上……

魏强心如刀绞,深一脚,浅一脚地向柳树沟奔去。柳树沟在魏强家西面的一条沟里,离北沟有二里来路。这条沟没有人家,沟里有一条小溪终年不息地流淌着,溪流两旁长着一些不知长了多少年的歪七扭八的老柳。沟里西山坡有一块儿魏家的地,魏家的祖坟就在这块儿山坡地上。

魏强来到这儿,借着灰蒙蒙的夜色看到父亲的坟有了新土,还有三根高粱秸秆折成的"房脊"插在新坟顶上。魏强知道母亲从此就长眠在这里了,以后,自己再也听不到母亲倚在门框,喊他一声"小强,早点儿回来吃饭,妈等你"这样的呼唤了,再也看不到自己黑夜醒来,母亲在油灯下那疲惫消瘦的身影。此时,母亲的慈祥的面容仿佛在他眼前清晰地晃动。他呆呆地立在母亲的坟前,泪如泉涌。悲伤的泪水让他的双眼模糊迷离,他再也抑制不住失去母亲的这种莫大的痛苦和悲哀,扑!他扑在坟头上,像孩子一样号啕大哭……

他趴在坟上,要和母亲在一起睡上一宿来弥补自己的缺憾。

大山上,不知疲倦的"望望哥"鸟,望望哥,望望哥地不紧不慢叫着。

第二十回 魏强思亲回家探母 壮士飞刀怒斩群魔

它似乎带着几分忧伤与悲哀,声声倾诉着让它永远无法忘怀的那份情爱。这千古不变的呼唤,更让这里所有的群山陪着孤苦的魏强走进无尽悲痛的深渊。

也许是因为过分的劳累和悲伤,魏强趴在父母的坟上睡着了……

嘎——嘎——嘎……坟地后的松林里两只山鸡惊叫着从林中突然飞起,惊醒了沉睡的魏强。经历多少次与敌作战的他快速作出了反应,他猛地坐起来。林里有人。他迅速从腰间拔出两把尖刀,机警地注视坟地上面的那片黑乎乎的松树林。他两腿弯曲,握刀的双手交叉地放在膝盖上,脑袋低着,前额触到手上,佯作睡着的样子。

夜色朦胧,十几步远的地方依稀可见。果然,不一会儿,松林里悄悄地窜出四个黑影。走在前面的两个对后面用手比画了几下,后面的两个停住了脚步。前面的两个悄悄地来到魏强跟前,看魏强没有一点儿反应,认为他正在熟睡。其中的一个向另一个做了一个双手一合的手势,另一个点点头。两个家伙走到离魏强三米远的时候,倏地像饿狼扑食一般扑向魏强。刹那间魏强手中的两道亮光伸出,扑哧哧!不偏不歪,两把尖刀捅进两个家伙的心窝。两个敌人"啊"声都没有喊完,被魏强手中的刀子顺势一拧一别。魏强拔出刀子,两具尸体倒在魏强跟前。这时,后面的黑影端着明晃晃的刺刀已到了魏强的跟前,向已站起的魏强凶猛刺来。魏强来了个雄鹰展翅,就地腾空而起,那个黑影奇怪地寻找这个"飞人"踪影的时候,魏强已站到他的身后,刀子抹进了他的脖颈。最后的这个黑影一看三个都倒下,知道要抓的人非同一般。

"八嘎!"

他窜到魏强面前,寒光闪闪的刺刀在魏强胸前一个突刺,魏强侧身闪过。鬼子的刺刀刺空,但他身子迅速一转面向魏强又来一个猛刺,然后步步逼近。刚才的话,魏强听不懂他说的是什么。不用说,和他决斗的这个一定是鬼子。魏强手握紧刀子,决心杀掉这个鬼子再给母亲祭灵。

没想到眼前这个鬼子又凶又猛,力气很大,魏强几次进攻都没得手。尤其他那娴熟的刺杀本领,叫魏强吃惊。魏强想:这个鬼子不像前几个,他得小心对付。魏强手里拿的尖刀无法靠近他,只好左躲右闪,避开鬼子的突刺。他想:开枪,不是好法子,这里离村子不远,夜静传音远,枪响会引来鬼子。只有想办法靠近他,才能杀掉他。

这个鬼子一阵猛刺,没有伤着魏强,体力消耗许多,锐气大减,但他片刻也没放松对魏强的进攻。魏强退到祖坟后一棵歪脖子榆树旁,那鬼子踢开脚下的一具死尸奔了过来。啪!啪!鬼子的枪突然走了火,但是没有伤着魏强。清脆的枪声打破了旷野的静寂。魏强心里想:坏了,得尽快干掉这个鬼子,不然的话,敌人听到枪声一会儿就会赶来,那时,自己就不好脱身了。

那个鬼子跨步奔到榆树前向树后的魏强又是猛地一刺,这时,魏强抓住了时机,没等鬼子收回手中的枪,他已从树的另一侧一个箭步贴近了鬼子,他一手把住鬼子的枪身,另一只手的刀捅进这个鬼子的心窝。刀子一抽,吱——血从刀口处窜出来。扑通!鬼子像一根木桩一样倒在地上。魏强看看倒在坟前的四具尸体,心里痛快多了。他用袖子抹了抹刀子上的血,插在腰间。鬼子的大枪没法拿,他就从前两个死尸身上摸出两支短枪。他知道,一会儿,敌人就要来到,不能在这里久留。于是,他把四具尸体拽到父母坟头前排好,然后跪在妈妈的坟前,磕了三个头。

"妈,老天有眼。今天,该着让儿子在您的面前杀死了这些仇敌给您祭灵,给您报这血海深仇!妈,您睁开眼看看,这些杀害您的人,儿子是不会放过他们的!妈,儿子要杀更多的鬼子、汉奸给您偿命,您瞅着吧!"

魏强说完站起来,他从地上拾起两支短枪,掖在腰间。然后扫视了一下夜里这四周灰暗深邃的山野,心里想:不能回北沟了,那正是鬼子上这儿来的路。上哪儿去呢?避开敌人还是先上山吧。

魏强从坟地上面的那片松林往上走。他要上擎天峰,那儿山顶高,离山下的北沟有六里地远。这样,不但摆脱敌人追击,也能在山峰上梳理下自己凌乱的心绪。他爬呀爬,一口气爬到了顶峰。

此时,魏强感到很疲惫,身子骨像散了架似的。他坐在一块岩石上,山风吹打着他的后胸,汗渍渍的汗衫紧紧贴在他的后背上,他略感有些凉意,昏涨的脑子稍有平静。他呆呆地望着满天的星辰,所有的记忆就像夜空中的无数的星宿在他的脑海里不断地闪现。母亲没了,家没了。想到这儿他不由得又落下泪来,伤心地抽泣起来。

"妈。你咋就这样离开儿子啊?"魏强哭泣说着,用衣袖擦抹着眼泪。

在这个世上,母亲是他的擎天柱,母亲在,再苦、再累、再难,他也快乐、

第二十回　魏强思亲回家探母　壮士飞刀怒斩群魔

幸福，茅屋再小、再黑也感到与别人家有一样的温馨。他知道，爹早年去世，可怜的母亲含辛茹苦地把他抚养成人，是为了期待幸福的那一天，可她没有等到这一天就含恨离开了这个世界。她是带着无尽的牵挂、终生的遗憾走的。善良命苦的母亲啊，尝尽了人间的不幸、生活的苦涩，她虚弱的身体没有为此而倒下，却无辜地惨死在东洋鬼子的手里。魏强想到这儿，心中的凄凉、悲哀像一把刀子在捅他的心窝。他把眼泪抹了一把又一把，暗自唏嘘着。

擎天峰高入九霄，高处不胜寒，黑夜山风残月，浸透着无边的苍凉，拍打着魏强那颗冰凉孤独的心。悲伤后，他怔怔地望着灰暗的夜空。

擎天峰堪称大冰沟众峰一霸。倘若夏季清晨，站在这里，俯瞰周边，苍茫的群山宛如碧海波涌。山谷间弥漫着乳白的烟雾，翻腾着、涌动着，令人有一种跳出三界的脱尘之感。那时，会使你真正领略到擎天峰在众峰中独占鳌头，傲视群雄的风采，自然会让你体味到"擎天峰"名字的意蕴。可今天的夜晚，魏强来到这儿却有另番情景。墨泼的山形衬着天空。山风送来凄凉的悲声，招来满山的哭泣。他的心绪伴随着天籁之音，又平添了几分惆怅与悲哀。残酷的斗争，使他离开了部队，失去了唯一的亲人。在这深夜，他只身一人在擎天峰，如同一只离群的孤雁，孤独而茫然。怎么办？他突然产生南下找部队去的想法。因为只有跟着大部队才能大刀阔斧地跟鬼子干，才能报这血海深仇。可是又一想，葛排长还在碾子沟洼二叔家养伤，他的伤还没痊愈。我怎么办呢？魏强内心纠结着。当时离别部队时，石营长说过，护理好葛排长，等他的伤好后我们三人一起归队。现在，李先生牺牲了，我扔下葛排长自己去找部队，这样，找到部队见了石营长怎么说啊？不行！我得回碾子沟洼。

昨天夜里发生的事，不得不使魏强心里多了几分戒备。他想：山下到处都是敌人，目前的形势要比自己所想象的复杂得多。去碾子沟洼，不但东、西两条路不能走，就是青松峰这条山路也不能走。他只得沿着擎天峰山梁北去，绕出二十里山路，再想办法去碾子沟洼。他想好后起身顺着连绵起伏的山梁北行，约莫走了六七里的山路。

天，要亮了，东方露出了鱼肚白。高山顶巅见日早。魏强站在山峰上的一个突兀岩石上，面对东方早晨的微熹打了几个喷嚏。魏强对这里熟悉，往北走下去就是龟石岭了。

龟石岭与群岭不同。岭上有一座光绪年间建造的寺院，也是闻名遐迩的佛教圣地。此岭两端山岭陡然崛起，岭形如马鞍，周边众峰奇秀，寺院四周参天古松交枝成荫，掩映着这座红墙寺庙。常言说："山不在高，有仙则灵。"多少年来，寺院传扬的佛仙灵气，令一些云游四海的佛门弟子慕名而至，在此终年善守。

龟石岭距大冰沟里的金场、北沟的几个村子有十五六里的山路，山外到这儿就更远了。从前，尽管山外人来寺院路遥难行，多有不便，可来此进香许愿、消灾弭祸的善男信女却总是络绎不绝。

寺院里三进大殿，每个大殿雕梁画栋，金碧辉煌，气势雄伟壮观。过去一年四季，寺院里的香火不断。大殿内弥日香烟袅绕，烛光烨烨。僧人敲打念唱，虔诚者附和，龟石岭上好不热闹。可近几年来，由于兵荒马乱，龟石岭再也没有过去的辉煌，寺院冷落萧条，守院僧人也不知去向。

魏强这一宿不知走了多少山路，现在他感到人困马乏，饥肠辘辘，决定到庙里歇歇脚。

魏强来到庙门跟前，推开高大厚重的朱门走了进去。

寺院内空无一人。萧条、空荡的整个寺院，给人一种人去楼空、今非昔比的凄凉感。枯叶聚集在寺院的四角，看起来已经很长时间没人打扫了。前面的大雄宝殿的殿门敞着，魏强走进空落落的大殿，用眼观瞧，大殿中央紫红色的龛台上落了足有一个大钱厚的灰尘，上面的几个龛炉内的香灰上面也覆盖着一层细细的薄尘，还露着插在香灰里一扎扎香根儿。点香的烛台和供盘乱七八糟地躺倒在龛台上。笑迎他前来的只是大殿上那些道貌岸然、形态各异的塑像。虽然大殿满目凄凉，可他们不忌世态的炎凉，依然挂着几百年不变的吟笑和娇嗔，在这圣洁的殿堂上固守着那千古不泯的神圣，又好像在讪笑和戏谑这个前来殿中带有血性的男儿。

魏强饿极了。他不管三七二十一，捡起翻倒在龛台上鸟吃剩下的干巴巴的供品，用手抹了抹，大口小口地吃了起来。肚子里有了一点东西，困意就随之袭来。他想：这里离村子远，敌人是不会到这儿来的，不如好好睡个觉，提提神儿再走。为了防止万一，他关上大殿的门，然后撩开了龛台下落满尘

第二十回 魏强思亲回家探母 壮士飞刀怒斩群魔

土的黄布帘儿，猫腰钻了进去，迷迷糊糊地睡着了。

嘎吱、殿门开了。魏强被开门的声音惊醒。他不知道自己睡了多久，顺着小小的布帘缝隙往外瞧，心里不由打了一个寒战。不好，敌人来了！

只见四个身穿青衣，头戴礼帽，手握着短枪的家伙风风火火地闯进了大殿。走在前面的那个，人高马大，长得非常彪悍。他光头，一脸横肉，浓黑的络腮胡子却有一寸多长。双手握枪，敞着怀，胸部露着一大片黑乎乎的胸毛。汗衫的衣袖挽到胳膊肘，就像大殿那个黄脸金刚一样。他环视着大殿每一个角落。

这时，从殿外又跑进来一个和他们穿着一样衣裳的年轻人，向那个高个子猫腰禀报："队长，马殿和后面的两个殿都搜了，没有。"

那个满脸横肉的家伙对他说的话并不在意。他紧攥着枪，奸险凶狠的目光再一次向大殿四周徐徐移动。在他的眼睛里，简直每一尊塑像都是值得怀疑的对象，每一根雕柱都是他审视的目标。突然，他似乎发现了什么，几步走到供奉台附近，从地上拾起魏强扔在地上的水果核儿，瞅了瞅，然后，往地下一扔。

"搜！"

络腮胡子把眼睛睁得更大，双手紧握着枪，命令手下的人对大殿进行搜查。他一脚踢开敲木鱼的架子，关上殿门。手下的四个汉奸顿时精神紧张起来，他们搜寻着，如临大敌，手举着短枪背靠背在大殿供奉台前转着。

"出来！知道你藏在那儿啦！"

"要是有种，你小子就给我滚出来，省得老子费事儿！"几个汉奸一阵咋呼。

见殿里没有动静，他们松了一口气。

"队长，这个人是不是走啦？咱快追吧。"后进来的那个年轻人提醒说。

"放你娘的屁！没搜，你咋知道他跑了？上去搜！"

"唉！"

四个人跃上佛像台，想看看巨大的佛像后面是否藏着人。

魏强想：敌人搜完佛像后面一定到龛台下来搜，不能在这儿再待了。先下手为强，他拔出尖刀悄悄地撩开布帘，钻了出来，左手一挥尖刀飞向在佛台专心搜查的一个汉奸的后心，扑通！那个汉奸一下子从上面滚下来重重地掉在地上。四个汉奸同时循声一望，发出啊的惊叫，他们被眼前的情景惊呆了。殿中央站着一个满身都是血的怪人。等他们清醒过来，魏强的枪已响。啪！啪！啪！当时两个汉奸中弹倒下。进殿报告的那个年轻人哎呀一声藏在了佛像后面。

络腮胡子并没有躲，他立刻开枪还击，这时，魏强又蹲在龛台下，当！当！当！当啷！子弹打在龛台上的金属铸就的香炉上，香灰飞扬，龛台上供奉用瓷盘顿时变成纷飞四射的碎片，厚厚的龛台立刻钻出好几个眼儿。紧接着络腮胡子猛地用劲儿一推，中间的一尊大佛像轰然倒下，砸向龛台，哗啦啦——龛台塌下，掀起一股土腥味的浓烟，魏强趁此机会纵身跃上佛台躲在佛像后。络腮胡子一看藏着的人不但没有伤着，而且还躲到了佛像后，他气急败坏继续向魏强躲藏的那尊佛像举枪射击。顿时，打得那尊佛像弹痕累累，面目全非，连后面的画壁都钻了许多的弹洞。魏强也不断还击，两人在对面的佛像后面都在抓瞬间机会，向对方打冷枪。

魏强在佛像后面看看枪里的子弹没了，他从腰间抽出另一把尖刀，等络腮胡子露面。而络腮胡子看枪膛里的子弹也不多了，同样停止了射击。

此时，血腥拼杀一停，大殿顿时异常的宁静，静得殿里苍蝇嗡嗡飞的声音都能听见。早晨的阳光从朱红的窗棂斜射进大殿，殿里激动的浮尘在光辉中悬浮升腾。

络腮胡子一看没有动静，悄悄地从佛像后面探出头来，他想轻轻地向魏强这面靠近。他想，凭自己的力气和功夫完全可以置魏强于死地。另一个汉奸从佛像背后向南挪去，到了靠窗户的那尊佛像后，他突然一脚踹开窗户跳了出去，没命地逃出了寺院。

大殿里，只剩下魏强和络腮胡子两个人，在佛像后，一东一西，双方都等待对方露出破绽，伺机出手。魏强躲在佛像后一动不动，他希望那个络腮胡子靠近他，这样他才有用刀的机会。络腮胡子终于等不及了，他攥着枪背靠着画壁移过一个个佛像，到了西侧佛像的拐角处，他突然出现在魏强面前两三米远的地方，倏地向魏强开枪射击，与此同时魏强的尖刀也飞向他的咽喉，他高大的身躯一堆缩，挤在那尊佛像和画壁之间不动了。

第二十回 魏强思亲回家探母 壮士飞刀怒斩群魔

魏强左肩被打中，鲜血流了出来。他用右手捂着伤口，走到络腮胡子跟前。看看他身边的两支枪，他忍着剧痛打开枪膛一看，两支枪里只有一支枪里有两颗子弹。他只好拾起这一支枪，走出庙门。

魏强此时才知道敌人已在大冰沟布下了天罗地网。不然，他们不会搜查到十里外的寺庙来。想躲开敌人的追杀，不能再走去北的山路，还是去人迹罕至的老虎岭吧。

从寺庙往山上走，穿过一大片山林就能到老虎岭。他咬着牙，忍着疼痛向老虎岭走，鲜血不住地从捂着的手缝处往外流。魏强侧歪着身子一步一步地沿着莽草丛生的蜿蜒山路往上行，柴草侵遮的山路两旁的叶草上留下了他的血迹。

魏强走了一里多地，口渴得不行，就靠在山道旁的一棵树上。他喘着粗气，瞅着周边的树木在不断地摇晃。他感觉嗓子在冒烟儿，伸出舌头舔舔干裂的嘴唇，此时，他的脑袋和脊背都渗着冷汗，肩胛上的枪伤疼得更加厉害。渐渐，他觉得胸口堵得慌，不由咳嗽几下，嘴里吐出了两口鲜血。这时，他感到眼前一片昏黑，天旋地转起来，脑袋一沉，倒在地上失去了知觉。

从大殿逃出的那个便衣叫郑玉，他连滚带爬蹿到了寺院大门外，顺着石阶三阶一跳，两级一蹦，一转眼就蹿进了寺庙门外的那片老林。他像一只受惊的兔子，只恨爹妈少给了他两条腿，沿着曲折的林荫小路没命地往山下逃。

出了山林，他不敢回头，他手里虽然攥着枪，还是怕那个血人飞出寺院追上他，把他捏死。他不顾山路坎坷崎岖荆棘丛生，直线撒丫子跑。一阵狂奔——一口气跑了七八里的路程，回头看看后面确实没人追上来，才松了一口气。他放慢了脚步，把枪往腰间一插，拽下腰上的羊肚手巾擦了擦满脑袋的汗。惊恐之余，欣喜油生。他谢天谢地，庆幸自己躲过了这场灾难。他想，是自己的福大命大，不然，五个人怎么只逃出了他一个？常言说得好："大难不死，必有后福。"他想到这儿，心里美滋滋的，刚才险些丢命狼狈逃窜的事，几乎抛到了九霄云外，那酥软的两条腿似乎也多了几分力量。

郑玉走到山下金场，他不敢怠慢，赶快去了北沟张家大院，想把龟石岭寺院遭遇抗日联军这个天大的事报告给皇军。他想，只要抓住那个抗日分子，嘿！日本人给自己的赏钱少不了。

大冰沟

鬼子大队占领香洼一带后便扬言："大冰沟及其外面的十几个村子都是抗日部队的老巢，皇军必须不惜一切代价彻底搜剿。"

大冰沟是敌人最重要的清剿地区，解放区根据地被鬼子刚刚占据，藤岛就琢磨派谁去大冰沟最为得力。在众多的日军军官中，藤岛觉得岛田少佐是最佳人选。

第二天一早，他命令岛田带两个小队的日军、一个中队的伪军和三十多名的讨伐队一百来人驻进了大冰沟北沟的张家大院，对大冰沟里这几个村子及附近山林进行不间断的轮回搜剿。

为了对大冰沟里的抗日部队进行有效的毁灭性打击，藤岛授权岛田这个得力部下负责在香洼和大冰沟一带的一切军事行动。

岛田进驻大冰沟的第一天，就赶走了张家的人，把张家大院设为大冰沟日军剿匪司令部。一个日军中队、便衣小队和一个伪军中队分别住在张家的东、西两个大院。

日头一竿子高了，岛田坐在队部的太师椅上，焦急地等待着他派出的各路人马传来的消息。昨夜一宿，张家大院没有消停。深夜的枪声惊动了驻扎在张家大院的日伪军。岛田派出大队人马分成几路四处搜索。

不久，派出的人回来报告：村西头魏家监候的三名便衣被杀。

隔了一顿饭工夫，一个鬼子军官又来报告：在柳树沟魏家坟，有两名皇军和两个便衣被杀。

鬼子军官把在魏家坟被杀的死者姓名一报，岛田心里不由打了一个冷战。这七个人中有三个是受过严格训练的日军特工人员。他判断，这些人死在魏家和魏家坟，杀人者，必有魏强。不过，杀死这些人绝非是魏强一人所为，一定是大冰沟这股抗日武装部队在行动。他命令日伪军组成十几个剿匪小分队连夜进行追剿。可到了现在，没有一个人回来，好坏音信皆无，他能不忧心忡忡吗？他用焦虑的目光望着窗外的青山，哐——哐——哐……室内张家未能拿走的那古老的座钟瓮声瓮气地响了九下，他再也坐不住了。难道夜里与皇军作对的这小股抗日武装来无影，去无踪？怎么这些人去追剿到现在还没有一点儿动静？

这时，就听到院子里有人喊叫："别、别拦我、我！我有紧急情况要向

第二十回 魏强思亲回家探母 壮士飞刀怒斩群魔

太君报告!"

岛田精神一振,终于等来了消息,他刚要起身,郑玉已慌慌张张地站在他的面前。郑玉只想把情况快点儿报告给岛田,忘了以往进屋报告的规矩。

"太、太君,我、我们在药王庙看到了妖、妖怪!啊!不!不是!是抗日部队!杀……"

啪!啪!岛田狠狠地给了他两个大耳光。

"八嘎!"

然后,嗖地一下抽出明晃晃的战刀,恨不得一下劈了这个没用的东西,但他的刀还是没有在郑玉的脑袋顶上落下来。

他扳起阴森的面孔,捉着郑玉的衣领大声逼问:"抗日部队!什么地方的干活?你的快说!"

岛田的两个大耳光打得郑玉两眼冒金星,耳朵火辣辣的。一看岛田抽刀要劈他,他吓得堆缩着脑袋,两腿不住地颤抖,这才想起了鬼子那些规矩。他赶快两腿靠拢,脖子伸得直直的,闭上那张不服使的嘴,再也不敢语无伦次,胡言乱语。他直挺挺立着,像一具僵尸戳立在那儿一样。听了岛田的逼问,他鼓起勇气重新禀报。

"报、报告太君!我们在药王庙看到了抗日联军,王队长叫、叫我赶快回来告诉太君,请求皇军前去围剿。"

"抗日部队?有多少人?"

"有——"他眼睛一眨。

"有好几个人,他们很蝎虎,刀枪一起用,我们好几个兄弟都被他们撂倒了。"

岛田一听非常高兴,虽然死了一些人,但能找到了他所找的大冰沟的抗日联军,是值得的。他两眼一眯,透射出两道狡黠得意的目光。

"大冰沟的抗日联军!嘿嘿!这回,我的绝不放过你们!"

岛田心想,彻底地剿灭掉这几个抵抗者后,他要向藤岛大佐报告战绩,也算没辜负上级对他的重用与提携。

一声警笛,留守在张家大院里的三十多个鬼子兵和四十多个伪军顿时集合起来。岛田叫郑玉前面开路,日伪军大队人马火速向药王庙进发。岛田派人告诉昨夜派出的各路人马火速向龟石岭靠拢。

　　岛田带领大队人马赶到药王庙，看庙门半开半掩，走在前面的伪军仗着人多，蜂拥而入，冲进寺院。

　　岛田径直走进大殿，大殿里静静的，留给岛田的只是躺在地上的三具死尸。日伪军在整个寺院搜查起来。一个伪军在塑像后一声惊叫。

　　"太君！王队长在这儿呢！"

　　两个伪军费了九牛二虎之力才把络腮胡子的尸体拖到岛田跟前。岛田看到这四具尸体中两具是一刀毙命的，另两具是被枪打死的，也都是一颗子弹穿过后心，没有二伤。

　　岛田瞅了瞅这个破烂不堪的大殿，知道抗日联军早已跑得无影无踪了。这时，他才感到，他所追剿的这些人绝非等闲之辈，剿灭他们绝非像他想象的那么简单。

　　日伪军把寺庙的前、后大殿翻了一个遍，一无所获。

　　"太君，这些人一定是跑啦，他们不一定跑出多远。"汉奸郑玉弯着腰给岛田出主意。

　　岛田命令部队撤出寺院，在寺院四周搜查。他要找出抗日联军的去向。

　　不一会儿，一个鬼子跑过来向岛田报告："报告！庙后上山的小道上有血迹！"

　　岛田一听，心里高兴万分。抗日联军里一定是有受了伤的。事不宜迟，他战刀一举："哟西，追击！"

　　岛田带领六十多个日伪军像一群恶狼一样，顺着有血的山道追了上去。

第二十一回 父女采药巧救英雄 挚友设法秘送夜羹

六月，正是山里人采药的旺季。

这天，董成父女俩从大山采药下来，准备顺脚路过药王庙再还个愿。腿脚快的女儿英子总是把老爹落在后头。她埋怨爹爹走得太慢。没办法，她只好东采几朵山花，西摘一把杏子等着爹爹。她来到山林边，突然发现一个满身是血的人躺在离她不过几步远的小道上。她大吃一惊，惊叫起来："爹！不好了！这里躺着一个人！"

"人？在哪儿呢？闺女！"

"就在这儿呢！爹！快来呀！"

小英惊恐地望着不敢上前。董成老人来到跟前一看，可不是，躺着的这个人身上到处是血，肩胛上还有一个黑乎乎的血洞在往外流血。他纳闷，这深山老林一年没几个人到这儿，怎么来了这么一个受伤的人？老人心想：不知这个人还有气儿没有，如果还有气儿就救救他。人都说，救人一命，胜造七级浮屠。这年头，修好总比作孽好。

老人蹲下来，把趴着的魏强慢慢翻过来，一看，心里倒吸了一口凉气。

"哎呀！这不是小强吗，怎么到这儿来啦？"

小英一听是小强，从爹的身后赶忙跑过来，一下跪在魏强身边大声痛哭。

"强哥！你怎么啦？强哥，你说话呀！强哥。呜——呜——"

老人用手在魏强鼻孔一放，人还有气。

"英子儿，快！把人扶坐起来。"

爷儿俩慢慢扶起魏强。小英一边用手轻轻地抿掉魏强嘴角的血，一边哭泣着说："小强哥，你醒醒！你醒醒啊！"

小英看魏强人事不知，抱起魏强的脑袋又失声痛哭起来，边哭边问爹爹：

大冰沟

"爹，他不是跟石营长他们到关里打鬼子去了吗？怎么到这儿来了？这伤，准是鬼子打的。"

老人瞅着昏迷不醒的魏强，掉下了眼泪。

"是啊，这孩子怎么又回来了呢？"老人一边解开魏强的汗衫一边说。

"把衣兜子里的药拿来。"

"啊。"小英这时才想起兜子里有爹爹自制的解毒消炎止血的药，她急忙转身掏出兜子里的药瓶。

老人把药往魏强的伤口上一上，血止住了。

"得亏是带来着点儿东西，不然就坏啦。"老人自言自语地说。

盛夏，山上草木葱茏茂密，蛇常在其间穿梭出没。所以，老人每天上山都带着这样止血消毒的药。

老人给魏强敷完药，毫不犹豫地在自己的衣襟上撕下一块蓝布条，给伤口缠裹起来。他架起了魏强。

"快！离开这儿！"

小英转身背向魏强，把魏强的胳膊放到自己的肩上。

"爹，我来！"

"你背得动吗？我来吧。"老人说。

"我行！"

小英不知哪儿来的力气，一下子背起昏迷的魏强。

"爹，咱上哪儿啊？"

老人想了想，小强一定是从山下来的，不能往山下走；从别的路回金场，金场也会有鬼子。他突然想起了老虎沟那个老窝铺："走！上山！"

敌人顺着血迹找到了魏强昏倒的地方。他们想顺藤摸瓜顺着血迹再找下去，可到了这儿血迹突然消失了。

"快快地！"岛田挥舞着战刀命令日伪军分成了六个小队，按六个方向快速搜查追剿。

董成父女俩轮换着背着魏强穿过一片密林，由于柴草深密没有真正的山路，时值午时，骄阳似火，在一人高的柴草里行走，就像在蒸笼里行走一样，又闷又热。小英背着魏强走了不到一里山坡路，就累得大汗淋漓。她背着魏

第二十一回 父女采药巧救英雄 挚友设法秘送夜羹

强,感到越走魏强越沉。小英越走越累,嘴干渴得要命,嗓子眼在冒烟。老人在一旁把着魏强看女儿累得脸蛋红红的,脑门儿和脖子上的汗像水洗的一般,苞米粒大的汗珠从两颊鬓角流到嘴角和下巴,滴答、滴答地滴在路过的柴草叶上。

"英子儿,来,给爹背一会儿。"

"爹,我背动喽。"翻过一道山梁爷儿俩来到一片山洼。

一片野葡萄出现在小英眼前。几棵山葡萄秧攀缘于其间几棵碗口粗的树身上。树上,不计其数的葡萄蔓与众树枝缠绕着,纠葛着,曲虬攀缘而上。有的离开攀载的茎枝,失去了依托,恣意蔓延开去,在不到一间屋大的地方搭建起风烟不透的绿色帐篷。帐篷里一串串尚未成熟的青葡萄低垂下来,有的葡萄粒上还滚动着晶莹剔透的露珠。小英背着魏强扬头望望这里一串串发绿的山葡萄,尽管它们没有熟透的那样酸甜可口,可它们饱含着酸汁,若吃上几个一定会感到清爽可口。小英在葡萄秧跟前踟蹰了一下,她抿着嘴,额头与鬓角的黑发已被眼前的一路柴枝撕得蓬乱不堪,一缕秀发随着汗渍贴在脸上顺进嘴角。额头与两颊的汗珠还在流淌,那汗水顺着鬓发流进嘴里,咸滋滋的。摘几个吃多好!小英望着那串串葡萄心里在想。可她不敢放下昏迷的哥哥,只好瞅着它们咽了一下没有多少的唾液,继而把腰弯了弯,咬着牙把在自己背上的魏强往上颠了颠,继续往前走。

走着走着,忽然,听到后面哗啦哗啦柴草晃动的响声,而且这个响声越来越近。不好。父女两人知道后面有人追过来了。

"英子儿,快!快藏起来!上那儿!"

小英瞅一下爹爹指的地方,慌忙背着魏强钻进了柴草深密的地方藏了起来。董老汉在后把小英走过扳倒的柴草赶忙扶起,他躲在一旁。

果然,一群鬼子搜到这边来。他们端着刺刀对有柴草的地方一下一下地扒拉着。小英把着昏迷的魏强,吓得一动不敢动。吧嗒!一条捕完鸟儿的大黑蛇从他们头顶的大树上掉下来,倒挂在离魏强和小英趴卧的地方两米远的一根树枝上,那树枝急剧地颤动着。

"在这儿!这里!"哗啦啦!哗啦啦!几个鬼子听到响声快步围拢过来。他们端着刺刀一步步向小英与魏强藏身的地方逼近,用刺刀扒拉着深密的柴草细细地找。一个鬼子的刺刀就要扎到了小英和魏强跟前。小英的心怦怦地跳,简直跳到了嗓子眼儿。她瞅着明晃晃的刺刀穿过草丛,幸亏眼前是一片茂密的荆棘柴草,鬼子不能再往前走,就用刺刀来探。刺刀在小英的眼前晃动,扎在铺有枯叶的土石上,咔嚓作响。这时,小英吓得不知如何是好。她左手扶靠着魏强,右手背捂掩着自己的前额。一双焦灼的眼睛随着鬼子刺刀一下子一下子地刺下而一惊一惊地眨眯着。她咬紧下嘴唇,紧缩着脑袋,身子蜷缩得不能再缩。

"哦——那个!"

鬼子突然不再往前扎,而是倒退着跑着叫着,原来那个鬼子扎到了才看到的那条盘缠在树枝上的大黑蛇。大黑蛇像藤蔓一样紧紧地攀缠在树枝上,它的脑袋离开树枝伸出扬起,冲着鬼子一动不动,同时它不断地吐出一尺长的芯子,并发出阵阵嘶鸣。看起来它毫不示弱,向来犯者发出最后的通牒。几个鬼子都过来伸着脖子,凝视这稀奇物所表演的种种怪态。他们哈哈大笑,知道刚才发出的响声,原来就是这个东西在作祟。鬼子和大黑蛇相互观瞧,黑蛇一动不动。一个鬼子想用刺刀挑起它,被另一个鬼子阻拦。大黑蛇在颤动的树枝上不走,依然摆出攻击状。片刻,鬼子兴趣淡去,离去。小英释然地松了一口气,她用手抹了一下脸上的冷汗。

日头要下山了,岛田追剿部队搜遍那片山,什么也没搜到,只好扫兴地离开那片树林。

葛振林在山洞里养伤一晃有七八天了。每天早晨,葛振林习惯性地走到洞口那簇桑树跟前,向着旭日冉冉升起的东方瞩目眺望。在这里,他领略着晨曦微明时山川那朦胧而又真实的山景,独享着大自然给他的眼福。淡灰色的清晨给山川万物披上了无限温情的面纱,东方,不知是谁给天际的地方抹上一道黛色的眼眉,深深隐在大山褶皱里的大大小小的山村的那些地方浮腾着早炊浓烟。它们融入仲夏晓晨饶有的氤氲云气里,合成了浩渺的鼓浪烟云,覆盖着每一个山谷的空灵。苍茫的群山与远处云海之上,万籁岑寂。润碧湿翠苍苍交叠的山影仍在迷蒙的酣梦中。而眼前山林和崖岩上却是一片聒噪。崖下柴树上已有山鸟前来报晓,那些飞停敏捷、色彩斑斓的小鸟,成群地在山树的枝丫上轻盈地跳着,蹦着,用它们清脆、响亮、婉转动听的嗓子比着

第二十一回 父女采药巧救英雄 挚友设法秘送夜羹

劲儿地吟唱着，以洞为巢的那些不知名的大灰色山鸟在崖隙长出的老树枯枝上咕咕嘎嘎地放粗嗓门儿，发出让人闻所未闻的野性的怪叫。葛振林手攥着桑树，遥望山下，想到山下的民众生活在被鬼子任意蹂躏的恐怖日子里，他不由地自嘲地苦笑着："老百姓在遭殃，我在这儿当神仙，享清福。咳！"

葛振林想起了回家探母的魏强。他屈指一数，魏强离开已经八天了，他怎么还不回来，是不是出事了？昨天夜里，高真进洞来，他打听魏强，高真摇头："没有一点儿信儿。"

到处都是敌人的清剿部队，两人都为魏强担心。

自从葛振林住进鸽子洞后，高真为了葛振林早日康复，每天夜里来给葛振林送饭。因青峰崖这段险路难走，高真送饭都是黑夜，怎样安全地把饭送到葛排长的手里？高真没少动心思。

这一天，终于想出了一个好办法。他想起崖顶有一棵树冠向外探伸的虬枝老松，那棵树不偏不倚正在鸽子洞的上面。

于是，第二天黑夜，他把饭菜、绳子和条筐背到崖顶，用绳子一端紧紧地拴在老松上，另一端系住条筐，然后把盛饭菜的饭盒放进条筐里，装好绑牢，再徐徐地放下去。真好！那条筐正好落在那摊桑树跟前。

从此以后，高真就用这种办法把饭送到洞中的葛振林手里。

葛振林在山洞里待了十来天了，高真每天风雨不误黑夜必来送饭。

这一天黑夜，高真背饭来到崖顶老松下。他放下背筐，拿起盛菜饭的铁罐子，打开盖儿，用羹匙舀了一下往嘴里一尝："哎哟！"原来送来的饭菜都已经凉了。一个病人怎么能吃这样凉的东西呢？他暗暗责怪自己马虎大意。这天，他把盛饭的家伙提上去后，匆匆地下山回家。

高真到家，已是后半夜了。他躺在炕上跟身边的妻子说出了自己心里的难事："春他娘，这几天送上去的饭菜都是凉的。这咋办啊？"他停了一会儿，接着说："不用说有病的人，就是好好的人天天吃凉饭也会生病的。天天给老葛送凉饭可不行，得想个法子啊。"

"是啊，天天吃凉饭可不是个事儿。哎呀！这事儿，早咋没想起来呢？你想想，山洞离家这么远，什么样的饭菜到了那儿，不都得凉喽？要不这么着，把咱家的小铁锅扛到山上去，拿上去一些粮食，在山上做饭多好。"妻子说。

"你说啥呢？傻话！那山上一冒烟，山下十里八村都看得清清楚楚，那还不得给小鬼子引上山去呀。不行，不行，这可不行！"

两人沉默了一会儿。

"哎？你看用瓦罐送饭咋样？"妻子征求他的意见说。

"嗯——瓦罐这个东西，截热又截凉。我看这个法子还行。到山上保准还有热乎气儿。"

"可有宗啊，那个玩意又怕磕又怕碰的。黑灯瞎火的，用它盛饭菜上山能行吗？"

"戒着点呗。哎！你快去找找，明天好用。"

高真的妻子翻身下炕穿上鞋去了后院，不一会儿，她从后院找来了一个沾着泥土草叶的青色瓦罐。

"就这一个啦。要不是在草堆底下，早被他们给打碎了。"高真妻子一边把瓦罐小心翼翼地递给高真，一边向丈夫说着。

"一个就行！"高真两手捧了过来，兴冲冲地用手抹掉粘在上面的东西。他如获稀世珍宝一样，上下左右仔细地端详着。

这个青色瓦罐完好无缺。大肚、小嘴、瓶颈处两侧还有对称的能穿过大拇指粗绳子的两个耳朵呢。高真用中指轻轻地弹弹瓦罐的声音。

"没有破裂声。真不错。"他捧着瓦罐心满意足地自言自语地说，然后冲着妻子笑了："中！这个就中！"

高真的妻子接过来，到外屋放到大锅里边清洗边嘱咐跟在身后的高真。

"你呀，用的时候可得戒着点儿。在后院，我找了半天就这一个是好的。坏了，就没有了。"

"这，我知道。"

妻子洗完瓦罐递给了高真，高真两手捧着，翻来覆去地又细看一遍。他由衷感到慰藉："嘿！真不错。有了这个东西，老葛就不会吃凉饭了。老婆，这次你可立了一个大功！"高真高兴地向妻子打趣地说。

"去你的吧！"

过去，高真家的瓦罐、砂锅不少，给病人煎熬草药是离不开这样家伙的。那次鬼子来家搜查，这些东西被他们砸了个稀巴烂，唯一的幸存者就是放在后院苞米秸里的这个瓦罐了。

第二天夜晚,高真夫妇把盛满饭菜的沉甸甸的瓦罐慢慢地轻放在背篓里,用棉衣围了又围,挤了又挤,用绳子牢牢地绑在背筐上。

"黑灯瞎火的,戒着点儿。"妻子送到门口外还在叮嘱。

"知道啦。"

高真来到老松下,格外小心。他慢慢轻放下背篓,掀开棉衣,一摸瓦罐,嘿!真好!走了这么长时间,瓦罐尽管没有在家往背篓里装时那样烫手,可还温手着呢!

高真用棉衣把条筐紧紧地包裹,在条筐里用绳子把瓦罐固定牢,慢慢地小心翼翼地把它放了下去。

从此,高真用这个瓦罐每天披星戴月、风雨无阻地把热乎乎的饭菜送到葛振林手中。

魏强被董家父女俩背到老虎沟,这里有一个董老汉早年建的老窝铺。魏强在这儿整整昏迷一天一宿,等他第二天醒来的时候,发现自己躺在一间矮小的小窝棚里。

他仰躺在土炕上,看茅草苫的窝铺上盖儿好几处露了天。他四周一瞅,除了靠炕这面墙壁用柴草堵得严实外,其他地方毫无遮拦。他是睡在没有炕席的土炕上,身下铺着一个羊皮青大衣。头上的那边墙是用新草堵上的,时时扑来山草的气味儿。再看身旁的土炕沿上坐着一个梳着一条又粗又长大辫子的姑娘,她脸背着,低着头好像在做什么。这是哪儿?他想坐起来,但剧烈的疼痛使他不能动。微微的脚动惊动了身边的小英。她侧头一看魏强醒过来,惊喜地转过身子来到魏强眼前。她弯下身子,带着几分天真的责怪和兴奋。

"小强哥,你可醒过来了,把人都吓死了!"她忽闪着那双水灵灵的大眼睛,额前的秀发柔和地挨在魏强的脸上。

魏强看着小英问:"小英?这儿,是哪儿?"

"老虎沟呗,不知道吧?"小英笑嘻嘻地说,然后又欣喜又害怕地说,"强哥,你在这儿昏迷已有一天一夜啦!"

她像孩子般在魏强眼前说一个"一"就伸出一个拇指,两个拇指挚着,笑嘻嘻地逗魏强说:"知道了吧?"

"我咋来这儿的?"

小英故意把小嘴一噘,学着大人的样子放粗嗓子说:"嗯——这个嘛,不能告诉你。"

咳,咳……魏强咳嗽了几下,他苍白的脸上立刻渗出苞米粒大的汗珠。小英一看魏强这样,再也顾不上说笑,她赶快弯下身子用手抓着他的手。

"强哥!强哥你怎么啦?"小英一边着急地叫着,一边拿着手巾轻轻地给魏强擦脸上的汗珠。然后,她走出去,把锅里温乎的开水端到魏强跟前一点儿一点儿喂进魏强的嘴里。她把来到这里的经过,向魏强说了一遍。

魏强一听才知道自己能活着,是董家父女俩救了他。

"小英,得亏是我大你们赶到,要不我就没命了,我大呢?"

"我爹上山去了,他说要找一种什么药,给你敷伤口的。我爹说,有了这个药,你的伤很快就会好的。"

魏强心存感激,脑海里浮现出驼背的老人和那张憨厚和善的面孔,一种感恩的思绪涌上心头。小英哪里知道他在想什么。

"嗯——"小英似乎想起一件什么事来,她凑到魏强眼前,双手托着腮冲着魏强眼睛一眨,脖子一歪疑惑不解地望着魏强,"强哥,我爹说你们都进关里啦,你咋没去呀?"

她黑乎乎的眸子一眨不眨地盯着魏强,想听听她想要知道的秘密。

咳,咳咳咳……一阵剧烈的咳嗽,振动的疼痛霎时使魏强脸色苍白,渗出的豆粒般的汗珠再一次在他的前额和两颊滚下来,魏强急促喘着气,这一下可吓坏了小英。

"强哥,强哥!"

她紧紧抓着魏强的手不敢松开,久久凝视着他那张毫无血色、苍白的脸,噙含的泪水几乎掉下来。

见魏强脸色渐渐好转过来,她悬着的心才放下来。她再也不敢叫他说她想知道的那些事了。看魏强睁开了眼睛,她对着他又灿然一笑,然后小嘴一抿,把碗放到了一旁,拿起了布巾给他轻轻地擦额上的汗:"强哥,我爹说了,你伤得不轻,血流得太多了。不过,子弹在肩胛上穿过去了,只要敷上

第二十一回 父女采药巧救英雄 挚友设法秘送夜羹

我爹采的药就会好的。还有——说到这儿，强哥，我让你看一个东西，不过，你不要动。动，会咳嗽的。"

说着，她跑到外屋，很快，又背着手走进屋来，笑眯眯地站在魏强眼前，后脚跟不断地翘落着。

"强哥，你猜我手里拿的是什么？"她边问边冲着魏强微微地晃动着身子，她嘴唇微抿，略翘的嘴角在微微地动，那嫣然的嬉笑绽放着童稚的天真。

魏强瞅着她满脸的稚气，不由想起孩提时候在一起玩耍的事儿。那时，两个村子的孩子总是到一起玩儿。小英比在一起玩儿的孩子岁数都小，个子瘦小，又是女孩儿，没人愿意跟她玩儿。魏强总是劝和他一般大的男孩子和小英一起玩儿。小英要强、天真活泼，打老爷、捉迷藏，玩起来并不比别的孩子差。有时，大一点儿的男孩子欺负她，他总是站出来帮助她，那时，有他在，小英什么都不怕。她信赖他，能把所有的秘密告诉他。后来自己去了舅家，见面的机会少了。魏强瞅着她的样子，跟小时候真是一样，也憨憨地咧咧嘴。魏强感叹，童年是那么的美好。

常言道："女大十八变，越变越好看。"这话不假。小英十七岁，就长成一位亭亭玉立的大姑娘了。过去又细又软发黄的头发现在变成了乌黑的秀发。一条碰到臀部的大辫子，一双水汪汪的大眼睛加上常常微动的嘴唇，无一不在彰显一位青春少女的活力。她宛如一朵含苞欲放的山花，性格是那样开朗奔放，毫无大家闺秀拥有的矜持与羞赧。

"强哥！我问你话哪！你听着了没有啊？"小英见他发呆的样子提高了嗓门。

魏强瞅着她。此时，他连笑的气力都没有，只是用面目表情来表达。

"哼！我就知道你猜不出来。你看！"

小英就像变戏法似的"嗖"地一下，从后面拿了过来给魏强看。原来是一只尚未褪毛的山鸡。

"这是我爹今早打到的，等着你醒过来给你煮吃的。我爹说，吃这个，你的伤就会好得快。"

这时，董老汉扛着镐从山上回来了，进屋一看，魏强醒过来了，心里非常高兴，那布满皱纹的酱紫色的脸上绽放出安心的笑容。

"小强，醒啦？饿了吧？"

老人放下篮子来到魏强跟前，俯下身来伸出厚大而粗糙的手，摸了摸魏强的额头。

"孩子，没事的，我看了，子弹打在肉上，穿过去了，没伤着骨头，吃点儿药就好了。"

他对站在身边的女儿说："英子儿，快给你哥熬汤去，好让你哥喝。"

"唉！"

小英拿着山鸡出去了。

魏强喝完鸡汤，董老汉又熬了药让魏强喝下。

第二天一早，魏强精神多了。小英瞅瞅魏强身上的血衣，对老人说："爹，我强哥的衣裳全是血，能脱吗？好洗洗。"

"这衣裳是得换换。我把着，你戒着点儿别碰着伤口，慢点儿脱。"

"嗯。"

两人扶起魏强脱下血迹斑斑的衬衫后又把他轻轻放下，老人让女儿拿来他为魏强捣碎的那包草药，在伤口四周轻轻地敷上了一层。

小英拿着衣裳兴冲冲地去找山涧中的那股山泉。强哥脱离了危险并能与她天天在一起，她心里有说不出的高兴。路上，她心里燃烧着难以言表的激情和快乐，她也不知道这是为什么。

清泉从黑绿色的岩石缝儿里汩汩流出，淅淅沥沥地滴洒在一片鲜嫩翠绿的青苔上，时而又钻出那软绵绵的苍苔，骤然聚成涓涓的溪流涌上那片光秃秃的青石板，化成哗啦啦哗啦啦清脆悦耳的曲调，时而又扎进了下面的小潭。一泓潭水清澈澄明。那潺潺的溪流经过小岩不间断地跌进小潭。潭面荡起微微涟漪，款款地荡漾离去，潭底的沙石清晰可见。蓝天、白云、周边苍翠的山巅和婆娑的树影照映在微动的潭水中不住地摇曳……

好心情看什么都美。小英来到潭边驻足细瞧这些迷人景色，她心旷神怡："哇——真美啊！"

在潭边，她想蹲下来洗衣裳。

"啊！"望着微动的潭水，她一下子怔住了。

"这是我吗？"细高的身材，弯弯细长的柳眉下一双水灵灵的似笑非笑的大眼睛，不大不小的鼻子下抿着宛如涂抹朱红的嘴唇，桃红色的脸蛋儿带着动人的微笑，还有额前垂下的秀发在微风中轻轻地飘动。她从来没有像今天这样细细地端详过自己。潭水中微动着窈窕的身段，乌黑的大辫子搭在她略略隆起的胸前。她眯缝起嬉笑的眼睛，两手摸着自己的辫子自问："我就是你这样吗？"她瞅着水中的她，扑哧一下笑了，水中的她也启唇露出皓齿，眉开眼笑起来。

"哈！"她故意把下巴往前一伸，右手食指戳着腮，吐了一下舌头，做出一个鬼脸，潭水中的她毫无差错地做着同样的怪模样。她坐在潭边双手托腮，心想，等强哥伤好了，我叫他到这儿来，一照，他就知道自己有多帅！我可以和他一起，在这儿，照出我们在一起的影子来，那多美呀！想到这儿，她不由脸火辣辣的，带着几分说不清的羞涩。

"你呀你，真羞！"她指着潭中两颊泛上红晕的少女抿着嘴笑了。

小英转身捡起一个平滑的石头坐在了潭边，她把辫子往后一甩，把衣裳放到潭水里先来回涮了几下，然后咕嚓咕嚓地搓洗起来。

一晃十天过去了。魏强在董家父女俩的精心照料下，伤情大有好转，虚弱的身体得到了一定的恢复。每天，小英都陪着他到外面走走，董老汉为了让魏强的身体恢复得快些，天天到山上打些野物回来给他煮汤喝。小英在家天天除了给魏强熬药，就是做饭、熬汤，每当魏强帮她拾柴烧火的时候，小英总是毫不客气地把他推到一边并生气地警告着："强哥！我爹告诉你多少次了，'好好养伤，别干啥'。这点儿事儿我干得了，用不着你帮忙。"

每次吃饭的时候，小英恐怕魏强吃不好，总是把最好的肉块儿夹到魏强的碗里，并笑着警告："不许往回夹！"

这几天，吃完了饭，小英总是嚷嚷让魏强教她打枪。枪里仅有两颗子弹，也怕枪响招来敌人，魏强只好告诉她瞄准射击的一些要领。

英子对魏强说："小强哥，要不是我爹岁数大，我就跟你一起去打小鬼子！"

"你呀，不行。"

"为啥？"小英不服气地说。

"你是个女孩，岁数又小，另外，打仗，可不是闹着玩的。"

"咦！打仗还分男女呀？你比我大几岁？你行我就行！"

"小英，打仗有时不光打枪，有时还要拼刺刀。战场上，随时都会那个——"

"啥呀？"

"要牺牲的。"

"牺牲？什么叫牺牲啊？"

"牺牲，就是战死了。这个词是石营长说的，新鲜吧？"

"嗯。强哥，跟你在一起，我什么都不怕！"她自信而又坚定地说，并把嘴抿得紧紧的，以示自己态度坚决。

魏强瞅着她天真的样子，笑了。

"你又笑什么呢！我说的，都是真心话！"她噘起了嘴，不满魏强对她真心实意要当兵的要求视同儿戏。

"好了。小英，等大部队来，我一定跟石营长说，让你当兵和我们一起打鬼子！"

"强哥，你说的是真的吗？"小英较起真来。"我不会说假的。不信！咱拉钩。""行！我信你的。那——我就和你一起，狠狠地打小鬼子。"小英开心地笑了，她遥望着远方，沉浸在对未来甜美的憧憬之中。片刻，她高兴得像个小孩子一样，拽着魏强的胳膊去草丛中采摘山花。

一天晚上，董老汉扛上山来半袋粮食。

他跟魏强说："小强啊，今天我到金场去了，有人告诉我，不知咋的，住在北沟的小鬼子这两天都去沟外了。"

魏强一听觉得奇怪，这些天，大队鬼子不断地在大冰沟转悠，怎么一下就撤走了呢？鬼子是不是在耍别的花招？

"大伯，这事儿准吗？"

"小强，鬼子走是真的。我打听了好几个人了。北沟的张老三说呀，只留下二十多个戴大盖帽子的中国兵。"

小鬼子在打什么鬼主意呢？魏强沉思着。

魏强在老虎沟养伤半个多月，伤好得差不多了。他无时不在牵挂着葛排长和二叔高真一家。敌人像一群狼一样到处伤人，他们现在怎么样？这么长

第二十一回 父女采药巧救英雄 挚友设法秘送夜羹

时间得回碾子沟洼去了。

这是一个阴雨蒙蒙的天。魏强把枪别在腰上，揣上一包董老汉给他晒好的山鸡肉干儿、兔子肉干儿，辞别了董家父女俩，他要下山去碾子沟洼。

魏强刚转过一个山洼："强哥——你等等——"小英追了过来。她跑得满脸是汗，到了魏强跟前气喘吁吁地说："强哥，把这个带上。"

她把从衣兜里掏出的一个红丝线穿起的玲珑剔透的玉雕观音菩萨像塞在了魏强手中："强哥，这个，是我小时候，我娘临终时给我的。我一直把它揣在怀里。现在，我还记得她对我说的话：'英子儿，给你一件东西，你要好好保存。千万别弄丢了。'她用颤抖的手装进我的棉袄小兜里，那时我还记得她给我时的情景，她躺在枕头上不能动，说话很费劲儿，她用不放心的眼神瞅着我，眼泪流在黑瘦的脸上，好像有许多许多的话要跟我说，可没说出来。她慢慢地伸出来一只手，瞅着我说：'孩子，你过来。'就把手心里这个东西塞进我的衣兜里。我当时看到娘她好像了却一件最大的心事。当时我记着她说的话：'孩子，以后有菩萨保佑你，娘就放心走啦。'强哥，你把它带在身边，和小鬼子打仗，会逢凶化吉的。小鬼子再也伤不了你了。"小英用祝愿的神情瞅着魏强。

魏强听了小英一番话，体量出小英放在他手中的这件东西的分量。他把这件贵重的东西紧紧握在手里，十分感动。他久久凝视着为他宁愿舍去一切的好妹妹。

"小英，这珍贵的东西不要送人。"魏强让她收回。

"我知道！嗯——强哥，把它给你，会保你一生平安的！"

"小英，这是我大娘留给你的吉祥物，你要好好留在身边才是啊。"

小英一见魏强不收，生气地噘起嘴巴，眼泪就要夺眶而出："强哥，人家就这点心意嘛。你知道，你和鬼子打仗，我有多担心吗？"小英说到这儿，眼泪不停地往下掉。

"哎，多大啦？又要哭鼻子。好，我收下。"

小英这才破涕为笑，擦了一下脸上的泪水，微微地翘起嘴角，脸上漾起以往的微笑。她温情地望着魏强，天真的眸子里充满着祝福和希望。

魏强用手握着小英给他的礼物，瞅着这位纯真、善良的姑娘，不知说什么好。他紧紧地握着小英的手,久久凝视着这张美丽俊俏而又童稚未泯的脸蛋,内心荡起情感的涟漪。

"小英,我走啦。"

"嗯。"

小英紧抿着嘴,噙含着晶莹泪花的一双美丽的大眼睛深情地望着魏强,微笑着点了点头。

告别小英,魏强大步向山下走去。山风,撩起他敞开的白衫前襟。他走出几十步转过身向小英摆手。

"小英!回去吧!"

"唉——"

小英站在山梁上,也微笑着向他不住地摆手。魏强走了,不知怎的,小英感到心里空落落的。强哥又去打鬼子啦,他是一位了不起的大英雄。她极力用手向两边撩走额前被山风吹乱的头发,呆呆地望着他离去的背影,一直目送到他走进山腰的那片密林。

第二章 满洲囚笼

第二十二回 强逼民众修建围子 百姓无奈挥泪离家

东台子、柳树沟、药王庙一宿死了十一个鬼子和汉奸，这件事惊动了要路沟炮楼里的鬼子。藤岛大佐一个月内彻底剿灭大冰沟抗日联军伤病员的计划成了泡影。他叫岛田来到要路沟日军军部，劈头盖脸地把他骂得狗血喷头。但他心里明白，就是他驻镇大冰沟那十几个村子清剿抗日联军伤病员，也是阎王爷摆手——没治。这抗日联军就像原野上的春草一样，在老百姓这片沃土上是锄不没、烧不尽的，何况还是在云海茫茫的大山里。

他坐在椅子上，左胳膊肘戳在桌子上，手捏长满黑胡子的下巴，冥思苦想。他回想以前与抗日联军交手的几次惨败，都是与大冰沟外一带的老百姓有关，都是他们给抗日联军通的风、报的信。抗日联军夜袭他的炮楼，打散他的骑兵，准确无误地袭击他的驻防部队，这一件件、一桩桩都没离开老百姓的参与。虽然大冰沟抗日联军的大部队现在撤走，但是这几天大冰沟里杀死的日本军人中还有一些受过特殊训练的特工人员。这可以证明他的判断：一部分抗日联军及其伤病员并没有走。这部分人有一定的作战实力。他们有的身上有伤，在深山里缺粮无药是活不了的，只能藏在那一带老百姓家里，是老百姓给这些人提供吃的、住的，帮他们疗伤。老百姓隐情不报。有他们的保护，抗日联军伤病员才能待在大冰沟一带安然无恙。这老百姓就是水，抗日联军就是鱼，水深，鱼就能藏起来；如果没了水，鱼就得死。可这泱泱之水又如何能干涸？要不，将这方圆百里的山区老百姓统统杀光，房子全部烧光，把这一带变成无人区？屡次清剿失败，激起他实行大规模杀戮的念头。这几天，这个想法一直在拨动着他采取"三光"军事行动的思弦。后又觉得这样做不是上乘之策。方圆百里成为无人区，大冰沟里抗日联军活动范围会向外扩展、蔓延，那样的话，剿灭这支抗日力量的打击目标就更无法确定。

筹谋清剿抗日联军伤病员的计划，摆平大冰沟山区，这是上级屡次催促却久而未决的大事,这几天牵惹得他茶苦饭淡,夜不能寐。狡猾的藤岛为此真是绞尽了脑汁。

这一天,岛田少佐、精赤小队长被藤岛大佐召回到要路沟镇。炮楼里,黔驴技穷的藤岛要他们说出歼灭大冰沟里的抗日联军伤病员,确保大日本皇军在这一带长治久安的计谋。

日军指挥部里,藤岛用阴森森的冷眼逼视着站在他眼前这两个令他失望的部下,训道:"我大日本皇军是效忠天皇、天下无敌的军队!几十万东北军被我们打得屁滚尿流,全都逃进了关里。难道区区几个抗日联军伤病员和这些愚蠢的山里人我们都征服不了吗?你们说我们还配做大日本帝国的军人吗?嗯?"

"大佐,我们不能很快抓住这些抗日部队,是因为这一带山大路险、沟多林密,还有这些可恶的山里人与我们为敌,暗中保护他们。我看把这一带房子统统地烧光,把人统统地杀光,方圆百里再看不到有一个人影。看这些抗日联军的伤病员还往哪儿藏!"精赤两眼迸射凶光,恶狠狠地说。

岛田瞅了精赤一眼,不吱声。

"岛田君,说说你的主意。"

"哈伊!"这时,岛田恭敬地应答,"大佐,我看把大冰沟方圆百里的房子全部烧光、人全杀光,我们做起来是很容易的事。不过,烧掉这方圆百里的房屋,杀掉上万人不是一蹴而就的事,需要一定的时间。这样一来,一些人听到这个消息会跑到山里,和山里的抗日联军搅在一起的。我看这抱薪救火不是好法子,还不如把他们统统圈起来。"

"圈起来?"藤岛眼前一亮,重复着部下说的话。随后他背起手在桌前来回踱着步,琢磨着部下说的每一句话,若有所思。他突然停住了脚步,抬起头瞅瞅岛田。

"岛田君,明天,把你的具体方案细细地写给我看。"

"哈伊!"

第二天,岛田来到军部,把一张图纸递给了藤岛大佐。

"大佐,您过目。"

藤岛把图纸展放在桌子上细细地看了一遍,不由哈哈大笑。

第二十二回 强逼民众修建围子 百姓无奈挥泪离家

"哟西！我要把这儿方圆百里的老百姓像牛羊一样圈在一起，严加看管。这样，就能彻底切断老百姓与山里抗日联军的联系！哈哈哈……我看，你的，抗日联军的，还能活多久！"

魏强离开老虎沟，为了避开敌人，他专走高山密林绕道而行。走了两天，夜深时到了碾子沟洼。

魏强一走有二十来天了，鬼子搜查得这样紧，二叔家是不是被鬼子盯上了，这很难说。他脑袋探出墙头向院里看了一会儿，屋子没有亮灯，院里没有任何动静。那只看家的小狗哪儿去啦？魏强心里嘀咕着。他没贸然进院，捡起一个小石头朝院里掷去，当啷！小石头正好打在窗下挑水用的木桶上。

"谁？"屋里透出不大的男人声音，是二叔。魏强心里有了数，他纵身翻过院墙。

屋里前门打开了，高真在窗下台阶上站了一会儿。

"春他娘，把提灯点上。"

"唉。"

"二叔，是我。"

一个黑影从西山墙那边走出来。

魏强一应声，语音让高真先惊后喜。知道是天天想、日日盼的侄儿小子回来了！

"小强，咋不进屋啊？"

魏强没回答，只是笑了一下。把刀子往腰间一别，和高真进了屋。

高真望了望外边四周，然后把前屋门插上。

一进屋，高真第一句话就问："小强，你咋去了这么长时间？你妈身子骨还好吗？"

高真一问母亲，魏强顿时泪如泉涌。

"二叔，我妈被……被小鬼子害了。"

听魏强一说，高真夫妇半天说不出话来。高真两眼不由噙着泪水。嫂子悲惨离世，让高真心里非常悲痛。三个人都沉默不语，说什么呀，这个乱世，朝不保夕，谁都难说今天活着，明天还会活着。明天将会发生什么，所有的人都无法预料。

"二叔,葛排长伤好多了吧?"魏强打破了屋里这种沉闷的气氛。

"嗯。"

"我下去看看。"

"别下去啦,他在山上。"

"啥?上山了?"魏强奇怪地睁大眼睛问。

"嗯。上山好多天了……春他娘,给小强热热饭。"

"二叔,我不饿。现在,您领我上山吧!"

"孩子儿,不急!看你这样儿,哪能不饿?吃点东西再上山,好有劲儿。"

"这个,趁热乎喝下去。"高真妻子端上来一碗还冒热气的小米稀粥。

魏强忙三火四喝着粥,不经意一抬头看到炕头放有一个用布蒙着并扎好的瓦罐子。

"二叔,那是啥?"

"这是给排长送饭用的。这不,饭都预备了,你再晚一会儿,我就走了。"

"二叔,你黑天给葛排长送饭?"

"白天,鬼子会盯上的,所以你二叔这个时候去。"高真的妻子补充说。

"二叔,您真是这个世上行善积德的好人啊,葛排长和我今儿能活下来,全仗叔、婶你们一心一意地照顾帮忙。"

"快别这么说!小强,你想想,人家豁出命来打鬼子,图的是啥?人心都是肉长的,要不是打小鬼子,咱还不一定能认得人家。"小强不吱声了,眼泪在掉。

因为魏强急着要见葛振林,他草草地吃了两碗饭跟着高真去了鸽子洞。

鸽子洞里,葛振林和魏强紧紧地拥抱着,两人眼泪禁不住滚落下来。这二十来天的时间对两名战友来说,犹如离别几载。魏强刻骨铭心、生死离别的这一行,令他体会到与排长重逢的滋味。他百感交集,久久地抱着葛振林的脖子说不出话来,眼泪噼里啪啦掉在葛振林的肩膀上。

"排长。"

"小强,你母亲好吗?"葛振林问。

魏强撒开手,用手擦抹了一下眼泪。当着两人的面,讲了这次令他终生难忘的不同寻常的探母经历。

葛振林听着默不作声。他没想到大娘这样悲惨地离去，没想到魏强此次回家遭遇如此的危险，这次小鬼子清剿真是漫天撒网，想一下子把大冰沟抗日伤病员斩尽杀绝。魏强这次回家险象环生，今天能够安全回到他身边真是命大。

"小强，你平安回来就好。小鬼子！我们有让他偿还血债的那一天！"

"排长，你的伤怎样了？"

"好了，你看！"

葛振林脱下上衣给魏强看。魏强提灯一看，可不是，一条长长的紫红色的伤疤斜在他的后脊上。排长伤口愈合了，魏强心里特别高兴，他的伤一好，自己就能和排长返回部队啦！

"排长，我们离部队有些日子啦，什么时候回部队？"

"嘀！着急了？"葛振林笑着说。

"咋不着急呀？排长，小鬼子这样祸害人，我们人少有什么法子？眼睁睁瞅着鬼子作恶，不打还得躲着他们。这样窝窝囊囊的，快把人憋死啦！"

"好了，小强，不要鸡毛火燎的，你们排长的伤啊，还没好利索。你好好地回来了，这是不幸中的万幸。报仇的时间多着呢……好了，我得回去啦！"高真站起来。

"二叔，路上小心。"

"没事，你们放心吧！"高真说完，沿着悬崖小路爬去。

就在魏强回到葛振林身边的这天，大冰沟外，方圆百里的大大小小的村子的石墙上都贴上了新的公告。公告写着：

诸村良民悉知

大日本帝国为"日中亲善"，今日起，欲与我满洲国民共建王道乐土。皇军规定，翌日，在指定地点修筑围墙。所有有力之士共担之。不得有误！

满洲国第八公署

公元一九四二年七月

香洼一带各个村子锣声响起,一些便衣串街走巷边敲边喊来告知民众,随后,大街小巷贴满了公告。

翌日,日伪军倾巢出动,他们端着刺刀,手握着木棍,逐家按户逼迫能干活的男人去修围子。各个村子的男人只好放下地里的农活,拿着锹、镐和土筐到鬼子指定的村子去修筑围墙。

岛田少佐指定几个靠近大冰沟沟口的较大的村子为围子。他们要在这些村子四周建起高高的围墙,并命令日伪军严加看管,修筑围墙的人们必须按日军的规定修筑围墙和炮楼。日军规定:所有围墙高四米,宽一米五,围墙的地基一律用石头砌成,离地面一米高,以上是土墙。土墙部分用穰草与黄土掺匀,再用水和成穰草泥夯实垛墙。要修墙的民众在石墙上两边用木板撑好,把泥用钢叉挑进中间用木夯夯实一层,再加高一层,如此层层建高。

高高的围墙圈起的围子是方形的,围墙四角建起高于围墙的四方岗楼,形如楼亭。围墙外两米,要挖深二米一、宽一米五的防护沟。四周围墙只留南、北两个大门。围墙里的人们只能从这两个大门出入。这就是围子。

一个围子里要住上附近几个村子的人。岛田规定:进住此围子各家各户必须按有关条例服劳役。上至半百的男人,下至十六岁的男孩儿都在服劳役之列。

为了早日把围子修成,日伪军和汉奸全部出动,强迫各村民众来据点修建围墙,按工计时。修围子的人们早上天刚亮就到了工地,晚上到看不见人才收工。日伪军和便衣在工地上从早到晚监视修围子的人们。人们要是稍喘口气,就要遭到他们的辱骂、鞭笞和棒打。

时值七月,正是天长而又酷暑难挨的季节。修围子的人们一天要干十五六个小时的活儿。有年老体弱的,经不起这种非人的折磨,累倒在工地上,不管监工怎样踢打,再也起不来了。

中午,烈日中天,骄阳炙烤着工地,工地冒着白烟,一阵阵热浪让人们喘不过气来。就是这样的热,鬼子也不让人们喘口气。人们光着膀子,赤着脚,和泥、打夯,所有的人挥汗如雨。有的人中暑从修高墙的脚手架上晕倒掉下来摔死,鬼子视为死了一只鸡一样,叫在一起干活的民工把死的人拖到荒沟里。

第二十二回 强逼民众修建围子 百姓无奈挥泪离家

每个工地上，数百名民众如远古的奴隶一般，在皮鞭和刺刀的催逼之下，扛着木头，挑着黄土来回没命地奔跑。过度的劳累使他们的生命承受能力达到了极限。残酷的苦役、非人的折磨，把他们推向死亡的边缘。工地每天都有被日伪军拖出去的民工尸体。

围子修了十多天了。围子的石墙已砌完，接着就是上面的土墙。这一天，日头和往日一样吐着火，烧得村口路旁的杨树无精打采地低着头，树叶都垂头丧气地打着蔫儿。一只黑狗趴在工地外百米远的绿荫处吐着长长的舌头呼哧呼哧急促地喘着气，干瘪的黑肚皮随着它的呼吸也在不停地急剧一起一伏，它两只前腿伸出，眯缝着眼睛似睡非睡，时而抬起爪子在眼前猛地一拍轰走蚊虫，时而又睁开睡眼望着围墙上打夯的人们。

"鼓足劲啊！哎哟！别停下呀！哎哟……"围墙上豁出命干活的人们在忽缓忽急的热浪中流着汗水、喊着号子在打夯。

打夯的人群里有一个年纪不大的小伙子，看上去也不过十七八岁。他光着头，上身没穿衣裳露着黝黑发亮的脊背和干瘪的肚子，下身穿着一个带补丁的粗布裤子，那裤腿肥短得要命。没锁边儿的裤脚只到膝盖之上，两条黑瘦的大腿露着半截，那裤子被一条麻绳扎在腰间。他打起夯来，裤腿左右摆动，就像女人的衣裙。他叫嘎蛋。嘎蛋穿的是父亲的裤子，母亲剪去了下半截让他穿，所以，这裤子只能遮腰盖臀。嘎蛋不在意膝盖往下露着沾满黄泥浆的大腿，但他在意这条裤子，这是母亲为了怕别人笑话才这样做的。不然，嘎蛋以往身上的衣裳更是穿不出去。嘎蛋来修围子，除了这个体面的裤子就是那条与他形影不离的大黑狗。

日头偏西了，碾子沟围子工地上民工还没有吃午饭。墙上所有打夯的人们赤着脚，弓着腰，露着黑黝发亮的脊背在大墙上，"哼哟！哼哟"叫着号子砸着夯。围墙下监工的是一群日本兵，他们端着带有明晃晃刺刀的枪，瞅着打夯的人们来回地走动着。墙下，一群民工在仨一拨俩一伙的鬼子、汉奸眼前挑着黄土步履匆匆。挑土队伍中，有一个五十多岁的老人，只见他咬着牙拼命地挑着满满的一挑黄土跟着挑土的人群跑着。他个儿矮，也许没有上衣，抑或中午天气太热，他没有穿。瘦骨嶙峋的他，可以让人清晰地看到裤腰带上两侧一条条凸出的肋骨，过重的挑担使他脖子上的青筋鼓着，心急促地跳动着。他背驼如弓,一担重土把他的驼背压成了直角。黑瘦的两条腿随着扁担的颤动迈着艰难的步子,那重担在他紫铜色的脊背上左右牵扯,让人看来那不是挑,是在背。一上午挑担快行,耗尽了他最后的气力,他早已流尽了汗水,肚子在咕咕地叫,两眼冒着金星瞅着眼前的一切都在晃动。实在是挑不动了,他把扁担使劲儿颠一下想换一下肩,再坚持走下去,可沉重的担子像千斤坠一样,他再也换不动了。他眼睛虽然目视着前方,但脚步还是慢下来。

"八嘎!死啦死啦的!"旁边的鬼子冲他狂吼。

一个便衣像一条狗听到了主人的呼唤似的跑了过来。他一木棒打在老人的脑袋上,鲜血从额上流出来。老人一下被打倒在地上。

那个汉奸还是不解气,用脚狠踢后,又用鞭子猛抽。

"我让你偷懒!我让你偷懒……"

老人躺在地上开始捂着脑袋哀求:"大爷,饶了我吧,饶了我吧……"后来就不吱声了,任凭便衣怎么抽打,那蜷缩的身子也一动不动。那个汉奸低头一瞅,血一汩一汩地从老人的嘴和鼻子里往外流淌,人已经有出气没进气了。

"妈的,真不经打。"汉奸见人不行了,就来到喊叫的那个鬼子面前弯下腰一龇牙,"皇军,他死了。"

"嗯,抬走!"

"什么?太君。"那个汉奸不懂鬼子的话,伸着脖子媚笑着问。

"抬走!"鬼子瞅着他那张脸,大声喝道。

"啊……是!是!"那个汉奸终于明白了。

"你们,你们两个把这个死尸拖走!"那个汉奸指着挑土赶到的两个民工大声喝喊。

两个民工放下担子来到老人跟前一摸,鼻子还有点儿气,就赶快一个抱大腿一个抱头抬出了工地。

走到旮旯地方,一个民工对另一个说:"大哥,人还有点儿气。"

两个人对视着,都等待对方尽快拿出主意。

"咱俩不能眼睁睁地瞅着人死。这么着,你回去干活,我把他背到高先

第二十二回 强逼民众修建围子 百姓无奈挥泪离家

生家去,也许能救过来。"

岁数大的说完背起老人就走。他走了两步想了想,回过头来对回去的同伴交代了几句:"他们问我咋没回来,你就说我撒泡尿,一会儿就到。"他说完背着老人一阵风似地向高真家跑去。

"高先生,这个人被监工的打了,你给看看吧。我,我得赶快回去。"他把人一放,老人就咽了气。

"这咋整?"送人的汉子束手无策,他没料到老人会死在高家,"你走吧,我来想办法。"

"高先生,对不住你啦!"壮汉感激万分急急忙忙地走了。

高真从修围子的头一天就来到大庄——碾子沟村子,他是保长高占奎叫来的给便衣治病的。

在围墙上打夯的嘎蛋对老人挨打惨景看得一清二楚。他一边打着夯,一边瞟着那个汉奸的模样,心想,绝不让这个王八蛋腰掖扁担——横撞。等着!

为了尽快把围子建成,各村鬼子汉奸对修围子的民工施暴日甚一日。挑土老人被打后没超过三天,高真家又抬来了一个被鬼子打伤的民工,叫韩青山。

一个阴天,一早,老天就低沉着个哭脸,要掉泪的样子。人们看不到天上的日头,住在北沟去修围子的韩青山,忙三迭四扒拉了两碗粥,瞅瞅天不看晴,就心里犯嘀咕,他不知道这个时候是早还是晚,悬着一颗恐惧的心,匆匆忙忙地往碾子沟村了那儿跑。刚到工地,见来干活的排成队在村口,一个肥头大耳的汉奸正在点名。他赶快站在队伍后面等着点名,可他的名字已点过去了。点名没到就是误工,鬼子是要严厉惩罚的。怎么办?他望着四周端着明晃晃刺刀的鬼子打了一个寒战。点名完毕,百人的劳工队伍马上扑向工地。站在后面的韩青山想向点名汉奸报到,可又不敢。他只身一人趑趄不前的样子让一个汉奸看到了,那个汉奸跑过来,举起木棒狠狠地向他脑袋打下来。韩青山下意识地脑袋一歪,木棒打在左肩胛上,只听"咔嚓"一声,他痛得"哎哟"一声,用右手端着左肩胛痛得就地打转儿。

"你他妈的眼瞎心也瞎?啊?是不是缺揍?还在这儿愣着!"

那个汉奸不解气,还要打。当第二次把木棒举起时,几个劳工跑回来跪下乞求："大爷息怒，您高抬贵手，饶他这一次吧！"

另一个人趁机赶快扶走了韩青山。

"王八蛋！看你下回还耳聋不？"

韩青山泪水簌簌地流下来。他不敢吭声，他知道，前几天的杨老大因为跟一个便衣讲理，被几个日本人挑了，扔到后山的大沟里。韩青山忍气吞声，虽疼痛难忍，毕竟保住了性命。

晚上到了高真家，高真一摸，他"哎呀"大叫一声。原来韩青山的肩胛骨被打断了，残了，听高真一说，韩青山泪如泉涌，他哭泣着说："老天爷啊！我上有老，下有小，我这样的，这一家子人，可怎么活啊……"

他哭得在场的人眼睛都湿了。

修围子已有半个月了，修起的围墙已有一人多高，筑围墙的民众只好搭脚手架再往高筑。长时间的暴晒、劳累、饥饿，使很多人从高墙的脚手架上昏倒，有的栽下来摔伤、摔残，甚至有的摔死。不能再干活的人，就被鬼子或汉奸拽到野外开枪打死。日伪军用野蛮、残酷的手段迫害山里人，可怜憨厚的山里人，他们用自己的血汗和生命修起了一道高大封闭的围墙，筑起了一座座坚固高大的炮楼。

两个月的时间，大冰沟外这方圆百里山区，出现了一个个由异国列强逼迫当地民众建起的特殊城堡——围子。这一个个围子如古代御敌的城池一般。围墙高大坚固，炮楼建在围子附近的山坡上，炮楼间互为犄角，彼此相望照应。整个设防严密，无懈可击。老实憨厚的山里人哪里知道，他们用血汗和生命凝结而成的围子就是他们的牢笼和地狱。

到了八月初，香洼一带各村子的街头巷尾的墙上，又都张贴上新的盖有伪满乡公所印戳的公告。公告写着：

诸民悉知

为让吾民众共享大日本帝国的王道乐土，大日本皇军决定，所有良民明日始，依乡公所分划范围之规定，三天内全部乔迁至所在围子去居住。所有浮财一应俱迁。届时不搬者，皇军依私通共匪给予惩处。望相告之。

满洲国第八公署
公元一九四二年八月初一

每个村子的伪保长，领着一些人在村子贴完了这公告，就敲着锣满街走上几遭，鸣锣宣告。

"乡亲们——皇军有令，三日之内，全都要搬到围子里去！不能耽误喽——"

告示贴出，人们挤到公告跟前，听识字的人念公告写的是什么，这才知道这个家非搬不可了。而且，只有三天的时间。

各村搬家的人们，愁云笼上心头。这仅仅是故土难离吗？围子里没有自己的房子，上哪儿去住？男人没有心思再去下地干活儿，女人瞅着院子里的猪啊、羊啊、鸡啊什么的长吁短叹，不知到了围子，把它们往哪儿放、往哪儿搁。女人愁眉不展，男人唉声叹气。大家知道，不管你是死还是活，小鬼子可不会放过哪一家，这家是一定得搬的。

第三天了。住在碾子沟洼一辈子的高祥老人，呆呆地站在自家的院子里，瞅着这伴他大半生的三间茅屋，一说弃家迁居去下山，他心里五味杂陈。虽然他那深深陷进去的干瘪昏花的眼里挤不出半滴泪水，但他还是掏出系在襟扣上掖在衣里面的手帕擦抹着双眼。山下没有他的亲人，他孑然一身，下了山去大庄，大庄无亲无故、无依无靠，他上哪儿去？

高真在山下的住处已有了着落。一早，他就去高祥家，告诉老人和他一起下山，去围子里和他一起过。随后，他回来帮妻子忙着往外收拾东西。

日头露出东山头半竿子高了，老人拄着拐棍，步履蹒跚地来到高真跟前。他抬起胳膊用不停颤动的筋骨突兀的手对高真说："二孙子儿，我想好啦。我呀！就不跟你们去啦！"他用手绢揉了揉眼睛，接着说，"我呢，这么大岁数啦，还上哪儿去呀？我不下山，那些人还能把我杀了不成？我呀，哪儿都不不去啦！谢谢你的好意！"

"二爷，不行啊！小鬼子说了，一家子都不能剩！都得搬到围子里去！

和我一起走吧！我管你！"

"不啦，不啦。"他颤颤巍巍地摸了摸银白的胡子喘着气说，"他们来喽，我就在屋里不出来，他们还能把我烧死喽？啊？"老人昏花的双眼望着高真，他不是想要从孙子嘴里得到答案，也不想听他说出什么来，他要用自己的这条老命与这些魔鬼做最后的抗争！他拄着拐棍款款转过羸弱弯驼的身躯，又颤巍巍地往自家那茅屋走去。

到了中午，鬼子真来了。十几个鬼子和汉奸气势汹汹地到了村前。看还有两座房屋没拆掉，鬼子小队长精赤瞅着这两座还没倒的房子，什么也没说，手一摆，一个鬼子拎着一个油桶向房屋里走去——他出来后，另一个汉奸把蘸有汽油的棉球点着顺着窗口扔进去。"呼"，屋里的火骤然而起。

另几个鬼子和汉奸来到高祥老人茅屋跟前，一个汉奸拎着油桶进屋，一看一个老头在土炕上，头朝炕里蜷缩一团扁躺着。他大喝一声："老东西！咋还不走，找死啊？"他不由分说上前拽着老人如柴的大腿拖出了屋子，然后满屋里洒遍汽油。扑！洒满汽油的茅屋顿时大火腾腾。瞬间，屋里燃起的烈火从窗口、门口一起探伸出来，贪婪地舔着屋檐上低矮的茅草。一刹那，熊熊的烈火吞噬了整个茅屋，火光冲天映红了整个天空。被拖昏的高祥老人这时被烈火烤醒，他抬起头，瞅着自己的房子已烈火熊熊。他知道在这个乱世上，再也容不得他这个风烛残年的老人了，他使出最后的气力慢慢地向自己的茅屋爬去……

"哎——那个该死的老东西！"一个伪军发现老人往里爬，骂了一句。

常言说得好，火起风生，风助火威。几丈高的火焰在一阵阵山风吹来时，呼呼吼叫着，摇晃着它高大变幻的身影，扶摇直上冲向天空。鬼子汉奸看着这片火海，狂笑而去。可怜的老人就这样葬身于火海之中。等高真把东西在围子里安顿下，再来接老人时，这里已是一片瓦砾和灰烬。高真跑到老人房宅，只见老人在火堆里被烧焦了，好像黑黢黢的一块木炭。

高真守在老人焦骨跟前放声痛哭："二爷，二爷啊！你怎么这么想不开啊？"高祥老人没了，他只好下山找来一个家族弟弟在一个山坡上挖了一个坑，把老人埋了。

那几天，董成父女听说大冰沟里的人都要搬到外面碾子沟大庄去住，房

第二十二回 强逼民众修建围子 百姓无奈挥泪离家

子还要一个不剩地毁掉,父女俩定下来,不去围子,就在老虎沟窝铺里住。因为那儿山高路远,谁也不知道。前几天夜里,父女俩把家里所有的坛坛罐罐要用的东西全都搬上了山。这几天就不行了,沟里来了很多的鬼子,伪军把这几个村子看得死死的,一个也走不掉。到了八月初一,沟里的房屋全部被拆毁,大冰沟里的人像一群牛羊一样都被日伪军赶出了大山,都住进碾子沟围子里。人们走后,四个村子的房屋全被日伪军付之一炬,变成了一片废墟。

  人们进围子三天了,有的人家住的还没有着落。没有找到住房的张玉声愁眉不展。他一家三口人躲在人家一个只能圈三头牛的牛圈棚里。行李和锅碗瓢盆没处放,只好堆在牛棚的一角,没有地方搭锅台,也没有地方搭炕,黑夜,三口人挤坐在一起打盹,饥饿、寒冷让不到两岁的儿子彻夜痛哭。

  夜深,怀孕的妻子披着丈夫的旧棉袄,抱着孩子含着眼泪问她的男人:"玉声,这没地方做饭,没地方睡觉的,咱咋办呢?"

  每次看到妻子紧蹙眉头的样子,张玉声一声不吭。他是个大男人,是一家子的顶梁柱。不能让老婆、孩子有吃有住,还叫什么男人?心里深深的愧疚与不安在抓挠着他的心。他多么想凭着自己的肩膀和力气来建一个小屋子,让大人孩子安顿下来,可围子里上哪儿弄这些东西去?即使弄来建材又哪有他安家的地方?他知道一家人这样下去,到冬天非冻死不可。这几天,他一直在想,绝不能让老婆、孩子这样跟他遭罪,他要偷偷地把老婆孩子带回老家去。

  第四天,吃完早饭,张玉声随着出围了的人群跑到大冰沟老家——北沟。他要把家整理好,再把他们接回来。

  到了北沟一看,他傻了,哪儿还有以前家的影子?眼前是一片让人揪心的凄凉景象。所有的房屋都成了烟熏火燎后黢黑的房壳儿,让人看到的是一处处残垣断壁。房壳里烧焦的房木架子和房墙上坍塌下来的石头和泥土散乱地堆在一起。

  他含着眼泪,走进自家的院里,在一根黑炭般的立柱跟前发呆,房子落了架怎么办?但他一想起一家三口人在围子里的情形,想起身怀六甲即将分娩的妻子,他决心在这里重新建个小草房,即使它再简陋矮小,也总比在那该死的围子里住牛圈强得多。

这几天，他白天借下地干活的机会，在老家在房壳附近的山上放树、割黄毛草……

三四天的光景，张玉声悄悄地在自家的房壳的一角盖了一间矮得不能再矮的小草房。

"有了这个小房子，大人孩子就有处待啦。"张玉声心里感到满足。

这天夜里，他对妻子悄声说："哎，房子，我都整利索了！"

"真的？这几天就整完了？"妻子惊喜地问。

"嗯，不过不是过去那么大的房子，不大。"

"不大也比在这儿强。"妻子满足地说。

"那还用说，到了家，啥都好办啦，再也不遭这个洋罪！"

"嗯。"妻子点头赞同他的说法。

两人沉默片刻，妻子用手碰了一下丈夫的胳膊肘。

"唉！咋走啊？南、北大门都有兵站岗，满街到处都是鬼子、讨伐队，带上锅碗瓢盆，咱出得去吗？"妻子说完，用手拍哄着孩子，犯了愁。

"没事儿，我看了，西面围子墙有一个水道沟，黑天，咱们就从那儿爬出去。至于用的那些东西，我看少带，就带几个碗得了。"

"那水道沟？离西北角那个岗楼多近哪，上面的灯照着，像白天似的。我这样的，再带个孩子，走得了吗？"妻子用忧虑的眼神瞅着丈夫，担忧地说。

"不走啊？就怕死在这儿！"张玉声急了。沉默了片刻，他缓和了一下语气，"咱在这儿，有法儿活吗？凡事死活一身汗，豁出去了。"

"玉声，要不，明天一早咱仨和大家一起出围子。"

"大白天说梦话！南北大门鬼子看得死死的，你抱着孩子干啥去？那鬼子汉奸一瞅不就露馅了？能走得了吗？"张玉声生了气。

"你看你，我就是说说嘛，听你的。"

"老娘们家瞎磨叽。我呀，想好几天了，不这么逃，是逃不出去的。如果怕死不走，今年冬天，咱们在这儿也得冻死。这么着呢，如果小鬼子把咱抓住，咱认倒霉，是杀是崩随他们的便；抓不住，咱们一家子人的命就算捡着了。还寻思个啥？今晚就走！"

妻子瞅着丈夫决心已定，再看看牛棚里两条母牛瞅着栅栏外的星空哞哞

第二十二回 强逼民众修建围子 百姓无奈挥泪离家

叫着。苍蝇、蚊虫在满圈牛屎上嗡嗡地叫。这几天，尽管她的男人一遍又一遍地在圈中铲牛粪，可又有什么用呢？到晚上，满圈的牛屎，都没有他们下脚的地方。夜晚，那些蚊虫，在大人、孩子身上不断地叮咬，叮得孩子浑身是包。孩子通宵地哭，哭得大人揪心。这样熬下去，不死才怪呢。逃吧，死活就看老天了。女人再也不吱声了。

这天黑夜，张玉声趁夜深人静，用被子包裹着熟睡的孩子绑在背上，拽着大肚子的妻子像做贼的一样，走走躲躲，躲开了鬼子、便衣的夜间巡逻队。到了有水道沟的西围墙下，他解下背带把孩子抱在怀里，让妻子斜着身子慢慢地爬过水沟。他刚想把孩子顺过水沟让妻子接着，隐隐听到走过来的众多脚步声。张玉声知道鬼子的巡逻队过来了，他把拖着孩子在水沟里的双手赶快缩了回来，捧着孩子猫腰躲进跟前的一堆柴草后。

果真，鬼子的巡逻队走到这里，用手电照了照围墙下的水沟和附近的柴草堆，庆幸的是鬼子只是晃了几晃没有到水沟跟前，要是再走几步那就糟了。张玉声抱着孩子蜷缩着身子侧躺在草堆旁，他浑身颤抖着。

鬼子巡逻队走了。张玉声一颗就要跳出来的心还在怦怦怦地跳个不停。他在草堆后不敢立起，依然躺靠在那里生怕发出响动。过了一会儿，他像蜗牛一样悄悄地、慢慢地尽量把脖子伸长探出，窥探鬼子巡逻队是不是真的走了。他觉得此时要命的幽灵的确远离他而去，才迅速来到水沟跟前，双手拖着孩子顺出水沟递给围墙外的妻子，自己迅速爬过水道沟。两人紧贴着围墙，躲过墙楼上射来的明晃晃的灯光，趁着灯光扫过去的空儿，两人钻进了一人多高的苞米地。

张玉声逃出围子，天还没亮就来到了家。脱离了鬼子的魔爪，回到生养自己的山里，他如一只被人抓去的鸟儿逃出了鸟笼，回到了自己的鸟巢一般，心里就别说有多快活了。但兴奋中心里隐隐地有着一种挥之不去的忧虑与不安。在围子里他们都是被登名造册的，人走了，鬼子能不找吗？于是，他和妻子商量："老婆，咱跑回来鬼子早晚会知道的。我看这么着，白天，咱一家三口人躲到后山的林子里去，晚上，再回到小房子里住，你看这样行不？"

"我也是这样想的，晚上鬼子咋也不能到山里来。"

"嗯。"张玉声表示赞同妻子的看法。

从此，张玉声一家三口人就这样过着天刚亮就上山，天黑回家的日子。尽管这样，几天后，不幸的事情还是发生了。

这一天晚上，一家人刚进屋，就听到外面有响动。张玉声一出屋愣住了。几个头戴钢盔的鬼子和一群便衣，已经包围了张玉声的小房。

张玉成一看一家人难以逃脱，就说："这是我的家，我回来看看！"一个汉奸拿着枪走过来，他瞟了张玉声一眼，阴阳怪气地问："你叫什么名字？"

"张玉声。"

"你，刚搬进围子就搬回来，什么意思？是不是想和大冰沟的抗日联军联系啊？啊？"

心里憋着一肚子火，耿直的张玉声直言不讳："我跟你们实说吧，围子里我没处住，我要回来！"

"哟——我看你这小子是不是吃了豹子胆了？啊？你想回来就回来？天下没王法啦？给我往死里打！"

几个汉奸上前就打，张玉声年轻气盛一下子搂住一个汉奸的脖子，并迅速掏出那个汉奸腰间的枪，对准眼前的敌人就搂枪机。可惜，他不会使枪，使劲儿地搂了几下也没响。这时，敌人一拥而上，把他按倒在地。一个鬼子拨开众汉奸，双手握着刺刀照着张玉声的后心狠狠地扎了下去。

"啊——"张玉声一声惨叫，他稍抬了一下头，鲜血从嘴里涌出来。鬼子从他的后心一连捅了六七刀，鲜血流了一地。日伪军看他死后，钻进小茅屋。

不一会儿，小屋里传出了女人和孩子凄惨的叫声。

第二十三回 围子无自由苦难言 寒雨中先生多惆怅

住进围子的人们刚被安顿好，碾子沟围子里就设立了村保，高占奎被鬼子正式任命为保长。高占奎做梦也没想到在碾子沟围子几个月的工夫自己就成了当地的头号人物。他有官做，有钱花。在他的心里，日本人就是他的衣食父母，他得好好为这些日本人效劳才是。

这几天，他带着手下的人，挨家挨户地清点人口，登籍造册。每天，他总是满面春风、得意扬扬地逐户清查，后面跟着一溜儿便衣。没过两天，"良民证"也发到了围子里的每个人手中。高占奎每逢向人们发证时都要告诫："持此证可出入围子，要好好保管呢！"

围墙高筑，住进围子里的人们出入围子，也只能走南、北两个大门。这两个大门由鬼子、伪军白天黑夜轮流把守，检查时，出入人必须持"良民证"方可准行，否则，按抗日联军嫌犯论处。

鬼子规定：大门只许白天开，而且必须是日出开，日落就关。不按时回归者后果自负。几天后，人们才知道，可恶的鬼子要人们共享的"王道乐土"，"日中亲善"其实就是如此这般地把人像牛羊一样圈起来，像囚犯一样看起来。

自从鬼子清剿、修围子，大冰沟的人日益陷入无法生存的悲惨境地。死的人脱离了苦海，活下来的仍饱尝折磨的痛苦，他们不知道这种痛苦解除得等到哪年哪月！

秋天了，人们得到自家地里收秋。虽然，一年来无暇顾及地里的庄稼，收成只是每年的五成，但或多或少粮食也得收回来，不然吃啥？勤劳朴实的山里人都明白这个理儿，"民以食为天"，没钱能活，没粮食就活不了。

每年到了这个时候，黍子熟了，谷子割了，大项的庄稼也快收拾了。可现在，人们被赶进围子后，收拾回来的东西没处搁、没处放。收秋的事，大家到现在才寻思。

自从张玉声回家出事后,岛田怕围子里人再往外跑,他命令伪军大队长赵万奎把南北大门关了。半个月过去了,眼瞅着到了收秋时节,谁也出不去。粮食扔在地里,人们能不急吗?围子里的人们心急如焚,他们惦着地里的那点儿粮食,那是一家人一年的口粮啊!

农历八月十一,日头露出了山头。碾子沟围子的南大门终于打开了。围子里的男人一听说欢喜异常都奔走相告。南门口,出去收秋的人们怀里揣着"良民证",排着队等着日伪军检查。

半天,从门旁的亭子里慢腾腾地走出几个戴大盖帽背着枪的伪军站在大门出口处,对出去的人一个个盘查起来——等人们都走出围子,日头已两竿子高了。

南大门打开的第一天,金场的张老汉就要到自己家的地里收拾谷穗。他从围子去干活的地方至少有十五六里的山路。晌午,老人到了自家的谷地一看,地里的地瓜、谷子、苞米被野牲口糟蹋了多一半。他心疼得流出了眼泪,这是他老两口子一年的口粮啊,能不心疼吗?

就要过晌了。老汉一看不早了,他顾不得歇会儿,忙三火四掐了一袋子谷穗就往回赶。他知道,晚了,进不去围子。

老汉扛着谷穗离大门有十米远的时候,咯吱——大门关上了。老汉紧忙放下袋子,顾不得擦一下脸上的汗水,趿拉着鞋赶紧来到大门前央求:"军爷,给我开一下门,让我进去吧!"

里面没有一点儿动静。老汉只好用手拍门央求:"军爷,给我开开门吧,我这头一回,放我进去吧!"

"吱——"大门开出一个缝子,出来一个手拎木棒的伪军,冲着站在门口的张老汉横眉竖眼,大声怒吼:"你他妈的喊啥?叫魂哪?老子站一天了,刚关上大门你就叫,找死啊?"

说完转身进去就要关门,老人赶忙向前满脸堆笑向他解释:"军爷啊,你行行好。是这么回事,我——"

没等老汉说完,那个伪军一木棒向张老汉脑袋打来。一下子把老汉打昏在地,鲜血从脑瓜顶流出来。那个伪军瞅都没瞅他一眼骂着:"妈的!老不死的东西，我让你磨叽。"

那个伪军转身进去。咣当！把大门一关，进了亭子。

第二天一开门，人们看到张老汉在大门外扁扁地躺着，血流了一地，他已奄奄一息了。有人认得他，好心的人把他抬回家。

晚上，稍微清醒了一些的老人攥住守候在身边的老伴的手，断断续续地说："老伴，我……我不行了，你……"话没说完就咽了气，老伴双手摸着老汉的脸大哭起来。

"老头子，你走了，我怎么办哪……我的天哪……"

悲戚的哭声招来了四邻。一个朴实憨厚、身体硬朗的老人就这样不明不白地死了。张老汉膝下无儿无女，扔下无依无靠的老伴走了。他走得如此的悲惨、如此的匆忙，让众人感到心酸。从此，围子里的人们才感到自己的性命在鬼子和伪军眼里如同草芥一般，死、活全攥在了他们的手中。这围子就是一个羊圈，他们就是任人宰割的羔羊。为了活着，事事都得小心提防着点儿。

还不错，高真居住着家族堂兄高旺家的房子，单门独院。虽然放东西没有以前在自家那样方便，但和那些无处安身的人家比起来那可有着天壤之别，他满足了。高旺一家有七口人，为了给高真腾屋子，他们住进了前院。前院五间房，是父亲和没说媳妇的二弟住的房子。高旺搬过来全家人住在东屋。高旺两口子心肠热，再加上高真是近门家族，所以对高真一家关照有加。高真对眼前的日子倒没有什么忧虑，但他的心里并不比别人舒畅，他担心的是山洞里的葛排长和魏强，这些天他们吃什么呀。

大门开放第一天，高真和妻子就到前院告诉正在用簸箕簸谷子的高旺妻子："嫂子，我们到地里去！"

高旺的妻子看他家三口人都上山去收秋，她撂下手中的活，拍拍身上的尘土，手一扬，"去吧！我给你们看家。"高旺媳妇大嗓门喊着。

"嫂子，您受累啦！"

"看看！你这不说远了吗？一家子咋说两家话。你们就放心地去吧！"

高真扛着扁担，拿着镰刀，妻子挎着篮子，小春跟在后面出了围子。走了半个时辰，一家人来到了自家地头坐下来，歇一会儿。

虽然，天色不早了，高山上的碾子沟洼还是山雾蒙蒙，高真和妻子在谷子地,割了半根垄的谷子。高真就对妻子小声说:"哎,我上去一趟,有人上来问就说我方便去了。"他交代完,瞅瞅四周,把篮子里用手巾包好的几个玉米饼子迅速地揣在怀中。满坡山地的谷子在秋风中飒飒作响,高真放眼一望,山洼里,除了他们三口人,没有人上来。终于有和葛排长见面的机会了!高真心里非常高兴。他攥着镰刀迅速钻进了山林。

　　这几天,葛振林和魏强把储在洞里的粮食已经吃尽了,魏强就只好夜间下山到地里扒一些红薯上来,两个人在洞里只能生着吃。吃得两人肚子扯肠刮肚地疼,泻肚泻得两人直不起腰,浑身一点劲儿都没有。庄稼到收的时候了,可好几天了,碾子沟洼没有一个人上来收拾庄稼。这使葛振林不得不担心,山下的情况到底怎样?这些天了,为什么不见高真和其他人到山洼来收秋?

　　这一天,魏强跟葛振林说要到山下看看去,葛振林不同意,他说:"小强,敌人把民众圈起来,就是想把我们引出来。山下情况不明,这样贸然下山是很危险的。"

　　两人正说着,就听到洞外有细碎的声音。两人迅速拔出枪来到洞口,身子贴在洞口岩壁往外窥探,这时,高真已到了洞口跟前。

　　"二叔!是你呀!可把你盼来了!"魏强手拎着枪笑着说。

　　"哟,你们这是干啥?"

　　"啊,二叔,我们当是来了敌人。"两人这才感到自己手里还攥着枪。

　　"哈哈哈……"三个人一起笑了。

　　"快吃饭吧。哎!这些天,鬼子不让出来——你们,咋对付的?"

　　"二叔,活人哪能被尿憋死呢,你看。"魏强用手指了指堆放在洞里的十几个大红薯,笑嘻嘻地说。

　　"这东西生吃,容易拉肚子。"

　　"没事,高先生,山下的情况怎样?"葛振林问。

　　"你们一边吃,我一边跟你们唠。"高真从怀里掏出苞米饼子递给两人。三人坐下来。

　　两人吃上了饼子,高真就把这些天来自己知道的围子里的情况向两人说了一遍,葛振林细细地听着。

　　两人吃完了饭,高真不敢久待,说:"时候不早了,我得走啦。你们要保重啊！"

　　临走时，葛振林嘱咐高真："高先生，一定多加小心！以后的饭你不要送到上面来，就放到以前的大青石下面就行，小强可以去拿。如果有情况写个纸条埋在我坐过的那个石头底下，在跟前的那棵松树下，放上一个柴棍做记号就行了。"

　　"嗯。"

　　从此以后，高真天天上山收秋，就按着葛振林说的，把饭放到大青石下面。但是，地里的粮食收得差不多了。

　　这一天，大清早，高真起来要自己上山，他捅了捅睡得正香的妻子，悄声说："还有多少小米呢？"

　　"还有一升。"

　　"今儿多下点儿米，我捆秸秆去。"

　　妻子明白他说的意思，她捞了一盆香喷喷的小米干饭。吃完了饭，高真用瓦罐把米饭装得满满的、实实的。随后，腋下掖着镰刀，把瓦罐绑在扁担上，随着出围子收秋的人群走出南门。今天，他独自一人上山比平时快多了。上了山，他一边忙乎着割苞米秸，一边用眼睛往四面观看。突然，他愣了一下，南面的山梁上怎么有了两个砍柴人？高真是一个精细人。他想，山下的柴多得是，这两个人跑到山顶上砍柴，不对劲儿。他边割秸子边留心那两个人，只见那两个砍柴人一边砍柴一边向他张望。高真假装没在意他们。

　　中午吃饭，高真来到大青石跟前，划拉了一些枯干的枝叶生起火来。把瓦罐放在上面烤。只见山上的那两个人停下手里的镰刀向冒烟的地方鬼头鬼脑地窥探。饭热乎了，高真只好把这送给葛振林他们的饭自己独享。

　　他一边吃一边心里骂："兔崽子！瞅吧，看大爷是怎么吃饭的。"

　　高真吃完了饭，觉得肚子撑得很，三个人的饭全让他一个人吃了。但他心里失落落的。心想，两人今天又得饿着了。山梁上这两个人是不是盯梢的？要是这样，可就糟了，以后咋办？

　　日头压山了，高真挑了一挑子晾晒在地边的柴回家了。

　　原来，上山砍柴的那两个人是化了装的伪军。两人是伪军大队长赵万奎的手下，都二十来岁，是这次集家后，鬼子扩大伪军队伍扩充进来的新人。

两个都是碾子沟本村人,一个叫张全,另一个叫石泰生,这次两人上山是执行赵万奎交给他们的任务——监视高真。高真上山天天带饭,已经引起了在门楼子天天查岗的赵万奎的注意。今天早晨,高真的瓦罐绑在扁担上大摇大摆走出南门,更引起了正在门亭里的赵万奎的怀疑,所以他派张全和石泰生来盯梢。

在山梁上整整待了一天的张、石两人看高真挑柴走后,就走下山冈直奔高真生火的地方。两个人东瞅瞅、西望望没有发现任何蛛丝马迹。这时,两人才觉得肚子饿得不行了。

张全对石泰生说:"大队长疑心忒重,天上过个鸟都得琢磨琢磨。你看看,这一天给咱俩累个够呛,饿得前胸贴后背的,山上除了高先生外,第二个人影都没有,哪儿来的抗日联军啊?"

"我就纳闷,高真是一个治病先生,这一带谁不知道他呀,那抗日联军个个都是扛枪打仗的人,他们也不是一路人啊。"

"哥们,这可没准啊,听大队长说,咱这一带藏着抗日联军的伤员呢,他说过,怕就怕高真这样的人给这些伤员疗伤治病。我们今个儿要是真的看到他们有联系,把他们逮着,那咱俩可就在大队长跟前立了大功了。"

"别做梦娶媳妇——竟想那些美事儿。不过,这个差事我喜欢,可以溜达溜达,随便,总比在大门洞子里一动不动地站大岗强。"

两个人你一言,我一语,返回围子。到了大队部,张全向赵万奎汇告:"报告大队长,我们在碾子沟洼把高先生盯得死死的,这一天山洼里就他一个人,没有看到他和什么人见面。"

"你们俩看清楚了吗?"

"大队长,我们看清楚了,那些饭都是高先生自己吃的,我们一直盯着他下山后才回来。"

赵万奎听了两人的话,眯缝着眼睛,眼珠子一转不转地盯在一处心有所思,对高真的监视他并不想就此罢手。

"你们俩明天还去。不过,要换个法子,藏好不要露面,暗中盯住他。"

"是!"

赵万奎是经过正规训练又是做过多年特工的军统人员。后来,他改换门庭投靠了鬼子，当上了伪军的大队长。这个诡计多端的汉奸凭直觉，认为高真就是这一带百姓中最值得怀疑的人。现在，他就想把高真抓起来，但没有证据觉得不妥，派人盯着他弄到把柄，再让他受点儿皮肉之苦，就不怕他不说出抗日联军伤病员的下落。今天派去的人没有看到他与抗日联军有什么联系，是不是他有了警觉？他叼着洋烟，背着手来回地踱着步。他走了有六七个来回才停下脚步。随后把没抽完的香烟用手使劲儿一捏扔在地上，又用皮鞋尖碾了碾。他撩起厚眼皮瞅了一下站在身旁的这两个年轻人。

"你俩明天天不亮就上那个山洼去，先回去吧。"

第二天一早，南北大门两侧的围墙上都贴上了通告。通告写道：

各户良民悉知

从即日起，凡出围者不许携带任何药品、食品。对携带此类用品者，皇军均以私通共匪论处。请知者相互告之。

满洲国香洼乡公所
公元一九四二年八月十四

这一天，南、北大门多了许多鬼子和伪军，他们端着枪，令外出的人一律排队，逐一搜查，一旦发现有带吃的的就捆走。为了不引起敌人的怀疑，高真照常上山收拾秸秆，山梁上的割柴人不见了，山洼里静悄悄的。他知道鬼子、汉奸既然跟上他了，就不会放过的。他们一定藏在这山柴里暗中盯着他，高真决定不上山。这一天他割倒了一片秸秆回来，心里空落落的。

一年一度的中秋节到了。每年的这一天，家家都要称上几斤肉，买上一两斤月饼。即使扛工做月的贫苦人家，也会这么做的。晚饭后，尽管忙碌了一天，全家人还是不会早早睡觉去。大人孩子坐在院子里，像等候尊贵的客人到来一样等待东山那边的圆月出来。谁都知道这天晚上，打扮得格外亮丽的明月却总是偏偏姗姗来迟，如一位雍容华贵、娇滴滴羞答答的少女，款款地出现在黑黝黝的山头。当它全部跳出山头，绽放出柔和亮丽光采的时候，孩子们就在自家院里欢呼雀跃起来。

"月亮出来喽！"这时，全家人围坐在大人在院子里早已摆好的桌子跟前，或在谷堆旁坐在小凳子上，吃着月饼赏月。大人指着如玉盘般的明月，给孩子们一年又一年地讲述老一辈讲给他们的那个美丽的传说——嫦娥奔月，并能回答孩子们时时提出的疑问。那其乐融融的氛围是山里农家最幸福的时刻。可今年不同往年，家没了，粮食还在地里扔着，山里人都知道，节好过，平常的日子难过啊。围子里的人们哪有心思过这个节？

岛田少佐命令守门的日伪军必须对南、北大门按时开关，以防抗日联军混进围子。

住在围子里，离自家地远的那些外村人愁得唉声叹气。他们去了走路的时间到地里干不了多少活儿就得赶快往回走，粮食在地里都没办法尽快收拾回来。山上的野猪、猹、兔子、松鼠、鸟儿等每天都到地里放开胆子祸害。到了这个时候，它们比着劲儿地和人们抢这点儿粮食。人们眼瞅着一年辛辛苦苦换到嘴边的粮食就这样被山牲口糟蹋着，心里就别提是什么滋味了。

过节这一天，金场的董益民老人从地里回来，坐在炕沿儿上直叹气。老伴一问，老人说出了实情："咱家后山坡那儿的豆子，让山兔子祸害了个溜干净。沟沿上的那半亩高粱也被祸害得差不多啦，将来咱俩吃啥呀？"

"老头子，愁有啥用啊？那咱想法子，把剩下的粮食快点儿弄回来呀！不然再晚几天，啥都让野牲口吃尽啦。"

"我说，你真是立着说话不腰痛。地离这儿有十多里路，围子南、北大门晚开早关，我这把年纪的人一天能干多少活儿？啊？"老人胳膊肘戳在饭桌子上，手指顶捏着额头，愁眉不展。

"要不，咱找几个人和亲戚帮帮忙，把地里的那些东西一下子收拾回来得了。"

"我也是这么想的，可找谁去？这大秋天，谁不忙啊！谁家的庄稼都在地里扔着呢！"

"好好跟人家说说呗，会咋地呢？你这么大岁数，亲戚不会看咱热闹的。"

"嗯，看看吧。"说完，董老汉把烟点着就去找人。天黑了，老人回来高兴地告诉老伴："找了四个人。"

第二十三回 围子无自由苦难言 寒雨中先生多惆怅

第二天早饭后,四人和董益民老人老早在南大门等候。

南大门紧闭着,大门洞两旁站着四个戴大盖帽的伪军。

"大舅,日头都出来了,咋还不开门啊?"董益民的大外甥石一鸣着急地说。

"外甥,别急,等会儿。"

老人虽这么劝,他的心咋能不急呢?

日头出来已一竿子高,吱——大门终于打开了。与此同时,六个鬼子背着有刺刀的枪从大门左侧的亭子里走出来,站在大门中央。唰!刺刀冲向列队等着检查要出围子的人们。

董老汉找来的四人来得最早,排在前面。

"过来!"一个伪军班长吆喝一声,五人赶快走到他们跟前任其检查。六个伪军一阵乱翻后,没有一点儿他们想扣留的东西。

"滚!"伪军班长没好气地骂了一声。

五人虽遭辱骂,但没被日伪军纠缠刁难,觉得今天太走运了。他们脚步匆匆去了大冰沟金场。

到了老人家地里,大家一阵子紧忙乎,总算把大项庄稼收了个差不多。日头离西山头还很高,老人担心地跟大伙说。

"走吧,别截在外头啊!"

帮着收秋的四人挑着高粱头就忙着往回赶。他们恐怕守门的鬼子早关围子的大门,几个人进不了围子,不但在围子外过夜挨冻,更使人害怕的是,弄不好,鬼子给安上"私通共匪"的罪名,那是要掉脑袋的。

他们挑着一百多斤重的高粱翻山越岭,汗水湿透了衣襟,但谁也顾不得擦一把汗,更不敢在路上间歇。可还是晚了。

五人挑着重担,风风火火地来到南大门前。此时,日头还没落下山头。

"大叔!大门关了!"

走在最前面的董益民的侄子董驰,在大门外撂下挑子,用手抹着额上的汗珠向身后的董益民焦急地喊着。

后面四人一瞅都傻了眼,只好把挑子放下。

"日头这么高,咋就关上了门?"性急的石一鸣说完就上前叫门,"开门！开门啊！开门——"

石一鸣一阵叫门，里面却没有一点儿动静。

哐！哐！哐哐！石一鸣只好用手使劲儿地敲打着大门。

此时，大门里传出了粗野的诟骂声："妈了个巴子的！哪个王八蛋在叫门？"

"大队长，我上去看看。"一会儿，围墙的大门楼上传出了话。

"哐啷个屁！关上了！你们在外过夜吧！"

一个伪军在门楼子上探出头来没好气地向大门外的五个人喝骂。

"日头没落山呢，你们为啥关门？"石一鸣不服气地质问了一句。吱——门开了，一群伪军出来列队两旁，伪军大队长赵万奎走了出来。他瞅了瞅这几个挑担归来、汗流满面的庄稼汉子，愣怔怔地瞅着他，满眼充满着乞求的目光。

"你们是哪个庄的？"

"军爷，我们是金场的。这几个人都是我的亲戚，帮我收收秋。路忒远……"董益民低头猫腰，满脸带着谦卑恭顺的笑颜，希望这个当大官的网开一面放他们进去。

"你们知不知道开、关大门有时候的？"

"知道，军爷。"

"知道，为什么还晚喽？"

"军爷，他们都是我的亲戚，帮我忙的，他们知道我进沟一次不容易，就想把这点活儿忙活完喽，哈……就晚啦。军爷，您高抬贵手让我们进去吧。"老人一个劲儿地央求着。

"啊——按你的说法，你想咋着就咋着了呗。皇军的法令就成了狗放屁啦！啊？无法无天了还！把他们都给我吊起来教训一顿，看他们以后心里还有没有王法。"

赵万奎手一指，命令手下的六个伪军上前绑人。

"大队长，往哪儿吊？"一个伪军伸着脖子问。

啪！赵万奎夺过身边一个伪军手里的皮鞭朝着问他的伪军就是一鞭："废物！你瞎？这还问我？把他们吊到那几棵树上去！用皮鞭子抽！"赵万奎指

着南大门口外不远处那几棵弯曲留疤的柳树。

那几个伪军如狼似虎地把这几个人按在地上就绑,像牵羊一样拽到柳树下。

"军爷,军爷啊,放过我们吧!我给你磕头啦,别打呀!"老人一下子跪在地下向赵万奎不住地磕头作揖求饶。

赵万奎并不理董老汉的这般乞求,对停下手发愣的伪军喝令:"还他妈的愣着干啥?往树上吊!"

"慢着!慢着!"高占奎从大门里出来,他是听到一个伪军跑到村公所跟他说的。围子里谁都知道,董益民老汉是高占奎的亲大舅。高占奎想,围子里如果谁都知道董益民挨打的事儿,他堂堂保长的脸在围子里往哪儿搁?所以,无论如何,他得让赵万奎给他一个面子。他觉得,赵万奎与自己都在一个锅里吃饭,这个情面不会不给他的。

他走到赵万奎跟前笑嘻嘻地说:"大队长,这几个都是我的亲戚,你看——这事?"

赵万奎用鄙夷的目光瞟了他一眼,冷言冷语地把话甩了过去:"亲戚,什么亲戚?皇军有令,坏了围子里的规矩,天王老子也不行!"

高占奎被赵万奎的几句话顶了回来。他心里感到实在没面子,暗自骂这个狂妄自大、不可一世的赵大牙,王八蛋!老子走的路也不比你少,你卷我的面子,哼!咱以后骑驴看唱本——走着瞧!高占奎心里这样想,但面部表情依然是和颜悦色的:"大队长,你我都为皇军做事,别为鸡毛蒜皮的小事掰了兄弟之间的意思。我呢,刚才的话算没说,你咋办都行。"

赵万奎听完高占奎这些不软不硬的话,盛气凌人的傲慢强硬的口气有所收敛。他笑了,露出了两颗金灿灿的大金牙:"我也不是不给高保长面子,皇军军令如山,实不敢违。不过,既然是高保长的亲戚,那——冲着高保长的面子,就免了这顿鞭子。不过,吊起来吃鞭子免啦,可总也得'自责'一下吧。啊?高保长,你说呢?"

高占奎觉得赵万奎这样做,已给足了他面子。他想,再往下说,恐怕他得说我得寸进尺,不知进退,只好堆笑酬答:"哎呀,谢谢大队长手下留情!"

伪军把五个人从树底下推过来,赵万奎叫他们站成一队"自责"。所谓

"自责",是鬼子把民众圈进围子后,对他们违规实施的一种责罚。倘若有人违犯围子里的规定,就要抽嘴巴十下来自我惩戒。按鬼子规定:一人违规,狠狠地自扇嘴巴十个,两人以上违规,两人对扇耳光十个,受罚者要欣然接受皮肉惩罚,要扇一下嘴巴,说一声"没气"以示没有怨恨。五个人在一群伪军众目睽睽的围观之下,相互对扇着亲人的嘴巴。每个人扇完一个嘴巴后都在喊着:"没气!"只有董益民老人一人,自己扇着自己的嘴巴。五个人知道不使劲儿打,伪军就会上来暴扇。与其让他们打,还不如自己的人打心里好受。十个嘴巴打下来,个个都打得嘴角流了血。伪军对五人一阵惩罚和捉弄后,他们简直像欣赏了一场马戏一样。

　　"哈哈哈……哈哈哈……"他们手指着这五个蒙受屈辱的庄稼人开怀大笑。

　　赵万奎瞅着"自责"后的五个人讥笑着说:"怎么样?舒服吧?今天,要不是高保长在这里说情,我就把你几个'挂灯笼'。看你们以后还把皇军的法令当耳旁风不,进去吧!"

　　五个人哪敢吱声,抹了一下嘴角的血,他们压抑着心中的愤恨挑起高粱进了围子。

　　董益民老人到了家,已是老泪纵横。瞅着四人为他受的委屈,心里就别提怎样难受了。他活到五十多岁,这是他从记事起到现在受过的最大的一次侮辱。清朝末年到直奉交战,然后闹土匪,在这块儿老山沟里仗没少打,什么穿黄衣裳的中央军、杂牌军、土匪、豆包队他都经着过,自己受屈辱的事儿不少,可从来没有像今天这样过。

　　他坐在屋檐下窗墙根的一个小凳子上,手攥着烟袋杆默不作声。他用粗糙的手抚摸着布满皱纹的额头,怅然望着黑下来的天色发呆,心中涌动着对世道不平的愤恨。他咽了一口唾沫气得骂起来:"王道乐土,呸!放屁!老百姓在这围子里就像蹲大狱的一样,上哪儿乐去呀?啊?王八蛋!好端端的一个家,生让他们给拆了,把人攥到这里来,当牛羊一样圈起来,不管你死活。粮食收不回来,这一年吃什么?回来稍晚了一点,就让他们连打带骂,当猴子耍。这人还有活路吗?今后,在这围子里住下去能活吗?"老人越说越难过,越想越憋气。

"唉——"他长声地悲叹着,用长满硬膙子的手,把悲伤的鼻涕一把一把地往鞋底上抹。

"大叔,事都过去了。跟那些王八蛋说不了理,不用憋那个气。"董益民的大侄子董驰劝着。

"哥,你没看出来吗?那个瘪犊子当官的,故意玩儿咱们,大叔能不生气吗?"董驰的二弟董襄说。

"你眯着!"老大董驰训斥看不出事儿的弟弟。

"是嘛!"董襄不服气地说。

这天晚上大家吃了饭,比长道短地劝老人不要上火,便各自回了家。

第二十四回 葛振林留住大冰沟 郑玉山逃回西大岭

高真一连上山几天,都没看到山上有人砍柴。心想,鬼子汉奸在柴草里能藏一时,咋也不能藏上几日。这几天没见到一个人影,看起来他们没来。我还以为这些东西藏在暗处看着我呢,唉,真是神经过敏!自己的疑心太重了,弄得好几天没敢上山,真是的!高真暗自埋怨自己疑神疑鬼的,耽误了这几天与葛振林、魏强见面。好几天了,上去看看。高真拿着镰刀,向山上走去。到了山腰柴林密的地方,忽听到柴林里有哗啦哗啦的柴叶声。高真停下脚步,侧耳细听,又没了响动,再走,声音复出。高真感到情况不对,他岔开原路偏向阴坡,并用镰刀割下一根根柔软的细柴,把它们攥在手中。果然,一群全副武装的伪军端着枪从丛密的柴草中走出来。

"高先生,你胆子不小啊!大白天就想和抗日联军伤病员接头。说说,你把抗日联军藏到哪儿啦?"负责潜伏跟踪高真的伪军中队长曹德义拎着枪走到高真跟前,装出他料事如神、早有所知的样子。

"军爷呀!你这是哪里的话呀?我到山上割捆樱子好捆地里的秸秆,怎么说我藏抗日联军呢?不信,你们看看!"高真手攥着镰刀把割下来的一抱尚未捆好的细柴摊开让众伪军看。

"哈哈……不愧是当先生的,鬼心眼子就是多。你逗谁呢?啊?爷的眼睛不揉沙子!你一天不落带着吃的往这山洼里跑,难道我们就没看出来吗?别在我们跟前瞎掰!你说,抗日联军的伤病员在哪儿?"曹德义幡然色变,厉声追问。

"军爷,我只不过是山里一个给黎民百姓看病的人,胆子从来就小,看到拿枪打仗的大兵我历来都是躲得远远的,怕有瓜葛,更怕招上嫌疑。你不信,可以问问当地的人。军爷啊,你这样说我,不是冤枉我吗?"

第二十四回 葛振林留住大冰沟 郑玉山逃回西大岭

曹德义没有发现高真任何可疑之处,他想,如果这样把高真抓起来,弄到大队营部动刑逼问,若问不出个子丑寅卯来,大队长定会说他办事不利,倒不如不了了之,暂且放他一马。

"高先生,这纸裹不住火,没有不透风的墙。你要暗下私通抗日联军早晚会被我们逮住。你可要好自为之啊!弟兄们,撤!"曹德义手攥枪一挥手,呼啦!伪军们下了山。

在山洞里的魏强和葛振林对山洼里的情景看得一清二楚,两人知道高真已经被敌人盯住了,再想见面是不容易的。

这几天,山下情况吃紧,两个人没下山,所以山洞里储存的红薯吃光了。

两人已经两天没吃东西了。一天早晨,魏强跟葛振林商量:

"排长,我二叔有六天没上山了,东山梁西山坡,都有人。他是不是被敌人看住了?我下去看看,顺便弄点儿吃的上来。"

"不行,我们下山正是中了小鬼子的圈套,他们巴不得我们出去。现在,所有的山上都有敌人的眼睛。我们走出山洞,一旦被敌人发现,我们就没法脱身。就是我们在这儿能逃脱,你二叔也是脱离不了干系的。走,我们也得黑天走。"

"排长,走?!"魏强惊喜地瞅着葛振林,简直不敢相信自己的耳朵。

"是啊,咱俩是得走啦。"

"排长!太好啦!"魏强异常兴奋,搂住葛振林的脖子久久才松开。

"排长,真是英雄所见略同,咱俩想到一块儿去啦!"魏强开了一句玩笑接着说,"现在我俩身体没事了,慢慢走,几天时间,咋也能找到咱们的部队。找到大部队,我们就可以风风火火地跟鬼子干啦!"说到这儿,魏强高兴得合不拢嘴,"排长!咱俩到部队后,跟营长好好说,不去别处,还留在侦察排干!"

"不,我们走,是去大冰沟。"

葛振林瞅着魏强听了这话困惑不解的神情,笑了,他说出了他做出这样的决定原因:"不能在这儿待下去了,这样下去对高先生是很危险的。"

"排长,这我知道,可咱俩进大冰沟干啥呀?我二叔来时说,大冰沟里的人都被鬼子赶到沟外碾子沟围子里去了。排长,咱们就进关里找部队去吧。

咱和石营长离别时,他告诉李先生和我,让我俩看护好你,等你的伤养好了,就赶快去找他们。"魏强瞅着葛振林,希望他们进关南下去找大部队,无论如何不能再进大冰沟了。

"小强,你知道我俩留在大冰沟不南下去找大部队的原因吗?"魏强摇摇头,他真的不理解葛排长怎么会做出这样令人感到意外的决定。

"鬼子把山里山外所有的老百姓圈在一起,他们像一群任人宰割的羔羊,失去了人身自由。在这个时候,我们无视他们的灾难困苦,扔下他们一走了之,那我们还算是抗日战士吗?"

"排长,老百姓都让鬼子圈起来了,要是以前大部队在多好啊,揍扁了他们!可现在只有我们两个人,在这儿又能咋地?"魏强像个小孩子似的坚持自己的看法。

"魏强,敌人把这里所有的老百姓圈起来,但敌人是锁不住他们的心的。在这里,单靠我们两个人的确不行。可你想想,我们的背后有多少像你叔叔这样的人啊?现在这些民众不能和小鬼子干,是他们没找到领路的人,不知道怎么干。只要我们有信心,团结这些抗日群众,坚持斗争,别看鬼子眼下这样猖獗,可他们是兔子尾巴——长不了。我想啊,咱俩还是先进大冰沟,再从长计议。"

"排长,那——我听你的,咋着都行。"

葛振林瞅着眼前这位与他风雨同舟、直言不讳的年轻人,感受到他可贵的纯朴与坚强。他拉着魏强一同坐下。

"排长,啥时动身?"

"今晚咱就走!"

"唉!"

葛振林在衣兜子里掏出铅笔头和一块儿揉皱了的巴掌大的纸,他把纸用手摩挲平,垫在膝盖上。他想了想,就在那张纸上写了这样几句诗:

你我为君赴疆场,
莫上燕山觅月朗。
心冰化作将军泪,

第二十四回 葛振林留住大冰沟 郑玉山逃回西大岭

荒沟掩尸天自管。

葛振林写完,交给了魏强并嘱咐:"小强,今晚,你把它放到每天放的地方,埋好。"

魏强拿着那张纸条看了看上面的几句诗,不解地问:"排长,你写的这个是啥诗啊?我二叔能看懂吗?"

"你二叔看了,自会明白的。"葛振林笑着说。

憨厚倔强的郑玉山自从帮表哥董益民收秋受屈辱后,心里一直郁闷。他四十多岁了,从来没有受过这样的欺负。招谁了?惹谁了?凭什么遭这样的戏弄?受日本兵欺负不说,中国的兵狐假虎威也欺负自己人。看样子,这日子真的是没有活路了。

"爹!坐这儿来吧,有人压碾了!"他的大女儿小兰一喊,他醒神从碾台上下来。

"唉,嗨,你压碾啊?对不住啦。我这一家子,给围子的人添了不少麻烦。"郑玉山一边赶快拿起碾台上的棉袄,一边对来压碾的女人表示抱歉。

郑玉山从进围子那天起,就住在这儿。因为找不着住房,一家八口人,老少三辈只好住在一个碾坊屋里。碾坊屋的上盖是茅草苦的,好几处露了天。四壁的石墙大窟窿小洞的,靠东面的一面墙已倒下了半截。常言说得好,"破家值万贯",山里农家虽然没有什么值钱宝贵的东西,但生活必需的锅、碗、瓢、盆、坛坛罐罐,下地用的锨、镐、锄、镰还是得有的。四米见方的碾坊里如何能放得下这些东西?况且,中央还有一个大碾盘。每天,郑玉山把家里的铺盖放在碾坊的一角,其余的东西全放在了外面,好让围子里的人压碾。他用石墙倒下来的石头和弟弟郑玉清在碾坊外不碍事的地方搭起了锅灶。围子的人多,压碾的人就多起来。白天,郑家人就得躲到外面去,到夜晚,碾台就是炕。小小的圆形碾台只能容下两人睡觉,所以郑玉山告诉家人,只能让两位老人和弟弟的孩子小三在上面睡,其他人自己找地方。不善言语的弟弟和弟媳每天晚上都拿着一个破旧的口袋片子到碾坊背后铺在地上过夜。为了黑夜照料老人,郑玉山和妻子靠在碾坊门前的石墙根下,两个孩子枕在他们的大腿上睡。一家人在围子里就这样一天天地度日如年地煎熬着。

进了八月中旬，天气一天比一天凉，两位老人眼瞅着一天不如一天，羸弱的身子佝偻成了一个弧形。郑玉山一看这样下去可不行，到冬天两位老人非被冻死不可。他想带全家走，可哪有机会逃出去？自从张玉声一家人被鬼子杀害后，围子就看得更紧了，想全家走那是没门儿。他后悔透了，后悔自己怎么这么傻，没进围子之前领全家人偷着进深山该多好，全家人就不会遭这份洋罪。每天晚上，他徘徊在碾坊外，却想不出一个万全之策。前天遭到一阵羞辱后他彻底明白了：这儿不是人待的地方，必须得走！他决心已定。

一天深夜，郑玉山叫妻子放下睡熟的两个孩子，悄悄进碾坊屋里商量。

"我们不能这么着，得想个法子啊。"

"唉！有啥法子啊？"

"我有一个好法子，你看行不行？"郑玉山掀起挡风用的旧棉门帘，头探出四外瞅了瞅黢黑的外面，又把它放下。

"你说吧。"妻子来到丈夫跟前听他说。

"我想……"郑玉山双手捂着嘴凑到妻子耳根，悄悄地说出自己的想法。妻子一听，惊愕地瞅着他。

"那行吗？你忘了？北沟张玉声是怎么死的？别犯傻了！"

"能行！我们进山里，走得远远的。让鬼子摸不着边儿，他能怎地？深山里就是苦点儿，怎么也比在这儿遭罪强。那么着，咱或许还有个活路。要是这么下去，全家人都得冻死。"

妻子觉得丈夫说得在理，但她知道这样做弄不好是要掉脑袋的："兰她爹，这可不是闹着玩的。你呀，得想好喽，咱们怎么出去。"

"那还用说。"郑玉山一听妻子同意了，他高兴地说。

第二天深夜，郑玉山与弟弟郑玉清商量后决定，弟弟三口人留在这儿，郑玉山决定带走二老和自己这一家人，可提起出围子的事儿把兄弟两人难住了。两位老人出围子肯定会引起日伪军的怀疑，没办法两位老人只好暂时留在围子里由弟弟照顾。

第三天一早，郑玉山扛着扁担，腰别一把镰刀，妻子扛着镐头，大女儿小兰拽着弟弟，背着一个大筐篓，和早出做活儿的人群一起来到南大门。

出围子的人们排着队接受守门的鬼子和伪军的检查。轮到郑玉山一家子，

第二十四回 葛振林留住大冰沟 郑玉山逃回西大岭

一个伪军斜着眼睛盯上了孩子。

"上哪儿去啊？"

"上地。"

"不对吧？上地带个孩子干啥？"

这时，伪军班长侯奇胜到了郑玉山妻子跟前，对郑玉山妻子上下打量了一番。

"你是哪个村子的？"

"我们是金场的。"

"这么远的路还带个孩子，是不是不想回来啦？"

"军爷，这孩子从来没离开过他妈，到这时候啦，地里的庄稼我自个儿收拾不过来，才让媳妇儿跟着去地里忙乎忙乎。他妈一走啊，这孩子就嗷嗷地哭个没完。这路远，一去就是一整天，我怕孩子一天哭坏了，没法子，就带着啦。"郑玉山赶忙上前解释。

侯奇胜走到小兰跟前，突然，他伸出手扭动一下孩子的小脑瓜，细瞅一下，只见孩子的脸上还挂着泪花。这时，小宝紧紧抱住姐姐，又大哭起来。侯奇胜眨了眨眼睛，心想，这孩子真是哭过，看起来这个汉子没撒谎。

"走吧！"

"唉！唉！"

郑玉山携妻带雏走出南大门松了一口气。心里想，我的老天爷，总算是出来了。

全家人走走停停，就要晌午了，才到了大冰沟自家地里。郑玉山坐在地头，琢磨一家人到哪里去。他绝不能像北沟那个小子那样，跑出来就在老家搭棚，让鬼子抓住把家人杀个溜光。逃，就得远点儿逃，不能让小鬼子捯着边。他想来想去，最后决定到离金场三十多里远的大冰沟腹地锥子山去。

他回想起十年前去锥子山刨药时，那里给自己留下的印象：那儿山场宽阔，山腰的坳子里有一片不知是多少年前人们开的足有五亩大的山洼地，伺候好喽，足够一家人一年的口粮。虽那片山地荒芜已久，蒿草过人，但只要花费点儿力气，就能开垦出来。荒地上边有一股清泉，从山涧里汩汩淙淙流淌。地旁阳坡脸还有三间没盖儿的小茅草房，修葺一番就可以住。在那里，只要勤劳，养活几口人不成问题。再说，锥子山在大冰沟深处。

郑玉山想起当年去锥子山一路的情景：从金场至锥子山一路峰回路转，三十余里，历经多处沟口和沟岔，途中荒草野林断淹去路，所以去锥子山没有明显的山路可走。鬼子就是踏破了铁鞋，也不会找到他们。

"哎！你看，孩子累了，咱到底上哪儿啊？"妻子敦促着。

"把这棒子扒喽，天黑再说。"郑玉山一边扒着玉米，一边瞅着四周山林说。

晌午，郑玉山点起篝火，扔进火堆里几根嫩棒子，全家人坐在火堆旁，权当吃一顿丰盛的午餐。

"爹，忒热。"六岁的儿子小宝烫得把烧熟的苞米放下，搓着小手。

"到底是小。来，爹给你想法子。"

郑玉山把筷子粗的柴棍折了筷子那么长，一头削了尖儿，插进棒子芯儿里递给儿子。

到了余晖在山巅红尽的时候，山鸟归巢，沟里也沉暗起来。郑玉山看看四周确实没有人了，他鼓足力气扛起满满一袋子玉米棒子，像做贼似的，命令妻子：

"快！快走！"四口人慌慌张张地顺着地边茂密的茅草南下进沟。

秋季，秋雨多了起来，这一天早晨，高真醒来，听到外面淅淅沥沥地下起了小雨。他心里又是惊喜又是忧。惊喜的是下雨天，敌人派去盯梢的人不能上山了，他可以和葛排长见上一面了；忧愁的是，天气渐凉，山里人都知道，一场秋雨一场寒，十场秋雨要穿棉。两人在山上没吃的没有棉衣穿，鬼子盯得紧又没法儿送。这样下去，两人在山洞里没吃没穿，今后可怎么办？他坐起来披上夹袄顺着窗户镜往外瞧。雨不大，于是，他决定上山碰碰运气。

吃完饭，他叫正在外屋洗碗的妻子："春他娘，把我以前秋天穿的衣裳找出来。"

"要换哪？等忙完了秋再换吧。"

"你就拿出来吧。"

妻子进屋从柜里找出他的衣裳放在炕上，他将好的一件一件套在身上。妻子见他这样穿了一件又一件的，感到莫名其妙。尽管下着秋雨，天气阴冷，

第二十四回 葛振林留住大冰沟 郑玉山逃回西大岭

也不至于套上这么些层。她禁不住问了一句:"我说,你有毛病了是咋地?穿这些能干活吗?再说了,这雨稀里哗啦地下着,能下地吗?拉倒吧,今儿个别去啦!"

"这,你就别管了,你看看,肥不?"高真站在妻子跟前让她打量。

"不肥!这么大人好歹不知。"妻子没好气地说了一句。

高真扛着扁担拿着镰刀走了。妻子瞅着他出大门,呆呆地望着他的背影奇怪地嘟囔着:"这是犯什么病了?"

南大门,阴雨天,围子里出去的人不多。

"高先生,这天气去哪儿啊?"

站在大门口的侯奇胜很客气地说了一句话,因为前几天他大腿上长了一个大脓包,是高真给他治好的。

"啊!我到地里捆捆苞米秸,就着湿乎好捆。"

高真出围子时,斜雨如丝,走出半里来路,雨点儿就密起来,蒙蒙的秋雨不大不小地下着。一上山,雨点更密了,雨点打在道边的柴草叶上,噼里啪啦地响着,侧耳聆听,整个烟雨蒙蒙的山川隐隐鼓奏着恢宏的天籁之音。时不时地带有几分寒意的秋风袭来,那秋雨也阵阵急促地横斜打来,掠扫着泛黄的山野,撩得满山柴草荡漾哗然。

高真虽穿得很厚,但时间一长,浑身上下都湿透了。尽管有冷风寒雨吹打,高真还是兴冲冲地往山上走。他知道雨下得越大,风刮得越猛,敌人上山的可能性就越小。这样他就可以放心大胆地去见两人了。

他到了自家地头,雨下得大起来,刚才上山时依稀可见的周边群山,顿时消失在茫茫的烟雨之中,天地间变成了烟雨茫茫的世界。高真用衣襟擦了一下满脸的雨水,望望四周,唯见四围雨幕低垂,再也看不见往日那一双双令人厌恶的贼眼。他兴奋而冲动,此时此刻他一颗担心紧张的心随着空灵的世界而释放。他不顾一切地钻进山林径直奔向鸽子洞,到了大青石跟前他突然停下了匆忙的脚步。他想,好几天了,青石下面能不能有他们的信?他猫下腰,挪开大青石下面的扁石头。扒开扁石头下面的土。果真,土里面有巴掌大的纸,他用衣襟挡着雨水,急切地看了两遍纸上的字,渐渐地,眼泪止不住地流了下来。他想,大冰沟的老百姓全被鬼子撵到碾子沟围子里,粮食也全都收光了。天气一天天冷起来，没吃的，没有防寒的衣裳，两个人进沟怎么待下去？他巡望着满山被山雨吹打摇曳的柴林，呆呆地伫立在大青石旁，那额发滴下的雨水和夺眶而出的泪水融在一起，悄悄地从他的脸上滑下，他两眼模糊了。刚才上来时急于相见的那颗火热的心一下子被浇了个透心凉。他的心完全被眼前灰暗、阴冷的世界所占据。

"他们进沟上哪儿了呢？"他叨咕着。

高真在大青石边久久地呆立，任凭山雨秋风无尽地敲打。他茫然望着眼前的一切。萧索的秋风，绵绵的冷雨，满目写着一个"愁"字。此时，他怅然若失。

嘎蛋一家这几天很闹心。后天是嘎蛋娶媳妇的大喜日子，可是，他找房子找了整个围子的所有人家，到现在都没着落。媳妇没处娶，全家人都在犯愁，父亲秦春生更是抓耳挠腮。

嘎蛋的父亲是在没进围子之前跟老亲家订好的，九月初四把儿媳妇二丫娶过来。没想到进了围子，住房成了问题。自从一家五口人进了围子，就住在亲戚家矮小的西厢房里。西厢房是三小间，嘎蛋一家人就挤住在一间半大的北屋。南屋一间闲着，因为那里停放着东家老人备用的两口棺材。没有找到房子，婚日又不能拖延，此事迫在眉睫。嘎蛋父母急得心急火燎吃不下饭。嘎蛋瞅瞅两位老人愁眉不展的样子，就劝父母说："爹，这媳妇等两年我再娶，反正早晚都是咱家的，您说是不？"

"胡说！你知道个啥？"秦春生白了儿子一眼。

"要不，就住在一个屋？"

"傻小子儿，你这么大了咋啥事都不懂？"母亲觉得又好气又好笑，说他不懂事。

"这也不行，那也不行，那你们说，咋整？"嘎蛋烦办啥事磨叽，他喜欢啥事痛痛快快。秦春生和老伴儿都低头沉默不语，不太愿意再搭理这个四六不懂的浑小子。

"爹，有啦！"

两位老人都抬起头，惊喜地瞅着终于能拿出主意的儿子："说说，我听听。"秦春生睁着熬得发红的双眼，听儿子说得靠谱不。

第二十四回 葛振林留住大冰沟 郑玉山逃回西大岭

"爹，跟亲戚说说，就结在对门屋。"

这一说可把父亲气得翻眼根子："说的什么浑话！行的话，还用你满街找房啊？你听过谁家洞房里放着两口大棺材？啊？得得得！别说了！净出馊主意！我就知道你想不出什么好主意来。"秦春生耷拉下眼皮，再也不瞅他的儿子。

"要不，跟东家说说，把那两口棺材挪到别处？"

"这，我早想了。我跟人家说了，人家不应。唉，也别说人家不够亲戚，咱这一家子能住在这间屋里就不错啦。你看看那些住露天的、和牛羊住在一起的，他们多可怜！人家说，把棺材抬出去，日晒雨淋的，那怎么能行？我想想抬出去真是没有地方放。"

"不用抬出去，就在屋里放着。"

"混账！刚才跟你说啥来着？新婚大喜的日子，在洞房里摆放着两口鲜红的棺材，你打听打听，世上有这样的事吗？"

"爹，世上出奇的事多着呢，我不怕，不就两口棺材吗？"

老两口一想，在围子里，没有自己的立锥之地，猴年马月能有自己家的房子？没有房子，孩子这辈子就不用结婚啦。还讲究个啥？秦春生想开了。只好向两家亲戚求情，成全这件事。

嘎蛋终于结婚啦！他们小两口洞房就只好安排在对门停有棺材的屋。

这天晚上，嘎蛋的媳妇顶着头盖被领进了南屋。深夜，嘎蛋嘻嘻嘻笑着揭开了媳妇的头盖。

"啊——"媳妇惊呼着，一下子吓得紧紧抱住嘎蛋。

"别怕，别怕！有我呢，怕啥？"

"你看！"

"棺材有啥怕的？你就把它看成是两口大红柜不就得了？媳妇哆哆嗦嗦不好意思地撒开嘎蛋，一屁股退到炕角底下，浑身上下在哆嗦。

"媳妇，你看我的。"嘎蛋为了给媳妇壮胆他来到棺材跟前，一抿嘴一使劲儿把棺材盖推开翻了过来。噌！他蹿到棺材盖上四仰八叉地躺在上面，继而翻身爬起来，瞅着打哆嗦的媳妇乐呵呵地说："看到了吗？是个好床。夏天的时候，咱俩都上来睡，可凉快啦！"

"怪吓人的，我可不敢。"

"习惯了就好了，嘻嘻。"

"两口棺材摆着，你不在家，我咋待？"二丫噘起嘴巴，愁上眉梢。

"不怕，有黑子呢。"

"嘎蛋，你说什么呢？让狗给我做伴？你也真想得出来。"二丫更生气了，她早知道那条狗叫黑子。

"媳妇，你可不知道。"嘎蛋凑到二丫跟前坐下讲起黑子，"黑子可通人性啦！将来是咱俩的好伙伴。真的！不信，你等着瞧。"嘎蛋一本正经地说给二丫听。这是他的真心话。以前，不管嘎蛋出行做啥，守在院门的黑子总是兴高采烈、横窜竖蹦地跑到嘎蛋前面，不管他愿意不愿意，也不管刮风下雨，还是路途遥远，黑子总是义无反顾地做他的忠实"保镖"，从不含糊；有时，嘎蛋归来，它情绪大振，摇头摆尾迎上前去，前爪搭在嘎蛋的肩上，在嘎蛋有补丁的衣裳上按上几朵大梅花，甚至伸出舌头在嘎蛋的脸上舔上几下，方会罢休。自从进了围子，嘎蛋再也不敢让它与自己同行，天天把它拴在院子旮旯的地方。他知道带它上街碰上鬼子和伪军，它会被他们毫不客气地打死拿去吃肉的。他绝不能让自己喜爱的黑子这样惨死在那些豺狼手里。

新婚蜜月，两位纯朴率真的小两口儿开启了新生活的历程，也为一家人带来几分暂时的喜悦和温馨。

"媳妇，明天把新衣服换了吧，头发也别留那么长啦，我给你剪个分头。"夜里，嘎蛋用手轻轻梳理着二丫脸颊的细软鬓发跟她说。

"什么？你说啥呢？"二丫用手一下子推开嘎蛋，在微弱的油灯下，二丫用诧异的目光一动不动地瞅着嘎蛋，她简直不敢相信自己的耳朵。

"你说，你啥意思？"二丫气呼呼地质问他。

"嘻嘻嘻……媳妇，你听我说，这是娘的意思。娘……"

"我不剪！死砢碜的，亏你娘想得出来！"

"媳妇，别生气。你听我说啊，这围子里所有大闺女、小媳妇都是这样打扮的。有的脸上还特意抹上一点黑烟汁，穿上男人大裤裆的衣裳。一个漂亮的黄花大姑娘打扮成这个样，男不男女不女的，是不好看。"

"那也恁怪了，有病！"

"不是！不是她们有病。你知道吗？围子里的鬼子、伪军和便衣像苍蝇一样满围子转悠，看见好看的大闺女、小媳妇就祸害。不这么着，能行吗？"

"你别说了！我不出屋就是。我才不打扮成那个样儿。"

"不恁样就不恁样。媳妇，有我嘎蛋呢，谁敢碰你，我就砍下他的狗头。"嘎蛋摸着二丫白嫩的肩膀保证着。

二丫开心地笑了，她兴奋地搂过嘎蛋的脖子……

第二十五回 铁杆汉奸欲占花魁 老夫妇巧作伴亲娘

碾子沟围子里一下子多了五百多口人,一下子比村子原来人口多了三倍。

人满为患。从外村进来的许多人家不仅大、小牲口没处养,东西没处放,就是人也没处住。坐地户一家里要挤住好几家。

保长高占奎向鬼子少佐岛田汇报:"太君,围子里的人太杂乱,有的人家经常搬家,不好管。"

岛田找来伪军大队长赵万奎,他命令赵万奎和讨伐队队长阚一良:"你们要昼夜巡逻,要防止抗日联军伤病员混进来。你们的,明白?"

"哈伊!"

两个汉奸回到队部,把自己的手下分成巡逻小队。从此,日伪军和讨伐队不分昼夜在围子里所有的大街小巷进行巡逻盘查。半个月来,许多人出门因忘了带"良民证",在街上遭到巡逻队的纠缠或毒打,所以街上行人寥寥无几。

这一天,赵万奎领着一群伪军在街上溜达,看见从对面走过来两个人,走在前面的是一位如花似玉、貌似天仙的姑娘,后面跟着一个老头。赵万奎历来就是一个拈花惹草的色狼,一看这样俊俏的姑娘,他顿时淫心荡漾起来。心想,这不是从天上下来的仙女吗?没想到这山沟里,还有这样漂亮的姑娘,真是"深山出俊鸟"啊!今天该着我有艳福,让我过把瘾。赵万奎马鞭一指,手下的几个伪军会意,端起枪就准备拦截这位姑娘。等那个姑娘走到了跟前,几个伪军围了过来。

"你们要干啥?"姑娘见状惊恐地问。

"姑娘,我们大队长请你有好事,嘻嘻……"说话的那个伪军脸上流露出低级下流的痞气。

第二十五回 铁杆汉奸欲占花魁 老夫妇巧作伴亲娘

"一群卑鄙无耻的流氓！让开！"

"哎哟！小姐，还挺蝎虎，我们队长请你，那是你的福分，带走！"跟随赵万奎的副官曹德义命令几个伪军上来想抓住这个姑娘，跟在后面的老汉一看不好，赶紧上前握手作揖求情："各位军爷！各位军爷！行行好，你们千万别吓唬我家小姐，有什么事，可找我家的老爷商量啊。"

"你家老爷，你家老爷是谁呀？"

"放你娘的屁！老不死的东西，滚开！"曹德义眼睛一瞪，想打老人耳光。

老人脑袋一歪顺手攥住曹德义扬起的手腕。

"军爷，常言说得好'打狗看主人'，你在大街上明目张胆地干抢劫良家民女的事，还要打人。这事让日本人知道喽，不光彩吧？"

"哎哟——他妈的！你是谁呀？啊？还敢拿日本人吓唬老子。不揍你这个老王八蛋，你不知道马王爷有三只眼！"曹德义一拳把老人打了个趔趄。

"停！"赵万奎手一扬，制止曹德义施威。他觉得这个老人说话的口气不小，也许有来头。心想，在这围子里，除了日本人之外，我就是说一不二的天王老子。能把这事儿捅到日本人那儿去，告我的状，有有这么大本事的人吗？如果有，那会是谁呢？

"你家老爷，你家的老爷是谁呀？"赵万奎在马上眼皮都没眨一下，拉着长音问。

"回禀军爷，就是刘老爷。"

"刘将军，对吗？"

"对！对！这位小姐就是刘老爷的大千金。"

赵万奎虽仗着日本人目中无人、不可一世，但一提起刘守义，他就收敛了几分。他知道维持会会长刘守义是日本人最看重的人，绝非等闲之辈。几次在日军驻地与岛田少佐会面，他虽然话语不多，但他说出的话岛田都得让他三分，到现在他也不知刘老爷有多大来头。对他女儿这样下手，那可是吃不了兜着走，自找麻烦。

"哎呀！"

赵万奎赶快翻身下马，龇着大金牙上前道歉："原来是刘老爷的大千金呀。误会！误会！你们这群瞎犊子，还他妈的不赶快给我滚开！让刘小姐过去！"

伪军们立刻闪开,让出一条路来。

姑娘没有搭理这个还在一旁满脸堆笑的赵万奎,跟着老人走了。赵万奎站在那儿眼巴巴地瞅着刘小姐远去的背影,手摩娑着下巴,自言自语地说:"真是西施转世,贵妃再生,哎呀,少有啊。"

和刘小姐一起的,周老汉想见主人说刚才在街上发生小姐受欺负的事。一进客厅,他吓得忙退了出来。刘家的客厅正坐着岛田少佐和老爷刘守义,翻译官郝义站在一旁。岛田知道刘守义是这一带有名的叱咤风云举足轻重的人物,铲除抗日分子、稳定冰沟大局需要他的帮助。他要把刘守义推到更高的位置,来确保大冰沟外青龙河一带这些围子局势的真正稳定。

"守义君,大日本皇军非常欣赏您的雄才大略,藤岛大佐对您非常的器重,邀请您为满洲国做更大的事情,您要答应,不过三天,您的委任状即可到达。"

"哈哈哈!太君,鄙人只是一介草莽武夫,如今,早已解甲归田,蜗居在这荒山草莽之中十年之久了,我以耕求存,不求功禄。早已不问世事沉浮,太君如此厚爱,让鄙人汗颜惭愧。在下实在不堪担当如此重任。"

"守义君,你是我们佩服的军人。和我们合作,你会得到更多的荣耀和财富。你想一想,三天后再给我答复。告辞。"

"太君有要务在身,鄙人不敢久留,请便。"

"守义君,我恭候你的回音。"说完,岛田和他的翻译官起身告辞。

刘守义把岛田送到大门外,等到岛田坐摩托离去,刘守义才回到客厅。他闭目静思,心里十分纠结。对日本人叫他出来给他们做事,是推还是接,难以定夺。推却不干,日本人不愿意,也绝不答应,接下日本人给的差事,就得给日本人做事,那他就成了地地道道的汉奸。

赵万奎回到伪军大队部,他四仰八叉地躺在床上,刘小姐那迷人的容貌在他的眼前无法消失,就连那一惊一怒的姿容都让他难以忘怀。这个令他神魂颠倒的小美人却偏偏是刘守义的心肝宝贝,这真是让他求之不能,弃之可惜。怎么把这个丽质佳人弄到手?当天夜里他躺在炕上辗转反侧,夜不能寐。后来,他终于想出了一个主意。

没过三天,赵万奎和他的副官就拎着礼品来刘家登门拜访。副官曹德义

第二十五回 铁杆汉奸欲占花魁 老夫妇巧作伴亲娘

跨上石阶，敲了几下大门，院工周有老汉开门一看吓了一跳，门前站着的这两个军官正是那天拦他家小姐的那两个人。

"啊！军爷，你们找谁呀？"

"我们拜访刘爷，请你禀报一声。"曹德义客气地说。

"二位军爷稍等，我这就去告诉我家老爷。"

周老汉一溜小跑进了客厅，到刘守义跟前小声说："老爷，不好了。那天在街上拦小姐的那个人来了。"

刘守义一听，就猜到了八九分。他知道"夜猫进宅，无事不来"，什么拜访，还不是想要他的女儿。哼！癞蛤蟆想吃天鹅肉——想得美！但还是回答："嗯。让他们进来。"

"唉。"

刘守义走出屋门，看赵万奎和曹德义由老汉领着进了院子，他佯作笑脸上前迎接。

"哎呀！赵大队长啊！有失远迎，有失远迎啊！请您恕罪。"

"不敢当！不敢当！刘将军，我今天前来贵府，是负荆请罪的。"

"大队长，这哪里的话呀！大队长屈尊，莅临寒舍，那是我刘某的荣幸。"

刘守义很客气地把赵万奎让进客厅。寒暄几句后，赵万奎开门见山，大言不惭地提出要做刘家的女婿。

"刘将军——"

"唉 赵大队长不要客气，咱们都是当兵的人，你知道，当兵的说话就是直来直去，直爽，干脆。是不是？"

"对！对！说得对！那——我就冒昧直说啦。"

"赵大队长有什么盼咐，尽管直说。"

"不敢，不敢。我跟您说实话，前两天，我的兵在大街上见到刘小姐，不知深浅多有冒犯，我是前来请罪的，还有一事……"

"赵大队长不必客气，有话直说。"

"我很喜欢您的女儿，如果将军不嫌弃，我想做您的女婿。我赵某不才，戎马多年。所以，至今没有家室。您看？"赵万奎瞅着不动声色的刘老爷继续说，"我向您保证，刘小姐嫁给我，我绝不亏待她，让她一生有享不尽的荣华富贵。"

刘守义心里想，狗日的！你想得真美，我的女儿能嫁给你这样大岁数的人？你也不脱下鞋底照照自己的模样，你是什么德行也配做我的女婿？刘守义心里是这么想的，脸上却不露声色。他故作后悔状，委婉给予拒绝："赵大队长，你要我的女儿做妻子，这是对我刘某的抬举。可惜呀，我的孩子没有这份福气，去年，她已许配给本村的张全，彩礼我们都接了，这个，我实在抱歉，对不住你啦！"

"刘爷，这个不难，聘礼我可以替你退，我可以成倍地退还给他。"

"大队长，这话就不对了，小女嫁人有我们父母之命，媒妁之言，有信物作证，哪有说退就退之理？这可不行。"

赵万奎一听这美事没戏，只好告辞。

赵万奎他们走到门口，刘守义说了一声："等等！"

他叫周有老汉把赵万奎带来的放在八仙桌上的那份礼物递给了副官曹德义，脸上露出很尴尬的神色。

"大队长，您慢走。"

"啊！刘将军不用客气，不用客气，请留步吧。"

赵万奎白来刘家一趟，心里感到空落落的，他走出了几十步，回首望了一眼刘家已经关闭的高大威严的大黑门，怏怏离去。

郑玉山一家四口人当天深夜逃进了锥子山，几口人准备在那个山坳里的矮小的茅屋先将就一宿。这个茅屋是以前猎人进沟打猎，不能晚归暂且在此投宿过夜的地方。经过多少年的风吹雨打已经没有了房子的模样，四周的泥墙全都坍塌了，孤零零的几根立柱擎着茅草殆尽的房盖儿。郑玉山叫两个孩子在屋外，他要和妻子进屋子打扫一番。屋子不知有多少年没人来住过了，几个山耗子见来了侵犯者，哧溜顺着破门缝子逃了出去。郑玉山划着火柴一看，屋里脏得无法下脚，屋顶和四壁所有旮旮旯旯的地方，都是蜘蛛网，不用说，茅屋今夜是没法住了。中秋夜晚，山上天气寒凉。大女儿小兰搂着小宝立在茅屋外门口处，愣愣地瞅着父母。郑玉山见妻子在黑暗屋子中发呆，分明在说这样的房子咋住啊？郑玉山看透了妻子的意思，跟妻子商量。

"在外待一宿吧，明天一拾掇就好。"

第二十五回 铁杆汉奸欲占花魁 老夫妇巧作伴亲娘

常言说得好,男人是家里的顶梁柱。这一宿,郑玉山手握镐把守护在孩子和妻子身边,他看着疲惫的她与孩子入睡了,心里稍有安慰。他站在她们的身边不敢坐下来,一坐他也许会立刻睡着。他知道大山上的野兽多,黑夜觅食它们好成群结队。他不能有丝毫懈怠。

秋季的山风凉凉的,一阵阵寒风,弄得满山残挂在树枝上枯干的霜叶哗啦啦哗啦啦地响。每到这时,他不敢掉以轻心,手攥木棍,严阵以待。他知道锥子山上有老虎,前些年一个狩猎的人就是在这儿被老虎吃了。他也知道,每当老虎袭来时,都要带来一阵风。他是一个男人,他要用自己的性命呵护自己的女人和孩子。每次山风过后,阒无声息,郑玉山紧张的心才放下来。他仰望着山星,尽情地呼吸着山里清新的空气,心想,明天一早我就整房子,孩子大人就有住的地方啦。想到这些,他由衷地兴奋。他庆幸自己和家人能顺利地逃离那个折磨人的鬼地方。尽管这儿荒无人烟,时有野兽出没,但毕竟有了人身自由。今后,这儿就是他的天地。他相信,凭着自己的体力,凭着自己的这双手,只要不怕辛苦,就一定能养活了家里这几口人。

郑玉山夫妇一连七天起早贪黑地干活儿,小茅屋变了样儿,泥垛的苦墙,加固了门窗,铺上了火炕。房前房后的蒿草撂倒了,一家四口终于能安稳地在屋里睡觉了。茅屋虽然低矮,但与围子里的碾坊屋比起来舒服多了。郑玉山心里就别提有多敞亮了。他今后能和老婆孩子在这山里过上无拘无束的生活,这是围子里的人永远都享受不到的。他庆幸自己选的这条路是选对了。

郑玉山自己走出了一条生路,但还有一件事让他发愁。那就是他的父母。两位老人一直在碾盘上过夜,那怎么行?他必须把他们尽快接出来。

这一天早上,他嘱咐妻子:"我去围子,山上野牲口多,你要看好孩子,晚上早点儿关屋门。还有,用木棒把它顶上。过几天我就回来。"

"你别去啦,行吗?"妻子央求着。

"不去,爹妈咋出来,你就别瞎操心啦,记住!把孩子照顾好。我过几天就回来。"

郑玉山的妻子一听,她的心一下悬到了嗓子眼。心想,一家子跑出来已经够难的了,这好几天了,不知道鬼子是否知道他们跑出来了,真的让他们发现了,那还了得?他进围子去接两位老人那不是蛾子扑火——自取灭亡吗？不让他去那是不可能的。丈夫的倔脾气她是知道的，他认准的事儿，十头老牛也甭想拽回来。一个女人家，她只能对他再三地叮咛。

"孩子他爹，咱们出来了这些天，挡不住围子里的鬼子知道我们跑了，去围子你可得小心点儿啊，你要是有个三长两短，我们娘几个就只能糟蹋在这大山里啦。"

"说啥呢？我过几天就回来。你就放心吧。"

郑玉山说完腰间披上一个布口袋就走了。妻子站在门口两手抚摸着两个孩子的头，她忧心忡忡，目送着下山的丈夫，为他的平安无事默默地祈祷着。

这几天，赵万奎为刘小姐的事烦恼。刘小姐的倩影无时无刻不在他的脑海里显现。他无心顾及对部下的监管，所以伪军在围子里的查防有所松弛。郑玉山一家离开围子的事日伪军还没发觉。

晚上，郑玉山和回归的人们一起进了围子。深夜，他和弟弟商量怎样把两位老人从围子里接走。可是两个人想来想去还是没有想出一个好的办法来，两人为此事发愁。

说也真巧，第二天一早，本家族的一个叫郑玉光的哥哥来到碾坊，说二女儿秀儿明天出嫁，找郑玉山兄弟俩帮帮忙。郑玉山一听心里有了谱，这不是一个很好的机会吗？按当地风俗，女儿出嫁，娘家要出"伴亲"的、抬嫁妆的，需要六个人同往。论辈，郑玉山的父母是长辈，两位老人去送亲是再合适不过的了。

"哥，咱自个儿家的事说不上帮忙，是分内的事儿，我看这么着，让我家你叔、你婶去陪伴，我哪，挑嫁妆，让我的小侄子挂门帘。"

"按咱家的说法送亲得成双啊，还缺一个。"郑玉光掰着手指说，"嗯——要不这么着，让老二郑玉清也去。哥，你看行不？"

"老二属啥的？"

"你二弟属牛的。"郑玉山的母亲说。

"属牛的不犯相，行喽。"

郑玉光看送亲的人已凑齐，放下心来。临走时嘱咐："大兄弟，这事就这么定啦，可别有别的岔头啊！我回去好给孩子拾掇拾掇。"

"大哥，孩子结婚这是大事，不会的。"郑玉山说。

第二十五回 铁杆汉奸欲占花魁 老夫妇巧作伴亲娘

走出碾坊,郑玉光对送他的郑玉山再次叮嘱:"明天我婶你们都早点儿过去,时辰是辰时的。"

"唉,到时准到。"

郑玉山送走了哥哥郑玉光,他和弟弟悄悄商量二老出围子后怎样安全地进大冰沟。

第二天吃完早饭,郑玉光雇了一辆毛驴车,把打扮得如花似玉的宝贝女儿秀儿挽上了马车。

嘚!

郑玉山的父亲挥着马鞭一声吆喝,马车便向南门走去。赵玉山的母亲陪伴着孙女在车篷里随着车身颠簸着,郑玉山和弟弟郑玉清挑着色彩鲜艳的被褥跟在车的后面。

"站住!干什么的?"

马车到了南大门被伪军拦住了。

"军爷,我们是送亲的。"郑老汉下了车走到几个伪军跟前,弓下腰卑谦卑地解释说:"你,去看看!"

那个当官的指使身边的一个伪军。那个伪军用枪挑起车篷往里一望,里面确实坐的是一老一少两个女人。少女身穿红袍,描眉盘头,打扮得十分娇艳。他撂下篷帘跑到头子跟前。

"班长,是送亲的。"

"送到哪个围子去的?"

那个班长还是不肯罢休,他掏出洋烟拽出一颗塞在嘴角,边点烟边斜歪着眼睛向拿着鞭子的郑老汉追问。

郑玉山挑着嫁妆紧走几步来到伪军班长跟前,从怀里掏出一盒喜烟递了过去,满脸堆笑:"长官,我们去达摩洞东庄围子。"

那个伪军班长瞅瞅那盒烟还不错,一边往衣兜里装一边问:"哪家呀?"

"老陈家。"

"老陈家,也得有个名姓吧?"这时他才抬起头来看了一下满脸堆笑的郑玉山。

"陈海庭他家。"

"啊,走吧!走吧!"

两个伪军挪开障碍物,才放了他们过去。从此,郑玉山父母随大儿子进了深山。

第二十六回 关东三兄弟进深山 狩猎汉不慎落魔爪

葛振林和魏强深夜从青松峰那条山路进了大冰沟。那天深夜，没有月亮，两个人从北沟后山摸了下来，到了离村子不远长有一片茂密柴草的山坡，葛振林用手示意了一下，两人停下了脚步，他们向山脚下的村子静静地倾听。

山下的村子里没有犬吠，没有灯光。看不到以往那片参差不齐屋脊的轮线，只是模糊一片。此时，山下什么动静都没有。毫无声息让秋夜的凝重和灰暗的苍穹把这里的一切幻化成可怕的冥冥世界一般，甚至让人感到这里的空气已随空灵飘走变为空无，令人窒息，这种寂静叫人害怕。在这儿，似乎悄悄地埋伏着凶险，潜藏着杀机。魏强摸到一个拳头大的石头投向山下，哐当！骨碌碌——石头不知掉在山下什么地方，撞击后又滚落着，打破了可怕的寂静，俄而又恢复了先前那份深邃的宁静。

"没有人，下去吧。"葛振林悄声说。

两人手握着枪摸下山来一看，心里不免怅然若失。村子里原来的房屋一间都没有了，留下的只是黑乎乎的一片废墟。不用说，村里的房子全拆了，人全被鬼子赶到山外围子里去了。

"排长，咋办？"魏强问葛振林。

葛振林想：刚集家，正是鬼子搜查最猖獗的时候，还是决定进沟里到原来的部队驻地——三道沟去休息几天。

魏强挠了挠脑袋，忽然想起小英爷儿俩来。

"排长，要不，我们找董大伯去？也许他们还在山里，在山里，老人的办法比我们多。"

"这个样子，鬼子是不会在山里留下一个人的，老人能不被鬼子赶出山吗？"葛振林对爷儿俩是不是还在山上有些疑虑。

"老人过惯了山里打猎的生活,他绝不会出山的。"魏强肯定地说。

葛振林想了想作出决定:"那好吧,咱俩先去老人那里。"

深秋的季节,五彩纷呈、色彩斑斓的山川早已悄然脱去了它妖艳华丽的外衣,露出黝黑、壮美、伟岸的身躯。这是一个寒霜满天的早晨,碾子沟围子外来了三个骑马的壮汉。在前面的那个人骑的是大青马,头上戴的是狗皮帽子,帽脸卷上系着,那帽子的毛耷拉下来盖着耳朵,但仍遮掩不住他豪爽的面容。这个人浓眉大眼,炯炯有神,黑黑的鬓须,看上去有三十五六岁。他穿着一件日本的军大衣,络腮胡子已多日没刮,看上去就像五十多岁的人,跟在他后面的两个人一个有三十来岁,也戴着棉帽子,下巴颏左面有一个豆大的黑痣,最后的那个最年轻,也就是二十多岁,细高的身材,白皙的脸庞,眉清目秀,眉宇间透出一股英气。

跑得汗流浃背的三匹战马在主人勒紧辔头的情况下,昂着头,打着旋儿,铁蹄踏击着河岸边沙滩上淤积的鹅卵石,嘎啦啦嘎啦啦清脆地响着。三匹马鼻孔呼呼冒着白气,嘴巴上沾满洁白的霜雪。

"大哥,这村子怎么都修起了高墙?这儿,就是咱老家吗?"

"嗯,再往前走走。"但是,都在离围子五百多米的地方勒住了马的缰绳。

"大哥,你看!墙头上插的是小鬼子的膏药旗!"有黑痣的汉子说。

"嗯,看起来,这围墙修的时间不长,这儿,也让日本人占了。"岁数大的说。

"大哥,咱咋办?"有黑痣的中年人瞅着那个岁数大的问。"把家伙准备好,走。"

三个人把腰间的枪掏出来,压上了子弹向围子走过来,刚过黄土桥,就听到了"站住!干什么的"的喊声。三人循声望去,是大门楼子上的一个伪军端着步枪向他们喝喊。

另一个伪军噔噔噔跑下去向亭子里的伪军班长报告:"报告!围子外面有三个骑马的。"

"上哪儿去了?"

"报告班长,看样子是要进围子的。"

那个伪军班长匆匆地上了门楼,他要看个究竟。一看,果然,有三个

第二十六回 关东三兄弟进深山 狩猎汉不慎落魔爪

人骑着高头大马站在围墙外向城楼上观望。他不敢乱来,命令身边的伪军:"快!请皇军去。"

"是!"

咚咚咚,那个伪军跑下了木板楼梯。

这天早晨,负责值班的日军只有四个鬼子,他们正在东面的门亭里睡觉,一听围子外有三个骑马的人。两个跑到门楼上,其中一个鬼子拿起望远镜一看,大喊起来。

"抗日联军!抗日联军!"

"嘟嘟——嘟嘟——"警笛响起来。"嗒嗒嗒……嗒嗒嗒……"围墙北面的两个炮楼上的机枪一起向这三个来路不明的人猛烈射击。岁数大的那个汉子双手握枪,只见他左手一抬。啪!右手又一举。啪!啪!随着枪响,围墙上两个打枪的鬼子都归了西。

"走!"

三匹马像离弦之箭绕过南面围墙,向西奔向西山口。

这三条汉子就是碾子沟村二十年前举家去东北的朱庆喜的三个儿子。老大叫朱延兴,老二叫朱延成,老三叫朱延国。

二十年前,那是青黄不接的一个初夏,饿得半死的朱庆喜带着老婆和四个孩子背井离乡去闯关东,在鸡西地道河那个地方落了脚。那时,小嘎达因不满一岁,随家人一路颠沛流离,到了关东水土不服,不几日就死了。冒着油的黑土地,黑乎乎的井里掏出黑乎乎的一大筐一大筐的黑金子般的煤,给朱庆喜带来惊喜和希望,这是在老家想都不敢想的发财宝地呀。于是,他们决定在这儿落脚扎根。

朱庆喜领着十三岁的大儿子朱延兴在那儿开荒种地,下矿背煤,有时去山里淘金,采参。

朱家在地道河这片举目无亲的黑土地上,经历了无数的坎坷和打拼,终于闯出了一片天地。不到五年,朱家的日子像刚点的盆火一样红火起来。几年光景,老大、老二都娶上了老婆。后来,朱家在地道河买房置地,开设酒坊,在当地也算是大户人家。

常言说:"人怕出名猪怕壮。"朱家日子好过,这个名声像草原的春风刮遍了方圆几百里的地方。当然，朱家也就成了当地土匪惦记的一块儿肥肉。那几年，土匪常来朱家骚扰。没办法，朱家买了几支枪，雇了一些家丁看家护院。

老大朱延兴胆大心细，和父亲商量："爹，这个年月，要想保住家业，自己家人得有一些真功夫。"他父亲觉得老大说得有理，就从远方请来一位高人，教兄弟三人跟着学骑马打枪。不到一年，三人都练得会在疾驰的马背上打枪，而且能百发百中。尤其老三身手功夫更是了不得，当地的土匪一听他的名字都吓得尿裤子。

可是这几年，地道河来了日本人，朱庆喜被日本宪兵请去诱杀。杀父之仇不共戴天，朱家三兄弟拉起"杆子"进了山，决心报这血海深仇。他们袭击鬼子往外运煤的火车站，无数次与鬼子交手，打死了许多鬼子。

前几个月，狡猾的鬼子收买了杆子里的一个人，日本宪兵大队包围了他们，三十多个兄弟和家人全被鬼子打死在山里。三个兄弟经过两天一夜的誓死拼杀，才杀出一条血路突出了重围。

三个人骑马跑到了梨树屯一商量，感到关东已是日本鬼子的天下，没法待了。觉得老家离关里不远，又在大山沟里，鬼子不一定能到那里，还是回老家再作打算。没想到老家这个山旮旯的地方，也全被鬼子占了。并且，父老乡亲还都被鬼子像圈羊一样给圈了起来。

三个人在西山口勒缰蹦下了马，三位兄弟此时真正感到有一种"国破人灾，有家难奔"的滋味儿了。

"大哥，咱上哪儿？"老三问。

常言说得好："有父从父，无父从兄。"觉得走投无路的两位兄弟看着哥哥，等他拿主意。

"天无绝人之路。"老大朱延兴给感到彷徨、无奈的两个弟弟打气儿，他想了想，对两个弟弟说，"嗯——进大冰沟吧，进沟再说。"

"大哥，大冰沟在哪儿？"

"从这儿往西走，过梁就进沟了。"朱延兴用手指着去大冰沟的山路。

"哥，沟里有人家吗？"老三问。

"过去有，我和父亲去过。"

"好！哥，那咱进就沟。"老二说。

三兄弟扬鞭催马向西直奔大冰沟。

郑玉山把父母接到锥子山，罩在他心头上的那片阴云一下子散了。他和妻子不怕劳累，趁着寒冬未至，两口子开垦着屋门前这片荒地，准备来年种上，他坚信，这里一切都会改变。

已经进山一个月了，六口人省吃俭用，勒着裤腰带过日子。老少三辈天天在大山上，在这矮小的屋里过活。远离尘世的纷扰，也远离亲人的关顾，但全家人能欢欢喜喜、高高兴兴躺在热乎乎的一铺炕上，郑玉山夫妇内心感到十分满足。毕竟一家人免受在围子无处安身之苦，尽管茅屋简陋矮小，但郑玉山感到和在围子比起来，这儿，简直就是天堂一般。

一天早上，妻子悄悄告诉郑玉山："哎！粮食不多了。"

"没事儿，到山林里找些野物来，在这里，还能饿死？"

第二天一大早，郑玉山嘱咐了妻子一番，拿着钢叉出去了。晚上回来的时候，他扛来一个成年的山鹿，郑玉山把扛在肩上的沉甸甸的带着血的野鹿往地下一放，兴冲冲地冲屋里的家人们喊着："来看看！今天我挣来一个什么！"全家人都跑出来围上来。

"嘀——这个大家伙，玉山，你是咋整住的？"妻子高兴地问。

"该着它倒霉。我把它撑到一个悬崖上一轰，它就摔下去了。"

小宝好奇地瞅着这个新鲜的大羊拽着父亲衣襟喊："爹！这是啥？"

"这是大山羊啊！是给我们宝宝吃的！"

"爹，也给爷爷奶奶，爸爸妈妈姐姐吃！"

"哈哈，宝宝真乖——"郑玉山两手高高举起儿子转了一圈儿。就这样，郑玉山每天打猎回来都会给全家人带来几分惊喜。

这一天，郑玉山拿起一杆扎枪，揣上干粮，老早就出去了。

在窑沟，他发现了一头成年的大野猪。这一下可把郑玉山高兴坏了，能逮住它够全家吃个十天半个月的。他拿着扎枪跟着它，好找机会动手。

这头野猪顺着沟谷往北走，中午，到了金场下边的一块儿薯地低头拱起来，郑玉山一看机会到了，他使劲儿向野猪的肚子扎去——野猪被刺中大声号叫。它带着刺进肚子的扎枪一路逃奔，向北奔向金场。就要到手的东西，郑玉山哪能放过？他紧紧地在后面追——终于，野猪倒下了。这时，就听山林边一声怒吼："站住！"一伙伪军顺着地埂跑过来。

哗啦啦，东面的山林里也突然出现一群端着刺刀的鬼子，离他不过几十米远。糟啦！郑玉山放弃那头正在诈尸的野猪，扭头就往沟里跑。三十多个鬼子和伪军一起追来，他们边追边朝郑玉山开枪，子弹像雨点儿一样密，打在沟道两旁裸露着的山石上，迸射着火星和石屑。

这股日伪军是岛田最近组建的搜山巡逻队二小队。自从魏强杀死那么多鬼子汉奸后，岛田一直认为大冰沟有一支精锐的抗日部队。这次，朱家三兄弟击毙了岗楼上的两个鬼子后，岛田认为这是大冰沟的抗日部队的侦察人员来围子侦察情况，他担心沟里抗日联军下一步会对围子采取行动。他向上级藤岛大佐汇报了情况，并请求支援。藤岛对岛田的报告不得不认真考虑。日军对这儿一带山区民众圈羊式的部落统治，是为了隔断他们与山里抗日部队的联系。这几个月来，各地没有发生抗日联军对皇军袭击的重大事件，说明了他发明和实施的部落统治有了成效，必须强化巩固。大冰沟抗日联军对围子要采取行动，恰恰说明他们已缺衣少吃，生活极其艰难，如湖中干涸之鱼，死亡已为期不远。他要对这支一息尚存的抗日部队重拳出击，给予最后的致命打击。当天，他就调来了一个中队的鬼子和一个警察大队，共有三百多人，组建了六个搜查队，配合碾子沟、大西沟两个围子里的鬼子和伪军进山搜剿。敌人虽然人多势众，但他们都知道山里的抗日部队的厉害，不敢深入山里，只是在大石头、金场、北沟、东台子一带转悠。这支搜山队来到金场前山，是野猪的号叫把他们引了过来。

郑玉山双手抱着后脑勺不管敌人怎样喝喊、开枪，他也不回头拼命地跑。他想，只要转过前面不远的山湾，钻进西面的山坡的密林里，就能逃脱。可是，他还是被穷追不舍的敌人击中了，一颗子弹穿进了他的小腿肚子，他不顾流血还是咬着牙使劲儿地爬。

敌人围上来了，赵万奎到了趴在石道上的郑玉山跟前，用穿着的皮靴照着郑玉山的脑袋踢去，边踢边骂。

"他妈的，你跑！你跑啊！"一直踢得郑玉山头破血流，他把枪往腰间一插，大手一挥命令手下人，"带走！"

第二十六回 关东三兄弟进深山 狩猎汉不慎落魔爪

就这样，郑玉山被敌人拖回了碾子沟围子。

当天晚上，郑玉山在日本鬼子驻地——碾子沟日军剿匪司令部的审讯室里遭到鬼子残酷的毒打。岛田以为郑玉山在大冰沟里待了这么些天，一定是抗日分子。他叫两个凶神恶煞、身如铁塔的鬼子把他吊在房梁上用皮鞭子轮流抽打，打得郑玉山皮开肉绽、鲜血淋漓，昏死过去好几次。可几次审讯，郑玉山睁开迷离恍惚的眼睛，不知道鬼子问的是哪一桩，只知道逃出围子是死罪，是定死无疑的："军爷，我——真的不知道抗日联军。"

岛田一看还是不说，命令两个家伙用更残忍的刑罚让郑玉山开口。他一比画，"嗯"了一声，那两个鬼子"哈伊"地点头回应。

随后，把郑玉山从房梁山卸下来按在板子上，掐着他的嘴巴，把红红的辣椒汤一碗一碗灌进郑玉山的嘴里，一直灌到辣椒水从嘴里往外涌，两个鬼子才松开手。郑玉山仰躺在黑乎乎的铁板上，肚子鼓得圆圆的，已一动不动了，岛田看抓来的人只剩了最后一口气，只好作罢。因为他已向藤岛汇报：在大冰沟抓住了一个抗日联军，这么大的收获必须让上级看到。他叫来赵万奎，命令他把奄奄一息的郑玉山绑在囚车上在各个围子里游街示众。

"赵大队长，明天把抓来的这个抗日联军装进囚车在围子里游街示众。"

"哈伊！"赵万奎心里明白，这个郑玉山就是他前几天在南门外打的那个庄稼汉，也许他在围子里待不了，跑进了山。活该他倒霉被逮着，既然岛田把他看成抗日联军，把逮来的狸猫当老虎，对他何尝不是好事？这可是他协助皇军逮住的。藤岛要是打听此事，是他抓住的抗日联军，他就是这大冰沟一带第一个能抓住抗日联军的赫赫有名的功臣，还愁不升官发财吗？他心里想，日本人也不过是一群瞎眼狼，该着我赵万奎能有这升官发财的好时运。

第二天，打得遍体鳞伤的郑玉山被鬼子塞进囚车。

今天，碾子沟围子不比寻常，阴暗的天气，日头藏在灰云背后不出来，好像是怕看到不幸者今天的痛苦与遭遇而故意扬起遮眼的衣袖。南、北大门紧闭，街上冷嗖嗖的北风抽着人们的脸。

"抓到的抗日联军要游街示众啦，然后再砍喽。"

"听说是在大冰沟被鬼子抓住的，够可怜的。"街上，囚车还没出现，人们就躲在墙犄角旮旯地方小声议论着。

囚车过来了。伪军大队人马在囚车后，列着长长的威武的阵容，几个汉奸在囚车前鸣锣开道。一个跛足、侧着身子走路的矮个子汉奸走在囚车前，旁观的人群中指着他悄声说："他呀，就是马德才。"大家都知道他的老婆跟着伪军大队长赵万奎，所以他才当上了便衣小队长，今天，他借此机会要露露风头。他戴着一顶毡帽，紧挪着那一瘸一拐的腿，一副猴脸露出十足得意的样子。他边敲锣边伸着脖子亮出难听的公鸭嗓子："诸位乡亲！大家快来看哪，皇军昨日逮住了一名大冰沟里的抗日联军！"

哐！哐哐……

"乡亲们！大家快来看哪！皇军昨天在大冰沟抓住了一个抗日联军！"

哐！哐哐……

锣声、难听的叫喊声在抓挠着围子里的人们，男女老少不敢走出院子，站在自家的大门里向外张望。

郑玉清和妻子走出碾坊，想看看到底发生了什么事。自从哥哥走后，他整天提心吊胆，恐怕哥哥出事。要是哥哥在外有个三长两短，那可就坏了。他暗暗祈祷着，老天哪，灾祸千万别降到我们家呀！

囚车晃晃荡荡过来了，簇拥着的一团人马呼啦啦地拥挤过来。郑玉清靠在碾坊外的一角，两手屯在袖子里，怯生生地张望着囚车里的那个浑身是血、神志不清的人。他虽然难以看出押在车上那个蓬头乱发、鲜血染面人的长相，但哥哥临走时穿的那件破棉袄和鞋子他是忘不了的。

我的天哪！这正是大哥啊！郑玉清心里为之一震，浑身打战。

他愣愣地瞅着，只见大哥两臂呈一字型用铁链背铐在木笼里的两个木柱子上，低垂着随囚车晃动的脑袋，他已经神魂迷离、不省人事，如果没有被绳子捆绑在木柱子上不可能站立着。

大哥呀！你是怎么闹的？郑玉清心如刀绞，脑袋"嗡"的一下，两眼什么也看不清了，身旁的妻子一把把他拽回了碾坊。

他一下子扑在碾盘上，泪水满面泣不成声。

囚车上的郑玉山处于昏迷状态。他浑浑噩噩任凭大街上人喊锣敲，人声鼎沸，冥冥中，他宛如神魂游荡，似梦非梦。

他的身子随着囚车的颠簸摇晃着，脑袋也在晃动，眼睛、鼻子、耳朵和嘴随着脑袋剧烈地抖动，滴答，滴答……又淌出血来，滴在他血襟和脚下的横木上。就这样，郑玉山在围子里大街小巷被周游了一遭后，由一个小队的鬼子押送到要路沟去了。

天黑了，他怎么还不回来？难道出什么事了吗？郑玉山的妻子心乱如麻，她冒着刺骨的寒风在柴门外焦急地期盼着丈夫归来。夜深了，还是没有动静。

郑玉山的父母感到不对劲，儿子不会深夜还不回来。他们知道，儿子最怕他们惦记。两位老人侧侧歪歪走出茅屋，久久驻足在柴门前，呆呆地望着儿子每天归来的那条山路，山路黑乎乎的没有动静。

时间，一分一秒地过去了。夜晚，大山带给他们的只是苍凉的风声和山鸟的悲鸣。两位老人心里蒙上了不祥的阴影。这种阴影随着时间的推移越发厚重起来，完全遮埋了他们最初的期盼。

"挺冷的冬天，儿子是不会在外过夜的，他会回来的。"父亲喃喃地自语着。

山星打横到后半夜了。老汉拉起坐在门槛上的老伴走到院子中间，二老双手握和向灰蒙蒙的苍穹东、西、南、北四方跪下叩拜："苍天啊！各路山神啊！保佑我的儿子平平安安回家啊——苍天啊——各路山神啊——保佑我的儿子平平安安回家吧……"

两位老人忧悲、苍凉的呼喊声回荡在幽静的山谷。他们只以为儿子被山中猛兽伤害，哪里能想得到被鬼子抓走了？

第二天一早，全家人开始在茫茫的山海中寻找亲人，他们一沟一沟地找，一山一山地爬，已经找了八天了，还是没有找到。郑玉山的妻子看一家人这样下去非都垮了不可。这天早晨，她对公婆说："爹，你别去了，在家看着小宝，我和小兰去找。"

"那可不行。"郑老汉说什么也不同意。

"我啊，这把老骨头还硬朗着哪，我跟你们去，好歹还能给你们做个伴儿。"

这一天，三人到了山势险恶的野猪沟去找。到了下午，三个人一无所获，个个累得疲惫不堪，只好下山。这几天，郑玉山妻子心里一直在想：这些天，玉山不回来，肯定是回不来啦。男人没了，一家人依靠的大山没了。这一家子老的老,小的小,在这深山老林里,将来可怎么活?她满脑子装的就是这些,她脑袋里像一团扯乱了的麻,乱七八糟,无法理清。她神情恍惚地在山间奔走,已经好几天没吃饭没洗脸了,人已消瘦得像变了一个人似的。

日头压山了,她靠在一棵大树上,喘着气,捋了捋搭在眼前被山柴刮乱的头发,硬撑着早已疲惫的身躯向山下走。

哧溜!一个搓脚石把不留神的她滑倒,没等小兰和爷爷去扶,她已顺着陡峭光秃的山坡滑出了五六米远,无情的陡坡把她翻滚的身子揉成了一个圆儿,那圆儿在没有柴草阻拦的陡坡上悬跳着,滚动着,一直滚落到沟谷里。

"娘——娘——"大山回荡着女儿小兰悲痛欲绝的哭叫声。

第二十七回 五英雄椓树林相聚 姐弟三岔口巧获救

朱家三兄弟骑上马从西山口沟谷经过大石头沟、金场一看，不用说看不到一个人影，就是连屋也被拆扒得只剩下了一个个黑黢黢的房壳儿。

"大哥，这山里的人也被鬼子撵到围子里去了？"老二问。

"嗯。"

"这鬼子真恶道。"老三说。

没有人家，去哪里呢？朱延兴仰望去药王庙的那条山路。

"咱得找一个地方歇歇脚，先饮饮马。"

三个人跳下马，牵到不远的溪流旁，砸开溪面上的一层薄冰，让马饮足水。朱延兴曾记得小时候，跟父亲去药王庙求药给奶奶治病的事。那是一座坐落在马鞍子形的小岭上很大很大的寺院。他想：那儿离这儿很远，鬼子也许到不了。他决定领着两个弟弟牵着马上山到那里先歇歇再说。

哥仨牵马上山，来到寺院门前。庙门开着，三人就把马拴在庙门旁的松树上，进了庙门。

寺院里闻不到香火。枯黄的树叶铺满了寺院，在寒风的劲吹下，寺院内的枯叶在墙角呼啦啦呼啦啦地打着一个个旋儿。

三人手握着枪进了大殿。一看，正中的那尊泥像倒压在坍塌的龛台上，已体无完肤，烛台和供奉香炉支离破碎，翻倒在地上，殿壁和塑像留有明显的弹洞；地上、蒲墩、龛台、画壁显露着一片片殷殷的血迹。不用说，大殿里曾发生过激战。

三个人好几天没睡觉了，他们顾不了那么多了，来到西面的护院僧人曾住的小厢房，打扫一下炕上的尘土，和衣睡起来，直到拴在庙外的大青马呼呼呼地大声嘶鸣，才把朱延兴惊醒。这时，他顺着窗口一看，外面的一切已灰暗朦胧，弯月已爬上了那高高朱红色的寺院大墙西。他想，天该亮了，马还拴在树上没喂，怎么能行？他捅了捅正在熟睡的两个弟弟："醒醒！醒醒！放放马去！"

老三揉揉惺忪的睡眼，打了一个哈欠。

"大哥，啥时候了？"

"天就要亮了。把马牵到有草的地方去放放。"

"嗯。"

啪！啪！庙外密林不远的山坡脸响起了清脆的枪声。

不一会儿，老三手拎着两只野鸡进了庙门，笑呵呵地跟朱延成说："二哥，这山上的野物不少。大哥呢？"

"大哥出去了。以后别用枪了，这样，会招来鬼子的。"

"哎呀，二哥，你说啥呢？这大山上一个人影都没有，哪来的鬼子。你就放心吧。"

"老三，你可别放大耳汤。来时，你看殿里了吗？"

"嗯。"

三人两天没吃东西了，老二就在寺院外找些枯干的树枝，划些树叶；老三薅光鸡毛扒开内脏，哥俩在院中的香炉上生起火来。篝火红红的，升腾的浓烟翻卷着冲上了寺院的上空，越过了山岭。老三迫不及待地把两只鸡放在火上烤。

"二哥，这大的给大哥留着，这个，咱俩吃。"一阵烟熏火燎，鸡肉飘散着诱人的香味。

"二哥，熟了，吃吧。"

两个人撕开刚吃了几口。

哐！大门开了。朱延兴手牵着大青马，并没有进寺院，他喘着粗气大声训斥两个弟弟。

"谁让你们生火的？啊？快走！"

老三嘴里叼着一块还没下咽的鸡肉，左手半个鸡，右手拎着那只烤好的整个鸡，老二用脚照着香炉猛踹过去，那香炉，咣当一声倒下，尚未燃尽的干柴洒落在院子里。哥俩赶紧跟着大哥出了庙门。

第二十七回 五英雄树林相聚 姐弟三岔口巧获救

啪！啪！啪！嗒嗒嗒……三个人牵马刚到寺院后，庙门外密林里密集的子弹就封住了庙门。

"统统地围住！"

二十多个鬼子迅速把寺院包拢起来，一阵猛扫后鬼子冲进寺院，四处一找，没有一个人影，只有那地上没熄灭的柴火冒着青烟。

"抓住他们！"

鬼子小队长精赤一喊，鬼子沿庙后上山的小道追去。

庙后上山的山路越来越难走，山陡路窄，三匹马的蹄子蹬不住，走起来很慢。不一会儿，鬼子就撵了上来。朱延兴一看不行，他吹了一声口哨，那三匹马尾巴一翘，头一昂，像三匹脱缰的野马一样向四外窜去。哥仨在山林里跟鬼子斗了这么些年，有丰富的作战经验，并不慌张。

"就在这片林子里。"

两个弟弟明白大哥的意思，立刻分散钻进密林。他们沉着、冷静，虚虚实实，弹不虚发。在林子里与鬼子周旋了有两顿饭的工夫，打得鬼子蒙头转向，林子里已经撂倒了七个鬼子。鬼子只见几个人影在林子里忽隐忽现，神出鬼没，于是边甩手雷边凶猛地射击。鬼子虽用密集的子弹不断地狂扫，可就是打不着对方。精赤气得大声号叫："消灭他们！"

嗒嗒嗒……鬼子的机枪向柴林扇形状摆动着，一阵猛扫。所有的鬼子打着枪一窝蜂似地冲了上来。

"大哥，子弹只剩下……"

老三趴在大哥跟前悄声说到这儿，伸出三个手指。其实不用老三说，朱延兴心里清楚，每个人手里的子弹都该光了。这样打下去肯定是不行的。他叫两个弟弟先走，自己来断后，两个弟弟就是不听。就在这千钧一发之际，轰！一颗手榴弹在几个鬼子跟前爆炸了。轰！轰！两颗手榴弹连续在鬼子群里爆炸，鬼子在爆炸声中又倒下了几个。趴在地上的精赤爬起来，他挥舞着战刀，面向手榴弹投来的方向刚说出一个字：

"抓——"

左面投来的手榴弹在他不远的地方又炸了，他想再趴下已来不及了，手榴弹爆炸迸射的碎石正好打在他左颧骨上。顿时，鲜血从他的脸颊上流了出来。鬼子三面挨打，如四面楚歌一般。精赤以为中了抗日联军圈套，遭了埋伏。自己的部队到了这儿距金场足有五里山路，其他的搜查队即使听到枪声也很难及时赶到。倘若在这儿恋战下去，说不好会全军覆没，于是命令剩下的鬼子："撤！"

鬼子挨的竟是冷枪，他们看到死去的同伙遭到的枪弹都是一弹毙命的，才知道他们要抓的都是狙击手一样的人，不然，打枪哪有这么准的。他们放慢脚步，个个左顾右盼，像缩头乌龟，小心翼翼地往上走。谁也不敢贸然独自前行。一听队长喊"撤"，就边打边退，很快地退出密林，退到药王庙。精赤一看三十多人的搜查队一个抗日联军没有抓到，竟然还少了七个人。他用手捂着脸上用纱布刚刚包完的那块儿有伤口的地方，他皱着眉头，大嘴张着，呼哧呼哧地喘着气。说真的，这次追剿真是让他沮丧到了极点！几十个堂堂的大日本帝国军人竟让这几个抗日联军打得如此狼狈，他怎么向岛田交代？仰望山上的林海他不住地摇头。

"大哥，鬼子走了。"老三对朱延兴说。

兄弟三人都觉得奇怪，刚才手榴弹在鬼子群里爆炸，显然，这树林里有人在帮忙。是什么人救了他们？难道这深山里还有一支抗日的队伍？哥仨正为刚才的事感到莫名其妙的时候，"三位好汉！你们从哪里来呀？"

随着说话声从林子里走出四个人来。哥仨迅速转身贴在树后。

"三位英雄，出来让我们认识一下吧。我们也和你们一样，都是打鬼子的。"

这四个人就是葛振林、魏强和董老汉与他的女儿小英。啊！原来是这四个人帮的忙，哥仨高兴地赶快迎了过去。

原来，早晨，龟石岭上两声枪响惊动了住在山上窝棚里的人，葛振林想，这几天，鬼子没离开山下金场一带，药王庙那儿有枪声一定有事，说："药王庙那儿出事了，咱们看看去。"

于是，四人拿起家伙急匆匆地下了岭。他们到了离窝棚不远的一个坡脸，向下一看，药王庙的寺院里冒出了滚滚浓烟。时间不长，就听到药王庙响起了激烈的枪声，葛振林想，药王庙肯定有人遭遇了鬼子的追杀。

他对大家说："有人和敌人遭遇，我们下山迎一下。不过，大家一定要

第二十七回 五英雄树林相聚 姐弟三岔口巧获救

小心！"

四人翻过一个山梁，找到那条通往寺院的小路，还没到这片大树林就听到从山下传来的枪声越来越近，偶尔还清晰地听到一阵马的嘶鸣。

"上来了！我们躲一下。"葛振林说完，四个人赶快来到密林附近，埋伏在离小道不远的一个巨大的山石后。

果然，从上山的小道跑上三个人来，随后一群头戴钢盔的鬼子端着枪追了上来。

到了林子里，三个人就没有往上跑，砰！砰！啪！啪……在林子里与鬼子打了起来。

"排长，那三个人好像是从关东过来的。我早些年在那儿待过，那地方冷得很，都得戴狗皮帽子，穿毛皮衣裳。"董老汉悄声对葛振林说。

"啊！"葛振林对魏强说，"带来几颗手榴弹？"

"两颗。"

"我这儿还有一颗。"

小英拽出手榴弹给葛振林瞧。

"好，小强，你手里的手榴弹给我。"葛振林望着林子，细听林子里的枪声判断双方的位置。随后，掖上手榴弹猫腰想走，走了几步又停下了："小强，你要保护好老人和英子，你就在这边儿，配合我。"

"嗯。"

说完，葛振林靠柴草的掩护绕到了林子的右侧。他迅速钻进林子里，趴在一片树叶浓密的地方一动不动，静听林子里的枪声，判断双方打仗的态势。一阵交火后，下面鬼子的射击更加凶猛，对方却不回击。他知道三个人的子弹不多了，如果这时鬼子发起冲锋，这三个人是很危险的。他拨开枯叶看到一群鬼子冲了上来，就揭开手榴弹的盖儿投向鬼子群，接着一颗又投了过去。魏强听到爆炸声，告诉爷儿俩："大，你们别动，我去会儿就回来。"

说着，从左面进了林子，趁着鬼子慌乱的时刻，他跑到一棵大树下，看到离他只有十几米远的地方，一名鬼子军官挥舞着战刀吼叫着。打蛇要打它的"七寸"，打鬼子就得打他的头儿。干掉这个鬼子军官！魏强想到这儿，迅速地把唯一的那颗手榴弹投向了他。

风声鹤唳，草木皆兵。精赤受伤，误以为是抗日联军设的"诱敌围歼"之计，就这样仓皇撤退了。

朱家三兄弟转危为安，化险为夷，心里非常感谢这四位拔刀相助的山里人。大哥朱延兴领着二弟到了四人跟前，一句话没说就握手相谢，感谢四人的救命之恩。

葛振林见三位抗日汉子上山心里自然高兴："朋友，不用谢，咱们都是中国人，打鬼子，是我们每个人分内的事儿，三位兄弟一定是抗日英雄。走吧，这儿不是说话的地方。鬼子也许时间不会太长就会回来的，大家先上山再说。"

大家在林子里找到鬼子扔下的七条枪，背着上了山。

一晃到了数九隆冬的季节，郑家的两位老人守着孙女孙子已经过了两个多月了，他们天天想，日日盼，希望儿子会有一天突然立在他们眼前。不尽的企盼支撑着两位老人衰老虚弱的身子骨。

一天天过去了，时光的流逝无情地碾碎了他们心中的梦想。随着梦想的破灭，他们把自己的希望潜移向两个孩子。无论如何，绝不能在这大山里抛下两个不知世事的孩子走了。那样，对不起不在世上的儿子和儿媳，他们会死不瞑目的。

尽管老人省吃俭用，两个月下来，郑玉山原先打来的野物和剩余的那点粮食都吃光了，死神正一步一步向他们走来。

一天黑夜，刮起了大北风。呼——呼——呼——，凛冽的寒风扫打着山林，那恐怖的风声如狼嚎鬼叫一般，矮小的茅屋在狂风中似乎在震颤、晃动。

一早，狂风依旧如夜那样猖狂。房上新苫的茅草被狂风大把大把抓起，抛向远处。大风撕开小屋北墙上那个小窗户上的纸，毫不客气地窜进黑屋，撩起单薄破被。老天好像有意向这困苦不堪的四位老小大发淫威。

还没穿棉袄的小宝紧紧地抱着奶奶，他的小嘴唇已冻得发紫，瞅着灌进来的北风浑身打战："奶奶，我冷，我害怕。"他惊恐地望着不停怪叫的北窗，把奶奶抱得更紧。

奶奶低头瞅着怀中这个可怜的孩子，眼泪吧嗒吧嗒地往下掉。已经断顿一天了，老人知道不久会意味着什么。郑老汉忧郁地瞅着两个可怜的孩子，这几天他一直在想，咋着也不能让两个孩子活活地饿死在这儿。

第二十七回 五英雄树林相聚 姐弟三岔口巧获救

时值中午，北风过后，下起了鹅毛般的大雪。郑老汉知道大雪过后，大山就封上了。现在，一点儿吃的都没有，封山后，人出不了山，四口人就只能冻死饿死在这儿。趁着大雪还没封山，让两个孩子逃出山去，也许还有个生路。郑老汉把孙女叫到跟前："兰子儿，爷有一件事要办，想让你替爷爷跑跑。"

"爷，啥事？您说吧。"

"嗯——这么回事儿，我想啊，让你去碾子沟围子跑一趟，告诉你叔，就说这儿没有吃的了，洋火也没了，让他给弄点来。"

"唉！"小兰毫无顾忌地答应爷爷。

"唉，我的大孙女一天没吃东西了，这大雪天的。"说着说着，郑老汉心疼地擦了一把眼泪又说，"你一个人走，爷不放心，你弟弟给你做个伴一起去。"

"爷爷，奶奶，您俩在这儿，能行吗？我不放心呢！"

"唉，傻孩子，有爷爷，你还不放心啥呀？爷爷在山里待了一辈子，山里的这些事啊，爷爷都有法子。"老人用善意的谎言骗两个孩子尽快离开这儿。他们把从围子里带出的所有破旧棉衣都给两个孩子穿上，边穿边叮嘱，"兰子儿，一路要小心啊，你要带好弟弟。"

嘱咐完小兰，奶奶又把儿子郑玉山留下的大棉袄给小孙子裹上。她一边系扣子一边告诉他："宝啊，我的好孙子，路上要听姐姐的话，啊。"

"嗯。"小宝点了点头，应答着奶奶的叮嘱。

柴门外，风雪中，两位风烛残年的老人眼泪汪汪，目送着两个孩子下山。一直等到两个孩子瘦小的身影消失在茫茫的风雪里，两位老人噙着泪水，转身来到院子中央，双双跪在雪地上，仰望苍天虔诚地顶礼膜拜。

"各路山神啊——你们发发慈悲吧，保佑我的两个孙子平安无事走出大山啊，他们还小啊……"两位老人向四方叩拜着，祈祷着，换来的依然是漫天飞雪融入山野的沙沙声和阵阵肆虐风雪的怒吼声，仿佛主宰山中万物的山神对两位老人的苦苦哀求置若罔闻并不怜悯。尽管如此，两位老人依然相信世间之事，心诚则灵，虔诚定会化解一切灾难。他们相互搀扶慢慢站起，步履蹒跚，进了茅屋。

大冰沟

小兰带着弟弟下了山,他们沿着沟谷向北走。

风越刮越猛,雪越下越大。两个孩子刚出来的时候,虽大雪纷纷扬扬,但还有一点温存。

到了山谷,天气骤然色变,凌厉强悍的北风狂怒地咆哮起来,刮得满山的山林呼呼作响,纷飞的雪花在空中狂舞着。两个孩子在这风雪的世界中深一脚浅一脚艰难地跋涉着。可怕的大雪不喘气地下着。小兰抱着弟弟走一会儿,累了撂下来,再领着走一会儿。就这样,两个孩子走出了六七里的山路。

大雪下了半尺深,掩盖了山石小路。狂风在山湾的沟谷中堆起了一缕缕起伏的"雪山脉"。两个孩子筋疲力尽,再也走不动了。

"姐,我,走不动了。"小宝嘟囔着。

小兰看弟弟冻得脸色黑紫,知道弟弟又饿又冷实在不能走了,她看看这个地方,知道这儿离金场还有十里来地。这样走下去,天黑也走不出大冰沟。天黑,走不出沟,就是不被野兽吃了,也得冻死。她想,只要有一口气就不能停。

"宝,姐来背你。"小兰背起弟弟就走。她背着弟弟与风雪搏斗,不知摔了多少个跟头,来到一个"丫"字形的三岔口的地方。

这儿,离金场不远了,她很兴奋。记得当初爹领他们进山时的情形,绕过一个山弯就能看到自己家的红薯地。她实在走不动了,把弟弟放下稍停了一下,抬头看看天有些灰暗,不能待了,她蹲下来。

"来,姐背你再走一会儿,就到咱家金场了!"小兰背起弟弟就走。这时,她觉得弟弟沉了许多,像千斤坠一般。不管她怎样咬牙,使出全身的力气走,还是眼瞅的一小段路就是走不到头。不到半里路,虽然迎着狂叫的北风,可是,小兰背着弟弟浑身却冒着虚汗。一天了,姐弟俩没有吃上一口饭。小兰背着弟弟再也走不动了,两腿一软,两人一起栽倒在雪地上。她望着眼前飘舞的雪花和迷茫的雪山,似乎讪笑她的无能和脆弱。她使劲儿地用手拨了几下沾在头顶上的白雪,蹙起眉头仰望着不开晴的天。肚子里咕咕地响,她不知是累还是饿,口渴得嗓子在冒烟儿。她胡乱地抓起一把身旁的雪塞进嘴里像咀嚼食物一样,嚼了两口使劲儿地咽了下去。

眼看天一会儿比一会儿晦暗。天要黑了,怎么办?她心一横,爬!

第二十七回 五英雄树林相聚 姐弟三岔口巧获救

"小宝，你愿意骑毛驴吗？"

"愿意。"

"来，我教你，骑在姐身上。"

小兰把弟弟披的棉袄紧紧地系住，她跪在雪地上，两只胳膊撑起，然后让弟弟上去。

"宝真乖，趴在姐身上，两手搂住姐的脖子。"

宝趴在她的身上，小兰四肢在雪上爬。她觉得这样爬，的确轻快了不少。爬着，爬着……还是慢下来了。她咬着牙，掉着眼泪往前爬……她的鞋蹬坏了，棉裤膝盖的地方露出了棉絮。双脚和膝盖湿湿的，两只手冻得红红的、麻麻的，且被厚雪掩盖的柴根扎划出无数的血痕。不知爬了多久，最后趴在雪路上，身子再也躬不起来了。

"姐姐——姐姐——你怎么了？我再也不骑驴啦！姐姐！你起来吧！呜呜——呜呜——我不骑驴啦——呜呜……"弟弟红紫的手搂着姐姐的脖子哭喊着。

"这儿，怎么有孩子的哭声？"

喜爱雪天打猎的朱家三兄弟正好从这儿路过，走在前面的老大朱延兴听到沟谷里有孩子的哭声。扛着狍子的老三掀起了帽脸，侧耳一听。

"可不是，真是有孩子哭呢！"

"走，看看去！"

三个人来到三岔口就看到雪道上有爬的痕迹，洁白的雪上还有时断时续的红鲜鲜的血迹。

"大哥，你看！"

三人跑到跟前一看，只见一个小男孩儿拽着一个趴在雪地上昏迷不醒的姑娘在痛哭。

"看雪印，这两个孩子是从沟里出来的。"

"没想到这沟里还有人呢？"老二朱延成惊讶地说。

"二弟，别想那么多啦，救孩子要紧，你把这个小的抱到咱窝棚去。"

"唉。"

"你们不要杀我们！"小宝说着，他用恐慌而又乞求的目光，望着突然来到眼前的三个持枪的陌生人。

"孩子,别怕,我们不会害你们的。"

"多可怜的孩子,如果咱不走这儿,两个孩子这一宿非冻死不可。"朱延兴恻隐之心油然而生。他蹲下来用肥大的手给小宝抹擦着满脸的泪水,然后,拍拍小宝身上的那件肥大棉袄上的雪,重新裹了一下。他叫二弟把小宝抱了起来,又把手里的枪递给了老三,然后背起昏迷的小兰。

"走吧。"

第二天,小兰醒过来了,感觉到自己躺在热乎乎的炕上,下身没有穿棉裤,一瞅,身上还盖着厚厚的棉被。炕沿坐着一个姑娘,在低头缝补着衣裳。狭小低矮的屋子里弥漫着煮肉的香气。她忘不了,爸爸打猎回来前,妈妈总是煮肉等着他,就是这样的香味儿。屋子四周很严实,四壁的泥墙和爸爸修葺的一样细腻光滑,看看地下有一个年轻人,蹲在地下在扒着什么东西,泥墙角戳着几支油亮的枪,她曾在围子里看到过鬼子拿的就是那样的枪。

这儿,是什么地方?!她惊恐地坐了起来,"你们是谁?我……"

"姐姐!"没等坐在炕沿儿的小兰说话,小宝惊喜地跑了进来,"姐姐!姐姐!他们是好人,是他们抱我、背你到这儿的。"

"小宝!"小兰这才知道,她和弟弟遇上了好人。她一手搂住弟弟的小脑袋眼泪簌簌地往下流。

"小兰。"小英撂下手里的活儿笑嘻嘻地叫着她的名字,外屋的魏强和朱延国都赶了过来。没穿棉裤的小兰看着大家不知如何是好,但又不能下地叩谢这些好人。

"你们都先出去待着!过一会儿,再进来说话。"小英命令他们。

屋子里只剩下了两个姑娘和小宝。

"把这个穿上。"小英把补好的棉裤递给了小兰。小兰穿好,不好意思地说:"谢谢大姐。"

"哟!你把我忘了吧?"

小兰仔细端详眼前这个姐姐:"啊!你是小英姐!"小兰和小英抱在一起,她泪如泉涌。

"小英姐,是谁救了我们姐弟俩?"

她想和弟弟一起跪拜这些好心人。这时，董老汉先走进了屋关切地问："孩子，饿了吧？英子，给你妹子盛点肉来。"

"唉！"

老人坐在一旁叼着旱烟袋，他向小兰一打听，才知道郑玉山不在围子。听了小兰的诉说，老人知道了郑玉山一家进围子后的悲惨遭遇，他叫来魏强。

"郑家的两个老人还在锥子山。这么冷的天儿，得赶快把他们接过来。"

"我这就去。"

"小强，我们哥俩儿跟你去！"

朱延成和朱延国在外屋把扒下的狍子皮递给小英，两人要和魏强一起去锥子山。

"等等，光你们去可不行，我得去，这个道啊，我熟。"

"大，这雪忒大呀，您就别去啦！"

"嘿！走这雪山，我比你们能走！"

朱延兴觉得人手不够，给葛振林说了声让他也跟着下了山。大家别上短枪，拿着斧子和绳子，每个人拄着一根木棒。

打开屋门，风雪与出门的人撞个满怀。北风，依旧在刮；大雪还在纷飞。下山的路已被封上。五个人蹚着膝盖深的雪，走了小半天，才到了锥子山山坳里的茅屋前。大家推开屋门进里一看，傻了眼。晚了！两位可怜的老人在炕上蜷缩成一团，冻得已经发紫，冻僵时的微笑叫人揪心。"大兄弟呀！你们两口子咋这样就走啦……你们这样，让大哥心里难受啊……我的兄弟啊……"董老汉趴在硬邦邦的尸体跟前一阵痛哭。此时此景，让这几人都默默掉下了眼泪。

第二十八回 围子人满蚊虫患起 闹瘟疫万户唱鬼歌

又到了阳春三月，青龙河畔春风送暖。青龙河碧水荡漾，两岸杨柳依依，柔媚吐青，群山也悄悄地改变着它憔悴的容颜。

这是山里人们在围子里过的第一个春天。人们熬过了严寒的冬天，企盼着春暖花开的到来。因为在这令人恐怖而窒息的围子里，明媚春光的到来，也许能给他们带来一丝心灵的慰藉。但是他们哪曾想到，一场可怕的瘟疫随春而至。

围子里，坐地户每家都挤住着四五户人家。由于守门的日伪军嫌臭，他们不许人们把粪土拉出去。到了春天，院子里冬天堆积的垃圾如山，开化后脏水泛滥，腥臭难闻。一个院里，几家共用的厕所粪便到处都是，不堪入目。污浊的空气散播着，肮脏的污水和满街污臭滋生着传染疾病的蚊虫。每家屋里屋外苍蝇、老鼠随处可见。人畜共处，拥挤不堪的恶劣生活环境，使围子里引发了一场无法遏制的死亡大劫难。

打春前后，围子里就死了二十多个老人和孩子。到了农历三月初，一场前所未有的可怕的传染病在围子里急剧蔓延开来。一些体格健壮的中年男女，早晨什么毛病都没有，没到中午，人就完了。白天抬柩的壮汉，晚上却被别人抬走埋上了。得病的不容治，围子里的老人从来都没有听说过有这样的瘟灾。围子里，人人自危，个个惶惶不可终日。

到了三月中旬，围子里哀声不断，哭喊连天。前一个月死的，还能得到一口棺材，家人还能按当地的风俗，停在家里放三天。后来，死的人多了，棺材用没了，只好当天用破旧的席子往外卷了。每天，男女老少的哭声不绝于耳，满街飘落着外圆内方的黄纸钱。围子里到处散发着一股股浓浓的烧香燎纸味儿，哀乐、悲声充溢着整个围子，回荡在围子附近的周山。面对一具

第二十八回 围子人满蚊虫患起 闹瘟疫万户唱鬼歌

具抬出的尸体，人们对这朝不保夕，无法抗拒的死亡，开始由急剧的害怕恐慌，渐渐变得麻木，所有的人都开始听天由命了。

围子里死人的消息天天有人向岛田报告，岛田知道这是无法遏制的传染病，这种死亡对围子里所有的人来说都无法回避。这场万劫不复的灾难谁都无法掌控，染上就是死。大日本帝国军人毫不例外，同样存在威胁。

所以，必须严加预防。他命令所有的日本军人出入营地、巡逻防务必须戴好口罩，回驻地前，必须对每个军人的衣服、枪械进行严格消毒。日本军人的营地、厨房及餐具必须每天按时消毒。岛田每天向上级报告疫情，并请求藤岛大佐早日派医务人员前来医治。

这一天，岛田找来了伪军大队长赵万奎和便衣队长阚一良。他命令伪军大队长赵万奎加强对南北大门出殡人群的检查，维护好围子里的秩序；命令汉奸队长阚一良配合维持会会长刘守义对围子里每一家死了的人核对登记，不许有一点马虎！两个汉奸点头哈腰，连连说是。

阚一良出了鬼子驻地，他鼓着的那双蛤蟆眼滴溜溜地转着。他看到院里和门口站岗的鬼子都戴着白色的口罩，便一边走一边想，奶奶的！我说这几天围子里到处看不到小鬼子，原来都在兵营里待着哪。小鬼子太坏了，你们怕死，在这里瘸子打围——坐着喊，让我到阎王鼻子底下去当判官，记那生死账，呸！你们怕死，我姓阚的就不怕死啊？哼！我才不那么傻呢。我就他妈的干脆给你来个"闭门造车"。

阚一良走后，岛田走到赵万奎跟前，他拍了拍赵万奎的肩膀："赵大队长，你是皇军的臂膀和朋友，皇军非常欣赏你的才干和忠诚。从今天起，围子对外的全部军事防务和对内的巡逻检查、人口死亡管理，这一切统统由你负责！你的明白？"

"谢谢皇军的信任！我一定好好做事！让皇军放心！"

"哟西。"

狡猾的岛田知道阚一良是一只处世油滑的老狐狸，关键时刻，想让他肝脑涂地为日本人卖命是不可能的。而赵万奎才是一只招之即来、挥之即去，任他驱使的鹰犬，是一匹关键时刻敢于冲锋陷阵、赴汤蹈火的坐骑。此时是非常时期，只有他这样的人，才能为大日本帝国效犬马之劳。

岛田的一些话,令赵万奎受宠若惊。以后,围子里除了日本人之外,就是他说了算。他想,到了自己大展鸿图的时候了。过去,便衣短枪队是直接归岛田管辖,阚一良那个王八蛋不把他放在眼里,这回有岛田的话,非得好好治治这只老狐狸。

恐怖的瘟疫一发不可收拾,岛田令所有的鬼子躲在军部,他也深居简出。他向对瘟疫束手无策前来讨教的精赤说:"精赤君,围子里疫情严重,现在无法控制。支那人的死,关系的没有。我们大日本帝国军人,不能做无谓的牺牲,那样太不公平,也不利于我们国家的圣战。"

"岛田君,瘟疫如此蔓延,我们很难保证我们的军人不被传染上这种可怕的疾病。"

"精赤君,不要急躁,我已向藤岛大佐汇报了围子里的情况。我们的医生很快就要到了。"

自从岛田授权赵万奎负责围子里的全部治安防务后,他就成了围子里的天王老子。他天天骑着大白马,后面跟着一队伪军满围子转悠。

这一天,赵万奎带着伪军在前街巡查,短枪队的十几个人在阚一良的带领下气势汹汹地迎过来。一个用纱布包着头、鼻青脸肿的便衣,站在这群人的前头哭丧着脸。阚一良质问赵万奎:"你的部下为什么打我们的人?"

"打你的人?谁呀?"

赵万奎不屑一顾、漫不经心的样子更激起了阚一良心里的火气。

"你说!是谁?"阚一良问受伤的那个便衣。

"就是曹副官叫人打的我!"

这时,曹德义和后面的两个伪军从一个胡同里走了过来。

"曹副官,这个人是你打的吗?"

"是,大队长。"

"什么事啊?"

"报告大队长,我带两个弟兄在后街巡查,看见这个家伙正缠着刘老爷的大小姐不放,所以我叫两位弟兄揍了他。"

赵万奎一听是刘家的大小姐,那是他自己都舍不得碰一下的玫瑰花,一个便衣竟敢无礼纠缠?你短枪队真他妈的狗胆包天!

"阚队长，听着了吧？你手下的人胆子也太大了！刘老爷的千金你们也敢放肆？还觍着脸到我这儿来告状？"

"赵大队长，我看你是狗咬耗子——多管闲事！我的人喜欢刘家的小姐关你个屁事？姓赵的！你是不是管得太宽了，啊？我的人不守规矩，有我哪！用得着你的人来管教？"

"嘿嘿！阚一良，你这条老狐狸，你纵容手下的人干坏事，还强词夺理护犊子。我今天不教训教训你们，你就不知道天有多高地有多厚！来！把这些乌龟王八蛋，都给我抓了！"

伪军呼啦一下围上了便衣队。短枪队的十几个人也不甘示弱，跟阚一良都唰地一下从腰间拔出了短枪，"我看谁敢动？"阚一良手里握着双枪努着蛤蟆眼并不示弱。两队人马吵吵嚷嚷去了岛田住的兵营。日军军部岛田对这两个对簿公堂的手下人瞅了一眼，心里想，中国人最喜欢的是蜗角虚名、蝇头小利。他知道，围子里疫情肆虐，人心浮动。这个时候正是用人之际，两个东西必须利用好。

"赵大队长、阚队长，你们俩是我的左膀右臂，现在围子里疫情难以控制，局势严峻，我希望你们以大局为重，精诚团结。你们的明白？"

"哈伊！"

两个家伙来到日军军部，本来是想闹个谁是谁非，听了岛田的这两句话，谁也不敢吭声了。

围子里，高真住的小院前面是高家大院，大院是前后两进房子，在最前面的那进五间房子，住着一大户人家，也是本家族的远方哥哥——高福一家子。

高福一家老少四辈，十二口人。东屋用隔扇隔成里、外屋，里屋，住着高福的父亲高文祥老两口，外屋住着二叔高文忠和高福八十多岁的奶奶，还有高文忠的二儿子高才、三儿子高顺。西屋也是用隔扇隔着的，高福一家四口子住在外屋，里屋是高文忠的大儿子高升两口子住着。

这一天早晨，前屋传来了男女老少的哭声。高真忙穿衣裳赶了过去，一看是大伯高文祥两口子都不行了。

二叔高文忠一边抹泪一边说："每天早上，你大伯都起得比我早，今天早上,到这个时候还没动静。我纳闷儿,过去看看吧。一看,两口子不知什么时候早过去了,唉!"

这时,高福耳聋多年的奶奶被重孙女穿上衣裳。她看到家里来了这么多人,就问:"这些人上咱家,干啥来了?"

"奶奶!他们找我爸来了!"

"干啥?"

"种地!"

"啊。"

老人看到人出来进去,忙忙碌碌都往里屋去,她知道有事了,不顾孙女冬梅的阻拦,扶着炕沿挪到里屋,一看大儿子夫妻俩都直挺挺地躺在地上的木板上,她什么都明白了。

在大家的搀扶下,她颤颤巍巍地来到大儿子的尸体前,用柴枝般干瘪的手去慢慢抚摸儿子的脸,昏花的双眼再也挤不出半滴悲伤的泪水。她边摸边说:"祥啊,你身子骨硬邦邦的,怎不告诉娘一声就走了呢?啊?娘还没走呢。"

这样怎么能行?大家连劝带哄,慢慢地把老人扶到西屋去了。高福与二叔高文忠商量怎样发丧,并嘱咐妻子:"别的事你不用管,伺候好奶奶就行了。"

高家的院子里搭上了灵棚,两口棺材并排摆在里面。全家人披麻戴孝,孙男弟女在灵棚里守护着。

高文忠跟侄子高福说:"你去请一盘鼓乐。"

"二叔,别请了。寄住我哥这儿,这么办不合适啊。再者说,这么做,要大笔开销,耗费钱财。以后,咱们这一大家子人还得活着不是?常言说,'入土为安',明天就让他们走吧。"

高文忠一听心里难受极了,他知道哥哥一辈子辛酸苦辣不容易,父亲在他七岁的时候就去世了,是十四岁的哥哥担起父亲的担子,含辛茹苦,受尽艰难养活寡母和他。如果没有哥哥的奔波,哪有这个家?如今,让大哥、大嫂这样凄凉寒酸地走,心里能好受吗?侄子的一番话像刀子一样在刺他的心。他知道不是儿女不孝,是这个世道把这一家人弄到了这个地步。

"不行!这个得听我的。不请鼓乐,也得停三天!"高福知道二叔的脾气,拗是拗不过的。

第二天一大早,高福和二叔高文忠商量,明天辰时出殡。

白天,高家的亲朋庄人前来吊唁。到了深夜,高家的灵棚里哭声不断。时间一长,孙男弟女哭累了,就趴在棺材盖上打盹儿。高文忠和高福哪有睡意?他们要想好明天的事。突然,西屋里传出了高福妻子的惊叫声。

"二叔!快来呀!你看我奶咋啦?"

喊声惊醒了守灵的这些人。高文忠和高福一听,连忙赶到西屋。一看,只见老人两眼闭着,嗓子里好像有什么东西堵着。高文忠上前一把抱住老人的头,大声地疾呼:"娘!娘,您醒醒!您醒醒啊!儿子在这儿呢!您睁开眼睛,看看我在这儿呢!"

不管高文忠怎样呼喊,高老太太一声未应。嗓子哈啦哈啦的,声音越来越小。不一会儿,只见额头上那饱经风霜网状般的皱纹,渐渐散开了。

高文忠见母亲走了,他瓮声瓮气地号啕大哭:"娘呀——啊——"

全家都跟着哭了起来。三更半夜,撕心裂肺、惊天动地的痛哭声,又一次飘出了高家大院,飘过了左右街坊,传遍了半个围子。

第三天一早,高家的院子里又多了一口松木棺材。全家人围着三口棺材拍棺痛哭,真是哭得昏天黑地、日月无光。

东山头刚刚露面的春日,被几抹铅色的云遮掩着。似乎她抬起了宽舒的衣袖,遮挡着明眸,不愿看到人间的凄惨。

"家有万口,主事一人。"高家虽不算宽裕,但高文忠绝不能让儿孙满堂的八十多岁老母无声无息地走。他叫人搭上灵棚,请来一盘鼓乐,准备三位亡人三天后一齐发丧。

高家是大户,早饭后,围子里亲戚家族的人络绎不绝前来吊唁,他们在距家一百米的地方就哭上了。设在门口的鼓乐手一听哭声就吹打起来。那鼓乐随着哭者的哀声变换着吹打曲子。《找家园》《天堂乐》《苏武牧羊》,哀调儿拨动着围子里人们的哀怨与忧伤。吊唁者来到灵前磕头叩拜,三口棺材两侧的孙男弟女频频跪下,回礼。所有的来人,分别点燃带来的黄纸。灵前的三个盆里香纸燎燃,燃成大大小小片状黑灰色的纸灰,在瓦盆上打着旋儿,在灵前飘飞。一阵阵悲凉凄惨的哭声,揪拧着围子里男男女女的心。人们如果不是亲眼目睹,谁能相信世上会发生这样的事?两天的时间,一家子竟然死了三口人，这能不使围子里的人震惊吗？朴实憨厚的山里人啊，他们不敢谩骂人世间这些吃人的恶魔，却诅咒主宰生灵的上帝对世事不公。

吊唁回来的人们和高家人一样，心碎了。扎心捅肺的伤痛之余，他们似乎感到围子里有无数的幽灵在游荡，无时不在以狰狞的面孔向软弱者讪笑，随时向围子里活着的每一个人抛去索命绳，那张开的无形的恢恢天网罩着整个围子，谁都在劫难逃。所有的人只好在惶恐与麻木中，无可奈何地等待着，等待着与已走的亲人到那边的冥冥世界相见。

治了一辈子病的李熙三从高家吊唁出来唉声叹气："多事之秋，生灵涂炭，生灵涂炭啊！老天爷，你睁睁眼，难道你真的不让老百姓活了吗？"

按辽西的风土习俗，老人去世必须放上三天，大发丧，这不为过。高真和高旺心里知道，要是往年这样做，是必须的，可这是什么年月呀？哪家经得起这么折腾？这是闹着玩的吗？人，放了三天，高真、高旺两人劝高文忠。

"二叔，常言说，亡人'入土为安'，还是让我奶和我大叔、我大婶他们今天走吧。"

这是一个阴晦的天气，高家来了三十几个自带绳子和杠子的汉子，他们都是邻里乡亲来高家抬灵柩的。

出殡的时间到了，大家在棺材四周掏绳、绑杠。三个灵柩被高家人团团围着。在男女老少跪伏地上痛哭声中，只听有人高喊一声："起杠！"

众汉一鼓劲儿，三口棺材一起轰然架起，脏盔子一甩，抬棺材的汉子们簇拥着三个灵柩冲开跪地痛哭的人群向南大门走去。一支上百人的出殡队伍在三个灵柩后面号啕大哭，高文忠披挂着整身的白色孝衫，腰间系着一端拖着地的麻绳，戴着孝帽扛着灵幡，在亲友的搀扶下，在灵柩前时而退着步痛哭，时而跪在灵柩前磕头。鼓乐手在灵柩后随着哭声吹着《过小桥》《奔天堂》的曲子为亡灵祈祷。出殡队伍如一股洪流涌向围子南大门。

这时，只听大门有人喊："停下来！"

几个把门的伪军端着枪，上前阻拦出殡的人群，一个伪军班长向前两腿一叉右手向下一摆，命令停下检查。他们是按照赵万奎的旨意，不管什么事、什么人，出围子都要停下检查。

送殡人群停下来，但灵柩没有放下来，因为大家知道山里人祖辈传下来

第二十八回 围子人满蚊虫患起 闹瘟疫万户唱鬼歌

的规矩，出殡的灵柩是不能半路撂下的。

这时，伪军中队长张全从门亭子里走出来。他看到这些悲哀的眸子里流露出的是即将爆发的不可抗拒的愤怒。今天是他值班，惹出麻烦，吃不了他得兜着走，他走到伪军班长跟前。

啪！啪！来个左右开弓，打得那个伪军班长的大盖帽飞了出去。他边打边骂："浑蛋！你眼瞎心也瞎？抬死人有半路停的吗？"

"中队长，这，这我知道。可这是大队长让我们这样做的。"伪军班长摸着火辣辣的脸不服气地解释着说。

"大队长说过出殡的要停下来检查的话吗？"

"没有。"

"你他妈的是不是死面做的？大事、小事都能查，这抬的是死人能查吗？啊？"

伪军班长一听醒过味来："是！中队长。"

他捡起帽子，命令手下人："放行！"

高家埋葬亲人后日子不多，一场暴发性的瘟疫席卷了附近的围子。围子里发丧死人的事成了家常便饭。不管是年老体弱的老人，还是欢蹦乱跳的孩子；不论是百病缠身的病人，还是身强力壮的壮汉，说死就死。被抬出去的人越来越多，抬人的人越来越少。送殡的壮汉转眼工夫就可能是被送的人，活着的人不知是对这种悲哀的场面司空见惯，还是认为也许不会有多长时间，就会与离他们而去的亲人相聚。面对着死去的亲人，他们悲痛的号啕哭声变成了眼泪默默地流。有时，他们呆滞的神情，红灼的眼里不掉半滴泪水。没人抬，家人就用驴马车把亲人拉到野外埋掉。埋葬一个人，就像埋掉一头瘟死的猪一样简单。围子里活着的人能说什么呢？对于死去的亲人，他们实在没有气力和能力要做自己应该做的一切。围子里不绝于耳、惊天动地发丧的哭声少了，"东亚共荣的王道乐土"——满洲部落真正成了"千村薜荔人遗矢，万户萧疏鬼唱歌"的阴间地狱。

第二十九回 高才南门怒打日兵 将军难主沉浮悲叹

时值四月，正是春耕大忙季节，围子外所有的地都没有人去种。人们没有心思去种。他们彻底丧失了对生活的勇气和信心。岛田为了防止围子里这种触目惊心的疫情随时可能诱发的动乱，只好把龟缩在兵营里的鬼子又撒出来。他命令，对所有外出的日本官兵军装、口罩和使用的枪械武器每天三次严格消毒处理。对伪军、便衣、村公所伪保人员进日军驻地报告者一律不允许入内。即使是伪军大队长赵万奎、便衣队长阚一良进入日军兵营也必须严格消毒方可走进日军军营。

发丧了高家三位亲人。晚上，高真到了有世交的张国义家，诉说族人高文忠一家人的不幸。五十多岁的张国义听完悲叹不已。他说："民国十年的时候，咱这块儿闹过一场瘟灾，我记得那时也死了不少人，可没有现在这样蝎虎。"

"这个事，我过去也听说过。"

"那时，你爹和我还年轻，死人没少抬。后来你爹叫庄里人都上山刨板蓝根这种药回家熬汤喝，后来，那场可怕瘟灾就没了。现在，七百多口人挤在不到两百口人住的村子里，进来的人要住没住的，说句不好听的话，牲口、人都住在一块儿，粪便到处都是，你说这人能不得病？这都是小鬼子造的孽！"张国义磕了磕烟袋锅，气愤地说。

哐！

"妈！我回来了。"

屋门开了，张全回来了，只见他全身武装，气宇轩昂一身帅气，他向高真笑了一下。

"来多会儿了？表兄。"

"我刚到。"高真笑着说。

张全把大盖帽往墙上一挂,责怪父亲。

"爹,你说的话,我在院子里都听到了,这要是让外面的巡逻队听着,咱就没命了。皇军跟我们大队长说了,这几天皇军就送药来,有药就没事了。"

"皇军,皇军个屁!要不是他们生把这好几个村子的人圈在一起,能死这些人吗?啊?你呀!听爹的话吧,别跟小鬼子和那个姓赵的混啦!干那个缺德差事,会遭报应的!"

"爹!你又来了,我不会欺负老百姓的。"

"你说得好听,端人家的碗,就得听人家的管,自古以来都是这样。你现在端的是小鬼子的饭碗,鬼子让你杀人、打人,你不去,行吗?啊?你不听我的话,将来是要吃大亏的!"

高真想起去年秋天在碾子沟洼被盯梢的事,知道张全是赵万奎信得过的人,在伪军里是排得上号的人物。年轻人涉世不深,绝不会知道自己是鬼子和赵万奎手中摆弄的一个棋子。让他一下子洗手不干是不可能的,他是一个聪明的年轻人,总有一天,他自己看到自己到了被害的地步,定会醒悟。高真调和爷儿俩的争辩,顺带夸谢了张全今天帮了高家的大忙,便离开了张家。

高福自从发丧了奶奶、父母回来后,一头扎在炕上,这五尺之躯的汉子被这突如其来的沉重一击给打倒了。他不吃不喝,躺在炕上整整昏睡了一天。第二天一早醒来,一看躺在身边的妻子还没起来做饭,便责怪起来。

"嘿!啥时候了,还不烧火做饭!"

可身边的妻子无动于衷。见妻子毫无反应,他就伸出手去捅了捅她的胳膊,可是妻子还是一动不动。这时,他意识到不对劲儿,他赶忙坐起来一看,不由得吸了一口凉气,妻子不知什么时候早死了。望着妻子毫无表情蜡黄的脸,高福的眼泪流了下来。

他没有吱声,他一早不想惊动已经沉痛多日的全家老少了。他赶快把妻子的尸体放平,撕开被面,盖上她的脸。

高福到了东屋看二叔高文忠坐在炕上蜷着两腿抽闷烟,想张口告诉二叔,又把话咽了下去。高文忠一看大侄子的脸色不对,他从嘴里拿出烟袋。

"咋了?大福。"

"二叔,我媳妇不中了。"

"什么?快!还愣着什么?找先生去呀!"

"早都咽气了。"高福摇着头,低微的声音带着几分悲泣。

高文忠脑袋里"嗡"的一下,如一瓢凉水从脑顶浇到了脚跟。难道老天爷真的不让我老高家人活了吗?老人年老体弱摊上瘟灾走了,大侄子媳妇今年才三十三岁呀!从来没得过病,吃过药,身体在庄里也是数一数二的,日常这一大家子屋里的事儿全靠她料理,怎么也这样走了呢?他知道,自己是这一家子主事的,一家人都瞅着他呢,什么事他都必须扛着。高文忠赶快撂下烟袋,到了西屋掀开被面一看,侄子媳妇的脸像蜡纸一样黄,嘴角漾出一些白沫。他这时候才知道侄子媳妇真的走了。

人死了,停在炕上总不是事,他叫高福撤下门板把人抬下来。屋里的响动惊动了东西屋的人。

死,不是死者的不幸,而是生者的不幸与痛苦。高福妻子的死又使高家第二次跌进极其悲伤的痛苦之中。全家人过来一看,都哭起来。高福十三岁的大女儿冬梅扑在母亲的身上哭得像泪人一样,她不听任何人的劝拦,摇晃着母亲的脑袋。

"娘——娘呀——你,你不管我了?我还没长大哪——娘呀——"

高福刚过一个生日的小儿子小虎眨着大眼睛,不知娘为什么躺在那里一动不动不理他。

"娘——娘——"

他去掀娘的衣襟想摸娘的乳头,被高升媳妇含着眼泪抱走了。

"娘,娘……"

离开时,可怜无知的孩子还是使劲儿地向前跑着,伸出小手去要娘。一家人看着这一切,都泪水涟涟、泣不成声。

高文忠叫大儿子高升去买棺材,两次都空手而回,他对父亲小声说:"爹,围子里,现成的棺材只有两口,一口是老刘家的,是给他家八十多岁的老人预备的,不卖。另一口是老李家的,老李家的李老二今天早上也不行了。咋办?"

"买树破板子做!"

第二十九回 高才南门怒打日兵 将军难主沉浮悲叹

高文忠执意要买树破板子做棺材的事被高福知道了。他跑过去双腿一屈,跪在高文忠面前,哭咽着说:"二叔,人死了,用什么装殓又咋地,咱这一大家子人还得活着,都得吃饭哪。我看就用口柜装殓吧。"

高文忠怎么会想不到买棺材和擀材难这件事哪!在围子里,买树破板子是说办就能办的事吗?南、北守门的伪军对大的东西拉进围子是要收钱的。不然,你就甭想拉进来。可大侄子媳妇在高家十五载,这一大家子,上有老下有小,事事全靠她料理,含辛茹苦这些年,并为高家生了一儿一女,可以说是为高家"拴了马桩立下了旗杆",是有功劳的人啊,如果用一口破黑柜把她送走,这么做,对得起过高家门就操心费力的侄媳吗?于情于理都说不过去啊!可大侄子说的是实情,发丧了三位亲人后,高家已经背上了外债,现在的年月靠什么还债啊!一家子人还得活着呀。倔强的老人哭了,泪水湿了他的衣襟,只好依了高福。

发丧可以从简,让人家娘家人来看一眼总得做到吧。于是,高文忠打发二儿子高才去达摩洞东庄围子老李家去报丧。

一早,一家人都没吃饭,高才去那儿,来回要走四十里的路程。高才穿上汗衫就要走,高福把两个凉苞米面饼子塞在他的衣兜里。

"二弟,一路小心,忍着脾气,到了你嫂她娘家,告诉后就回来。"

"知道了,哥。"

高才按着高福的嘱托匆匆走出家门,直奔南大门。

高才到了南大门,一个伪军端着枪过来拉拉着脸喝吼:"站住!干什么去?"

"我嫂子没了,我报丧去。"

这时,正在楼亭里的赵万奎听到外面的声音走了出来,他叼着香烟仔细打量高才。

"你是哪家的?"

"报告大队长!这小子是老高家的,前两天一起抬出三个人时,我就看到哭的有他!"没等高才开口,拦截的一个伪军抢着汇报。

"啊——人都埋上好几天了,怎么今天才想起去报丧啊?"

高才年轻,家里人去世本来心情不好,一看赵万奎对他纠缠不放,又摆出一副阴阳怪气的样子，恨不得一拳揍扁了他。他想起临走时哥哥嘱咐他的话，压住心中的怒火。

"我嫂子是今天早晨没的，不信，你们去看看！"

说着，就往外走。两个伪军哪里肯放，一起上前来抓高才。高才气急，他一拳击出，正打在一个伪军的胸口，那个伪军被打出了五六步远，另一个伪军被他一脚踹在小肚子上，撞在岗亭跟前拦截的木桩子上，鲜血从嘴、鼻子里流出来。没等赵万奎掏枪，亭子里窜出三个手端刺刀的鬼子，"品"字形把高才围在中间。高才从小就和父亲学拳脚功夫，他一点也不惧怕这三个戴钢盔的东洋兵。等三个鬼子一起向他刺来的一刹那，他两脚尖一点身子一纵腾空而起，如雄鹰展翅一般轻轻地落在其中一个鬼子的身后，双掌一推那个鬼子，不偏不倚正好被对面的鬼子的刺刀扎个透心凉。两个鬼子惊愕了，赵万奎一看不好，岛田知道了在他的眼前死了日本人，他的脑袋还想在脖腔子上安着吗？他举枪向高才射击，高才趁着那个鬼子端枪发愣，一转身又来了个"双手推月"，赵万奎射出的子弹一个也没白搭，全部打进了那个鬼子的胸膛。枪声招来了三十多个鬼子和伪军，他们把高才围了个水泄不通。高才镇定自若，毫无惧色。赵万奎心里想，小兔崽子，你还真有两下子，这回我看你还有什么能耐，他大喊一声：

"上！把他给我抓住！"

日伪军蜂拥而上，高才一连打伤几个鬼子和伪军，但毕竟是身单力薄，再加上早上没有吃饭，还是被他们逮住，捆绑了起来。赵万奎来到高才跟前，咬牙切齿地照着高才的脑袋，啪啪啪啪！狠狠地就是四个耳光。顿时，高才的嘴和鼻子都淌出了血。

"他妈的，小王八犊子！你他妈的真是吃了豹子胆啦！竟敢杀害皇军。"

然后，他命令伪军："把他带到皇军军部去！"

于是，敌人簇拥着被捆绑着的高才向岛田的驻地——日军军部走去。

高福在屋子里往外收拾黑柜里的东西，准备用这口黑柜装殓妻子，就听见南门的方向有枪声，他心里忐忑不安，嘀咕着是不是高才出事儿了。他知道二弟脾气倔强，怕的是他与把守南门的日伪军发生口角打起来，那可就麻烦了。他招呼大弟高升过来，帮他拾掇出柜里的东西，他放下手里的活儿要出去看一看。刚走出大门口，邻居的一个小男孩儿慌慌张张地跑来，上气不接下气地告诉高福。

"大，不好了！你家我二叔被一群兵给绑走了！嘴还流着血哪。"

"咋个事啊？快告诉大！"

"不知道。"小孩摇头后接着说，"大门去了许多兵呢！抬走了好几个打死的日本兵，他们说是我三叔打的。大，我走了。"说完，一溜烟地跑了。

糟了！高福的心咯噔一下，打死日本兵，那惹下的是天大的祸呀，二弟呀，这一下子你可捅了大娄子啦！这可真是天灾人祸、祸不单行啊。怎么办？他赶忙去找二叔高文忠。

高文忠知道儿子打死了日本人，难保性命，但他还是镇静下来："大福，事儿都出了，怕有啥用？"

"二叔，顾活人要紧啊！求求刘家吧，也许能保住我二弟的命啊。"高福焦急地说。

高、刘两家是老辈亲戚。高文忠知道高家有事，表弟刘守义是不会袖手旁观的。但打死日本人这事儿非同小可，表弟刘守义能不能帮上这个忙还得两说着。他的心里没一点底。事情到了这个地步，行与不行也得去一趟试试。

高文忠出了高家院，一阵风似地来到刘家大门口，他右手拽着青布长衫，噔噔噔……快步上了门外石阶。哐哐哐！他使劲儿用手拍打大门。

不一会儿，门内传出一个老汉的声音。

"谁呀？"

"是我，高文忠。"

吱——，门开了一条缝，刘家管家周有手把着一扇门瞅了高文忠一眼问："啥事啊？"

"我是来找你们当家的，有急事……"

没等高文忠再往下说，管家就搭了腔："哎呀！真不凑巧，老爷昨儿个去塔子沟老大那儿了，改天再来吧。"

听了周有的话，高文忠只好退了回来。

原来，南门枪声响起来，刘守义就穿上衣裳到客厅里坐下了。自从鬼子把老百姓弄到围子里，在围子里打枪还是第一回，一定是出了大事。时间不长，就听到做饭的快嘴张二嫂在院子里冲着管家周有吵吵："哎呀！四叔，可了不得啦！从上庄新搬来的高文忠家的那个二小子被日本兵五花大绑送到兵营去了！听大伙说，在南大门，这小子还打死了好几个日本兵哪！四叔，你说这小子虎不虎啊！啊？谁都能惹，这日本人你能惹吗？这不找死吗？啊？真虎！"

"什么事？你进来说。"

张二嫂一听老爷叫她，才知道自己的嘴又没把住。她怯生生地走进客厅，瞅着刘守义，顿时，低下了头，她拘谨得不知所措，两手叠放在衣襟前，捏弄着衣角，再也不敢吱声了。

张二嫂是刘家雇来的女佣人，她做活勤快、利索，但心直口快有话就说。刘老爷知道这个世道嘴无遮拦是要惹祸的，所以经常告诫她"先睁眼，慢说话，别拿话就说"。

"你在外面说什么？"

"老爷，我，我错啦。"

"我问你，外头出啥事了？"

"啊——老爷，今天早晨我过来，一开门就听到南门那儿有枪响，我就吓得把门插上回屋了。过了一会儿，没啥动静了，我就赶忙往这儿来。刚到大门口就看到大街上从南面呜闹吵叫过来一大群人。我没敢开大门，顺着门缝一瞅，给我吓了一跳。一群日本兵和中国兵绑着满脸是血的一个小子向北去了。那个领头的瞅着可凶了，我瞅着很面熟。好像——好像来过咱们家。那些人走过去了，我出来打听后面看热闹的人，他们说，被抓去的是高文忠的二小子，他打死、打伤了好几个日本兵呢。"

"嗯，你下去吧。"

"唉。"张二嫂退出了客厅。

刘守义静静地坐在木椅上，内心深处涌动着一种痛苦与无奈。他与高家是亲戚，高家有难，岂有置之不理、袖手旁观之理？可他知道，什么事都可以找岛田。可整死了好几个日本人，这事非同小可，岛田绝不会放过这个孩子的。对这件事，他实在是爱莫能助。他知道高文忠会上门找他，所以他告诉管家周老汉，不管谁来找他，都说他不在家。

第二十九回 高才南门怒打日兵 将军难主沉浮悲叹

"大爷，高文忠走了。"刘老汉进客厅禀报。

"知道了，你去吧。"他用手背向外摆动几下示意老人出去，他需要一个人静一静。

他哀叹自己老了，要是再年轻二十岁，他会拉起一支抗日的队伍跟日本人真枪实刀地干，岂能如此苟且偷生？

"爹。"

"你怎么这么早起来了？"

雅娟从屋里走出来，瞅着父亲。

"爹，刚才我好像听到了枪声，是不是围子里出事啦？"

"雅娟，这世道啥事少打听。"

"爹，日本人视中国人如草芥，他们在中国的土地上为所欲为、草菅人命，这群野狼是不是向围子里的人打枪啦？"

"小娟！这不是你女孩子管的事情！以后少说这样的话！"

"不！我就说！爹，我真想不明白，你年轻时那种顶天立地，刚正不阿的男子汉气魄哪儿去啦？我小时候，看到您横刀立马威风凛凛训练你的骑兵部队，我心里无比地仰慕您。那时，在我的心里，爹是世界上最了不起的大英雄，是攻无不克战无不胜的军人。这种不可磨灭的印象深深印在我的脑海里。在这个世上，我为我有这样的英雄父亲而感到荣幸和自豪。到北平读书，我不惧腐败的北平政府对我们学生的杀戮，上街游行，面对反动军警的残酷镇压，望着前面喋血倒下的同窗，我义无反顾，奋然冲到最前列。我被警察的军棍打昏过，在累累的血案和无数的风潮中，我从来没有畏缩过。爹，您知道我为什么这样坚强勇敢吗？那是因为您的英雄气概无时无刻不在影响和鼓舞着您的女儿！爹！您现在这个样儿，真令女儿失望。"

听了女儿的一番话，刘守义心里不免隐隐作痛。他在女儿的眼里真颓废到这个程度了吗？

他是从一个无知的山里娃成长为一名身经百战、喋血从容的军人的。幼时险象环生的遭遇和后来二十余年的戎马生涯让他终生难忘。复杂多变的人生经历把他打磨成了一个异常冷静、沉着的人。他知道自己的确老了，身体、精神大不如以前，尤其是近两年，家乡这片故土烽烟迭起、民不聊生让他心里苦闷抑郁。他感叹自己垂垂老矣、无有作为，年轻时的锐气殆尽。他想清闲安逸地安度晚年。更主要的是，他身边这个女儿需要他呵护。常言说，"儿女情长，英雄气短"。老伴儿走了多年，为了这个宝贝女儿，他只能明哲保身、息事宁人啦。可这样冷酷无情对待自己有恩的亲人，不正是让世人唾骂的白眼狼吗？这个心里的纠结，他怎能化解？

小时候，家境贫寒，他记得全家四口人就靠这后山坡上的两亩山地过活。十三岁那年，他随着比他大两岁的哥哥偷偷地离开了父母，逃出了生他养他的这个大山沟，天真好奇的哥俩哪知道外面的险恶艰难！

两天后，哥俩把三个干粮团子吃光了，身无分文的哥俩实在饥饿难熬，一路上，只好沿街乞讨，受尽了痛苦和屈辱。离开家，兄弟两人像在空中断了线的风筝一样四处飘荡。飘啊，飘啊，流浪漂泊三个多月，终于在一个大庄，碰上了一个好心的富裕人家。这家主人王善人看他哥俩可怜，收留了他们。

从此，兄弟俩白天给王家放羊，晚上，兄弟俩睡在西厢房里。两人终于有了安身吃饭的地方。

"天有不测风云，人有旦夕祸福。"哥俩在王家放了三个多月羊，没想到王家出了一场飞来横祸。那是一个月黑风高的秋夜，王家突然遭到了一伙来路不明的土匪洗劫。惨无人道的土匪临走时杀害了这家男女老少十几口人，哥哥刘守成也被砍下了脑袋。幸亏那天黑夜自己拉肚子去茅屋，才躲过了那场灾难。那天黑夜他逃出了王家大院，惊慌地在野地里奔跑着。漆黑的深夜，他不知跑了多少路，跑到了什么地方。一直跑到两腿不服使才一屁股坐下来。无助的孤独、黑夜的恐怖，一起无情地向他袭来，十三岁的他失声痛哭起来。不知什么时候他浑浑噩噩地睡过去了。也许，人要不该死总有救，等他第二天醒来的时候，惊恐地看到在他的身边围着一群身穿黄军装、头戴大盖帽的大兵。其中一个身材魁梧，脚穿皮靴还留着八字胡的人见他醒了，俯下身子询问："孩子，咋一个人在荒郊野外睡觉啊？"

他恐惧地望着这些大兵，不敢告诉他昨晚发生的事，于是撒了一个谎。

"我来这儿串亲的，没有找到他们。"

八字胡见他穿着鞋底露了窟窿的鞋子，胳膊肘露着棉絮，浑身脏兮兮的。再看他哭得红肿的眼睛、骨瘦如柴的样子，不由得产生了怜悯之心。

第二十九回 高才南门怒打日兵 将军难主沉浮悲叹

"你是哪儿的？"

"碾子沟。"

"碾子沟？什么地方？"

刘守义瞅着这个当官的，只是摇摇头，他用黑乎乎的手背擦抹着眼泪。

他跑出了好几个月，他真的不知道老家在哪里，离这儿多远。

"团长，这小孩子看这样找不到家啦，问他，也问不出个所以然来。"

"真是个孩子，这兵荒马乱的年月，你一个孩子上哪儿找去啊？"说着他大喊一声，"司务长！"

"到！"

"给这个孩子两块大洋。"

司务长拿出了两块大洋递给他。"八字胡"劝他："孩子，你赶快回家吧。两块大洋你回家路上用。"

他当时想，为了出来，哥哥和自己历尽千辛万苦，如今哥哥丢了性命，自己无论如何也不能回去。想到这儿，他鼓足勇气对八字胡说："我不要大洋，我要当兵！"

他的一句话逗得那些当兵的哈哈大笑。其中的一个高个子兵一手把他像拎小鸡似的拎了起来，歪着脖子打量着他哈哈大笑，说："小毛崽子，没有三块豆腐高，也想当兵，能扛动枪吗？啊？"

"哈哈哈……"立在他周围的兵又一阵大笑。

"我扛动喽！不信，给我一支看看！"

"哟——这小子还挺不服气。"大兵们听他这么一说都愣住了，随后，又是一阵大笑。

"八字胡"觉得他这个孩子很有志气，就收留了他。就这样，他成了娃子兵。从此，他成了这位军官的马弁。这位军官就是他后来的岳父大人。岳父是奉系张作霖手下的一个部将，叫陈云山。他跟陈云山戎马生涯十余载，直奉交战时，他已经成为陈云山手下一名不可多得的年轻军官。他作战勇敢，谋略过人，身经百战，战功显赫，不断得到陈云山的重用和提拔。最后，被提升为上校团长。陈云山非常赏识他的为人，所以把自己的宝贝女儿许配给了他。

后来，张作霖在皇姑屯被炸，奉军动荡。三十四岁的他，解甲归田，用积攒的一些钱在一个县城里置铺买房，安家落户。在县城十几年，他的买卖做得越来越大，成了这个县城里屈指可数的大户人家。

"叶落归根"这话不假。四十六岁的他儿女满堂，丰衣足食，在县城里过着无忧无虑的生活。不知怎的，他想起家来，想家乡的山，想家乡的那条河，更想家乡的人。于是，就产生了回老家的念头，而且这种念头随着年龄增长愈加强烈。到了五十三岁那年，他不顾全家人的反对，把生意交给了儿子，执意与老婆回到了老家碾子沟。

衣锦还乡、荣归故里的他，是满怀的欣喜。家乡风光旖旎、景色宜人，锦绣山川让他心旷神怡。他曾写了这样一首诗，挂在自己的客厅，以示心声。

> 朝望山前绿，
> 晚听水潺声。
> 鸟鸣庭前树，
> 牧笛杨柳风。

本想远离了喧嚣的闹市，晚年过上清闲的日子。可好景不长，万万没有想到来老家没过两年，这山沟里也不太平了，土匪四起，抢劫骚扰山村的事时有发生。自从来了抗日联军，土匪从此销声匿迹。可日本人随后就到了这里。这两年的情形，他认为，辽西这个地方，就像当年直、奉军在这儿交战一样。几个月，抗日联军来，小鬼子跑了，没过几个月，小鬼子又回来了，抗日联军又进了大冰沟。抗日联军与日本人在这山沟里展开了拉锯战。谁胜谁输，委实难料。虽然抗日联军深得民心，作战勇敢，可他们人少，又没好家伙，不像他当年所在的部队家大业大。他以为山里抗日联军这个打法是和日本人捉迷藏，成不了大事。现在没了抗日联军的音信，鬼子在这一带修上了围子，说明日本人在这儿站稳了脚跟。在他看来，抗日联军还是被武器精良的日本人赶跑了。

他亲眼目睹大山沟里来的这些穷凶极恶的日本兵，杀人、放火、修围子，把这里老实巴交的山里人逼得没有活路可走。围子里死了这么多的人，这都

第二十九回 高才南门怒打日兵 将军难主沉浮悲叹

是日本人修围子导致的灾祸。他不忍心眼睁睁地看着乡亲们这样活下去，可他又有什么办法呢？要不是年过半百、体力不支，他一定会组建一支队伍和日本人干！现在不行了。

"唉——"他长叹一声，深深地陷入彷徨的苦闷之中。

自从老百姓都进围子后，他被日本人推为所谓的维持会长，日本人让他与他们合作，维持围子里的社会治安。他本不想干，但一想，他干上这个差事也许能应付日本人的苛捐杂税，为乡亲们做些事。可是现在看来，日本人统治着围子里的人，美其名曰他是维持会长，其实都得听日本人的，他什么事都做不来。看围子里的人一天天的死，民不聊生，他的心像刀绞一样难受。今天高家的事，像一枚针砭深深扎进了他的心。他知道去岛田那儿不可能救回孩子，不但是枉费徒劳，而且弄不好还会惹火烧身。

赵万奎带领伪军大队，押着高才耀武扬威地走过大街，到了日军驻地大门外，他命令押送高才的队伍停下来，只身一人去了岛田住的军务室。

"报告！"

"进来。"

"太君！我们在南门抓住了一个抗日联军。"

"抗日联军？"

岛田用怀疑的目光瞅着面前眉飞色舞、神采飞扬的赵万奎，对赵万奎的话，岛田根本不信，他认为在南大门能抓住抗日联军，这事太离谱。

这几年，他与抗日联军打交道，深知抗日联军的厉害，一个抗日联军怎会白天大摇大摆从看守严密的南门通过？又怎能轻而易举被这些人抓到？

"太君，这是个年轻的抗日联军，抓他的时候，他还打死了三名皇军，打伤了我们好几个弟兄。"赵万奎看岛田漠然平静的样子，连忙解释说。

岛田一听，打死了三名日军还伤了许多人，这个年轻人一定有功夫，他倒要见识见识这个年轻人。

"把他带来。"

"哈伊！"

赵万奎跑到大门前，大声喊叫："把他带进来！"

高才被伪军们推到岛田跟前，岛田一看，哪来的抗日联军？不过是稚气未退的十七八岁的孩子,手里握着插在刀鞘里的战刀的刀把。

"你的,抗日联军的干活?"

高才瞅了一下他,也不吱声,并把脖子扭到一旁不搭理。他双手被绑着,嘴角流的血还在滴答,掉在衣襟上留下一道道血迹。岛田一看眼前抓来的这个小子,身上那股倔劲,哪里有抗日联军身上沉着、冷静的理智神情,分明是赵万奎把抓来的小鸡当凤凰,来请功领赏。

"小兔崽子!你耳朵塞驴毛了?太君问你话呢!"高才瞅着这个认贼作父、卖国求荣的走狗,恨不得把他刀劈斧剁、碎尸万段。他瞟了一眼赵万奎那副令他厌恶的狗仗人势的熊样,"噗"地把一口带血的唾沫吐在赵万奎的脸上。赵万奎恼羞成怒,举起手掌又要来扇高才的嘴巴。

这时,岛田"嗯"了一声,赵万奎立刻放下手,向岛田猫腰鞠了一躬,"哈伊"一声便退到一旁去擦脸。

岛田走到高才跟前,用一只手搭在高才的左肩上,面带一副友好的笑容"你的抗日联军的干活,关系的没有。"

他瞬间把搭在高才肩上的手拿回来,在自己眼前摆晃了几下,在高才跟前做出无所谓的样子,接着说:"你的,如果把抗日联军的情况统统说出来,皇军不会伤害你,并给你多多的大洋。嗯?"

他边说边用手指摆成"八"字形,然后又用手回指自己,力图把自己的话让这个年轻人听明白。

"呸!日本鬼子!坏蛋!有抗日联军,我也不告诉你!"高才一口鲜血吐在岛田的脸上,这一下子可激怒了岛田。

"八格牙路!"

唰!他抽出了洋刀在高才脑袋上,双手高高举起。

第三十回 高真黑夜进沟寻友 老父誓救子劫法场

岛田抽刀高高举起想把高才一刀劈死，但他又把刀放了下来。啪！把战刀插进刀鞘里。他命令日军把高才关到审讯室的那间黑屋里。他知道抓来的人是"初生牛犊不怕虎"的倔小子，对他来说毫无价值，但这小子杀了自己的兵，藐视大帝国军人的尊严，这是万万不能容忍的。他要让这个乳臭未干的中国人给死去的大日本帝国军人偿命，来体现大日本皇军神圣不可侵犯的震慑力。他要这个中国人换一种死法，这就是他现在不劈高才的原因。他可以对这个不怕死的年轻人进行严刑折磨，游行示众，然后在公众面前处决。用这样的方法来杀一儆百，警告那些胆敢与皇军作对的中国人。

高文忠从刘家默默归来，他救儿子的梦碎了。他空泛的脑海里如同一张白纸，满脑的思绪不断地卷向同一个答案——救不了儿子了，救不了了。他知道现在儿子落入虎口，必死无疑。去时那种焦虑、沉重和悲伤纠缠在一起的精神压力，在回来的路上都逃得无影无踪。一个闭门羹让他彻底清醒明白，想救回儿子那是痴人说梦，不可能的了。

到了家，没等高福问，高文忠就对大儿子高升说："你跑一趟吧，告诉你嫂子娘家一声，要不，实在对不起人家呀。"

"等等。二叔啊，我二弟的事怎样？"高福问。

"啊，听信儿。"高文忠应着。

"二叔，我二弟不是因为这个，哪能出事？人，死就死了，死了不能复活，还是早点儿埋上吧。老李家要有什么不满，我来说。"

高福坚决不同意二叔说的再去报丧。高福心里清楚，高家已经经不起折腾了。况且，二弟为此事被鬼子抓了去，还不知是死是活，家里到了这个份儿上，还有什么心思去讲那些繁文缛节？

高福把从黑柜里拿出的衣裳翻找了一遍，没有一件像样的衣裳给妻子穿走，就把她平时爱穿的旧衣裳套在身上作为寿衣，他和弟弟高升一个捧大腿，一个抱脑袋，把尸体放入黑柜里。黑柜两节不足五尺，妻子的尸体不能放平，高福只好把妻子的上身垫起，装殓进去。面对与她同床共枕十四载的贤妻如此寒酸地走了，犹如无数的钢针在扎他的心，愧疚、悲痛的泪水他只能往肚里咽。

咣！咣！咣……他拿起大锤、铁钉，一狠心钉上了柜盖。到了中午，高福的妻子就被抬了出去。真是好不凄凉！

高才在刑房里受尽了酷刑，鬼子把他吊在房梁上用皮鞭抽，用烧红的烙铁烙，灌辣椒水，肋骨打折了好几根。鬼子的百般折磨已把高才打得遍体鳞伤，昏死了好几次。

高才被抓好几天了，高福知道刘家没有回音，事情不好办了。他找高真哥哥去求张家，他想，因为张全已经升为治安大队的副官，在日本人面前也许能说得上话。自从进了围子，张全和高才情投意合，是要好的朋友，这件事，也许能帮忙。

傍晚，高真为了不引起敌人怀疑，背上药兜子到了张家，还好，张全刚到家。高真凭与张老汉的交情，唠嗑中提及高才的不白之冤，并请求张全想想办法救出高才。张全听了直摇头："表叔，这个忙我实在是帮不了。赵大队长把他送到日本人手里，关在刑房，全由日本人轮流看守，我不用说救，就是看一眼都做不到。"他停了一下接着说，"我和高才是好朋友，他是什么人我还不知道？这事全怨大队长，要不他哪能被安上罪名。我看明白了，这治安队就是日本人的一群狗，我不想干了。"张全把大盖帽往柜上一扔再不言语。

"嗯，这就对了。帮鬼子祸害自己的人都不如狗，好狗还护三邻哪。干那玩意，将来会让乡里乡亲戳着咱脊梁骨骂的！老祖宗都不会饶恕咱们！"张老汉非常高兴，儿子终于回心转意了。

"不，侄子，你还得干。"

高真这句话把张家爷儿俩弄蒙了。"老弟呀！你啥意思啊？难道你愿意我的儿子不学好，跟着那些坏人杀人、害人，干天理不容的坏事？"张国义

第三十回 高真黑夜进沟寻友 老父誓救子劫法场

脸沉下来，很不高兴。

"大哥，你听我说。我侄子再给鬼子干，不和鬼子一条心就得了呗。有啥动静告诉一声，咱们有个防备也省得吃大亏。这不是为咱家乡人做好事吗？"

"啊——你的意思是表面给鬼子当差，多给乡亲办事？"张国义恍然大悟。

"啊——那能行吗？"

"行！要都是那些豺狼当道，老百姓就更糟啦。就拿前几天出殡的那件事儿，没有侄小子一句话能那么痛快地出去吗？"

"嗯，也是。就听你叔的，先干着。"

高真离开张家时，张全对他说："二叔，今天晚上喝酒时听姓赵的说，这两天，岛田就要处决高才了。"

高真一听傻了眼，他怔怔地瞅着张全。

"这是真的！"张全瞅着高真，眼神里流露出让高家赶快想法子的神情。

高真回来时已是深夜。他知道高才没有活的希望了。更使他担心的是，二叔高文忠凭着他的胆量和功夫，绝不会眼睁睁地看着自己的儿子死在鬼子的手里，必然与鬼子拼个鱼死网破。鬼子人多势众，手里有枪。高家爷儿几个怎能抵得过他们？最终，高福一家只能落个家破人亡。怎么办？他突然眼睛一亮，有办法了。他准备把高福一家悄悄藏在自己家的地道里，再从长计议。

原来，高真的后院靠后墙不远的地方有一口多年不用的古井。古井究竟有多少年，他也无从知晓，小时候只听奶奶对家人说，用这口井的水酿的酒醇香味美。可后来不知为什么老一辈不再用它继续酿酒，到了父辈连吃水也要舍近求远，到村口去挑，至今是他解不开的一个谜。

井很深，尚有数丈的水，因多年不用，井口用一块硕大的板石盖着。高真的宅院在围子的最西头，西院墙外就是高大的围墙，离井不过八九米远。高真看到围子里的人进出都受到鬼子伪军的限制，就和妻子商量，决定挖一条通往围子外的地道。他准备从屋里挖到水井，再从水井挖到围墙外。

"往围子外挖地道，让鬼子知道啦，这是掉脑袋的事儿。"高真的妻子劝过他多少次。

高真笑着对妻子说:"春他娘,鬼子把人逼到这份儿上了,还怕死啊?我说啥也得把它挖通!"

进围子半年来,到了夜深人静的时候,高真叫妻子在屋门外听周边动静,自己在屋里向井那边挖洞,挖到了井的地方他又把新土填进井里,然后又折向西,他黑夜动手常常一干起来就通宵达旦。高真一直在挖,从未停止过。

一天夜里,他和往常一样刨着,刨着,突然,听到了一种异样的响动,他兴奋极了,放下镐头,小心翼翼地用手抠开一块碗口大的石头。

嘀!透了!一阵惊喜后,高真开始轻轻扒开周边的沙土,把头探到碗口大的洞门,向四处机警地张望一遍。他尽情地吸吮着夜间野外清新的空气和泥土的芳香,心情舒畅极了。上弦月尚悬在西河边高高的杨树梢头,月辉如烟,给空旷的原野披上了乳白色轻柔的面纱。四月的野外万物复苏,一些不甘寂寞的昆虫在自己喜欢的地方搭起了平台,弹奏着动听的夜阑曲;远处,站在远山上的那只情鸟儿在不停地叫唤:"王刚——哥,王刚——哥……"那不紧不慢的声音中带有悠远的苍凉和忧伤。

此时,高真没有时间去感受山夜的情怀,成功的快乐与激动完全占据了他的内心世界。

高真探出半截脑袋,看看这个出口,洞口正在土坎子上。伪装好洞口,敌人是不容易发现的。

高真长长舒了一口气,他的心里宛如一只即将冲出鸟笼飞向蓝天的小鸟儿,那种获得解脱的轻松与愉悦难以言表。出去还不是时候,他把捅开的洞口用石头堵好。退回到屋里,他一句话没说就把沾有泥土的上衣甩在炕上。高兴得一下子把妻子抱起来抡了两圈才放下,激动使他袒露的胸膛突突突地蹦,凸显着心脏兴奋的异动。他的血液在周身快速地流动、膨热。他像一条狂饮后放荡无稽的醉汉,欣喜若狂。一切,让他无法言表。他用沾满泥土的双手捧着妻子这几个月明显消瘦的脸:"春他娘,通了,地道通啦!"

"真的?"

"嗯!"

他兴奋不已的声音流露出成功的喜悦。他抿闭着嘴唇不住地点头,带有闪动泪花的双眼默默对视着妻子憔悴的面容,他凄苦地笑了,笑出了两行热

第三十回 高真黑夜进沟寻友 老父誓救子劫法场

泪。那悲喜交加的表情让妻子也跟着流下了眼泪。这半个月,他太苦太累了。

这天黑夜,高真躲过敌人巡逻队,到了高家跟高文忠商量:"二叔,有救我二弟的办法了。这事,得到我家好好商量商量。"高真在高文忠的耳边说了一阵,高文忠露出满脸的惊喜。

"要是这样,孩子也许有救。"

"二叔,这个事儿,宜早不宜迟,今天晚上就得动身。"

高真叫着高升、高福、高顺兄弟三人绕过鬼子的巡逻队,跟他回到家中,他对哥仨说:"三个兄弟,鬼子什么事都干得出来,今晚,你们哥仨就跟我进沟找人去,找来沟里的人,就能想出办法救出老三。"

一说进沟找到抗日联军,就能有救出高才的办法,哥仨自然高兴。趁着黑夜,高真领着高家三兄弟从地道出了围子,躲过鬼子的探照灯,步履匆匆去了大冰沟。

高家兄弟三人走的第二天一早,围子里响起了锣声和喊声。

"各家各位请注意!今天上午皇军在东面的河滩上处决共匪抗日联军分子,皇军要围子里所有的人都要去!不去者,以私通抗日联军论处!"

哐!哐!哐……

"各家各户听清啦!今天上午,皇军要在南门外的河滩上处决共匪!皇军要围子里的所有的人都去观看!不去者,按私通抗日联军论处!"

哐!哐!哐……

遭了!不是说两天吗?怎么该死的鬼子这么快就下手了?看起来高才兄弟的命是保不住了,得把二叔和高福的两个孩子弄过来。高真妻子背上背筐,翻过前院的两堵土墙,到了高福家,向高文忠说:"二叔,孩子和你到我家去吧。"

高文忠心里非常感谢高真夫妇的家族之情,他流着眼泪说了一句:"侄媳,难为你们啦。"

"大叔,你也过去吧!"

"我还有事,就不过去了。"

高真的妻子不管怎么说,高文忠就是不离开自家。没有办法,她只好背着孩子拉着冬梅匆忙离开了。

高真妻子走后，高文忠坐在门槛子上，叼着烟袋，眯缝着灼热的红眼，眺望东方山顶冉冉升起的那轮火红火红像血染一样的日头，思绪万千。他想到打坐天庭、主宰万物的老天爷，一定能睁开双眼看看孩子蒙受的冤屈。今天儿子就要死在东洋鬼子的手里了，他抑制不住心里的悲伤，站起来立在院子里，用粗糙的大手掩抹着眼里的泪花，然后，仰望着苍天，泣不成声："苍天啊！你，你真能拯救苍生吗？我的儿子才十八啊！他还是个孩子呀！他们就要把他杀喽。可怜呢！老天哪！都说你有眼。你在哪儿啊？你为什么不雷劈这些恶贯满盈的日本鬼子，救救我可怜的孩子！啊？"

高真妻子把高福的两个孩子弄到家后，怦！怦！怦……心里像打鼓一样，跳得厉害。她赶忙掀开炕席，抱着小虎对身后的冬梅说："梅子，别害怕，跟我走。"

高真的妻子在地道里，一手抱着孩子一手捏着蜡烛，一直来到地道里一块宽敞的地方。这里早已准备着生活所需的物品，高真妻子嘱咐冬梅："梅子，小春也在，你们有伴儿。你哄小虎子在这里待着，不管外面有什么动静，都不要出去。记住了吗？"

"嗯。"冬梅点了点头。

"我出去看看，过一会儿就回来。"

"小春，你给你姐做伴，听着了没？"

"唉。"

高真妻子刚出洞口盖上炕席，就听到外面，哐！哐！哐……大门被砸得真响。

"开门！开门！开门！"接着传来了粗暴的吼叫。

"来了！来了！"

高真妻子开开门，呼！十几个日伪军端着枪涌进来。一个鬼子气势汹汹地用枪对着高真的妻子。

"快快的！河滩那边的干活！"

同时，几个伪军闯进屋里一看没人，就推搡高真妻子，拥进南门外的人群中。

日头一竿子高了，围子里的人们全被日伪军赶到了南门外。四百多人聚集在围墙外东面那片河岸边的干河滩上。人群四周站着荷枪实弹的日伪军大队人马,还有在人群中乱窜的便衣。

干河滩上,早已竖着一根碗口粗的木桩。木桩半腰上钉着一个碗口粗的横木,如十字架一般。后山东面的炮楼离河滩较近,炮楼上两个鬼子架着一挺重机枪,枪口对着河滩上骚动的人群。南大门围墙头上站着十来个鬼子,他们全副武装在围墙上的瞭望口处伸出枪身。这些敌人虎视眈眈、严阵以待,似乎等待着什么。

呼啦一下子,人们闪开了一条路。拥挤的人们向闪开的地方踮起脚张望,如有人在无声地指挥,几百双眼睛不约而同地投向南门方向。人群骚动起来。高才被一群端着刺刀,头戴钢盔,左胳膊戴着"执法队"白袖标的鬼子押了过来。几个汉奸狐假虎威地在前面开路。

"闪开!闪开!"

高才双脚戴着沉重的铁链,两手绑在背后,鬼子把他架到木桩跟前,然后用绳子把他捆在木桩上。二十多个鬼子端着刺刀分别站在捆绑高才的那个木桩的两侧,面向拥挤的人群。木桩前空出来了戏台大的一块空地。一个中队的伪军手握着枪,面向人群,一字排开,挡着趋向前来的人群。

绑着高才的木桩前面的空地上,站着几个人:岛田、翻译官和跟在他身后的保安大队长赵万奎和伪保长高占奎。

今天,高占奎的穿着与往常不同,他头戴黑色礼帽,右手拄着一根文明棍,一派乡绅的打扮。岛田用眼扫了一下稍有些安静的人群,他"嗯"了一声,高占奎赶快摘下那顶帽子,向岛田折了九十度的腰。谦卑的媚笑使得他眼下那两侧的肉聚拢起来,"哈伊!"

随后,他直起腰向前跨出几步,面对黑压压的人群,他使劲儿地咳嗽了几声,示意不叫人群大声喧哗。然后,挺胸抬头,他想,今天可是自己出头露脸的机会,让姓赵的这个王八蛋瞅瞅,我高占奎不是面瓜,在皇军眼里是有分量的,也是皇军的红人!

"嗯,嗯——"

高占奎清了清嗓子,调高了嗓门:"父老乡亲们!兄弟姐妹们!今天,皇军招呼大家来,是什么事,大家都知道了。高才这个小子年纪轻轻的却不学好,他私通抗日联军!大家都知道,他在南门口伤了好几个治安人员,更令人气愤的是,他竟敢杀害皇军!真是不知天有多高,地有多厚!他是碟子里扎猛子——不知深浅啊!我呀,为我们老高家出来这样一个大逆不道的不肖子孙感到耻辱,感到羞愧!高家出了这个逆子真是家门不幸啊!今天,皇军对他开刀问斩,以正民风,是一件大快人心的事!希望大家以后守本分,别和什么抗日联军瞎掺和,与皇军作对,那不会有什么好果子吃的!好,我就说这些。现在请岛田太君训话!"高占奎转过身又一次向岛田摘帽弯腰,咧着蛤蟆嘴,"太君,您请。"

  岛田两腿叉开,手握着的洋刀戳在地上,他扫视了一下鸦雀无声的人群,嘀嘀咕咕说了一通,站在他身旁的翻译官解释说:"岛田太君说'大日本帝国皇军来此处是和你们共建王道乐土。为了使大东亚共同繁荣,我们必须有一个稳定的社会秩序!如果有谁私通抗日联军,与皇军为敌,皇军格杀勿论!高才与日本皇军为敌,杀害大日本帝国军人必须正法。现在执行!'"

  人群一阵骚乱,鬼子执法队走到距木桩有十米左右的地方一字排开,他们冲着高才端起枪,等待命令开枪射击。

  高文忠挤到前面,他把六枚飞镖插在青布腰带上,望着可怜的儿子,上衣左面的衣领披咧着,衣裳和裸露的前胸都沾着斑斑血迹。但孩子苍白的脸上流露出刚毅的神情,他没有丝毫的畏惧和哀伤。可怜之余又有几分骄傲,二小子儿,你真是爹的好儿子,爹没白拉扯你。有骨气!

  "预备——"一个鬼子高喊着。

  执法队端枪瞄准高才,他们手搂着"勾命鬼",就等"放"子。就在这一时刻,嗖!嗖嗖……六枚飞镖如飞箭一般都不偏不歪扎进了六个执法队鬼子的后心,六个鬼子扑倒在地上。这时,高文忠以迅雷不及掩耳之势,抽出贴在背上的大片刀,几个箭步蹿到还发愣的鬼子跟前,咔!咔!咔!另三个鬼子的脑袋飞到了一边,还没倒下的鬼子脖腔上鲜血如注。

  人群大乱,高文忠跑到儿子跟前用鲜血淋漓的片刀一挑,捆绳脱落。他背起儿子就跑。

  法场在日伪军的重重包围之下,爷儿俩哪能跑得了?呼啦,一下子上来了更多的鬼子,把他们爷儿俩围住了。

第三十回 高真黑夜进沟寻友 老父誓救子劫法场

在背上的高才劝父亲："爹，您快走吧。"

高文忠哪能扔下自己的儿子不管？他早已横下心来，要与儿子共存亡，就是死也要死在一起。他放下儿子，双腿拉开，手握片刀冷静应对手端着明晃晃刺刀的众多鬼子。狡猾的鬼子看到刚才的一幕不敢轻举妄动。他们端着刺刀一起向前推进，圈儿越来越小，围得越来越严。圈里只有碾盘大的地方了。一个鬼子给众鬼子使了一个眼色，几个鬼子向高文忠猛然来个要命的"突刺"。高文忠"噌"的一下，腾空而起。他的大片刀顺着他的身子斜落在几个鬼子的头上，他来个"云中划月"。明晃晃的亮光过后，几个鬼子的头都落了地。见状围攻的鬼子哗然退去。趁机高文忠又去背儿子，当他刚背起高才的时候，啪！一颗子弹射进了他的左胸，他晃动了一下，接着啪啪啪……几梭子子弹都打在他的胸部。鲜血从枪眼儿流了出来，他没有倒下，大片刀还攥在手里，只见他眼睛瞪着，冲着敌人，怒目而视，像一个雕塑的血人。啪啪啪，啪啪啪……他的胸部被鬼子的子弹打得简直像筛子眼儿，他和儿子趴倒在血泊里。

岛田来到两具尸体跟前，看着高文忠两眼瞪着，滴着鲜血的大片刀还在他右手紧紧地攥着。岛田瞅着这两具被子弹打得血淋淋的尸体，想起刚才发生的可怕的一幕，他今天算是真正领教到了大山里人的性格和尊严，他们就像这些大山一样是不可撼动、不可征服的。过去，他把这里的人看成像猪一样愚蠢、无知、懦弱，像山里的树木一样没有灵魂，可以随意砍伐。他错了。今天，这里的民众不能不让他刮目相看，尤其这个老头精湛的刀法和视死如归的精神让他心生几分敬畏。他命令赵万奎把干河滩上的所有尸体抬走埋掉，并要高占奎将高家爷儿俩的尸体好好地掩埋。

南门外，干河滩上经过一场惊心动魄、你死我活的厮杀，一幕刀光剑影、鬼泣神哭的决斗后，只留下摊摊血迹和人们挥之不去的悲伤的记忆。

难以平静的青龙河水，哗哗地流着，她在碾子沟围墙外不停地滔滔北去，它亲眼目睹了用自己乳汁养大的儿女不屈的抗争。它在不停地呜咽着，如一位哀伤的母亲，沉痛地诉说着它身边的儿女所遭受的屈辱与不幸。

岛田用处决高才来杀一儆百、告诫全围百姓的做法，倒使他损兵折将、得不偿失。这次，他真正尝到了大山里的人的厉害。

他坐在木椅上，回想河滩一幕，仍然心有余悸。撼大山里的人，难！他叫翻译官喊来赵万奎。

"赵大队长，法场抗日联军险些被劫，皇军遭到袭击，你的说，这是怎么回事？嗯？"

赵万奎一听脑袋直冒凉汗。他这个时候，如果不能自圆其说，自己的脑袋就得搬家。他只好凭空捏造、无中生有，顺着岛田的意思往下捋。

"太君，这闹法场的，是这小子他爹，他会武功。刚才我调查了，他一家子可能都与大冰沟的抗日联军有联系。"

"八嘎！为什么不早早地汇报？快快地把他家的人统统地抓来！统统枪毙！"岛田要对高家斩尽杀绝以绝后患，更主要的是对围子里一些无视围子规法的人起到杀鸡儆猴的效果。

"哈伊！"

赵万奎到了伪军大队部，一声哨响，六十多名伪军拎着枪立刻列队报数。他们跑步出发，没过五分钟的时间，就迅速包围了高文忠住的院子。

第三十一回 除后患鬼子大搜捕 杀豺狼刘爷亮宝剑

伪军们围在高家院墙外四周，端着枪对准屋子，他们扯着脖子大声喊着。

"屋里的人出来！别等老子费事！"

"再不出来！老子就开枪啦！"

……

伪军大骂，却没人敢进院子。

法场一场大战，高家父子的英雄虎胆威震群敌。他们亲眼目睹了高家人的手脚功夫，谁敢胆大妄为前去找死？赵万奎不敢上，伪军们只能乱喊乱叫。

伪军喊了半天，屋里一点动静都没有。赵万奎觉得这样一阵喊骂屋里没有一点动静，肯定是高家的人都逃啦。他知道凭高家人的性格，这样的辱骂是绝不会如此忍受的。此时，在石堆后的他，才把龟缩的身板抻直，喝止伪军："别他妈的骂了！听着！一小队跟我上！其他人给我围好院子！不许放走一个！"

他攥着枪，从头顶一挥："上！"噌！噌！噌！几个伪军跟着他翻过院墙来到屋门跟前。赵万奎一脚将门踹开，然后，举着枪向身后的伪军大声喊："进去！给我搜！"

十几个伪军蜂拥而入，揭缸盖、掀炕席——把屋里翻了一个遍，一个人影都没有。

"报告大队长！没人。"

赵万奎知道高家现在还有哥仨，高文忠的两个儿子高升、高顺，手脚的功夫不逊于他父亲，如果这两个人不抓住整死，他赵万奎就甭想在碾子沟围子睡一天安稳觉，不知哪一天得死在他们手里，必须抓到他们斩草除根，以防后患。他在村公所查过高文忠家的户口登记簿，里面写得清清楚楚，高家除了病死的，今天打死的爷儿俩，还有五口人，其中有两个孩子。怪啦，这人哪儿去了呢？赵万奎心里在琢磨。

这两天，赵万奎对南北大门都加强了警戒，谅他们再有功夫，也跳不出这高大的围墙吧？一定是被哪家给藏起来了。

"他们跑不了！挨家挨户给我搜！"赵万奎命令部队马上在围子里全面搜查。然后，他回到日军驻地向岛田汇报。

"报告太君，高家人全跑了。"

岛田一听大发雷霆。

"八嘎！高家的人能跑出围子？命令所有部队，在围子里细细地搜！"

于是，日伪军兵东、西、南、北分成四路人马，进行满围子地毯式的大搜查。

日伪军用了两个时辰，把围子里所有的地方搜了个遍，仍一无所获。高家五口人不翼而飞，让赵万奎始料不及。事不宜迟，他得把这件大事马上再一次去汇报给岛田太君。他赶快跑到岛田驻地，三步并作两步跨进岛田的日军指挥室，喘着粗气向岛田汇报。

"太君，高家人真的都跑了。"赵万奎这时脸色发黄，一副消沉的表情。

岛田听赵万奎汇报，他眼睛转动了几下。心想，围墙这么高，南北大门把得这样严紧，高家大人小孩不见踪影，不知去向，这就怪了，肯定是藏在哪家。他大骂赵万奎："八嘎！找不到这几个人，你们，统统死啦死啦的！"

岛田派出两个小队的鬼子协助赵万奎部队把好围子出口处——南、北两个大门，对出入围子的人严加盘查！这天上午，敌人把围子里弄得甚嚣尘上、鸡犬不宁。

高真的妻子从河滩回来，吓得脸色苍白，回到家里瘫坐在炕上，半天心里还在"打鼓"。她想，二叔爷儿俩用两条命换了鬼子九条命，鬼子能放过他家人吗？鬼子抓不到他的家人，他们一定会挨家挨户进行搜查。丈夫最早得晚上进家，如果鬼子搜到这儿，问起丈夫来可怎么办？她坐在炕上焦急地盼天快黑，天一黑，丈夫就回来了。可鬼子要不等天黑就搜查到这儿，咋整？那可就完了。她心急如焚，如坐针毡。她突然想起地道里的两个孩子，到现在还没吃东西。她拿起锅里腾热的两个菜饼子和一个红薯，赶快掀起炕席进

第三十一回 除后患鬼子大搜捕 杀豺狼刘爷亮宝剑

了地道。她掏出这些食物放在桌子上，先把那个红薯塞在冬梅的手里。

"梅子，早饿了吧？"

懂事的冬梅瞅着大娘，摇摇头说："大娘，不饿。"

"傻话！多半天了，能不饿吗？趁热乎，先喂小虎。你再把这两个饼子吃了，别剩下啊！"

看大娘的脸色蜡白，冬梅联想起前几天家里出的事，她手捧着红薯担心地问："大娘，我家是不是出什么事啦？"

"没有，小鬼子在练操呢。"

"啊，我说怎么这么热闹。"冬梅信以为真。

高真妻子心疼地瞅着这两个没娘的孩子，眼泪在眼里打转儿。她不敢在地道里待过长时间，走时嘱咐冬梅："梅子，千万不能出去，就在这儿待着啊。"

中午了，鬼子还是没有找到高文忠家的人，这实在叫岛田匪夷所思，难道他们能长翅膀飞走了不成？岛田静下来细想一番，认为：高家人不在，只有两种可能：一是被围子里的人窝藏起来；二是高家院里一定已有了通往围子外面的地道。

这次，他亲自出马，率领一队鬼子来到高家，搜查地道。半天的时间，鬼子屋里屋外，翻柜拔锅，把所有的地方又翻了个遍，还是没有发现任何蛛丝马迹。

岛田不甘心，命令鬼子对高家院子所有的地方都进行三尺深的挖掘。同时，命令赵万奎、阚一鸣全围子戒严，再逐家搜查，他告诫这两个汉奸："高家的人一个不许漏网，放走一个，军法处置！"

一场大搜捕在碾子沟围子内全面铺开。狗叫声、砸门声、呵斥声、辱骂声、喊叫声，整个围子一片嘈杂。

高真妻子听到这些声音，知道敌人在围子里大搜捕了，急得不得了。

丈夫还没回来，怎么办？怎么办啊？拿着纳了半截的鞋底子屋里屋外地走，还哪有心思纳那鞋底？她盼天快点儿黑，丈夫回来就好办了。

外面嘈杂的响声依然不减，而且这声音越来越近。糟了！就要搜到这儿啦。她焦急中思忖应对的办法；这些王八蛋来喽，我就说他去别人家看病了，可要问去哪家了？要去找咋办？不行！不行！正在惊慌失措、六神无主的时候，哐！哐！哐！"开门！开门！"哐！哐！哐！急促吓人的敲门声、粗野的喝喊声，吓得她心里乱扑腾。到了这个时候丈夫还没回来，她认了，是灾是祸，是祸躲不过，豁出去了。

她鼓足勇气大步来到大门口故意大声问："这么晚了，谁呀？"

"皇军来了！把门开开！"一个汉奸在门外吼叫。

高真妻子把门一开，呼——涌进来一群手端着刺刀、头戴钢盔的鬼子和手握短枪的便衣，如潮水一般把高真妻子拥退到了一边。这一队人马带队的正是伪军副大队长曹德义。他手握着枪，用眼睛瞟了一下高真妻子。

"你家男人呢？"

"他，去——"高真妻子说话结结巴巴的样子，马上引起了曹德义的怀疑。

"快说！去哪儿啦？是不是你家男人把高文忠那一窝子兔崽子给带走了？啊？"

"官爷！你说这话，可不是闹着玩的！我家男人是个看病的，你这是冤枉好人哪。"

"废话少说！说！干什么去啦？"

曹德义正往下追问，就听屋里传来了丈夫的声音："春他娘，谁呀？"

高真走出屋门。高真妻子一看丈夫回来了，惊喜不已。丈夫这时出现，无疑给自己吃了一颗定心丸，她的心一下子有了底，暗想，谢天谢地，他来得这么巧，再晚一会儿就完了。

曹德义走到屋门前，细心地打量一下高真。没错。转过头来问高真的妻子："哎？你不说你家男人去做什么了吗？咋从屋里出来啦？啊？"

"军爷，他真的要去东头老陈家看病，不信你问他，药兜子还在炕上呢。天要黑啦，街上乱糟糟的，我不想让他出去看病！"

"老娘们家，啥事都管。曹队长，让你见笑啦。"高真装作不好意思。

"曹队长，晚上带这些兄弟来，一定有事吧？"曹德义二话没说，命令手下人一个字。

"搜！"

高真看曹德义目无旁顾，满脸杀气，知道来者不善。在后跟随的张全并不搭话，满脸六亲不认的样子。他满肚狐疑：难道张全在他家跟我说的话是

第三十一回 除后患鬼子大搜捕 杀豺狼刘爷亮宝剑

假的？要是那样，我这一家子可就完了。敌人前院后院乱翻着……

一个伪军跑到曹德义跟前报告："副大队长，后院有口井！是我们弟兄搬开一个大板石发现的！"

"啊——走！看看去！"曹德义奸笑着瞅了高真夫妇一眼，带众人去了后院。

井口围着一群伪军，曹德义背着手，立在井口边向下望。黑乎乎的井里什么也看不见。张全看十多个日伪军围着井口，有的张个大嘴挤着往下瞧。

"谁下去看看？"张全瞅着众人问。

围着井口的伪军看见井底黑如地穴，深不可测。听了张全的话，个个脸色突变，悄悄地往后退。

"看看，看看！看看你们一个个那个熊样！皇军养活你们这些东西，有什么用？全都是饭桶！废物！你！拿根长绳子来！"

张全命令身边的一个伪军去找绳子。

"是！"那个伪军礼毕后，连颠带跑出了高家。

不一会儿，他侧歪着身子，扛着一大卷粗绳子来到了张全跟前。

扑腾！一卷绳子摊在地上。众伪军面面相觑，个个怯生生地望着张全。张全抓起绳子一端在自己的腰部转了一圈系了一个扣，他手里掐着手电筒，然后把绳子给了身边的两个伪军，让他俩攥住绳子慢慢地往下放。

张全顺着井口往下滑去，滑到井口时，他嘱咐这两个攥着绳子的伪军："你们两个悠着点放绳子，我到井底后，绳子晃动了，你们就往上拉。"

"是！"

高真一看张全真的下井，心里咯噔一想，完了。井壁的地道口没有堵，地道非让他发现不可。地道里有十来个人，里面的人一暴露，死的不仅仅是他们三口人，地道里所有的人都会被小鬼子抓住，怎么办？夺下敌人的手榴弹和这些敌人同归于尽，不行，张全是什么人还不知道。这样做，过早把自己暴露给了敌人。一定要冷静！不到万不得已的时候不能这样做。

绳子已经放下去了大半截，足足有十来丈长，却不见井里的张全一点儿动静。

高真出去后，地道里十来个人等着高真的消息。突然，看到井壁口进了亮光。魏强来到井壁口仰头一看，井盖被人挪开了，井口有人在说话。魏强觉得不对劲，赶快转身回来向葛振林汇报。

"排长，上面的井盖儿被人挪开了！上面还有人说话。"葛振林感到情况严重，大家不由心里都紧张起来。

"大家不要慌，魏强你把两个孩子先带到出去的地道口，留下一个人和我守在井壁口，其他的人都到出洞口跟前，看看情况再说。"

"排长，我来！"

朱延兴手握着尖刀，守候在井壁口。张全到了井里八米深的地方，用手捂住灯罩，把手电筒的亮光照向井底，他这时已经发现了井壁口。

"再往下放！"

他的身子就要蹭洞口的底沿了，朱延兴手里的刀握得更紧，就等葛排长允许，一刀就能砍断张全的脖子。葛振林摇摇头，示意他不能轻举妄动。葛振林和朱延兴紧紧靠在洞口的两侧，两眼盯着下井的人。奇怪的是，下井的人并没有停在井壁口的意思。他好像一个盲人，对偌大的洞口视而不见，瞅都不瞅一眼。

"再往下放！"

上面的绳子一直放到了井底。只听井底一阵哗啦哗啦响，然后就是绳子在晃动。井上的两个伪军见绳子在摇动，就慢慢地把张全从井里拉了上来。众日伪军见他下半身湿淋淋的，黑皮靴里灌一鞋黑乎乎发臭的泥水汤子，就赶快跑向前，七手八脚地帮他解开绳子。

"他妈的，再往下放，就得把我淹死，这井真够深的！"

"张队长，井里有没有可疑的地方？"

"副大队长，除了臭烘烘的脏水，什么都没有。"他一边倒靴子里的泥水一边说。

"高先生，如果高文忠家的人跑到你这儿，你可不要隐情不报啊，现在皇军正在搜查他们。举报他们在哪儿，皇军是有奖赏的。知情不报，皇军知道喽，就得掉脑袋。听明白了吗？"曹德义摆出一副盛气凌人的架势。

"我知道，一定报告。"

敌人走后，高真像泄了气的皮球一样，一屁股坐在后院一堆尚未架黄瓜的秫柴上，一点劲儿都没有了，但吊着的心一下子落了地。谢天谢地，幸亏张全这小子，要不，我这一家子，还有地道里所有的大人孩子十几口人就完了。

高真半天心情才平静下来，他来到前院插上大门，进屋叫妻子出去到院子里看外面动静，自己赶快进屋掀开炕席进了地道。

原来，高真带着高家三兄弟来到老虎岭老窝铺，见了葛排长说明来意。葛振林和山里的同志商量，大家认为救人如救火不能耽搁，现在，敌众我寡，如何救人，进围子再和高文忠老汉商量营救方案。

当天，山里除了董老汉爷儿俩、小兰和小宝留守，其他人都下了山。大家到了地道里，高真让大家先在地道里等着，他到外面打听一下情况。一出洞口正好赶上敌人进家搜查。

高真进了地道，把刚才的情况向大家说了一遍。随后，葛振林和他来到屋里。

"老葛，我招呼春他娘来说说情况。"

高真让妻子进屋，他在院子里听外面的动静。

"嫂子，把你知道的情况说一说。"

"唉！别说了，爷儿俩都被鬼子打死啦。这件事你先瞒着他们哥仨，不然老三那个倔劲儿，非整出事儿来不可。"

高真的妻子把高真走后围子里发生的事从头至尾说了一遍。

葛振林一听，知道情况有变。他回到地道里，思考下一步咋办。

"春他娘，给大家热点儿吃的。"高真进屋对妻子说。

"这还用你说，我都想到啦。"她瞅了丈夫一眼，就忙去了。

锅台旁，高真的妻子一边往锅里拾掇饭，一边讲今天事情的经过。高真默默无语，眼泪簌簌地往下流。

"这事，以后咋告诉他们哥仨啊？尤其是三弟高顺听到这个信儿，非找鬼子拼命不可。"

"说的就是这个。我跟排长说了，先别跟他们哥仨说。"

高真摇摇头："不成，吃完饭再说吧。"

地道里，大家吃完饭。高真把葛振林叫到一边："排长，怎么办？这个，能不能现在告诉他们哥仨？"

葛振林说:"这件事早晚必得露的,告诉他们吧,我来说。"

葛振林回到大家跟前,把上午爷儿俩被害的不幸消息原原本本告诉了高家哥仨。三兄弟一听,当时泪水涟涟、泣不成声,高福攥着拳头左右狠狠捶打着自己的头:"二叔啊!是侄子害了您和我二弟呀!"

高顺听说父亲和二哥都被鬼子杀了,他脑袋"轰"的一下,傻了。他一声不语,两眼迸射着仇恨的怒光。倏地一下站起,撕掉汗衫,胸肌隆起,脖筋凸起并剧烈地跳动。随后,抄起身边的片刀,拔腿就走。他要与鬼子拼命,替父亲、哥哥报仇。

大家好生阻拦劝说,总算是拦住了他。葛振林对高真提供的情况进行了分析:"岛田调动所有的鬼子、伪军、便衣,正搜查高家活着的人,大家这时候出去正是敌人求之不得的事。爷儿俩已经被害,大家即使与敌人血战一场,出口冤气,也于事无补,在围子里敌众我寡,敌我力量相差悬殊,在这种情况下,和敌人硬拼,吃亏的一定是我们。给死去的亲人报仇,还是要从长计议。"

葛振林决定:留下魏强、朱延兴、高升三人。等敌人嚣张气焰一过,抓住时机铲除赵万奎这样的铁杆汉奸。其他人和他回山。高顺不愿意和大家一起回山,他坚决要留下和二哥一起亲手杀了害他父亲和哥哥的仇人。葛振林知道高顺报仇心切,留下他会给三人完成这次任务带来很大麻烦。经过他一番语重心长,高顺总算同意与他一同回山。

临走时,葛振林嘱咐魏强和朱延兴:"遇事多动脑子,我们既要铲除罪大恶极的汉奸,更要保护好自己和其他同志,这是我们这次行动的原则。现在,围子里的鬼子像疯子一样正在寻找高家人的下落。如果不好下手,以后再说,以后有的是机会。"

日伪军在围子里折腾了大半宿,围子里的百姓一宿也没敢眨眼,个个心惊肉跳等着鬼子搜查。敌人在黑夜满街折腾,招引黑子不停地狂吠。"黑子!别叫了!你听话。"嘎蛋用手摸着黑子脖子上的毛。

果真,经过嘎蛋家门的鬼子搜查队循声赶来。

哐啷!大门被踹开了。六个鬼子端着雪亮的刺刀,便衣队和保长高占奎都拥进院子。有五个鬼子和高占奎首先闯进正房,西厢房来了一个鬼子和便

第三十一回 除后患鬼子大搜捕 杀豺狼刘爷亮宝剑

衣翻箱倒柜一阵乱翻，北屋，高占奎手捏着手电一个人一个人地朝脸上照，然后满屋子晃荡后搭起官腔来："秦春生，家来外人了吗？"

"没有啊，保长。"秦春生赶紧点头回答。

"说实话，到底有没有？"

"保长，我说的全是真的，你看我家这几口人，都在这儿。"秦春生手哆嗦着指着身后这些家里人说。

搜查队在外乱翻着，当他们来到嘎蛋住的屋，看到炕上有两套被子，地下有两口棺材。

"保长，那是上屋给两个老人预备的，真的，啥都没有。"高占奎瞅了瞅南屋空荡荡的，只有这两口显眼的棺材摆在地中央。他想：就是耗子进屋绕一圈儿后都会掉着眼泪走。

"皇军，走吧。"呼啦一下，鬼子和便衣都走了。

没有找到高家一个人，这让岛田大为恼火。难道高氏三兄弟真的像他假想的那样，变成了空气，蒸发了不成？

第二天，他训斥了赵万奎和阚一良对围子治安管理不力，并把鬼子一个小队从日军驻地撤出去，加强对整个围子的巡逻警戒。

一百多名日伪军和便衣倾巢出动，在围子里大街小巷来回转悠，闹得围子里乌烟瘴气，围子里的所有百姓都不敢出户。

敌人不分昼夜搜查，围子的每一个角落都有他们的暗哨。南北大门也增加警戒力量，守门的日伪军对所有出殡的队伍都逐一仔细检查，抬着的灵柩都要放下，进行开棺查验，真是围子里的一只鸟都难以飞出去。可是，四天的大搜查，敌人还是一无所获。

五天过去了，敌人的搜查有所松弛。高真这一天背着药兜子到张家给张国义看病，回来把从张全嘴里得到的消息告诉了魏强。

"明天赵万奎要陪同岛田去刘守义家。"

魏强觉得这倒是一个锄奸的好机会。

自从围子里闹瘟疫，岛田很少出来。高文忠一家人的失踪，他实在感到不可思议。是谁有这么大的本事，能把高家的人藏起来？所有的日伪军在围子里寻找高文忠家人，可以说是天翻地覆，可至今一点儿线索都没有，他觉得只有刘守义有这个胆量和办法。据高占奎说，高家与刘家是表亲。他就更确定此事是刘守义所为。这次，他要亲自出马来刘家探探虚实，倘若刘守义真的窝藏高家人不放，那么大日本皇军绝不会对与大日本帝国为敌的人心慈手软！

再说，高文忠死于河滩的当天中午，刘守义在家就听到了这个不幸的消息，他如鲠在喉。这几天，一种无法排遣的愧疚，抓挠着他的心。

自从高文忠找他的那天，他就知道高文忠为救孩子会去和鬼子拼命的。这样，高家就搭上两条性命，甚至全家人的性命。高家一连死了四口人，又摊上了这样倒霉的事，谁不揪心啊！高文忠找他，他心知肚明，日本人是一群凶残成性的野狼，对杀害他们的人，根本不会放过的。

他望着窗外，想起小时候高文忠对他家的照看，那一幕幕至今让他记忆犹新。

那时，家穷。五黄六月，家里揭不开锅，都是表兄高文忠在外织布换来钱买些红薯干救济他们。他忘不了，表兄每次送粮来，他总是热得敞着怀，把粮食口袋往柜上一放，露着扛粮压得通红的肩膀。然后，笑呵呵地对自己的母亲说："大姑，先吃着，隔几天我再看你们来。"然后，连炕都不坐就走了。想起这些，他的心像刀子在剐。他后悔为什么不见表兄一面，即使不能为他做什么，也能为他做一番宽慰吧。他为什么变得这样冷酷，还有人心吗？他时时扪心自问，默坐中黯然神伤。

"日本人！"有时，他拳击八仙桌怒吼。桌子上的茶壶、杯子哗啦啦一声响，这时，家人赶快赶来不敢言语，拾掇掉在地上的破碎茶杯，只有女儿雅娟前来劝说几句。

"爹！您光生气有什么用？就会生气。这样，您会气坏的！"雅娟心疼父亲，见父亲不吱声，就想跟父亲细细聊聊。

"爹，你看到了，这围子里死了多少人？村西头的老温家一家就死了九口人。不幸的家庭不只我太姥家。日本鬼子一天不走，中国人就一天遭殃。只有人们团结起来，把鬼子打跑，乡亲们才能有好日子过。"

"傻丫头，你怎么这样天真？他们有枪、有炮、有飞机！我们有啥？啊？赤手空拳跟人家干？拿鸡蛋碰石头！你说，怎么叫他滚犊子？啊？净说轻巧话。"

"爹！您怎么这样长他人威风，灭自己志气呢？日本人侵略我们的国土，杀害我们的同胞，难道我们就坐以待毙、任人宰割吗？爹，中国有四亿多人口啊！人多力量大，只要我们团结起来，还怕他那些日本人？"

"女儿啊，话是好说，做起来就不是那么回事了。我这一辈子走南闯北，在外飘荡了大半辈子，可以说，我走的桥比你走的路都多。现在，谁敢招惹日本人？"

他想起当年在奉天驻军的时候，奉天城有那么多军队，可日本关东军一来，一仗不打就撤到了关里，把整个东北拱手相让，痛痛快快地给了日本人。一想起那事，他作为一名东北军军人，就感到无地自容。这是一个堂堂军人永远洗刷不掉的莫大耻辱。眼下，鬼子已占了半个中国，那么多的中国军人死的死、降的降。平日里，那些大官过着花天酒地的生活，一到真格就夹起尾巴跑了，比谁跑得都快。现在国家就像一盘散沙，群龙无首啊！一两个人反抗有什么用？那还不是以卵击石、自不量力？最后只能白白搭上自己的这条命。

"爹！您的话就是亡国奴的论调，我不爱听。您的意思就是让我们中国人在手拿着血淋淋的屠刀的侵略者面前，跪下磕头求饶，心甘情愿地当亡国奴呗！"

"你这孩子！怎么跟我说话呢？真是越大越不像样！"

"爹，您别生气，听我说。你说的那些，真的都是亡国奴的论调！爹，自从我回家来，我就发现了您变得安逸、怯懦、麻木和自私，这种令人唾弃的苟且偷生的做法，令我对您很失望，真的！在您的身上，我再也找不到您过去的影子了。"

"小孩子家，你知道啥？"

父女俩在客厅话不投机，不欢而散。

刘守义坐在椅子上望着女儿愤然离去的背影，陷入了沉思，他虽然以长者的口吻这样说他的女儿，但他对女儿的话不得不思量。自己真的变了吗？变成了一个胆小如鼠、谨小慎微的懦夫？变成了一个让人颐指气使、逆来顺受的亡国奴了吗？

"大爷，外面来客人了。"

"谁？"

"是过去来咱家的那个日本军官，还有几个都来过咱家。"

刘守义知道是岛田他们，就出去迎接。

"哎哟！太君来了，老夫不能前去迎接，失敬！失敬！快！快进屋！"

"刘会长，您好。"岛田用日本的礼节回敬，然后走进客厅。宾主落座。快嘴张二嫂给诸位倒上了茶水退了出去。

"刘会长，围子里流行病毒夺取了许多人的生命，这对我们大东亚共荣、兴王道乐土大大的不利。你的掌控，使围子里的秩序稳定，功劳大大的。"岛田伸出大拇指。

刘守义知道岛田龟缩在日军驻地几个月没露头，今天突然来此，还带来了赵万奎和副官等一行人，必有什么事。

"太君，今天来到寒舍，有事吧？"

"刘会长，你的聪明。有一件事想向会长请教。"

"哎呀，不敢当，不敢当。太君有事，敬请吩咐。"

岛田开门见山，他瞅着刘守义眼睛稍眨了一下说："高家父子是私通抗日联军的不法分子，杀害皇军，皇军要逮捕他的家人，可高家人被人窝藏，不能抓住正法，严重影响了满洲部落的社会秩序。请求刘会长帮助皇军在三天之内把高家的人找到，皇军无限感激！"

刘守义一听，觉得此话不对。你岛田兴师动众找了好几天，连一个人影都没找着，我就能找着啊？不对，他是不是在怀疑我刘守义把人给藏起来了，在跟我要人？

"太君，高家的事我听说了，可他家的人跑哪儿去了我一无所知。大家都知道，我和高家有亲戚，难免有窝藏罪犯之嫌。我希望皇军在我的院子里仔仔细细搜查一遍，还我一个清白。"

"刘会长，误会了。你的，大大的，够朋友。"

"太君，够不够朋友，得让事实说话。你们不搜，那我刘守义就得背个不清不白的黑锅啦。我这一辈子，不怕天，不怕地，就怕喝污浊水。赵大队长，你带来这些兄弟，正好把我家仔细地搜一搜。我刘某绝不会记恨于你，我还要感谢你，帮我澄清了这件事儿。"

赵万奎瞅了瞅岛田默许的目光说："那好，刘会长，恭敬不如从命。这，我就让弟兄们找啦？"

"一定得搜！越仔细越好。"

十多个伪军在赵万奎的指挥下前院后院一阵细翻，什么也没搜到。

"报告太君，刘会长家里没有。"

"哈哈哈……"岛田为了打破尴尬的局面，歉意地笑了。

"刘会长，对不起。我们是大大的好朋友。啊——我也是为了避对您的包庇之嫌不得已而为之呀。谢谢您对我的理解和配合，告辞。"

岛田走后，刘守义回到屋里，一屁股坐在椅子上。他明白了，小鬼子已怀疑他把高家的人藏起来了。这使他大为不快。

"什么朋友，狗屁！"刘守义气得脸色发青。

高家出事，他怕有染，回避了高文忠。可现在，还是没有躲过小鬼子的怀疑。在这个到处都充满血腥味儿的满洲部落里，"人为刀俎，我为鱼肉"。尽管明哲保身、远离是非，也难免随时成为鬼子的刀下鬼。日本人对他除了威逼利诱，就是怀疑监视。

岛田回到军部，觉得这件事做得不妥。他本想来个突然下手，让刘守义措手不及，没想到什么也没搜到，倒闹个打草惊蛇。他命令便衣队长阚一良在刘家外围暗中布控。

"高家的人一定在刘家，你要多多安排暗哨，不管白天、黑夜都要监视。记住！要把人放得远一点儿，盯紧。"

"是！"

魏强想借此机会除掉岛田和汉奸赵万奎，他先独自出来看看情况，高真拦住了他。

"你的胆子可真大！小鬼子阴着呢，明着不行就暗着来，不搜查了不等于就没事啦，到处都有暗哨。你们呢，给我在这儿消停待着吧，以后总会有机会的。"

一连几天，在地道里的高升为父亲死这件事一直想不开。父亲和弟弟惨死在鬼子的手里，表叔刘守义无动于衷，好像两方世人，高家待他不薄，他怎能这样无情无意？有机会，他一定要去刘家向刘守义问个明白，这是为什么。

这一天晚上，他向魏强说出了心里话，他要去刘家走一趟。晚上，高真、朱延兴、魏强和高升四人商量。

高真说："前几天，岛田和赵万奎一些人还去过刘守义家，谁都知道刘守义和岛田来往密切。我二叔和三弟惨遭鬼子杀害，他置之不理，我看他就是大汉奸，把他除掉算了！"

"我看也是，他不是汉奸，鬼子岛田怎么和他走得这样近？"朱延兴说。魏强想了想，劝说大家。

"他是好人还是汉奸，我们见面就知道了。今天晚上，我们去他家走一趟！"

夜深了，高真悄悄把大门开了一个缝儿，他左右偷窥一下。街上，敌人的巡逻队刚刚走过，没有一个人影。

"出来吧。"

三个人穿着伪军服装上了大街。

高家离刘家只有一趟街，三个人大摇大摆穿过大街后，就到了刘家大门口。魏强觉得三更半夜敲门，会引人注目，就绕到刘家后院，魏强向两人示意，两人登着他的肩膀翻过了刘家院墙。魏强随后一纵身也翻了过去。魏强掏出飞镖，三人放轻脚步来到一间还亮着灯的房间窗下，只听屋里有一男一女的说话声。

"爹，鬼子已经在外布置了不少暗哨在监视着我们，他们认定我们藏了高家的人。"

"小鬼子真是阴险毒辣！可惜我走南闯北一辈子，自己的亲人没有搭救，却闹个自身难保。雅娟，不知你表兄他们是不是走了？"

"我怎么能知道呢？爹，我们不能这样糊涂下去了。这样下去我们非死在鬼子手里不可。我们必须抗日，那才是唯一的出路。"

"孩子，你以为我瞅着人们被鬼子糟蹋成这样，心里好受啊？尤其是你表爷的死，我如万箭穿心般难受，我的肠子都悔青了。我要有部队，还能是现在这个样？你是个女孩子家，我老了，靠咱俩咋打败鬼子？说笑话。"

"那也不能坐以待毙呀！爹，咱俩进大冰沟吧，也许能找到抗日的部队。那时，我们就可以刀对刀、枪对枪地跟鬼子干了。你哪，又有'英雄有用武之地'了！"

屋子里一时没了动静。

"爹，你听过古代诗人写的'国破家何在'这句话吗？古人还说过，皮之不在，毛将焉附。国家灭亡了，这个国家的百姓哪还会有美好的家园？古人如此明理，何况我们？爹，'当断不断，反受其乱'，你这样顾虑重重、优柔寡断会误事的！"

这时，屋里又没了声音。片刻，又传出少女声。

"爹，放弃这家吧，我们进山去！也许我表兄他们就在山里呢。"

"你不知道，大冰沟大着呢，上哪儿找他们去？何况，他们到底在哪儿藏着，谁知道？现在小鬼子盯上了咱，走得了吗？你回自己的屋吧，让我好好想想。"

刘小姐推开房门，一只脚刚迈出来就恍然看到几个人影躲到房墙角。

"谁？"

刘小姐一声惊叫，高升只好搭腔："娟儿，是我。"

"表兄？"刘小姐走到高升跟前，一看正是高升。

"是表兄啊，快进屋——爹！是我表兄。"

"升子？进来吧。"

刘守义看高升领来两个陌生人，他们都穿着伪军的衣服愣了一下。

"表叔，他们都是从山里来的，是抗日联军。嗯——穿这个，是迷惑鬼子的。"

"鬼子看得这么严，你们咋进来的？"刘守义担心地问。

"表叔，我们有点儿法子进来。小鬼子瞎闹喳，他动不了我们。"

"表叔，跟我们上山打鬼子吧！"

"是啊，我和你表妹是得上山了。"

"他们哥俩呢？都好吧？"

"都挺好的。"

"那就好！这里不是说话的地方，你们几个赶快走！升子，你带你表妹一起从后院墙走,我收拾收拾随后就到。"

刘守义知道三人进来一定被外面的暗哨看见了,说不定墙外已经被日伪军围上了,他告诉魏强:"无论如何,你们一定带走我的女儿。"

果然,哐!哐!哐!响起了一阵敲门声。

"嗯,他们来了。记住,把我的女儿带出去!我拜托啦!"

"你们带家伙了吗?给我一个。"

"带啦。"朱延兴拔出腰里的枪递给刘守义。

"你们从后门出去,翻过墙,记住,狭路相逢勇者胜!快走吧!"

"爹!"

"喊啥?还不快走!再不走就走不了啦。"

四人开了后门,拽着刘小姐奔向后院。

魏强首先翻墙落地,此处外墙根站着两个便衣,见有人越过来,两人扑过来,想按住活捉,魏强的两柄飞刀迅速出手,两人一声不吭倒在地上,高升、朱延兴一前一后保护刘小姐翻过后院墙。

这时,管家从厢房屋跑出来,面对外面狂暴的敲门声,他冲着大门喊:"等等!等等!三更半夜的!我招呼我家老爷去!"

他一边系着没系完的上衣扣子,一边快步向正房走来。一仰头看刘守义已站在屋门前,他带着几分恐慌的声调对刘守义说:"大爷,外面有许多人在叫门。"

"我听着了,你去开门吧。"

"唉!大爷。"

门一开,岛田走了进来,十几个火把把院子照得通明。他两侧分别站着伪军大队长赵万奎和便衣队长阚一良。一群鬼子端着刺刀分成两拨经过刘守义身旁闯进刘守义住的房间和厢房。

"岛田太君,深夜来此,再次搜查寒舍是什么意思?"

岛田笑了,他瞅着刘守义露出了几丝得意的犹如以往的谑笑。

"守义君,我听说有几个人黑夜闯进您家。为了您的安全,我要抓住他们!"

"是来了几个人,可是您来晚了一步!"

刘守义说着，枪已掏出，啪！啪！啪！岛田被击中，阙一良和翻译官马才厚当场被打死。遗憾的是，刘守义再要射击，枪里没有了子弹。这时，啪！赵万奎掏枪还击，罪恶的一梭子子弹穿过了刘守义的前胸，鲜血瞬间从前胸流出。刘守义手握着枪，看倒下的岛田，笑了，他也倒了下去。

进屋搜查的日伪军和便衣端着枪跑了出来，他们看岛田被击中倒在地上都跑了过来。

"快！把岛田太君送到军部。"

"报告大队长，我们看到有四个人从后院翻墙逃走了。"

啪！赵万奎一大巴掌把那个伪军小队长侯奇胜打得咧咧歪歪，倒退了好几步。

"还不快点儿追捕？抓不住高家这几个人，我就把你抓起来顶！"

"是！"

"弟兄们！跟我追呀！"

日伪军在刘家好容易看到了几个人影越墙逃脱，自然当作躲藏在刘家的高家三兄弟，他们哪肯罢休？鬼子、伪军和便衣兵分三路，向四人逃走的方向进行追赶搜查。

深夜，碾子沟后街传来咚咚的脚步声……

"别让他们跑喽！"

"兔崽子！看你们还往哪儿跑——"

"你们别做梦啦！给我站住！你们是跑不了的！"疾奔杂乱的脚步声、歇斯底里的喊叫声充溢着围子的夜空。

"爹，哪儿又出事啦！"被惊醒的嘎蛋忙三火四地穿上衣裳来到外屋冲着东屋喊。

"你给我回屋眯着去，别没事找事！"秦春生厉声告诫儿子，同时他用手碰了老婆一下，小声说，"快穿衣裳，起来。"

锁在后院的黑子经不起街上一片骚乱的刺激，它终于"汪汪汪"瓮声瓮气地狂叫起来。

"黑子，别叫！听话。"黑子看到嘎蛋摇头摆尾不再吱声。嘎蛋用手抚摸它的头，"鬼子知道了你，你就没命了，傻叫啥？"

嘎蛋蹲在它跟前，觉得把黑子拴在院子里不妥，他解开绳索，牵它进了西屋。嘎蛋寻找西屋的每一处，犯起愁来："把它放到哪儿好呢？"

他左顾右盼真是没有安全可靠的地方，一阵搜寻，他把目光落在了放在地中央的那两口红棺材上。

"有啦！"他兴冲冲地挪开棺材盖儿，又悄悄地在外地厨子里找到两个野菜饽饽放进棺材里。然后，他把黑子和连带在脖子上的绳索一起放进棺材里，并瞅着棺材里抱着野菜饽饽咬的黑子不放心地嘱咐着："黑子，你可别再叫唤啦，在这里老实待着啊，要是让那些鬼子知道你啊，你就得让人家给扒皮吃喽，听着了吗？"说完，嘎蛋把棺材盖儿挪好，出去了。

哐！一群端着刺刀的鬼子踹开大门涌进院来，他们中间有一个穿青色衣裳，留分头的便衣，这个便衣一马当先闯进屋来，他脖子一歪见西屋停放两口大红棺材，就进了东屋。他右手攥着短枪一抬，一下子把枪口顶住秦春生胸口，那个人凸鼓着大肉眼泡，咧着大嘴，龇着大门牙大声追问："刚才跑进你家那几个人，给我交出来！"

这一问，可把秦春生问蒙了："大爷，我，我家没来人啊！"

啪！啪！那个便衣张开左手狠狠地扇了秦春生两个大嘴巴。顿时，秦春生鼻孔、嘴角淌出血来。

"妈的！不说我就毙了你！"便衣做出开枪的样子。扑通！嘎蛋的母亲双膝跪倒，她吓得两手哆哆嗦嗦浑身颤抖："军爷，饶命啊，我们都是听话的百姓，不敢藏人。你翻翻这屋里屋外，要是有一个外人，我们就去死。"老人涕泪涟涟，乞望着他枪下留人。那个便衣这时看到嘎蛋与高家哥几个年龄相仿，他眨了眨那双睁不大的三角眼，手一比画："你过来！"嘎蛋看着父母受到那个汉奸恫吓和百般羞辱，他恨不得奔过去将他撕成两半。可他看这些鬼子拿着明晃晃的刺刀，要动起手来，全家人都会死在他们手里，他只好咽下这口气。嘎蛋走过去，"三角眼"用手电在嘎蛋身上下照个遍，仔细打量着他。看嘎蛋赤着脚，穿着露着膝盖的又脏又破的短裤子，黑瘦的脸上还存留着汗水流过的迹象，上身光着，干瘪的肚子连肚脐都在往里凹。

"你叫啥？"

"我叫嘎蛋。"

第三十一回 除后患鬼子大搜捕 杀豺狼刘爷亮宝剑

"哈哈！哈哈……嘎蛋。"这句话倒逗笑了这个便衣。这群鬼子和这个便衣没有找到一丝疑点，刚想走出外屋门，就听到西屋有响动。唰！几十条枪一起指向西屋，鬼子堵住西屋门，他们如临大敌。一个鬼子探着脑袋往西屋一看，除了这两口棺材、两条被子外，屋里一干二净。这时，就听到棺材里发出咕隆隆、咕隆隆细微的声音。鬼子立刻将两口棺材团团围住，一个鬼子一步跨上土炕，他叉腿站在炕沿儿，刺刀一动不动冲着棺材盖。

"小子，打开它。"

"那里什么也没有，我不打！"嘎蛋下巴颏左右在咬动，两眼愤愤地瞅着这些不要脸的东西就是不动身。啪！啪！那个便衣狠狠地给了嘎蛋两个耳光："不打开，我崩了你！"说着，手就去掏腰间的那把枪。

"大爷啊，您别生气，千万别跟我的废物儿子一般见识，他还小，这个东西是有槽的，他真的不会打呀。"秦春生过来跪着替儿子求情。

"你能打开吗？你来！"

"唉，我来。秦春生来到棺材后，用肩一使劲儿往前一推，出溜——棺材盖一下子向前移动了一半，呼！黑子从里面蹿出来。同时，鬼子十几把刺刀一起刺来，黑子被他们刺中，它蹿出屋门没命跑到大门口，"汪……嗷……"它扭动着带血的身躯，凄惨地叫了几声，躺在血泊里就不动了。

嘎蛋心疼地瞅着它的黑子痛苦地挣扎、呻吟，他用脏黑的手背擦抹一下眼角的泪水。

"哈哈哈……哈哈哈……"刚才神经紧张的小鬼子开怀大笑起来。

"小子，你爹咋养活你这么一个潮种！棺材里藏狗，玩得出奇，滚开！"留分头便衣一脚踹在嘎蛋干瘪的小肚子上。哎哟！嘎蛋被踹到墙角，他弯着腰捂着小肚子疼得直转圈儿。

鬼子走了，嘎蛋来到黑子跟前蹲下来一看，鬼子在黑子身上扎了好几个血窟窿。他抚摸着沾血的黑乎乎的皮毛抽泣着："王八犊子——小鬼子！你们不得好死，呜——"

大冰沟

第三十二回 百姓举家远迁故土 抗日队转移鹿圈沟

岛田没有死,送往奉天日军医院经过两个月治疗已痊愈。他重新返回了碾子沟围子,藤岛任命他为香洼、达摩洞、北杖子等九个围子的军政长官,全面掌管大冰沟外青龙河流域的军事防务。

这几天,他屁股好像安在了太师椅上,坐起来,身子一动不动。他在冥思苦想,怎样才能统治这些性格刚烈的山里人,彻底消灭大冰沟里的抗日力量。根据以前的教训,他知道这绝非是毕其功于一役、一蹴而就的事儿。高家事件也告诉他,这方圆百里修起的一座座围子,不仅是束缚山里人的牢圈、地狱,弄不好也是他们自掘的坟墓,可怕呀!

他认为围子里一切不安定的因素来自户多人杂、人口紊乱,只有消减人口,才便于监管。他突然想起半月前日本关东军司令部在大兴安岭看押中国人采集松油的事来。对!把这里有力气的老百姓移到东北长白山去采松油,这是一举两得的好事!

七月正是雨季,此时,青龙河两岸的河滩和大大小小的沟壑被暴雨后的山洪刷了一遍新。有的山沟里山泉涌出,溪水潺潺。山洪已把山间小路撕扯得支离破碎。山脚下的土石路露出狰狞的面孔,蜿蜒的土路许多的地方已被洪水横脚踢出,拦腰斩断。以前,碾子沟围子南门外人走车过的黄土桥,经几场洪水的冲击,已荡然无存。

这是一个浓云密布的天气,厚厚的乌云像叠摞的硕大无比的铅块儿,沉重得不见一丝流动,群山消隐在低垂的云海之中。北山的炮楼也失去了以往的威壮。

这天一早,一支扛包抱乳、老少不堪的队伍走出碾子沟围子。这支六十多人的队伍出了南大门停了下来,向送他们的亲人失声痛哭起来。随后,在

"护送"伪军的催逼下,沿着面目全非的北去的山路缓缓而行……这些人家就是去东北长白山采松油的移民。

首次走的有十三户人家,家里的男人都是鬼子认定的有力气的人,他们携家带口,有的赤着脚扶老携幼,有的女人刚出月子,一边走,一边搂抱着嗷嗷待哺的婴儿。他们在日伪军的看押下,是到北方两百多里外的塔子沟县城去赶火车的。

一路上,移民们风餐露宿,并且就如即将被人宰杀的一群羔羊一般,被日伪军驱赶着、棒喝着。

几天的奔走,疲惫不堪的人们终于赶到了他们从来没看到过的那些红砖青瓦建的洋房,还有一排排绿色栅栏的地方。

在这里,让他们第一次看到的那个庞然大物由南向北呼啸而来。在咕咚、咕咚……的响声中徐徐地进了栅栏里,然后,咣当一声震颤,就一动不动地停在那两根没有头尾纤细发亮的铁线上。

它呼哧呼哧喘着粗气。山里的人们还没有细瞧它的模样,就被装进了它的肚子。所有的人趴在有铁栏的车窗口前,极目眺望县城远处那陌生而又熟悉的山峦发呆。远离故土的眷恋,生死未卜的迷茫,让他们怅然若失,泪水悄悄滴落在衣襟上。

咣当!它动了。咕咚!咕咚!咕咚!咕咚……随着下面越来越快的沉闷的节奏声和几声粗犷的怪叫,带着他们驶向北方遥远的他们根本不知道的地方。

没过半个月,围子里又走了第二批、第三批……

碾子沟围子里的人连死带走,剩下的人是初进围子时人数的一半了。

刘守义枪杀鬼子岛田和汉奸阚一良以身殉国的消息不久就传到山里。女儿刘雅娟听到父亲死去的消息悲痛万分,她后悔以前错怪父亲,此时,她内疚不已。

她想起小时候,在县城小学读书时,父亲是一名威风凛凛、一身帅气的年轻军官。他秉性正直,疾恶如仇。因此,他管辖的周边地区许多土豪劣绅不敢为非作歹。后来,全家随军辗转边塞内外,父亲的部队不管在哪里安营驻防,他都能除暴安良,造福一方。他常说:"当兵不为国为民,不如回家种大田。"

后来，日军进了奉天，东北军全部撤离进关。父亲报国无门，履行了他的诺言，真的解甲归田了。

她忘不了，父亲初送她去北平念书时的情景。那时北平正闹学潮，他看见大街上游行的学生，兴奋地说："中国有这些爱国的青年，国家将来一定会好的。"此后，她在北平这座风云变幻、政治敏感的大都市里，毅然参加了学生爱国运动，目睹了北平反动政府镇压爱国学生制造的累累血案。在那皇家园林般的校园里，难以忘怀与同学在交枝的绿荫小路上，在柳浪荷风的漫步中探讨文学，畅想祖国未来。忘不了，在那所传承民族文化与新进思想交融的学府里，增长了才智，提高了觉悟。她清晰地看到了民族的悲哀与崛起，看到了社会的黑暗与光明。如今，倭寇入侵，民族灾难迭起，父亲又死于敌人之手。这国恨家仇更激起了她步入抗日前沿的决心。要像父亲那样，与山里的抗日英雄们同仇敌忾，英勇杀敌！

这些天，刘小姐一改以前大家闺秀和书生气的习气，她知道，作战不仅需要杀敌的勇气，更要有杀敌本领和力量，她刻意要求重新打造自己。

自从上山以来，刘小姐起早贪黑，向大家虚心学习射击、格斗的本领。几天下来，文静白嫩的大家闺秀一下子像变了一个人似的：人瘦了，脸黑了，胳膊肘被柴草划了一道道血印；大腿摔得红一块儿、紫一块儿。山上的人看她如小伙子一般摸、爬、滚、打，刻苦训练，心里都十分佩服。她每天回来，真是累得腰酸腿痛，躺在炕上四肢怎么放都不舒服。但她咬着牙，训练照常不误。

董老汉背后找葛振林："排长，你看，这孩子是从蜜罐子里长大的，细皮嫩肉。听说从小就读书，一直读这么大。听高升说，还在北平读过好几年书哪，是识文断字的大家闺女，哪吃过苦受过罪！这冷不丁地到这大山上来受苦遭罪，就够她呛了。我看这孩子天天这么摔打，能行吗？"

有时，老人路过训练场地对正在练习的刘小姐说："孩子！冰冻三尺，非一日之寒。功夫不是一天就学好的，悠着点！"

"唉！"刘小姐微笑地答应着。

她心里明白，没有过硬的杀敌本领，消灭凶残的鬼子是不可能的。

第三十二回 百姓举家远迁故土 抗日队转移鹿圈沟

魏强四人从刘家逃脱。赵万奎认为，那天晚上从刘家逃脱的，就是他们要抓的高氏三兄弟。那天，虽打死了刘守义却跑了刘家大小姐，这更让赵万奎有一种"竹篮打水一场空"的滋味。严加追查高家三兄弟没有结果，岛田命令所有部落全部戒严。敌人把碾子沟、大西沟、香洼这三个靠近大冰沟的围子看守得像个铁桶一般。白天，出围子干活的人，都有便衣盯梢。所有出殡的灵柩都要开棺验尸，方可放行。日伪军对围子里的民众的监管，已到了无以复加的地步。

这几天，高顺总是仰躺在阳坡的一片茅草地上，他交叉着两只手垫在后脑勺上，嘴里叼嚼一根草茎，仰望着蓝天发呆，即使有一只山鸟从他眼前飞过，他也毫无反应。他有满肚子解不开的疙瘩。他对父亲和二哥的死，大哥无动于衷，更怀不满。好几天了，他瞅着碗里的饭一口都不想吃，大哥高升劝他。

"顺子儿，你得吃点儿饭哪。你这样，哥心里不好受。"

"哼！胆小鬼！"

葛振林见此状况，知道高顺对现在还没有为父亲、二哥报仇而想不通，倘若他有一天背着大伙，只身一人跑下山去围子找鬼子拼命，那就糟了。

为了解开高顺心中的疙瘩，稳定住他的情绪，一天晚上，葛振林坐在高顺躺着的炕沿上，对替父报仇心切的高顺说："小顺子，你功夫好，这几天，你教教雅娟如何使刀。"

"我不教！"

"为什么不教啊？是不是有心事啊？跟我说说。"

"我要报仇！我要给我爹报仇！"说着，眼泪夺眶而出。

"说得对！这个仇我们一定要报！还要小鬼子汉奸加倍偿还！不过，你听我说，'君子报仇，十年不晚'。现在，围子里的鬼子正张着网等我们往里钻，你去，不正好中了他们的圈套吗？小顺，消消气，今后报仇的机会多着哪。"

一到立秋，天气渐凉。可怕的瘟疫终于有所退却。

可这几天，山上人听到了一个令人震惊的消息，围子里李熙三一家全被鬼子杀害了。岛田把李家宅院当作了日军军营。

此事没过三天，魏强和朱延成正想从北沟出山侦察围子里敌人情况，却在大西岭与岛田带领进山的日伪军大队人马相遇了。两人躲在树丛里，等敌人过后，就跟随其后，看看鬼子到底想干什么。奇怪的是，敌人不走北沟、金场，而是走近路便道经过歪脖子沟，一直走到三道沟。他们迅速地包围了原先抗日联军的营地。敌人抄袭到营地跟前，一看石洞和青藤遮掩的"屋子"空空如也，知道这里早已是被抗日联军遗弃的营地。岛田站在石洞口，巡视周边的山形地势，眨着眼睛沉思着。抗日联军早已从这儿撤走，这次秘密军事行动不过是一次荒诞无稽、毫无意义的行动。

"撤！"他一声喊叫，一百多日伪军又从原路撤回。

当天晚上，魏强向葛振林汇报了他所看到的日伪军扑袭三道沟的情况。

葛振林觉得奇怪，他觉得李家人遭不测，一定与李先生有关系。大部队南下，李先生参加抗日联军，只有魏强、高真和他知道。难道高真？不对，高真知道我们在山上的准确地点，为什么不告诉岛田前来偷袭，却偏偏叫他去三道沟扑了个空？这一年来与他朝夕相处，他最了解高先生。他是深明大义的人，是久经考验的朋友，绝不会出卖山里的抗日战士。他要是见钱眼开、唯利是图的人，在他家养伤的时候，早就把我送给日本人了，哪还会等到现在？另外，鬼子偷袭三道沟为什么只走歪脖沟这条便路？领路的人一定对这条路和抗日联军驻扎三道沟期间的情况很熟悉。那么，领鬼子去三道沟的人到底是谁呢？葛振林神色凝重，他百思不得其解。当时，部队驻扎三道沟消息封锁得非常严密。除了自己的部队战士，董老汉爷儿俩外，就没有人知晓。看起来这两件事是一个人所为。这接二连三蹊跷的事，让葛振林实在难以破解。为了大家安全，葛振林和魏强、朱延兴、高福和董老汉商量，放弃老窝铺，让大家去更安全隐蔽的地方住下来。

这天晚上，天幕游弋着几片墨色的云，老天收敛了白天那种撒火般的炙热。山谷，时时刮来一些凉爽的晚风，大家坐在柴堆旁感到舒爽多了。董老汉在院里的一棵桲罗树下扒狍子皮。

葛振林跟大家说："今天哪，我想跟大家商量点事儿。"于是，他把近几天发生的事跟大家说了一遍。最后，他让大家好好想一想今后怎样保护好这支队伍，更有力地和鬼子打。他说："现在我们的队伍大了，可以说，我们有力量与鬼子干了……"

"是啊！我们虽然没有梁山上的一百单八好汉那么多，可我们这十来个人可也称得上绿林好汉。鬼子进山跟我们较量,他得琢磨琢磨!"朱延兴欣慰地说。

"大哥,别抢话,听排长把话说完。"朱延国责怪大哥。

"对!"葛振林用赞同目光瞅了一眼朱延兴,接着说,"我们在这里聚集了十多个英雄好汉。今后,我们还要不断吸收那些敢于抗日的山下穷苦民众,扩大我们的队伍,壮大我们的抗日力量,与鬼子明干!不过,现在我们和鬼子相比力量还相差悬殊,不能麻痹大意,'大意失荆州'啊!老虎岭这儿虽然离山下几个村子很远,但药王庙就在下面的山岭上。鬼子几次追杀我们的人都在离这儿不远的山坡林子里。鬼子早晚要对这里下手的。所以,我们要把大冰沟作为保护我们、打击敌人的根据地,我们必须在这里找一个更安全可靠的地方。"

董老汉听到这里,停下手里的活儿冲葛振林说:"嗯,是得换个地方了。"

"老人家,您看看,大冰沟里哪个地方更好?"

老汉想了想,"我看哪,去鹿圈沟吧,那里山场比这儿大多了,林子又大又密,再加上那条沟山脚下有很陡的一堵大石崖挡着,这个石崖又高又长,像两扇永远紧闭的大门,过去的人都叫它'山门'。没人领着,鬼子想进那鹿圈沟,不用寻思!排长,要不——明天我领你们看看去?"

"好,明天我和老朱跟您去!"

第二天一早,葛振林、朱延兴和董老汉吃了饭就出发了。三人下山到了金场,折向南进了大沟里。估摸走了十来多里的沟谷,老人领着两人离开主沟,岔向西南方向的一条沟岔向里走。估摸响午的时候,三人走到一个狭窄的山脚转弯处。董老汉停住了脚步,用手指着前面西侧的陡峭的石壁说:"排长,到了,这就是山门。"

两人顺着老汉手指的方向仰头一望。嗬!那凶险而高耸的青褐色陡壁赫然于眼前,让人睹之眼晕。葛振林凝神张望数十丈高险峭拔的岩崖,只见它随着沟谷走形蜿蜒延伸足有一里之遥,如展开的巨幅画卷一般,镌刻着远古的沧桑。一壁气势磅礴的巨崖,如巨轮船舷外围的铁壁整个从下到上向外略有悬伸,岩崖凸凹不平,其间纵横交错的无数岩缝儿大小不一、宽窄不等,像是曾被力大无穷的壮士挥舞着手中的利剑,随意划刻出的无数印痕。站在岩崖下，不禁令人遐想不已。

"排长，上了这个崖子，上面就是鹿圈沟。"

"有上山的路吗？"葛振林仰望着石崖问老人。

"有啊！可生人是找不着的，你看那儿！"老人所指的地方是一道岩崖中一条最大的裂罅。

那裂罅从崖顶贯通而下，只在岩崖脚下两米高处消失，那俨然是构思奇巧的画家突发奇想后，勾勒出来的雄浑深沉的线条。它把这本来完整、壮观的长条巨幅画卷拼成为两幅挂图，齐刷刷地悬挂在鹿圈沟山脚下。

"排长，这个崖缝子就是天门，你们跟我走吧。"

董老汉领着两人涉过沟谷小溪，走到"天门"脚下。

老人瞅了一下葛振林和朱延兴迷茫的神色说："二位是不是觉得没道啦？常言说，车到山前必有路。我在前头，你俩在后头跟着。"

三个人前、中、后，薅着几摊柴枝爬上了山崖缝子。岩崖罅隙里虽窄得只能容下一人独行，但幽深的崖缝里由于长年累月风雨剥蚀，两侧崖壁沟缝累叠，柴草纤细密密匝匝且郁郁葱葱。三人时而相互拉拽，时而拽柴枝攀缘而上。足有一袋烟的工夫，三人终于到了"天门"顶上。

葛振林立在崖沿上，迎面的阵阵山风掀撩起他已解开纽扣的前衣襟，他把着一根柴枝，俯瞰下面的沟谷。谷中溪流如带，幽深、静谧的沟谷中盘旋着两只展翅翱翔的雄鹰。此情此景，真是令人鼓荡着一股壮怀激烈的豪气。

"好地方啊！"葛振林情不自禁地说。

"排长，你看，上面就是鹿圈沟。"老人说。

葛振林转身用手遮住中午火辣辣的日光向上仰望。嘿！真是一个安营扎寨的好地方！

目之所及，跌宕起伏的巍峨山峦潇洒地勾勒出鹿圈沟苍莽寥廓的境界。一望无垠、葱郁茂密的野林覆盖着鹿圈沟坦荡胸怀，趋于平缓宽阔的山怀显出一派与众不同的大气。葛振林心里想：鹿圈沟，真是与众不同，原来它是数里悬崖簇拥而起的一个山中"平原"。

"走，咱们到上面宽敞的地方看看去！"葛振林兴奋地说。

三人在风烟不透的丛林中钻隙而上，到了山坳腹地，葛振林转身四顾。

第三十二回 百姓举家远迁故土 抗日队转移鹿圈沟

这里是平坦的山场。山场草木葳蕤，方圆数里全是忽忽悠悠没人高的蒿草，其间稀疏地点缀着的一些恣意汪洋、超然高大的楸树，山场上一面山峰下有一堵凹形的青褐色的矮小岩崖，形似"山门"状，却比"山门"小得多。崖下汨汨淙淙地流淌着清澈甘甜的山泉，无休止地潜润着下面山腰这片山场。的确，这是拒敌养生的天府之地。

"有水有地，易守难攻，这个地方不错！"葛振林决定把家搬到这里。

不几天，鹿圈沟的山坳里出现了几间新的茅屋。

这几天，朱家三兄弟除了和董老汉一起披荆斩棘、林中开道外，还把弹无虚发的射击奥妙和在山里与敌作战的多年经验向大家传授。小英除了帮老人和小兰给大家做饭外，不断地和男人们学习射击，打枪有了很大的长进。高顺无时无刻不在想替父兄报仇。前几天，他整天沉默寡言，在大家的开导下情绪好了许多。他天天光着膀子，把房前的一棵大楸树当作仇敌成天用力踢打，不几天，被他的铁拳击打得树皮不知去向，剥露出溜光光的腰围。高顺那黝黑的膀臂在烈日下变得更加油黑锃亮，只见他的肩膀在掉着一层又一层白皮。他每次练起功夫，步动如风生，身形似蛟龙，拳脚变化多端，大家看完，无不喝彩。

魏强也把跟舅舅学过的般般拳法套路告诉给大家。有时歇下来，魏强和高顺相互切磋武艺，取长补短。除了董老汉在屋里烧火做饭外，鹿圈沟十二位好汉和姑娘都在争分夺秒地学习和提高自己的杀敌本领。

为了提高觉悟，认识形势，葛振林还提倡大家学习文化，了解形势。老师当然就是见多识广的刘小姐。每天有一个小时的学习时间，刘小姐把自己对抗日的见解和抗日形势，深入浅出地讲给大家听，大家的思想有了很大的提高。所以，魏强很佩服她，老像孩子一样，常常把不明白的问题拿来叫刘小姐指点迷津。小英每当看到魏强这样，心里很不是滋味。

这一天，小英在南山坡林子里发现一头野猪，她跑回来拿起戳在屋墙角的一支步枪，飞快地跑进林子。那头野猪头正扎在一丛柴草根下拱着。她躲在一棵大树背后悄悄地把枪从树根下伸出，当她瞄准野猪就要射击的时候，突然，一只大手抓起了她的枪身。

第三十三回 打柴郎舍救落水儿 三好汉夜潜高真家

小英吃惊地回头一看，原来是魏强。魏强冲她一摆手，示意不要说话，他拔出飞刀猫着腰，蹑手蹑脚向野猪走去。野猪似乎感觉到不安全了，它突然停止拱地，抬起头怔怔地，把沾满黑土的尖尖的嘴巴仰得高高的，一双恐慌的眼睛睁得圆圆的一眨不眨，两只硬朗朗的大耳朵竖得更直。它呼、呼两声想逃。可一道亮光掠过，尖刀已扎进它的咽喉。它带着刀子逃走了，没跑出一百米，就倒下了。

魏强追到跟前，只见那畜生扁躺在乱柴草的地方四肢在不停地蹬弹……

魏强看逮住了这样一头又大又肥的野猪，心里非常高兴："小英，你快过来呀！看看！这家伙让我给整住了！"

小英跑了过来一看，这头野猪真的被强哥给扎死了。

"强哥！你真有两下子！一刀就给它干死啦！这么大家伙，可够咱们吃好几天的啦！"她拍着手，拧着翘起的脚跟高兴地说。

她打心眼里佩服魏强的一身功夫。在她心里，强哥是最棒最棒的小伙子。在这世上，再也没有比他更强的男人了。可一想起这几天的事，真让她生气。新上山来的刘小姐总找他谈什么革命啊、国家啊……一些让她听不懂的新鲜词。强哥像着了迷似的，那样子就像小孩子听大人讲故事似的，讲得强哥直呆呆地瞅着她。每当她看到他俩在一起的时候，心里感到失落落的。她觉得自己好像受了莫大的委屈。她有时故意不理魏强。对她的气，强哥可什么也看不出来，还是一个劲儿地去听，真是气死人啦。开朗奔放的她似乎多了一个无形的包袱，她自己不知道为什么会这样。想来想去，她认为都是强哥对不住她，冷落了她。她有时想哭，想到这儿，她灵机一动，今天，趁这个机会非要跟他撒撒气不可。她愀然作色，十指在衣襟前一交叉，噘起嘴来。

第三十三回 打柴郎舍救落水儿 三好汉夜潜高真家

"这是我看到的，谁让你杀的？"

"小英，你？这是咋了？杀了它，咱好改善生活呀！"魏强看她一喜一怒的样子，感到莫名其妙。

"我看到的，就是不用你管！"

小英说完，站在离他五米远的一棵小桲椤树旁，把脸故意侧到一旁，不予理睬。她想，强哥这时一定在瞅她，然后，前来哄她。她噘着嘴，用手指甲掐着眼前树枝上的一片片嫩叶，默不作声。她要他对刚才的行为，给她道歉。

"小英，你咋了？"魏强瞅她满脸不高兴的样子不解地又问。

"都赖你！要不，这野猪一定会死在我手里的！"她说着，用手使劲儿地划打着被她掐破绿叶的那几枝嫩条，似乎把这几天心中所有的不满和委屈发泄在这几个枝条上。魏强瞅她真的生气了。

"小英，咱们的子弹不多，留着好打鬼子用啊。但是刀这玩意使完还能用。"魏强摆弄着手里带血的飞刀，一看小英还是不理睬，接着解释说，"你想，一颗子弹要是打死一个鬼子，那它可比打死一头野猪价值大多啦。"

"我不管！我就是用枪打！"

"小英，你今天到底是咋了？"魏强走到小英跟前，只见小英眼里噙着泪水，突然眼睛像堤坝决口一样，泪水簌簌地往下流。

"哼！就是不用你管！"

"多大啦？还耍小孩子脾气，多砢碜。"

"你为啥不理我？"

"小英，你说啥呢？"

"我说，你为什么不理我？！"

魏强这才明白小英为什么哭。

"小英，别耍小孩子脾气好吧？多大啦？我这几天，在向娟姐学习知识，了解形势。在山里什么都不知道，怎么能行啊？咱们抗日打鬼子要明白为什么这样做，你说是不？好了，回去找人来抬猪吧。"

小英这时撒开手里捻着的碎叶，调过脸来，那双泪水浸洗过的亮晶晶的眸子里闪动着泪花，她带出儿时在一起玩耍时常常不服气的神情，看了魏强一眼，然后，用手背抹了几下腮上的泪水，说："那，我也想知道。"

"好，以后，我招呼着你，咱们一起听人家讲。"

"不！我就听你讲。"

"中，我给你讲，别哭啦。"

"这还行。"小英这才肯罢休。她刚才噘起的嘴唇顿作嘴角上翘的微动。她带着天真的神情瞅着魏强，双唇一抿嫣然一笑。然后，头一点，一板一眼地说："知，道，了！"说完，她习惯地把那大辫子往后一甩，跑了。

时间是慈善的老人，它不仅会让幸存者慢慢抚平往日的痛苦，更能使苟活者多一个能活下来的办法。一晃就要到年根了，这是人们在围子里过的第二个年。这一年，人们经历了太多太多。饱经苦难的人们在生活上再也没有什么往年的奢望，能活着就好。大多数人家杀掉了家里的所有家畜，这不是为了过年有肉吃，怕的是它们这些天天口口不咬空的张口物一日不落地与人分羹。因为今年家里没有多少粮食，年去春来，一眨眼春到了。青龙河河畔春水涌动，群山依旧山花烂漫，与往年不同的是，野外的山地里多了不少新的黄黄的刺眼的土包。山野还没有吐青，围子里的人家已经有断顿的了。青黄不接的时候，围子里出现了手拿饭碗沿街乞讨的孤寡老人，接着时间不长，围子里就有了被饿死的人。

山绿了，人们终于可以上山撸树叶采野菜糊口度命了。尽管这些东西吃起来发苦发涩，可是能填饱肚子。南、北大门一开，人们像羊群一样满山地找。一袋袋杏叶、一筐筐山菜弄到家，煮熟、泡捞、攥干，和米汤一和成了一个个大菜团子，就可以进嘴下咽了。几天后，吃得肚子和脸胖肿起来。有的走不了路，有的饿死在山上。饥饿，让人们又一次跌入濒临死亡的恐慌之中。饥饿叫围子里的男人想到了粮食就是命根子。

几场春雨，没了牲口，围子里的人只好亲躬犁地播种。夏季，野菜充饥来耪地。为了收拾那几亩山坡地，有时，早出晚入一会儿，常遭守门日伪军的纠缠，甚至是辱骂和毒打。终于，盼到了秋天，瞅着地里庄稼的长势，算了算，准有了六成的收成。站在地边儿的男人们瞅着这些庄稼心里有了底，这是一年的口粮啊！挨累、挨饿、挨打跟让一家人活下来比又算什么啊？

到了立秋节气，天气稍有变凉。山里人就认这个理儿：活着就得吃饭、烧柴。每年到了这个时候，家家户户的男人都要到山上割上几天青穰柴。到

第三十三回 打柴郎舍救落水儿 三好汉夜潜高真家

了深秋，盘到家堆成一大垛，用这些青穰柴来做冬季的羊草，剩下的柴枝再做烧柴，用来做饭烧炕。现在，围子里的人家就不用惦记牲口的事儿啦，家里除了几个会出气儿的人外，什么牲口都没有。割来的柴就是用来做饭烧炕的。到了这个年月，没有谁不这么想：人能活下来就好。

按以往，入秋后，天气渐凉，老天也摇身一变，换了一副清晰的面孔。天高蓝，云轻淡，暴雨再也不像夏季那样狂暴缠绵。可今年迥然不同，到了中秋了，强势的雨水丝毫没有收敛。昨日，整整一天，暴雨不停，把碾子沟整个围子吞没在浩渺如烟的风雨之中。而素来娴静、温存的青龙河一下子又被这不期而至的滂沱大雨的光顾，撩得狂躁不安起来。

傍晚，青龙河身旁的千沟万壑狂奔而下的激流汇集成波澜壮阔的滔滔洪水，令人头晕目眩。汹涌澎湃的浊浪翻滚着、撕咬着，如千军万马，咆哮狂奔。洪水卷起的惊涛骇浪，一次又一次拍打、撞击、吞噬着它身旁的山下石岩，并发出惊天动地的轰鸣。它一路推桥斩树，所向披靡。荡涤、携走所有竟敢阻挡它前进的一切。

黄昏，碾子沟围子南大门外不远的那座黄土桥，转眼间，就被狂暴的洪流吞噬，顷刻间就变得无影无踪。

大雨过后的第五天，青龙河河水渐消，住在围子东头的李庆元老汉一早就喊儿子。

"海生！起来吧，今个儿咱爷儿俩去山上割点儿青柴。"

李老汉家原住在碾了沟东面，离碾了沟有十里地远的一个山沟里。李海生知道，山路被大水冲了，出了围子还得蹚齐腰深的河水。他怕父亲去吃不消，端着海碗，喝了一大口粥停下来："爹，大远道，不用您去了。"

"咱爷儿俩去割，不快点嘛！"

"爹，咱家的那道儿，不知冲啥模样了呢。今儿个，我自个儿先看看去。道好走，您再去。"

"那也行，不过，割柴你可别贪多，早点回来。不然，大门关喽，就遭啦。"

"知道啦。"

李海生吃完饭，他拿起母亲给他准备的一兜地瓜，把镰刀别在后面的裤腰带上，扛着扁担走了。

大冰沟

夕阳西下，炊烟袅袅的时候，李海生挑着忽忽悠悠的一挑青柴，来到了围子外河岸边。刚发过大水的青龙河水虽有消减，但水浑浪浊，不见河底，河水还带着一股腥气味儿。

李海生撂下挑子，挽起裤脚，脱下布鞋，赤着脚挑起柴刚想蹚河过去。

这时，只听对岸一个男孩没命地喊："不好啦！长锁冲下去啦——长锁冲下去啦……"

李海生往河中一望，可不是，一个孩子被激流卷了下去。

李海生一看不好，他扔下挑子，顺着河边向下游去，然后，冲到齐腰深的激流中，一把抓住冲下来的孩子，把他拖到河边。孩子在浑水中打了好几个滚，呛了几口浑水，只见他脸色发紫，已不省人事了。李海生双手拖着昏迷不醒的孩子，不知如何是好，他浑身上下湿了个透。被河水湿透湿淋淋、凉哇哇的衣裳，紧紧裹着他的身体，那水顺着他的头发、脸颊、衣袖、裤腿滴滴答答地流淌。咋办？救孩子要紧。凭着一个山里人的良知，他光着脚，两手平捧着孩子，不顾一切地向围子里跑去……

冲过南门，守门的日伪军，高声喝喊："站住！再跑就开枪啦！"

李海生不顾日伪军的再三警告，噔！噔！噔……脚板子在有牛、羊粪的石子街上飞奔。湿淋淋的裤子裹着他的双腿，发出哗啦哗啦的快节奏的响动，大街两边的房屋飞快地退却到他的身后。他喘着气不敢停留片刻。他知道孩子危在旦夕。

"哇——"一口浑水从孩子的鼻子、嘴里呛出，从他湿淋淋的衣袖上流下去，流到衣襟、裤子，流到露着的沾满泥水的大腿、脚板上。

"到了！就这家子。"跟在李海生屁股后喊"救命"的那个孩子紧跑了几步，跑到了前头，在一个低矮的柴门跟前停下了脚步。

"大婶！快开门！长锁淹啦！"他使劲儿地拍打着那家柴门大声叫喊。

说也凑巧，李海生救的孩子离他家不远。柴门关着，孩子喊声没有回应。李海生把孩子斜抱在怀里，腾出一只手紧叩打柴门框，咚！咚！咚！咚！咚！咚……

一个长得年轻漂亮、体型丰满匀称的成熟少妇开门迎了出来。她一看，一个年轻的汉子怀里抱着一个湿淋淋、耷拉着脑袋的孩子站在自家门口。她

第三十三回 打柴郎舍救落水儿 三好汉夜潜高真家

用惊恐的目光瞅着眼前这条汉子和他怀里的孩子，吓得身子往后一闪，"啊"的一声，随后，她睁大眼睛上前再一细看，汉子怀中的孩子正是自己的儿子长锁。顿时她眼前的一切都晃动起来，差一点昏过去，这是真的吗，还是在做梦？不！眼前汉子怀中昏迷不醒的孩子就是她的心肝宝贝儿子长锁啊！

"长锁！长锁！"她大声地哭喊像疯子一样从海生的怀里抢过孩子使劲儿地连颠带摇。

"孩子！我的孩子！你醒醒，你醒醒啊——老天啊——呜——呜……"

李海生见到女人如此绝望地痛哭，他呆呆地站在那儿，赤着沾满泥粪、硌得红肿的一双大脚踩在门槛石上一动不动。女人抱着孩子极度悲伤的痛哭叫他不知如何是好，憨厚的他此时木讷得像一尊塑像。

他告诉她："这孩子，掉到河里了。"

女人的哭声招来了左邻右舍。这时，昏迷的长锁在母亲的哭喊声中，终于睁开了眼睛："娘。"

孩子一叫，女人哭声戛然而止，她睁大惊喜的眼睛："锁子儿，你可吓死娘了。"

女人擦着脸上的泪水。她把脸紧紧贴在孩子的脸上，温暖着孩子冰凉发紫的小脸蛋。泪水又一次禁不住地簌簌流下，许久，她才想起站在门外的那条汉子。孩子的命是他救的呀。她抱着孩子走到李海生跟前。扑通！一下子跪在地上，声泪俱下。

"兄弟，你救了我的孩子，我这辈子也忘不了你的大恩大德。"说着就要磕头。

"不，别这样，大姐，你快起来！我还有事，我，我走了。"李海生语无伦次。

他长这么大，除了母亲外，他从来没和别的女人说过几句话，更没有哪个女人对他这二十六岁还是光棍的男人有这样的尊重。他想，他只不过用他一个男人的能力做了山里人本来应该做的一件事，却换来了一个女人对他如此感激，实在让他紧张得心慌。柴还在河那边呢，再不去挑就晚啦。他用手抹了一下脸上的汗水，卷了卷湿淋淋的裤腿，说了一句劝慰的话。

"孩子吐啦，不会有啥事了，我，我走啦。"他慌忙地又去了南河沿儿。

"看看，这小伙子心眼真好。"

"可不是咋地，要不是人家，这孩子就没命了。"

"这小伙子我认的，他就是东头李庆元家的那小子。"

"他是大南沟的，平时不好说话，人可厚道勤快啦。"

院子里的人七嘴八舌地谈论着。

她是一个不幸的女人，叫贾春兰。十五个月前，身强力壮的丈夫活生生地被那场瘟疫夺走了性命。一年多来她没有再嫁，只为怀中这个孩子。在围子里他们孤儿寡母的，过着极其寒酸的日子。春兰瞅着怀中苏醒过来的儿子傻傻的、呆呆的，她把孩子抱得紧紧的，仿佛怕孩子再一次从她的怀里逃掉，找不回来。因为，他是她的希望和生活的全部。

"春兰！你还傻愣着啥呀？还不快点儿进屋把孩子抱炕上暖和暖和！"邻居女人"张快嘴"用尖亮的嗓门提责她。

这时，贾春兰才想起怀中光溜溜的孩子身上还裹着那年轻人的上衣。她赶紧把孩子抱进屋放在炕头，盖上被子。烧水，擦身，众人一起上手帮忙。看长锁脸色好转，人们劝嘱了几句走了。

春兰拿着手巾给孩子擦着湿湿的头发，然后，上炕搂着孩子，用手紧紧攥住孩子冰冷的嫩嫩的小手。她一会儿用手轻轻地抚摸着孩子的脑袋，一会儿用手指慢慢梳理孩子额前那绺湿乎乎的桃子形头发。悲伤的泪水又一次夺眶而出。心想，没有这个孩子，她活在这个世上还有什么意思？

锁子一双天真的眼睛凝视着母亲脸上的泪水，他知道自己刺伤了她的心。

"娘，我再也不去河套玩了。娘，你别哭啦。"

"锁子，好孩子，听娘的话，以后再也不能去那个鬼地方玩儿了，记住了吗？"

"嗯。"

吃完晚饭，长锁好多了。贾春兰看看天还不算黑，她要去李家酬谢搭救她孩子的救命恩人。她打开黑柜盖，把攒了一个月的三十多个鸡蛋从柜子里一个个小心翼翼地捡到篮子里，然后盖上一块干净的毛巾。她嘱咐孩子："长锁，娘出去一趟，一小会儿就回来。"

"嗯。"长锁躺在炕上点头答应着。

贾春兰叫开了李家大门，李家两位老人把春兰让进屋里，春兰再三感谢李海生的救命之恩。她的肺腑之言说得两位老人的心窝热乎乎的，说得李海生的脸火辣辣的，不好意思起来。他痴痴地站在一旁，半天才说一句挂在心里的话："孩子没事吧？"

春兰这时才细看这个憨厚老实、心地善良的年轻人。虽然天晚，小屋昏暗，她依稀可以看出他端庄的脸庞显露着酱红色的健康面容，挺直的身材，宽阔的胸膛，充满着具有阳刚之气的男人味。她心想：他是一个健壮的男子汉，是心地善良的小伙子。如果他能来到我身边，那，她不由得脸红了。

临走时，他拎起篮筐叫她拿回去："大姐，把它拿回去给孩子吃。"

春兰哪肯拿？天黑了，孩子还在家呢。她步履匆匆地回到了家。夜晚，贾春兰搂着孩子难以入睡。不知道为什么，她带回来的是满脑子挥之不去的站在黑屋里的那个男子汉的身影。

葛振林他们搬进鹿圈沟，经过半个月的"练兵"，大家打仗的本领都大有长进。

这一天，魏强来到葛振林住的屋子向他请示："排长，咱们这么长时间没出山了，我高叔和围子里情况现在不知道怎样？"

"嗯，眼下咱们吃的也不多了，我们也得搞点儿粮食好过冬。"

"排长，我们想办法去围子里搞鬼子的粮食去。"

"到围子里去弄粮食，不行，南北大门戒备很严，是没法弄出来的。我这几天正想这个事儿，趁着庄稼还没撂倒，你和高福到你高叔家去一趟，看看鬼子有什么动静，然后再想法子。"

魏强一听心里高兴："排长，我们啥时候去？"

"今天晚上就动身。"

"是！"魏强兴奋地站起来向葛振林行了一个军礼。

"还有，"葛振林走到魏强跟前叮嘱，"岛田这些天没有什么大动作，不知道在搞什么鬼。鬼子血洗李先生家绝不是无的放矢。我想，死尸下面一定有活鬼。你们打听一下鬼子情况。记住，千万要小心，别惊动鬼子。"

"唉！"

碾子沟围子的南北大门早已关了，炮楼和围墙上四角亭楼大大小小探照灯眨闪着亮光。此时，暮色苍茫，碾子沟围子向东逐渐宽敞的喇叭嘴地形迷茫一片，灰苍苍的天幕裹着伏天夜晚凝重而烟雾般的水气静然不动，弥漫的水雾瘴气遮住了山川满眼的绿野。远方，山峦隐约露出几座馒头形浑圆的灰影。近处，碾子沟围子上空笼罩着一层尚未散尽的乳白色烟雾，覆盖着那片高大的围墙。此时，碾子沟围子像绝域中的一座古老城堡，神秘地显现着它那猥琐而灰暗的背影。

太阳落下，西边天空还残留着几道相互勾连的长长的紫云。几颗初现渺小的星斗在日落月出之际放出微光。静默聆听，隐约可听到围子里窸窣嘈杂的声音，并偶尔听到围子里传出几声狗的狂吠。

进围子时间尚早，魏强和高福趴在山坡的一片棒子地里期待着夜幕降临。

天，黑了。围子里渐渐沉静下来，它死一般地凝固在苍凉灰蒙的月夜中。

"走！"

魏强说完，两人手攥着枪走出棒子地，借着透过树枝泻下的斑驳陆离的月光，从弯曲山路奔下来，蹚过山脚下哗啦啦、哗啦啦到膝盖深的青龙河水，两人一前一后迅速钻进了西面围墙外那一大片棒子地。

深夜，高真在地道里与两人一见面就问："你俩啥时候从沟里走的？"

"晌午。"

"饿够呛了吧？你们在这儿等着，我弄饭去。"

说着，他猫腰走到炕梢的地道口，用手托起炕席，探出脑袋，他对在屋的妻子悄声说："哎！小强他们来啦。你在屋门口外盯着点儿，有事就拽拴在门框边的那根绳子！"

"唉。"

"先把锅里焐着的地瓜捡一大盆拿来。"

"有点儿凉了，等会儿，我再加把火。"

"快去吧。"

须臾，薯热了。高真的妻子掀开炕席，瞅着黑黢黢的洞口，她躬下身去，两手在嘴前拢成筒状冲着洞口，向里面喊丈夫。

"哎——把这盆儿拿下去！"

洞里，二人先填饱肚子，然后，高真就把围子里发生的事详详细细说了

第三十三回 打柴郎舍救落水儿 三好汉夜潜高真家

一遍，后来他突然想起张全告诉他的事。

"小鬼子秋后要向老百姓征收粮食，要的分量还不少呢。"

魏强一听忙问："二叔，这个事儿准吗？"

"你看，这还能假。这是张全亲口跟我说的，说这些粮食是效劳皇军的。这些没尾巴狼！春天饿死那么多人没人过问，大家忍饥挨饿掐着肚子收拾这点儿地，秋天，好不容易有点收成，他们就惦记上了。"

"二叔，鬼子征粮必得运走，到那时，无论如何你要把鬼子运粮的时间告诉我们，咱们决不能让自己种的粮食落到鬼子手里。"

"我也是这么寻思。不过，现在，庄稼还没撂倒，往家收拾也得个把月，鬼子要粮也得秋后，到时候听我的信儿吧，咱们得狠狠收拾他一把。"

"嗯。"魏强点了点头。

"啊，二叔，还有一件事得告诉你。"

"啥事？"

"我们现在搬到鹿圈沟去了。"于是，就把近些天发生的事向高真说了一遍。

"是啊，我也很纳闷。李家被鬼子认定是抗日联军家属，全家人全被害了。鬼子一定是知道李凤山参加抗日联军了，可跟前的人谁都不知道这件事。前几年，李先生被土匪抓去撕了肉票，上下沟谁都知道这件事。可他被救参加抗日联军的事，只有咱几个人知道内情。赶走小鬼子，咱们的人住进沟外那阵了，听你说他并没出头露面。这事啊，只有原来大冰沟抗日部队的人知道。现在，大部队南下了，知道李先生底细的只有我们三人啦，除了我们三个人还会有谁呢？"

"是啊，葛排长让我告诉您，要多加小心。岛田跟前一定有一个没露面的汉奸。葛排长说，这个汉奸一定了解我们部队在三道沟驻扎时的一些情况。葛排长让我告诉你，一定多加小心。""嗯，告诉葛排长，我会加小心的。"

为了防止敌人发现，当夜，两人要返回大冰沟。临走时，高福见了两个孩子，他抱起小虎子亲了又亲。为了掩饰心中的悲伤与痛苦，他强作笑容嘱咐女儿冬梅："梅子儿，要听大的话。好好哄你弟弟，爹不久就会回来的。"

"嗯。"女儿使劲儿地点点头。小虎在姐姐的怀里一双天真的大眼睛瞅着要走的父亲。高福再也不敢说下去了，转过身和魏强走了。

初秋，晨露湿透了两人的鞋子和裤脚。湿漉漉，沉甸甸，走在浓密矮草遮掩的山路上，鞋子里浸满了霜水，走起路来鞋子里发出呱唧、呱唧的响声，叫人感到凉哇哇的。

清晨，大冰沟里七沟八岔，各个沟里彰显着季节赋予的大自然生命的律动。山上的树林、柴草没有了盛夏竞长时的葱茏与茂密，全然换上了深绿色的衣装，就连那大大小小、形态万千的山崖似乎也多了几分深沉与浓重的色彩。山腰之上飘荡着似烟似雾的乳白色的云霭，它悠闲地徜徉着，款款浮腾却让你感受不到它一丝的流动。它如一位温情的少女伸出缠绵纤细的双手含情脉脉搂抱着大山的腰胯不想离去。翠叠欲滴的群山早已被这氤氲升腾的山雾亲吻锁爱痴醉了。

魏强他们蹚着山道两旁的寒露，走了好几个时辰，到了驻地鹿圈沟天门脚下，感到有些疲乏。

太阳，已跳出东方那锯齿形的山峦，露出了它崭新的笑靥，把光芒射向鹿圈沟帽子形的山顶上，又渐渐将光亮移向所有山腰，沟谷的山雾俯仰间悄然散去。

两人爬上天门，穿过林子，进了葛振林的屋子，详细汇报了围子里的情况。

葛振林看高福伸了一下胳膊，打着哈欠，知道两人昨夜一宿没睡："你们一宿没睡觉了，回屋去睡一会儿吧。"

"唉。"

两人刚一进屋，只见高顺坐在墙角的木椅上削一根木棍。他低着头，看他们进来一声不吭。

高福走到他跟前，瞅他不高兴的样子，就知道他又有了不顺心的事："顺子，咋啦？"

"哼！看不起人！"他把手中的棍子往地下一扔，扭身走出了茅屋。

第三十四回 魏强扮郎中进张府 高顺锄奸却惹事端

一晃一个月过去了,中秋节已过,大冰沟千山一碧的绿海波涛,被时节的画笔用沾满寒霜的彩墨,点缀、渲染得绚丽多彩,分外妖娆。

收获的季节到了,不过,围子里的人们并不像往年那样喜庆。因为,去年一年天灾人祸,人心惶惶,无心顾及地里的事。地里没有啥收成。为了不让一家人挨饿,今年一年,大家豁出命收拾这点儿地。为了地里这点收成,人们受尽了守门日伪军的虐待和侮辱。还不错,老天不负苦命人,今年的收成有七成!山外,地里的庄稼都被撂倒,粮食都被人们收拾干净。可粮食还没入柜,就听到一个晴天霹雳的消息:皇军要按人口征粮。

农历八月二十晚上,葛振林召开了截粮的动员会。

"今年老百姓打的粮食够人们吃多半年的,如果按鬼子订的数缴粮,人们就得喝西北风。还得有饿死的。"高福说。

"这粮食绝不能让鬼子夺走!"朱延成气愤地说。

"排长,这粮食我们就是夺喽,也没法子分给围子里的人啊?"不好言语的高升说出了自己的心里话。

"那也比让鬼子整去强。"小英说。

"对!鬼子拿走老百姓的血汗粮,是为了养肥他们,去打我们中国人的。所以无论如何都不能落到他们手里。"葛振林把话说到这儿,告诉大家他已做了截粮的决定,只等着围子里的消息。

一天早晨,葛振林叫来魏强说:"魏强,你一个人到围子里跑一趟,这次去围子,要把鬼子运粮的时间弄准了再回来,千万不能有差错。"

"知道了。"魏强答应后又问,"排长,我什么时候去呀?"

"明天就去吧。"

第二天大清早，魏强忙三火四扒拉一碗蛇肉汤，他把枪别在腰上并插上两把飞镖要走，站在屋门外等候的小英拦住魏强。

"强哥，这次我跟你去吧。我还没去过围子呢。"

"你跟我去围子？那可不行！这次排长有一件大事要我办呢。"对小英的话魏强先是惊诧地睁大眼睛，后是一本严肃的神情予以拒绝。

"咋不行啊？我不会给你添……累赘的！"她看魏强不答应又急又生气，把"累赘的"几个字用脑袋一点一吐地说出来。

"那也不行。"

"我就去！看看围子能咋的？"小英真的生气了。

魏强看小英真的生气了，才觉得自己刚才说的话太生硬了，就走到她跟前耐心地解释。

"小英，我去执行一项重要任务。为了缩小目标，不让鬼子发现，排长才叫我一个人去的。等下次吧，下次去围子，我跟排长说说，叫你去，行不？"

小英噘起了嘴巴，这才不吱声了。魏强刚走出屋门不远，小英就喊："等一下！"

魏强刚把身转过来，小英已到了他跟前，把手背在身后，噘着嘴说："我就知道你不会让我去的，我不图希去。"突然，她好像把刚才不高兴的事抛到了九霄云外，抿起小嘴，嘴角微微地翘起，瞅着魏强粲然一笑。

"强哥，这是我给你准备的最——甜最——甜最好吃的东西！你猜猜，是什么？"她和往常一样，把"最甜最甜"的音调拉得宛如美丽的琴音一般，长短低扬，然后，抬起头注视着魏强。此时，她红润的脸蛋带有素常那种充满的嬉笑和稚气，脑袋和身子和往常一样不断地微微晃动，嘴角仍在微微地翘动。那忽闪着翘起的乌黑的一排睫毛下面，闪动着一双会说话的美丽大眼睛，黑黑眸子上边双曲线条的俏美，就是美容大师也无法描绘。小英亦笑亦鏊的纯真表情叫魏强没有办法。

"吃的东西。"

"嗯——是什么呀？"小英把嘴唇一噘不满意他的回答。

她等着他再猜下去。

"嗯——红薯？"

"你傻啦？山上哪儿来的红薯？"小英像一个十足的优胜者把身子晃得更厉害，得意地说，"怎么样？又猜不着吧？山药！"

说完，把身后两个热乎乎的大山药塞进魏强的上衣兜里，转身跑进了屋。魏强望着她轻盈的背影、摆动的辫子，乍眼一看，那打结的辫绳宛如一只彩色的蝴蝶在翩翩起舞。魏强摸了摸贴在腰间衣兜里发烫的山药，转身向山下走去。

这时候能吃上山药真是不错啦。半个月了，山上的人已经没见过一粒粮食。只靠一些野菜和打来的或多或少的野物肉掺和在一起熬汤充饥，大家的脸和身上都有些胖肿。

魏强走后，小英又悄悄折回到屋门跟前，她倚着门框，目送魏强离去的身影。

深秋，大冰沟在一次次秋雨寒霜的鞭打与逼仄之下，悄然脱去它那华彩艳丽的外衣，裸露出骨铮铮、黑乎乎、驼峰般伟岸的脊梁。沟外呢，沿河两岸的片片杨树林，霜叶殆尽，寥寥无几的枯黄的顽叶倒挂在树枝上，在寒风中瑟瑟地抖动着。一个个直溜溜、白花花的杨树个个扬起灰白修长的臂膀伸向秋空。所有的七沟八梁挂甲的山坡地像为哺育儿女而付尽心血的老人，裸露出光秃秃、蜡黄的面容。山边、地埂到处都长着枯萎的衰草和落尽叶子直楞楞的细茅柴。

依偎在青龙河畔，碾子沟南山脚下的一大片芦苇荡，尚未撂倒。在灰白、单调的深秋时节，万物消隐，只有这片守候生命最后时刻的幸存者，随着朔风唱着晚秋。夕阳斜照着它们消瘦修长而衰老弯斜的身影。而围子周围的大山仍昂扬着它千古不垂的头颅。去的去，留的留，青龙河的千山万川，一切都在渲染着塞外深秋时节特有的荒凉颓败的残景。

傍晚，这片芦苇荡像一片孤单的灰褐色的小洲。萧索秋风掠过苇荡，撩得苇秆摇荡不已，枯干的苇叶沙沙沙地抖动，满荡子芦苇，呼呼作响。于是，整个苇荡如万顷波涛，汹涌起伏，苇絮便是纷飞的瑞雪，飘飘扬扬。而坐落在青龙河畔几个鼎足相望的围子宛如山寨部落，它们早已壁垒森严，"寨门"紧闭。

夜深了，月亮已升起了两竿子高，但依然水淋淋的不甚明亮。大冰沟沟门那西半面天的寥寥夜星闪烁着金刚石般的光芒。山野、围子、苇荡完全被深秋浓重的气雾笼罩了，到处影影绰绰的银白色，只有山脚下不远的河水在哗啦啦的流声中泛着鱼鳞般的银光。

魏强来到河边，脱下鞋和袜子，挽起裤腿，拎着鞋子蹚过清凌凌、冰凉凉的河水。他绕过芦苇荡，直奔碾子沟围墙西面离地道口不远的那片杨树林子。他倚在一棵树下机警地向四周察看，晚秋的夜是那样的宁静，众树呆然不动。杨树林及四周朦朦胧胧，灰暗一片。

魏强四处张望后，几步来到洞口。他刚用手想扒开洞口的棒秸，沙啦！距他不远的树林里有踩枯干树叶的窸窣声。他大吃一惊迅速盖上洞口。一转头，他突然觉得林子里，有一个人影忽晃一下就消失了。不好！他心里一下子紧张起来，有人已在盯梢他的行踪。怎么办？必须干掉他，不然，洞口被发现，二叔一家人的性命就难保了。他迅速返回林子抽出飞刀向有人影晃动的地方追去。

果然，一个躲在树后的人觉得被他发现，慌慌张张拔腿往回跑。啪！一个飞刀不高不低，不偏不倚地正扎在黑影眼前的一棵碗口粗的树干上。

"你是谁？再跑我就扎死你！"魏强压低嗓门喝道。他随后抽出了第二个飞刀。

"我。"人影不动了，回过来一声虚怯的回音。

这不是顺子的声音吗？他倒吸了一口凉气，不由感到后怕。心里想：好险啊。得是他没跑，如果不吱声跑下去的话，那可就——他庆幸自己妥善处理了眼前的这件事，不然，后果不堪设想。魏强把手中的飞刀掖进腰带走过来。

"顺子，你咋跟来了？"魏强来到高顺身边轻声问。

他知道现在责怪他有什么用呢，好坏没出了大事就万幸了。高顺立在那一声不吭。

"走吧。"

魏强拽了一下高顺的衣襟，然后机警地向四处瞅了瞅。深夜的旷野万籁俱静，月光静如止水，夹杂着凝重的水汽，泻在地上冷清清、白花花的，宛如给铺满秋叶的地上镀上了一层银。

两人一前一后，高顺不时回头左右观察动静。到了洞口，魏强扒开掩物，

第三十四回 魏强扮郎中进张府 高顺锄奸却惹事端

先让高顺进去,然后,他倒退进了洞口,堵住洞门。

二顺子在地道里待了两天了,魏强每次出去都再三叮嘱他:"顺子,千万不能出去啊!外面到处是日伪军和便衣。"

"嗯。"顺子每次也都这样应承。两天来,魏强心急如焚,本来他与二叔商量要与张全见面,搞到鬼子运送粮食的准确消息的。可街上的敌人像秋天的苍蝇一样多。鬼子、伪军、便衣成群结队,到处乱窜。白天,魏强无法出去到张家,夜晚,敌人查得更严。所有大街小巷,拐弯抹角的地方都有暗岗,鬼子和便衣的巡逻队轮流走动。第三天魏强再也不想等了。他跟高真说:"二叔,我看这么等下去不是办法,我想今天晚上去张家。"

"别急!别急!你这样去张家可不行。去,也得想个法子。"高真坚决不同意魏强的做法。

"二叔,敌人白天黑夜走马灯似的,找机会去,哪有什么机会呀?"

高真靠在被垛上一言不发,半天,说了话。

"侄子,你看这样行不行?"他把嘴凑到魏强的耳朵根……

魏强听完笑了:"嗯,好法子。"

傍晚,天已擦黑,哐!哐!哐!高真家的大门外站着两名伪军,其中一个伪军用手使劲儿地拍打着大门并大声地喊着。

"开门!开门!"

"唉!来了!"门开了。

"哦!两位军爷啊。来,进屋。"

"不啦!"

"两位军爷到这儿,有事吧?"

"我们副大队长家的老爷子闹病了,副大队长要叫你去他家给看看。"

"唉!好!好!我这就去!二位到屋坐坐吧?"

"别啰唆!快点儿!"

"唉,我这就到屋里求药兜子去。"

张家东屋灯还亮着,扮作高真的魏强一进门,见老爷子躺在炕上。前额放着一个还冒着热气儿的羊肚手巾。

"你们去吧。"张全命令护送高真的两名伪军到大门外站岗。

夜深了，地道里如豆的灯光还在亮着。魏强还没有回来，高顺悄悄从木板床上爬起来，看看身边沉睡的两个孩子，他蹑手蹑脚地到了井壁洞口，仰起头向井口望。他不能走屋里的洞口，知道哥哥高真是不会让他出去的。在黑黑的井里，他摸着井壁的石缝一步一步地往上攀，到了井口，他使出全身力气一点一点挪着覆盖井口的大石板。终于，挪出一个缝子，他越出井口，然后，又把石板挪回原位。他像一只猫一样悄悄跳出一人高的石墙。

他要到南门找赵万奎算账。沿南街径直走，从高真家到南大门有一里来路。高顺没有顺南街走，他知道鬼子伪军两处驻地就在南街临街大院。况且，南街街宽路敞，是日伪军巡逻队出现最频繁的地方。他顺着小胡同拐进后街一个有十来米深的小巷，他要从稠密杂乱的住户地方穿过。这里，户外纵横交错如织小路形如网络一般，曲转迂回利于躲藏。他知道从这里去南门，即使遇上敌人也能走脱。他拐两个弯，向南走到第二个小胡同，贴着墙根刚拐进一个墙角，就听到里面的胡同里有走路的脚步声。不好！准是敌人巡逻队。他心里想：怎么办？高顺看看周围没有可藏身的地方，只有身后的墙角处长着一棵树冠如盖，枝密叶黄的一搂粗的柳树。他急中生智，来到树下三蹿两纵爬到了一丈多高的树杈上。

月光穿不透厚密的树冠，深夜，习习北风拂过修长婆娑的柳枝，给树下的这条狭窄的胡同和两边粗糙的矮墙映出了一片陆离斑驳的阴影。高顺趴在树杈上，他屏气凝神，注视着从胡同里走出来的人。只听胡同里传出的脚步声越来越大。原来是两个人，一前一后从胡同里走出来。

"我说，该半夜了！咱俩找个地方睡会儿觉去吧。"

"净胡扯！要是让大队长知道了还不得扒咱俩的皮！"

"嘿！这三更半夜的，大队长说不定正在热乎的被窝里搂着女人睡大觉呢。谁查咱呢。再说了，咱俩流动的，他上哪儿查咱俩？"

"哪有准儿啊，要赶上倒霉，放屁都崩后脚跟。一旦让他逮着，咱俩的饭碗可就砸了。"

两个人你一言，我一语走出胡同。高顺在树上看得真真切切。这一高一矮的两个便衣，看起来在小巷里转悠有时候啦。等两个人走后，高顺滑下树来，赶快钻进胡同。

第三十四回 魏强扮郎中进张府 高顺锄奸却惹事端

南大门亭楼上几盏带着大圆盘灯盖儿的大灯，冲着不同角度斜照着。其中，两端的两盏大灯在门楼顶上分别背向顺着围墙照去，雪亮雪亮的，照着围墙上的凸圆的土墙帽及其长在上面那些顺一面倒着的枯萎发白的狗尾巴草，一直延伸到东西围墙角那两个高出围墙酷似楼亭的岗楼子跟前。其余的大灯斜射下来，苍白刺眼的灯光交相辉映，照得大门内外方圆几十米地方白花花的，亮如白昼。门洞里，两扇高大厚重的大门紧紧地关闭着。

夜深了，大门洞里两个伪军在把守着。一个伪军坐在门洞一侧的墙角下，一条腿伸直，另一条腿弯曲戳地，他脊背靠在墙壁，两臂交抱在一起搭垫在弯曲腿的膝盖上，脑袋在手背上不断一下一下点着——困倦使他昏昏欲睡的样子。有时，他头刚低下一下子又惊恐地抬头醒来，四下张望。然后，又像病鸡一样一下子一下子打起盹来。这样，他昏昏沉沉地打着瞌睡。另一个瘦高的伪军背着枪，他吞着脖子，耸着两个肩膀，两只手在空瘪的胸前紧紧吞缩在袖筒里。他整个身子弓成一个豆角弯儿形状，在大门洞里来来回回地溜达。

高顺躲在距大门最近的一家院墙角外的一堆苞米秸垛后，等赵万奎出现。

时间一分一秒地过去了，可赵万奎并没有出来。夜深，天气越来越冷，溜达的那个伪军不时地跺脚，把两手掌对出凹状放在嘴处嘘哈。高顺等得有些不耐烦了。

吱——咣当！亭楼里走出一个披着军大衣，叼着香烟的伪军军官。他看到手下这两个站岗的恍惚、懒散样儿，破口大骂。

"哎——他妈的，你们干啥呢？还没到后半夜，你们就像丢魂了似的！今晚，大队长要在这儿，非把你们的皮扒了不可！"

两个伪军吓得不敢答话，打瞌睡的那个伪军激灵一下赶快站起，立刻打起精神来。他们把枪戳在身旁，挺胸抬头，像雕刻的塑像一样，一动不动地侧立于门洞两旁。那个军官一边骂骂咧咧，一边朝高顺藏着的苞米秸垛走来。高顺躲在后面一动不动。他有点急，又有点遗憾。他为什么不是那个孽贯满盈的赵万奎呢？是他，那他就死定了！那个军官走到玉米秸不远的地方停下脚步，解开裤腰带，哗啦，哗啦——尿起尿来。他打了一个冷战，系上腰带。他似乎还不解气，转身又到大门洞，冲着那两个伪军还是骂。

"妈了个巴的,别他妈的装出秧打的熊样儿!要是出了事儿,我侯四好不了,你们这两个玩意也就别想脑袋还在脖腔子上长着!听明白了吗?"说完,他抻了抻大衣领裹紧脖子,哐啷一声把铁门关上,进了亭子。

高顺一听,今晚赵万奎没来,他感到非常失望。悻悻离开了苞米秸垛,按着原路返回。

好不容易出来一次,却没有碰着赵万奎那个狗杂种!高顺低着头只顾走。想这件事没办了,心里实在不快,思绪牵动他疏忽了眼前的境遇。走到一个胡同口正好与三个暗探撞个正着。

"站住!干什么的?"当他从喊喝声中清醒过来抬起头时,三支枪已对着他的脑袋。

高顺想:遭了!短时间必须把这三个汉奸弄死,不然的话,事儿就闹大啦。他瞅着这三个人离他都有三步远,不得下手。就说:"我有'良民证'。"三个便衣都凑到高顺跟前要检查证件。高顺把手伸进怀里伴作掏证的样子。说时迟,那时快,三个便衣瞪着眼睛等高顺掏证的一刹那,高顺手中寒光一闪,三个家伙喉咙全被拉开,一声不吭躺在地上。高顺拽着他们的双腿把三具尸体一个个拖进了黑暗的小胡同里。把他们的枪都别在自己的裤腰上,高顺赶快钻进小胡同,越过一堵一人高的石墙直奔北街高真家。

半夜时分,魏强在两个伪军的护送下回来了,他与高真夫妇说了一下在张家的情况。进了地道点起油灯一看,两个孩子在熟睡,却不见了高顺。魏强心里咯噔一下子。这可坏了!他知道高顺一定去找赵万奎报仇。赵万奎阴险狡诈,身边必有贴身士兵,高顺不一定能杀死他,即使能杀掉他,敌人枪声一响,高顺必然被暴露。非得落入敌人的魔爪不可。事不宜迟,他转身迅速走到洞口,回到高真的住屋,告诉高真夫妇俩。

"二叔,不好了!顺子出去了。"

"啥?顺子走啦?没有啊!他咋走的?这可坏了。"夫妇俩一听又惊又急。他们哪里想到二顺在地道里能出去。

"别急,我去找找。"说完,魏强披上夹袄就要走。

"不行!夜深,满街都有敌人的巡逻队,去不得。我去吧。我在围子里住,谁不认得我呀?我就是碰上这些人一说有急诊,也就应付过去了。就——"

第三十四回 魏强扮郎中进张府 高顺锄奸却惹事端

扑通！高真话还没说完，院子里发出了轻微的响动。魏强拔出飞刀一转身轻轻走到屋门旮旯，用唾沫舔湿手指，划开窗纸向外一望，只见一个黑影蹑手蹑脚向后院去了，魏强马上轻轻拉开一扇门，紧随其后，到了方墙角一望，只见那黑影在井口跟前弯下腰去。魏强在朦胧的月光下看出是高顺，他松了一口气。心想：我说二叔没见他出去，原来他是从这儿出去的。魏强这返回屋，告诉高真夫妇。

"二叔，高顺回来了。"

"嗨，这还不错。真吓死人啦。人哪？"高真的妻子说。魏强把顺子躲过他们从井里出去的秘密悄声告诉他们。

"他是从井口走的。又从那儿下去了。"

"这个倔小子，不知道出去做啥啦。"高真担心地说。

魏强进了地道，瞅了瞅装睡的顺子，什么也没说拽起被子，两手叉合垫在后脑勺，难以入睡。他这次没有白来，从张全那儿得来了敌人运粮的准确时间。这是最大的收获。他看看差一点儿坏了大事的高顺，心里不禁一阵后怕。

可怕的事情终于出现了。第二天早晨，南北大门紧闭，围子里所有的敌人全部出动。按门按户逐一进行搜查。说南街三个巡逻的便衣，昨天黑夜被钻进围子的抗日联军杀死。一早，高真的木大门被一群杀气腾腾的鬼子踹开了。高真夫妇慌忙走出屋门。

"高真，你家有外人吗？"

"没有啊！三叔咋啦？"

"这，你就别问啦！"一个站在院中央，鼻子底下挂着屎壳郎胡子，身体粗壮的鬼子努着大眼珠子，嘴丫一咧，手向屋一指，说，"搜！"

十来个鬼子屋里屋外一阵乱翻，几个鬼子往院庭西侧的小仓房乱翻乱扎后，又去了后院。鬼子看到离井不远有一垛捆着的高粱秆子就奔向前去。他们用刺刀又扎又挑，上面成捆的高粱秆子捆全被挑开，散落了厚厚的一层。鬼子没有发现什么，就走了。高真和妻子只好把这些散乱的秆子划拉到一起，高真正想捆堆起来。突然，他停下了手里的活儿跑到几捆未扎开的成捆的蓣子跟前，急忙捡起一包沉甸甸的东西塞进捆垛底下。他脸色苍白，喘着粗气。妻子见他动作异常，神色慌张的样子，就问："啥？"

· 485 ·

"别问了,你在这儿收拾,我找小强去。"

高真进了地道,向魏强说了高粱秆子垛有枪的蹊跷事。高真后怕地说:"真险哪!得亏是鬼子刺刀没有扎到它,要是再往下扎,可就完了!"

魏强一想昨晚的事,就知道是高顺放到那里的。

"顺子,后院高粱秆子里是不是你塞的枪?"

"嗯。"

"你咋把枪放到那里啦?"

"那是我从三个坏蛋手里整来的。"

"人哪?"

"我把他们打死啦。"

"我说鬼子疯子似的满围子搜查。"高真舒了一口长气,带着一点儿责怪口吻对高顺说,"虱子烧棉袄,三弟你呀!你差一点儿坏了大事啊!"

高顺不吭声。有惊无险,事情已经过去啦,魏强、高顺两人把枪全掖在腰上。当天夜里,两人回了鹿圈沟。

第三十五回 灾祸起百姓无宁日 赴生死嘎蛋闯难关

一入冬，鬼子在围子里开始征收军粮。保长高占奎按人口摊粮数，并带人逐家要粮。人们去了缴的，家里粮食所剩无几。围子里的穷苦人家更不用说，去了缴的，落个两手空空，大秋天就揭不开锅了。以后怎么活？鬼子不管老百姓怎么叫苦连天，账上的数目一斤都不能少。为了快快地把百姓的粮食收上来，最后，岛田派日伪军按家去搜。将不缴者一律抓进日军兵营严刑拷打。

嘎蛋这几个月心里很憋闷，黑子被那群可恶的鬼子给扎死了。它的死，让嘎蛋特别伤心。就像走了一个与他朝夕相处的老朋友一样，自从那天以后，一个便衣总是在他家门口来回转悠，那鬼鬼祟祟的样子，令秦春生老人及房主都感到有些不安和忧虑。往年，秦家虽地少且薄，但靠老人秦春生一年勤劳攒粪，地上多施粪肥，每年收成还不错，一家人吃的，年赶年还能凑合下来。今年与往年相比大不一样，收成没有多少，又添了一口人，多了一张嘴，这不能不让老人心里犯愁？嘎蛋看出了父亲的心思。他跟爹收完了秋，就约石根上山砍柴，准备用柴换粮来维持一家人一年的生活。一天，嘎蛋挑柴回来，他进屋解开汗衫衣扣，拽起衣襟角擦抹一下脸上的汗水，一屁股坐在炕沿儿上。二丫捡来半盆红薯放在桌子上叫他就热乎吃。秦春生看儿子吃完了饭要走，就把他叫住小声说："嘎蛋，这些日子我总是看到一个人早晚在咱家大门口绕缠，这个人的模样好像找高家人时上咱家来过。我纳闷，咱家好几个月不来外人了，这，是不是他们寻思高家哥几个在咱家呢？要不是这个，就是他惦记上二丫啦，你得留点心。"

"爹，哪个王八蛋他敢动二丫一根汗毛，我就宰了他！"

"你嚷嚷啥？怕街上的鬼子听不着啊？这么大了还跟以前一样点火就着。你长点儿心吧。"

"爹，我知道啦。"

"明天，少割点儿早点儿回来。"

"嗯。"

第二天，嘎蛋挑柴回来，看父亲两腿耷拉在炕沿下，抱肘低着头一声不语。嘎蛋把二丫叫到外屋小声问："哎，爹咋啦？"

"保长带一群人来咱家要粮了。"

"要粮食？要多少？"

"爹说都给他们还不够呢。"

"我说的呢，爹不欢喜。"

嘎蛋没吃饭，来到老人跟前："爹，他们要的是什么粮？"

这时，老人抬起头，额上垄沟般的皱纹挤得更深，他叹了一口长气："给皇军要的军粮。"

"小鬼子啥都要。就这点儿粮食不够咱家吃半年的，给他们咱吃啥？咱不缴！"

"不缴？竟说傻话。高保长说了，不缴就当抗日的抓起来，安上这个罪名送到日本人那里是要掉脑袋的。你还是少惹祸吧。"

"爹，车到山前必有路，不用愁。你身板不好，这样会把身板弄坏的。这事，咱走一步说一步吧。"

没几天，嘎蛋家的那点儿粮食，在一群伪军、便衣强行逼迫下，老人只好一粒不剩地给送了过去。家里没有了粮食，老人一股心火憋在心里，他一下子撂在炕上卧床不起，病重日甚一日。嘎蛋每天在父亲跟前焦急万分。家里没钱，父亲的病叫他背起了债务。

嘎蛋没上山有日子了，他和二丫终日守在父亲的身边喂饭、熬药。这天，父亲的病突然加重，一日口水没进的父亲张着嘴，喉咙咕噜咕噜地响。突然，他睁开眼睛，青筋突兀，骨瘦如柴的一只手颤微微抬起，他挓挲两个手指却说不出话来，他已生命垂危。

嘎蛋哭啦："爹，是不是要看我娘给你做的那双鞋呀？"老人摇摇头。

"到房东那儿借两碗米去？"嘎蛋猫腰再问，老人睁大眼睛使劲儿摇头。

"啊，爹，你是不是说地下这两筐红薯，把它放好，别冻喽？"二丫又问一句。老人这时闭上眼睛，还是摇头。他已经无力举着手，把那只手缓缓撂放在被子上。

"爹，让我们俩好好过日子？"二丫大声地问。这时，老人点了点头。须臾，喉咙一阵碗磕响，渐渐声响小了，他断了气。

嘎蛋抱着父亲的头嗷嗷痛哭，二丫也哭。

尸体放在家里总不是个事，嘎蛋知道这一年没少给房主添麻烦。尤其黑子在棺材里被鬼子挑死，给那口棺材流下了血迹让主人很不愿意，要不是亲戚，他们早就被赶到街头去了。当天，嘎蛋借一领新炕席把父亲的尸体裹起来，抬出围子埋到自家老坟地去了。

围子里，鬼子汉奸催粮日甚一日。鬼子逼粮使百姓致死的事接二连三地发生。秦春生死后没过三天，围子里又发生了一件逼死人的事。

围子东头有个田老汉，膝下无儿无女，老伴儿在瘟疫盛行的时候得了病，虽死里逃生却卧床不起。老人把家里的粮食全缴出去，按账簿上的数字还是没有缴够。土筐里只剩了半筐红薯。这一天，他借来了十斤谷子，准备碾一碾，好给炕上的老伴熬点儿粥喝。还没等他背着谷子去碾坊，一早，高占奎带一群日伪军来了。

"田老头！粮食预备了吗？"

"高保长，真的没有啦。你看，"老汉用颤动的手指，指着放在屋地墙角那土筐里的地瓜，"就剩下这点儿东西了。"

"别给我哭穷，搜！"伪军一上手就看到了黑柜上布口袋里的谷子。

"老东西！瞪着眼睛白话。这不是粮食这是啥？啊？"一个伪军拎起就走。

老人跪在高占奎跟前含着眼泪央求："保长，你行行好。这是我刚才借来的，她眼瞅着不行啦，我借这点儿粮食给她熬点儿粥喝。"

"还白话！不看你这把老骨头，非把你送到皇军那儿去，收拾一顿不可。翻！"六个伪军一阵屋里屋外乱找，一粒粮食都没找到。于是，背着那十斤谷子一哄而去。

田老汉呆呆地瞅着这些畜生离去，知道自己和老伴在这个世上朝不保夕，已没有活路啦。当天夜晚，老汉忧伤的目光瞅着不能动弹的老伴，泪流满面。

他张着嘴在上喘,嘴边花白的胡须微微颤动,舌头在无牙遮拦的嘴里搅动,发出不清的话语:"老伴儿啊,这世上不容咱俩啦,咱们走吧!"说罢,老人痛哭流涕。那泪水流过嘴角,淌过花白的胡须,滴答,滴答……掉在老伴的枕头上,继而他那饱经风霜,布满皱纹的脸上酸楚地苦笑着。那副凄苦衰老的容颜写满了人世间的无奈与凄凉;那似是而非的笑,让人触摸到他内心的苦衷和彻底解悟。他翻来覆去叨咕着,是求与他风雨同舟五十余载而今超然物外的老伴谅解后同行:"老伴啊,人都说'天无绝人之路'。可咱真就没路可走啦。咱俩呀,走吧,啊?"

老人把两根绳子拴在房梁上,先把老伴吊起来,然后,自己也挂上自家的房梁。可怜的两位老人,被逼得一齐走上了黄泉路。

嘎蛋埋葬了父亲,他牢记父亲临终前说的话:"两人好好过日子。"这一天,他要去山上砍柴。临走时,他嘱咐二丫:"二丫,我有日子没上山了,今个上山挑一趟柴去。你别上哪儿去,就在家待着。"

"唉,早点回来啊!"

"知道。"嘎蛋扛起扁担腰掖镰刀走了。不知咋的,他突然想起爹生前嘱咐他的话,不放心起来,没出南大门,他就折了回来。

刚一进家门口就被站在门口的便衣拦住:"别进去!"

嘎蛋一听,简直肺都要被气炸了:"这是我的家!你凭啥不让我进去?"

"你家也不行,皇军在里面做事,谁都不能进去!"嘎蛋一听觉得不对,大骂:"龟孙子!滚开!"

那个便衣一看嘎蛋要闯进去,就要掏枪恫吓,嘎蛋哪容他胡来,一镰刀砍进他的喉咙顺势猛一推,便把那个便衣推进院内。嘎蛋顾不得瞅他一眼,就冲进屋子。

一进屋他愣住了,只见一个鬼子把二丫按在炕上,二丫的嘴被手巾堵着,在鬼子身下拼命地挣扎着,嘎蛋转身回到外屋,他左手抄起菜刀,迅猛上前右手拽起鬼子的后衣领一翻一刀砍了下去,那鬼子脑袋立刻开了瓢。嘎蛋拿出二丫嘴里的手巾。二丫吓得浑身打战。嘎蛋把手里血淋淋的菜刀扔在地上。他攥住二丫的手:"二丫,不怕,不怕!"

二丫浑身打战,说不出话来。她紧紧抱着嘎蛋:"呜——呜……"委屈地痛哭着。

这时嘎蛋昏涨的脑袋清醒过来。他推开二丫:"这儿,咱不能待啦,得赶快离开!"

"那咋走?"二丫惊恐地仰头望着嘎蛋。

"嗯——逃出去!不能让鬼子捞着。"

"上哪儿啊?"

"别问那么多啦,出去再说。"

嘎蛋想了想对二丫说:"先把外面的坏蛋整进来。"那个便衣尸体被两人拖进屋来。

"快,换上他俩的衣裳!"

两人扒下那两个尸体身上的衣裳,嘎蛋忙三火四穿上鬼子的军装,把便衣的衣裳又给二丫换上。然后把她的长发往上一绾,戴上黑礼帽,并用湿手巾擦了擦衣裳上的血迹。

出门前,嘎蛋嘱咐二丫:"到了南大门,别慌,听我的。"

"唉。"

嘎蛋拿着枪学着鬼子拿枪的姿势,大摇大摆地走着,二丫穿上便衣那身衣裳,有些不合体。她紧跟在嘎蛋身后。

围子里,鬼子和便衣的巡逻队排着队左一拨右一拨在街上不断查巡。

"嘎蛋,能出去吗?"二丫胆战心惊小声问嘎蛋。

"沉住气,有我呢。"

街上,鬼子和便衣的巡逻队和搜查队像一群疯狗一样,满街乱窜。没有人来查问两人。两人到了离南门不到五十米远的地方停下来。此时,南大门正是一个班的伪军把守着。嘎蛋拿出一盒香烟,那盒烟还是前几天石根儿给他的。嘎蛋怕二丫心里紧张,让看门的伪军看破,他把那盒烟头偷偷投递给二丫,并嘱咐说:"点一支烟抽。"

"我,我不会抽。"

"不抽不行,快点的!一会儿,鬼子守门就糟了。"

二丫点上一支烟叼在嘴角紧跟着嘎蛋来到大门前,嘎蛋神气十足地迈着大步走出大门,二丫紧随其后。守门伪军一看是鬼子兵和一个短枪队的跟在后面，哪敢过问？两人就这样畅通无阻地出了围子。

嘎蛋瞅瞅东面不远的黄土桥，心想：跑过黄土桥就能钻进高粱地藏起来。不行，鬼子大队人马出来一包围，二丫跑不快，非被他们抓住不可。往山上跑吧，山上树多草深，就不那么容易被鬼子逮住。

"二丫，往山上跑。"

"唉！"二丫脸颊流下了冷汗。

两人走出围子百米远，引起了岗楼上鬼子的怀疑。一个鬼子跑下楼梯向鬼子小队长禀报："报告！有我们的两个人离开了围子向山那边去了！"

"嗯？山那边？什么的干活？"鬼子小队长马上抓起电话向岛田回报，"岛田少佐，我们发现我们的人和一名短枪队员到南山脚下，不知什么的干活。"

"什么？有这样的事？赶快把他们抓回来！"

"嘿！"

鬼子小队长放下电话，南门洞里，嘟嘟嘟……，响起警笛，咚！咚！咚……急促杂乱的脚步声聚集而来。一个小队的鬼子和一个排的伪军荷枪实弹，列队待命。鬼子小队长战刀一挥，用半生不熟的中国话命令："抓住，上山那，两个人！"

日伪军一出南大门就兵分两路扑向南山。嘎蛋和二丫跑上山喘着粗气钻进松树林，以为鬼子和伪军再也抓不住他们了。两人坐下来想歇会儿，忽然听到山下哗啦哗啦有许多人上山踩柴草那种杂乱的声音。

"不好！小鬼子上来了！快跑！"嘎蛋拽起二丫就没命地向山上奔去。

日伪军发现了嘎蛋他们。

"站住！"啪！啪！啪！日伪军一起开枪射击，子弹在他们的后脑勺发出钻天猴般的怪叫。嘎蛋不管这些，他拽着二丫还是拼命地往山上逃。日伪军依仗人多，日军小队长把人马分成两队，一队伪军从后面穷追不舍，另一小队鬼子军迂回上山包抄过去。

"把枪给我！"嘎蛋拔出二丫掖在腰带上的那支短枪，攥在右手里，左手拽着二丫。两人爬上山崖就要跑到山梁，这时，二丫被藏在柴草里的一个鬼子开枪击中。

第三十五回 灾祸起百姓无宁日 赴生死嘎蛋闯难关

"嘎蛋——"她喊了一声，身子往后一仰掉下山崖不见了身影。

"二丫！二丫！！"嘎蛋停下来向山崖呼喊着，却再也听不到二丫的回音。

"抓住他！"此时，鬼子小队长已站在离嘎蛋不远的一个山石后，指挥包抄上来的鬼子来个生擒。嘎蛋抹着眼泪定睛一看小鬼子都上来了，不走已来不及了。他丢下长枪。噌！噌！噌！宛如山猴敏捷地钻进密林，翻过山梁。

嘎蛋一口气翻过十来座大山，已经跑得筋疲力尽。他饿了，四仰八叉地躺在山顶，他回想媳妇二丫坠下山崖的那一幕，眼角流出泪水。她忒可怜啦，结婚后，没有和他过上一天好日子。他忘不了她的笑容。她笑得很开心，从没有烦恼。缺衣少食，尽管日子这样贫苦，她从来不抱怨。本来，两个人情投意合会走到白头偕老。可是，小鬼子，还有那些跟他们屁股转的汉奸催缴粮食，还欺负人，逼得人没路走。母亲没了父亲又死了，二丫也被他们打死了。是他们这些王八蛋害了他的亲人，拆散了他的一家！

嘎蛋在大山里转悠好几天了。他身上除了那支短枪，没有任何东西。饥饿，迫使他用一根木棒满山寻找野物。没有洋火，他把袭击逮住的山兔、野鸡就地扒皮生吃。晚上他住在山洞里避寒。

一晃，嘎蛋进山里十来天了，他过着野人般的原始生活。天气一天比一天冷。饥饿、寒冷像一对双鞭轮番无情地抽打着他。

这一天早晨，大山里一夜间变成了洁白的世界。山坡野林，未落的霜叶、疏细硬朗的树枝，甚至突兀的山崖都涂上一层亮晶晶的寒霜。嘎蛋把手吞在衣袖里，把帽子脸拉下系好，他要走下山坡出大冰沟，想见见白天出围子上山来砍柴的人，要是碰到石根儿就更好了，让他带来一些吃的、洋火和砍柴的斧子。有了这些，他就可以在山里待下去了。他慢慢滑下一片陡坡，来到山腰密林边，冷不防摔了一跤，当他还没起来的时候，一个硬邦邦的东西顶着他的后脑勺。同时，腰间的那把短枪也被下了。一条绳索牢牢地套在他的脖颈上，然后，背过他的胳膊缠起来。糟了！自己还是落到鬼子的手里了。他的心怦怦怦地跳，牙一咬眼睛一闭等着被收拾，但他马上又放松下来。他想起了父亲和二丫，一想，死就死呗，早晚得死，怕什么？

"小鬼子！你有尿现在就整死我！"嘎蛋被按在地上哪起得来？他嘴巴

挨着地仍放声大骂。这一骂,身边的人却停下了手,嘎蛋大骂:"狗日的!杀吧!来痛快的!"

这个日本兵会说中国话,还骂鬼子。三个人都愣住了,一人把他戴的鬼子黄帽子往下一拽。

"你是什么人?"

"我是你祖宗!"嘎蛋歪着脑袋还是高声大骂。

"把他绑上。"

"大哥,看这小子虽穿一身鬼子衣裳,但说的都是咱们的话。"

"嗯,不像日本人。"

"可是问他话,他不说还骂人。这小子这么倔,不知他是干什么的。"

"不像小鬼子。先留他一命,把他弄到驻地去再说。"

逮住嘎蛋的三个人就是朱氏三兄弟。今天一早三人拿枪来到这条沟打猎,刚走出这片林子,走在前面的老三朱延国突然发现从上面下来一个日本兵。他马上给两个哥哥打了一个手势,三人迅速趴在树底下,全神贯注地窥探前面的情况。朱延兴向上面山坡一瞅,可不是,一个日本兵吞着袖子从上面毫无戒备地向下走。三人把枪顺过去,瞄准了目标。

"大哥,这个鬼子进山单挑,他一定是狙击手。我干掉他。"朱延成用手掌掩着嘴巴跟大哥说完就要射击。

"老二。"朱延兴冲着盲动的二弟摆摆手。他看到这个人手里没有长枪,下山时一举一动放荡随意,毫无防范,心想,一个狙击手在执行任务时,最注重的就是在野外很好地伪装自己,警觉、隐身是他们完成任务的第一要素,绝不会被敌方发现。他如此形骸放浪怎么能是一名狙击手呢?他两手张开一招,告诉二弟抓活的。

就这样,一条绳索横在盈尺厚的树叶里。

三人把嘎蛋押到鹿圈沟。

"姐姐!你来看!叔叔他们抓来一个坏人!"小宝一嚷嚷,屋里的人都跑了出来。高福一看绑来的人,不由惊叫起来:"嘎蛋!"

这时嘎蛋抬起头瞅眼前的高升、高福,只见二人愣住了:"嘎蛋,咋穿这身鬼子衣裳啊?"这时,嘎蛋眼里充盈着泪水说不出话来。

第三十六回 截军粮英雄大灭敌 无去路车夫奔光明

这是一个严寒的早晨,寒霜满地,叫人感到格外冷。东方一抹铅色的云镶嵌着金灿灿的边儿,静静地横亘在东方泼墨色的山巅之上。太阳似乎被寒冷凝重的空气所羁绊,姗姗来迟不敢露出苍白无光的脸。

这时,碾子沟围子的南大门,嘎吱一声,两扇沉重的大门被打开。嘟嘟嘟……嘟嘟嘟……两辆摩托车从大门洞驶出来。接着,三辆装满粮食的马车晃晃悠悠出了南大门。六个鬼子扛着枪跟在马车后看押着粮食。后面,两个鬼子军官骑着高头大马。一行人马到了黄土桥前停了下来。其中一个骑马的鬼子军官向骑摩托的四个鬼子嘀咕了一阵后,两辆摩托在前驶过黄土桥,屁股后面扬起一股烟尘,拉开运粮的大车有二百多米远。

土桥下碧绿的河水并没有结冻,两边河沿儿冻上了一扁指厚的冰碴。土桥简陋不堪,桥面铺的黄土,已经被来往的车辆碾成了细细的粉末。比马车辙稍宽的桥面上留下了深深的两道车辙。黄土下作为铺底的芦苇把子两端参差不齐,几乎耷拉到流淌的水面上。马车来到桥跟前,走在最前面那辆车停下来,赶车的是一位三十来岁的汉子,戴着一个破毡帽头,鼻头冻得发红。他跳下车来,走到桥上东看看,西瞧瞧。他心里没底。因为他的车过桥从来没有拉过这么重的东西。然后回到车辕子跟前有些打怵。这时,两个鬼子走来用刺刀逼着他:"你的!快快地!"

"唉!唉!"赶车的不住点头,他不敢多停。把脑袋上的毡帽往后脑勺推了推,然后往手里吐了吐唾沫,再两手搓了搓,以示自己要闯过土桥的决心。为了减轻车的重量,他不能上车,身子紧靠着车辕。只见他左手攥着车辕上的刹车铁把,右手握紧鞭杆,晃起鞭子。

大冰沟

"嘚！嘚！嘚……"他声嘶力竭地吆喝着，并向前躬倾着身子。他手中不住地使劲儿摇晃着鞭子，那鞭鞘在马眼前化成数不清的圆与弧。三匹马不敢怠慢，纵身竭力向前，急促的马蹄踏起桥面的黄土尘末，扬起一阵尘土。来到坡度较陡的桥中的时候，三匹马伸着脖子，蹄子抠着桥块，似乎力气殆尽，它们个个呼哧呼哧地喘着粗气，绷直的纤绳把它们的身躯拽曳得东倒西歪，它们翻着乞怜的白眼，粗大的鼻孔里喷出一团团浑浊的白气。车身在柔绵绵的桥上快速的急行中要命地左右摇晃着。粮车，终于冲到土桥上。他扯过大衣领子抹了抹脸上的汗珠，回头瞅了一眼走过的桥身，松了一口气。嘚！嘚！嘚……粮车晃晃悠悠离开了土桥。后面的两辆车一鼓作气也冲了上去……

天没亮，葛振林带领的大冰沟抗日弟兄们已到了柳树湾。众人埋伏在道南离道儿不远山坡上的一片荒土埂的地方。天刚有点儿发亮，大道上没有一点儿动静。后半夜，走了三十多里山路的葛振林叫大家把身上带的干粮吃掉。并派嘎蛋到西面的山包上看着点儿。大家吃完手中的东西，都向西北方出碾子沟围子东来的那条大车道极目眺望，等待鬼子运粮车到来。

柳树湾在碾子沟围子的东南方向，离碾子沟有七里路，从碾子沟围子出来向东的这条土道是唯一走大车的路。这条路与青龙河时而牵手并行，时而交手而过。到了柳树湾，路在山脚下，大车道在青龙河北边，与河比肩而行。在这儿，可以看到青龙河北岸是一片荒河滩，长着不同寻常的怪柳。大的、小的、粗的、细的、单个的、成摊的，满河滩全是。这儿的柳树生源自长，无人修理，本来亭亭玉立的天生丽质的依依者，却长得七扭八歪，横斜偃仰，满身的窟窿疤眼的，个个像弯腰驼背的老怪物。大车道南面就是崛然挺起的大山。突出的山脚把这儿的河和道拱出了一个弧形的大湾儿，故被当地人称为"柳树湾"。

天明，天气变得格外冷。大道上还是没有任何动静。朱延兴侧脸问趴在身边的魏强："小强啊，这事儿准吗？"

"不会差的。"魏强蛮有把握地说。

"怪了，咋还没出来？"朱延兴带有几分疑虑地自己嘀咕着。他低头瞅瞅齐刷刷插在腰间那几把锋利的刀子，拧了一下腰带，然后眼睛一直盯着西面的那蜿蜒的土路。

"葛排长！运粮车来啦！"跑下山包的嘎蛋来到葛振林面前气喘吁吁告诉着。

"大家做好隐蔽！"

西面的大道上隐隐约约传来了呜呜的蜜蜂飞的声音，不一会儿，嘟嘟嘟……嘟嘟嘟……这声音由远而近回荡在宁静早晨的上空。

"看！过来了！"

两辆摩托车绕过一个山弯出现在人们的视线里。摩托车走出了百米多远，还不见拉粮食的车。

"奇怪，拉粮食的车咋没上来？"

"小鬼子搞什么鬼呢？"大家小声地议论着。

"你们看！拉粮的车！"

"可不是！一辆，两辆，三辆！"大家兴奋起来。

葛振林告诫大家："大家记住，不到万不得已的时候，不能开枪，要速战速决。"他悄声告诉魏强："你带高顺把前面那两个摩托车上的鬼子干掉！要利索。"

"嗯！"魏强点了点头。他顺手拽了一把高顺说，"走！"两人凭借坡塄的掩护迅速向前跑去。

三辆大车和押送粮食的鬼子小队越来越近。沉重的运粮马车在凹凸不平的土石路上，缓慢地前行着。笨重的车轮经过一个个凸露的顽石碾压拧挤嘎吱吱地响，那粮车左晃右摆，车身不断地呻吟着。他们渐渐地来到山脚下，离埋伏的地方不过十米远，骑马的两个鬼子军官拽着缰绳身子随着呱嗒呱嗒的马蹄声自由自在地晃荡着。他们根本想不到会在这里遭截击。转眼工夫，粮车和鬼子小队全部进入葛振林队伍的伏击圈。

嗖！一枚飞刀插进了后面骑马的那个鬼子军官的脖腔上，一起同行的另个鬼子被这突如其来的飞刀怔住了。随后，他大声惊喊："抗日联军！停止前进！"他侧过身惊恐地向山上望去，并命令鬼子向山上射击。就在这一瞬间，数枚飞刀如箭镞齐发，六个鬼子都没来得及举起枪来，就躺在了地上。没死的那个鬼子军官一看不好，拨转马头就往回跑。

魏强和高顺跑到前面有弯儿的山根底下，躲在一墩尚未落叶的榛罗树后等候。这儿离道只有四米远。嘟嘟嘟……鬼子的第一辆摩托车上架着一挺轻机枪。两辆摩托车在拐弯的地方减下速来。魏强抓住这个好时机，撒出飞刀。一道亮光，飞刀已扎进驾驶第一辆车的那个鬼子左胸。吱——摩托车扎进了路边一人多高的石坎下面，第二辆车的鬼子见此情形急刹车，吱——刺耳的一声惊叫猛停了下来。坐在一旁的鬼子正想举枪射击，没等车停稳高顺像猛虎一样从后面扑向那个鬼子，把他的脖子一拧，那鬼子就翻了白眼。开车的鬼子刚想回头，魏强扑上去一刀捅在他的喉咙上，开车鬼子一声不吭仰栽了下去。掉在石坎下那个摔得满脸是血的鬼子还没爬起来，高顺跳下去给他又来一个大拧脖。高顺捡起鬼子的那挺机关枪，乐呵呵地把它递给在道上的魏强："哥，给你拿着。"高顺来到第二辆车跟前，把两具死尸拖到坎边踹了下去，然后又把车推了下去。

"你听！排长他们在那儿边一定是跟鬼子干起来了。走！"魏强说完，两个人背上鬼子的枪，赶快赶回埋伏的地点。一看，嘀！桌上的黄瓜菜——凉了。七个鬼子胸部都扎着刀子，横七竖八地躺在道上。只见朱延成第一个奔下山去，鬼子军官刚栽下马，那匹青马一惊想跑。这时，擅骑的朱延成已飞身跨上马背，想去追赶逃跑的那个鬼子军官。可那匹烈马的头高高昂起，鬃毛挓挲起来，两个前蹄腾空而起，后蹄乱踢，前仰后掀，在原地蹦高打着旋儿，试图把他撂在地上。朱延成在马背上勒紧辔头上的缰绳，任其疯狂。烈马一阵狂怒后发出无奈的嘶鸣，这时，眼看着那鬼子军官扬鞭策马逃出了有百米来远，朱延成伏在马背上两脚夹打马的肚子。那马好像认可了这位强悍的新主人，向逃跑的鬼子方向狂奔而去。

嗒！嗒！嗒！嗒……疾驰的骏马如风驰电掣一般，铁蹄踏击在土路秃露的山石上，迸射出白亮的火星，并发出清脆的节奏声。那逃命的鬼子军官一看有人骑马追上来，拼命抽打着马屁股。跑到山弯的地方，青马追了上来。三十米，二十米，十米……那鬼子军官掏出手枪，蓦然回首举枪向朱延成射击。啪！啪！啪！子弹在朱延成头顶、耳边擦过。朱延成上身紧紧贴在马背上，使劲儿地勒着缰绳。这时，那马跑得更快。朱延成只觉得耳边生风，呼呼作响。戴在头上的那顶毛皮帽被疾风倏地捋去，甩向后面远远的地方。两匹马

第三十六回 截军粮英雄大灭敌 无去路车夫奔光明

在土路上像箭一般冲向碾子沟。朱延成抬头向前一瞅，依稀可看到碾子沟围子后山的两座炮楼，马仍在狂奔。

朱延成想，如果不赶快把这个鬼子干掉，就来不及了。他咬紧牙根两脚照马肚子使劲儿地踹。那青马像发了疯一样追上了前面的马。就要与鬼子的马齐头并进了。唰，一道寒光从青马背上掠过，鬼子的这一招并没有碰着朱延成一根汗毛，他早已有了提防，接近鬼子时他已把身子藏到马身左侧，这种"蹬里藏身"令鬼子始料不及，等鬼子扬臂回刀的一瞬间，马上的朱延成以迅雷不及掩耳之势挺身手出，死死地抓住他攥刀的那只手的手腕。两马并进，马上两人夺刀厮打着，鬼子军官和朱延成在马上一阵殊死的拼搏，两匹马紧挨着身还在奔跑。眼看离围子越来越近。朱延成急了，猛地抽出左手，顺势一拳捶在他的腋下，那鬼子军官猝不及防，失重摔下马来，脑袋正好跌在路旁的一块石头上。只听啪嚓一声，他一动不动了。朱延成勒住青马，跳下马来走到跟前一看，那鬼子军官的后脑勺正好磕在那个石头的棱尖上，血和脑浆一起流了出来，顺着那块石头往下滴淌。

"呸！小鬼子，让你耍阴招！"朱延成解气地说完，捡起地上的那把锃亮的洋刀，掏出鬼子军官腰间的小手枪，骑上青马跑了回来。

葛振林叫大家赶快往山上的一个山洞子里扛粮食。他叫嘎蛋再去西面高山冈瞭望碾子沟围子的情况。嘎蛋跑到西山冈几棵松树下，他东瞅瞅西望望后笑了。噌！噌！噌……抱着那棵最高的松树一口气爬到了树顶。三辆马车的粮食足有九千斤，把这些粮食短时间弄到洞里去是不可能的。

"高福，山洞离这儿多远？"葛振林问。

"有半里地。"高福说。

"好，赶快往那里扛！"于是，大家七手八脚扛的扛，背的背，十二个人各个使足了力气往山上扛。

"嘿，你们三个别看热闹，帮我们扛点儿！"朱延国高声冲三个发愣的车把式说。三个赶车的你瞅我，我瞅你。

"瞅啥？这些粮食都是咱们山里人出汗挨累换来的，不能给小鬼子！快！帮着扛！"小英小嘴一噘，对三个发愣的车夫下了命令。

三个车夫也跟着扛起来，虽天气阴暗，刮着刺骨的北风，但是大家却汗流浃背。葛振林知道,车上的粮食一时是扛不完的。刚才的枪声围子里敌人会听到的,敌人援军一出来就不好办了。

果真,一车的粮食还没卸完,嘎蛋从树上擦下来:"排长!鬼子来啦!"

第三十七回 截粮队下歪脖子沟 众英雄战大石门峡

怎么办？葛振林一想，拿不了也不能留给鬼子，更不能让鬼子看出我们藏了一些粮食，两全其美的办法就是把粮食烧掉。他当机立断："老朱！把粮食烧掉！"

"排长，这些粮食烧喽？"朱延兴瞅着葛排长发愣。

"烧！快点儿！"

"都烧喽，怪可惜的。"高福惋惜地说。

"是啊，排长，这粮食是老百姓一颗汗粒掉地摔八瓣得来的。烧了它，实在是心疼啊！"

葛振林急了："这粮食让鬼子弄去会给我们老百姓吃吗？你们以为我不心疼？如果这些粮食被鬼子弄到手中，敌人就更有力气杀害我们的同胞！闲话少说，执行命令！"

葛振林叫众人抱来枯干苞米秸放在大车底下。

"点火！"葛振林一声令下，三辆粮车顿时着了火。

大家望着三车烧着的粮食，放出冲天的滚滚浓烟，眼睛都湿了："大家赶快背一些粮食上山！魏强，朱延国你们俩把藏粮上山去的那条小道遮掩好！"

"排长，咋整啊？"朱延国愣愣地瞅着葛振林。

"把脚印盖上，把踩倒的柴草扶起来！不能让敌人看出痕迹来。"

"排长！那三个赶车的咋整？"魏强提醒葛振林。

"赶车的。"葛振林自言自语叨咕着。的确，这件事让他左右为难。让他们一起上山，鬼子一定认为他们私通抗日联军放不过他们的家人，不上山，押车的鬼子都死了，而三个赶车的却安然无恙，敌人怎能放过他们？时间不容他多想,"你们仨过来!"

"你们愿意上山吗?"

"我去!"那个戴毡帽的毫无顾忌地答应上山。大家细看,这个赶车的三十来岁,中等的身材,黝黑的脸蛋,一双炯炯有神的大眼睛,眉宇间透着一股英气。

"你叫啥?家里都有啥人?"

"我叫陈耀青,就我自个儿。"

"好。我们欢迎你。"

那两个车夫眼睁睁瞅着葛振林,脸上露出害怕的神情。

"打鬼子靠自愿,你们不要为难。"葛振林看出了这两个人的心思。

"军爷,我们有——有家口。"两人面面相觑后,一个鼓起勇气怯生生地说。

葛振林想到了两人的为难之处,便说:"我们杀了鬼子,截了粮,鬼子见你们还活着,他们是不会放过你们的。这样吧,为了你们和家人平安,你们受点委屈。鬼子追问你们,就说粮食全都烧了,他们要问我们去哪儿了,你就指着这条道。"葛振林指着去大西沟要走的上南山梁的山道。

"军爷,我们不敢。"

"就这样说。"

"唉。"两个车夫缩着脖子低声地答应着。

"两位伙计,就说是我私通抗日联军得了。"陈耀青对两人不假思索地说。

"兄弟,天地良心啊,我,我俩不会往兄弟你身上栽赃的。"

"哎呀!你们两个真笨!就这么说有啥不可?我一人走了就等于全家走,无牵无挂。我这一上山,你们把事往我身上一推,鬼子能把我咋的?"

事实,真像葛振林想的那样。站在南门楼上的鬼子和伪军,隐约听到东南方传来枪声。两个伪军慌慌张张地跑下门楼,进了值班的亭子:"报告!我们好像听到东边有枪声!"

"浑蛋!好像,你他妈的到底听清了没有啊?"

"张副官,我们都听着了。"另一个伪军说。

张全嘴骂着,心里想,大冰沟的抗日联军真的敢截这批粮食?看起来人

第三十七回 截粮队下歪脖子沟 众英雄战大石门峡

还不少呢，时间再拖一拖。

"你们要知道'军中无戏言'这句话啊！虚报军情是要杀头的。你们上去再听听，听清了马上来报告！"

"是！"

两个伪军走后，张全点着一支香烟抽着。没抽上半截，哐！门开了。只见赵万奎怒气冲冲走进来。

"张副官！怎么搞的？有军情不报，贻误战机是要掉脑袋的！岛田太君发火了。快！集合部队随皇军一同出发。"

"大队长，两个兄弟说，好像听着有枪声。他们这话含糊啊，所以我让他们上去再听听，听准马上回来报告。就这一小会儿，您就到了。"

"好了！好了！别说了！马上集合队伍！"赵万奎转身走出亭子。

嘟嘟嘟……一阵急促的哨响，六十多伪军在南大门里站好报完数，变成两列纵队跑步出了南大门，沿着东南土路跑步急速前进。后面是三十多个鬼子。岛田和赵万奎骑着马走在前头。日伪军大队人马跑出围子约有二里来路，猛然间看到道边石头旁有一具鬼子尸体，岛田和赵万奎勒住马的缰绳，岛田跳下马，俯下身来一看，正是负责押运的那个鬼子军官。不用说，押运粮食的日军小队遭到了抗日联军的伏击。岛田赶快上马，他洋刀一挥回首向后面部队大声吼叫："快速前进——"日伪军大队人马紧跟着岛田骑的马屁股后面跑步前进。遮眼的山弯没了，东去的山川逐渐敞开胸怀。岛田举起望远镜一看，柳树湾的地方升腾着几股翻滚的黑黑的冲天浓烟。岛田、赵万奎将马缰绳一拽，两匹马嗒嗒嗒……嗒嗒嗒……向柳树湾奔去，日伪军在两匹马后面猛跑起来。

鬼子部队赶到现场，三辆大车及车上的粮食成了三堆大火，燃烧的火苗呼啦呼啦地打着卷儿，紫红色的火焰上方升腾着黑烟，发出一股烟焦的呛人味儿。鬼子的尸体在火堆跟前横躺竖卧。岛田下马看看火堆旁的这些尸体，每一个尸体都是刀伤，而且都是一刀致命。截粮的抗日联军早没了踪影。两个车夫被绑粮袋的车绳子紧紧地捆在一起，并缠在道边一棵孤树上。他们满脸黢黑冻得浑身颤抖。高占奎跑到前面回来报告："报告太君！前面四位皇军都被害了。车和人都在石坎子下面。"岛田脸色发青，他再一次拿起望远

大冰沟

镜向南面山一扫,看见去大冰沟的南山路上有十几个人,他们都背着半袋子东西向山梁急匆匆地爬着。他气得瞪着眼睛直咬牙根。唰!抽出战刀向南山指去。他歇斯底里地狂叫:"抓住他们!统统消灭——"

赵万奎看岛田的指挥刀向山上一指,也嚎起来:"弟兄们!为皇军立功的时候到啦!冲啊——"日伪军撇下大道上的死尸,连喊带叫向南山梁追去。

十几个人翻过柳树湾的南山梁,就到了大西沟的西面进沟的大西岭。葛振林瞅了瞅梁下就是金场,大家都背着粮食跑得没敌人快,眼看着后面的敌人追得越来越近。这样跑下去可不行,怎么办?葛振林寻思着怎么摆脱后面的敌人。

"排长,往南走,从这儿进歪脖子沟去!"魏强说。

"去歪脖子沟?能甩掉敌人吗?"

"能!排长,就从这条路走!"魏强停下脚步,颠了一下肩上的粮食口袋解释说,"这儿不远有一个大石门,两面山崖加一个沟,险着哪。我们可以在那儿揍他们一顿再走。"

"石门?这条路我以前怎么不知道?"

"排长,以前,你们走的是山腰那条便道。从沟谷走,进歪脖子沟只有这一条路。到那儿,您就知道了。"

葛振林想,大石门地势险峻,肯定是易守难攻,一定是打伏击的好地方。敌人这样穷追不舍,拼命地追赶我们,绝想不到我们会敢在那个地方伏击他们。这样正好打他们个措手不及。

"好。大家就向这条沟撤!"

为了把敌人引到大石门,葛振林带领大家撤得并不快,他叫小英:"小英,在道上撒些粮食。"

"排长!好不容易背到这儿的粮食,整撒它干啥?我不撒!"她用手抹了抹满脸的汗水固执地说。

"小英,听话!这是引鬼子的。"魏强解释。

"咦!那你不撒?"

"来,给我!"魏强把自己肩上扛着的那袋粮食塞给了嘎蛋,拿过小英肩上的粮食解开口袋嘴儿,在山道上撒了一溜。

第三十七回 截粮队下歪脖子沟 众英雄战大石门峡

"哼！"小英气得把嘴噘得老高。

"小英，给你。看着，别撒忒多喽。忒多会使小鬼子起疑心的。"魏强走到小英跟前跟她说。

"我知道！"小英使劲儿地一下子夺下了魏强手里的口袋，学着魏强的样子在山道上断断续续、稀稀拉拉地撒着。进歪脖子沟岔路口不远的山道上，敌人顺着羊肠小道猛追下来。几个伪军追到岔路口不知往哪里追，停了下来。他们向四处张望，然后又低头觅寻山道走过的脚印。

赵万奎到了，他掏出手巾擦了一把脸上的汗，大声喊道："哎！愣着啥？怎么不赶快追？"

"队长，我们不知道这些人往哪儿跑了。"赵万奎一看，眼前是三岔路口的地方。

"饭桶！屎蛋！那还不快点儿找鞋印！"几个伪军赶快低头在两条路上低头细找。

"大队长！他们往这条沟跑啦！"一个眼尖跑过去的伪军，捡起道上的几粒黄豆，转身跑到赵万奎跟前惊喜地报告："大队长！你看，这黄豆。"他把攥在手中的几粒豆子撒开给赵万奎瞧。

"哈哈哈！狗日的，这回我看你还往儿哪跑！"赵万奎大声狂笑把枪一挥，"弟兄们！抗日联军就在前面，抓住一个抗日联军，赏大洋十块！"

伪军一听赏十块大洋，像一群饿狼一样向歪脖子沟大石门追去……

葛振林他们来到大石门外的不远处。

"排长，就是这儿。"葛振林顺着魏强指着的高高的悬崖一看惊愕了。他突然想起两年前追剿的那个土匪吴老大，也许他就是从这儿逃的吧！他快步走到两崖间，举头仰望，两壁陡直的悬崖高宽相似得惊人，它们伯仲难分，静静地耸然对峙着。真不知是哪一位天神用开山大斧把这完整的拦路大山一劈两半。山关变了通途，给山里人开了方便之门。两崖相隔只有六七米，如此相对的沟底长足有七八十米，大自然的鬼斧神工造就了这样一条狭长的山峡走廊，真是让人惊叹不已！葛振林决定利用这个天险，在这儿狠狠地打击一下这些嚣张的鬼子。

敌人穷追不舍，布阵刻不容缓。葛振林命令："魏强、高福、嘎蛋，你们把粮食交给老朱,背着个麻袋在后。牵着敌人往沟里走,听到枪声就返回来阻击敌人。"

"是!"

葛振林瞅瞅右面的山坡不到二十米远有一个锅台面积大的枯草堆积的崴子。他叫大家把扛着的粮食赶快背到崴子里,用枯叶覆盖。

然后布置剩下的人:"咱九个人分成两拨,老朱,你带着延成、延国、高升到西面山崖,还有,把这七颗手榴弹拿着。"

一说武器,大家有些后悔。为了把截下的粮食往沟里扛一些,大家一早出来时只带了一些贴身的家伙,现在手里的枪弹都是柳树湾截粮时从鬼子手里弄来的。幸亏还弄到了一挺机枪。

"排长,我们一共才有十来多颗子弹,手榴弹嘛,我们有十二个,就不要啦。"

"这几条长枪你们都带上。还有这些子弹。看看,有多少?"

朱延国颠颠手里的子弹,瞅瞅大哥、二哥怀里的手榴弹说:"排长,要不,把顺子扛的那挺机枪给我们得啦。"

"我们这面女的多,不给!"小顺的话逗得大家笑了。

"老三!火烧眉毛了,没有个紧慢迟急!跟排长磨叽什么!还不快点上?"

葛振林说:"那么着,老朱,我们的子弹不多。你们到山崖上多准备一些石头。等敌人全部进石门峡谷,听我的枪响再动手。我们先用石头砸,再用手榴弹。打枪要瞄准敌人射击。一定要节省子弹。还有,我枪一响,你打腰,我打尾,头由魏强他们来打。"

"排长,我记住了。"

"其余的人,跟我来!"葛振林带着高顺、小英、刘小姐、陈耀青,五人爬上了西面的山崖。两侧山崖沟外面是一片稍缓的山坡,长着一摊摊茂密的柴草。

山坡上,大家都紧急地做准备。高顺把怀里的手榴弹掏出来一看一共四颗,葛振林又看看机枪里的子弹总共有三十二发,加上他和小英、刘小姐手中三支短枪的十三发子弹,一共不到五十发。葛振林瞅瞅这些子弹思量着,知道真的和敌人交起火来，这些子弹根本不够用。

"排长，你看！"小英从背后又掏出了一颗手榴弹给葛振林看。葛振林笑了："还有吗？小英。"

"哪有啦！我说多带两个，我强哥就是不让。他说，多带这玩意，还拿粮食不？"小英把嘴一噘，一脸埋怨的表情，等待排长给她评这个理儿。

"好了！小英，我回去一定说他。"

"就是嘛，你们都向着他，都给他惯坏了。"

"嗯，是得管管他，不然他就要跟小英摆架子，是不是？"小英，嘴一抿，嘴角翘起，使劲儿地点了点头，一副得意的样子。然后，把辫子一甩和高顺去找石头去了。葛振林琢磨如何打好这一仗。这次阻击是临时决定，没有充分准备。他知道在这儿，要与比自己多十余倍的敌人作战，多一颗手榴弹，甚至多一颗子弹对这次作战是多么的重要。他告诉高顺："小顺子，咱多捡些石头，把手榴弹用在刀刃上。"

"嗯。"小顺一边答应一边找石头。

山崖上，大家堆上了大大小小的石堆。

大石门离沟口不到一里路。噼里啪啦！一百多名日伪军在伪军大队长赵万奎的带领下气势汹汹追了上来。在离大石门不到一百米的地方，岛田看前面地势险恶，命令部队停止前进。他双手拿起望远镜举到眼前，观察这惊险的山势，是否埋伏着抗日联军的伏兵。可毛茸茸的茂密的山柴遮挡着他的视线。再往石门一望，看到有背着口袋的人，慌不择路弓着身子穿过门峡往沟里跑。

"小日本鬼子！有种你就上来！老子揍死你！"嘎蛋肩上背着口袋，手里攥着一只短枪挥舞着，他向停在石门外的日伪军大队人马大声喊着。

"太君，"赵万奎用枪支了支帽檐，舔了一下干燥的嘴唇望着前面石门说，"十来个抗日联军，逃命都来不及呢，他们还敢跟我们耍花招？太君，这几个抗日联军我们已经找了好几年了。他们在大山里钻着，平常我们连他们的影儿都看不着，今天，我们好容易找到了他们，这可是消灭他们的好机会啊。太君。"

岛田听完赵万奎的一番话，觉得不无道理。消灭这些抗日联军，是他朝思暮想、梦寐以求的事,抗日联军一日不除,皇军在围子里就无有宁日。今天是他们烧了皇军的粮食,找上门来才发现了他们,哪能就这么让这样白白地跑掉呢?区区十来个人,就是他们设下埋伏,对我这装备精良的百余人部队又能怎么样?他心一定,战刀一挥:"快速前进!"

一百多人的队伍噼里啪啦冲进了石门山峡,伪军在前鬼子随后,在山峡里变成一条蜿蜒蠕动的长蛇。顺着峡谷中石林布就的羊肠小道,摇头摆尾急速前行。

山崖上,高顺眼瞅着前面的敌人就要走出山峡。他着急地瞅了瞅葛振林,心里想,排长,怎么还不打呀?

后面的鬼子全部进入峡谷。

啪!枪一响,沟谷里的一个鬼子倒下了。接着两面山崖大大小小的石头像雨点一样砸向沟谷的敌人。西面悬崖山坡上,几个百斤重的大石头无法举起,陈耀青与高顺一齐使足力气把它们推下山崖。咕咚!咕咚咚……滚落的巨石腾跃着奔向峡谷,砸得峡谷里的敌人嗷嗷地叫。有的滚石猛烈地撞击着两面崖壁上的棱岩石角,发出轰隆隆、哗啦啦的巨响。撞击后破碎的大大小小的飞石,纷纷跌落山谷。当时,山谷里就躺下了十几具血淋淋的敌人死尸。敌人被砸蒙了,他们吓得抱着脑袋如一群过街老鼠一般,在狭隘的峡谷中乱叫乱窜。有的趴在巨石堆挤的罅隙底下;有的跑到西面山崖下最凹处,妄想躲过山上的滚石。

东面石崖上的朱延国看得真切。

"大哥,你看。"他指给朱延兴看。

"给他一颗手榴弹。"

"唉!"朱延国痛快地答应着。为了更准确地投弹,他靠一簇簇柴草的掩护,往下走几步来到山崖沿儿拽开线,猛地投向那堆敌人。手榴弹在那山崖脚下拥挤的敌群中,轰的一声爆炸了。呼!敌人扔下四具尸体纷纷四处逃散。

岛田知道中了埋伏,他知道,抗日联军居高临下,而自己虽兵多武器好,但现在被抗日联军压在山崖下,有劲儿想使也使不上。他看着前面伪军被滚木 石打得抱头鼠窜,溃不成军,完全失去了战斗力,他挥刀劈死了一名逃

第三十七回 截粮队下歪脖子沟 众英雄战大石门峡

回的伪军，命令后面的鬼子督战。峡谷里敌群一阵混乱。

赵万奎像个乌龟趴在一个大石头后，他攥着手枪，把三个中队长叫到身边："听着！给我顶住！谁给我耍奸，我就崩了他！你！"他指着一中队长说："领着弟兄们冲过去！抓住那几个兔崽子。你们两个组织火力给我往山崖上使劲儿地打！"

"打啊！"

嗒嗒嗒，嗒嗒嗒……伪军边打枪边夯着胆喊，还把一挺机枪架在一个光秃秃的大石头上，往山崖上射击。在前面就要进沟的伪军在伪军中队长的吆喝下，扔下十多具尸体，连窜带蹦冲出峡谷进了沟。伪军一中队长看前面没有人阻击他们，以为脱离了险境。他松了一口气，回头看看后面峡谷里正打得激烈，不由感到由衷的庆幸。

"嘿嘿，让他们打着吧。"他幸灾乐祸地奸笑了一下。然后，他命令手下剩下的十几个人说，"弟兄们！队长说的话，记着呢吗？给我赶快追上前面背粮食的那三个抗日分子。逮住他们，我们就能升官发财！"

"是！"这群伪军端着枪向前面猛追。

一阵猛砸，两面山崖上准备的大小石头用光了，峡谷里的敌人在岛田和赵万奎指挥下开始反击。

嗒嗒嗒！嗒嗒嗒……枪子打在石崖顶沿儿迸着火星。朱延兴向二弟朱延成说："你赶快去咱们上来的那个山坡，鬼子兴许从那儿上来。"

"唉！"朱延成拎着枪顺着坡脸跑了过去。

"老三，再找一些石头放在这儿。注点儿意，在沟洼的地方找。"

"知道了。"

朱延兴安排完和高升一起，披着仅有的六颗手榴弹，抄起步枪，猫腰到了山崖沿儿，他拨开一摊茅柴往下望，沟子里的伪军都疏散在一个个石头后，向上面射击。后面的鬼子正悄悄顺着葛排长他们上山的坡脸往上爬。狡猾的鬼子真可恶。他们原来是在"明修栈道，暗度陈仓"啊！朱延兴端起步枪，啪！一个鬼子从对面的山坡滚下去。躲在山坡的朱延国一看一个鬼子从山崖滚下来，凝眸细瞅，嘀！对面山坡的柴草里都是戴钢盔子的鬼子，正靠山柴的掩护，迅速向西面山崖上前进。朱延国的枪一顺，啪！一个鬼子又摔了下去。

"老三！过来！"

朱延国哧溜出溜到了朱颜兴跟前问："大哥，咋了？"

"你看！鬼子上山了。"

"我看着了。柴草里全是鬼子。"

"老三，排长他们那面还不知道鬼子上去，这很危险。一旦他们爬上去就糟了。无论如何也不能让鬼子爬上去！这枪给你。"朱延兴递给老三一支步枪，并嘱咐说，"准点儿的，别白搭子弹。"

"我知道。"朱延国说着，他躲在一簇柴草旁，抄起长枪，啪！啪！啪！一枪一个鬼子一连倒下三个。茅草里的鬼子倒下了六个。鬼子无法再继续前进，他们就躲藏在柴草后面向对面还击。对面山下的鬼子机枪也向朱延兴他们扫射。

枪声，让葛振林知道敌人爬上西坡。他嘱咐小英、陈耀青和刘雅娟："你仨在这儿别动。"说完，带着高顺在柴草里按原路返回。两人准备到了山腰的一块巨石后阻击敌人。这时，陈耀青看葛振林手里拎着机枪，腰里还别着一支短枪，自己手里空着，和女人待在这儿，心里实在不得劲，就跑到葛振林跟前主动请缨："头儿，我跟你去。我会使枪。"

"你，你会使枪？"葛振林用惊愕的目光打量了一下陈耀青，"顺子，把你那支长枪给他试试。"

"给你。"高顺把手中的一支长枪递给了他。陈耀青接过枪，他左手端平枪身，右手熟练地拉推枪栓，想看看这支长枪是不是好使。他的一番动作令葛振林刮目相看，也让葛振林多了几分思虑。

"好，跟我俩一起下去吧。"三人迅速来到大石头后。只见趴卧在草丛的鬼子在机枪的掩护下站起来向上冲，离大石头不到六七米远，由于柴草茂密，鬼子没有发现石头后有人。葛振林用手势告诉高顺不要动。他拿手榴弹悄悄绕过几摊灌木丛爬上一堵突兀的石崖背后窥探。山脚下鬼子机枪射击的地方，他看得一清二楚。那挺机枪架在一片柴草后的一个裸露的山石上，葛振林估摸距他也就是三十多米远。

嗒嗒……嗒嗒……嗒嗒嗒嗒……机枪吐着火舌向对面的山坡不喘气地猛扫着，打得对面山坡的柴草枝折叶落。朱延兴等人趴在凹处抬不起头，无法

第三十七回 截粮队下歪脖子沟 众英雄战大石门峡

向鬼子还击。这时，鬼子已经爬起来端着刺刀迅速地向上冲来。葛振林看准机枪的位置，一连两颗手榴弹投了过去。轰！轰！敌人的机枪顿时变成了哑巴。向上冲的鬼子一听山下的爆炸声，他们的机枪变成了哑巴，觉得不对劲儿，停止了前进的步伐。过了一会儿，趴在柴草里的鬼子又悄悄地直起身来向山上前进。走过大石头跟前的一个鬼子，被高顺转到身后，一手捂嘴一手用刀结果了性命。等一起上来的另一个鬼子窜上来用刺刀刺时，高顺身子一闪，同时一手攥住鬼子伸出的枪身一转身，唰！另个手里的刀子已从那鬼子的喉咙扫过。没等那鬼子哼一声，脖颈上出现一个深深的血印。血顺着印痕涔流出来。没等他倒下，高顺拿过刺刀像只猛虎冲向其他鬼子。两个鬼子一起向高顺奔过来。这时，陈耀青端着步枪"啪！咔啦，啪！"，两个家伙都被掏了心窝，倒在高顺眼前。高顺回头一瞅是陈耀青开的枪，他狠狠地瞪了他一眼。陈耀青瞅高顺不高兴，他手握着长枪，咧嘴笑了一下。他觉得这个小伙子真怪，替他解围怎么还来气呢？真是"狗咬吕洞宾，不识好人心"。

这时，上来一群鬼子，高顺毫无惧色，一个箭步窜到敌群一刺刀捅进一个鬼子的胸膛。他没有拔刀，啊的一声，顺势把那鬼子用刺刀挑起。眼前的鬼子们一下子吓得张着嘴，瞪大眼睛。另外有两个鬼子端着刺刀从高顺的背后，倏忽刺来。啪！啪！两个鬼子又倒了下去。高顺回头一瞅，又是那小子干的。他把举起的枪一撒，刺刀和刺刀上的鬼子一起躺到一边。

"谁让你打的？"高顺生气地噘起嘴巴，狠狠瞪了陈耀青一眼。

"兄弟,他们想背后向你下手。"陈耀青指着躺在高顺脚下的两个鬼子说。

"我知道！"

"真不知道好歹。"陈耀青心里叨咕着。

此时，鬼子又上来了一群，两个鬼子直奔高顺而来，高顺怒气冲天，他抄起一个鬼子尸体身边的刺刀，一手举起投向其中的一个鬼子，那刺刀没容鬼子用刺刀去挡，扑哧！一下扎进他的小肚子。他一个箭步来到另一个鬼子眼前，啊一声吼叫一掌击去，那鬼子一下子被击出好几步远，他的背和脑袋一下子贴在大石头上，血从嘴里流出来，身子先慢慢地往下滑落。然后，脑袋一低，扑通！侧歪在石头旁。

"兄弟！这个。"陈耀青从大石后要拎出机枪。高顺一看机枪咧嘴笑了。

高顺接过机枪站着就想射击。陈耀青忙上前告诉："用这个，趴下射击得劲！"

"你会使这个？"

"嗯。"陈耀青点点头。他拿过机枪把它两个腿架在一块石头上，嗒嗒，嗒嗒嗒嗒……机枪一叫，冲上来的鬼子立刻倒下了好几个。活着的鬼子吓得立刻趴下不动弹。鬼子的机枪一停，听不到指挥官的命令，前面又遭到机枪阻击，小鬼子再一次伏在茅草里，等待时机。

鬼子机枪一停，朱延成就叫弟弟朱延国，说："老三！我给你上子弹。你打！"

"好嘞！"

老三朱延国的枪法在三个兄弟中是最厉害的。在关东梨树屯一带他是出了名的"鬼见怕"，兄弟三个在当地拉杆子打鬼子的时候，老三打枪出手最快，枪法最准，从来弹无虚发。他骑着快马可以打下空中疾飞的麻雀。有一次，他们出林子与一队鬼子骑兵遭遇。在一个小岭上，是他一枪一个，各个点的都是鬼子的印堂穴。冲在前面的三十多个鬼子都是一种死法。鬼子指挥官下马一看，不由目瞪口呆。他命令部队："撤！赶快撤！"从此，朱氏三兄弟领着的这支队伍威震四方。为此，日本关东军再也不敢小视这股抗日力量。派大部队进山，对这不过二百人的抗日部队进行了多次大规模的围剿。但小鬼子事与愿违每次都是扫兴而归。全凭的就是老三的那支神枪。

鬼子在柴草里，两面对峙的坡脸相距不过二十来米远。朱延兴他们在东岩崖顶上，鬼子在西崖的山坡，朱延兴他们看对面坡的鬼子可谓高屋建瓴，居高临下。可是有柴草的遮掩，朱延国的神枪发挥不佳。鬼子还时不时打来冷枪。

朱延兴爬到老二、老三跟前，"别打了！鬼子都在草棵子里，看着了吗？留三颗手榴弹，剩下的摔到那儿面去，"他用手指着对面坡脸的那个露出半截的大石头说，"看！排长他们在那石头附近，老三，我从你打枪的地方往下甩。你盯准，手榴弹一炸，没死的鬼子一定会被轰起来，你看准再开枪。"

"唉！"

轰！轰！轰……六颗手榴弹在西山坡鬼子隐藏的地方爆炸了，柴草山石

第三十七回 截粮队下歪脖子沟 众英雄战大石门峡

在爆炸声中被掀起横飞。岛田趴在地上,被一颗手榴弹炸飞的一块拳头大的山石砸在后脑勺上,一下子把他砸得天旋地转,随后,两眼发黑晕了过去。一个鬼子军官跑了过去赶忙把他搀扶起来。

"岛田大佐!岛田大佐!"一股鲜血从后脑勺流了出来。那鬼子用手一捂岛田的后脑勺,鲜血从其手缝流出,那个鬼子军官一见此状,知道岛田伤势严重。他命令伏在柴草里的鬼子:"撤退!快!"

两个鬼子跑过来架护着岛田,钻进树丛匆匆下山。浓烟过后,山坡上留下一个个锅台般大小的坑子。一些鬼子在溃退中被朱延国击毙。鬼子伤亡惨重,乖乖退下山来。嗒嗒嗒……山崖上,陈耀青把机枪挪到山崖沿上,向峡谷里的伪军扫了起来。山崖下的伪军见上山的鬼子从坡脸退了下来。突然,悬崖上的机枪又向他们狂扫。转眼的工夫,峡谷里的伪军倒下了不少。活着的伪军不顾赵万奎的喝喊,像兔子一样连窜带蹦挤到几块矗立的插挤在一起的大石头后躲藏。朱延兴看得真切,他把最后的一颗手榴弹投向大石头后。轰隆!挤在一起的伪军被炸倒好几个。

追赶魏强、高福和嘎蛋的十几个伪军,争先恐后端着枪向沟里追去,他们大声喊着:"站住!不站住就开枪了。""再跑!老子就开枪了!"

魏强三人跑得并不快,与敌人不远不近拉开有五六十米的距离。山门里,距石门没有百米远的山弯处,魏强对高福、嘎蛋说:"就在这儿。"三人转身分别躲到小道两旁的两个大石头后面。迅速掏出枪,等待敌人追过来,十几个伪军真以为他们所追的人害怕在逃,只顾拼命往前追,就要追到两个大石头跟前,啪!啪!啪!啪!魏强、高福、嘎蛋三人同时出手射击。跑在前面的两个伪军被击中,后面的人拔腿就往后跑。前面的伪军往后一退就和后面的伪军凑在一起。魏强一看敌人聚集在一起,他迅速掏出手榴弹拉开线向敌群投去。轰!手榴弹在敌群开了花。轰!接着又是一颗。伪军的排长和四个伪军当场被炸死,其余伪军为了活命纷纷往回逃。

岛田在几个鬼子的掩护下,来到山脚下赶快包扎。趴在大石头后的赵万奎回头一看大吃一惊。糟啦!岛田受伤了。赵万奎手拎着匣子枪赶快跑到岛田跟前。

"太君!太君您咋啦?"岛田把眼皮微微挑起,他瞅了一下赵万奎,并没吱声。

赵万奎心里不由在打战,他扫了一下岛田面部,脸色苍白,知道他的伤势严重,心里暗想,日军和自己部队的人死伤不少,这样耗下去自己的命没准也得搭上。妈的!一个抗日分子没逮住,还死了这些人,没想到这几个山匪可真蝎虎。现在,岛田太君又挂了彩,不撤还等啥?

他命令部队:"撤!保护太君!赶快撤!"

呼啦,峡谷里躲藏在大石缝里所有的伪军就像跑出洞穴的一群耗子连窜带蹦逃出了大石门峡谷。

第三十八回 抓苦力岛田大摆阵 听军令张全遭伏击

大石门一仗，岛田损兵折将，甚至险些丢了性命，他大为恼火，好几天扎在日军兵营里疗伤没有出来。这个消息传到了要路沟镇日军司令部藤岛的耳朵里，藤岛带领一队日本宪兵来到碾子沟围子。

日军军营里，岛田少佐、伪军大队长赵万奎，副官张全和便衣队长高占奎站在两旁，岛田脑袋缠着纱布，赵万奎和张全挺胸抬头，等待上峰的训斥和惩处。藤岛显得异常的平静。他用平淡的目光瞅着他们，脸上没有丝毫的表情，此时，他没说一句话。片刻，他两手往后一背，在屋里来回踱着步，咯吱，咯吱……黑皮靴踩在地上发出有节奏的声响，似乎与屋里嘶哑的座钟声在合奏着节拍。他倏地停住脚步抬起头，习惯地用他那双令人琢磨不透的阴森森的鹰眼洞察着他眼前的每一个部下。他并没有惩处训斥他们，他用将军的威严凝视着这些吃了败仗的部下。

"岛田君，我们是大日本帝国的军人，是永远不可战胜的！我要你以大日本帝国军人的气质和精神，担起剿匪之重任！"

"嘿！大佐阁下！此次作战失利，是我大意所致。我甘心接受军法处治！"

"八嘎！军法处置？那不是大日本帝国军人的品质。一个真正的大日本帝国的军人要的是攻无不克战无不胜的武士精神和至高无上的军人荣誉！"

"嘿！"

"区区一支小小的抗日部队玩的不过是偷鸡盗狗的把戏，却让我们的部队处处被动挨打。你，太令我失望啦！"

岛田，面露愧色，低头不语。藤岛瞅了瞅他派到大冰沟来协助岛田的赵万奎似笑非笑："赵大队长。"

"嘿！"赵万奎挺胸仰头，郑重地向藤岛行了一军礼。

"你的功劳是大大的，皇军非常欣赏你的才干。这次失利关系的没有。按你们中国话来说'胜败乃是军家常事'。你是一名优秀的中国军人，也是效忠大日本帝国的军人，皇军要给你重重的奖赏。"

"谢谢太君！谢谢太君！为了中日共荣，为了剿灭山里抗日联军，我唯太君马首是瞻，肝脑涂地！"

藤岛瞅着他，眯缝起深邃的双眼微微一笑，"嗯。"藤岛点了点头，随后说了一句，"你们去吧。"

"嘿！"三个人退出岛田的指挥室。

屋里只剩这两个日本军人。屋里，紫檀色的古老座钟咯噔、咯噔、咯噔……不断发出节奏均匀的声响。藤岛用他那深不可测的目光盯视着身子挺直得像一根柱子的岛田，他倏地扬起左手，啪！啪！啪！啪！左右开弓，一连打了他四个大耳光，骂道："八嘎！"

"嘿！"岛田嘴角流出了鲜血，他两眼目视前方，像木头一样一动不动地站着。

"大冰沟的抗日联军，神通广大，神出鬼没，我们在明处，他们在暗处，这样的追剿，你不觉得愚蠢可笑吗？一个堂堂的日本指挥官竟然干这种傻事！不是看你跟我多年的分儿上，我现在就把你送上军事法庭！"

藤岛把目光移向窗外，停了一会儿，然后转过脸来怒气稍消，他对一动不动的岛田说："支那人坏了坏了的，对于他们，我们只能利用，不能信用。这次运粮，是谁告诉大冰沟抗日联军的？我要你三天之内查出私通抗日联军的人，以绝后患！"

"嘿！"

对上峰的训令，岛田的身子挺得更直，他满口应诺，以表他一个日本军人对日本天皇陛下的绝对效忠。

岛田送走了藤岛及其一行，他心神不宁，一屁股坐在椅子上，这几天，他就想运粮这件事实在令他匪夷所思。押送粮食的时间，大冰沟抗日联军怎么知道得这么准？抗日联军这次截粮完全是一次有准备、有安排的军事行动。他们准确掌握了押运粮食的时间，才成功地截下了这批粮食。这是谁给抗日

第三十八回　抓苦力岛田大摆阵　听军令张全遭伏击

联军通的风报的信儿？在他的脑海里，他一个个地排查，这次运粮计划只有他、李翻译官、大队长赵万奎知道。李翻译官这些日子没有出过日军营地。即使与他出去，也从来形影不离，不可能。赵万奎？更不可能。他是皇军豢养的一条忠实鹰犬。只要主人给他食吃，那就像他自己说的那样：为大日本帝国肝脑涂地，效犬马之劳。这两个人不可能，那又是谁呢？他回想藤岛对他说的话，支那人良心坏了坏了的。对于他们，只能利用，不能信用。他最后决定对赵万奎羁押审讯，一定把事情弄个水落石出，给上面一个交代。

第二天早饭后，伪军大队部里，大队长赵万奎和手下的几个军官正在搓麻将。

"大队长，这回伤了这些日本人和弟兄们，藤岛大佐来咱这儿咋说的？"

"死多少人有岛田太君顶着。关你个屁事！出！"

"您看，大队长，这不是弟兄们害怕你挨整吗？"啪！那个伪军中队长说完打出一个五条。

"嗯，算你这个兔崽子有良心。我跟你们实说了吧。"说到这，赵万奎脸上流露出一副得意的样子，"昨天，藤岛太君把我们叫去一个'破'字都没提，还特意夸奖了我，说我功劳大大的。还要奖赏我呢！"

"那是，大队长是谁？从奉天到阜新，到塔子沟又到这儿，大队长跟随皇军多年，战功显赫，藤岛大佐是最清楚的。"另一个伪军中队长阿谀奉承着。

听完这话，赵万奎飘飘然不由自我标榜起来："我赵某戎马生涯二十多年。我这个国军上校团长大大小小的仅打了无计其数。现在，跟日本人打几个抗日联军，还不是小菜一碟。闹心的是，就这么几个抗日联军钻在大山里不出来，让你感到就像——就像骑大象追耗子——有劲儿使不上啊。"

"大队长，沟里的抗日联军跟皇军斗不是一年了，说实在的，这些日本人都拿他们没法子，咱们就别较真儿了。"

"屁话！主人给狗食吃，为的是狗给他看家。日本人傻呀？他的饭白给你吃？养活你们这些饭桶啊？"

麻将桌上，你一言我一语说得正热闹，守门的警卫兵走进来报告："报告大队长！皇军来了。"

两个鬼子走到麻将桌跟前指着赵万奎说："你的，岛田太君有请！"

"唉！唉！"赵万奎一听岛田叫他慌忙应答着。他对陪他玩牌的三个还在紧张发愣的手下人说："不玩了！不玩了！我有事儿，明天咱再接着干。"随后跟着那两个日本兵去了。

客厅里，岛田坐在椅子上看赵万奎进来，他手一摆，后面两个日本兵上来就把赵万奎两个胳膊拧到背后，五花大绑捆了起来。

"太君，这是干啥？这，为啥捆我呀？"赵万奎蒙了，他感到莫名其妙，愣愣地瞅着岛田问。

这时，李翻译官走到赵万奎跟前抽动了几下嘴角煞有介事地说："赵大队长，岛田太君有一件事要问你，你要如实地说，如果撒谎，那可谁也救不了你。"

"岛田太君，天地良心呢！我可是一心为大日本皇军做事的。我要是怀有二心，您就把我拉出去枪毙！我没含怨。可我没有做对不住皇军的事啊！"

"赵大队长，那我问你，皇军运粮之事，只你、我和岛田太君三人知道。可大冰沟的抗日联军对我们的运粮行动和时间了如指掌，你能说清这是怎么回事吗？"翻译官的一番话让赵万奎恍然大悟。原来岛田在这件事上怀疑上了他。

"太君，我赵万奎为皇军忠心耿耿，路人皆知。天地可以作证。这事要说我告诉抗日联军的，我可冤枉死啦！"

这时，岛田离开椅子，背手来到赵万奎跟前逼视着赵万奎不服气的脸。说："你的说！粮食的，是谁告诉抗日联军的？"

我没和谁说呀？赵万奎心里翻腾着，啊！他突然想起来了。十天前的一个晚上，他和副官张全，便衣队长高占奎在一起吃饭喝酒时谈及过此事。对了，这事我得弄清楚，不然我得计日本人给我宰喽。赵万奎找到了这件事的下家，心里有了底，说话自然就有了底气。

"太君，咋也不能让我这样说话呀？"赵万奎不软不硬的话带着几分不服气。他心里清楚，我是藤岛大佐钦定的大队长，你岛田能把我咋样？

"嗯！"岛田用手一比画，两个鬼子上来给他松了绑。赵万奎耸动了几下捆得发麻的肩膀，说出了那天喝酒时与副官和便衣队长说的一些话。然后说："太君，如果是他俩给山里抗日联军漏的风，我非宰了他们不可！"赵

第三十八回 抓苦力岛田大摆阵 听军令张全遭伏击

万奎发泄着以示忠心。

"嗯，赵大队长，冲动的，不要。"岛田板着的面孔顿显和善亲切起来。他轻轻地拍了拍赵万奎的肩膀，"今天的事情不要说出去。对此二人要严加监视，现在不要打草惊蛇，你的，明白？"

"是！我听太君的。"

当天晚上，日军营地的西厢房——日军审讯室里有人不断发出痛苦的嚎叫。一个时辰过去了，岛田和翻译官步入厢房。一个满脸横肉的鬼子正想把烧得红通通的烙铁向吊着的人腋下烫去。看岛田进来罢手，又把烙铁插进红通通的火盆。吊在悬梁上受尽酷刑的人看上去不过三十来岁。他脸上、脊背、前胸已鞭痕累累，鲜血已浸透了他的整个皮肤，像一只吊起已扒了皮鲜血还在淌滴的猎物，血渍把他的头发和脸颊粘连在一起。他已被打得奄奄一息。鬼子施刑，一阵惨叫，酷刑一停，绝叫即停。此时，就连微弱歇呼的气息声都难以让人听到。他宛如一个机械的发音体，只有催命的刑具触及他的红色躯体才会使人知道，这是一息尚存，灵魂附体，尚有感知的活人。

他吊在屋梁上，像一个习武之人刚刚打击后的沙包在索绳下似晃非晃。那双赤着的黑乎乎的脚板与两条细瘦的腿近乎一条直线，随着整个身躯前后微微晃动着。

"少佐，这个人只是喊叫，不说话。"一个鬼子汇报说。

岛田走到跟前一看，人已经不行了："松下来，赶快抢救！"

"嘿！"两个鬼子把人松下来后一撂，人就咽了气儿。

"少佐，他死了。"满脸横肉的鬼子说。岛田瞅了瞅死尸，只好扫兴地走了。

高占奎在岛田的屋里对厢房里的说话声听得清清楚楚。被他揭发的人死了。此时，他心里且伤且喜。悲伤的是，一个老实憨厚的庄稼人，平日与他无冤无恨，被他几句话送到了西天。这事做得缺德呀！喜的是，人被打死了，常言说得好，死人无招对，是你岛田自己把线索给掐了，我呀，算抖落干净了，不由感到轻松了许多。

自从鬼子粮食被截岛田大石门挨打，高占奎就像热锅里的蚂蚁——惶惶不安。这两天他一直在想，大冰沟的抗日联军怎么那么会神机妙算，把皇军运粮时间弄得那么准，这里一定是有人给扎了眼儿。皇军可不是白痴，这事一定会追查的。昨日藤岛大佐来到碾子沟围子把他们弄去什么也没说。出这么大的事儿皇军能就此罢休吗？人家皇军是干什么的？不可能。运粮这件事伪军大队长赵万奎跟我和副官张全说过，是不是和别人说过这就不得而知了，不管咋说，自己知道这件事就脱不了干系。将来他给抖搂出来，在皇军眼里，这些人都是私通抗日联军的嫌疑人，谁也跑不了，弄不好脑袋都得搬家，得想个法子。早上，他听到岛田把赵万奎叫去知道事情不妙，所以就提前动手找了一个替死鬼。高占奎心想，这一来，王八蛋日的赵万奎，就别想往我的脑袋上扣屎盔子啦。

哐啷！门推开，岛田进来了。

"太君，他怎么说的？"高占奎装作什么都不知道，明知故问。

"他死了。"

岛田一屁股坐在椅子上摘下手上的白手套，他非常遗憾，这个人的死，使他无法再追究下去。但可一了百了，人已被抓住，用刑致死，他这样做也好给藤岛大佐一个交代。

赵万奎走进伪军大队的指挥室里，一头钻进卧室，皮靴都没脱，扑通一下子仰躺在炕上。他两手指叉合在一起垫在后脑勺上，把一条腿搭叠放在另一条腿上，身子一动不动，一双眼睛骨碌骨碌地翻动着。他瞅着房顶的檩木发呆。他的心思全在副官张全身上，给大冰沟抗日联军通风报信是不是他干的呢？

自从刘守义打死了汉奸队长阚一良和副官曹德义，张全是他一手提拔起来的坐上大队副官交椅的。张全是他最信得过的部下。这个年轻人聪明伶俐，睿智过人，军务方面，堪称为他的膀臂。自从遇见刘家小姐，到刘家上门提亲，才知道他的副官就是刘爷的东床快婿。他为此事有些隐隐不快。过去的弟兄竟然是他的情敌。名花有主，岂能另婚？貌似天仙的刘小姐对他来说成了镜中花，水中月。他为此感到缺憾，为了一个女人，他不想找借口，把自己亲自提拔起来的副官拿下，那不是自己打自己的嘴巴吗？男人嘛，岂为红颜对知己弟兄掰生？况且，凡什么事情都得有个先来后到，既然人家先拿的笤帚占下的碾子，靠权势强夺他人所爱，传出去名也不好听。再说了，自己到了这么一大把的岁数与年轻英俊的张全怎能相比？于情于理都说不过去。所以，他那一阵子想娶刘家小姐为妻的念头只好打消。刘守义开枪打伤岛田，打死副官曹德义和便衣队长阚一良，刘家小姐的逃脱，牵扯出了张全。

当时，张全被绑到日本军营进行审讯才知，刘家小姐嫁给张全根本没有那回事。刘守义说的那番话，不过是老家伙想拒绝女儿与他成婚借故敷衍而已。为此，他任命张全为治安大队副大队长真是没错。今天，听岛田的话音，粮食一事，张全有私通抗日联军之嫌。如果这小子真是吃里爬外，私通抗日联军，那可就别怪我不讲交情。

赵万奎第二天一早，听到了让他大为震惊的消息。昨天，岛田已经找到了私通抗日联军的抗日分子，并已处死。难道岛田真的抓住私通抗日联军的人啦？怎么这么快？他觉得这里一定另有其因。说不定是那个老奸巨猾的高占奎搞的鬼呢。他来到日军驻地见到岛田，第一句话就是："太君，私通抗日联军的人找到了？"

"嗯，找到了。"

"太君，是怎么抓到的？"

岛田笑了："赵大队长，你的，功劳大大的。你的话，高队长供认确有此事，并说出私通抗日联军的人。这个人严刑拷问一字不说，已被处死。"

"太君，高队长是不是……"赵万奎话到舌尖又咽了回去。他想说高占奎是不是和这个人是一伙的，为什么把这重要秘密的消息告诉他？可这样的话说出来，岛田真的找来高占奎对簿公堂追究下去，高占奎那个老狐狸的嘴巧若弹簧，他要反唇相讥，自己不也被装进去了吗？到最后，还不是一根线拴上了三个蚂蚱，谁也别想跑。

"赵大队长，你的说，高队长抗日联军的干活？"岛田的双眼顿时射出惊疑的目光。他似乎听懂了他要说的意思。

"太君，我说的不是这个意思，高队长哪能私通抗日联军呢。这次他立了功，太君是不是就奖赏他一个人？"

"啊！哈哈……"岛田笑了。赵万奎也跟着赔笑。岛田返身回到桌旁的椅子跟前坐下。在岛田心里，赵万奎和高占奎不过是在主子面前取宠争食的两条狗。他知道，高氏兄弟不翼而飞和粮食被截非等闲之辈所为。抗日的那些人都是神通广大,意志坚强的人。凭他的洞察力和多年来与抗日分子打交道的经验,可以完全断定那个男子根本不是什么私通抗日联军的人。昨天,那个人被绑到日军营地,岛田看他吓得面如土色,浑身颤抖,神色恐惧到了极点,他之所以假戏真做,是因为他要用"障眼法",放一场烟幕迷惑他身边所有的人。真正地挖出私通抗日联军的抗日分子的秘密计划在他的胸中筹谋已久,已有定夺。

赵万奎回来路上,心里骂道:"高占奎,老王八蛋!你他妈的真会在日本人跟前玩儿。你把日本人都糊弄啦,真有你的!说不定这个事就是你干的!你抓个'替死鬼'来个'金蝉脱壳'把自己抖搂个干干净净。你瞅着,老子早早晚晚让你这个老狐狸现原形!"

数九隆冬的时节到了,山里人家老人、孩子每逢这个季节都在屋里守着火盆"猫冬"。男人呢,得上山割柴。

这一天,日头就要压山了,李海生怕大门关上,他从自家山上挑柴回来,一路上,他不敢歇息,不时地用棉衣袖擦抹脸上的汗珠。过了南门外那座黄土桥,抬头一看,南大门还敞着,他悬着的心一下子落下来。心想:今天大门开着,可不错。他习惯地使劲儿拧换一下肩上沉重的担子进了南门。

刚进了大门洞,只听有人大吼一声:"把柴火撂那儿!"

李海生还没来得及说话,两个伪军把人和柴推搡到一边,李海生一侧歪柴挑撂地,两个伪军一起扑上来用事先准备好的绳子把李海生捆绑起来。

李海生被守门伪军无故抓绑,他惊愕了,冲着这群伪军不解地质问:"你们凭啥绑我?"

"凭什么绑你,这,得问上边去。我们只是在执行任务。"守门伪军班长,打开手中香烟盒取出一支香烟习惯地把它的一头在烟盒盖儿上有节奏地戳了戳,慢条斯理地说完这番话。随后,又把香烟叼在嘴角,点着后,深深地吸了一口,然后,把嘴兜成一个圆形。噗!吐出圆圆的乳白色的小圆圈儿。然后,手一比画儿,"带走!"

"你们还说理不,为什么平白无故抓人?"不管李海生怎样争辩,两个伪军连推带搡,就这样他被抓进了日军军营。

李海生被两个鬼子塞进东面一间厢房里。他被推进屋一看,屋里已抓进来九个和他年龄相仿的年轻人。这些人他都认识。一问才知道，屋里的人都是这样莫名其妙地被日伪军抓进来的。

屋里一个光头的小伙子见李海生也被抓进来，他分开大家到了李海生跟前说："海生哥，你咋也让他们抓了？"

"嗯。"

"你问他们了吗？为什么抓咱们？"

"他们说，是上面让的。"

"放他妈的屁！"光头破口大骂这些抓人的守门伪军。

这个人叫满仓。满仓手里攥着一顶旧毡帽，气愤地骂："他们不分青红皂白就把我们抓进来，这是干什么呢！这世上还有没有说理的地方啦？"

"小声点儿吧，满仓哥，鬼子听到会杀咱们的。"哭得像泪人似的马四劝满仓别说了。

满仓牙一咬，瞪着大眼睛手指着窗外骂得更凶："我就骂这群王八蛋，狗日的！看他把我咋地！"

"兄弟，跟他们生气没用，咱们得想法子。"一个高瘦身材，黄白净脸的小伙子说。这时，大家静下来。这个小伙子叫陈向东。他平时遇事计谋很多，人们都称他"小诸葛"。陈向东贴着满仓的耳朵悄声说一会儿。满仓觉得有理，他点了点头，不吱声了。

李海生一个个见了后，突然发现屋里东南墙角倚靠着一个陌生人。只见他蓬乱的头发，一张苍白的脸带着一道道血痕，浓密的胡须里流出的血迹还挂在嘴角。分明是受过严刑拷打，受尽了折磨的一个人。细端详，这个人比抓进屋子来的这些年轻人的岁数都大一些。李海生看不得这个，他走到陌生人跟前蹲下问："大哥，你这是——"

"咳——是小鬼子打的。"

"他们凭什么打你？"李海生瞅了瞅外面小声问。

"兄弟呀，这个世道打人还需凭什么吗？"于是说出了自己被绑到这儿挨打的事。从他的嘴里李海生知道他叫李元科，是外乡人，因交不起军粮，鬼子说他私通抗日联军，抗粮不交，就把他抓起来，上了大刑。后来把他绑到这儿来，说是押他去北面很远的地方挖煤。

天，快黑了，屋门口外增加了岗哨。一个排的伪军监守在房子周围。这些累了一天的年轻人在冷房屋里又饿又冷，他们不知道鬼子怎样对他们，吵嚷了一阵，剩下的就是无言的等待。突然，哗啦——拴门的铁链开了，几个伪军进来把大家挨个松了绑绳。做饭的伪军端进半盆红了吧唧的红高粱窝头。伪军按人头每人发了两个，他们把硬邦邦，干巴巴，冰凉的高粱面窝头分给每个人手中后，就走了。尽管没有一口热乎水，但是，饿了一天的小伙子们有的还是狼吞虎咽地把窝头吞进了肚子。

满仓手里攥着凉窝头，冲着木板钉的窗户朝外大声嚷嚷："哎！这饽饽冰凉得能吃吗？你们这些王八犊子安的什么心？我日你八辈子祖宗的！老子不吃！"

负责监守的伪军排长带进来手攥皮鞭的几个伪军，他睥睨的目光扫了屋里人一眼，那窄条子脸，此时更长。

"谁吵吵哪？不吃——不吃饿着！看他妈的饿死谁。"

"我说的！你有种！你是你爹揍的，现在你就把我崩喽。"满仓向伪军排长冲过来。

"哟！原来是你这个碟子里扎猛子——不知深浅的秃小子。你是不是想尝尝大日本皇军辣椒汤啊？那热乎。来人！把这小子捆起来！带到刑房喝辣椒汤去！让他喝个够！"当官的一声吩咐，几个伪军上来就要绑满仓。众人上前阻拦这几个伪军抓人。

"等等！"陈向东说完就向伪军排长走过来，"长官，你要把他带出去收拾一顿，我们这饭就都不吃了，永远不吃！宁可都饿死！不信的话，你试试！"

伪军排长一听陈向东的话，他惊愕地打量着眼前这个白白净净的年轻人。他态度坚决，表情平静，对他的恫吓，毫无退缩、妥协的意思。看起来，这些人早有了这样的打算。他要强行惩治满仓，非把事情闹大了不可。一旦事态扩大，出了乱子，自己收不了场咋整？皇军、大队长怪罪下来，可就糟了。

"哎哟——小子儿，老子是长大的，可不是吓大的。咋着？不吃饭？你们试试！死一个单摆着，死两个平擦着。把这个兔崽子也绑到审讯室去！"

"慢着！"一个高个子来到伪军排长跟前，"长官，既然你这么说。我们不吃了,把东西拿回去吧。"大家一听,把手中的干粮都扔到伪军送饭的那个筐里。

"好啦!好啦!我今天没工夫跟你们扯儿。不过,我奉劝大家规矩点儿,别惹是生非!皇军有令:谁要是不听话,走出屋门半步,就地开枪打死!"那个伪军排长说完,转身刚想退出门去。

"我说,你别走!你们无缘无故抓我们,把我们圈起来。不听你们的还要开枪打死我们。你说说,我们犯了满洲国法律的哪一条哪一项?犯的是什么罪?你给我们说出个子午卯酉来!就是死,也得让我们死个明白吧?"陈向东一说,大家一起开口要向这个当官的问个明白,"是啊!我们犯了哪一条?"

那个伪军排长又转身回来,把棉帽子脸往后一提:"干什么?想整事啊?谁要是在这里扎刺,整事,不老老实实的,那就是活腻了!哼!"说完,走了出去。

哐啷!房门锁上了,那锁门的铁链子牢牢捆在粗大的门柱上。

一连几天,看守所里抓来的人越来越多。到了第三天,已经抓来了十七个人。

看守所小黑屋里人一多,里面的人只能站着待着、坐着,躺卧不可能了。时值三九,天寒地冻。看守所——石头垒就的简陋小屋与外面的温度没有什么两样。小屋子拥挤不堪,十七个年轻人凭着年轻拥有的旺盛生命力抗击着寒冷、饥饿。而在外的家人心急如焚,他们惶恐、担心、焦虑。所有的人不知亲人为何被抓,鬼子要把他们怎么样,但谁也不敢去日军营地探个虚实。

已经三天了,被鬼子抓去的那些人的父母翘首期盼儿子平安归来,可是,事与愿违,亲人虽同在一个围子里,却如远隔千山万水,三天来杳无音信。所有的家人心里涌动着悲伤与无奈,他们唯一希望的是,祈求上苍的保佑。

腊八这天拂晓,四十多个日伪军荷枪实弹,全副武装押着看守所里所有的人上路了。这次,岛田命令赵万奎为押送队长,副官张全为押送副队长,负责伪军押送任务。他又从大西沟围子调来日军小队长精赤。这次押运,由精赤指挥并要统领全部日伪军执行押送任务。

临行时,岛田秘密命令精赤:"精赤君,这次北去路上,你对任何支那人都有惩处的权利。路上如有动乱发生,可就地消灭!"

"嘿!"精赤接受命令后,带领小队鬼子出发了。

这十七个人是鬼子安上"莫须有"的罪名押往塔子沟火车站去北票煤矿服劳役的。为了防止路上抗日联军的阻击拦截和在押人员的反抗逃逸,岛田给押送日伪军配备一挺机枪和充足的弹药。

天还没亮,日伪军荷枪实弹就押着这些人上路了。队伍出了南大门。南大门附近被门楼上众灯照射得通明。外面远处还是漆黑。前行的人们只能看到围墙外那条青龙河,因为黑暗中它像一条迂回的白带子不管你瞅与不瞅,都能赫然进入所有人的视野。厚厚的白白的冰床给青龙河盖上了一层洁白的新被。巨大的冰层在河中心隆起,并崩裂开宽窄不一的冰缝儿。一早,不时地发出咔嚓咔嚓清脆的响动。

夜幕低垂。东方的山顶没有丝毫的发白迹象,好像那轮红日和朝霞被严寒永远拦挡在山的那边。远处黑乎乎的群山和河对岸的树林都在朦胧之中,只有冰封的河底让人们隐隐约约听到哗啦啦的流水声。人们朦胧中走上黄土桥。

李海生回首凝视着城楼的灯光下那高高的围墙和墙头上盈尺高齐刷刷的一顺朝南歪的狗尾巴草,心里酸酸的。他想起了两位年逾花甲的老人,一定还倚在屋门框不分昼夜地瞅着围墙上的狗尾巴草,等他回家。想到这儿,他不由潸然泪下。

他家租的是村北头亲戚的房子。这个房子紧挨着围墙,素日他干完活回来和母亲站在院子里,总望着东面高高的围墙头上长得厚密的狗尾巴草。那时,母亲总是说:"孩子,这草叶一枯干了啊,天气就冷了,你爹的老寒腿就犯病,一到这个时候啥也干不了。咱家呀,没有你这个小子,这日子还不知怎样呢。咳!老天爷有眼呢,该着不让你爹和我老了遭罪。"他浮现出母亲说这话时的情境,她用青筋凸起干枝般的手指把被秋风吹乱的白发捋到耳朵丫后。那饱经风霜,布满皱纹的脸上自然流露出甜蜜的微笑。那是母亲一生中最为得意、满足和自豪的笑容,他终生难忘。他知道,母亲有了他这个儿子,家里所有艰难困苦都不算什么。想想自己从此以后再也不能在二老跟前砍柴、挑水、种地、收秋……我走啦,今后,他们的日子可怎么过呀?想到这儿,他心里像刀绞一样难受。他边走边想,不知鬼子把他们送到什么地方去?还能不能回来再与二老团聚?他看着这十七个人的手都背着绑着,用绳子前后连着。看起来,半路是跑不掉的。

赵万奎和张全走在队伍的最前面,三十多伪军紧跟在后面,后面是一个日军小队。十七个年轻人被押在中间。队伍走过黄土桥就向西北方向的山路前进。翻山越岭足足走了七十多里的路程。赵万奎觉得这样绑着这群人走路太慢,他命令伪军把连着的绳子解开。

该晌午了,队伍来到刀尔登镇南不到五里远的一个山沟里。赵万奎仰头看看日头,命令部队围坐在在押人员的周围原地休息。没过半个点儿,队伍又开始出发了。

"长官!我要解手!"赵万奎回过头来瞅谁在喊。

"长官!我要拉屎!"满仓望着赵万奎使劲儿地喊。

"真他妈的事多。"赵万奎骂着。他用马鞭指着身后的两个伪军,"你俩去!看住他,别让他跑喽。"

"是!"两个伪军端着枪紧紧跟在满仓后面,来到一片蒿草没腰深的荒地里。

"就在这儿拉吧!"

"你们这样绑着我,我咋脱裤子啊?"被绑着的满仓站着说。

"真他妈的啰唆!"一个伪军给他解开绳子警告说,"你给我听清楚了,别给我玩心眼,老子的枪可不是吃素的!"

满仓脱下裤子蹲下,他看这两个伪军就在他身后,他不好意思地说:"两位大哥,我从小就有这个毛病,有人在跟前瞅着,我,我拉不下来。要不你俩在这儿瞅着,我到那个石头后面拉去。"他指着十米远的一个大石头。两个伪军端着枪对视了一眼。满仓说:"两个大哥,你们手里拿着枪,这么近我还能跑了是咋的?"

两个伪军一想也是:"去吧!去吧!快点的!"一个伪军不耐烦地用手掌从里往外摆了两下。

"唉!"满仓高兴地拎着裤子往那石头后面跑。

满仓蹲在石头后面,他知道这是逃跑的最好机会。过了这个村就没有这个店了。他看看背后山上是一个长着矮小植被的阳坡崴子，山坡上稀稀拉拉长着一些让人数都能数过来的杏树。数九隆冬，叶落枝疏，它们从头到脚裹着一层紫红色的外衣；还有那一片片枯黄的黄茅草，有的地方还裸露着黄褐色的山皮，不过，离他不远的山脚和山腰上稀疏地长着十几棵黑乎乎的小松树。满仓想，这些松树倒是好藏身的地方，可惜太少太稀了，不过，只要跑过这个山坡，就逃脱了。他把心一横，凡是怎么都是死，跑了还许捡条命，跑吧。

满仓蹲在石头后，把那顶棉帽轻轻地放在石头上，他又蹲着悄悄地系上裤腰带。因天气冷，两个伪军把枪戳在地上想抽一支烟暖和暖和。他们背过身子遮挡北风点火对烟。满仓看准这个好时机，猫腰几个箭步窜到一棵松树跟前接着拼命地向山上跑去。

两个伪军调过脸来瞅着石头上的棉帽没好气地喊："嘿！快点的！"石头后没有回音，两个伪军觉得不对，来到石后一看，人没了。

"糟了！人跑了！"一个伪军一边说着一边往山上望，只见满仓靠松树的遮掩已跑到了山腰。

"不好了！人跑了！"一个伪军冲着道上的日伪军的看押大队大声地呼喊着。

赵万奎一听，带二十多伪军跑了过来。

"大队长，那儿呢。"一个伪军手指着山腰上正在拼命往上跑的满仓。

"开枪把他打死！"赵万奎一声令下。于是，二十多个伪军一起开火。这时，满仓跑得更快，他跑出了山腰最上边的一棵松树向山头奔去。离开了松树林，满仓就完全暴露在伪军的眼前。啪！啪！啪……子弹像雨点一样打在满仓周边。满仓只顾拼命地往山上跑，哪顾得如何躲避敌人的子弹。

啪！一颗子弹打在他的左肩胛上，鲜血流了出来。他忍着剧痛用右手捂着伤口还是拼命地跑。可另一颗子弹穿过了他的大腿肚子，他再也跑不动了。

伪军围了上来。赵万奎手攥着枪，到了满仓跟前恶狠狠地说："小兔崽子，想跑？孙猴子还能跑出如来佛的手心？真他妈的异想天开！想不走，就待在这儿吧。"说着啪！啪！啪……一梭子子弹都打在满仓的胸膛，满仓胸部被他打成了筛子眼，鲜血染红了他那件破旧的棉袄。赵万奎习惯性地用嘴

第三十八回 抓苦力岛田大摆阵 听军令张全遭伏击

吹了吹冒着烟儿的枪口，然后插入枪套。

看守满仓的两个伪军缩着脖子颤抖着站在他面前，等待着惩罚。

"一对儿废物！连一个人都看不住，养活你们还有什么用？"

两个伪军这时把脖子缩得更紧，浑身打战，眼巴巴瞅着赵万奎一动不敢动，用乞求的目光望着赵万奎，希望他开恩，放他们一把。

"滚开！"他用穿皮靴的脚狠狠地踹了这两个伪军，把他俩踹倒在山坡上这才解气的赵万奎，在一群伪军的簇拥下走下山来。

赵万奎回原地向围在中间被看押的十几个人高声训诫："你们听着！凡逃跑者一律就地处死！"

满仓一跑，日伪军一路上不敢掉以轻心，对看押的人虐待监管更是变本加厉。对走慢一点轻则一阵辱骂，重则拳打脚踢。队伍整整走了大半天。所有的人都又饿又累，速度不知不觉地慢下来。

"他妈的！没时候到地方！把绳子都解开！"赵万奎又一次命令伪军把这些人被绑着的双手都解开了。整整绑了大半天的十六个年轻人，这一下子觉得松快多了。

走过一个山弯，骑马走在前面的赵万奎忽然喊道："停止前进！"

一起与他并行的张全愣住了："大队长，咋回事？"

赵万奎勒住马的缰绳，脸上露出煞有介事的样子对张全说："张副官，你看看，前面地形复杂，我们不能像上次在大石门那样轻敌啊，如果再栽在抗日联军的手里，你我可就糟啦。"他在马上向前面的两旁人山张望。接着说，"虽然，我们走出七八十里，远离大冰沟那个共匪窝，可这一带我们不熟悉，会不会有其他的抗日部队拦截我们呢？这，很难说呀。你带几个弟兄从这儿上去看看。"

"是！"张全跳下马大声说，"一班跟我来！"他领着一个班的伪军向东北方那片黑松树林迅速前进。张全边跑边望那片茂密的松林，它在山坡的半山腰，松林的下边缘距前面的山路只有百米远，的确是打伏击的好地方。

"快！"张全命令一班的伪军，从山旁小道上了山。

赵万奎在马上瞅着张全离去的背影，咧开了大嘴，露出了他那两颗金灿灿的大金牙。嘿嘿！他奸笑一声。心里想，小子儿，混世，你还嫩点儿。你是不是暗中私通抗日联军，今个就能水落石出，知分晓了。咋着，今天你也得死！要不是你冒名顶替刘家女婿，那个小美人早就到我手了，何至于跑掉？别怪我心狠，该着你是短命鬼。

张全带一班伪军刚到山腰中一个突兀的小山包上，啪！啪！啪！啪……突然，从上面松树林里三声枪响，接着就是数不清的枪声。三颗子弹都从张全的耳边擦过。张全倏地趴下可是左胳膊上还是挨了一枪。鲜血从棉袄袖子里流出来。他趴在地上抬头一看，树林边一下子冒出了几十个头戴灰棉帽，身穿灰军装的人，就在张全惊诧地侧目一瞧的一瞬间。

"不好！"一直跟随张全的李明海一下趴在张全身上，抱着他迅速向山下滚去——轰！一颗手榴弹在他们不远的地方爆炸了。掀起的山土哗啦啦地落在他们身上。两人趴在地上摇动几下脑袋，抖落一下头发上的覆土，趁着浓烟躲闪到附近的一个石头后面。张全定神一看，嗬！这几十个人使的都是崭新的好家伙，好像在这里早已等候他们了。这些人居高临下凭借有利地势，向张全他们猛烈射击，凶猛的子弹把他们压在几个石头后面抬不起头来。

"副大队长，你伤啦！"李明海惊叫了一声，他赶快解开裤腰带，扯开一溜儿给张全扎上，再急急忙忙系上裤子。

"这些人都是抗日联军吧？你看他们穿的都是灰啦吧唧的衣裳。"大石头后，李明海窥探上面那些人对张全说。

"管他呢，给我狠狠地打！"张全一边回击一边说。

"咱们在下面，那些人在上面，这，这不得吃亏吗？要不——"

"你的脑袋进水了？大队长路上说什么来着？死，也得这儿挺着。"李明海瞅了一眼正在瞄准射击全然不顾的张全，只好在石后端起枪向上射击。

"你们缴枪吧！我们是抗日联军，我们是优待俘虏的！"

张全带的伪军经过一阵反击，每个人手里的子弹都要打光了。

"副大队长，我们的子弹该没了，咋整啊？"一个伪军猫着腰，神色慌张地跑过来报告。

"咋办？手榴弹！"张全瞪大带着血丝的眼睛冲着那个伪军怒吼着。那个伪军吓得赶快跑了回去。

此地与赵大队长他们不过二百多米远，这里发生的情况他能一目了然。

张全本以为不到一袋烟工夫，大队长就能派人到达此地增援。可是，打了这么长时间还不见来援兵，眼看子弹打光了，他觉得嗓子干巴巴的，火辣辣的，像有一股股火苗在嗓子眼儿往上蹿。他回头看看还在道上的那些人，尽管这里竭力拼杀，可那里竟然无动于衷，袖手旁观，似乎在隔岸观火看热闹一样。现在敌众我寡，情况危急，大队长为什么按兵不动？他平时最恨抗日联军，可这时遇见了抗日联军却视而不见，若无其事。他真整不明白大队长葫芦里装的是什么药！退不能退，打，子弹又没有多少了，咋办？得想办法抓住一个再说。

他命令身边的伪军："隐蔽好！别开枪！"

枪声刚一稀疏，就听到上面的那个当官的得意扬扬地叫喊："哈哈！弟兄们！他们没子弹了，给我冲啊！打死一个赏大洋五块！抓住一个活的赏大洋七块！"

"啊——"三十多人拼命呐喊着，像一窝蜂一样冲了下来。

第三十九回 放山鹰却欲纵故擒 找部队与狼进深山

张全一听心里纳闷。这哪儿是抗日联军啊？他听过高真和魏强说过，抗日联军不为名，不为利，是专门打鬼子救穷人的。还要什么大洋钱？既然，这些人不是抗日联军就得给他们点儿厉害尝尝。

"把手榴弹给我。"

"大哥，只三颗了。"李明海说。

"都给我！"张全趴在大石头后看得真切。三十个人冲到离张全有二十来米远的时候，张全手里的三颗手榴弹接二连三甩向他们。轰！轰！轰！冲在前面的人炸死了三个，还有几个受了伤跑不了的在原地哎哟哎哟痛得直叫唤。再说赵万奎在道上看到上面的人冲下来，响起爆炸声又缩了回去。心里大骂这些孬种、废物！他知道再不去援兵，定会引起张全的怀疑。

"一排长！"

"到！"

"带你们排所有的人赶快跟我支援张副官他们去！"

"是！"

援兵一上，那些穿灰衣裳的人像耗子见猫一样，钻进了树林子，逃得无影无踪。只有被张全炸伤的两个伤兵没有跑了。他们见赵万奎、张全来到跟前，便作揖求饶。赵万奎不由分说，啪啪两枪击毙了他们。

"大队长……"

赵万奎明白张全的意思，他手一摆说："这些不堪一击的共匪，半路袭击我们，真是吃豹子胆了！不杀，不解我心头之恨！"

道上，押在其中的李元科看伪军们都去了东山坡。看着他们的都是鬼子，只十一个人。他和跟前在押的这些人对了一下眼色，然后漫不经心地在地上

第三十九回 放山鹰却欲纵故擒 找部队与狼进深山

用小棍画了一个"跑"字。

这时,一个日本兵端着枪走过来,他用鞋一擦,随手画着一个小鸟儿,那个日本兵看了看,又走回原地。心眼多的陈向东用脚画出三条线,告诉大家分散往西山坡上跑。

"跑!"李元科声低得简直像没发出声音。十六个人轰然而起冲向西面的山坡,逃出魔爪的人们跑上山后四下逃散。

精赤一看不好,他洋刀一指:"统统地击毙!"

弹指间,逃跑的人还没有钻进松树林,十一个鬼子一起举枪射击,跑在后面的六个年轻人都被击毙在不远的山坡上,剩下的人钻进了松林里。鬼子们追上了西山坡,他们边追边打。枪声中,跑在后面的人又倒下了几个。李海生跟着李元科、二虎子跑的是一条路。他们三人不顾荆棘、沟壑一个劲儿地猛跑。后面的鬼子穷追不舍,子弹嗖嗖在他们的身边擦过。李海生心里想:子弹打不着就跑,不然,落到小鬼子的手里那可就更惨了。他窜过一个又一个树林,跨过一个又一个梁包和山洼。

不一会儿,忽听到后面不远有人喊:"海生哥!救救我。"

李海生回头一看,原来是二虎子趴在一丛灌木旁,他咬着牙,脸色苍白,侧着身子用手吃力地往前爬。他中弹了!李海生收住脚步往回跑,他跑到二虎子跟前。

"虎子!怎么了?我背你!"他一扶想背。呼,一口鲜血从虎子的嘴里涌出,呼——接着又是一口。他望着李海生想抬起手,只说了一个字:"他……"但没抬起来就低下头不吱声了。

"虎子!虎子!你醒醒!你醒醒啊!李海生低头一看,虎子胸口的地方有一个血红的洞,枪子是从后心穿过的。

后面的子弹像流星雨一般从李海生的周围扫过来。

"抓住他们!"后面鬼子的吼声他似乎没有听见。虎子不行了,他跪在地上,呆呆地望着躺在地上血人似的二虎子。

"虎子——虎子!呜呜——"他两手托着虎子的脑袋呜咽着。

"兄弟!快跑啊!鬼子追上来了!"后面的鬼子射击的子弹掠过草丛和松林,不断发出刺耳的尖叫声。

大冰沟

"站住！"后面的喊声，哗啦，哗啦啦，那草茎折倒踏碎枯叶的疯狂脚步声纷然而至。鬼子就要追上了。虎子不行了，李海生这时缓过神来，放下二虎子，一猫腰跑进树叶厚密的柠罗林。

"兄弟，快点儿！"李海生一看在前面不远的柴草里趴着一个人。李海生定神一看，趴在柴草里的人正是李元科。

"快点儿！鬼子就要追过来了！"两个人没命地往梁上跑。

听后面鬼子的吼声越来越远，枪声也稀疏远去了。他们还是不敢放慢脚步，一口气两人翻过了两道山岭，在一个山顶上停下了脚步。没有鬼子的追击，李海生像散了骨架子一样瘫坐在岩石上。他扬起手臂往后脑勺推了推破棉帽子，汗水湿透了他的棉袄。脊背、脑袋上腾腾冒着白白的热气儿。他用棉袄袖子抹了抹脸上的汗水，呼哧呼哧喘着。他的心咕咚！咕咚！咕咚……像打着鼓似的跳得厉害。脑门上的血管儿咕咚咕咚不停地迸张着。他不敢相信，也不愿相信刚才发生的一切是真的，似乎这是一场噩梦。他默默地望着刚从那边跑过来的那些陌生山岭发呆。一起出来的十七个兄弟，转眼间死的死，亡的亡，不知道他们哪个逃出来了？现在，只剩下他们两个在这儿。二虎子临死前满身的鲜血和向他求助的目光在他眼前不住地晃动。他心里不知那是什么滋味儿，悲伤的泪水模糊了眼睛。他恨张全，他们从小在一起和尿泥长大的。

小时候，到碾子沟姥姥家，经常和他在一起摸鱼捞虾，上山砍柴，他比张全大四岁，在野外，他把张全当自己的亲弟弟来哄。可这几年，他给鬼子做事就忘了以前的交情。更可恨的是，他帮鬼子要把这些人送去蹲大狱。结果这些人死在鬼子和他们的枪口下。狼心狗肺丧良心的东西，真是没有人味儿！

他越想越伤心，不由哭泣起来。他抽噎着骂道："张全，你——你八辈子不是人。你六亲不——不认，帮小鬼——鬼子杀——杀自己人，呜——呜——"他泣不成声。

李元科因身上有"伤"，再加上这一阵子拼命地跑，他显得疲惫不堪。他走到李海生跟前坐下劝他说："哎，兄弟，不要哭啦。人都跑散了，不知都去哪儿了？"李元科仰起头歪着脖子看看西边的日头接着说："老人古语

第三十九回 放山鹰却欲纵故擒 找部队与狼进深山

说得好：'留得青山在，不怕没柴烧。'我们俩得想个法子活下来，只要我们能活着，这个仇一定要报！"

"我们没枪，手里什么家伙都没有。这仇咋报啊？"李海生瞅李元科一眼继续抽泣。

"靠我们俩报仇是不行，我们可以去找抗日联军啊！"

"找抗日联军？"李海生愣怔了一下，他可没想到这些。

"是啊，只有找到抗日联军，才能打鬼子报仇啊！你说对吧？"李海生一下子把身子转过来，抹了脸上的泪水，他停止了哭泣，眼睛里流露出意外的希望。可他希望的目光瞬间又消失了。

"好是好，可我们——不认识他们，又不知他们在哪儿，上哪儿找他们去啊？"

"兄弟，我在家时，就听说咱家这块儿——大冰沟里有抗日联军。他们打鬼子，截烧鬼子的粮食，个个是抗日的英雄好汉。现在，你、我有家难回，我看就到大冰沟找他们去！你看咋样？"

李海生望着这位年长的人，没想到在走投无路的时候，他能想出这样一条报仇的路子："大哥，我听你的。"

"好。不过我俩不能走大路了，说不定山下的鬼子正找咱们呢。只能在大山里走。"

"嗯。"

两个人趁着日头没落山，翻山越岭，在这生疏的野林满坡的大山里向回家的大致方向奔去。

冬天天短，眨眼的工夫，日头就骨碌到了西山那边。两人没走出三十来里山路，群山之巅不知不觉地抹上了胭脂红，夜幕就要降临了。

"今晚，咱俩在山上先找个背风的地方过夜吧。"李元科望了望大山顶巅那一点儿残红对李海生说。

"唉！我们那儿去。"李海生手指着一个背风的山崴子。

第二天，天刚蒙蒙亮，李元科扒开覆盖在身上的厚厚的枯干树叶，他推了推身边的李海生："兄弟，兄弟！醒醒！"

李海生揉了揉惺忪红肿的睡眼。他望着不知何时醒了的李元科说："大哥，你早醒啦？"

"啊。"李元科用手拍了拍有些发麻的大腿站起来说了声："咱们走吧。"

李海生虽是山里长大的，但进这样的人迹罕至的深山老林，还是第一次。他仰望着四周的大山，暗想：这是哪儿呢？离大冰沟还有多远？目之所及，深山里漫山遍野修长挺拔的野林树长势如麻。早晨，干巴巴、冷飕飕的北风掠过野林，纤细的树梢一起摇曳起来，俄而整个山林呼呼作响，宛如天籁之音。如果只身一人到此，真会让人害怕。高高的雪峰覆盖着终年不化的积雪。两人吃力地踩着覆盖在皑皑白雪下面的盈尺厚的枯叶。扑嚓！扑嚓！一步一步吃力地翻着山峰。

就要到中午了，两人终于爬到了大冰沟老虎沟山梁，两人俯瞰山腰有一个茅草窝棚，李海生不知这是什么地方，放眼远眺，对面东山山腰东台子、北沟两片黑乎乎的瓦砾废墟和那出沟的羊肠山路进入了他的视野。李海生极力地辨认着。他终于想起来了，这不正是东台子和北沟吗？他欣喜若狂："李哥，我们到啦！我们到大冰沟了！"李海生喜出望外，他兴奋地喊着。

"真的？"李元科惊喜地问。

"一点儿不错！哥你看！那儿，就是北沟、东台子两个村。人被鬼子撵到山外围子里去了，只剩下那片黢黑的房壳垃。"

"太好了！"沾着满身霜雪的两人紧紧搂抱在一起，他们眼睛里噙含着喜悦的泪花。

两天没吃东西了，两人这时才觉得自己饿得前胸贴后背。可这数九隆冬，冰天雪地时候，上哪儿去找可充饥的食物？李元科建议："我们下山吧，看看地里也许能找到能吃的东西。"

两人顺着茅草棚窝，再到药王庙，所到之处都找了个遍，也没找到一点儿能吃的东西。只好挨下山来，到金场周边山坡地去找。

层层山地铺着洁白的霜雪，地冻得硬邦邦的，两人翻着地头人们落下的还没割倒的枯干的玉米秸，在地里走了几个来回，一粒粮食也没有找到。

"真糟透了，咋没有一颗粮食粒？"李海生看看山边地阶失望地嘟囔着。他知道秋天的地里即使落下过脱落的玉米粒、豆粒，可早已被可恶的松鼠、刺猬和獾运走或享用了。但他没放弃，他知道，只要在土塄和石坎子的地方

第三十九回 放山鹰却欲纵故擒 找部队与狼进深山

找到它们的住处,哪管扒开一个獾窝,就能让他们俩足够吃上好几天的。可找了半天却什么也没找着。

"兄弟,上边有薯地。看看去。"李元科说。

两人到了薯地一看也泄了气儿,一块儿不大的薯地不知被铁锹翻了多少遍,深翻得坑坑洼洼的薯地,疏松的新土表层铺着白白花花的霜雪。稀稀落落散散在地上铁黑色的薯秧上连细小的根须都没有,怎么办?两个人在地头坐下来,都默不作声。李元科用舌头舔了舔发干的上嘴唇,下巴颏下的喉结明显地向上蠕动了几下。

"李哥,有法子了。"李海生终于想起了充饥的好办法。他对李元科说完,站起来走到一堆薯秧跟前:"这个,就能吃。"薯地边上堆放着一堆被冻得黑糊糊而又蔫软的薯秧。李海生用手拍掉覆盖在上面的霜雪,一手把秧,另一只手拽下几个铁青色的薯秧叶往嘴里放。李元科来到薯秧跟前,学着李海生的样子放到嘴里几个叶,细细咀嚼再下咽。两人在薯秧堆跟前,边摘下边往嘴里送。吃了薯秧叶,两人肚子里有了东西,也有了一点精神。

李元科建议:"兄弟,咱们装点儿拿着。"

"嗯。"李海生答应着。两人把薯秧叶摘了满满的两个衣兜。

李海生坐在黑薯秧上心里默默在想:大冰沟这么大,上哪儿去找抗日联军呢?他双手拢抱着蜷起的膝盖茫然望着南面大沟里。

严冬,大冰沟峰峦叠嶂换了一副面孔,白雪茫茫,群山静默,白雪皑皑的众峰在阳光照射下折射着耀眼的光芒,整个大冰沟是一望无垠银装素裹冷漠的世界。抗日联军,他们在大冰沟吗?他蹙起了眉头。

"大兄弟,别愁,咱们只要有决心,一定会找到抗日联军的。"李元科看到李海生发愁的样子劝说着。

歇了一会儿,两人顺着沟谷向南进了沟里。

鬼子小队长精赤和伪军大队长赵万奎带着人马回到了碾子沟围子。三人直接来到日军军营。伪军大队长赵万奎向岛田少佐汇报了看押部队在途中遭到了一支来路不明的抗日部队伏击和在押人员趁机逃逸的意外情况。

岛田听完只说了一句:"抗日部队,狡猾狡猾的。"他把脸转向精赤,两眼一眨不眨瞅着他的脸:"这些人都跑了吗?"

"报告少佐,只跑了两个。他们的尸体统统拉回来啦。"

对精赤的回答岛田什么也没说。他走到张全跟前,拍了拍张全的肩膀微笑着说:"张副官,这次抗击抗日联军,你的,功劳大大地有!"他伸出大拇指。

"谢谢太君!为皇军效劳,是我的荣耀!"

"嗯!"岛田的嘴角微微向上翘起,两眼笑成了一条线。

日军军营门外,停摆着刚刚拉回来的十五具血啦啦僵硬的尸体。岛田在精赤、赵万奎的陪同下仔细瞧看被击毙的这些人,他一个个过目后,命令马上埋掉。

当天晚上,伪军大队部的食堂里灯火辉煌。大队长赵万奎叫张全和他一起用餐,庆祝部队此次看押北去不虚此行,得到了岛田太君的满意。尤其张全身先士卒,首当其冲打退了抗日联军的袭击,受到了岛田太君的表彰。真是双喜临门!

餐桌上,酒过三巡,赵万奎提起自己过去戎马生涯时的无限风光。张全不断地给他斟酒,他笑逐颜开,开怀畅饮。那倭瓜似的圆盘子脸喝得像大公鸡冠子一样红。此时,他端起酒杯细细端详,咧开大嘴露出金灿灿的大金牙:"哎呀!酒是好东西啊。它可以让那些走江湖的人邀友浇愁;可以让那些书呆子挥毫泼墨写狗屁诗章;还可以让一些平庸之辈心血来潮干些傻事。只要喝上它,嘿!保管叫你跳出三界,飘飘如仙。这玩意,真是好东西呀!"他发红的醉眼瞅着桌子上的棒子酒,大发感慨:"'李白斗酒诗百篇'那是文人的事。咱不提他。咱们是拿刀动枪的军人,更离不开酒:'关羽温酒斩华雄'说的就是这个道理。"咕噜!他一口又喝了下去。

张全赶快把酒倒满。

赵万奎挑起眼皮瞅了一下张全:"小张啊,我提你做我的副官,说实在的,就看中了你这小子办事准成,有侠骨义气,和我年轻时候一样。将来一定会成大气候的。三国书里说什么来着?煮酒论英雄。今晚咱俩喝酒,你、我虽称不上一代英雄豪杰,可也在皇军面前战功显赫。我认为,男人嘛,准得有男人样儿,敢杀!敢拼!敢做、敢为!能在世上做出惊天动地的大事儿,也不枉来世一遭。可这样的血性男儿,世上不多呀。"

咕!他脑袋往后一仰,一杯酒全都吞了下去。随后,满脸写出了一副"当

第三十九回 放山鹰却欲纵故擒 找部队与狼进深山

今英雄，舍我其谁也"的神情。

张全拿起酒瓶又给他满上。赵万奎并不客气。他满嘴喷着酒气，嗝儿——嗝儿——打着饱嗝。他端起酒杯又放下，瞅着张全："我没有看错人。这次，你带着几个人就打退了那伙八路匪，那些日本人眼睛哪个都不揉沙子啊，他们看得清清楚楚。你呀！给我争了光！我高兴啊！"

"大队长，您过夸了，我哪有您说的那样好啊。"

"哎——好就是好嘛。几个人就打得那些抗日部队丢盔卸甲，屁滚尿流，谁没看着啊？那是有目共睹，不是瞎吹的！啊？哈哈哈——给我倒上！"

李海生和李元科在沟里转悠三天了，两人饿了，就嚼一口衣兜里的薯秧叶，渴了，就抓一把雪塞在嘴里。饥饿、寒冷渐渐使两人体力不支。两个人在雪地里吃力地拄着木棍在山洼、山冈寻觅着，眼前所看到的除了巍峨的雪峰，就是悄无声息的山洼，哪有人的踪影？两人身上冒着虚汗，喘着粗气，忧郁的目光瞅着这无边的山野，他们绝望了。最初的愿望随着时间的推移淡化成一丝烟云。

中午，日头爬出了东山梁，给阳坡脸儿多少带来一点儿暖意。两人无力地靠坐在一堵岩壁下的一片毛茸茸的草地上，再也走不动了。

"大哥，这沟里我们找好几天了，哪有抗日部队啊？"李海生失望地说。

"有，肯定有。是我们没找到地方。"李元科劝李海生。

"我们走不动了，上哪儿去找啊？"李海生两手揉搓着一根草茎，紧皱着眉毛仰望着周边山巅框就的这片灰白的天空。

嘎！嘎！呼啦啦一群雉鸟惊叫着，张着翅膀从两人坐的山梁那边飞掠而过冲向对面的山坡。

"有野兽！"李元科机警的眼神仰望被柴草遮挡的不超几十米的山梁的那边。李海生瞅了瞅李元科紧张的神态，又望了望他所看的鸟飞过的地方。什么动静都没有啊？

他迷惑不解地问："大哥，咋了？"

"山鸟惊起，山梁那边不是有凶猛的野兽，就是有人！"

"真的？"李海生伸着脖子，睁大眼睛往山梁上张望："要是遇上抗日联军可就好了。"李海生嘟囔着。

半天，山上没有任何声响。两个人都不吱声了，他们清楚地知道如果再过几天找不到抗日联军，他们只能在这深山野林里冻饿死掉。

"走，我们上山梁看看去。"李元科说完，两人手里攥着镐把粗的木棍戳着往山梁上走。

没走过二十米远，眼前上面的树林里咔啦传来了枪栓推膛声。

接着，就听到林子里传出"站住"一声喝吼。

随后，林边闪现出五名持枪的汉子。

第四十回 贞洁女蒙冤无处诉 哈巴狗受宠有阴招

听到喊声,李海生和李元科惊恐地站在原地,一动不敢动。

"把手举起来!"两人只好乖乖地把手举起来。

"举高点儿!"

李海生不敢抬头瞅这几个持枪人的面孔,按着吆喝人意思,李海生把两个胳膊向上伸得更直。

"哎?海生!是你呀!"

这时,李海生才敢抬头瞅说话的人,一看是本庄高福哥,恐慌的心才落了地。

"嗯。"

高福走到他跟前问:"你咋上山里来了?"

"福哥,我,我是来找抗日联军的。"

听了李海生的话,高福感到奇怪,他可知道李海生除了做活儿就是做活儿,一个脑瓜筋想的就是过日子。他是一个最没想法的人,怎么想起进沟找抗日联军了?

"海生,你咋啦?怎么想起找抗日联军来了?"

"不是,我,回不了家了。不!也不全是,我找抗日联军主要是报仇。"

"海生,是又不是的,到底是咋回事啊?"

李海生还没开口眼睛就红了,就噼里啪啦掉下了眼泪,他哭泣着说:"福哥,我和满仓他们被鬼子抓去当劳工。半路,满仓想跑,被赵万奎给打死了。后来,在一个大山沟里,他们遭到抗日联军伏击,我们趁着这个时候都跑啦。"

"那些人上哪儿了?"

"不知道,都跑散了。有的被鬼子打死了,二虎子都死啦,上这儿来的,就我们俩。"

"啊！这位是谁？"

这时，大家把眼光转向这个谁都不认识的人："他叫李元科，和我一起跑出来的。"

"海生兄弟，这就是我们抗日联军葛排长。"高福向两人介绍。

扑通！李海生和李元科一下子跪在葛振林跟前："长官，我要当抗日联军，打鬼子！我要为死去的弟兄报仇！"李海生用手抹着眼泪，用请求的目光仰望着葛振林。

此时，李元科也说："长官，收下我们吧。"

"哎——你看，你俩这是干啥呀，起来，起来。"高福一手一个把他们拽起来。

"你俩好几天没吃饭吧？先回去吃了饭再说。魏强，带他们上山。"葛振林说完，把高福、高升、朱延兴留在后边并嘱咐说，"大家回去后告诉山上所有的人，山上的一切情况不能对这两个人说。"

"排长啊，李海生是好人。人家扑咱来的，咱们还把他当外人？"高福觉得葛振林这样做有些不妥。

"小高，目前是非常时期，鬼子吃了败仗啥法都会想的，我们还是多动动脑子，小心点儿好。"

"小高，排长说得对。常言说，害人之心不可有，防人之心不可无。我们还是小心慎重点，没亏吃。"朱延兴同意排长的看法。

"大家回去赶快把我的意思说喽，不要误事啊。"

"好！"大家说完赶了上去。

当天晚上，葛振林召开了一个紧急的秘密会议。朱氏三兄弟、高家哥仨、魏强、小英爷儿俩和刘小姐都来到葛振林的小屋子里。葛振林一看人到齐了，就叫魏强到屋外巡逻。他首先向大家了解一下陈耀青和嘎蛋上山后的情况，然后说："今天我把大家叫来要说的事情很重要。这关系到我们这个抗日队伍的生死存亡。现在，我们队伍在扩大、人员在增加这是可喜的一面。但我们对新来的人员过去是做什么的一无所知。如果山上混进来奸细，对我们来说是一个严重的危害，甚至会把我们这个抗日队伍一下子毁灭掉。所以，我们不能掉以轻心。山里的一切情况和军事行动都不能向刚上山的这四个人说！大家要守口如瓶。"他严肃地扫了大家一眼，又说："尤其不许把我们与高先生联系有关的一切事情跟他们说。"葛振林再三强调："今天，我向大家说的不是要求，是抗日部队的纪律！大家要认真遵守。"葛排长的话使大家为之一振。

"是啊，大家一定听排长的，千万别嘴大舌敞的。"朱延兴说。

"嗯。可不是，千万别瞎嘚瑟！要是让小鬼子知道了咱们的事，要遭罪的。"散会后，大家都觉得排长说得对，都有了一道心理防线。

葛振林秘密派魏强下山，打探一下围子里十几个年轻人被抓和后来的情况，并找李海生了解了两人上山的经过。

葛振林反复考虑两人上山这件事，葛振林觉得事情不是那么简单。十五个人都惨死在敌人的手里，只剩两个，而其中剩下的偏偏是一个不知底细的外乡人。这个满脸麻子的陌生人是不是鬼子派来卧底的？很难说。尽管他言语和善，和这些人很合群，但他那掩盖在额发后面贼溜溜的目光令葛振林放心不下。尤其那声音、眼睛是那么熟悉，似乎在哪儿见过？可他满脸的麻子实在让他难以想起。还有，车夫陈耀青。他是一个车夫，可玩枪是那么利索。这，不得不让葛振林多想。

自从李海生被日伪军绑走后，高占奎带着便衣队的人借户籍有变，重新登记为名，老到曹家找寡妇贾春兰嘘寒问暖，要知道高占奎差不多一年半没碰女人了。

去年三月中旬，天气乍暖尚寒，围子里瘟疫刚刚兴起，尚未泛滥的时候，高占奎的胖老婆就染上了这个病，没有几天就死了。一个人的滋味不好受。他早就想讨个老婆，可是一般寡妇他看不中。高占奎年纪一大把，身材矮又滚瓜溜圆，脖子短又脑袋大，紫红的倭瓜脸上安着两道"八"字眉和一张厚厚紫唇的大嘴，真是从脑袋顶到脚跟没有一点出色的地方。可是，他认为这不算什么，自己毕竟是便衣大队长，皇军的红人。自己是有身份的人。要讨也得讨春兰这样俊俏的年轻女人。他的老婆死后，他早就惦记上了春兰。

这几天，贾春兰天天往李家跑，去劝慰李海生父母。她知道大年根儿，李海生被抓走，死活难料。他是二老唯一的亲人和依靠，两位老人心能好受吗？李海生在家的时候，有媒人给她提亲，都让她婉然谢绝了。因为她早有了自己的心上人，那就是海生。对海生的认可，她不仅仅是为了感恩，更主要的是她看中了这个小伙子朴实憨厚、心地善良。

邻居的张快嘴张二嫂看透了春兰的心事："这些保媒拉线的，都是瞎子点灯——白费蜡。春兰啊！你心里是不是装着李海生那个小伙子啊？跟二嫂说句掏心窝子的话。明天，二嫂子我就让李家来提亲，省着这些抹油嘴的黄脸婆，天天缠磨来。"

"二嫂！我没那个心思，你可别乱说。"

"哎哟！这事儿，你瞒了别人，还能瞒了我？春兰，你和海生有心思没心思，我还看不出来呀？哎哟！都过来的人啦，还含羞啥呀！啊？海生又勤快，又实在，这样的小伙子还有挑吗？啊？我说，你可别生气。你是成过家有了一个孩子的女人。常言说得好：'没结婚的女人是一朵花，结了婚的女人就是豆腐渣！'人家不挑你就不错啦。你还看不中人家呀？再说了，我看海生对你有那个意思。给你们娘俩挑水，送东西啥的。人家不嫌弃咱，还拿对啥呀？"张二嫂说得春兰无话可说。每当张快嘴提及此事，她总是两颊泛起红晕，然后，赧然羞涩地："二嫂，等来年春天再说吧。"

可哪想到"天有不测风云，人有旦夕祸福"。来到大年根，李海生却无缘无故被鬼子抓走。她虽是一个女人，可她也是一个有血有肉有良心的人哪。知恩图报，感恩戴德让她毅然决然地决定，年前搬到李家来伺候二老。

她对李家两位老人说完此话的这天晚上回来，刚到自家门口，就看见高占奎掖着账本带着两个便衣从邻居家里走出来："哎呀，春兰妹子，干啥去了？我们在这儿等半天了。"

"干啥不干啥，管你什么事儿？滚开！"

"妹子，别生气呀，我有事要跟你说说。"

"有事就在这儿说吧。"春兰瞅着他那恬不知耻的恶心样儿，心里烦透了。

"你看看，你看看，到你家门口了，咋也得让我们上屋坐坐吧？大妹子，你说是不？"

"天要黑啦，没时间搭理你，有话在这儿说！"

"哎！怎么这么跟三哥说话呀，我们等你这半天了，这死冷的天儿，怎

第四十回 贞洁女蒙冤无处诉 哈巴狗受宠有阴招

么也得让哥进屋说吧。"

春兰经不起高占奎软磨硬泡，开了院子门。高占奎看春兰不理他，就紧跟在后面厚着脸皮套近乎："春兰呢，乡里乡亲的，哥有什么照顾不周的，你就骂我，嘿嘿，我不生气。"春兰不搭理他，开了锁进了屋。三个人挤眉竖眼地跟着进了屋。

进了屋，高占奎就坐在炕沿儿上："你们两个出去！"

"唉！"

两个便衣知道高占奎是个好色鬼，何况是他的老婆驾鹤西游走了一年多？两个家伙捂着嘴，挤眉弄眼不出声地笑着站在门外。

"春兰啊，我的好妹子，不知咋的，你骂我什么，我都爱听。"高占奎两只贪婪的眼睛直勾勾地盯着春兰那丰满隆起的前胸。那丰美的线条彰显成熟女性的迷人风韵，那不肥不瘦的身材，白皙俊俏的脸蛋儿，天生的朱唇皓齿柳叶弯眉，让高占奎如痴如醉。他已经差不多两年没有沾到女人味儿啦。此时，他已淫心荡漾，消魂的欲火在心里怦然升腾。春兰青春的撩人魅力像磁铁一般把他吸到她跟前。他龇着牙厚颜不惭地说："春兰啊，你一个人多孤单，我瞅你怪可怜的，我也一个人，咱俩正好在一起。"

"胡说！不要脸的东西，滚出去！"

"哎哟！真厉害。骂吧，三哥就爱听你的声音。都说'打是亲，骂是爱'，哥就稀罕你这样的辣妹子。有滋味儿。"说着，像饿狼一样扑向春兰。春兰一闪，高占奎扑通一声重重地趴在水缸上，扑了一个空。春兰气愤地抄起身边戳在水缸跟前的那条柳木扁担，正想打这个不要脸的东西，却被赶进屋来的那两个便衣牢牢抓住胳膊，一个家伙抢夺了贾春兰手中的扁担。一个女人哪是三个男人的对手？三个家伙一起动手使春兰动弹不得。

"快！把她弄到炕上去！"高占奎命令两个手下的人。

不管春兰怎样大骂、挣扎，还是被两个汉奸按在炕上。高占奎心里美滋滋，他终于梦想成真，能过一把瘾了。他想，这是老天爷要成全了我们俩的美事。他命令两个汉奸压住春兰的四肢，然后扒下了她的衣裳……

高占奎如愿以偿，他拎起裤子系裤腰带的时候，一瞅，春兰早已气得昏厥过去了。另一个汉奸迫不及待地要脱裤子也想上床，高占奎拽住他的上衣领，瞪着鼓溜溜的蛤蟆眼。

"你想干什么？嗯？"

"队长，您看，您也玩过了，让兄弟也沾沾腥。"

啪！啪！高占奎怒着蛤蟆眼，咬着厚厚的紫唇狠狠地抽了他两个大嘴巴，打得那个汉奸满眼冒金星。

"放你娘的屁！我睡了她，她就是我的女人，她就是我高占奎的女人！"高占奎说完，用大黄牙勒住下嘴唇，下巴向前伸着，使劲儿地往前拽着那个汉奸的衣领警告说：

"你，听清了吗？啊？"然后又使劲儿地往后一搡，把那汉奸推出了好几步远。

"队长，我，我错了。我不知您真的要娶她做老婆，您早说呀。"那个便衣委屈地说。

"现在说也不晚。从今以后，不管是谁，谁要是碰她一个手指头，我就把他的脑袋割下来当尿壶用！"高占奎是在警告这两个人，两个汉奸跟随他两年多了，都知道，他说的好话十有八九是假话，说这样的话才是真的。

"队长，兄弟再也不敢了。"

高占奎是一个奸诈心细的人，他知道春兰虽然是蹚过男人河的已婚女人，但她是一个恪守妇道的贞洁烈女。想想自己，臃肿肥胖没有人模样，已经是四十挂零的人啦，怎么配得上这貌似天仙的女人呢？今晚的事弄不好，非出人命不可。为了心爱的女人，他只好在这儿守夜了。

"你们去，到村公所拿点吃的来。"

"是！"

"还有，那孩子好好哄着，给弄点儿好吃的。"

"是！"

原来，高占奎早安了这个歹心，他把长锁哄到村公所。

夜深了，春兰浑浑噩噩地醒来，她习惯性地摸摸身边孩子，没有摸到，却摸到的是胖乎乎的大肚皮。她惊愕地坐起，可自己身上却无一条布丝。她啊地一声，双臂交叉遮抱着胸前的乳房。

"嘻嘻嘻——"身旁发出一阵男人得意的奸笑，"你看你，和男人上床也不是第一次，害怕啥？"

"我的儿子，我的儿子！"侮辱和突然失去儿子的双重打击使她濒临精神崩溃的边缘，她语无伦次地重复着，猛地穿衣要下炕，高占奎也随着坐起，毛茸茸的双手一下搭在春兰白嫩的肩膀上，把胡子拉碴的鲶鱼嘴伸向春兰的脸。

"我说我的小亲戚，孩子还能丢吗？在……"

"你滚开！"春兰甩开高占奎赶快穿衣下了炕。

"哎呀，我的小亲戚，你急什么呢？在我家呢！"高占奎赶快一边忙乎穿衣裳一边说。他恐怕春兰往外跑，赶快划着一根火柴点上小油灯。

他衣扣还没有系完，在炕上大声喊："来人！"

蹲在门外抱着枪正在打盹的一个便衣，听到高占奎的喊声，赶快惊愕地站起来，慌忙推门进屋。

"队长，有事？"

"屁话，没事能喊你吗？你赶快把孩子给我接来！"

"唉。"

那个便衣走后，高占奎笑嘻嘻地咧着鲶鱼嘴说："春兰，这回你放心了吧？我刚才不是跟你说了吗，咱俩在这儿乐呵，能让孩子受委屈吗？"

孩子在，春兰悬着的心放下来，她情绪稍有安定。此时，她像一个木头人一般呆然静立，两眼泪水簌簌流下来。

"春兰，来，来上炕。地下会着凉的。我呀，早就想好啦，咱俩成亲后，锁子儿，我要当亲儿子一样待他。绝不能让你娘俩像以前那样，缺吃少穿净遭罪。"

高占奎看春兰立在地上一动不动，不搭理他，就下地穿鞋靠在炕头墙上："我说的，都是掏心窝子的话。我高占奎走南闯北大半辈子，什么世面都见过。日本人让我当保长，当完了保长又让我当队长，凭什么？他们还不是看我有点儿勾当，我要是没本事，日本人是干啥的，他们能用我吗？春兰啊，只要你跟着我过日子，我保证你下半辈子吃香的、喝辣的。以后你就跟我享清福吧。"

咣啷！门开了，长锁跑了进来，他一下子扑进母亲的怀里。

"娘。"

看孩子平安回来,贾春兰舒了一口气,她紧紧地抱起长锁:"我的儿子。"泪如泉涌……

"娘,你咋啦?"还不懂事的长锁瞅瞅娘的样子感到不对劲儿,娘受委屈啦?又看看坐在炕沿的瞅着他乐呵呵的胖男人,感到意外。他用冻红的小手一边给娘擦眼泪一边说:"娘,你别哭,是不是那个坏蛋欺负你啦?"

春兰心里清楚,在围子里,日本人老大,赵万奎老二,他就是老三,谁不知道他是好话说尽,坏事做绝,是个口蜜腹剑的人哪。得罪了他,非被他害死不可。自己死算了,可还有长锁这孩子。他是曹家唯一的一条根啊!如果撒手而去,孩子怎么办?她到了那边,丈夫问起来,怎么向他说?不!不能死!为了锁儿,她只能咽下这口气:"孩子,你哪儿去啦?"在昏暗的灯亮下,春兰抚摸着孩子的头,她呆呆地望着幼小不谙世事的儿子。

在这个世上,他是她的精神支柱,是她的未来和希望,也是她忍受一切屈辱活下来的理由。她抹了抹挂在脸腮上的悲痛泪水,把长锁抱到炕上。

日本驻军指挥部里,高占奎在岛田的外屋等候多时。他不知道岛田找他有什么事儿。他忘不了上次那件事,要不是自己脑袋转得快,就得让日本人给砍喽。从那以后,他心里清楚,过去人讲"伴君如伴虎",给日本人做事何尝不是这样。他惴惴不安,心在打鼓,两个鼓溜溜的蛤蟆眼在滴溜溜地转,向里面的岛田卧室逡巡着。他脑袋在急速地转,忆想近来的大小事儿,猜度岛田此次召见他的吉凶祸福。他张掀着思想的每一页,找不到一件有悖皇军的事。越是这样,他心里越是感到没底,心里跳得厉害。

"高队长来了?岛田太君叫你进来。"翻译官从内屋走出来对他说。

"唉!唉!"高占奎谦卑地向翻译官摘帽点头后,那罗圈形短腿迈着轻轻的碎步,走进岛田的卧室。

"太君,您找我?"

"嗯,高队长,有一件事,我——想知道。"

"太君,您说,只要我知道的,我一定如实向皇军报告!"

"冬天,这里的良民什么的干活?"

"啊!太君,这事啊?这,我太清楚了。一到冬天哪,这地里的活儿就没了，老百姓呢，就像卸下驮子的毛驴，撒着欢儿地都上大山去砍柴，有的还去大冰沟里烧炭，还有的拿火铳进山里打猎。自从皇军来了，那些刁民，再也不敢胡作非为了。"

"嗯！"岛田不赞同的口气把高占奎吓了一跳，他怎么也没想到，能察言观色，能说会道又擅于溜须拍马，阿谀奉承的他，今天说的话怎么没有顺太君的口味，拍到了马腿上。他把粗短的脖子缩得更短，简直像一只缩头乌龟。刚才媚言不能顺耳，继而化作俯首帖耳，洗耳恭听的奴才。他两条粗短的腿有规矩地站着，低着头，红蒜头的鼻头和厚厚的紫嘴唇随着撅起的肚皮一张一翕，敬候岛田教诲。

"良民到大冰沟去砍柴、烧炭大大的好，皇军大大地欢喜。"

"太君，可是——大冰沟里有抗日联军呢。"高占奎觉得岛田今天的话与他以前的讲话意思大相径庭，完全相悖。他今天真的糊涂了，皇军到底想干啥？他那两个大蛤蟆眼直怔怔地望着岛田，露出一副迷惑不解的求知表情，那嗫嚅的语气又像是提醒主子。

"哈哈哈！抗日联军？关系的没有。你的，小心的不必。"岛田一阵大笑后，走到高占奎的跟前，用左手拍了拍他的肩膀，挑起浓浓的睫眉，睁大笑眼，流露出一种特别宽宏大度、完全自信的神情。

高占奎看着岛田笑，也咧开鲶鱼般的大嘴赔着傻笑："唉！唉！太君说得对，我一定让他们明天就去大冰沟砍柴，烧炭。这上山打猎？"高占奎吧嗒着厚嘴唇，往前探着粗短酱红色的脖子敬听岛田吩咐。

"打猎，通通地，可以！"

"太君，那些人进围子后就把猎枪、火铳都交了。"

"发给他们。"

"嘿！"高占奎如同接到圣旨一般乐乐呵呵地走了。

当天，岛田少佐对围子的军事防务重新做了部署，他命令精赤带领日军小队到大西沟山头炮楼上休整，命令伪军大队长赵万奎撤回看守南北大门的大部分伪军，每个大门只许一个班的伪军日夜轮流看守。自从围子里押走那些年轻人后，围子的南北大门就不像以前看得那么紧了。每天，把守大门的伪军总是把大门老早打开，到了掌灯的时候才关上。围子里的人们早走晚归，日伪军和便衣不再像以前那样无理地纠缠盘问。

日伪军对围子南北大门看管一宽松，围子里的人们觉得老天爷向他们打开了半拉子天，给了他们一点儿生存的希望。粮食没了，可以凭力气到山里砍柴、烧炭，到外面换了一些粮食养家糊口。

新年将至，男人拾掇起镰刀、斧子、绳子和挑柴扁担等进山用的家伙，按山里人祖祖辈辈进腊月砍柴、烧炭挣钱办年货的习俗，进山了。

往年，男人们使出浑身的力气，把从大山里捡的干柴、烧的木炭弄到几十里地外的集市上，换来或多或少的铜币或年货，让自家的老婆孩子其乐融融，过上一个欢乐喜庆的年。山里人就认这个理儿：靠山吃山，靠河吃河。日伪军一不过问早出晚归的事，围子里的人见猎心喜，自然高兴上山做每年做的山上活儿。

于是，寒冬腊月，大冰沟里拥进了不少砍柴烧炭的男人。

第四十一回 大冰沟来了烧炭汉 新郎官沦为阶下囚

"村东头的寡妇贾春兰，嫁给便衣队长高占奎了！"

"啧！啧！那高占奎长得啥模样啊？也不脱下鞋底子照照自己倭瓜脸，还想惦着人家春兰？入家春兰能跟着他吗？"

"真的，彩礼都送过去啦！"

"春兰要是嫁给他，真是一朵鲜花插在牛粪上了。怪可惜的。"

"高占奎多大岁数了！要春兰做媳妇？真是的，说是她爹，都有人信！"

"春兰不是和东头海生有意思吗？咋和高占奎拉嘎上啦？"

"寡妇门前是非多，谁知道啦。"

"李海生去年腊月不是被鬼子抓走了吗？"

春兰嫁给高占奎的这件事，围子里众说纷纭，一传十，十传百，传得沸沸扬扬，人人皆知。

大冰沟里突然进了不少砍柴烧炭的男人，这不得不让葛振林他们百思不得其解。以前，鬼子恐怕围子里的老百姓和大冰沟的抗日联军有联系，把围子的百姓看成囚犯一般。现在，鬼子又叫老百姓随便进山砍柴、烧炭和打猎，围子两个大门可以自由出入。这一紧一松，岛田这个鬼子葫芦里到底卖的是什么药？耍的是什么花招？他叫大家隐藏好，一定不要和进山的人见面。

为了摸清敌人底细，葛振林把大家分成两个行动小组，一组由魏强、高福、高升组成，到围子里摸清敌人近来的情况；第二组由朱延兴带领两个弟弟和高顺，观察、监视进沟砍柴、烧炭人们的行动和鹿圈沟周边的情况。葛振林告诉剩下人员："为了驻地不被发现，在家的人不许擅自离开鹿圈沟。"

葛振林派陈耀青、李海生两人在天门上面出进的树林小道隐蔽站岗。刘雅娟、董小英和李元科在房屋周围加强警戒。

第二天清晨,魏强从围子里回来,向葛振林汇报了围子里的情况:"排长,围子里鬼子、伪军不巡逻了,两个大门只两个伪军把着,早晨,鸡一打鸣,伪军就把大门打开;晚上掌灯了才关门,老百姓进进出出没人管。"

"围子里的鬼子哪?"

"这,不知道。街上没有鬼子,我二叔没有和张全联系上,听说,他受了伤。"

"啊?"

魏强最后向葛振林讲了围子里近来发生的两件事。

"排长,围子里那个高占奎强占贾春兰,还凭空捏造编织罪名,坑害了张怀仁。"

"这个丧尽天良的东西!"葛振林沉思片刻,抬头对魏强说,"小强,你们三个,回屋睡点觉吧。"

"唉。"

听了魏强的汇报,葛振林觉得情况复杂,他认为,鬼子制造这种宽松的局面,实际是潜藏着更大的阴谋和杀机。敌人采取"外松内紧"的方法,用意很明显:让一些群众上山砍柴烧炭、打猎,其目的是引我们出来,来找到我们,或者让一些便衣跟上山的群众混在一起来寻找我们住处,还有最大的一种可能就是山里已经混进来了汉奸,鬼子与卧底在我们身边的奸细取得联系,里应外合消灭我们,看起来,岛田这个狡猾的鬼子要和我们使阴的啦。

一早,在北坡的一个秘密山洞里,葛振林找来了朱延兴、魏强、高福、董老汉开了一个短会。魏强讲述了当前围子里的实际情况。然后,葛振林向大家分析了目前的形势。

"鬼子让老百姓进大冰沟砍柴烧炭,'醉翁之意不在酒',明显是一个大阴谋。他是在寻找我们。眼前形势非常严峻,大家多加小心。我们不仅要看住进山的这些人,更要盯住新上山的这四个人。另外,告诉大家,谁都不能和进山的人见面。"他要求魏强、朱延兴对所有的弹药武器,周边的军事设防和秘密洞穴都要严加保密。对新来的人员不要感情用事,要提高警惕。他最后说,"这件事由高福你负责,出现情况及时告诉我。"

散会后,葛振林特意留下高福。

第四十一回 大冰沟来了烧炭汉 新郎官沦为阶下囚

"小高啊,交给你的这件事你可不能有半点儿马虎啊,这事关系到我们这些人的生死,更关系到在这一带抗日的生存与发展。你的任务不轻,和他们在一起需要动脑的。"

"排长,吃饭啦。"小英门口一喊。

"啊,我一会儿就去吃。"小英走了。

葛振林接着说:"和这几个人在一起,你既要心细,又要把握好尺寸,千万不要打草惊蛇。不能有任何疏漏,让敌人钻了我们的空子。"

"排长,李海生肯定不是坏人。"高福说。

"那陈耀青、李元科,你怎么看?"

"这,我可说不好,这俩我都不熟。"

"是啊,汉奸额头上是不会贴着'汉奸'两个字见我们的。一个不知底细的人,我们怎么能识别得了他们是好人还是坏人呢?鬼子派到山上卧底的奸细绝不是一般人。尤其经过日本军方特殊训练的高级特工,这些人武艺高强,手段毒辣,很会伪装,我们很难识破他们,如果这样的人在我们这里潜伏,不挖出来,那他就是埋在我们身边的一颗定时炸弹。早早晚晚,我们都会毁在他的手里。"

"排长,现在,进山的人哪沟都有,我们防不胜防,本来人手不够,我还得去看着他们。要不,我们把那两个人抓起来,毙了算啦!"

"哎——你这样的聪明人咋说起糊涂话来啦,他们是人是鬼,我们没有弄清真相,怎么抓人?我们得让他显出原形,抓住证据再处决他。不然的话,不分青红皂白地杀人,那么我们和山匪不就一样了吗?"

"排长,想啥法快点儿把这个坏蛋整出来,不然,山里会出大事的!"高福用忧虑的眼神瞅着葛振林,等着他拿出主意。

"小高,你和李海生这么熟,我看这么着。"

葛振林贴近高福的耳朵说了一阵子。高福听完,笑着点了点头。

"嗯。"

魏强一觉醒来,日头已经斜射到屋子里来。他爬起来,到厨房想吃点东西。小英正在做饭,听到脚步声,她一回头看,是强哥走进来了,她抿着嘴微微一笑:"吃的,在这儿呢!"

小英赶忙起身揭开锅盖,端出热乎乎的一碗高粱米饭放在魏强跟前。

"强哥,没菜了,高福哥叫两位李哥和陈哥到下面放哨去了,"小英说着,转身拿来一小碟咸菜。放在魏强跟前小嘴一抿笑盈盈地说,"他们刚吃完,你就将就吃点儿吧!"

"他们去多会儿啦?"

"嗯——有这么一会儿了。强哥,排长不是让你多睡会儿嘛,这小会儿咋就起来了?"

小英找来一个小木凳让魏强坐下慢慢地吃。她坐在灶口旁,两手托着腮在一旁细细地端详着他,竟忘了灶膛里的火。

"小英姐!火着到外面来了!"小兰惊喊着。

"啊!"

她手忙脚乱地把火划拉进灶膛,把锅盖盖好。

魏强狼吞虎咽地扒拉了一碗饭,就走了。

"小英姐,你是不是很喜欢强哥呀?"

"小兰,你说啥呢,我怎么能喜欢他?"

"哼!我都看出来了,还说不喜欢呢,眼睛直呆呆地瞅着人家!"

"别瞎说,再说我拧你啦!"

说着,小英来到小兰跟前假装要下手,吓得小兰歪缩着脑袋抬起一只胳膊来遮拦,连声求饶。

"不啦!不啦!小英姐,我再也不敢说啦!"

小英的两颊羞得通红,回到锅台前又忙乎起来。

走出屋门,魏强想起葛振林的话,目前形势严峻,我们要小心提防鬼子派来的奸细。这关系到山上十几个抗日战士的生命,关系到大冰沟一带抗日力量的生存与发展,马虎不得。高福哥怎么这样粗心,竟让他们去放哨。我得到下面看看去。魏强想到这儿,把枪一别就悄悄向山下走去。

到了树林里没走上几十步,看到李海生一人在那里站着并聚精会神地四下观察。魏强到了他跟前:"李哥,怎么你一个人在这儿?他俩呢?"

"啊,他俩说下去看看,叫我在这儿瞅着。"

魏强一想,这两个人撇下李海生,到底做什么去了?这两个人上山以来,

第四十一回 大冰沟来了烧炭汉 新郎官沦为阶下囚

让人觉得有说不出的古怪。李元科以前到底是干什么的？谁也不清楚。他很会说话，但那双鹰一般的眼睛叫人感到异样，那发亮的眼睛绝不像是憨厚人那样亲善的眼神。陈耀青来碾子沟只身一人，大石门一仗，葛排长说他长枪、机关枪都会使，出手也利索。没摸过枪的庄稼人怎么会使枪？这两个人撇开李海生，一定有不可告人的秘密，也许他们都是来卧底的奸细。他想到这儿不由心里紧张起来。

"李哥，你就在这儿瞅着，我下去一趟。"

"唉。"

密林里，李元科和陈耀青露出了庐山真面目，陈耀青对着李元科大骂。

"吴玉成，你这个吃人饭，不拉人屎的东西！大哥平日对你不薄，为了一点钱财，你不顾兄弟情义，抢走大哥钱财不说，还杀死了大嫂子。你还算人吗？啊？"

"陈老弟，你在说什么？我一句都听不懂。我没惹你碍你，你骂我干啥？"

"吴玉成！你装什么蒜？你骗得了别人还能骗得了我？别以为你整个麻子脸，改名换姓，我就不认得你啦？你就是死了变成了灰，我也认得你这个王八蛋！"

"老六！"

李元科机警地瞅了瞅四外，没有人来。就冲着陈耀青明挑："老六，既然你认出了我，我也就打开窗户——说亮话。你说，人活在世上，谁不为钱财？我抢了大哥的钱不含糊。你想想，大哥的钱哪儿来的？还不是咱哥们脑袋掖在裤腰带上整来的？大哥已不在了，你我兄弟两人何必为死人闹翻了脸？"

"谁和你是兄弟？狼心狗肺的东西！我恨不得一刀宰了你！"

"哎！你听我说。老六，想当年在大哥手下共事的时候，你我两人没有过节。你怎么对我这样恨之入骨！我是坏蛋，我是图财害命的土匪！你哪？你是啥呀？啊？为了钱财，你跟大哥的时候少杀人啦？你对大哥情深意笃，是吧？大哥的话你听了吗？李家的老大是谁放的？别老鸹落在猪身上——看人家黑看不着自己黑。在这儿，你要把我抖落出去，你也好不了。你是知道的，抗日联军最恨的就是日本人和我们这号人。如果他们知道了我们的身世，那我们都是他们枪下的鬼！不管怎的，我们在一起打打杀杀有五六年。现在，兄弟们分道扬镳，各奔东西。今日，咱哥俩好不容易相见，过去那些鸡毛蒜皮的事就别提啦。"

"呸！你少跟我套近乎，今儿个我要为死去的大哥清理门户！"

"嘿嘿！姓陈的。咋说你也不上道，是吧？你无情，别怪我无义！你要不怕死，我还怕埋？来吧！"

两个人在密林里你上我下地摔打在一起。吴玉成一个大背把陈忠堂翻在地上，他刚想骑在他的身上，陈忠堂倏地来个"兔子蹬鹰"把他踹出几米远，仰躺在一棵柞树下，随后，陈忠堂一下仰身站起扑向吴玉成，吴玉成被死死地压在树根下动弹不得。陈忠堂这时，抽出一只手照着吴玉成的左太阳穴击去。以前，吴玉成手脚功夫与陈忠堂不相上下，自从藤岛大佐看重他，把他送到日本关东军特高科进行一年的严格训练后，功夫大有长进。他看陈忠堂真的向他下毒手，他急出右手抓住陈忠堂的手腕，左手五指张开如铁爪一般向陈忠堂的喉咙伸去。

此时，两人同时听到林子里传出来脚步声。他们机灵地赶快站了起来，吴玉成拽了拽衣襟走远几步，陈忠堂抹了一下嘴角的血装作没事的样子。魏强到了两人跟前看两人脸色，就知道他们在这儿大打出手了。但他知道此时他要有一点点异样的目光，都会有不堪设想的后果发生。葛排长嘱咐过，不能打草惊蛇。魏强佯作眼拙，什么也没看出来。

"两位大哥，都在这儿哪！吃饭了！"

"哦！这一小会儿就晌午啦！"

"可不是，冬天天短，一出溜一天就过去了，走吧！他们都等咱们呢。"

时光荏苒，日月如梭。一眨眼就出了正月。高占奎娶妻心切，他找了算命先生选了个良辰吉日准备完婚。日子定在二月初八。到了二月初七那天，高占奎叫媒婆"白面嘴"给春兰送来嫁喜帖子和出嫁时身穿的红色丝绸旗袍，金戒指、首饰和化妆用的胭脂，女人出嫁时所用之物一应俱全。

自从春兰遭辱，她像变了一个人一样，天天独自一人待在家里瞅着黢黑的屋篷发呆不语。她知道这个世上，穷人的命如同草芥一般，任人宰割取舍，何况遗孀寡女，受人凌辱是无处伸冤的。她回想起李海生被抓走前，她曾与他许下心愿：两人愿结为夫妻，白头偕老，终身相伴。可老天不开这个恩，

第四十一回 大冰沟来了烧炭汉 新郎官沦为阶下囚

围子里的日伪军无缘无故抓走了他,拆散了他们的婚姻。这寡妇的命可真是苦啊!这些日子,李海生的憨态可掬的容貌在她脑海里总是浮现,鬼子把他怎么样了?他现在在哪儿?什么时候能回来?哪怕看上他一眼,把孩子托付给他,自己死也就瞑目了。她天天以泪洗面,两眼哭得像红桃子一样。她每天都在想死,要不是有这个可怜的孩子——锁儿,她早就想办法离开这个世上了。前几天,她把锁儿领到香洼围子里的大姑姐家,让孩子在大姑家待几天。她临走时告诉孩子大姑:"大姐啊,锁儿是曹家的一棵独苗,你和我姐夫要多操心。我过几天就带他回去。"

春兰忘不掉她离开长锁时,长锁那声揪心的呼喊:"妈妈!早点来接我!"

春兰回到家,她决心已定,他要高占奎这个色狼"竹篮打水一场空"。

"春兰!在屋吗?高大队长让我给你送嫁妆来了!"甜得让人一听就起鸡皮疙瘩的女人的尖叫声打断了春兰的悲伤。

白面嘴郝巧云推开虚掩的屋门,扭动着短粗的身子走进来。

"哎哟哟——我的大姑奶哟——大喜的日子就要到跟前了,你哭啥呀?"

白面嘴看春兰面容憔悴,泪水汪汪,她赶忙把盛东西的篮子放在炕上,掏出洁白的手绢上前给春兰擦泪,春兰用手推开她。

"我说春兰呢,你咋这么傻呀?啊?人家高队长要钱有钱,要势有势。到那儿,吃香的,喝辣的,有享不尽的福。一般的女人想攀这个高枝,攀得了吗?你呀,就是想不开,你看!"

她揭开覆盖在篮子上的红绸布,小心地拿出崭新艳丽的红色旗袍,轻轻地把它展开,然后两手捏起旗袍俩肩的地方抬起胳膊翘起脚后跟,她美滋滋地让那红艳艳的旗袍贴在她粗矮滚圆的身前,展示给春兰看。

"春兰呢,你看看,这旗袍的颜色多鲜亮啊!啧,啧,啧,你看!你这个身段配上这个,哎哟哟,那就像仙女下凡一样。"

白面嘴轻轻地又把旗袍叠好,放在炕上。

"再看看这些。"她把胭脂、雪花膏等一样一样从篮子里掏出,摆在春兰眼前。

"这些好东西,咱这老山沟子里的人别说是看,就是听都没听说过。这些贵重的东西都是高队长托人特意去塔子沟县城里买来的。男人呢，就是这样，干别的舍不得，要给他喜欢的女人，什么都舍得。春兰呢，从今以后，你就等着享福吧！"

白面嘴说得唾沫星儿往外飞，嘴角漾着白沫儿。那擦抹胭粉的老脸在嬉笑中顿显沟壑纵横。

初八一早，高占奎家大门口外早已门庭若市，热闹非凡。大门外的柳树杈上悬挂着几挂长长的红彤彤的挂鞭。接亲的花轿被两个汉子从院里抬出来。随后，穿得花枝招展的白面嘴郝巧云用一只向外翘着的手指捏着一个镶着彩边的红手绢。噔，噔，噔，噔……那鞋口绣着金边的三寸金莲紧跟着花轿迈下了石阶。只见她满脸擦着胭粉，白红得耀眼。那张被岁月刻就的大大小小沟纹的老脸就像戴上了一副脸谱一般，和没擦到的脖颈对比起来真是渭泾分明。她也许没意识到或不在乎那一点儿美中不足的地方。她知道，今天除了新娘外，她就是主角，在围子里，高大队长办喜事这个隆重的场面谁能比得起？今天，她要在大庭广众面前出尽风头。她要让众人看到高大队长娶亲，她做媒娘的是何等重要。她要通过今天这件事让围子里的人都知道，皇军的红人办事都少不了她。机不可失，时不再来。她绝不能失去这次施展自己本事的机会，她要把自己打扮得漂漂亮亮，不遗余力地再露一把往日做媒婆的风光。

白面嘴要实现自己的愿望，当然打造自己是她的首选。平日里，人们看到的那两片淡薄的嘴唇，今日已涂得红红的，那发黄稍焦的头发今日梳抹得油光锃亮，并在后脑勺盘起的发髻上插上一朵新鲜扎眼的大红花。也许她穿的新衣与她肥胖的身子不符，丰乳肥臀和凸肚把那一身新鲜的衣裳撑出一道道褶子。她扭动着短粗的身躯，向站在石阶上的高占奎笑盈盈地说了一句："大队长啊！时辰到了，我们走了！"

"巧云姑，接亲的事儿，就全靠你了。"

"哎哟！新郎官，你就放心吧！走了啊！"

白面嘴手捏着红鲜鲜的新手绢在高占奎的眼前一抖，亮出媒娘的诮笑。

噔，噔，噔……那小小的三寸金莲连动成一条线，她扭动着滚圆的大屁股，紧跟着花轿走了。

新娘抬回来了,前来贺喜的亲朋好友也来得差不多了。

中午,高占奎摆下宴席多时,却不能开席。因为他最尊贵的嘉宾岛田太君和赵万奎还没有到来。只有他们到来时,他高占奎在亲朋好友面前,在围子老百姓的眼里才是最风光、最体面的时刻。

"大队长!皇军——皇军来了!"两个前去接迎岛田的便衣,慌慌张张跑回来,他们上气不接下气,结结巴巴向高占奎禀报。

"你们这两个王八蛋!没用的东西,太君来了,还不赶快迎接啊?跑回来干啥?今天要不是我的大喜日子,我非宰了你们不可!快!去呀!"

这时,精赤小队长已带领十几个鬼子端着刺刀跑步过来,围住了高家大门。精赤向两个鬼子手一挥,两个鬼子大步流星地走过来,把吓傻了的高占奎像绑猪一样捆了起来押往日军营地。

第四十二回 喜中忧疑云遮慧眼 急中错锄奸获罪名

高占奎被鬼子绑走。十几个鬼子跨进院子径直闯进屋里，西屋，等着开席的那些人一见鬼子端着刺刀进来，吓得不知如何是好，个个面如土色，逃之夭夭。鬼子并不在意逃走的人们，他们见到摆满桌子的香喷喷的酒菜高兴地大叫："这个，酒肉米西米西的，哈哈哈……"

东屋，闯进来的六个鬼子，一看炕上盘坐着一个身穿旗袍，面如桃花的美人，他们惊喜地发出淫荡的狂笑。

"花姑娘！花姑娘的干活！哈哈哈……"

他们像野兽一般一起向春兰扑来，吓得伴娘和媒人白面嘴两个婆娘连滚带爬下了炕，蹲在墙角捂着脸蜷缩成一团，浑身颤抖。鬼子在高家折腾了一阵子撤走了。东屋屋里留下的是春兰赤裸裸的尸体和地下两个婆娘的尸体。西屋，桌翻凳倒，狼藉一片。

高占奎被鬼子押进日军军营，他大声地冲岛田住的指挥室大声哀号："太君啊！岛田太君——救救我！您听我说呀！"

高占奎像一头抓进屠宰场时捆绑的猪！尽管他歇斯底里地哀叫，还是被拖进了审讯室。

审讯室他没少来，在这里他也不止一次看到受刑者的惨状。他吓蒙了，两腿哆嗦不止。扑通！一下跪在一个满脸横肉、凶神恶煞模样的鬼子脚下，脑袋像鸡啄米那样不住地磕地，他泪水涟涟，不住地哀求着："太君，太君饶命啊，太君……"

鲜血从他的前额流下来。这时岛田和翻译官走进来。高占奎一看岛田来了，就像看到了救星。两膝着地，噌、噌、噌……倒跪到岛田跟前："太君！饶命啊！太君！"

第四十二回 喜中忧疑云遮慧眼 急中错锄奸获罪名

"高队长,起来说话。"

"唉,唉!谢谢太君,谢谢太君!"

高占奎站了起来,他两腿不住地打战,鲜血从额头流下来,他用新郎官穿的袍袖擦了一下额上的鲜血,喘着粗气,哭丧着脸瞅着岛田。

"高队长,你的说,高家兄弟你是怎么交给冰沟抗日联军的?"

岛田一问,高占奎一下子蒙了。

"什么?!那两个兔崽子投抗日联军了?这事,我是一点儿也不知道啊,太君。"

高占奎看岛田不吱声,用淡漠、审视的目光瞅着他。

"太君,我朝天发誓,我真的不知道啊。"高占奎带着哭泣的腔调向岛田表白。岛田哪能信他说的话?看他矢口否认,嘴一动。

"嗯!"

转身走了。高占奎一看不好,赶快跪下没命地乞求。

"太君!太君!你听我说呀——"

屋里的鬼子哪里还听他的磕头跪炉般的哀求,把他用绳子捆紧后,吊在悬梁上,不一会儿,审讯室里传出了凄惨的号叫声。

不久,大冰沟里的抗日英雄们听到了高占奎被鬼子打得皮开肉绽后,押送到锦州监狱去的消息。

高占奎被除的消息传到山上后,大家非常高兴。葛振林"将计就计"这一招除去了围子里的一个祸害。

李海生躲在背人的地方痛哭:"春兰,你的命怎么这样苦啊,我们说好了的,在一起生活一辈子,你怎么就走了呢?"他望着碾子沟围子的方向泣不成声,他没想到春兰死得这样惨。

这一天,日头刚一压山,朱延成、朱延国从山下回来向葛振林悄悄汇报了一个新的情报。

"排长!陈耀青今天出鹿圈沟了。我们在三道沟沟口亲眼看到了他跟一个烧炭的人躲到一棵树下说些什么。他在树下东张西望像做贼一样。我们在后面跟着他,一直跟到山上。"

"你们看清那个人的模样了吗?"

"离得远，没看清。"朱延成摇摇头。

"排长，我哥俩是跟他回来的。看那鬼鬼祟祟的样儿，准是向小鬼子报信的，他一定是鬼子派来的奸细。"朱延成肯定地说。

"是啊！排长，错不了，他在山下惶惶张张的样儿，不是在向鬼子传信还会干啥？"朱延国认同哥哥的看法。

"排长，现在把他抓起来！问完，把他除了得啦。"

葛振林想了想，问兄弟俩："你们怎么知道陈耀青又要偷着下山的？"

"是李海生告诉我的。"朱延国说。

"啊——现在还不能抓。因为没有确凿的证据。你们对这件事不许向任何人说，听着了吗？"

"排长，还要什么证据呀？这不是秃脑瓜虱子——明摆着的吗。你不让大家随便下山，他一人为什么偷偷地下山？躲在树下跟那个烧炭的人偷偷摸摸说话，那不是跟敌人接头是干啥呢？排长，现在，你心慈手软，不把他整死，今后咱们非吃亏不可。"朱延国着急地说。

"你们去吧。"

哥俩出了葛振林的屋子都低头不语。排长对陈耀青擅自下山，秘密接头的行为淡然处之，朱延国很不理解。他小声对二哥说："二哥，排长怎么想的呢？我真纳闷。"

"老三，排长不抓姓陈的，必有他不抓的道理，咱们看好这个奸细就是了。"

"二哥，你瞅着，留着这个祸根，咱们早晚得遭殃。"

到底谁是鬼子派来的奸细？葛振林这两天心里一直在思考这个问题。他知道奸细一天不除，山上就潜在着一天的危险。前两天，魏强提到李元科和陈耀青撇下李海生在天门沿上见面的事。觉得两人一定是熟人。他们是不是都是鬼子派来的奸细很难说。汉奸高占奎被鬼子抓的头一天，陈耀青曾不告而别去了大半天，晚上才回来，问他，他却一声不吭。那天，魏强追到天门没有撵上他。难道是他向鬼子告的密？他出沟鬼子就抓高占奎，鬼子能这样傻吗？把一个打进来的奸细就这样过早地暴露给我们？鬼子派奸细来卧底，真正的目的是掌握我们的情况，里应外合一下子消灭我们。他能因一个虱子烧棉袄吗？高福汇报过，他在编讲高占奎帮忙才使家人得以逃脱的经过时，李元科也在。再说高福天天和李元科、李海生和陈耀青在一个房间睡，高福经常把一些鬼子早就知道的山里情况讲给三人听。那么，高福说的情况，三个人都知道。下山的只是陈一人，可是追陈大家都下了鹿圈沟。山上有那么多砍柴烧炭的人，这样就无法排除别人同样有向鬼子传递情报的机会。这次，陈又背着所有的人和烧炭的人会面，是给鬼子通风报信还是另有其因？不好说话的李海生为什么要把陈私自下山的消息告诉朱延国？还是李元科利用李海生对他信赖的纯真感情，放出的一颗烟幕弹，来转移我们的视线？为了不引起敌人的警觉，葛振林没有找李海生。

这一天，吃晚饭后，葛振林叫来朱延成："明天，你和海生、高福下山找点野物，顺便向海生打听陈耀青偷着下山的事他是怎么知道的，并告诉他不要当任何人说。"

"唉。"

第二天，吃完早饭，高福向葛振林说："排长，山上好几天没尝到野味儿了，我们下山找些山物来换换口味吧。"

"去吧，不过，别走得太远，早点儿回来。"

"唉！谁跟我去？"

"高哥，我跟你去！"朱延国嚷嚷着。

"不行。"

"咋啊？"

"你二哥先说了，他跟我去。"

"他去，我去就不行？真是的。我就去！"

"老三，你听话！大哥叫你跟他去呢！"

"嗯——排长！叫李海生跟我去呗。"高福说。

李海生听了这话，用期待的眼神瞅着葛振林。从进沟以来，他从来没有和大家一起行动过。

"去吧。早去早回。"

"是！"

"排长，我想去。"

"小顺子,你别去啦。"

高顺一听不让去,把棉袄使劲儿一裹走出屋子,他气呼呼地坐在一块石板上,捡起一块石头使劲儿地向山下撇去,高福看三弟又耍脾气。

"顺子,你咋了?你听话,现在山上情况吃紧,排长对你会有别的安排。"

高顺把脸调向一边,他最不爱听二哥给他讲大道理。

高福、朱延成和李海生三人走后,葛振林把大家叫到屋里,高顺进了自己的屋子,气得一声不吭。他就不明白,为什么什么事都不让他去。

三人进山找猎物,在三道沟里转悠了整整大半天,因不能开枪只是逮住两只兔子。朱延成跟着李海生边走边唠,借着一个机会朱延成提起昨天的事。

"海生,多亏了你,要不,我们咋知道陈耀青违背排长的话私自下山呢?"

"我也不知道,是李哥偷偷告诉我的。排长说不让大伙私自下山,所以,我就告诉三弟啦。"

"你做得对,排长还夸你坚持原则呢!"

"啥叫原则啊?"

"嗯——就是排长让咱咋做,咱就咋做。不让做的就不做。这个,我也说不太好。"朱延成挠挠脑袋觉得没解释好,有点儿不好意思。

下午,三个人一共弄到三只山兔,回到了鹿圈沟。

这几天,陈耀青从众人的眼睛中感觉到大家向他投来的都是异样的目光。他心里合计,他偷着下山的事也许被山上的人知道了。怎么办?得想办法尽快干掉吴玉成这个王八蛋,给大哥报了这个仇再说。

这天黑夜,陈耀青悄悄爬起,他蹑手蹑脚走到屋门前轻轻地拉开门闩,慢慢地打开屋门,向黢黑的夜野窥探了一下。他像做贼似的蹑手蹑脚地走了出去反带了门。高福并没有睡觉,他看见陈耀青鬼鬼祟祟走出去,随后,他抽出枕下的枪也悄悄地跟了出去。

高福一个人紧跟在黑影子后面,走出有几十米远,来到树林边,突然,黑影子不见了。高福停下脚步,他极力地看眼前的林子,黑黢黢的什么也看不清。他手扶在一棵小树的枝丫凝神向下张望,没想到后脑勺重重挨了一下。他被打昏倒在地上,手中的枪被拿走,黑影钻进林里。

"六哥,我在这儿,这家伙盯梢你。"黑影指着躺在不远处的高福说。

第四十二回 喜中忧疑云遮慧眼 急中错锄奸获罪名

"快点！"

陈耀青用手向上面依稀模糊的房子比画了一下。两人正想返回住宿的屋子，只听上面有人喊："快，姓陈的跑了！"

噼里啪啦！七八个黑影跑了下来。黑影看屋里跑出了人，他并不慌张，攥着从高福手里弄来的枪躲在树后。

"老七，不行，快走！"

"六哥，他们来硬的，我也不客气。"

"说啥呢？打不着吴老大，打别人干啥？快点！走！"

两个人甩开了后面人的追击，逃出了鹿圈沟。葛振林他们追到林边看小道旁的一棵小树下有一个人躺在那儿，朱延兴划着火柴一看，正是高福。大家赶紧把他抬回屋里。

高福只是被一拳打晕，并没重伤，不一会儿，就醒了过来，看大家都在他的跟前，他猛地坐起来，摸摸衣兜，环顾身边，着急地问大家："我的枪呢？我的枪！"

"二哥，那个汉奸给拿去啦。"守在高福身边的高顺说。

"我真是没用！"高福说着，气得眼泪都掉了下来。

陈耀青夜间抢了高福的枪，并逃之夭夭。这使山上的人精神立刻紧张起来。大家认定陈耀青就是鬼子派来的卧底、奸细。

陈忠堂"畏罪逃走"，吴玉成暗自高兴："老六啊，老六，跟我斗，你还嫩一点儿。嘿嘿！怎么样？杀我？我叫你自身难保，等我灭了这些抗日联军，再领着皇军找你算账！"

葛振林叫大家加强警戒，守住鹿圈沟各个山路隘口，以防出现问题。

陈耀青抢枪逃走，让葛振林百思不得其解。高福被打昏枪被拿走，说明陈耀青没有想要高福命，鬼子派来卧底是想里应外合把我们彻底消灭掉。他怎能这样轻易地暴露自己的身份离去呢？一个来卧底的奸细是绝对不会这样做的。陈耀青的秘密行动都是李元科透露的，这说明了什么？李元科和陈耀青以前一定是熟人，而且之间一定有不可告人的矛盾和摩擦。李元科为什么一定要把陈耀青挤走？种种迹象表明，他们现在不是一伙人。真正的奸细是谁？葛振林心里仍然画着问号。不管怎样说，陈耀青夜间抢枪跑了，这是不争的事实。到底谁是李逵，谁是李鬼？在这种复杂的形势面前，头脑必须冷静。葛振林感到山上的情况越来越复杂。

陈耀青一走，山上的人心里彻底化解了对李元科的疑虑，再也没有人向他投去戒备的目光。

这一天，高福跟葛振林请示："排长，发给老李和海生，各一支枪吧，我教他们。一旦打起仗来，我们也多一份力量。"

"好吧，给他们各发一支长枪先练着。"

"太好了，排长！我一定教会他们。"高福高兴地说。

那天夜里，配合陈耀青打昏高福的人，就是老耗子手下匪首老七肖青。两个人摸下了"天门"，来到一个背风的地方。

"六哥，咱俩上哪儿？"

陈耀青想，不能回围子，因为围子里众人皆知，他陈耀青跟大冰沟抗日联军跑了。另外，不杀吴玉成，难解心头之恨，此孽不除，也对不起九泉之下的大哥大嫂，无论如何也得把这个畜生除掉。

"在这沟里不走，处死这个狗杂种再说。"

时值数九严寒，北风刺骨。夜晚，两人身上的衣裳很快被寒风打透了。

"六哥，这儿，天忒冷。东山坡山顶上有一片山崖子，崖子下有一个山洞，今儿黑天咱俩到那儿过夜去吧。"肖一刀手指着与鹿圈沟对面的山上。

"走。"

当夜，两人去了那个山洞里，划拉些枯干柴叶铺在洞里，暂且住了下来。

原来，陈耀青就是救过李凤山的那个匪首老六陈忠堂，他想约来七弟肖一刀一起做了那个狼心狗肺的吴玉成，也不枉与大哥结义兄弟一场。

自从老耗子部队进关遭挫，大嫂被吴玉成哥俩杀死后，大哥和山寨的弟兄们歃血同盟立誓：对无情无义的吴玉成哥俩一定杀无赦！

常言说："树倒猢狲散。"后来，老耗子死了，众匪首分道扬镳，各奔东西自找生路去了。

陈忠堂和要好的七弟肖一刀商量：下山后决心洗手不干了。用手里的一点积蓄买间房子，置点地，再讨个老婆，过个平常安稳的农家日子算了。

两人下山后，哪成想山外到处是鬼子部队和帮鬼子杀害自己同胞的中

第四十二回 喜中忧疑云遮慧眼 急中错锄奸获罪名

国军队,各个村子被小鬼子搅得乌烟瘴气,鸡犬不宁。当时,鬼子正在强迫山里山外的各个村子百姓修围子。慌乱的年月,陈忠堂为了报答李熙三一羹救命之恩,他和七弟悄悄在李家跟前买了三间房子,他想,李家家境虽好,但树大招风,世道这么乱,说不上哪一天会遭祸殃。必要时能帮李家一把,所以他用手里的一些积蓄在上沟讨了一个比他小十来岁的穷人家的姑娘做老婆。虽然,在围子里自己受过鬼子、伪军许多窝囊气,但他还是忍了下来,因为,他有了媳妇,有媳妇就等于有了家。再由着性子来哪成?进围子不到两个月的一个夜里,李家门口突然来了一群日本兵,他们砸开李家大门,李熙三和一家人在睡梦中被鬼子用刺刀逼到院子。李家院子里,几个鬼子点起火把。岛田让高占奎拿出户口簿对李家的人一一清点后,岛田洋刀放进刀鞘,手一挥:"把他们统统带走!"

那时,深更半夜,李家院里火光冲向夜空,住在不远的陈忠堂觉得李家出事了,他忙三火四穿上青衣轻轻推开屋门。

"你去哪呀?"妻子被惊醒围着被子坐起来问。

陈忠堂瞅妻子笑了一下:"老婆,你睡你的,我呀,出去会儿,一会儿回来。"说完,他走出去反手关上了屋门。

陈忠堂脚步轻盈几句话工夫来到李家院外,黑夜,只见李家院内亮火映照着眼前的一片夜空,并传来日本兵喝喊声。不好了!李家人真是让日本人抓了。陈忠堂摸摸腰间的几枚匕首,想进院子抢出李熙三。他越上墙头一看,唏!在李家前院、后院站满了戴着钢盔,端着刺刀的鬼子。鬼子像高粱茬那么多,李家的人已全被小鬼子绑上。咋整?陈忠堂想:小鬼子这么多呀?小鬼子兴师动众来抓李爷一家,这是咋啦?李爷咋惹着小鬼子啦?他知道:凭他一个人救下李爷,是不行的。围子大门关得紧紧,即使想办法黑夜把李爷抢出来,也跑不出围子。弄不好,反会害了李家全家人。不救,眼睁睁让鬼子把救命恩人抓走。到底咋好啊?此时,他真的没了主意,含着眼泪退了下去。哗啦啦——陈忠堂趴着的石墙倒了,陈忠堂一闪,闪到了一旁。

"那边有人!抓住他!"几十个鬼子端着枪朝这边跑来。陈忠堂一看不好,钻进了一家胡同。后来他听有人说:"李家老大李凤山在大冰沟当上了抗日联军,所以鬼子抓了他们全家。"还有人说:"准备把他们那一家送到热河监狱去。"听了这信儿,陈忠堂心里有了底。他火急火燎找到七弟商量:半路上把恩人从鬼子手里劫回来,从此,两人在北岭设下埋伏……

可是左等右等,好几天了,两人在北岭没有见到押送李家人的鬼子到来。

其实,李家全家人在半路上就被小鬼子杀害了。听到李家一家被鬼子杀害的消息,他在家哭了一场。难道李先生走后当了抗日联军?没想到救了李先生一人,却害了李家一家子。自己做的是对,还是错?他真的解不开这个疙瘩。他恨这些小日本鬼子,比起当年他们那些土匪来更凶!更狠!

"有仇不报非君子。"陈忠堂总想报这个血海深仇。围子里,他想寻找个机会宰他几个小鬼子给恩人报仇,解解恨再说。可他毕竟是有家有口的人了,他不能像以前那样说干啥就干啥,毫无牵挂,他得为老婆和老婆肚子里的孩子想想啊。可他万万没想到围子里一场瘟疫,无情地夺去了怀孕六个月的妻子的生命。人非草木,岂能无情?他瞅着与他相伴不到一年的妻子和还没出世的亲生骨血就这样离去,他又一次掉下了眼泪,家没了。孩子、老婆、家,这一切对他来说,宛如南柯一梦。没想到自己又成了"光棍"一条。他自己认为这是命里劫难,不能强求。从此,就打消了再讨老婆的念头。在围子里过着一人吃饱,全家不饿的生活。

没有老婆,倒少了一份做男人的责任,过惯了过去无拘无束生活的他,没有家庭羁绊,倒觉得有几分清闲。他锄镰不会,于是,就和七弟弄了一辆马车过活。

没想到沟里的抗日联军截了鬼子的粮食,有了让他进山当抗日联军,拿枪打鬼子的机会。他想:自己这一辈子就是扛枪的命。他认为,现在上山再拿枪打小日本鬼子没有什么不好的。可让他万万没想到的是,在山上能碰到上山来投抗日联军的吴玉成。他知道吴玉成是一个见利忘义、无恶不作,阴险狡诈的人。古人说得好:"江山易改,禀性难移。"像他这样的人,能改邪归正,能上山来跟抗日联军打鬼子,说死喽,他都不信!除非日头从西面出来。吴玉成好与坏,他想的并不是这些。他要做的事,就是替过世的大哥、大嫂除掉这个冤孽,让九泉之下的哥嫂也好安息。

第二天一早,日头懒散地露出了头,照在山洞外面阳坡脸上。哥俩来到洞外,在一片冲阳的白花花的茅草上坐下。

"六哥,你说吴老大跑到这山里当抗日联军,打小鬼子,能吗?"

"这个犊子玩意一肚子坏水,我猜不错的话,他是在打什么主意。"

"我说也是。"肖一刀随意薅了一下身边的一棵白草接着说,"六哥,抗日联军最恨的就是日本人和我们这号的人。吴老大那一双鹰眼,他们山上那些人都没看出来他不是好人。六哥,你记着,我把话放到这儿,他们这些人非栽在他手里不可。"

"他满脸崩成了麻子,像换了一个人似的。再者说了,抗日联军哪知道他当过土匪?"陈忠堂一边擦枪一边说。

"也是,大哥活着的时候,他就会溜顺拍马,背后净干缺德事。大哥那么精明,都没有看透他。何况,山上这些人呢?"

肖一刀捻草梗的手停了下来,若有所思地说:"六哥,我抢了抗日联军的枪。他们一定加倍警戒,我们怎么干掉这小子?"

"等一等吧,我就不信他不出那条沟。"

第四十三回 向阳坡奸细现真相 豹子洞开枪露端倪

山上的粮食已经吃了三个多月了，正月十三这天早上，董老汉悄声告诉葛振林。

"排长，山上该没粮食了。"

"现在还有多少？"

"还能对付两天。"

"啊。"

吃的是大事。葛振林决定，十五这天晚上趁着月亮地，大家到柳树湾南山山洞里去取粮食。于是，当天晚上，他召开小组干部会议，通过商量决定：除了董老汉、小虎和小兰在山上外，其他人都做好准备去背粮。

为了不出差错，葛振林嘱咐大家："这件事暂时不公开，走前一顿饭工夫，再和大家说。"

高福开完会，回到屋里一看，李海生和李元科都在下面站岗，还没回来。他披上鬼子穿过的黄大衣，转身就去找大哥高升。哥俩到了天门崖把他们替换回来。

李元科、李海生回到屋里，脱下外衣躺下睡觉。李元科心里有事，哪有什么觉？他想，今天晚上这些人也不知道开的什么会，高福跟他们见面没说什么，一定有重大行动。不行，必须提前掌握他们的这次行动计划。

"兄弟，早点睡吧，明天我们一定有任务。"

"嗯，等会儿高哥回来，我们打听一下就知道了。"李海生说。

"睡吧，睡吧，我困啦。"

不一会儿，呼——呼——李元科打起了呼噜。夜深了，高福回来了。

"福哥，回来了？"李海生问。

第四十三回 向阳坡奸细现真相 豹子洞开枪露端倪

"你还没睡呢？"高福一边脱衣裳一边悄声说，"都后半夜了，你咋还不睡呀？"

"我睡不着。哥，明个是不是有啥事啊？"

"嗯。"

高福瞅瞅躺在一旁鼾声如雷的李元科小声对李海生说："后天晚上，排长叫咱们趁着月亮地，到柳树湾南山的山洞去求粮食。排长说了，这是军事秘密，这次行动不要向任何人讲，记住了吗？"

"嗯，知道了。"

这些话，李元科听了个明明白白，其实他根本就没睡着。李元科这才知道抗日联军去年秋后在柳树湾截的粮食并没有全烧，原来有一部分粮食被他们藏在柳树湾南山的山洞里。他们十五晚上去那儿取粮，不正是皇军消灭他们的最好机会吗？这个山洞远离大冰沟，又在碾子沟、大西沟、河坎子三个围子的中心地带，它一定是在碾子沟去河坎子必经之路的不远的路旁。完全在皇军的控制之下，只要皇军在山洞附近事先做好埋伏，这十几个人还跑得了吗？事关重大，事不宜迟，明天，这个情报一定得想办法送出去。

第二天，葛振林分派三个小组下山执行任务。高福建议，李元科、李海生参加他的小组行动。第一、二小组分别由朱延兴、魏强负责。葛振林命令第一小组到金场、北沟一带看看进山的有哪些人行动可疑，要锁定目标，重点监视；二组人员刘小姐、董小英、高顺加入一组配合行动。魏强、朱延成两人去一趟围子了解敌人的情况。葛振林命令三组由高福负责，在附近几条大沟搜山，查找附近是否有潜伏的鬼子、汉奸。

他嘱咐高福："高福，看到陈耀青，要想办法逮住他，记住，要活的，一定是活的。"

"排长，打死这狗汉奸得啦！"高福气愤地说。

"我们还没搞清他的真实身份，不能打死。他手里有枪，你们一定要小心。"

"嗯。"

"高升，你两个李哥初次参加行动，你要多加照顾。"

"排长，放心吧，我会照顾好的。"

"嗯。"

高升虽然平日话不多，但他聪明过人、胆大心细、思维敏捷，是一个难得的侦察员的料，葛振林的一番话高升心领神会。

上午，第三小组搜了两条沟，没有发现任何蛛丝马迹。吴玉成和陈忠堂在一起共事多年，他十分了解老六陈忠堂的脾气秉性，他想做的事是要做到底的，决不食言。不杀了他，老六是不会善罢甘休的。他一定躲在鹿圈沟附近，等待时机来杀他。到了这个地步，他和老六只能是你死我活、不共戴天的仇敌了。只有打死了他，才能保全自己，才能让自己静下心来，专心对付山上这些抗日的抗日联军。

中午，李元科向高福提出自己的想法："组长，我觉得陈耀青这个奸细不会走远，他一定在我们住处附近，等着和鬼子一起来袭击我们。我看，他也许在对面的山上。"

"嗯，没准儿。大家歇一会儿，搜对面烧炭的这面山坡。"

日头稍有偏西，高福领着小组人员踏着积雪，靠高密的山林遮掩，悄悄向阳坡山崖脚下搜来。

此时，陈忠堂和七弟肖一刀在林子里打野物，准备充饥。正在山腰一个梁鼻子上的肖一刀轻捂着半面嘴巴冲着走在前面的陈忠堂轻声地喊。

"六哥！那些人上来了。"

"有多少人？"

"五个。吴老大也来了。"

"好啊，省得我去找他。"陈忠堂迅速从腰间拔出枪，转身蹲在一个岩石后，往肖一刀手指的林子里瞭望。

"六哥，他枪法不在咱哥俩之下，得小心点儿。"

"知道。"

哥俩躲在大石头后全神贯注地盯着上来的这些人。不一会儿，五个人爬到了离山崖不远的地方停下来。吴玉成不愧是山里土匪，他似乎发觉陈忠堂就在附近。他想让陈忠堂缠住高福他们，好得手把情报送出去。

"组长，我和李海生到那边看看去。"

"去吧，有情况回来报告。"

第四十三回 向阳坡奸细现真相 豹子洞开枪露端倪

"是！"

两个人岔到另一个山坡。

"大哥，他两个没经验，我也过去吧。"高升瞅已走了那么远的李元科两人向高福说。

"去吧。发现陈耀青，你们仨不要动手！来人告诉我一声。"他以为新来的两个人哪是陈耀青这个奸细的对手。

在石后的两人看得真切。肖一刀着急地说："六哥，咋办？"

"跟过去。"

陈忠堂想，真是老天有眼，把这孽障送过来，这是千载难逢的好机会。今天，无论如何也得宰了这个王八蛋！不然，下一次还不知啥时候了，两个人借着茂密的柴草追了过去。

高福、朱延国两人来到山崖下，发现了山崖下的崴子里有好几堆烧过的火底和野物的皮毛，种种迹象可以表明，这几天，有人在这儿住过。

"这个汉奸一定就在这儿住，找找。"高福手攥着枪四周巡视。

"组长，人是活的。姓陈的这个汉奸这空儿不知蹽哪儿去了呢，歇会儿吧，忒累了。"

朱延国建议完，叫高福也坐下歇一会儿，自己随后四仰八叉躺在一片毛茸茸软绵绵的白草上。

"嗐！真软乎！"他仰望着天上的日头，顺手掐断一根草茎，把一端放到嘴里嚼动着，"这暖烘烘的日头照在身上真舒服，这姓陈的真会选地方。"

"是啊，这个汉奸这时可能找一个冲阳的山旮旯待着。我们呢，在明处找他，不好找啊。咱们得小心点儿！防他打黑枪。"

"组长，你放心。玩枪，他不一定有我利索。再待会儿。"

"老三，走吧。"

高福望着冬雪覆盖的群山，白皑皑的山顶在阳光的照耀下明晃晃、亮晶晶地刺着人的眼睛，转身抬头仰望眼前这面峭拔的山岩。

这时朱延国来到山崖跟前："哟！这儿有山洞！"

"是吗？"高福紧走几步来到洞前。两人手攥着枪进了山洞，趸了一圈儿走出来。

"组长，这几天这里肯定住过人。"

"找脚印。"

两人按着雪中的脚印寻找过去。

李元科和李海生顺着山腰的那片密林越过一个山包，一直向山下面冒烟的地方奔去。

"李哥，咱们走远了，他们几个找不到咱了，等一会儿吧。"

"老弟呀，我们是在抓汉奸，贪伴，汉奸能逮着吗？那冒烟的地方也许是那个汉奸在那儿烧东西吃，快点儿！"

两个人扳着密匝匝的小树哧溜下去了，高升躲藏在树后紧紧跟在两个人的后面。

李元科、李海生两人到了生火的地方，只见有三个年轻人在一片平缓的山坡生火做饭。

"哎，老乡，你们在这儿烧炭，看没看着一个身披羊皮坎肩烧炭的人？"

"没有，只看到两个头戴毡帽，手拿洋枪打猎的。"

"这两个人是年轻的还是老的？"

"一老一少。"

"咳！海生，白来了，走吧。"

"上哪儿啊？"

"回去呗，找组长去。"

李海生转身要往回走，此时，李元科把一张搓好的纸团丢在地上。不巧的是，被回头想说话的李海生看个正着。

李海生愣怔了一下。

"李哥，啥东西掉了？"

"啊！擤鼻涕的纸。天一冷，我就好流鼻涕。"

两人边说边向上走。

高升在大树后看得真切，不用说这是李元科在向鬼子传递情报。

这个奸细太阴险了，山上的人全被他给糊弄了。绝不能让鬼子把情报拿走："啪！"他一枪向低头捡纸团的鬼子打去。吴玉成大吃一惊，他那双犀利的鹰眼一扫，高升就在左面的大树后，原来他在后面盯梢，他知道事已败露，

第四十三回 向阳坡奸细现真相 豹子洞开枪露端倪

迅速掏出枪向高升射击。啪！啪！两颗子弹打进了高升太阳穴，高升倒下了。李海生一看，李元科开枪击倒了高升，他吃惊地望着吴玉成，这个素来温和善良的兄长为什么对自己的人下这样的毒手？

"李哥！你？"李海生惊愕地望着吴玉成。

吴玉成脸上依然显得平静如常。

"他是一个奸细。"吴玉成回答李海生说。

眼前的一切真让李海生傻呆了："你，你怎么说他是奸细？他是好人！你怎么向他开枪？"

"去你妈的！和他一起走吧！"

啪！吴玉成手起枪响。顿时，李海生的眉宇间就被吴玉成一枪穿了一个洞。李海生一头扎在山坡上。

"快走！"吴玉成命令扮作烧炭的三个鬼子。

三个鬼子迅速钻进了林子向沟外撤去。

啪！大树后一颗子弹打掉吴玉成的皮帽子。

"哈哈！吴玉成！我就知道你不会做人的，原来你是日本人派上山来的奸细！"

一听是陈忠堂的声音，吴玉成身子噗地一下趴在山坡来个就地十八滚，一下子骨碌到一棵大树底下。他迅速躲到树后。他知道陈忠堂没一枪打死他，就是想让他死前带着负罪的痛苦。哼！他妈的！现在谁死谁活就不一定啦！他举起枪，并不回话，两眼向陈忠堂隐蔽的那片树林里疾速地搜寻。

"哈哈！吴老大，你不是要跟我玩命吗，也怕死呀？"

两人都在树后你一枪，我一枪射击着。吴玉成心里想，你已经是被这些人认定的奸细，还闹腾个屁！今天，我把死的人再安在你的头上，让这些抗日部队把你这个不知进退的东西大卸八块！

"六哥，那三个人跑了，咋办？"

肖一刀的话倒提醒了陈忠堂，那三个人已经拿到了情报跑了，得截回来，要不山上的这些人非吃亏不可。

"咳！先撇下这个王八蛋，以后再跟他算账！七弟，赶快去沟外截住他们！"

两个人悄悄顺着山腰的柴林偏道向沟外猛跑。吴玉成射击后，对方没有还击。他觉得不对，立刻想到，陈忠堂一定去沟外阻截拿情报出沟的那三个特工了。他得赶快把这个陈忠堂干掉，不然的话，在这个节骨眼上，非坏了他的大事不可。他刚想动身，就听到树林里的脚步声和招呼声。

"组长！是这儿打枪。"

吴玉成一听是朱延国的声音。他掏出枪想趁其不备，把来的两人也打死。但觉得这样做不妥，慌乱的他灵机一动，想出了一个万全之策。他急忙来到大树跟前，把高升的尸体从树根北面挪到了南面，回来抱住李海生的脑袋大放悲声。

"兄弟！兄弟呀！你醒醒！你醒醒啊——"

高福、朱延国握着枪跑到吴玉成跟前。高福一看吴玉成抱着李海生痛哭，向左一看，大弟高升也死在树下，他跑到尸体跟前抱起高升。

"高升！高升——你醒醒，你醒醒啊……"高福怒火万丈，他咬着牙厉声追问吴玉成。

"谁打的？"

"还有谁呀？陈——陈耀青那个王八蛋啊——呜——呜呜——"

"这个狗汉奸——我要扒了他的皮——"高福愤怒地喊着。

"他往哪儿跑了？"

"沟外。"

"追，一定打死他！"

三个人向沟外追去。

魏强、朱延成从沟外回来，走到歪脖子沟沟口，正巧碰上了那三个"烧炭人"。他们打个对面，魏强总觉得这三个人奇怪，低着头，把破旧狗皮帽子的帽脸遮到了眼眉的地方，走起山路来，步子急而不稳。和他们一句话不说匆匆走过。魏强回头瞅这三个人的背影心里纳闷，山里的人在大山里无论砍柴，还是烧炭的，碰面总是要打招呼的。尽管素不相识，相遇也会说上几句亲近、热乎的话。再说，在山里干了一天的活儿，劳累使他们走起山路步子沉稳，可这三个人神秘兮兮的，慌慌张张的样子，让人觉得好怪。他们是什么人？干活儿的家伙都不拿？魏强停住了脚步回顾这三个可疑的人。

啪！啪！路旁山坡的林子里响起了枪声。枪声使魏强为之一震，那三个人以为暴露了身份，像兔子一样撒开腿向沟外没命地逃去。

是谁在打枪？这三个人听到枪响为什么撒丫子就跑？不好！这里一定有事儿。

"快！抓住这几个人！"

魏强掏出枪，两个人转身向沟外追去。这三个人正是岛田派来刚刚从吴玉成手里取走情报的那三个日本特工人员。在金场执行任务的朱延兴小组人员听到沟里不远的地方想起了枪声，都向沟里赶来。三个鬼子遭到了围追堵截，不知如何是好，慌乱中他们往一个山坡上爬去。李元科、朱延国和高福也赶到这里。三组人员一起扑向这个山坡。李元科紧跟在朱延兴身后跑，他一边跑一边想，坏了，这三个人要让抓住，事情就全露了。他掏出手枪想干掉魏强他们逃走，但一想逃回去日本人能饶了他吗？岛田交给他的任务是里应外合彻底消灭大冰沟里的抗日联军。这么做，不仅前功尽弃，自己的这条命也难保住，得沉住气见机行事。三个鬼子一边向山坡猛跑，一边向魏强他们射击。眼看三个鬼子就要进了树林。这时，山上林子里啪、啪、啪、三声枪响。枪声中，跑在最前面的那个鬼子倒下了。后面的两个鬼子卷了回来。两个家伙在惊慌失措中看到了跟前有一个大山洞，慌忙钻了进去。

大家陆续赶到，围住洞口。向洞里开枪射击。洞里的鬼子负隅顽抗，也不断地向外还击。

洞口不小，人们靠着洞口两侧往里观望，黑暗不见洞底。鬼子在暗处，魏强他们无法进洞。双方一阵射击，洞里的人不再射击。魏强以为鬼子没有子弹了，要摸进去。朱延兴一手拽住魏强，他摆摆手，摇摇头。

他捡起一块拳头大的石头，身子靠在洞口边，伸手把石头投掷到洞里。嘎啦啦——啦啦——啦——洞里石头滚动，撞击坚硬岩石的响声由近而远。

啪！啪！啪！洞里的鬼子又向外射击。

朱延兴想了想，突然，他喜上眉梢。

"有啦！"

"咋着？"

"小强，这两个东西，虽然跑不了。不过，天快黑了。这么下去，也不是事儿。咱活人还能让尿憋死喽？来！用柴草熏这两个王八蛋！看他滚出来不！"

大家觉得老朱这个主意不错。除了魏强、朱延国持枪守洞口外，其余的人四处捡枯草、干柴。堆在洞口的柴草有半人高。呼！朱延兴划火点着干草。干草噼啦啪啦一阵响后，呼呼呼的火苗窜起来与翻滚呛人的黑烟一起涌进山洞。不一会儿，只听洞里不断传来咳嗽声。两个鬼子在洞里实在受不了，拿情报的那个鬼子从衣兜里掏出纸团放在嘴里使劲儿地吞了下去。然后，两人从里面顶着滚滚的浓烟跑了出来。只见他们用棉帽捂着嘴，脸色发紫，两眼呛得流着眼泪。刚跑到洞口，啪！啪！两声枪响，两个鬼子一起栽倒在洞口。魏强赶忙来到两个趴在地上的鬼子跟前，他上手一扒拉，两个家伙已死，再看那子弹都打在要命的前额上。

"谁打的？"魏强十分生气，站起来问。

"组长，我打的。"李元科装作不明白魏强问话的用意，故意流露出自己立了大功的得意样子。

魏强本想发火，他知道，这两个鬼子是瓮中之鳖，到手的两个俘虏，没想到让李元科给打死了。他这样做，明摆着的事，是杀人灭口。但他想起葛振林的嘱咐，不能让敌人知道我们已经警觉。

"老李，你真行！"魏强随机应变，夸奖了吴玉成一句。

朱延兴、朱延国、高福和吴玉成把两个鬼子的尸体拽到洞外，魏强从三个死者的身上除找出了三把枪外，再也没有找出什么东西。魏强这时更清楚了，李元科就是地地道道的鬼子派来的奸细，并且他绝非是一般的特务，他能以不及掩耳的瞬间叫两个人都一枪毙命，枪法娴熟的程度令人吃惊。

这一天，小组侦察员虽然打死了三个鬼子，但牺牲了两名同志。大家的心里难受极了，高顺听说哥哥死了，哭得像泪人一般。这天夜晚，葛振林叫朱延兴、董老汉和几个女人留在驻地，他领其他人都去了对面的山坡去料理高升和李海生的后事。

回来，葛振林找各小组组长了解情况。他首先找来了高福汇报两名同志牺牲的经过。高福眼睛哭得通红，他把今天发生的事儿，一五一十地向葛振林说了一遍。

第四十三回 向阳坡奸细现真相 豹子洞开枪露端倪

"排长,都赖我。您处分我吧。"

"你不要太自责,这件事啊,我的责任更大,回去休息吧。"

高福擦抹着眼泪走了。

葛振林叫魏强、朱延兴把堵截、打死三个鬼子的详细情况说一说。魏强说完整个过程后,小声说出自己的看法。

"排长,今天这个事,我觉得,这个姓李的就是卧底奸细。他开枪打死从山洞子里跑出来的那两个鬼子,这两个家伙就要落到我们手里了。我想,他就是为了杀人灭口。还有,他使枪出手快,枪法准,叫当时在场的人都难想到。"

"三个鬼子的身上搜了吗?"

"搜了,只有三把枪。没别的。"魏强瞅着葛振林说。忽然,他想起一件事:"排长,今天还有一件怪事。我们追这三个鬼子,三个家伙跑得比兔子还快,他们上山就要钻进树林跑啦。可不知是谁,在林子里向他们开了枪,给截了回来。要不,这三个家伙都蹽了。"

"好,你们回去休息吧。"

大家走后,葛振林叫回朱延兴。

"老朱,今天这事,你看呢?"

"排长,依我看,李元科绝不是一个庄稼人,倒像是扛枪打仗的老手。当时,出手能那么快那么准,老三都不一定赶上他。"

"你俩说得对。他狐狸尾巴露出来了,不过,这样的奸细一定是经过鬼子特殊训练,非常阴险奸诈,他已经把我们蒙蔽了。今天,如果没有林子里那个人帮助,我们能不能整住这三个家伙就很难说了。"

"是啊。"

"你和延成看好他。"

"排长,我看,这个祸害别留着啦,把他抓来,毙喽得啦。今天他干的事,不可能看不出我们有所察觉。弄不好,这个东西挡不住狗急跳墙,鞋底抹油——溜喽。"

"溜?不可能,他不会的。"葛振林摇摇头,"因为,他到鬼子那儿没法交代。记住,不要惊动他。"

"嗯。"

夜深了，葛振林毫无睡意，他懊悔不已，他后悔当时没有听大家的话，留下了这个孽根，害死了两名战士。他看过高升、李海生两个人身上的枪眼，从多年作战经验可以断定，枪击射程很近。并和出洞的两个鬼子挨的枪眼一样，都是一枪毙命。显然，这两个人的死，都是李元科一人所为。

对面山坡出事的地方，正是陈耀青和李元科交过火的地方。李元科掩护三个鬼子逃跑，说明鬼子已得到了李元科送给他们的情报。李元科枪杀高升和李海生，是因为他俩发现李元科的不轨行为。李元科感到败露，就向两人开了枪。高福赶到，陈耀青已经去追逃走的鬼子。说明歪脖子沟沟口山坡上阻击敌人，也是陈耀青干的。看起来，陈耀青根本不是汉奸，是李元科嫁祸于人，给了我和同志们一个"障眼法"，蒙蔽了我们。好阴险的家伙！这些人都被他给耍了。

那么，滴水不露的李元科今天为什么不怕暴露急于传送情报，说明他已知道了我们下山背粮的行动时间。今天的情况，岛田没有得到李元科送出的情报。看起来，得学学《三国演义》里的诸葛亮，演一场"空城计"了。

十五这天，日头刚刚到了西山头，大家吃完了饭，葛振林进行了一番布置。朱延兴、董老汉和三个姑娘在家，说完，他带着魏强、朱延成、朱延国、高福、高顺、嘎蛋和李元科下山去山外背粮。并要求下山的人不许携带枪支，只拿自己拿手的贴身家伙。李元科一直装不会使这些东西，他只好赤手而去。

求粮队伍出发前，葛振林告诉大家："今天十五取粮。求来了粮食，明天十六，大家再热热闹闹过十五。"

正月十五的山月，格外冷艳皎洁，似乎带着少女特有的矜持与娇媚，款款地跃上东山，她靓丽地登上夜空的舞台，继而，群山，川野……亮如白昼。

大冰沟沟外。几座部落宛若灰色的城堡，酣睡在清辉普照，静如止水的月色中。出山取粮小队避开大西沟围子，从山道林里急速穿行。

半夜，到了藏粮的南山山洞。李元科从沟里到山外，一路上前后有人，他知道，今夜，每双眼睛都在盯着他，他片刻都不能离开队伍。

进了山洞，人们七手八脚一阵忙乎，不到一袋烟工夫，大家一个接一个背起粮食从原道返回。

第四十三回 向阳坡奸细现真相 豹子洞开枪露端倪

到了大冰沟沟门，走在背粮队伍最后的魏强对李元科说："李哥，你解手不？给我做一下伴儿。"

他又朝前面的葛振林大声报告："排长，我们解一下手。"

"快点儿。"

"唉。"

魏强放下粮食口袋，噔噔噔……跑到眼前的一条水扒沟子里蹲下解手，但他并没解裤子，掏出的却是腰间的手枪，他迅速躲在一摊柴草背后窥探在道旁尿尿的李元科。皓月当空亮如白昼，一切看得真切。只见李元科向路旁一块石头奔去，他动作敏捷，几步跨出，迅速把一个东西塞进路边一块大扁石头底下，并在上面放上两根一般大的不长的柴棍，然后向魏强解手的河沟子走来。

"小魏！完事儿了吗？"

"快啦。"魏强已回到原来的地方佯蹲着。半天才站起来，跨上坎塄来。

"李哥，我刚才拧肠刮肚地疼。原来是拉肚子了，走吧。"

两个人背上粮食口袋往沟里走。

还没亮天，大家顺利地背回了粮食。

折腾了一宿，大家都累得筋疲力尽。葛振林叫大家回宿舍好好睡一觉，并告诉朱延兴，在宿舍门口给大家站岗，让大家睡个安稳觉。葛振林回到自己屋后，魏强和朱延国跟进来，葛振林张开口就问：

"延国，那纸条你看清了吗？"

"看清是看清了，有几个字不是汉字，这个家伙是日本人。"

"叫你大哥去。"

"唉。"

小屋里，葛振林与朱延兴进行了秘密商量。

天刚擦黑，朱延兴回来了，他悄悄进了葛振林的小屋。

"都弄好了？"葛振林小声问。

"排长，都弄好了。上天门那个沟槽上头的两边岩缝里都放进了成捆的手榴弹，手榴弹的线绑在沟槽里，人必走到那摊柴草根上，鬼子上来准够他喝一壶的！"

"好。明天一早,告诉大家忙乎晚饭,全在家里高高兴兴过'十五'。"

第二天,山上的人劈柴的劈柴,挑水的挑水,扒兔皮、摘雉毛、烧火做饭,大家忙忙活活,到了晚上,大家像过年似的欢天喜地过正月十五。酒喝到月亮爬上东山顶的时候,大家才散去。这天夜晚,葛振林秘密布防。朱延兴、朱延成各扛一挺机枪悄悄在天门崖沿上等候,魏强和高福陪在李元科身边。

这一宿,鹿圈沟平静如常,安然无恙。

葛振林白费了心思,这可让他觉得不可思议。他想:这是鬼子袭击我们的最佳时机,鬼子得到情报,为何却无动于衷?那么,李元科给鬼子报的信写的是啥?

李元科这个狡猾的奸细对三个鬼子被打死已经感到不安,他已意识到自己被山上人察觉到了,如果再有闪失,自己就彻底露馅儿了。这样,不但不能完成皇军交给的卧底任务,而且自己的命也难保。他绝不能再铤而走险,他向岛田告诉不能轻举妄动,等待时机。

"排长,他已经感觉到了,把他干掉得了。"朱延成说。

"是啊!排长,他打死了我们这些兄弟,处死他得了,留着他干啥?早晚得坏大事的。"魏强也同意朱延成的看法。

这是十五后的第三天晚上,葛振林召集朱延兴、魏强、高福在一个秘密的山洞里开会。

会上,魏强、高福都同意赶快处死这个奸细。朱延兴却觉得这样做有些不妥。

"排长,除了这个奸细,我一百个赞成。不过,现在不是时候。捉奸捉双,抓贼抓赃。这样的奸细,不抓他手腕,他是不会认账的。现在就把他嘟噜起来。你不信就试试,他一句都不会招认。你想啊,李元科不仅是汉奸,他肯定还是一个受过鬼子严格训练的高级特工。要不小鬼子怎能让他到咱这儿来卧底呢?咱也没抓住人家把柄。把他抓起来审,他能老实交代吗?我认为别惊动他,把线放得长长的,钓更大的鱼。"

"老朱,你这叫姑息养奸!到什么时候啦,还放什么长线钓什么大鱼呀?那天,高升和李海生就是他开枪打死的。两个人都死啦,可他一根汗毛咱都没碰着。还有,他在洞口打死了那两个鬼子,明摆着就是杀人灭口!还要什么证据?!"高福反驳说。

葛振林叫大家静下来。他提出了自己的看法。

"我理解大家的心情,奸细一天不除,我们这里就一天不安稳,我们也随时都有被鬼子吃掉的危险。我们为什么要留着他,暂时不除呢?前一时间我们利用了这个奸细除掉了死心塌地追随日本人的高占奎,用鬼子的手杀了汉奸,围子里除去了一个祸害。我们现在暂不杀他。"

"还不杀他?"

"嗯。我要利用他帮我们做更大的事,所以我告诉大家,一定不要惊动这条毒蛇,我最担心的是我们的一举一动、一言一行,甚至一个眼神、一丝神情,会让这个狡诈的敌特察觉到。这一次,鬼子没来,也许是他感觉到,我们对他已经产生了怀疑。所以,他要在近期小心提防我们,不敢贸然采取行动。说明这个奸细比我们想象得要狡猾得多。他在和我们斗智。所以,我们和以前一样对他。要让他以为我们是一群笨蛋傻瓜,还在睡梦中。这样,他就会放心大胆地伺机活动。我们就能将计就计,利用他帮我们把鬼子引到这儿来。那时,我们就能消灭更多的鬼子,我们才能为围子里的百姓和死去的战友出口恶气!"

葛振林一说,魏强和高福没说什么。

朱延兴提醒葛振林:"排长,我们以前没有看透这个奸细,轻信了他。要不我们的两个兄弟不至于死,这回真相大白了。我想,我们的人不多,如果再出个闪失咋办?"

"是啊,我们牺牲了两个好兄弟,我们绝不能有这样的下一次!高福,你还和他在一起,这样,不会引起他的警觉。"

第四十四回 痛苦老人抑郁成疯 山里兄弟醉遭偷袭

一晃到了二月下旬，乍暖还寒的天气却挡不住春天执着的脚步。大冰沟群山众峰，积雪消融，千沟万壑溪流汩汩，万山野林树木不知什么时候丢弃了傲霜斗雪，铁骨铮铮的腰板，化为纤姿柔韧、亭亭玉立的少女身。当情绪高昂的春风问候山野时，山中林树像一位位翩翩起舞的舞女，摆动着纤细的腰肢，飘逸着迷人的修长的肢臂，在和煦的春风中，摇啊，摇啊……舒展着身躯；山鸟在枝头上或停或跳，招朋唤侣，唧唧喳喳；谷涧里，溪水潺潺；山岩上有雄鹰展翅翱翔，大冰沟开始萌动春的芳韵。人们驻足山里，放眼望去，漫山遍野泛着青。所到之处，咸丝丝的新嫩的草芽味儿时时扑鼻而来，散发出的全是沁人心脾的清新的空气。大冰沟一派生机盎然的蓬勃景象就要到了。

进大冰沟烧炭的人一天比一天少，所以鹿圈沟里的抗日小队人员那根紧绷绷的弦儿，也渐渐地松弛下来。

鸟语花香的季节真好，可围子里的人却感受不到春给人间美好的馈赠。生活的困窘，失去亲人和那种骨肉分离的精神折磨无时不在鞭打活着的人们。

"海生——海生——你哪儿去啦——娘在家等你吃饭……"

"海生啊——你回来呀——娘在这儿呢……"

夜已深啦，一个瘦骨嶙峋，衣衫褴褛，赤着脚的老人还在围子里大街小巷边喊边胡乱地跑着。只见她蓬头垢面，双手不住地颤抖，语无伦次一遍又一遍地呼喊。那一阵高一阵低令人痛心的喊声叫人听了揪心般地难受。

"我说，东头老李家那个老娘可咋整啊？"疯人的喊声唤起高真的妻子对李家不幸的与同情。

围子里人都知道，老人这样没黑天没白天地疯跑，已经一个多月了，听惯了她呼叫儿子名字的那种凄凉的呼喊声。

第四十四回 痛苦老人抑郁成疯 山里兄弟醉遭偷袭

她已不顾衣体，不知深浅。前天，要不是老头儿跟得紧，就掉到井里淹死了。她一直腿脚不好，七十多岁的老伴李庆元整天跟着她，他没了儿子，老伴儿失常，生活对他来说如同雪上加霜一般。他一瘸一拐，泪眼巴巴跟着老伴走啊，走啊，不知走了多少个日日夜夜，也不知走到何时是一个尽头。他知道老伴如此疯癫，已经脱离了世上的苦恼与忧愁。她解脱了，是一种幸福。痛苦的人现在只有他一个。他不知道自己以后是什么样子。

"儿子回来吧——你听着了没有？"

街上，老人喊声不绝于耳。

"唉——好端端的一个家叫鬼子给祸害成这样。"高真的妻子叹息地又说一句。

"啥法子？这年头啊，小鬼子根本就不把中国人当人。你想想，这几年，他们叫人们修围子，说把人圈起来就圈起来，凭白无故，说抓人就抓人，就像圈牛羊、抓小鸡一样。摊上了就得认倒霉。这些野兽啊！"

"好人没长寿，歹人活不够。阎王爷咋不把这些恶人叫去呢？"高真妻子气得诅咒那些该死的鬼子和汉奸。

"老娘们家就会这套。骂，有啥用？快快嘴，要想收拾这些东西，解解心头之恨，就得像山里的那些人那样。"

"看你说的！我一个老娘们家能咋的？明天呢，你去李家一趟，给这老娘子看看。"

"春他娘，你知道，我只会治跌打损伤什么的，治这个病，我哪儿行啊？"

"也是——要是李先生活着，这老娘子还会有治。"

"咋还不给弄家去？"

"就一个腿脚不好的老头子，他整得了吗？"

"唉——"

这个疯子，就是李海生的母亲。那天，李海生被守门的伪军抓走后，老两口儿还不知道。天黑了，两人还守在门口焦急地等着儿子，他们知道，天一黑，鬼子就关围子大门，这事，儿子咋能不知道？儿子一定是上山出了事。老两口一宿没睡觉。李老头准备围子大门一开就去找儿子。

第二天，没等他出围子就有人告诉他。

"大叔，有人看着，海生昨天让一群伪军给绑到鬼子兵营那儿去啦！"

老人一听如五雷轰顶，眼前顿时一片空白，半天才清醒过来。他难道做啥事，惹了鬼子啦？不能啊，他从小到大没惹过祸。常言说得好："知子莫若父。"自己的孩子啥样，自己最清楚，他老实巴交是不会惹事的。准是鬼子抓错人了。李老头心里琢磨着。

听了这个消息，李海生的母亲扑腾一下子坐在地上。

"天啊！孩子他犯了什么法？让他们抓去？我的儿子是不会的，不会干犯法事的。老头子儿，咱俩去看看。"

老汉听老伴这么一说醒悟过来。对了！看看去！"没做亏心事，不怕鬼叫门"，不管民国还是满洲国都有法律的，咱怕啥？他从恐慌中立刻镇静下来："咱儿子不是操蛋的孩子。他不会给咱惹事的。咱俩求求皇军去，说些好听的，他们会放了儿子的。"

两位老人侧侧歪歪来到日军营地门前，只见门口有两个鬼子，身旁还都戳着一支明晃晃带刺刀的枪。他们在大门两边一动不动地站着。两位老人还没到大门前，看这种阵势，心里打战。两人伸着脑袋眼巴巴地往院子里望。院子里没有任何动静。救子心切，爱的力量给了两位老人不惧一切的勇气："皇军长官，皇军老爷，放了我的孩子吧！"

老头子和老伴望着门口的两个鬼子，跪在离门口有几米远的地方央求着。

守门鬼子一瞅，有两个人跪在门口，提起枪朝两人走来。

"八嘎！什么的干活？"

"皇军大爷，行行好。我求求你们放了我的儿子，他不是坏人哪。"

"统统地开路！死啦死啦的！"

两把锃亮的刺刀冲着他们逼近。两位老人一看两个鬼子端着刺刀，凶神恶煞的样子，慌忙从地上爬起来相互搀着踉踉往回跑，两位老人到了一个墙角才敢回头，看鬼子没追来，才停下脚步。两人眼泪巴巴望着已经远离的日军营部。

"走吧，小子不会有事的。"李老汉劝老伴，搀扶着她往回走。

几天，都没有儿子的消息。两位老人四处打探，才知道日伪军在围子里抓了不少这样的年轻人，心才稍有宽慰。

第四十四回 痛苦老人抑郁成疯 山里兄弟醉遭偷袭

"老伴儿,我打听啦,不光咱孩子。鬼子在围子里抓了不少他那么大岁数的年轻人。"

"老头子,你说,小鬼子抓他们这一把档大的孩子干啥呢?"

"年轻人有力气,挡不住让他们又去修围子呗。"

第四天,围子里传出了消息,所抓的那些年轻人被皇军押到北方去做苦力。

这天下午,人们看到日军营地门口附近不同往常。有不少日伪军荷枪实弹在那儿把守。不多时,一辆大卡车开到了日军营地门口,嘎的一声停下。随后,一个班的伪军跳上车,从车上拖下一具具死尸。这些尸体都被白布单盖着,有的白布单渗透着一片片红鲜鲜的血迹。不一会儿,这些尸体又被伪军扔上了卡车,由十几个日军上车看押拉走了。

十几个年轻人被鬼子杀害的消息不胫而走。噩耗,让两位老人的一线希望破灭了,老人呆呆地望着高高围墙上被风吹得呼啦啦响的狗尾巴草,眼泪默默地流淌。

"孩子啊,你怎么先走了呢?娘还没走哪。"李海生母亲喃喃地自语着。

从此以后,老人一天又一天昏昏沉沉地度过每一个时辰,她的眼里无时不在浮现儿子熟悉的身影和憨厚的面容。

"他走啦,我咋办?"老人不断地念叨着这句话。

她不吃不喝,身子一天天消瘦,眼神一天比一天发呆。

终了,她在家待不住啦,满街地跑,满街地喊。她疯了……一直在围子里不断地乱跑,不停地在喊。鞋子跑没啦,身上穿的那件旧的棉袄弄得破烂不堪。

开始,人们同情、可怜这个不幸的老人,说呀,劝呀,有什么用啊?年迈的老人本来就是靠一种希望的火苗亮着的一盏灯。老天已吹灭了她心中的火苗,夺去了她心里唯一的希望。这,谁能触摸到一位风烛残年老人内心深处那种痛苦而不能自拔的酸楚?她固守的精神家园被这种无情的沉重打击彻底地摧毁了。

一个月过去了,老人依然不分昼夜地满围子地乱跑呼喊,只是声音逐渐变哑、变小,乱跑也没有以前那样快了。有时她趴在地上纹丝不动,有时边走边傻笑；有时停下来，用痴呆的目光久久地瞅着什么，然后，嘟嘟囔囔走了。她的脸上已经没有了一丝悲伤的表情。痴呆已经彻底解除了她的痛苦、悲哀与牵挂。她已经乐呵呵大口大口地吃着别人给她的菜团子。围子里的人们一看到她那样，没有不流泪的，一个没有痛苦的痴癫老人比她以前的任何痛苦更可怜、可悲。因为没有什么比这样更不幸的了。

她，终于成了日伪军的"特赦"的人。南大门，老人可大喊大叫，来去自由。每当她走出围子，日本兵不瞅她一眼，那些伪军看她走出围子大门，哈哈大笑："哈哈哈……你看那个疯子！"

一天，一个不幸的消息传到了围子里。

"李海生他娘淹死啦。"

"唉——这老娘子真可怜啊！"

围子里的人们把她从深水中打捞出来。河边，围子里来了一些人围着她。她瘦得像个骷髅，静静地仰躺在那儿，她身上还有打捞时带上来的青苔，湿淋淋的水从她的身上、脑袋上向四周流淌。她两眼已经闭上，过去灰白、瘦瘪苍老的脸已发紫色，满脸的皱纹已经散开，人们再也看不到她以往那种慈祥、憔悴的面容；再也看不到那深深陷进眼窝里的眸子曾有过的期待、迷离、惆怅的目光；再也看不到她在围子里满街地疯跑。

"唉！人死啦，再也没有什么牵挂了。"一个人感叹地说。

"走！走！走！死人有什么好看的！"围子里出来一些驱赶人群的伪军。

岛田这些日子亦喜亦忧，喜的是，他掌握了大冰沟抗日联军整个情况；忧的是，天气变暖万物复苏，一旦偌大的大冰沟到了草长莺飞、万木葱茏的时候，他筹谋的彻底消灭大冰沟抗日联军的计划就泡了汤。三个月前，为了获取情报，他白搭了三个特工人员。打进抗日联军内部的"山鹰"告诉他，山里抗日联军已经对他有所怀疑，暂且取消一切行动。所以，他取消了偷袭鹿圈沟的军事行动。目前，他的部队在围子里养精蓄锐，等待时机。

两个多月，"山鹰"没有传来情报。到这个时候，眼瞅着就要失去了冬季偷袭的大好时机，还不见"山鹰"的回音，他能不急吗？

这几天，岛田躺在炕上辗转反侧，夜不能寐。

这一天早上，他坐在木椅上，一只胳膊肘戳在桌上，手指顶着额头，思

第四十四回 痛苦老人抑郁成疯 山里兄弟醉遭偷袭

考如何树叶封山之前，打上这一场歼灭仗。

"报告！"

一个声音惊动了他。他抬起头。

"山里情报！"一个鬼子进屋来向他行礼报告。

一听是山里的情报，岛田倏地站起来。他焦虑、忧郁的目光顿然放出欣喜的光芒。接过药丸大的纸团，他如获至宝，急速地把纸团展开，那是一条抽烟纸大的纸条。他迫不及待地看了一遍，然后，又仔细地再看一番：

"三月二十三晚，山上庆寿，勿失。晚，火为号。山鹰。"

"三月二十三。"他捏着纸条，目放远山处，自言自语地重复一遍时间。一双阴森森的深陷的眸子里迸射出希望的火苗。

"哟西。"

他兴奋地走出屋子，面向西南，仰头举目用深邃阴险的目光，向远方墨黛色的大冰沟一带久久地眺望。偶尔，露出狡诈的一丝冷笑，这是他进驻围子以来最为开心的时刻。

岛田从心里佩服上峰给他派来的这只"山鹰"。日前，他对大冰沟的抗日联军情况了如指掌。

自从那次取情报遭到抗日联军阻截失败后，"山鹰"告诉他重新确定联系方式。每天派两名身怀绝技、武艺高强的日本特工人员黑夜赶到天门上的一个岩缝里来取情报。因为李元科白天黑夜身边不离人，他很难把情报每次如愿地送到那个岩缝中。岩缝里放情报的事儿，前半个月就被魏强发现了，所以，吴玉成每次送的情报，魏强都把它拿回来给葛振林看，然后再原封不动放回。这次，葛振林准备再利用他一下，给鬼子一个致命的打击。这天半夜，魏强把拿回来的纸团递给了葛振林。葛振林看完笑了："这只野狼终于招呼群狼来了。"

"拿回去，按原来的样子放好。"

"唉！"

到了农历三月二十三这一天一早，鹿圈沟的小伙子们担水的担水，劈柴的劈柴，早就准备好的野鸡肉、山兔子肉煮了一大锅。茅草房那温馨、喜庆的氛围，热闹的场面不亚于过大年。原来，这天是董老汉的生日。

葛振林早就向大家说过："三月二十三是老人的七十大寿，大家要好好给老人庆祝一番。"

尽管老人再三不让办，可葛振林和大家执意要办。盛情难却，老人只好答应下来。

葛振林叫朱延国、高福两人上午在山门偏道上看守，到了中午，两人回来。

朱延国向葛振林报告完提议："排长啊，山下没一个人，咱就把心放在肚子里吧。下午，我哥俩再看半天，晚上，咱就别派人去了，好在一起给老人过过生日。"

"磨叽啥？排长不知道大家一起给老人过生日好？"在一旁的朱延兴责怪三弟多事。

"大哥，你看看你，我这不就是说说嘛。上次，咱们等小鬼子，就跟咱们上次打猎等野猪似的，连个毛都没看着。整了半天，还不是养活孩子让猫叨去了——白费那个劲。"

"好了，好了，该干啥干啥去！"朱延国看大哥不高兴了，再也不敢吱声，走开了。

"排长，站岗我去。"高顺说。

"不用，我自个儿就行了。"

"就让顺子跟你去吧。"葛振林告诉朱延兴，"这一次更要细心地布置，要让小鬼子有来无回。"

"嗯。"朱延兴点着头。

"顺子，你在附近放哨，精细着点。"

"嗯。"

葛振林告诉两人："你俩日头压山的时候就回来吃饭。"

日头要压山了，高顺手掐着枪，在天门上口不远的柴草里机警地巡视四周。朱延兴按葛振林的安排，按正月十六那次布置一样，在天门上沿两边的大小岩缝里塞进了不少手榴弹，手榴弹线线相连然后又拴在上山必走的那簇茅柴根下。全都弄好后，他看了看真的没有一点儿问题，才放心地往回走。他心里想，小鬼子，让你尝尝"天女散花"的滋味，这回啊，叫你走天门坐飞机到阎王爷那儿报到去。他兴奋地抹了一把脸上的汗珠，回到了茅屋。

第四十四回 痛苦老人抑郁成疯 山里兄弟醉遭偷袭

这一天，鹿圈沟不同往常，像过节一样，大家里里外外忙乎着。李元科更是暗自欣喜。只要岛田按他的情报行事，山上这支抗日队伍消失就在今日。他大功告成日本人亏待不了他。女人、金条那还用说吗？

小兰、小英剁肉的剁肉，炒菜的炒菜，魏强、延国他们烧火搬柴，噼噼啪啪，嘻嘻哈哈，茅屋里洋溢着祝寿的喜庆。呼——呼——炒菜的白气一个劲儿地从茅草檐下钻出去，茅屋里飘逸出一股股诱人的香味儿。

日头刚压山，晚宴已准备好了。屋子里用长木板搭起的餐桌上摆好了宴席。青灰色的三个大瓦盆里盛满了蘑菇炖山鸡肉，一盆纯一色的兔子肉，一盆狍子肉，还有一坛子老人早年藏存的好酒。葛振林让小英招呼大家吃饭。

"大家都回来吧！吃饭啦——"小英立在茅屋门前，踮起脚尖，把两手握成"喇叭筒"，她向山洼放出尖亮的嗓门儿。

"开席喽！"朱延成也放开嗓子，帮助小英喊。

一会儿，人们陆续来到茅屋前，大家热热闹闹，高兴地进了屋子来到"餐桌"前，列位就座。

这次庆寿晚宴，葛振林做了精心而又简单的安排。餐桌两旁的土墙上由刘小姐提笔写了一副对联：

福如东海长流水，寿比南山不老松

横批是：长命百岁

大家把董老汉扶到餐桌中央。葛振林站在中央，他首先代表山上十几位抗日战士向这位德高望重的老人家深深鞠了一躬："大叔，今天是您的七十大寿，我代表山里所有兄弟姐妹向您表示真诚的祝福，祝您长命百岁！"

"好，祝大叔长命百岁！"大家都高兴地祝福着老人。

葛振林接着说："两年来，他老人家与我们抗日弟兄姐妹休戚与共，风雨同舟。支持我们，帮助我们，是我们可亲可敬的老前辈。在这大山里，没有他老人家的呵护和指点，就没有我们的今天，就没有我们现在这支抗日队伍。所以，我提议，请大家都举起酒杯，共同庆祝他老人家福寿安康！"

"福寿安康！"大家说完，共同干下一杯酒。

"大家把酒倒上。"

"我公布第二个好消息,那就是我已经找到了隐藏在我们身边的真正日本奸细!"葛振林脸色骤然严肃起来。

这句话触动了李元科的敏感神经。他知道自己身份已露,到了这个时候,先下手为强。他想到这儿,倏!手伸进腰间去掏枪,可哪还来得及?在他身旁的魏强一下子按住他的手腕,高顺、魏强和朱延成一起,把他按倒在地上,捆绑起来。虽然,吴玉成功夫厉害,可是,魏强、高顺和朱延成早有准备,哪有施展他拳脚的机会?

"哈哈哈——哈哈哈……"吴玉成终于原形毕露,他大声狂笑:"抗日联军,哈哈哈!"他用揶揄的目光瞅了一眼葛振林和身边的人,"一群没吃、没喝、没有脑子的亡命徒。"

"放你娘的屁!"朱延国掏枪就想毙了这个阴险狡猾的卧底汉奸。葛振林拦住了他:"你觉得你很聪明吗?你为你那些卑鄙奸诈的行为感到聪明吗?要是那样,今天,你就不会乖乖地被擒。卖国求荣,认贼作父,没有比这更让人感到可恨、可耻的了!"葛振林对面前这个不齿于人类的东西说完这番话,吩咐魏强:"今天是老人的生日,明天处理:押到东面那个小屋去!"

"排长,我看着这只狼。"高福说。

魏强、高顺和朱延成把他拽到最东面的那个小屋子,把他紧紧捆在顶梁柱上,然后,又把他的双脚用绳子捆牢,才放心回到餐桌。

铲除了一大祸害,大家自然满怀欢心,笑逐颜开。葛振林向大家做了一个交代:"这个日本奸细,给山外的鬼子不止一次传递情报,还杀害了我们好几名弟兄。今天我们收网了。现在,我们心腹之患已经铲除,大家快快乐乐和老人家喝酒吧。不过,大家今晚不要喝醉,还有事要做。"

"好!听排长的!"

十几个人热情洋溢,每个人都纷纷给老人敬酒。俗话说得好:"酒逢知己千杯少。"聚集在山上的这些人与董老汉朝夕相处,亲如父子。今为老人祝寿,大家自然都要与老人来个祝愿酒。老人不胜酒力,笑呵呵地对大家说:"我中啦,再喝,就醉啦。"

每个人与葛排长表示,人人推杯换盏相互敬酒,尽情畅饮。几个轮回,

第四十四回 痛苦老人抑郁成疯 山里兄弟醉遭偷袭

每个人一大碗酒都喝了下去。

下面天门没有动静，山上的人自然放心。朱延国端着碗里的酒还要与老人碰杯。董老汉一番劝说，才不喝。

葛振林不放心，派魏强、朱延兴下去看看："老朱，魏强到下面看看去，说不准今天晚上，鬼子就会上来，大家不能掉以轻心。"

"是！"

两人别上家伙，拎着枪去了天门口。

朱延成端着半碗酒在门口向外望望。他跟葛振林说："排长，你放心吧，这时候下面没动静，这次小鬼子挡不住和上次一样，在围子里没出来。"

天刚擦黑，天门崖及其周边寂静如昨，山风习习掠过丝丝凉意，遥远的天际刚露出的点簌星辰在空中闪烁。

"看样子，这鬼子又不会来啦。"魏强说。

"这可没准儿，为什么给他叫小鬼子呀，坏着呢！"两人瞅了一会儿，心想，这时候，鬼子没来，不能来了吧。两人转身往回走。

茅屋外，两人向葛振林小声作了汇报："排长，下面一点动静都没有。这小鬼子是不是和上回一样，又不来了？"魏强瞅着葛振林猜测着说。

"排长，鬼子就是缩头乌龟，他知道进山也是挨打的货，他们不一定敢来，我俩进屋再喝点去。"朱延兴说完看葛振林不放心的脸色笑了，"排长，你就放心吧，别说小鬼子他们不敢来，就是来了，天门放的那些东西还有他好？"

下午，岛田带领一百三十多个日伪军进了大冰沟。这支偷袭部队，天黑到达了三道沟沟口，岛田命令部队停止前进。他按着山鹰画的草图路线在此兵分两路。一部由精赤带领，这是一支装备精良，战斗力很强的日军小队。他们接到命令，向西进入獐子沟，在獐子沟沟底上山梁，再沿着山梁南去在鹿圈沟山崖顶等候火光信号。再迅速靠近茅屋，居高临下向山坳里的抗日联军住的茅屋来个"泰山压顶"，彻底截断抗日联军的退路。与岛田率领的上山大部队上下夹击，妄想一举歼灭山上这支抗日部队。

走獐子沟的这条路可以说从来没有人走过，可鬼子怎么知道的呢？这还得从前几个月说起。吴玉成自从参加了高福的小组以后，跟着小组在鹿圈沟附近大大小小的山沟里搜捕陈忠堂有七天的时间。贼人有贼心,吴玉成在搜查的陈忠堂过程中,早已用了这个心眼。上鹿圈沟,除了走天门这条路,他找到了另外两条通往鹿圈沟的上山的迂回之路。这,谁也没想到,他把这张画草图的纸装进一个空心的木棍里。可惜,魏强没有发现。

在常来天门取情报的两个日特人员的引领下,岛田带领的日伪军大队人马悄悄地来到鹿圈沟的天门脚下。他仰望着这面悬崖峭壁内心惊叹:"天门,真是名不虚传。"要不是"山鹰"说此绝崖有道,谁敢相信能从此上山?

"少佐,就在这儿!"一个特工指着黑黢黢的崖缝说。

"你的,前面的带路!"

"我?"

赵万奎用手指指着自己的鼻子,他把脖子向前伸探很长,他简直不相信自己的耳朵。他望着岛田长满黑乎乎胡茬的那张冰冷冷的脸,只好"嘿!"了一声。心里却骂道:"小鬼子,你真狠哪,我是大队长,你用我投石问路,你也忒拿'豆包不当干粮'了,妈的。"赵万奎虽然心里有一百个不愿意,但他不敢违拗,领着八十多名伪军沿着崖缝想攀缘而上。

"赵大队长,那边的开路!"

"太君,不走这儿啦?"赵万奎抬头仰望一下高高乌黑的陡崖,松了一口气。

"嗯。"岛田嘴一闭,露出狡黠的奸笑。

赵万奎在茅草丛生的沟底带领伪军在前面走,他一手擎着手电筒,另一只手拨着密密的杂草。每走一步,他都仔细看。就要到了没有山崖的地方,他突然发现眼前的柴草底下被一根线绳牵扯着。

"停下!"他惊愕地命令跟在他身后的伪军。

"地雷!"

赵万奎慌忙来到岛田跟前汇报:"太君!前面有抗日联军埋的地雷。"

岛田与赵万奎快步来到这里。到了丝线跟前一拽,拽出一根不到一尺长的木棍,他捡起了那根木棍,在筒里倒出小小的纸团,展开细细地看了一遍。岛田看完纸上写的内容,咧开了大嘴:"哟西。"随后,把手中的纸一攥塞进衣兜,战刀一挥:"快速前进!"

第四十四回 痛苦老人抑郁成疯 山里兄弟醉遭偷袭

赵万奎瞅着岛田发愣了，原来那条线绳拴的不是抗日联军的地雷，是情报啊！难道山里抗日联军里面有我们的人，我怎么不知道啊？

日伪军快速通过天门崖脚下，走到扇形的一面山坡，部队停止了前进。岛田亲自带领部队趁着傍晚天色昏暗，爬着上山。一百来人悄悄地钻过两片山林，翻过一个山鼻梁，迂回到天门崖上的丛林里。

日伪军上了天门顶。这时，天色已黑，他们都悄悄隐蔽在鹿圈沟山洼的树林里，并迅速地向山坳中的茅屋靠拢。

几间茅屋在朦胧中出现在岛田的眼前。岛田此刻心情兴奋不已。两支部队已靠近了抗日联军的驻地，只要"火"起，顷刻间，两支部队就可上下夹击。再有"山鹰"作内应，消灭这十几个抗日联军可以说是不在话下。岛田趴在一片茅草里静静地等待，他望着山坳中静然的几间茅屋，内心陡然油生一种激动。几个月来，他殚尽竭虑筹谋运作，才使他有稳操胜券、大功垂成的今天。盼望已久，来之不易的决定性胜利就在眼前。这，能不令他兴奋吗？这是一名大日本军人韬略盖世、谋略过人的印证！喜悦之余，他隐隐有几分忧虑。两年来，他和这些山里抗日联军的仗没少打，每次都是自己吃亏。所以，他要谨慎行事，才能万无一失。他命令部队远离山道，隐藏到密林深处待命。

时值三月下旬，月亮后半夜才能露头。半夜，山月尚未跳出东山山峰，山谷异常幽暗。葛振林走出屋门觉得时候不早了，下面还是没有动静，难道鬼子真不来了吗？他瞅瞅四面山野，一片黢黑。黑暗的山坳里凝固着常有的寂静。身后茅屋里的油灯还闪着如豆的亮光。他转身回屋，看高顺喝得趴在"餐桌"上睡起来。

朱延成、朱延国自随大哥从关东回来还是第一次喝酒，他们一端起酒杯，回想起在关东时候的情境。那时，兄弟三人冬天上山狩猎回来，母亲在家都要温上一大壶热乎乎的酒给他们喝来暖和身子。那时，三位兄弟和嫂子总是让父母坐上，先给二老倒上满满的一杯热酒，再一起干下。一家子人围坐在父母跟前有说有笑，其乐融融。如今，家破人亡，只剩兄弟三人。想起这些，哥俩眼睛有些湿。今天是给老人祝寿的高兴日子，两人心里明白，千万不要让大家看出伤心事儿，来扫老人的兴。兄弟两人给董老汉敬酒，各个满杯下怀。两人斟上再饮。此时，刘雅娟和小兰赶来劝住。两人侧侧歪歪，趔趔趄趄被小英和刘雅娟扶进他们睡觉的那个茅屋。魏强虽然只喝了半碗酒,但他从来没喝过这么多的酒,他糊里糊涂睡了。一会儿醒来,他坐在长凳子上感到天旋地转,心里恶心,想吐又吐不出来,他脑袋嗡嗡地响。小英把一碗热水端到魏强跟前。

"强哥,喝点水解解酒。"

她亲自端碗让魏强喝水。魏强摇头,抬手想说话。啪啦!不听使唤的手一下子把碗碰掉在地上。碗碎了,热水洒在地上也洒到了魏强的裤脚和鞋子上。吓得小英急忙给魏强脱鞋子擦裤脚,看看脚背烫红了,她着急得要哭,忙问:"强哥,疼吧?"

魏强只是摇头。

"我给你拿鞋去!"小英匆匆去取她早给魏强做好的布鞋。

吴玉成绑在最东面的那个小屋里。他感到无比的沮丧和十分的懊悔。眼瞅着今夜大局已定,这时候却被他们抓住,难道这是老天的安排?"谋事在人,成事在天"这话真不假。他万万没想到葛振林关键时刻下手比他快。怎么就没有提防葛振林这一招呢?自己真是明白一世,糊涂一时啊!回想这些天在山上吃苦受罪,度日如年。并且还要顺从、装憨,斗智,挤走作对的陈忠堂。自己无时无刻不在忍受,极尽掩饰苦苦地煎熬半年多,只盼这一天的到来。只要帮日本人消灭了这些缠手的山里抗日联军,自己飞黄腾达的时候就到了。到那时,就可以和久违的那个美丽的日本女人朝朝暮暮、长相厮守了,皇军的奖赏和歪脖子沟埋藏的那些金银财宝足够自己取之不尽,用之不竭,挥霍一辈子的了。老天啊,我吴老大出头之日就在咫尺,你为什么与我作梗!让我枉费徒劳,沦为不逞之徒?我不甘心啊!

葛振林、朱延兴来到东屋,叫高福吃饭去。

葛振林问吴玉成:"你到底是什么人?为什么会写日本字?"

"哈哈哈,哈哈哈!"吴玉成凶相毕露,两眼放出犀利凶残的目光。他耻笑眼前这个被他蒙骗过多次的抗日联军排长。

"你说!你是不是日本人?高升、李海生是不是你开枪打死的?王八蛋,你害了多少人呢,非杀了你这个坏蛋不可!"不管朱延兴怎样气恨地骂他,他就是一声不吭。

第四十四回 痛苦老人抑郁成疯 山里兄弟醉遭偷袭

葛振林知道，鬼子派来的奸细是通过严格的特工训练的，死也不会吐出一个字的。他要明天一早把这个奸细处决："老朱，不必费口舌。"

吴玉成心里明镜似的，死在他手里那么多的人，抗日联军绝不会放过他的。

"排长，我回来了，你们歇着去吧。"吃完饭的高福又回到看守间。

"老朱，派一个人给高福做伴。"葛振林说。

"不用，这个兔崽子手脚都绑着，他就是有天大的本事也逃不了。排长，你们就放心吧。"

"排长，他们一个个都喝拉米啦，一会儿，我和小高在这儿。"朱延兴要求留下来。葛振林一想，也是，大家都没少喝酒，叫他们睡个觉，后半夜再叫他们换岗。

"老朱，不用，不用！我一个人没事儿，要换，待会儿再替我。"高福笑着说。

山下天门还是没有一点儿动静，葛振林看大家都喝得摇摇晃晃，心想：没事，就让大家好好睡个觉吧。

岛田的部队在树林里隐蔽多时，直到夜深，他才命令日伪军悄悄向茅屋跟前徐徐移动，悄悄靠近。以前在山上曾遭遇过抗日联军伏击的伪军，知道这些人不是好惹的，个个心惊胆寒。他们边爬边向周围黑乎乎的山林里张望。

半夜，偷袭部队来到距草房五十多米远的树丛中。岛田让部队悄悄疏散成半圆形围住这几间茅屋。一个一个的时辰过去了，岛田不见有任何动静。"山鹰"怎么还不点火呢？岛田心里嘀咕着，他只好按兵不动。

高福坐在一个小板凳上，他手里攥着匣子枪，盯着吴玉成。夜深了，他有些困，打起盹来。

狡猾的吴玉成知道这是一个最好的机会。他背绑在身后的手慢慢地动着，绳子终于开了。打瞌睡的高福却全然不知。就在他迷迷糊糊的时候，吴玉成听听屋外没有人走动的声音。他如一头猛豹一步窜到高福跟前，一掌击倒高福，随后，拔下高福腰间的刀子，在高福的脖颈上一抹。吱——鲜血流了一地。吴玉成拿起地上的枪，蹑手蹑脚来到屋门口偷窥一下，没有人在外站岗。

弯月刚爬上东面的山顶，微光隔着不大的纸窗户泻在半截炕上，静静地抚摸着这些鼾声如雷的醉汉子。邻屋，吴玉成一手攥着枪，一手握着刀轻轻拨开门闩，蹿出屋门奔下山去。

朱延成晃晃悠悠地走出屋门，走到不远的一棵楸树下，他要解手。

如镰的弯月刚出山顶，挂着惨淡苍白的光，远处山顶夜空，寥寥星辰眨着困乏的眼睛，朦胧的山野和奇崛的山形，陡峭的岩崖遮蔽膝下的幽暗，让人感到大山野冷的滋味。夜风习习扫动着茅草发出窸窸窣窣的响声，知了在草丛里唧唧……吱吱……不疲倦地叫着。就在这远离嚣尘，与月相约的纯美世界中，竟然潜藏着杀机！

吴玉成跑到林边，迅速掏出火柴划着，点起事先准备好的一堆干草。此时，岛田已来到吴玉成身边，吴玉成用日语说："太君，所有人都在这屋子里。"

他用手一指那几间草房，岛田刚命令部队快速包拢过去，啪！啪！啪！吴玉成身后传来了三声枪响，这个阴险狡猾的日本特务后心中了三颗子弹，倒了下去。岛田哪还顾得了倒下的吴玉成，命令潜伏部队：

"快快地围住！"日伪军快速向草房围拢过来。

开枪打死吴玉成的正是朱延成。原来，他蹲在一棵树下解完手，正想回屋。这时，从东面的茅屋里溜出来一个人影儿，像幽灵一般快速向下边林子走去——朱延成想起排长的话，他盯着黑影下山去。心想，黑天半夜的这个人是谁？干啥去？他猫着腰不敢跟得太近，看那人停下来，他只好躲在一棵树后看个究竟。呼——黑影跟前起了火！林子里又出现一个人影。两人站在一起说话。朱延成侧耳聆听，说的话他虽听不明白，但听得一清二楚。叽里呱啦说的全是日本话，他在关东听过日本人说的话，就是这样。窸窸窣窣，林子里倏地出现许多人影。朱延成一下子明白了，是站着的那个奸细引来了鬼子。糟糕！鬼子已到跟前了大家还睡觉呢。咋办？事情迫在眉睫，回去报告排长已来不及了，他只好开枪打死这个汉奸来告急。也许，只有这样，才能让屋里的人得到逃脱。朱延成击毙了吴玉成和他身边的一个鬼子，一阵风似地往回跑。随后，敌人的枪声大作，子弹如雨点一般在朱延成的身边嗖嗖嗖地擦过。屋里醉睡的人们被外面的枪声惊醒。大家立刻翻身坐起，酒劲一下子变成了一身冷汗。大家迅速跳下炕拿起枪，要往外跑，魏强第一个冲到门口正和跑回来的朱延成撞个满怀。

第四十四回 痛苦老人抑郁成疯 山里兄弟醉遭偷袭

朱延成跑到葛振林面前上气不接下气地说:"排长!不好了,鬼子把我们包围了!"

"有多少人?"

"黑压压的,看不清!"他喘着粗气说。此时,嗒嗒嗒……鬼子的机枪爆豆似的叫起来。

"排长,怎么办?"魏强瞅着葛振林。屋里的人不约而同地把目光集中在葛振林的脸上。

"大家不要慌!魏强,把机枪拿来!"

茅屋外,一百多个日伪军已经靠近这几间草房,他们趴在距房子不到三十米远的地方,围成个大半圆儿。鬼子集中火力向茅屋猛打,机枪也嗒嗒嗒……嗒嗒嗒……叫个不停。茅屋的窗户棂瞬间被打着了火。霎时,敌人的子弹穿过门窗、屋门,打在屋内的泥墙上,墙土哗啦啦地掉。屋里的人根本无法开门还击。高顺抄起片刀要开门冲出去,被朱延兴一把拽住。

"顺子,这样出去,会白白送死。"

"大叔,你就别拦我啦,我咋也砍下几个鬼子脑袋再死。"

小兰搂着小宝在屋墙角下蜷缩成一团:"小宝,听话。"

葛振林叫大家沉住气。他叫魏强、朱延成匍匐爬出门外用手榴弹压住鬼子的嚣张气焰,可子弹像雨点一样把木门穿了无数的眼儿,瞬间,小眼儿连成一片,又变成了大窟窿。门前无法靠近。没有经验的嘎蛋刚到门口想举枪射击就被穿过门窟窿的子弹打中了肚子。

"哎哟——"魏强一下把他拽到有石墙的地方,嘎蛋疼得咬着牙,捂着肚子翻来覆去在地上打滚,见此情景大家不知如何是好。

"魏强!快!看看打着哪儿啦?"葛振林一边朝外射击一边问魏强。

"排长,打肚子上了。"

"用布堵上,不能流血!小英!你去找东西!"

为了避免伤亡,葛振林指挥着大家避开门、窗口,在石墙上凿出一个小洞,朱延兴和二弟朱延成把机枪口伸出去向敌人使劲儿射击。可是,不能看着敌人,魏强和高顺身子贴在窗户两侧,时而把手榴弹掷向敌人,想借着浓烟冲出去到房子的左边的一块大石头后用机枪阻击敌人。可是被敌人火力压了回来。高顺刚抄起手榴弹想从窗口往外撇,被从窗口射进来的一颗子弹击中,鲜血从他的肩胛骨淌了出来,刘雅娟在门旁向外面射击,一看高顺被打中,赶快转身跑过来想架着高顺躲开窗户。这时,又一颗子弹从窗外射进来,正好打在刘雅娟的左胸。刘雅娟倒在地上。葛振林向魏强喊:"魏强,快!小刘受伤了,要注意隐蔽!"

小兰看到两个人都被打伤了,她不知如何是好,他叮嘱弟弟:"宝,别动!"

她转身来到炕边,赶快把炕上的被布狠劲用牙咬撕下一条,给高顺包上。转身又给刘姐包扎,只看躺在地上的刘雅娟染红了左胸衣襟。她脸色苍白。

"强哥,你去一下。"

小兰赶忙解开刘雅娟的上衣衣扣,一看吓得她下意识地攥着拳头堵住要喊叫的嘴。只见雅娟靠胸膛不远的左肋骨有一个向外不断漾血的血洞。她面对这样的伤口不知怎样去做,眼泪簌簌地往下掉。

"娟姐!你,你要挺住啊!"

她一个人实在没有办法,只好又叫魏强。

"强哥!你快来!"

这时,葛振林和魏强都到了跟前。

"快!用棉花堵!"葛振林冷静地告诉小兰。

小兰瞅瞅屋里哪有什么棉花呀?她机灵一动,跑到墙角,拿起父亲那件大棉袄。咔哧——她使劲儿地撕开衣缝拽出几大把里面的棉花,递给葛振林,葛振林虽然不是医生,但他在战场上没少看到卫生员给伤员们包扎,处理伤口。他叫魏强把董老汉那包止血药拿来倒在伤口上放上棉絮,再用布条把雅娟包好。

"小兰!看护好你姐!"

嗒嗒嗒……嗒嗒嗒嗒……日伪军机枪、步枪一起向草房猛烈地射击着,密集的子弹发出爆豆般的叫声。鬼子渐渐地向草房逼近,甩过来的手雷在房子附近连声爆炸,草房在爆炸声中摇摇欲倒,茅屋东南一角的泥墙在爆炸声中轰然坍倒。忽然,一颗手雷从窗口进了屋。说时迟,那时快,葛振林随手接过手雷顺势扔了出去,轰!手雷在敌人的眼前爆炸了。

敌人的攻击越来越猛。眼看着鬼子离茅屋不到十几米远。葛振林知道凭借屋墙反击,已无济于事,不赶快撤,大家一个也走不了。

他命令魏强:"带大家从后门上山!"

魏强一开后门,不由吸了一口凉气,他赶紧把后门插上。

"排长,走不出去了,山上也有鬼子!"

第四十五回 山上好汉绝境逢生 抗日志士挥泪别友

葛振林一听心里"咯噔"一下,心里想,可恶的鬼子从山梁过来已抄了他们的后路,退路没了!他今天只好领着大家破釜沉舟,背水一战了。

"兄弟们!拿好家伙……"高顺用血淋淋的手去拿墙上的大片刀,大家把拿手的贴身家伙都掖在腰间,朱延兴拿着机枪对葛振林说:"排长!我用机枪掩护你们,等我的机枪一响,你们就往外冲!"

"好!兄弟们,我们前后都有鬼子,今天要与鬼子拼个鱼死网破。准备!"

扑通!截壁墙倒了,董老汉从屋里走过来。只见老人两颊流淌着汗水。

"葛排长,快!跟我来!"

葛振林一听老人的话,知道大家有了生路,心里非常高兴。

"魏强、延成,你们背上雅娟、嘎蛋,带大家跟老人先走!老朱,咱俩在这儿断后!"

"好!"

朱延兴把机枪递给二弟朱延成,随后说:"把手榴弹给我!"

朱延兴手里攥着手榴弹,等着鬼子冲上来。

董老汉领大家到了自己住的屋的后墙角指着扒开的泥土墙对朱延成、朱延国哥俩说:"快!把这块大石头搬过来。"两人猫腰细瞅,扒开的墙里面是一块比碌碡还大的一块大石头。朱延成使劲儿扒开石头一看,里面是黑黝黝的一个洞。

老人手举着麻油灯说:"跟我来——小强你当心点,别磕着刘小姐。小朱,记住,排长他们进来后,要弄倒这堵墙。"

"唉!知道了。"

敌人的火力越来越猛,朱延兴把手榴弹放在已经着了火的木门旁不时地

第四十五回 山上好汉绝境逢生 抗日志士挥泪别友

把手榴弹投向冲上来的敌群。山上的敌人包拢过来,与下面的日伪军把整个草房围了个水泄不通。山上的鬼子想活捉从后门上山的抗日联军,可是,草房里没有一个人从后面出来上山。精赤只好命令向草房射击。山上的鬼子居高临下,他们端着枪,向苫着茅草的房盖一阵猛扫,密集的子弹穿过房子上的干草射进屋里。打得屋里的锅碗瓢盆丁零当啷一阵乱响。房上的茅草被打着了,噼里啪啦地着着火苗。几句话工夫,房盖着漏了,燃烧着的一把把干草从房上落下来。屋子里没有还击,岛田以为里面的人已全被打死。他命令停止射击。

"排长、大哥!快,快点!"朱延成在洞口内向他们喊。

"老朱,快走!"

"排长,我这就走。"

朱延兴这时趁敌人不射击的瞬间,将手榴弹迅速绑在门框上并把手榴弹的线轻轻地缠在门闩上,两人迅速来到黑洞口,朱延兴赶快推了一把葛振林。

"排长,您先进!"

葛振林刚被推进去。就听到洞外轰隆一声巨响,洞上面的墙石在爆炸的强大震动中坍塌,封了洞口。朱延兴躺在血泊里,他的左胳膊被炸没了,两眼什么也看不见,他咬着牙,用一只手胡乱摸着身边的乱石想爬起来。这时候,山上下来的鬼子赶到了离小房后墙不过几米远的山崖岩上,矮小的草房就在他们脚下。精赤一声令下:

"统统地死了死了的!"

鬼子的手雷犹如冰雹一般抛向草房。轰隆!轰隆……一团团浓黑翻滚的烟浪,随着一声声巨响,墙石、房木四下纷飞,房盖儿飞上了天。瞬间,整个草房在硝烟中消失了。

枪声停了,日伪军持枪把没模样的房壳围了个水泄不通。草房四壁土墙全坍倒,只剩几根立柱东倒西歪地在四角孤零零地立着。

朱延兴这位抗日英雄为了掩护其他同志,被鬼子的手雷炸得血肉横飞。岛田来到残垣断壁的废墟跟前,他瞅着飞溅在四壁上的一片片殷殷的血迹和散落、悬挂在周围四处红鲜鲜断碎的肢体,脸上露出了一丝狞笑。朱延兴的上半身没有了,鬼子兵把掩埋在墙石下的下半截尸体拽了出来,摆在岛田跟前。岛田命令部队查找其他抗日联军的尸体。可鬼子伪军在废墟里翻了个遍，除了一具不完整的碎尸外，再也没找到第二具尸体。日伪军的两路人马会聚在一起。精赤向岛田报告："岛田君，抗日联军没有一个从山上走掉。"

岛田瞅着这几间被弹火摧毁的房屋，心里暗自奇怪：那些抗日联军的尸体呢？

他命令日伪军在所有坍塌石墙和燃烧未净覆盖着房草的地方，再翻找一遍，日伪军还是没有发现另外的抗日联军尸体。岛田自己觉得这事儿太怪了，明明这些抗日联军全被堵在这几间草房里，一个都没跑出去，怎么就这一具尸体？他用战刀向周边有柴草的地方一指：

"统统地搜！"

日伪军立刻分成几个小组向周围柴草茂密的地方展开搜捕，折腾了半天还是一个人影都没有。这，可就怪了？岛田叉开两条腿，双手合握着刀把，那战刀戳在地上，眯缝着带有血丝的眼睛一动不动地瞅着还未燃尽的一堆堆噼噼啪啪响的火苗百思不得其解，只好命令部队到天门崖爆破取近道下山。

洞口里，刚刚被推下来的葛振林被身后震耳欲聋的爆炸声所震惊，他赶快回首一瞧，只见刚才进来的洞口被堵住，不露一丝光亮。他奋不顾身返了回去，他想用手把堵住洞口的东西扒开，可洞口是原来的那块大石头震动时又回归到原位，大石头的上面又覆盖上众多坍塌倒掉的墙石，把洞口堵得死死的，哪还能扒得动？洞口外的爆炸声已经听不出个数。他知道朱延兴一定牺牲了，眼泪不由得夺眶而出。

"排长，大哥，快走！大家都在前面等你们呢！"

手持麻油灯的朱延国回来找两人。

朱延国到了洞口一看惊呆了，洞里只有包拯模样的葛排长一人在沉默着。洞口已堵得严严的。朱延国一切都明白了。他把麻油灯递给葛振林，来到洞口跟前，他咬着牙使出全身力气想扒开那块石头，手指都扒破了，可大石头还是纹丝不动。

"哥！哥呀！哥……"

朱延国瘫在堵死的洞口旁，无力地落下滴着鲜血的双手，绝望地大声痛哭。

第四十五回 山上好汉绝境逢生 抗日志士挥泪别友

这时，朱延成赶来，一看没有大哥，见三弟悲痛欲绝，望着眼前的一切他脑袋轰的一下，眼前一片漆黑。洞外不断传来沉闷的爆炸声，大哥被堵在了洞外一定是出事啦。一定把大哥背进来，就是尸体也不能落到小鬼子手里！

"哭什么！快！把洞口推开！"

两人一齐咬着牙，豁出平生力气没命地推，堵在洞口的石头还是纹丝不动。

"大哥——"朱延成绝望地喊着，眼泪夺眶而出。他泣不成声地说："大哥……"

他抹了抹悲伤的泪水，和葛振林一起架走了三弟朱延国。

董老汉领着大家走出了山洞，原来这个山洞是通往后山的一个通道。这个秘密通道是三十三年前老人在此打猎追一头逃进岩洞的野猪时发现的。为了以防不测，老人没有向任何人透露过这个秘密，这也是老人要大家来此处居住的主要原因之一。

天亮了，大家坐在洞外一片没有植被的光秃秃的山崖边上，魏强把刘小姐、嘎蛋都背出了山洞，轻轻放在一块较平的地方。大家围过来一看，刘小姐脸像一张白纸，两眼紧闭，她由于流血过多，已不省人事。嘎蛋小肚子有枪口的地方在往外渗血。他已没有精力喊叫，豆粒般的汗珠在头上淌。他胡乱地抓起身旁一根木棍搁在嘴里用牙使劲儿地咬着。

"嘎蛋，嘎蛋！挺着点！"

"我疼！我顶不住啊！"子弹在肚子里，没有药，没有会疗伤的，眼睁睁地瞅着嘎蛋折腾，大家都流着眼泪。在这深山野林里，缺医无药，凶残的鬼子还在搜剿，对伤势严重的两位战友，大家实在想不出医救他们的好办法。

"娟姐，娟姐！你醒醒，你醒醒！"小英和小兰在刘雅娟身边呼喊着。

"排长，小刘姐她？咋办？"魏强一边抹脸上的汗水一边着急地说。葛振林瞅着昏迷的刘小姐心里想，是啊，要是有一名卫生员该多好啊。可是这里没有，没有啊！

此时此刻，大家谁能不难受？她是多么好的一位姑娘，多么坚强的一名抗日战士！她才上山几十天，就和男子一样摸爬滚打，磨炼意志，决心掌握杀敌本领，让大家学习知识知道抗日的道理。给山上所有的人都留下了深深的印象。为了救国救民,她毅然决然抛弃了条件优越的家庭,抛弃了都市生活,抛弃了父亲。要不是小鬼子侵占中国,发动了这场战争,她可以过着令人艳羡的大家闺秀生活。她是一名有知识、有文化、有理想的大学生。她可以从事自己喜欢的事业。而不是这里,而不是枪!是该死的小日本,让她上山扛枪打仗的。这样一个忧国忧民的热血青年怎能不让大家动容?

"娟姐,娟姐!你醒醒!看看我们啊!"小英抱着她的头,不断地喊着。

她,真的醒啦。她很费力地慢慢睁开双眼,一种迷蒙的神情。她力图睁大眼睛,驱走眼前模糊不清的影子,最后好好看看大家。可是她的视线越来越模糊。她知道自己活不了啦,她用最后的一点气力断断续续地说了自己的想法。

"我,不行了,把,把我——埋——在——山上。"

"雅娟姐!你不要走,你不要走啊——"小兰攥着她的手哭叫。大家都围了上来。刘小姐慢慢睁开了眼睛,苍白的脸上略带一丝微笑。"不要哭,打仗死人是正常的事儿。我们抗日会胜利的。可惜,可惜我看不到那一天了。"她喘着气歇一下接着说,"那一天来到,我请求你们来这儿告诉我——一声。"说完,她头一歪,胳膊垂下来,闭上了眼睛。大家围着刘小姐的尸体无一不悲痛落泪。

小英一边擦着血一边哭。

"娟姐,我们都不会忘记你的。呜——"

"英姐,你看这是啥本子儿?"小兰给刘小姐整理衣裳从她的衣兜里摸出了一个小小的红皮本子。

小英接过来一看说:"是刘姐写字的。"

她经常看刘姐在这本子上写些什么。小英把本子递给了葛振林。

"排长,你看看,我刘姐写的都是什么呀?"

葛振林打开本子一看,眼睛红了。这里全是小刘上山后,自己写的诗。他细细地看了首页,上面写着:

> 书院读声朗,
> 春堂点墨香。
> 烽火惊闺梦,

催我赴山关。

曩日花木兰，
替父美名扬。
红颜担国事，
女儿当自强。

操刀云林里，
枕戈石上眠。
吾非山野人，
国碎岂安然？

君问何时归，
军事无定期。
执剑仰天笑，
马革做嫁衣。

……

  葛振林看着看着，眼睛湿湿的。如果不是该死的日本帝国主义发动侵略战争，蹂躏和杀害我们同胞，这位才华横溢的姑娘现在也许是一名优秀的学者，或是一名杰出的作家、诗人。残酷的烽火硝烟年代，让她毅然决然地抛弃一切，弃笔从戎，来到困苦的大山上和我们一起抗日，她为民族大义早已把生死置之度外，她今天为抗日真的献出了自己年轻的宝贵生命。可惜呀！"巾帼不让须眉"，她就是一名当代替父从军的民族英雄——花木兰！我们活着的人是不会忘掉她的。

  "把这个小本子，留下做个纪念吧。"葛振林把带血的小本子递给了小英，让她装在衣兜里好好保存。

  一夜间，失去了三名朝夕相处的战友和亲人，这怎么不叫战友们难受？大家坐在山坡上默不作声。只有小英和小兰守在刘小姐身边不停地抽泣。葛振林的心情更是沉重，他后悔没有听大家的话及时除掉李元科这个奸细，又造成了三名同志牺牲，两人受伤，要不是董老汉，山上的同志一个都突不了围，这个悲惨的结局完全是自己工作失误造成的。由于自己的主观臆断和疏忽大意，给这里的抗日工作带来了不可弥补的巨大损失。这是一次不能原谅的严重失职！葛振林呀葛振林，你是怎么搞的？他陷入了深深的自责和悲痛之中。这是自己参加革命以来犯的最大的错误。他必须向大家深刻检讨，吸取这次血的教训。眼前，危险还没有解除。再也不能有任何闪失了，他警告自己。

"魏强，你从梁上返回鹿圈沟，看鬼子撤走了没有。千万千万，要多加小心。"

"是！"

"延成，你到山梁去放哨。"

"唉。"

两人走后，大家对昨夜的事感到奇怪："排长，天门的手榴弹咋哑巴了呢？真是败家玩意。"朱延国气恨地说。

"小鬼子准没走天门，要不，哪能不炸呢？"

葛振林瞅着眼前这些与他同生死，共患难的弟兄们的议论。他们面对今天的惨痛的结果，没有丝毫的抱怨。让他这个决策失误的指挥者更深感愧疚。他是个被揉出来的铁汉子，很少掉眼泪的。他是一名中学生，刚参加抗日联军时，看到战友受伤就流泪。排长骂过他："尿水咋那么多！遇事就哭，没出息！害怕，回去！"

战场上，长期的残酷厮杀，生生死死，使他变得坚强起来。他在枪林弹雨中冷静、沉着，成为镇定自若的抗日联军的指挥员。这些年来，多少身边战友光荣牺牲了，他总是守在他们遗体跟前，沉默不语。他能把生死离别的仇恨和痛苦深深藏在心底，把它化作杀敌的力量。他知道，这个时候，化悲痛为力量，鼓舞战友们斗志比什么都重要。让大家知道，没有过不去的火焰山。同时要让大家懂得，要抗日救国，就会有牺牲的。激励大家鼓足勇气，克服困难，增强抗日必胜的信心，和鬼子血战到底！另外，抗日小队的驻地暴露了，所以，大家必须转移，安排好大家的住处是当务之急。

日头冒出东山头，胭红的晨霞逐渐淡成几块乳白色的云儿，沟涧托起的淡淡的横亘在群山峻岭间的雾气已渐渐消散。大冰沟千山寂然肃穆，万物无

第四十五回 山上好汉绝境逢生 抗日志士挥泪别友

声,它们为这儿的英雄儿女视死如归,为国捐躯的壮举,深深抒发着敬默的情怀。

静静的山坡上,平放着刘雅娟小姐的遗体。此时,两只乌鸦嘎嘎地哀叫,从大家的头顶飞过。

魏强气喘吁吁地从山梁那边回来了。

"排长,我在山头上看了。"

"怎么样?"

"咱们的房子没了,鬼子走了。"魏强说完,瞅着葛振林。

葛振林瞅瞅大家,作了以下布置:"这样,小英、小兰和小宝在这儿别动。等我们回来。啊——其他人和我去鹿圈沟。"

大家到了鹿圈沟一看,草房烧没了,房壳儿里,一具腰连着两条腿的半截尸体在四周坍塌的石墙中央摆着,只有看到血迹斑驳的裤子和鞋子,才让大家确认这是朱大哥的尸体。另一具尸体已被弹火烧焦,魏强从尸体底下看到未烧尽的衣片,细看脖颈有刀伤,喉咙已被割断。知道高福是死在那个奸细手里。高顺扑通一下跪在高福跟前,两手攥得嘎嘣嘎嘣直响,他默不作声,泪如泉涌。

见此惨状,大家无不悲痛万分,个个泣不成声,眼泪涟涟。朱延成、朱延国匍匐在血淋淋的半截尸体跟前,大放悲声:"大哥!大哥呀——哥呀——"

大家看着这残缺不全的尸体,看着两个兄弟抱着大哥的两条腿号啕大哭。所有的人都泪水汪汪。怎么也不能这样埋上吧?大家在房子附近找来找去,找回了朱延兴零碎不全的上肢、头皮、毛发、手指……和挂在树丫上的那件沾着血渍残破不全的上衣。安在一起,权作一个完整的身子。哥几个脱下自己的衣裳盖在两具尸体上。

朱延国、魏强和大家一起按朱延成指的地方寻找那个奸细是不是真的死了,来到跟前一看,果真李元科和一个鬼子的尸体就在不远处,两颗子弹打的正是李元科的后胸。

"正是这个王八犊子干的好事!"朱延成咬着牙说。

高顺立起来,抱起机枪咬着牙,冲着吴玉成的尸体,"啊——"他怒吼着。嗒嗒嗒……一阵猛打。这个十恶不赦的土匪、汉奸顿时浑身出了无数个血洞。

葛振林和董老汉在茅草房不远，找了一个冲阳地方，大家挖了三个坑穴。魏强与小英把刘小姐的尸体也抬了过来，和朱延兴、高福一起安葬了。

葛振林首先跪在坟前，他悲痛地说："两位兄弟，妹子，我葛振林与兄弟们向鬼子不讨还这笔血债，我就不配做你们的兄弟！你们仨就在这儿等着我们的消息吧！"

随后，七个人都跪在三座坟前。然后站起，抄起枪冲天鸣放，以示报仇保家之心。就这样，七人向永远安眠在这儿的三位可亲可敬的亲人挥泪告别。

"大叔，我们得离开鹿圈沟。"葛振林与董老汉商量，"要尽早找一个合适的地方把大家安顿下来。"

老人想了半天："排长，嗯——我看，在沟崴子里筑房搭屋不是事儿，忒显眼，住山洞虽阴凉点儿，可安全多了。"

老人磕了磕烟袋锅子接着说："住洞子里，小鬼子进沟，不到跟前他是看不着的，就是看着喽，也动不了咱，你说呢？"

"嗯。"葛振林点了点头，表示赞同老人的说法。

昨晚的情况，让他明显看到住房子的弊病。石木搭建的房屋没有抵御敌人进攻的坚固性。一旦房屋被敌人包围，里面的人就会处于四面楚歌，腹背受敌的危险境地。

"那么着，咱们去双洞沟吧，那条沟比这儿强。"

"好，听您的。"

晌午，大家抬着嘎蛋，由董老汉领路，向双洞沟进发。

双洞沟在大冰沟最高山峰——教顶东侧，教顶位于大冰沟西侧主山脉最南端。山势巍峨磅礴，山峰高入云霄为众山之首，其山腰之上终年积雪不化。东侧伸出的五股山脉形如鸡爪从教顶向沟谷劙然开去，劙出了平行的四条大沟，最小的沟也足足有五里长，双洞沟是最南面的一条沟。从沟里到大冰沟主沟有七八里长。因为地处偏远，当地人来此处者也寥寥无几。

从鹿圈沟到双洞沟有二十里的路程，老人为了走近路，领着大家翻山越岭。

前几天大家背上来的粮食在茅屋里被鬼子烧光了，锅碗瓢盆也被炸飞，不见踪影。大家只能扛着自己的枪搬家了。高顺虽然受伤，但还是舍不得他

第四十五回 山上好汉绝境逢生 抗日志士挥泪别友

喜爱的那挺机枪。他把它扛在自己的肩上但被魏强抢了过来。

"你有伤,给我吧。"

三位战友的突然而去,让人们难以摆脱亲人离别的痛苦。一路上,大家默默无语,走在前面的老人半天才跟葛振林叨念起过去的事情。

"我过去在双洞沟住过两年,就像在老虎沟一样,也支了一个窝棚。咳,一提起这儿来话就长了。那是直奉交战的时候,两拨大兵在沟外打过大仗。那时,我三十来岁,小英她娘还在。为了躲避战乱,我呀,就跑进了大冰沟,在沟里转悠了好几天。最后,看中了那条沟。山大、沟深、林子密,还有两个大山洞。为了不让她娘俩遭罪,我呢,先在那沟里支了一个窝棚。再把她娘俩从金场接到那儿。一开始,我们三口人就住在窝棚里,后来,就住进山洞里去了,没想到山洞里呀,冬暖夏凉还宽绰。我把洞门一堵,什么野兽也进不去。我们三口人呢,就在那儿住了整整两年。这两年在那沟里,没见过一个人影儿,没吃上一颗盐粒儿。不过,我这一家子过了两年踏实的日子。一直到了直军败回关里,外面不打仗了,我才领着她娘俩出了双洞沟。两年没出山,刚出去时,我们这三口子就像野人一样。啥样子,就别提啦!"

"排长!嘎蛋不行了!"魏强一喊大家停下了脚步。葛振林快步走到嘎蛋跟前。只见嘎蛋脸如白纸,已经奄奄一息。

"排长,给我整,整家去,我不想埋在这儿。我……"他话还没说完,手就垂了下去。

大家看着这个饱尝人生苦难而从不言愁的小伙子就这样走了,个个低头不语,再一次流下了悲伤的眼泪。

"暂时埋在这儿吧,等我们胜利了,再把他送回去。"葛振林悲痛地说。

大家一起动手把尸体埋在一个山坡上后默默地离开了。

走了一过响,大家来到一个四岔沟口,董老汉停住脚步辨别去双洞沟的路,然后用手向东一指,告诉葛振林。

"走这沟。一直走七八里路,就是大冰沟南北通着的那条主沟。平常,人们南来北往的都走那条沟,向北那条沟叫楸子沟,沟里左沟右坡,尽是粗楸子树,所以叫楸子沟。这条沟有十五六里长,不过,是一条死沟,沟底有一座大山,叫鸡冠山。那个地方很少有人去,鸡冠山下面的蝎子很多,山腰

大冰沟

有一个山洞，过去老人传说那个山洞里还有成精的大蝎子。往南呢，就是我们要去的双洞沟，咱们走的正是这条沟……"董老汉回首望一下队伍刚走过的这条沟对葛振林说，"咱们出来的这条沟，叫狼道沟。什么人一到了这儿啊，都会晕头转向。所以呀，人们把这儿，叫'迷魂沟'。"

"啊。"葛振林尽力辨别着四个沟口方向。

日头要压山了，队伍到了双洞沟。老人像到了阔别多年的故居一样，他如数家珍一般，把双洞沟地形山势逐一向葛振林说了一遍。

双洞沟的双洞真是别具一格，两个大洞只离十多米远，洞口与洞深大小差不多，宛如一对天生地造的孪生兄弟，两个洞处在同一条黑乎乎、光秃秃的只有五六米高的陡峭岩层中。

这双洞俨然是鬼斧神工的天然杰作。两个洞口都仿似拱形的桥孔。洞口宽阔，足能开进一辆大卡车。走进洞里，洞壁光滑，从洞口到洞底估计有十米深，洞内十分宽敞，足足有三间房子大。每个山洞住进十几个人绰绰有余。

日头就要落山了，因为大家一天没吃饭，葛振林便叫魏强、朱延成在附近找些野物好让大家充饥，其余的人打扫山洞。

岛田率日伪军回碾子沟围子后，在军部兴冲冲抓起电话立即向上峰藤岛汇报战绩。

"报告，大冰沟的抗日联军昨夜被我军彻底消灭！"

"哟西！"

藤岛一听心花怒放，遇事淡定的他从来没有像今天这样高兴，他对岛田大加赞赏。这股让他挠头多年，欲灭不能的抗日力量终于消灭了，解除了他的心头之患。

"岛田君，你不愧是我们大日本帝国的优秀军人。消灭了大冰沟的抗日联军，保障了我军在辽西山区这条运输线的畅通无阻，对配合我大日本帝国在华北、华中的圣战，意义重大！我一定上报关东军司令长官，对你的战功给予嘉奖！"

藤岛撂下电话异常欣喜。突然，他眯起眼睛凝视着远处的青山，笑容顿然消失。大冰沟里的抗日联军，岛田真能一下子把他们消灭尽吗？对岛田的汇报，他又有一些怀疑。

第四十五回 山上好汉绝境逢生 抗日志士挥泪别友

岛田夜袭大冰沟抗日联军驻地，并全部剿灭了这支抗日部队的消息像风一样，刮遍了方圆百里的各个围子。于是，日伪军和汉奸走狗在围子里更加耀武扬威，肆无忌惮。不明真相的老百姓看着大街小巷贴满的抗日联军彻底被皇军剿灭的公告，心里在流泪，他们感到再也没有出头之日了。

高真这天背着药兜子出诊回来，一进南门，就看见一大群人挤在南门口不远的围墙跟前在看什么东西。他挤上去一看，原来墙上贴的是一张公告。只见公告上写着：

特大喜讯

昨夜，我大日本皇军袭击了大冰沟的抗日联军老巢——鹿圈沟。十个男抗日联军、两个女抗日联军全被打死在巢穴里，抗日联军头子葛振林领众匪负隅顽抗，当场被击毙。抗日联军无一漏网……

这是真的吗？看到这儿，他眼睛模糊得再也看不下去了。背着药兜子紧往家走，他迷迷糊糊走进了自家大门，然后把门插上。他无力地走进屋里，瘫在炕上。

当天夜里，他不顾妻子阻拦，他要到鹿圈沟看个究竟。他腰间别着两把匕首趁着夜深人静，钻出地道直奔大冰沟。

天刚蒙蒙亮，高真就到了鹿圈沟草房跟前。他一看，真的傻了。

这里已弹痕累累满目疮痍。茅屋没了，离茅屋不远，有三座新坟。几只乌鸦一动不动地站在坟后的一棵歪脖子树枝丫上，嘎——嘎——嘎……凄凉地哀叫着。它们见有人来立刻挓挲一下尾巴，惊恐地飞起，落到房壳儿旁一棵熏得黝黑的楸树梢上，并不离去。它们瞅着高真，嘎——嘎——嘎……仍然一声声地叫着，仿佛向来者悲述着昨夜的哀伤。悲切凄凉的叫声让高真心如刀绞。

高真环顾周遭，发现附近的草丛里躺着十几具日伪军的尸体，他挨个细瞅了一下都不认得。心想，看起来，鬼子抛下他们的死人不管就走了。那么，

大冰沟

　　三座新坟埋的是何人呢？一定是我们的人，是我们自己的人埋的。说明山上的人有的还活着，并不像鬼子说的那样。他用手掌放在前额遮着眼睛，皱着眉头，眯缝起眼睛，向苍茫的群山极目远眺。山海茫茫，他默然伫立多时，思忖并祈祷着，几位兄弟会去哪儿呢。老天哪，保佑这些好人平安无事啊！

　　从大冰沟回来后，高真这几天心情总是无法沉静。他亦喜亦忧，喜的是沟里的人并没有像鬼子说的那样全部被消灭，多数人已突围走脱。忧的是他们至今杳无音信，不知去向。

　　高真去大冰沟回来已经十来天了，一直没有魏强他们的消息。

　　一天深夜，魏强和高顺突然出现在他面前。高真见了两人，惊喜得说不出话来。两只颤抖的手突然紧紧抓住两人的手不放，怔怔的，半天才说出话来。

　　"小强，我不是在做梦吧？"

　　"二哥，是我们。"高顺说。此时，高真的眼泪簌簌地往下流。

　　"四叔！"冬梅抱着小虎高兴地来到高顺跟前，"四叔，我爹咋没来呀？"

　　小虎把放在嘴里的手指拿出，咧着小嘴瞅着高顺，两只小胳膊不住地向前使劲儿。冬梅不提父亲还罢了，这一提，高顺怎么也禁不住了，他的眼泪簌簌地往下流，他站在孩子跟前默不作声。

　　"四叔，你咋啦？"冬梅用吃惊的目光望着历来寡言少语，不易动容的四叔，觉得不对劲。心想，四叔从来不好掉眼泪，今天，一提父亲怎么就这样止不住地流泪？父亲是不是出事啦？一种不祥的预感笼上她的心头。

　　"四叔！我爹咋啦？是不是出事儿啦？"这时，高顺更是泪水满面，冬梅这一下子全明白了。此时，她感到如晴天霹雳一般，眼前一片黢黑，一下子倒了下去。高顺一把拽住侄女："梅子！"

　　不知事的小虎这时哇哇地大哭起来。高真的妻子抢过孩子递给魏强，赶快把冬梅扶上床。

　　"快，掐人中！"高真赶紧掐冬梅的人中穴，并喊她的名字。

　　"冬梅！冬梅！醒醒……"

　　高真妻子接过小虎一边来回颠着哄着，一边给可怜的孩子擦着眼泪："喔——喔——喔——喔，小虎不哭，小虎听话。"

　　冬梅半天才缓醒过来。她瞅着弟弟小虎，泪水涟涟。高真夫妇忙着劝冬

第四十五回 山上好汉绝境逢生 抗日志士挥泪别友

梅：

"孩子，别太难受，还有你叔和我们呢，小鬼子欠我们的账我们早晚会让他们还的！"

"大伯，我爹妈都没有了！呜——呜——"冬梅悲伤地哭泣，跟前的几个人心里难受极了。

"小强，你出来会儿。"魏强跟高真来到井壁口。

"跟我说说，到底是咋回事儿？"

"二叔，小鬼子派了一个汉奸混到我们那里，我们吃了一个大亏。"魏强蹲下后就把整个事情经过说了一遍。

"哦！原来是这么回事，好险哪。"

"二叔，您上山啦？您怎知道我们还活着？"

"嗯。这几天鬼子在大街、胡同里都贴满了他们的公告，说你们都被打死了。鬼子说得有鼻子有眼儿的，我心里没底，就夜里跑去了一趟。这小鬼子可真阴啊！你们来了，知道山里的实情，我心里啊，悬着的一块大石头总算是落地了。可惜呀，死了这么些人。这小鬼子什么损招都使，以后，你们可都得多加小心哪！"

"是啊。二叔，葛排长怕你担心，才叫我俩来告诉你一声，没事了，那个奸细死了，在大山里，小鬼子再坏，也怎么不了我们。"

"我也是这么寻思。鬼子在围子里把告示贴得到处都是，我又听不到你们音信，我心里头能静吗？"

当夜，魏强、高顺辞别高真夫妇。临行时，高真的妻子知道鹿圈沟被平，沟里的人没有吃饭的家伙，就把家里的盆、碗、筷等餐具让魏强两人带走。

第四十六回 结义兄弟居山待毙 侦察小组遇抢枪人

陈忠堂和七弟肖一刀自从帮魏强他们打死了鬼子派到大冰沟来的三个特工以后,知道吴玉成必想方设法蛊惑葛振林他们来找他俩麻烦。为了不与山里其他人发生正面冲突,两人决定搬到另一个山洼里去住。

这个山洼与鹿圈沟隔谷相望。虽不远,但吴玉成不出鹿圈沟,两人无法下手,这可急坏了性急的肖一刀。

"六哥,吴老大不出鹿圈沟,咱俩这么等,等到猴年马月呀?干脆,咱俩上去想法靠近那草房,不信他不出沟,不出那个屋拉屎、尿尿。"

"老七,别急。葛排长他们对他的举动不会不察觉的。"

"六哥,你咋就这么信那个姓葛的?他有什么能耐?好坏不分。他还派吴老大这样的人上山来抓咱俩哪!我看这些人啊,不过是一群猪尾巴疙瘩——屎蛋!那一次,没有咱俩帮忙,哼!三个人得跑了一对半。"

"得啦,得啦。净磨叽一些没用的话。你要是在这里待够喽,就出山回围子里去。"

"六哥,你看你又急啦。我不过是说说,您别生气。我气的是,这些人呢,跟《西游记》里的唐僧一样,人妖不辨。竟干一些'亲者痛,仇者快'的事!"

"又来了!"

"哎!我不说,不说了!得了吧?"

几个月来,陈、肖两人靠打猎生活,经常围着鹿圈沟绕,可就是没有看到吴玉成下山。一晃到了阳春三月,万物复苏的季节。大冰沟所有的阳坡草木开始泛青。冬眠的长虫从朽木枯树根底下钻出来,它们经常穿梭于草林中到沟谷溪流旁来饮水。

这一天,肖一刀到下面去拎水,他刚把水桶放倒在水中,一抬头不由打个寒战。小溪对面一条一丈多长的黑乌色长虫在溪边饮水,那家伙一看到他并不逃避,倏地扬起小碗粗的脖子。肖一刀平常在山里看到的大大小小的长虫不计其数,什么白带子呀,菜花子呀,松黄呀,他从不惧怕。可从来没有看到过像今天这么大的家伙。这么大长虫是敢吸人、吃人的。肖一刀心里打了一个寒战,他告诫自己:不要怕,想办法弄死它!这东西见到肖一刀,不知是自卫,还是想猎取眼前的食物,它仰起一米高的身躯后把脑袋水平探出,离地的部分像辘轳把一样。肖一刀知道这是大蛇攻击猎物前的信号!所有的长虫攻击目标前都是这种姿态。他知道这时跑是跑不掉的,它追起猎物来速度比你跑得不知要快多少倍。只能一拼了,他想,必须快速地一刀结果了它,不然,必被它伤害。

肖一刀掏出飞刀,趁那家伙纹丝不动时,嗖!嗖!两柄飞刀飞出,两个刀子正好全扎在它的七寸上。那家伙身子一下蜷缩起来,首尾打着溪边的荒草,肚皮翻着白,它翻滚一阵不动了,那血染红了溪流。肖一刀拎着扁担来到跟前挑一下尾巴,它纹丝不动。于是,他拎着尾巴拽着想拖走,可哪拖得动,他只好回山上找陈忠堂。

"六哥,我在下面整住一个大长虫,我一个人整不动它。"

"我跟你去。"

到山下,陈忠堂一看不由大吃一惊:"老七,在山里,以后碰到这么大的家伙别招惹它,弄不好会把命搭上的。"陈忠堂瞅着已死的长虫对七弟说。

两人把它抬到住宿的山洼里,扒了皮卸了好几段。哥俩忙乎了一下午。夜晚,两人生起了篝火,烤起了长虫肉。肉一熟,两人你一刀我一刀吃了起来。

"六哥,没想到这长虫肉这么好吃。"肖一刀打着饱嗝。

"这长虫肉不但好吃,是大热的,还能去寒毒呢!"

"真的?"

"那还能假。"

"六哥,这些肉够咱俩吃几天的啦!"

"傻话,能搁住吗?这天气这么暖和,两天就臭。"

"剩下这么多咋办?"

"扔了呗。"

"这好吃的东西扔了？怪可惜的。没吃的，咱俩还得满山找。"

这天晚上，两人觉得有些累，谁也没下山到天门去查看吴玉成下山了没有，吃饱后就躺在树枝搭成的柴棚里睡着了。

深夜，突然听到清脆的枪声。接着就是爆豆似的密集的枪声和轰隆轰隆的爆炸声。

"不好！"

陈忠堂从草里翻身立起，与此同时，抽出腰间的枪。来到柴棚外侧耳细听。这时，枪声、爆炸声响成一片。

肖一刀跑了出来："六哥，哪儿在打枪？"

"鹿圈沟，鹿圈沟出事了！"陈忠堂用十分肯定的语气判断。

"六哥，咱看看去！"

两人往外跑，跑到向阳坡，在一个山梁鼻子的地方停下来。在这里看对面的鹿圈沟最清楚，陈忠堂手扶一棵大树向对面的鹿圈沟翘首张望，鹿圈沟沟洼腹地什么也看不见。只听到枪声、爆炸声依然在响。

"听枪声，是鬼子偷袭了葛振林他们这些人。"陈忠堂心情沉重地说。

"准是吴老大那个兔崽子给小鬼子报的信儿。不然，鬼子咋能摸到这儿来！"

"不是他，是谁呀？这个狗杂种！一点人事都不干！"

"来者不善，善者不来。"陈忠堂判断，葛振林他们一定难以逃出鬼子这次袭击。夜黑，不明情况，两人无法前去，只好站在这儿不放心地眺望着对面有火光的地方。

深夜，鹿圈沟山洼里随着激烈的枪声、爆炸声，不断地闪现忽明忽暗、或大或小的亮光。最后出现了一团火，直到黎明，枪声才稀疏下来。

"得啦，六哥，那帮人让鬼子给做啦。"

"你别说那些丧气的话好不？葛排长他们可不是那么好收拾的，咱俩到天门对面的山下看看去。"

两人知道鬼子必然从天门下来。为了看个究竟，两人到了山脚下的一个大石头后，悄悄地瞅着天门那条崖缝小道。

天亮了，天门崖上，轰隆一声巨响，无数大大小小的岩石从天而降，

第四十六回 结义兄弟居山待毙 侦察小组遇抢枪人

飞落在天门脚下的溪流、草滩、沟谷中,发出惊天动地的轰鸣。不一会儿,一百多名日伪军一个接一个从天门下来,沿着沟谷向北撤走。

"六哥,你看!那个领头的就是岛田,咋着?"肖一刀摸摸腰上的飞刀。

"不行!鬼子忒多,这么打不行。看着点,吴老大跟着出来了没有?他要出来,说啥也得把他宰喽。"

"唉!"肖一刀手握一枚飞刀。陈忠堂手里握着枪,目不转睛地盯着走下天门的日伪军。遗憾的是,一百多个日伪军都走光了,也没看到吴玉成的影子。

"六哥,这小子是不是——"

"咋啦?"

"我想,这次鬼子偷袭,吴玉成为什么没跟鬼子走。是不是死啦?还是山上的人突围了,这个家伙又跟他们走了?"

"嗯,难说。这个鳖犊子,他是缺德带冒烟的,不把山上的人整没喽,他是不会死心的。"

"我说六哥,你这是心脯子挂笊篱——多余捞那个心。这伙人好歹不知,也活该!"肖一刀气愤地说。

"你少说两句吧。挡不住他引鬼子上山,被人家发现后给打死了。要是那样,就省咱俩动手啦。"

陈忠堂仰望着天门上的鹿圈沟,却看不见山坳里的情景,他心里假想着鬼子袭击后,会出现的种种结果。

日头从东山山顶冒了头。鹿圈沟山坳里依然升腾着一缕缕浓浓翻滚的黑烟,飘散在上空。陈忠堂望着这些浓烟沉默不语,肖一刀看出了陈忠堂的心思。

"六哥,鬼子都扒走了,要不,我们上去看看?"

"嗯,看看去。"

两人上了天门,肖一刀手攥着飞刀走在前面,钻过林子一看道边有十几具尸体,其中就有吴玉成,肖一刀用脚扒拉了一下吴玉成的一条大腿。

"六哥,快来!我说这小子没跟小鬼子走,原来被打死啦。"

陈忠堂一看,可不是,吴玉成胸口挨了两个枪眼儿,身底下存留一大滩黑红色的血。人已挺尸,早死了。

"活该！这是老天对他的报应！"肖一刀解气地说。

"是啊，过去有句话：'善有善报，恶有恶报。'像这种人不遭恶报才怪呢！走，上去看看。"

两个人正想上去到房子前看看，突然山梁上出现了人影，陈忠堂躲在树后细瞅，正是葛振林他们。他如释重负，他拽了一下肖一刀的衣襟退进了林子。

吴玉成死了，抗日联军没有被鬼子吃掉，陈忠堂心里敞亮多了。

两人从天门下来，肖一刀不理解六哥这样鬼鬼祟祟狼狈的样子。

"六哥，吴玉成死了，谁是奸细，山上人这下总算弄个水落石出了吧？他们还能把你当汉奸吗？跟他们挑明得啦！"

"老七，咱抢了人家的枪，又跑了。现在鬼子刚袭击了他们，我们就在这儿出现了，我们是人是鬼，能说清楚吗？"

肖一刀一想，可不是，这时候出现在这儿，这些人本来就好坏不分，让他们看着，哼！还不知怎么胡思乱想呢！于是说："也是，六哥，吴老大死了，这回咱俩上哪儿啊？"

"老七啊，'天无绝人之路'。走一步，说一步。"

"六哥！咱俩不入他们的伙，离开这条沟到别处去吧！"

"到处是鬼子，咱上哪儿去呀？"

"哎呀！活人还能让尿憋死了啊？凭咱俩的本事上哪儿去不行啊？"

"老七，你在山上待够了？"

肖一刀听完了这句话笑了："说实话，六哥，这沟里我真的待够啦！"肖一刀蹲在道旁，一边用刀在地上横三竖四下意识地划着一边说："六哥，姓吴的死了。咱再也不用想替大哥报仇这件事啦，咱们在这儿干啥呀？入伙？人家又不相信咱，干嘛非得指望他们那棵树吊死人呢？我就不信，天底下这么大空地，还没有咱哥俩立足的地方？"

"老七，你的脑瓜子装的就是自个儿。人家葛排长是山东人，在这大山里不走，打鬼子，他图希个啥？还不是为了咱这块山里的老百姓过上好日子啊？你说出这些话来也不嫌砢碜。"

"哎！哥，那你说，咋着？入不了伙，还不走？咱俩在这儿干啥？要不，咱自己干？咱俩先从日本人手里搞到几支枪。在这儿也拉杆子，打鬼子！咋

第四十六回 结义兄弟居山待毙 侦察小组遇抢枪人

样?"肖一刀瞅陈忠堂不吱声,就接着说,"我想,咱们整起来不一定比姓葛的那伙人差。"

陈忠堂坐在一块石头上,对七弟和自己将来何去何从这个问题正踟蹰不决。肖一刀这句话倒提醒了他。他心里想,鬼子和赵万奎早都知道他跟抗日联军进了山,入了伙,开弓没有回头箭。现在,无家可归,大腿肚子就是家,走到哪儿是哪儿。无家无牵挂,用不着前思后想,干脆哥俩也拉个山头和鬼子干吧。

"嗯。老七,咱也学抗日联军,没有家伙就跟鬼子要。"

"我看也是,凭咱哥俩的功夫,还用端人家的饭碗,看人家的脸?现在咱俩就能进围子,抢他几支枪。让那些人看看咱俩的本事。"

"老七,现在进围子整枪,行吗?"

"咋不行啊?你想啊,现在鬼子看门不像以前那样紧了,我烧炭那些天,鬼子管得可松了,进出的人没人问。这回,鬼子袭击了抗日联军的驻地,他们一定认为抗日联军的元气大伤,没有精力去山外,进围子碰他们。岛田那个鬼子头对围子就会管得更松。这个空儿,小鬼子把门一松,正是我们下手的好机会。"

"嗯,等几天,咱俩就去围子!"

"好,啥时候去,我听哥的。"

"这两天,咱们到山下踩踩道。"

"好!"

第二天晚上,哥俩下山走了一遭。陈忠堂在南山腰一棵松树上窥探围子的情况足足有好几个时辰。他看完,心里有了数。心想,围子里的情况,真像七弟说的那样。南、北大门只有几个伪军站岗,没有一个鬼子。和过去相比松多了,真是下手的好时机。

几天过去了,肖一刀敦促陈忠堂:"六哥,这些天啦,啥时去啊?"

"明儿个。"

"好嘞!明天就明天!"

第二天,两人把所有贴身家伙带在身上,潜入沟门外山下青龙河的南岸山脚下那片松林里,他们准备等到傍晚和种地回来的人一起混进围子,在南大门伺机行事。

　　日头滚到西山头像一团火球在燃烧,为它壮行的几朵红霞红艳艳金灿灿,映红了山川,碾子沟围子南大门还敞着。早晨从围子里出去种地的男女老少,扛镢、牵牛陆续归来。陈忠堂和肖一刀在树下没有动身,直到胭红的晚霞送走夕阳最后一缕余晖的时候,两人肩上各自扛着一捆干柴,绕过那片刚露苇锥的芦苇塘,上了土路。

　　天色有些暗了,大门还没关。晚归的人没有多少了。两人看天气已不早,就掺进人群中,进了南大门。两人知道南大门门楼上有一挺机枪,陈忠堂今天想把它弄到手。因为葛振林那儿,就有这样的一挺机枪。

　　哥俩扛着一捆干柴到了门洞。只见四个伪军站在门洞两旁,但对进来的人并不加以盘查。两个人用眼睛对视点了一下头。走到东侧站岗伪军跟前的陈忠堂一步从人群中跨出,手中的枪已对准了东面的两个伪军;与此同时,肖一刀向西一个箭步来到两个心不在焉的伪军跟前,一刀扎进了一个伪军的咽喉。那个伪军一下躺在地上,另一个伪军想喊,肖一刀的另一枚飞刀也进了他的咽头。东面的两个伪军在陈忠堂手枪的威逼下,乖乖把枪放下。一起与他们进围子的人们一看,吓得纷纷跑散。两个伪军愣愣地瞅着陈忠堂,举着双手不敢动弹。陈忠堂用嘴巴一扬示意,肖一刀明白了哥哥的意思,他猛地拽开关闭着的门亭子的铁门,冲了进去。亭子里,一个值班的伪军班长正在椅子上似睡非睡,一听到惊人的嘎吱门响声,正想发脾气骂人,一看进来的却是一个陌生人,他感到不对,手快速伸进抽屉里去取手枪。肖一刀一出手,寒光一闪,飞刀从侧面扎进了那个伪军班长的咽喉。啪啦!他从椅子上歪倒下去,手枪从他的手里滑落在地上。肖一刀从地上拿起那支巴掌大锃亮的小手枪,仔细地欣赏一番后揣进衣兜。然后,他扫视一下亭子四周,顺着亭里的楼梯上了围墙上的门楼。

　　一上门楼,肖一刀愣了。门楼上站着的全是头戴钢盔,手端着刺刀的日本兵。架在门楼上的那挺机枪面向围墙外进出围子的那条道。有一个日本兵趴守在机枪跟前严阵以待。糟了!手里的飞刀只剩了两枚,先干死他两个再说。嗖!嗖!两枚飞刀飞出,两个鬼子当即毙命倒下。肖一刀一个箭步来到一个鬼子尸体跟前,迅速用脚勾起一支步枪,呼——四个鬼子把肖一刀围在中央，他们端着明晃晃的刺刀，在肖一刀身边一转圈儿，肖一刀知道不好，自己处在这样的位置，鬼子刺来的话，顾得了前顾不了后，非吃亏不可。说时迟，那时快，他放弃了手中的步枪，脚尖使劲儿一点地来了个空中转体，四个鬼子突刺放了空，四把刺刀交碰在一起，咣啷啷一声响，肖一刀越出圈外，他直奔架在围墙上的那挺机枪，机枪跟前的鬼子一看他要夺围墙垛口上的机枪，他嗷嗷地叫着，猛出拳脚要和肖一刀拼死格斗。一个回合被肖一刀来了一个转身大背甩出了围墙。他抓起机枪刚转过身来，四个鬼子这时又围了上来。此时，天已昏暗，远处，四角岗楼的敌人对这儿并看不清晰。在这危急的时刻，肖一刀双手攥着机枪正想转身跳下围墙。这时，陈忠堂上来了，啪！啪！啪！三声枪响三个鬼子倒下了。剩下的一个鬼子一愣，肖一刀此时一捯手一枪把子敲了过去，打在那个鬼子的脑袋上。啪！脑袋开了花。岗楼上枪声一响，嘟——嘟——嘟——伪军大队部里敌人的警笛响了。

"跳墙！快走！"

"六哥，机枪咋整？"

"嘿！扔下去啊！"肖一刀往下瞅瞅，四米高的围墙，这么沉重的机枪，扔下去非摔坏不可。他有些舍不得，正在犹豫。

"快扔！还愣着干啥？"陈忠堂厉声提醒七弟。

肖一刀只好弯下腰把机枪在围墙外顺下去，两人随手各抄起一支步枪，从高高的围墙上纵身跳了下去。

肖一刀奔到机枪跟前看看机枪摔坏了没有。

"瞅啥？快跑！"

两人拿起弄到手的枪支跑进苇塘，他们不顾冒出地面尖锐的苇锥，一口气窜过了芦苇塘，蹚过青龙河，跑上了山。

围子里的日伪军在赵万奎的带领下追了出来，一直追到黄土桥边才停下来，这时，天已黑了。日军中队也出了南门。

岛田瞅瞅野外一片黢黑，他骑在马上命令追击部队停止前进。赵万奎下马，把马缰绳扔给张全走到岛田跟前：

"太君，这两个王八蛋跑了。"

"赵大队长，刚才南门打枪，什么人的，干活？"

"报告太君,是两个来路不明的毛贼。"

"什么?毛贼?"岛田为之一怔,他瞪大眼睛,对赵万奎的话他半信半疑。

"报告!围墙下发现了我们的人。"

两个鬼子拖来被肖一刀摔到围墙外那个鬼子的尸体。岛田低头瞅了一下地上的尸体。心想:这是什么人?竟敢如此大胆敢来虎嘴拔牙?马背上,他抬头眯缝着眼睛左手摸着下巴颏,眼睛一动不动望着黑乎乎的山野陷入了沉思。

"太君,大冰沟抗日联军已经被我们灭啦,我觉得是一股流窜过来的土匪干的,他们还不知道我们的厉害,才敢胆大妄为。"

"嗯——"岛田摇了摇头。

刚才南门遭袭令岛田无法判断偷袭者是什么人。大冰沟的抗日联军刚刚被他袭击,死的死,伤的伤。他们哪还有这样胆子和力量来"以卵击石"?两个人竟敢闯进围子,袭击守门的看守部队。这两个到底是什么人?想干什么?他的目光再一次投向模糊不清的远山。挡在他眼前的是黑蒙蒙的夜幕。他在马上呆呆地静思却找不到一个合适的答案,就像他此时看不透昏暗深邃的夜野一样。岛田感到今天发生的事情实在让他感到扑朔迷离,难以琢磨。

天已黑,没有确定的追击目标。岛田仰头看看点缀夜空的繁星。野外山川依然是那样的幽暗、寂静。他知道让部队在这伸手不见五指的夜晚追赶下去,就是不中埋伏,也是枉费人力。他只好命令部队撤回围子,并命令日伪军的巡逻队重新启动,夜间加强围子外围的巡逻,增加看守南北大门的兵力,添配重型武器,严加防范。随后,他在赵万奎陪同下来查看守南大门日伪军伤亡情况。

岛田上门楼一看,惊呆了。六名日军全死了,那挺机枪也被拿走。他心里不由感到震撼,两个人竟敢在守军防卫的地方大打出手,杀了这么多人后还从容走脱,到此如入无人之境。这两个人的功夫太厉害啦!如此神通广大的"飞贼"怎能不让他震惊?!此时,他感到高大的围墙已经不是森严壁垒无法逾越的城墙,也不是枪弹无法穿透的铜墙铁壁;大日本皇军构建的围子已不是固若金汤、牢不可破的城池。他手握洋刀,大骂赵万奎不中用。

"八嘎!如果再有此类现象发生!统统死啦死啦的!"

第四十六回 结义兄弟居山待毙 侦察小组遇抢枪人

"嘿！"

岛田走后，赵万奎用手巾擦脑门儿的汗珠，他喊来了张全。

"张副官！"

"到！"

"从今以后，大门要严加看守！不能有任何闪失。如果再出事，你、我的脑袋就得搬家！"

"是！"

当夜，赵万奎命令南大门用两个班的伪军同时看守，并向两个伪军班长交代："南、北大门要出了事，在皇军割我的人头之前，我先削了你俩的脑袋！听清了吗？"

"是！"

出了这么大的事赵万奎哪儿还敢懈怠，他在门亭子里亲自坐阵。门楼上，又来了一个小队日军。

再说，陈忠堂和肖一刀跑到了松树林下面的一片荒草地的山坡跟前，停下了脚步。

"六哥，歇会儿吧。这黑灯瞎火的，我看鬼子是不会追来的。"两个人坐在一条荒坎塄上喘着气。

"小鬼子，也让他尝尝咱哥俩的厉害。"肖一刀一边摆弄着机枪一边嘀咕着，"六哥，这个东西从围墙扔下来也不知摔坏了没有。要是坏了，那咱俩可就是养活孩子让猫叼去——白费劲了。"

"净整那些没用的话。梭子在吗？"

"在。"

"没事，有梭子，拾掇拾掇就能用。这个家伙就是好使，一扫一大片。去年在大石门伏击鬼子的时候，葛排长就是用这个东西，鬼子成片地死，真痛快。"

"六哥，你天天叨念那个姓葛的，这么好，那么好的，我懒得听。我可没看出他有什么本事，一个吴玉成就把他忽悠迷糊了。人家把他卖给了日本鬼子，他还给人家查钱，好歹不知。我看他啊，就是'白痴'一个。最后咋样？还不是让小鬼子给他们收拾了一把。"

"老七，这事不全赖人家，是我报仇心切，让吴玉成钻了空子。"

"拉倒吧。那吴玉成在向阳坡开枪打死那两个人，都那么近开的枪。一个长时间玩枪的人谁看不出来呀？他们动脑袋瓜子想了吗？哎！就说这事没有别人当场作证，没看出来。那么，跑到洞口的两个鬼子被吴玉成开枪打死，那些人都在场，都没看出来那个王八蛋是杀人灭口，那群玩意啊——哼，啥也不是，能成什么气候？"

"老七，你可别把人家看扁喽，你知道人家是咋想的？"

"哼！咋想的？差一点没让人家小鬼子给灭喽。六哥，就今晚上，咱哥俩敢进围子打死那些鬼子、伪军，还夺了他们的机枪，不是吹，那些人有这两下子吗？他们敢吗……"

"老七，话可不能这么说。大哥活着的时候常说，山外有山，天外有天。我和这些人在一起待了好几个月。论枪法、拳脚功夫他们不比咱差。"

"得了吧……"

"老陈！"

肖一刀话没说完，忽听身后林子里传出了人声。两人大吃一惊。眨眼间，两人已趴在土埂下，嗖一转身，同时，迅速拔出短枪，枪口指向说话的那片黑黝黝的松树林子。

第四十七回 两义士和英雄团结 追猪人与部队邂逅

陈忠堂右手握着枪，左手把住肖一刀捏着飞镖的那只手的手腕，一动不动地趴在坎塄下屏息凝神，注视着松树林里的动静。

原来，这天晚上，按着葛振林要求，魏强带着他的小组来碾子沟围子观察鬼子近些天的情况，准备给鬼子一个回击，来打击一下鬼子的嚣张气焰。魏强他们刚到山脚下，就听到围子那边传来了枪声。魏强命令大家埋伏在松林里不要动，听听动静再说。

不一会儿，就看到有两个黑影从芦苇塘里向山这边跑来，脚步声越来越大。噼里啪啦……两个黑影慌慌张张在河水中横蹚过来，一前一后匆匆地上了山。魏强叫大家隐蔽好。距小组埋伏的地方只有十来米远了。依稀可见，前面的那个人肩上好像扛着一个东西。到了离松树林不远的地方坐下来。黑夜寂静，两个人说话的声音，他们听得清清楚楚。魏强听语声知道上山的两个人，其中一个就是陈忠堂。他猜想，另一个人也许就是他那天在三道沟接头的人。听说话，魏强已经知道了以前发生的一切。没想到在这儿遇到了陈忠堂。葛排长不止一次提念他，让大家想办法找回他，好一起打鬼子，可就是找不到，今天没想到在这儿遇到他。机不可失，他决心主动接近陈耀青，来化解过去的误会，带陈耀青一起回双洞沟。

"陈哥，是我。"

"你们是干什么的？有种的你出来！要不，乖乖地给我走开！不然的话，可别怪老子的枪子不长眼睛。"肖一刀大声警告着。

陈忠堂用手戳了一下他的胳膊，示意肖一刀先不要乱来，他要进一步知道松树林子里的人想干什么。

这时，就听在一棵松树后传出回话。

"陈哥，你们别开枪，我是魏强。"

陈忠堂一听正是魏强的语音。他把头紧紧贴在坎塄沿儿，手握着枪解释。

"魏强兄弟，冲天说话，我陈忠堂跟你们上山后，没有干对不起山上弟兄们的事，你们怀疑我是坏人，我只好跑出来自己干。现在，咱们是大路朝天，各走半边！我不明白，你们为啥还要找我的麻烦？今天，我从你们手里抢来的枪可以还给你们！以后，咱们井水不犯河水，咋样？"

"老陈！我是朱延成，你误会啦！"

"那你们为什么老跟着我，不放过我？"

"陈哥，请你不要误会，以前是我们没有看透好坏人。现在鬼子的奸细李元科已被我们打死，真相大白了。我们知道你不是坏人，还帮了我们一个大忙！葛排长让我们找你，没想到在这儿碰上了。陈哥，请你相信我们。"

"凭什么相信你们？你们漫山遍野追杀我们。我哥俩才不上你们的当呢。要杀要打，你们有种就直接来！别整那些阴招。"

"老七！"

"六哥，怕他们个屁！我手里的机枪正想试试好使不好使呢！"

为了打消陈忠堂的疑虑，魏强主动从树后走出来。此时，肖一刀对过来的黑影就要搂枪。

"不要胡来！"

陈忠堂一把攥住肖一刀的手腕。站起来向魏强走去。

"六哥——小心他们有诈！不能过去！"

魏强站在陈忠堂面前，首先道歉。

"陈哥，对不起。以前都是我们的错，我们被那个奸细糊弄了，错怪了你。"

"其实，也赖我。"陈忠堂自己也觉得不好意思，"那天，我要不是拿枪走喽，也不至于让那个卧底的奸细使坏害人。"

"我们低估了这个奸细，上了小鬼子的当。"

"小强，这些我都知道了。你们今天来——"

"啊，排长叫我们来侦察围子里的情况。刚到这儿，就听到围子里有枪声，想隐蔽在这儿一会儿，想看看围子里究竟发生了什么事儿。没想到是你们。"

第四十七回 两义士和英雄团结 追猪人与部队邂逅

"老七！过来！你们认识一下。"

肖一刀扒拉一下身上的土，他把手伸进装着手枪的衣兜里，走了过来。陈忠堂向魏强他们介绍："这是我的七弟肖青，我们哥俩一起进围子的。"

"陈哥，刚才你们说的话我们都听清了。鬼子死了那些，又白搭了一挺机枪，他们一定会戒严的，今天咱们就不进围子了。走！回山，一起见排长去！"

"六哥，那挺机枪？"

"扛着走啊！"

肖一刀把陈忠堂拽到一边小声说："六哥，兄弟有些话要问你。"

"啥话？说吧。"

"你是去入伙？"

"是，咱哥俩和葛排长他们一起干！"

"那你可得想好喽，别再让人家给踢出来。"

"七弟，不会的。"

"那好，我要当着几个小子的面问个清楚，咱再入伙。"

肖一刀转身来到魏强跟前："我说，你们叫我们哥俩和你们一起上山，啥意思？"

"打鬼子，咱们一起干啊！"

"你的意思是让我们入伙。不是真心的吧？是不是惦记上这个啦？"

肖一刀拎起机枪，把机枪的支腿一收。瞅着魏强说："入伙也好，打鬼子也罢。今天咱们把丑话说在头里，我们可不是二百五，傻瓜。想耍我们，没门儿！"

"老七！你胡说什么呢！你还跟不跟我这个哥？"

"哥！我这不是为了你嘛。把话说明白有啥不好的？先小人，后君子嘛，当初，你跟他们上山把话撂到那儿，他们会小看你，把你逼出鹿圈沟吗？说明喽，省着以后出麻烦。"

魏强面带歉意地说："这位哥哥，过去，我们的确冤枉了陈哥，是我们错看了人。以后，决不会再有这样的事啦。为了打鬼子，救围子里的百姓，我们都是抗日兄弟。"

"是不是兄弟，那得看。今天为了我哥，跟你们走一遭。不过，我得告诉你们，我手里的家伙可不是吃素的。"

"老七，越说越离谱！你不跟我去，算了！"

"你看看，六哥，这，我不是为你好嘛。你在他们那儿受的冤屈还少啊？"

"那是吴老大搞的鬼。"

"六哥，听鬼的话，不分黑白好坏。跟这样的人混有啥意思，将来还不栽在他们手里啊。"

"老七，人家也不是孙悟空有火眼金睛，一眼就瞅出妖魔鬼怪。你就跟我走吧。不会错的。"

陈忠堂两人跟魏强他们回到了双洞沟。葛振林热情地接待了离别归来的陈忠堂。

山洞里，葛振林紧紧握着陈忠堂的手说："陈老弟，我和弟兄们欢迎你归队。"

"排长，我错啦。不应该拿走高福的枪。"陈忠堂不好意思地说。

"不，要说错，得说我的错。李元科给我们设了一个圈套。我们就进了这个套子。让这个奸细钻了空子。是我优柔寡断，自以为是，牺牲了我们好几个好兄弟，给抗日带来了巨大损失。今天，你能回来，我很高兴。我们的队伍又多了一份力量。"

"排长，我，我……"

"哎！有什么不好意思说的，有什么疑虑你就说吧，我葛振林就交你这个兄弟啦！"

"不是，不是！"

"那还吞吞吐吐的。"

"那——"

"啊——我说，你们都在这儿，还不吃饭去？"葛振林感到陈忠堂有难言之隐，支人们离开。

大家呼啦一下子都出去了。陈忠堂看看人都走了，他扑通一下跪在葛振林面前。

"排长，今天来时，我都想好了，我愿意死在你的枪下。死在你的枪下，我不后悔。如果你不枪毙我，把我当兄弟看，我愿意和你一起打小鬼子，给死去的兄弟们报仇！"

陈忠堂这么一说，倒让葛振林感到惊诧。以前，虽然不了解他的来历，对他的行为有过疑虑，但他自始至终都配合大冰沟的战友们消灭敌人，真心实意地打鬼子。这，他是清楚的。这是咋啦？他赶忙扶起陈忠堂。

"兄弟，你这是干啥呀？有话慢慢说，我不说了吗，我就交你这个兄弟了。"

陈忠堂眼睛有些红："排长，我，我当过土匪。"

于是，陈忠堂把自己的身世和经历从头至尾，一五一十地向葛振林说了一遍。

葛振林听着听着，心里十分激动，原来，救李先生的土匪就是眼前这个知恩图报的人。但更让他懊悔不及的是原来奸细就是两年前两手沾满战友鲜血畏罪潜逃的那个土匪——吴玉成。怪不得这个汉奸的两只眼睛是那么熟悉，说话令人耳熟。他行为不轨露出端倪，为什么不及时地除掉他？结果，又伤害了那么多的战友。大冰沟的抗日力量差一点儿全毁在这个狡诈的土匪手里。唉！太低估了这只潜逃的野狼！

葛振林把肠子都悔青了。心里责骂自己，我是个一意孤行，有眼无珠的浑蛋！我对不起这些死去的战友。他暗自悔恨自己犯下了一个无法挽回的天大错误。

葛振林听完了陈忠堂的介绍，两手紧紧攥住陈忠堂的手："我们见面不晚，可相知太晚了，我的好兄弟。我和大冰沟所有的抗日战士欢迎你。过去的事就让它过去吧。人生在世孰能无过？改了就好，何况，你做了那么多好事。回来吧，我们在一起痛痛快快打鬼子！"

葛振林两手拍着陈忠堂宽阔的肩膀，两人久久对视着，两束完全信赖、坚毅的目光汇在一起。哈哈哈，两人都开心地笑了。

葛振林一番推心置腹的话语，让陈忠堂感动不已。他内心深深感谢葛排长对他的宽容和诚挚的认可。他嘴唇在微微地动，默默无语中，眼里流下了两行热泪。

一晃到了草长莺飞的五月。大冰沟一年一度的野卉再度竞相开放，站在远处高峰俯瞰沟谷，沉眠于沟谷的银色巨蟒悄然化作一位仙女投落于人间的青罗带,从山谷云中飘逸而下。丛峰连坐的大冰沟以崭新的姿态向世人展示它迷人多姿的风采。

碾子沟围子南大门守军遭袭击后,鬼子马上加强了对围子的看守。

葛振林他们在双洞沟安营扎寨一月有余,谁也没有吃过一粒粮食。葛振林心里明白,山外,储藏在山洞里的那些粮食早成了鬼子的囊中之物,指望不上了。葛振林叫大家克服困难,靠自己的双手闯过眼前的难关。

尽管吃的成了大问题,大家还是充满信心,齐心协力在山里狩猎来获取野物。什么狍子、山兔、野猪、雉鸟,甚至蛇都是大家猎取的食物。为了防止鬼子对大山长期封锁,葛振林要求大家从长计议,利用闲暇时间在山场宽阔的地方开荒、种地。

这一天,大家在南坡窑地种苞米。小英悄悄地用手拽了一把埋头刨坑的魏强的衣襟,轻声说:"强哥,你看。"

她抿着嘴微微扬动两下下巴颏,魏强按她示意的方向望去。

嘀!在地边,一头又肥又大的野猪在用嘴巴拱他们刚种下的苞米种。这真是送上门来的开荤菜。魏强轻轻撂下手中的镐头,掏出枪瞄向这个畜生的时候,那个东西似乎知道了大难临头,头一扬,耳朵一竖,愣怔瞬间后调头想逃。就在它转身想逃回林子的一刹那,啪!魏强的枪响了,子弹打在它的脖颈上。那野猪在原地打了一个圈儿,鲜血从它的伤口流出来。呼——这头野猪鬃毛抈挲着,并疼痛地扭动着脖子。朱延成、朱延国和高顺在上边的地头干活儿。他们听到枪声同时抬头一看,一头野猪被打中了。只见那个畜生弓着腰,四个蹄子挠起,一溜烟儿向沟外逃去。

这是送到嘴边最丰厚最香美的食物,岂能放过?几个人一起向沟外追去。野猪虽然受了伤,但还是疯狂地逃奔,已翻过了两个山岭和一大片树林,后面的人们穷追不舍,野猪也许是流血过多,跑着跑着在一片光秃秃的石片上停住,身子摇晃起来,四个蹄子已踩不住石岩,扑通!它偏躺在石岩上,肚子在鼻孔急促的歙呼中一起一伏地抽动着,四肢也在颤抖。突然,它倏地挣扎立起来再跑。人们离那片石岩不到三十米了。朱延国掏出枪刚想射击。

啪!靠近石片的林子里放出了一枪。随着枪响,那头野猪倒下,从石片上骨碌滚下来。大家大吃一惊,朱延成惊喊:"快!隐蔽!"

第四十七回 两义士和英雄团结 追猪人与部队邂逅

大家手攥着枪,立刻卧倒在一片乱草丛中,目不转睛窥视那片林子。有一袋烟工夫,打枪的人好像销声匿迹了,林子里没有一点儿响动。魏强想林子里的人不露面,自己的人也不能走出来,怎么办?他一想,得想办法让林子里的人自己走出来。他在朱延成的耳边悄悄说了几句话后,自己向前匍匐前进了二十来步,趴在一个大石头后,向林子里喊话。

"喂——林子里的人,你听着!你是干什么的?"

"魏强?魏强!是我!"林子里传来女人的惊喜回应。

一个女人怎么能跑到这深山老林里来,她怎么知道我的名字?

"你是谁?说出你的名字!"

"我!王玉琴!"

呼啦,林边的大树后面闪出不少身穿灰军装的人,足有一百多人。

"小强!"

不差,的确是玉琴姐的声音。大石头后,魏强立刻站起露出脑袋来。他惊呆地望着。走在前面的王玉琴望着石头后的魏强,满脸洋溢着灿烂的微笑,她手举着灰色军帽冲着魏强使劲儿地摇晃着。

"小强!"

真的是她!他细细地端详那让他最熟悉不过的微笑,两边深深的酒窝,纤细的眼眉,乌黑的睫毛,亮晶晶的眼珠在笑声中闪动,尽管她长长的秀发已剪掉,可是她那靓丽俊俏的容貌,巾帼不让须眉的英姿怎能在他的记忆中忘却?是她!不错!

"玉琴姐!"

两个人飞快地跑到一起,此时相见时的兴奋化为一种沉默。两双眼睛深情地看着对方,每个人的目光里都流露出彼此能相见的喜悦,玉琴无声地流出了热泪,她一下子扑了过去,紧紧地抱住魏强的脖子,泪珠掉在魏强的肩膀上。

"快起来吧!是抗日联军,我们的人!"魏强冲着趴在草地上的兄弟们喊。

此情此景,趴在草地里的小英看得一清二楚。魏强和那个女抗日联军是那么亲热,还拥抱。她心里有一种说不出的滋味。

两队人马相遇，大家欢欣拥抱。王玉琴与跑过来的几个人一一握手，魏强在一旁介绍。

当玉琴看到小英时微笑着问："小强，这位姑娘是谁呀？"

"玉琴姐，她就是小英。"

"啊！我知道了，就是以前你和我说的那位小英妹妹吧？"

"嗯。"魏强点了点头。

"长得真漂亮！"

玉琴热情地握着小英的手。握过手后，不见葛振林。

玉琴问："小强，葛排长呢？他好吗？"

"嗯！排长身体挺好的。今天我们几个撵这头野猪，排长不知道。他没有来。玉琴姐，走吧！排长见到你们不知多高兴呢！"

"嗯！那是一定的。"玉琴会心地微笑着，露出了深深的两个大酒窝。然后她转身下达命令。

"陈排长！"

"到！"

"部队集合！"

"是！"

"集合！"

陈排长一喊，一百三十多名战士整齐排列在平缓的草坡上。玉琴站在列队前面做了简短的讲话。

"同志们！今天我们见到的就是我们想找的，在大冰沟坚持抗战的同志！这些同志中有一名是我们的侦察排长葛振林同志。他是在受了重伤的情况下留下来的，部队首长派两位同志护理他。一晃四年了，这些同志没有离开大冰沟，在这里与鬼子进行艰苦卓绝的斗争，并发展壮大了抗日队伍。现在，我要带着大家去见见我最敬佩的人，我们的抗日英雄——葛振林同志，好不好？"

"好！"

"好，出发！"

魏强叫高顺和朱延国抬那头野猪，几个战士前来帮忙。一百多名战士和魏强他们一起有说有笑去了双洞沟。

第四十八回 双洞沟抗日军整编 地道里队长会张全

这是进驻大冰沟的抗日部队有史以来前所未有的一个具有特殊意义的日子。这一天，漫山遍野、争芳斗艳的山花似乎绽放得更加烂漫，馥郁的芳香更加怡人，骄阳也露出温馨的微笑。一百五十多名抗日战士在双洞沟举行了具有历史意义的会师。

战士们还未到双洞沟沟口，魏强派小英先前去向葛排长报告。当葛振林听到这个振奋人心的好消息时，心里无比兴奋。他快步走出山洞与小英下山迎接。

董老汉、陈忠堂、肖一刀、小兰也随着跑下山来。

队伍来到面前，还没等葛振林开口，一声清脆洪亮的女声就钻到了众人的耳朵。

"排长！王玉琴前来报到！"一个英姿飒爽的女战士早已向前一步，向他郑重地行了一个军礼，葛振林凝视着眼前这位女战士笑了。

"哎哟！玉琴，是你呀，欢迎，欢迎！"葛振林紧紧地握住王玉琴的手。

"排长！"陈排长走向前郑重地向葛振林敬礼，"陈世秋前来报到！"

"小陈！哎呀，"葛振林上前一下搂住小陈的脖子，久久才松开，"小陈，咱侦察排的兄弟都好吧？"

"嗯，都好。"

大石岭那次阻击战，葛排长率领的侦察排的战士阻击小鬼子打得很惨烈，除了排长和小强外已全部阵亡，当时，侦察排只有他带的一个班安排在石营长指挥的大部队里才幸存下来。那时，身负重伤昏迷不醒的排长哪里知道这些呢？今天是大喜的日子，他不想让排长此时伤感，以后的日子长着呢！

"走！我们到驻地再说。"葛振林手一指高兴地说。

王玉琴与葛振林边走边唠:"排长,小强说您的身体很好,我很高兴。当时,在红旗杆您受重伤,昏迷不醒。部队南下,首长让把您留下,派小强他们护送您回香洼。说实话,那时,我们都很担心。"

"担心什么?是不是怕我到马克思那儿去报到啊!哈哈哈……"

葛振林幽默爽朗的笑声逗得玉琴和魏强都笑了。四年了,魏强还是第一次看到他如此开心。笑声过后,葛振林喜至思来,脑海里不由又牵移到对首长和战友的回忆与思念。他潸然泪下。

"是啊,四年了,我们四年没见面了,我无时无刻不在想念咱们侦察排这些战友,想咱们的营长。"说着,他眼睛里噙着泪水。

到了洞口,葛振林叫魏强、朱延成、朱延国等人把战士们安顿好。然后和玉琴一起进洞议事。

董老汉端来两碗开水放在木凳上,面带歉意地说:

"姑娘啊!委屈点儿,喝点儿白开水吧。"

"谢谢大伯。"

"石营长、马政委他们好吗?"葛振林急切地问。

"他们都很好。这四年,咱们的队伍多数时间在大别山一带与鬼子作战。作战中,咱们的队伍得到了扩充壮大,现在已经有一个团的兵力。石营长现在是团长,马政委调到别的团任政委去了。"

"啊——眼前,关里的形势咋样?"

"现在呀?"王玉琴脸上洋溢着笑容,她喝了一口水。

"形势对我们非常有利。在我们抗日联军统一指挥下,晋察冀军区、120师、129师发动了百团大战,破袭了正太铁路,粉碎了日寇的'囚笼政策',取得了巨大的胜利。根据党中央和毛主席的指示精神,现在,我们的部队又深入到日寇的后方开展武装斗争,建立了许多敌后抗日根据地。小鬼子啊,被我们打得焦头烂额,现在,他们顾头不顾腚。已经把主力部队撤到了铁路沿线一带。"

"玉琴姐,这么说,小鬼子就像秋天的蚂蚱——没有几天蹦跶啦?"魏强兴奋地问。

"是啊,这些强盗就要完蛋了!"

"好，好啊！我们就盼着这一天呢！"董老汉听了这些话在一旁兴奋得绽放着菊花般的笑颜，"姑娘，你不知道啊。这几年，小鬼子在咱这块儿修围子，就像你刚才说的什么？嗯——对！囚笼一样。可把老百姓糟蹋得苦啦，这人呢，死的死，杀的杀，搬走的搬走，折腾得没多少人了。要是把这小鬼子打跑喽，拆了围子，就好啦。"

"嗯。"玉琴点着头。

"排长，这次部队首长派我们进山来，一是找你们，二是发动群众，尽快让这里的百姓摆脱鬼子在这一地区天牢地狱般的部落统治，摧毁这里所有的围子和炮楼，在这里建立起抗日根据地，彻底切断鬼子在辽西山区进关的这条军事运输线，以便配合我大部队在冀中平原与鬼子进行大规模作战。"玉琴说完了这些话，微笑着对葛振林说，"排长，石团长说，让我无论如何要找到您，找到后把部队交给您。现在我已完成了任务。我请求做您的一名战士，请您这回收下我吧！"

葛振林想起当年在石柱岭下勒令玉琴离开的那件事，不好意思地笑了："玉琴，我知道你不仅是一名好战士，而且还是一名优秀的指挥员。如果不是这样，团长能放心让你带一百多人进山单挑吗？我跟团长十来年，我最清楚团长的脾气和用人，他看人是不会走眼的。玉琴，部队还是由你负责指挥吧，我做个帮手。"

王玉琴端起碗咕噜刚咽下一口水，一听葛排长这么说，急了。她把大碗从嘴边挪开，一下放在凳子上："排长，这是首长的命令。可不是我随便说的。不信，您看看这个。"

玉琴从胸前掏出了一张纸递给葛振林看。只看那张纸写道：

任命

葛振林同志为大冰沟抗日小分队队长；王玉琴同志为大冰沟小分队副队长兼指导员。

冀东军区独立团团长石光雷
一九四五年五月八日

"排长,这白纸黑字不会假吧?团长给我时,陈排长在场。"

"是啊,排长。团长给这张纸时还说,一定给我找到葛排长、小魏和李先生。"

"玉琴,我理解团长的心情。他希望我们能活下来。他也相信你的能力,如果我没了,团长一定相信你能带好这支队伍,完成首长交给的任务。"

"排长,团长知道你是铁骨铮铮的硬汉子,不会出事的。你离开我们的第二年春天,我们还不见你们归队。许多的战士都以为你们——可石团长跟我们全体战士说:'葛振林,我相信他不会有事的。他是一名优秀的共产党员。他有钢铁般的意志!什么重伤,什么艰难困苦,他都会战胜的!他不会死。他还会和大家一起喝酒、和我们一起打鬼子的!'我还很清楚地记得石团长说完这些话时的面部表情。他激动得下巴的胡子都在颤,脸上充满着坚信和牵念。"

葛振林想起石团长和侦察排的战友们的音容笑貌,心里实在想念,不好流泪的他,眼睛里又一次闪动着泪花:"我跟团长,战友们在一起没待够,这小鬼子还没打走,我是不会走的。"他说完,笑了。

董老汉叫来小英、小兰:"赶快烧火做饭。"高顺帮董老汉杀抬来的那头野猪,准备用它做菜来为初来的战士们设宴洗尘。山里其他的人哪里需要哪里去,都忙活起来。有些战士前来搭手。

这一天,双洞沟里洋溢着一派喜气洋洋的节日气氛。

第二天一早,王玉琴派通讯员小王和陈排长带着葛振林和她给石团长的书信返回关里。

葛振林在信中主要汇报了四年来鬼子在大冰沟山区集家并村,强迫民众修围为牢,禁锢百姓自由,草菅人命的法西斯殖民统治;汇报了广大民众在围子里过着的妻离子散,家破人亡的悲惨生活;汇报了李凤山先生壮烈牺牲的经过;汇报了鬼子妄图清剿、消灭大冰沟抗日武装力量所策划的一场阴谋和夜袭鹿圈沟的军事行动;汇报了日前鬼子对围子的军事设防和武装配备。最后,请示大冰沟小分队目前的抗日作战任务。

隔了四天,陈排长他们回来了,带来了石团长的亲笔信。字里行间充满

第四十八回 双洞沟抗日军整编 地道里队长会张全

着无限的喜悦，对两队人马的胜利会合，石团长既惊喜又欣慰，并对葛振林在极其艰难的情况下，克服重重困难，领导当地民众坚持抗日斗争的精神给予高度赞赏。信中简述了全国各个抗日战场出现的大好局面，提出了小分队今后的作战目标。信中说："根据冀东军区首长的指示精神，为了配合我军主力在冀中平原向日寇全面发起战略进攻，早日获得抗日战争的全面胜利，要求你们在两个月内摧毁建立于大山外青龙河畔所有的围子和炮楼。尽快切断日寇在辽西进关的这条军事运输线，为我军挥师北上，做好准备。"

按照团首长的指示精神，小分队队长葛振林和指导员王玉琴召集了排级以上指挥员开会。商议小分队消灭鬼子，拔掉所有围子和炮楼的军事战略部署。根据作战要求，大家一致同意组建一支精明强干的侦察小队。

开会第二天，侦察队通过筛选后，由十二人组成。队员除了朱延成、朱延国、高顺、陈忠堂、肖一刀外，其他侦察人员都是从进山队伍里遴选出来的。他们不仅久经沙场，有丰富的作战经验，而且都个个身怀绝技。葛振林任命魏强为侦察队队长，朱延成为副队长。

侦察队成立后，魏强组织侦察队员每天切磋技艺，为提升应对各种复杂情况的综合能力而进行着刻苦训练。

这一天，队长葛振林叫来了魏强，让他挑选六名侦察队员，按指导员王玉琴安排，分成三个侦察小组。第一侦察小组由指导员王玉琴带两名队员去大西沟围子了解情况；第二侦察小组由侦察队长魏强带两名队员去碾子沟围子了解情况；第三侦察小组由侦察队副队长朱延成带两名队员去香注围子了解敌人情况。

临行时，队长葛振林把魏强叫到山洞里："魏强，碾子沟围子日伪军最多，是这一带日军最高长官——岛田的栖息地。也就是说，是日寇在这儿一带的大本营，准确掌握这里鬼子兵力部署至关重要。你带朱延国和陈忠堂到碾子沟与高先生联系，想方设法和张全见面，了解鬼子在炮楼里的情况和伪军的防务安排，快去快回。"

"是！"

当晚，魏强高兴地走出山洞，他找来两人就要出发。

"等等，小强。"

玉琴过来检查了三人带的武器。然后把自己的枪解下来递给了魏强："这个，给你。我等你们圆满完成任务归来！"

"我这儿——"

"我什么我，换换吧。"玉琴拽起魏强的手，把一支崭新的手枪塞到了魏强手中。魏强把枪攥在手中翻来覆去地欣赏。然后，高兴地揣在腰间，他抻了抻自己的衣襟角挺起胸，高兴地向王玉琴行了一个军礼，"琴姐，不！请指导员放心！我们坚决完成任务！"

王玉琴这时细心地打量着他，莞尔一笑，红晕顿时漾上脸颊。

"我走啦！"

"嗯！走吧。"

魏强带着两人走了。洞口，玉琴深情地瞅着魏强离去的背影，微笑的脸上露出了两个迷人的酒窝。

狡猾的岛田大肆宣扬大冰沟的抗日联军军已被彻底消灭。可他心知肚明，这次偷袭抗日联军他亲眼见到只死了两个人，剩下的人，他连影子都没看着。这真是"人算不如天算"。他知道，早晚有一天，这些抗日联军还会出山与他较量。没想到这么几天，他们就找上门来。打死了那么多人，还抢走了一挺机枪。在刚刚炫耀的得胜将军的眼皮子底下，一个班的守门日军竟然全被杀死。这个消息真要传到上峰藤岛大佐那里，质问于他，他有何话可言？

这几天，他寝食不安，总觉得有一个难以琢磨的阴影在抓挠他的心。这抗日联军说来就来，说走就走。脚面子水——平蹚。不知哪一天，他们就有可能进围子端了日军兵营，取走他的脑袋。他瞅着前面的南山满肚惆怅。刚来此地踌躇满志的他现在不得不认账，消灭大冰沟的抗日联军，那是异想天开，白日做梦！

五月，两次透雨，山上的柴草舒展着醉人的新绿，一簇簇、一片片、一坡坡，郁郁葱葱，满眼青绿。群山叠翠，宛如碧波涌动。绿野悄悄地覆盖了辽西山川寒季时那种无边的荒凉，大冰沟的众山不知什么时候也消隐了那突兀裸露而消瘦峭拔的形迹；转眼几天的工夫悄无声息地披上了绿茸茸的衣装；田野的棒子苗、高粱苗，拔节的拔节，蹿叶的蹿叶，挓挲着身子，疯狂地竞长着。

借蓊蓊郁郁山草树木的遮掩，魏强三人傍晚到了碾子沟围子南面的山脚下。等到碾子沟围子的南大门传来吱吱的沉闷的关门声后,他们趁着月亮地蹚过山下哗哗响的青龙河水,猫着腰穿过那片芦苇塘,钻进了围子西面那片高粱地。来到地道口跟前的高粱地边,三人趴下准备伺机行动。

自从围子南大门遭袭,鬼子的防务比以前任何时候都紧。夜间,鬼子有四个巡逻队穿插在围墙外的壕沟四周不断地巡逻。围子西北角、西南角两个岗楼的探照灯像两个永不知困倦的魔鬼的眼,放出诡异的白光。它们交叉照映,有频率地扫描着围子外面的田野。

岗楼上的探照灯一过,陈忠堂、朱延国就想起来,魏强摆摆手,让两人趴下别动。果然,灯光晃过,就听到一阵脚步声。不一会儿,鬼子夜间巡逻队在西围墙外由南向北走过。前面的一个鬼子掐着手电不断向高粱地晃照。三人趴在垄沟里脸贴着地一动不动。鬼子刚过,探照灯又一次扫了过来。鬼子巡逻队的脚步声消失了。探照灯一过,魏强赶快奔到洞口,扒开洞口石板,三人迅速进了地道后把洞口堵好。

第二天一早,高真背着药兜子去了张老汉的家。张老汉夫妇一早见表弟来了,知道有事。热情地往炕上让座,并一边倒水一边低头悄声开始说话。

"表弟啊,有事吧?"

高真一边接过茶水一边微笑着:"嗯,天大的好事!"

"哎!你去大门口瞅着点儿。"张老汉吩咐老伴儿。

老伴儿走后,张老汉坐下来迫不及待地问,"表弟,啥好事儿啊?跟我说说。"

"大冰沟里呀,来了抗日联军大部队啦!"

"哎哟!来了多少人哪?这回还走不?"老汉惊喜而又担心地问。"一百多人。这回不走了,是专门来收拾这块儿围子里的鬼子的。"

"嘿!这一下子,老百姓可有盼头了。"

"嗯!"

张全昨夜值班没回来。日头升过山头两竿子高了,就听到老伴儿在大门口喊。

"哎哟——大队长来了!快上屋!"张老汉一听神色突变,他慌忙上炕,随手拽过一条被子,三下五除二解开扣子,甩掉衬衫躺在炕头上。

"把毛巾给我。"

高真明白了老人的意思。他赶快抻下衣杆上的手巾，顺手把桌上杯子里的水倒在手巾上，稍一拧就搭在张老汉的前额上。

赵万奎一进屋看张老汉的样子就说："哎呀！老人家咋啦？"

"咳，咳，咳……"老汉喘着粗气，"哎呀，是大队长来了，快！坐下。咳，咳……"老人使劲儿地一口连一口地干咳着。

"我说，张副官，老人有病怎不说一声？啊？知道老人这样昨晚还值啥班？"

"大队长，我爹感冒了，小病。这不，我妈把高先生找来了，让他瞧瞧脉看看，开几服汤药喝就好了。我不去，万一再出事儿，让您在皇军面前不好说呀。"

"哎——大冰沟里的抗日联军都灭了。岛田太君说了，前几天出的事，那是流窜过来的土匪干的。只要南北大门看紧，还有屁事？有事，我兜着！"

赵万奎瞟了一下高真，瞅了瞅不住哼哼的张老汉："老人有病，我就不打扰了。"

"大队长啊，你有日子没来串门了，待会儿吧！"张全的母亲挽留着。

"不啦，不啦！改日我再来。"

赵万奎屁股没沾炕，走了。走出了屋门，他停了下来，转回身喊张全："张副官！"

"到！"张全来到赵万奎面前。

"大队长，有事吗？"

"老人有病，你在家伺候老人几天。"

"谢谢大队长的关照。"

母子俩把赵万奎送出大门外回来。一进屋，张全问父亲。

"爹，你咋啦？身上哪儿不好受？"

"我咋也没咋的，我装病是给那个王八蛋看的。他走了吗？"

"走了。"老伴儿说。

老汉拿去敷在额上的手巾，把被子一掀坐起来。冲张全说："你表叔找你有事儿，等你到现在了。"

第四十八回 双洞沟抗日军整编 地道里队长会张全

"啊！啥事？"

"魏强来了，你去我那儿，他有事跟你说。"

张全一听魏强来了，当时，眼睛睁得溜圆，他直直地瞅着高真嘴一咧笑了："我说表叔啊，你说什么？魏强来了？你可别逗啦！这些人两个月前不是被全灭了吗？耳听为虚，眼见为实。别人说我不信，那可是我亲眼所见。那几间草房被一百多人围个水泄不通，最后房子都被炸飞了，人一个没跑了，全炸死啦，哪还有活着的？"张全摇着头笑高真说话太不靠谱。

"侄小子，打鹿圈沟你在场，你看到有几具抗日联军的尸体？那是鬼子在吹牛。不信，见到小强，你就知道咋回事啦。"

张全还是摇头笑。心想，死人能活了，可就出奇啦。高先生想山里这帮人想疯了，大白天说梦话。哎！去一趟吧。这事儿是真是假，见到就知道了。

"那好，我看看去。"张全拿起放在柜上的大盖帽，戴在脑袋上，就跟高真走，到屋门口他突然转过身来告诉二老。

"爹，妈，有人找我，就说我给爹抓药去了。"

"去吧，我知道啦。"

张全在地道里一见魏强，目瞪口呆。这不是魏强是谁？他们是咋跑出去的？他亲眼目睹山上的人一个都没逃出去，几间草房炸得飞上了天，还看到了血肉模糊，肢体不全的尸体。魏强看到张全惊诧意外的表情，笑了。

"张全哥，你是不是以为我们都被鬼子打死啦？"

魏强便把大家那天夜里逃脱的事向张全说了一遍，并把山里抗日队伍的壮大，整个抗日形势的变化和这次来的目的都说了。

张全一听情绪激奋地说："小强，我也不穿这身狗皮了，进沟和你们一起揍鬼子得啦！"

"不行，葛队长说了，你在敌人那里，比进沟和我们一起打鬼子发挥的作用会更大。"

"啥？你还让我在这儿干这个啊？戴着这王八盖帽子继续当汉奸？"张全不高兴地说。

"全哥，咱们这块儿解放了，你呀？汉奸的帽子你就别想戴了。谁要给你戴这帽子，葛队长和我们所有的抗日战友都不会答应的。打败了鬼子，我

643

们会向围子里所有的老百姓解释清楚的。为了取得这次战斗的胜利,你就再委屈坚持一下吧!山里抗日小分队等着你传给的消息。只有这样,葛队长和大家才能准确掌握鬼子情况,才能制定出正确的作战方案,这样,才能让我们的战士少流血或不流血,并能干净利索地消灭鬼子啊!你说是不?"

魏强的实在话让张全一听,觉得也是这个理儿。

"那好,我就再干一阵子。"

"张哥,现在鬼子在围子里咋布置的?"

"现在啊,小鬼子把得可紧啦,我把我知道的告诉你。后山两个炮楼里全由鬼子看着,每个炮楼里有十二个鬼子。他们分成黑夜、白天两个班,一个班六个鬼子,炮楼里从来没有空过岗。每个炮楼里都有一挺机枪。伪军大队有二百一十多人,分成三个中队。不过,没都在这个围子,岛田叫赵万奎把第二中队调到大西沟围子去了,从三中队抽出一半去了香洼围子,这儿,只剩了一百来人。赵万奎叫一中队只负责南北大门的防务。南北大门都配有一挺机枪。围子里便衣呢,有三十多人。高占奎被鬼子抓走了,新上任的便衣队长是从要路沟调来的,叫杨秋来。围子里,还有一个武器装备很好的鬼子小队,有三十二个人,这个小队直接归岛田指挥。岛田非常器重他们,他觉得中国军队不能打仗,便把这个小队分成四个巡逻队,成天在围子四周巡逻……"

张全把围子里鬼子的防务情况一一向魏强说了一遍。魏强叫朱延国对张全提供的情况作了详细记录。张全觉得时间不短了,怕引起街上巡查便衣的怀疑,匆匆告辞出洞。临别时,魏强告诉他:"葛队长说,咱们端掉这围子的整个作战计划,我们回去就定。到时候告诉你。那时,还需要你帮忙。"

张全胸膛一拍说:"打鬼子是我分内的事,我听你们信儿。"

咣当!张全拎着两包中草药走出高真家大门口。

张全自从那次与赵万奎执行北去看押任务以来,心里就有一种有事说不出的感觉。半路发生的那些离奇的事儿至今还在他脑海里浮现。那些伏击看押部队的人不是抗日联军为什么要装扮成抗日联军?赵万奎为什么看着他们处于那样危险境地不马上支援他们?就要抓住的"活口",赵万奎却把他们开枪打死。道上,十一个荷枪实弹的日本兵看押十六个人,这些人怎能跑得了？还有，岛田为什么对拉回来的十五具尸体逐一检验？这些当时解不开的谜，现在，他都一清二楚了。原来这是岛田和赵万奎合手搞的大阴谋。他突然醒悟了：什么左膀右臂，什么结义弟兄，统统都是鬼话！原来他只不过是鬼子岛田和伪军大队长赵万奎手里摆弄的一颗棋子而已。听父亲的话真的没错，不能再与狼共舞了，像魏强他们那样做一个有良心的中国人吧。

"张副官，您慢走。"高真把他送到大门外。

"好！高先生留步！"张全摆手后，低着头匆忙地往前走。没走出几步，就听到前面有人跟他说话。

"副大队长，您早！"

张全抬头一看，是负责看守南大门的伪军一班班长侯奇胜。侯奇胜把手举到耳朵丫子上面毕恭毕敬地向张全敬了一个礼，眼睛却瞟着那两包东西。

"侯班长。"

"到！"

"我家老爷子有病，我不上去了。今天看守南门的事你得经点心，一旦出事，你、我吃不了，都得兜着走。听清了吗？"

"是！请副大队长放心！我一定让弟兄们看紧喽。"

"那就好。看好南大门，我会向大队长给你请功的。"

"谢谢！谢谢副大队长。以后还要请您多多关照兄弟。嘿嘿，您慢走啊，慢走。"

侯奇胜干瘦的三角脸上习惯地露出卑贱相，眼角的鱼尾纹聚拢起和灵动的小眼珠子一起配合着，他调动起脸上所有能表达情感的部位给张全看，似乎证明他是最乖、最亲近主人的一条狗。

张全走后，侯奇胜笑容即逝，他把帽檐儿往右耳朵丫子那面一扯。斜着三角眼瞅着张全离去的背影，眯笑着把咧咧的左嘴角往下撇了撇。

"哼！今天，你不去才好呢，我们哥几个正好乐呵乐呵。"

第四十九回 狙击手潜入大冰沟 董父女喋血鸡冠山

碾子沟围子南大门遭袭事件,让岛田心神不安。他知道纸包不住火,这件事早晚会捅到藤岛大佐那里去。与其那样,倒不如就现在如实禀报,他想了想,抓起了电话。

"报告大佐,昨晚碾子沟围子南门守军遭到来路不明的一伙人的突然袭击。"

"什么?来路不明的一些人?袭击了围子南门守军?"

"是。大佐,这些人非常厉害,杀了南门所有的守卫人员,从围墙上跳下逃走了。"

"岛田君,大冰沟的抗日联军被我们彻底消灭,你说,这伙人是什么的干活?"

"报告大佐,我觉得这是一伙流窜的土匪,不是抗日联军。"

"岛田君,不要掩耳盗铃,自欺欺人了。流窜的土匪只能打家劫舍,他们能到方圆百里之外,到处都是戒备森严的围子里去抢吗?他们打死守军,抢走的是枪。岛田君,我大日本皇军在这一带山区实行部落统治,成功地控制了大冰沟抗日联军在这一带的骚扰,对这条出入关塞的军事运输线的运输持久稳定,发挥着不可替代的重大军事作用。你要动动你的脑子!不要让这些围子出现任何闪失!现在,战局吃紧,如果出了差错,你、我都要被送上军事法庭!"

"嘿!"

啪!藤岛撂下了电话。他把手背到身后,踱着步低头深思。很明显,这些人就是大冰沟里的抗日联军。什么大冰沟里的抗日联军全部被剿灭,一派胡言!对大言不惭文过饰非的岛田,藤岛恨不得一下把他撤掉。"这个蠢货!"

藤岛自言自语地骂着，他且气且想。说这些有什么用呢？现在，保证日本皇军对围子的长治稳定是大事。这些年，自己对大冰沟抗日联军的清剿费尽了心思。前几年，大冰沟的抗日联军依靠当地的老百姓不止一次地袭击皇军，阻击皇军军需物资南下，是他想起了这个绝招——修围子，把这一带的老百姓全圈起来，才隔断抗日联军与老百姓的联系。然后派部队进山搜剿；最后派"山鹰"卧底，里应外合，成功地偷袭了大冰沟抗日联军的老巢。可又怎么样呢？南门被袭，证明山里抗日联军根本没有被剿灭，他们还在山里。这几天，上峰来消息：现在战局紧张。这一带局势是否稳定，关系到这条山区运输线的安全，关系到圣战的大局。如果出了乱子，怎么向关东军最高司令长官交代？

藤岛在他的室内来回地走着。皮靴踏地板的咯噔咯噔的响声随着他脑子的急速旋转在加快。他猛一抬头突然停下了脚步，那犀利的目光突放异彩。他深陷的眼睛一动不动盯在那一处，若有所思。那是一张挂在墙上的一幅题为"螳螂捕蝉"的中国古画。藤岛眼睛眯成一条缝儿，刚才郁闷压抑的内心得到启迪，他会心地奸笑起来。

"螳螂捕蝉，黄雀在后。哈哈哈……"

藤岛心想，我再也不能干那种"用拳头打跳蚤"的蠢事了！大冰沟的抗日联军，我要让你们一个一个地死！

他明白，这几年日军清剿山里抗日联军使出了各种招数，换来的是被动挨打，屡吃败仗。细想起来不是兵力不足所致，原因就是进山清剿部队在明处，山里抗日联军在暗处。这次，我要用中国人的那句古话："用其人之道还治其人之身！"

藤岛，终于亮出了杀手锏，他要在他的日军特种部队里挑选出三名优秀狙击手进大冰沟灭"匪"。

这一天晚上，碾子沟围子日军营地指挥室里，岛田秘密接待了三名日军狙击手。这三名狙击手是藤岛多年豢养的"鹰犬"。他们都经过严格的特殊军事训练，枪法、功夫都非同一般。

"川泽君，是不是需要我的部队配合？"

川泽一郎是这次进山的队长，他瞟了岛田一眼，冷淡地只吐了两个字。

大冰沟

"不用。"

于是，川泽领着两人，带足了几天所需的东西，扛起枪。深夜，悄悄地潜入了大冰沟。

双洞沟，增添了一百多号人，这一下，吃饭可成了大问题。为了解决眼前的实际困难，王玉琴跟队长葛振林商量说："近来围子里小鬼子把得很紧，即使派几个人冒险进围子弄点粮食，也是杯水车薪，管不了大用。弄不好，还会暴露我军在大冰沟的军事近况，影响我军此次重大的军事行动。"最后决定，让大家自己动手，在山里狩猎。为了保证部队的安全，防止鬼子追尾盯梢。两人决定，部队以班为单位狩猎，狩猎范围只能在大山深林里。

葛振林告诫大家："同志们，山上打猎，要背枪，但不要开枪。""队长，不放枪咋整住野物啊？"身边的朱延国小声说。

葛振林瞅他一眼。接着嘱咐大家。

"我们要注意安全，深林里有猛兽，如金钱豹、狼群，对它们，我们可以避开。不到万不得已的时候，大家不要开枪。我们知道，枪声在山里传音很远，会把很远的敌人引来。

"是！"战士们异口同声地答应着。

几天来，大家狩猎的收获颇丰，生活大有改善，什么蛇菜汤、炖鸡肉、狍子肉……每顿伙食野味十足。

这一天，日头压山的时候，打猎的各个小队陆续回来了。

"强哥，该吃饭了，有一个小队现在还没回来呢。"小英跑来告诉魏强。

"哪个班的？"

"七班，小刘那个班呗。"

不对呀，每天到这个时候各班都回来啦？于是，魏强来到山洞把这件事告诉了队长葛振林和指导员王玉琴。

"队长，指导员，七班没回来。"

"不会出事吧？"葛队长看看怀表，不放心地瞅着指导员王玉琴说。

"不会的，刘班长岁数虽不大，可他是老兵了，处理事情很有分寸，不会有事的。"

东面的高山顶上，最后一抹殷殷残红消失了。晚饭大家都没吃，还都在等。

"队长,七班咋还没回来?我们找找去吧。"排长陈世秋跑来担心地说。

"怎么?还没回来?"

"是。"

葛振林和王玉琴这时才感到七班真的出了意外。不然,不会这么晚了还不回来。

"陈排长,七班去的是哪条沟?"

"报告指导员,他们去的是楸子沟。"

"你带一排,跟我去楸子沟!"

"是!"

"一排集合!"

三十多名战士全副武装,列队准备出发。

"指导员,我跟你们去吧。这旮旯路啊,我熟。"董老汉要给一排战士带路。

"大叔,天要黑了,这么远的山路你走不了,在家吧。我们能找到的。"

"玉琴!这旮旯路,你可不知道啊,七沟八岔的,就是白天走都会蒙的。何况你们路不熟,天又黑了。听我的,别看我岁数大,我的身板硬朗着呢,走路不比你们差。"

董老汉执意要去,指导员王玉琴感动地握住老人的手。

"谢谢您老人家。"

"唉,一家不说两家话。走!"

部队刚要走。

"指导员!一排在家吧,我们小队去。"魏强来到玉琴跟前,"我们路熟,家伙全。"

"不行,家也需要人。"

"玉琴,让魏强他们去吧。"葛振林给魏强说情。

王玉琴想了想,果断作出新的决定:"陈排长!"

"到!"

"你带领一班战士与侦察小队同去!"

指导员王玉琴和老人都被魏强一阵硬劝留了下来。

搜寻小队经过一个多小时的急行军,来到楸子沟沟里。此时,夜幕降临,

大冰沟

楸子沟夜色朦胧。

咕——咕咕——，嘎——嘎嘎——，山鸟发出千奇百怪的叫声，令人毛骨悚然。

"队长，这儿离沟底还有多远？"看不见沟底的战士问魏强。

"还有五里地吧，大家跟上！"

搜寻小队的战士们在布满荆棘的沟谷里一个紧跟着一个前行。就要到沟里了，沟却宽敞起来，沟底的最高峰——鸡冠山山顶那个危耸峭拔的"鸡冠子"依稀可见。

沟里静悄悄的，看不到一个人影。魏强走在前面，极力搜寻大山两旁可能出现的情况。他边四下观望边犯嘀咕：这可怪啦，人哪儿去了呢？

"刘班长——你们在哪儿？"

"说话呀——你们到底在哪儿？"

扑通！一个沉闷的响声，站在道旁一块高高石头上呼喊的那个战士随着响声一下子栽了下来。

"咋回事？"

跟前的陈排长几步赶到倒下的那个战士跟前。

"哎，你咋啦？"

那个战士没有回话，陈排长觉得不对，把他扶坐起，用手一摸胸口，黏糊糊的东西沾了一手。

"啊——"陈排长惊叫一声。那位战士已遭冷枪，中弹身亡。

"卧倒！"

陈排长向众人大喊，迅速滚到附近的一棵树下，他掏出了枪。

搜寻小队战士都就地趴下。

天，黑得伸手不见五指，魏强他们知道打枪的敌人就在离自己不远的地方藏着，他们不是一般的敌人。也许七班的战士都死在了他们的手里。黑夜中稍有响声，都是他们射击的目标。大家只好静静地趴着不动，等待天亮再说。

天，有点儿放亮，眼前的山石、林木、岩崖露出了清晰的面孔。清露已打湿战士们的衣裳，所有的人趴在草丛里都一动不动。偌大的山野死一般寂静。蛰伏这里的人都明白，谁先动，第一个死的就是谁。

第四十九回 狙击手潜入大冰沟 董父女喋血鸡冠山

魏强抬头看看离他有十几米远横躺在山路上，昨天夜晚牺牲的那位战士的尸体，考虑和判断敌人埋伏的位置。

"强哥——你在哪儿？你听到我的声音了吗？强哥——你在哪儿？"

外面的沟谷里隐隐约约地传来了小英尖亮清脆的喊声。

坏了！小英她咋来了？这样大喊大叫非得倒在敌人的枪口下不可。这可咋办？真是越急越添乱！趴在柴草里的魏强不知如何是好。

原来，队长葛振林率领一排、二排战士来到这里。昨晚，小分队派出的侦察小队一夜未归，队长葛队长和指导员王玉琴感到事情严重。所以，天还没亮，葛队长就带领一、二排战士，由董老汉带路来到楸子沟，小英也跟来了。

"强哥——你在哪儿呢——我们来啦——"小英的呼喊声越来越近。

哎呀！葛队长他们准来了，他们这样上来，非得遭到敌人的冷枪。不行！不能等啦，必须马上给他们一个惊动。

魏强悄声告诉身边的陈忠堂、肖一刀。

"敌人就在这片林子里，用手榴弹把他轰起来。"

然后，他用手示意朱氏二兄弟，敌人出现用枪来击毙。四人点了点头。

魏强和四人分头行动，匍匐爬向那片密林。

轰！轰！轰！轰……手榴弹在树林里一阵猛炸。

终于，隐藏在林子里的那个狙击手被手榴弹一阵狂炸轰了起来。他拎着枪，猫着腰冒着浓烟想换一个位置。朱延国躲在一棵树下，看到浓烟中那个家伙向东奔去。朱延国举起步枪。啪！那个家伙被撂倒。同时，朱延国头一低身一滚。几乎同时，侧面飞来的子弹从他耳朵扫过，钻进身后那粗厚的柞树干里。

妈的，准是小鬼子的狙击手。不然，出手没这么利索。朱延国心想。他在关东山林里和这样的鬼子交过手，他知道这样的鬼子很难缠。这类鬼子的打法是：各自为战，藏在那儿纹丝不动。枪法准着呢！他示意藏在树后的二哥不要动。

树林里又恢复了寂静，肖一刀藏在一个高高的树叶茂密的树冠里。他是在爆炸声中爬上去的。

朱延国看刚才子弹射来的方向，另一个就在东面不远处。他想了想，得摸准他的位置。

时值六月，绿，主宰着山野，柴草树木密得风烟不透。穿着绿色军装的鬼子狙击手，善于伪装，又一丝不动，让人很难发现。朱延国盯着鬼子隐藏的大概位置，在想法子。

他隐在树后，朝着对面打了一枪，对面没有回枪。

"王八蛋！我看你啥时伸出王八脖子。"朱延国心里气恨地骂着，他知道，这个鬼子太狡猾了。

嗒嗒！嗒嗒嗒！高顺忍耐不住，他猛地一下站起来，手端着机枪向林子猛扫。

"趴下！"

在他身后的陈排长一下子把高顺扑倒。

砰！陈排长左肩胛挨了一枪。与此同时，啪！朱延国的枪响了，那个鬼子没有躲过这一枪，子弹钻过他的脑袋。他攥着枪四仰八叉躺在茅草里。

"快！"

葛振林站在上山队伍一旁，命令部队快速前进，前去支援。

砰！砰！砰！砰！就在这个时候听到前面有几声沉闷的响声。

前面的人连着倒下了四名。

"队长！我们遭伏击啦！"

那个战士刚说完，"砰！"一颗子弹不偏不倚打在他的眉宇间。他扑通一声倒在道上。

"趴下！"

全体战士立刻就地趴下。

葛振林知道这是日寇派进山来的狙击手。魏强他们昨晚可能就遭到了这样的伏击。

前面山上爆炸声、枪声刚才时紧时消，现在戛然而止。队长葛振林虽身经百战，遇到今天这样的情况却是第一次。他心急如焚，前面的情况他判断不了，队伍在这种情况下无法再继续前进。

山里平静了下来。

肖一刀在大树上对下面的情况看得一清二楚。七班的战友都死在上面山

第四十九回 狙击手潜入大冰沟 董父女喋血鸡冠山

洞前的茅草坡上。原来是这三个鬼子干的,藏在这里的两个鬼子死了,下边路旁的那片茅草里还有一个鬼子。肖一刀噌噌下了树。

"队长,那儿!还有一个。我们的人让他撂倒了好几个。"

"赶快围住他!"

"好!"

"一定要小心!"魏强嘱咐大家。

肖一刀领着魏强、陈忠堂、朱延成、朱延国、高顺和其他的一些队员,悄悄地从山上围下来。

树下,朱延国把枪顺向肖一刀手指的地方。此时,这片柴林显得异常平静。

陈忠堂给肖一刀使个眼色,肖一刀点了点头。两人从朱延国两侧趴着摸向那片柴草深处,想出其不意逮住这个王八蛋。

只见茅草中那个人纹丝不动。肖一刀觉得不对,他趴在地上耐心地观察,啊!假的。茅草里的"人"是他妈的整地幌子。妈的,这个王八蛋哪儿去啦?肖一刀心里骂着。

这个狡猾狙击手正是川泽一郎。这时,他已躲在一棵大楸树下等待着目标出现。

常言说"狐狸再狡猾,也斗不过好猎手"。肖一刀已爬到了离楸树不到十米远的地方,无法再向前靠近,只好静静地等待时机。

这时,川泽一郎已意识到他周围潜藏着众多的伏兵。他想,这些抗日联军不是岛田说的那十几个抗日联军,而是抗日联军的正规部队。这些人作战灵活,了不得,战斗力大大超出了他的想象。现在,这些人已经除掉了他的同伙,他得转移,只有不断地选择合理位置,才能一个个干掉这些抗日联军。他从腰间摘下四个手雷,向东边柴草深的地方甩了出去,趁着翻滚的浓烟,他拎起枪冲向爆炸地方。嗖!一枚匕首飞向他的脖颈,川泽一郎脑袋一歪,匕首扎在他的左肩膀上,他忍着疼痛提枪一击。砰!身轻似燕、敏捷如猴的肖一刀早已跳起,子弹穿透了他的棉裤裆。就在这一刹那,啪!川泽一郎身后的枪声响了,一颗子弹进了他的后脑勺。川泽还攥着枪,可他不能动了,片刻,扑通!倒下了。

"六哥!炮子玩得麻利!这个该死的王八蛋,打哪儿不好,给裤裆穿个眼儿。你看看！"肖一刀攥着裤裆有洞的地方。

沟谷小道，魏强和葛振林的两个队伍会面了。

"大伯！"

魏强拨开众人，吃惊地扑向躺在人群中的董老汉。老人早已过去了。鲜血染红了他发白的须发，染红了他那件青汗衫。老人家的脑袋上挨了敌人致命的一枪。

"小英在那儿。"葛振林悲痛地说。

"小英？咋啦？"

众人缄默不语，眼里都含着泪水。

魏强这时傻了，他愣愣地瞅着躺在不远处的小英，飞步扑到她的跟前，将她抱起。

"小英，小英！你醒醒……你说话呀！"魏强抱着小英连声呼喊。

魏强瞅瞅小英胸口的弹洞还流着血，她脸色苍白，乌黑的辫子已经散开，她两眼闭着，鲜血从她的嘴里、鼻子里向外淌。

"小英！小英！我是你强哥！你醒醒啊！醒醒！"魏强一手抱着人事不知的小英，另一只手轻轻地把散落在她脸上的秀发慢慢地拨向两旁，他紧紧地抱着她，腮上的泪水滴答、滴答、滴答在小英苍白的脸上。

"小英，啊……"

小英终于在魏强不断的呼唤和哭泣声中，慢慢睁开了眼睛。

她迷离朦胧的双眼望着魏强那张熟悉而又不清晰的面容，那双乌黑的眸子久久凝视着魏强脸腮上的泪水。她嘴角微微地翘动了几下，她笑了，笑得那样甜蜜，那样的满足。

"强哥。"

"小英，我在这儿！"

魏强紧紧攥着小英的手，止不住的泪水簌簌地流，他惊喜地看到小英醒来，用手擦了一下自己脸颊上的泪水，咧嘴也笑了。他知道自己从来就是小英的哥哥，这样流泪，小英要好好的，一定会笑话他。

"强……哥，抱……着……我……"

"嗯。"

小英的眼睛闭上了。

"小英！小英！！"魏强抱着小英使劲儿地晃着。

"你醒醒啊！小英——"

她那双美丽的大眼睛再也没有睁开，她走了。

魏强双手托抱着小英，一步一步向前走着，他仰望苍天大声地呼喊。

"小英——啊——"

这惊天地泣鬼神的悲壮的呼喊，引起群山共同的哀鸣："小英——啊——啊——啊……"

楸子沟里一片平缓的阳坡上，平添了十一座新土丘。十一位抗日烈士的躯体静静地躺在这里。他们将长眠于此，与林相伴，以山为家。

这一天，苍天有情为此动容。雷声为鼓，山雨作歌，瓢泼的大雨一直下到中午。山里所有的抗日战士都来到楸子沟，他们冒着雷雨在这里向十一位战友洒泪告别。

"同志们！你们的鲜血不会白流，我们一定要日寇百倍地偿还，等革命胜利了，我和战友们一定来看你们。同志们，安息吧！"

风雨中，葛振林眼里含着眼泪代表着身后一百多名战士向躺在这里的十一名战友沉痛地发誓。

双洞沟，抗联小分队根据冀东军区首长"在两个月内，彻底毁掉这一带围子，消灭掉这里的日寇"的指示精神，积极备战。

这几天，魏强的侦察小队分成三个小组天天出山，晚上归来向队长葛振林和指导员王玉琴汇报围子里的情况。

队长葛振林从两个方面考虑认为出山消灭鬼子的时机已经成熟。

一、目前，鬼子还不知道大冰沟抗日力量骤增的真实情况。从三个狙击手进山就可以看出，他们是冲着以前十几个抗日联军来的。

二、抗日小分队现有的人数和武器装备与敌人相比，相差无几，完全有能力与围子里的日伪军作战，万事俱备，只欠东风。现在，就看指挥员的战略决策了。

未雨绸缪，葛振林几夜深思，一个整体的作战计划在他心里形成。

第五十回 巧妙布阵"调虎离山" 乔装入围"出奇制胜"

农历七月七日,一早,靠近大西岭的大西沟围子被小分队指导员王玉琴带领的两个排的战士从后山压下来。原来,天没亮前,后山上围子东西两面炮楼的伪军分别被两个排的战士缴了械。围子里西南面的警皇所里,七十多名伪军惊慌失措,像热锅上的蚂蚁——乱作一团。伪军中队长卢新凯吓得脸色苍白,在屋里用枪对着刚进来的两个排长气急败坏地怒吼着:"你们这两个王八蛋给我听着!必须给我守住南北大门,绝不能让抗日联军攻进来。守不住这两个门,我把你们俩的脑袋砍下来喂狼!"

两个排长本来是跑来汇报南北大门情况吃紧的情况,让中队长派兵增援。可队长没等他们开口,枪就对准他们脑袋,一阵臭骂。两个排长吓傻了,两腿筛糠,傻呆呆地望着卢新凯手中的枪。

"去呀!还他妈的发什么愣?滚!"

卢新凯咬着牙狠狠地朝他俩踹了两脚。两个排长吓得一溜烟儿跑出警皇所的大门。镇守大西沟围子的鬼子小队长精赤在日军驻地的卧室里裸体酣睡,他被清早清脆的枪声惊醒。

"嗯?哪里在打枪?"他觉得奇怪。慌忙穿上内衣,打开后窗一看,他不由大吃一惊。后山上已冲下来许多穿灰军装的抗日联军。

"抗日联军!"

他知道后山的两座炮楼已经落到了抗日联军手里。大冰沟那几个抗日联军不是都消灭了吗?这些抗日联军是从哪儿来的?难道是从天上掉下来的不成?他赶忙穿好衣裳,拿起战刀,大步来到院里。

平常,他的一小队日军多数在炮楼里。可偏偏昨晚被他撤回来休整。派两个班的伪军分别去了炮楼。他以为,大冰沟抗日联军已经被彻底清剿,可

第五十回 巧妙布阵"调虎离山" 乔装入围"出奇制胜"

以高枕无忧了。没承想一夜工夫,抗日联军已拿下了后山两座炮楼,他们居高临下控制了最高点。现在,又向围子施压包围过来。如果日军昨晚不撤进围子,炮楼怎么会这样轻而易举地落在抗日联军手里?与自己素来不睦的岛田如果知道他如此布防能饶了他吗?现在,完了!他追悔莫及。

二十多个鬼子跑步列队于院中,等待精赤发令。精赤腆着肥胖的肚子,他瞪着鼓溜溜的圆眼,告诉手下的人:"抗日联军包围了我们,你们去守住南北大门,等援军到来。"

嗨!嗨!嗨……二十多名鬼子分成两队迅速去了南北大门。精赤心里比谁都明白:眼前情况紧急。他知道,围子里的伪军是一群乌合之众,不堪一击。凭围子里的兵力根本无法抵御抗日联军的进攻。

副队长王玉琴命令战士们围住围子的南北大门佯攻。枪声、手榴弹声、喊杀声震撼着周围的群山。精赤见这阵势,知道围子岌岌可危,毁在旦夕。他只好命令手下的一个贴身卫士骑上他的战马,闯出围子去碾子沟围子,向岛田少佐告急,请求部队火速增援。

那个鬼子骑上马,到了南门命令负责护守南门的伪军排长:"开门的给!"

伪军排长不敢怠慢,骂守门伪军。

"瞎了!还不赶快给皇军开门!"

门开了一个大缝儿,那个鬼子骑着马飞一样向碾子沟方向狂奔而去。攻打南门的小分队的一个班,一边追喊,一边在后面放枪。

"大家注意啦!指导员有令,放空枪,不许打死他!"有人喊。

只见那匹马嗒,嗒,嗒嗒……四蹄挠起,像离弦的箭一样,转眼间,就没影了。

"班长!本来一枪就能打死这个鬼子。放跑了他干啥?"一个战士埋怨班长说。

"这是指导员下的命令。打死了他,谁去报丧啊?"班长和与他一起追鬼子回来的几个战士风趣地说。

送信的那个鬼子骑着马一路狂奔,两袋烟工夫就到了碾子沟围子。那个鬼子不顾守南大门的伪军阻拦,骑马闯过南门,径直跑到日军营地门口外下马,他向守门的日军说了两句,并把马缰绳塞给守门的鬼子,疾步向岛田指挥室走去。

"报告!"

"进来。"

此时,岛田正背着手在屋里来回踱步。脸上流露着不安与焦虑。

"报告少佐!大西沟围子已遭抗日联军大部队的围攻,情况危急。精赤队长请求火速增援!"

"什么?抗日联军的大部队?有多少人?"

"报告少佐!有上百人。"

岛田这才恍然大悟。原来,这枪声来自大西沟围子啊。狡诈的岛田这时眼睛睁得圆圆的,放出两道惊诧的光。心想。我说进山的三个狙击手去了七天还没有动静。原来他们是被这个部队给干掉了。山里突然来了抗日联军的大部队,显然,他们就是来攻打围子的。现在,这支部队已出山攻打大西沟围子就证明了这一点。来者不善,善者不来。看起来,这一带的围子很危险了。我得赶快告诉藤岛大佐,请求派兵火速增援。他急忙捏住电话绕柄,绕了几圈,抓起电话想报告军情,电话没有回音,他才知道电话已被掐断。他怔怔地发呆,知道情况不妙了。话筒从他的手中滑落下来,他像泄了气的皮球瘫在椅子上。

以前,岛田认为,大冰沟里只有十来个抗日联军,尽管上次袭击多数人跑掉,不过,他们暂时没有这样的实力主动上门来找麻烦。如果,他们敢那样做,岂不是飞蛾扑火——自己找死吗?"南门事件"不过是两个胆大妄为的抗日联军泄愤报复一下而已,翻不了天。现在情况可截然不同,来的是抗日联军的正规部队,他们是在进行一次大规模军事行动,那就是摧毁围子。这支部队从哪儿来的呢?他们又为什么单单去袭击大西沟围子?抗日联军打仗历来是声东击西,真真假假,虚虚实实,令人感到扑朔迷离,无法琢磨。谁知道这支部队今天袭击大西沟围子演的是哪出子戏?他们到底有多少人?眼前电话不通,无法向上峰呼救增援。岛田感觉到大祸临头了。

狡猾的岛田此时忧心忡忡,焦虑万分。他凝神专注,猜想抗日联军这次袭击大西沟围子的军事行动的动机在哪里。他断定,抗日联军此次行动"醉翁之意不在酒",不是调虎离山,就是围点打援。这时,他必须谨慎行事。他想,如果按兵不动,凭围子里现有的日伪军的兵力,只要加强碾子沟围子

第五十回 巧妙布阵"调虎离山" 乔装入围"出奇制胜"

的南北大门的防御,加大北山两个炮楼重型武器配备,加强对围子周边附近的火力控制,不管抗日联军有多少人,就凭他们的武器,想一下子拿下这个围子,哼!那是做梦。等着吧,守上几日,上峰听到消息,会派部队来的。

"报告太君!西面西山口、东面柳树湾我都派了部队搜查,都没有发现抗日联军的部队。枪声是杨树洼岭南那边传过来的。"大队长赵万奎向岛田汇报。

"赵大队长,情况准吗?"

"太君,手下亲自带队搜查的这些地方,不会有半点儿差错。"

"打大西沟围子,碾子沟围子周围没有抗日联军部队,是这样的。"岛田两只胳膊戳在桌沿儿上把眼睛眯成一条线,自言自语地说着。

竟然是这种情况。他以为这些抗日联军不攻打碾子沟围子是兵力不足,所以采取了"避实击虚"的作战策略。所以,他决定亲自带部队火速支援大西沟。他知道大西沟围子一旦落在抗日联军手里,香洼围子也保不住。碾子沟西、北大山环绕,唯有东面有一条去要路沟镇的路。大西沟、香洼两个围子倘若被抗日联军占领,不仅掐断了碾子沟围子与其他围子的联系,也掐断了唯一东撤的退路。唇亡齿寒,那么,驻扎碾子沟围子的日伪军就会孤立无援,就会成为抗日联军的囊中物,盘中餐。如果是那样,这一百多人的部队早晚被人家吃掉不可。为了保证碾子沟围子不丢,他只好拿出全部家底,孤注一掷,击退围攻大西沟围子的抗日联军。

为了保证大本营——碾子沟围子万无一失,他命令围子北面山上东西两座炮楼上的鬼子加强警戒,增加武器配备。每个炮楼原有一挺机枪,他命令各炮楼再增加一挺重机枪,命令日军小队队长官村一郎负责围子全面军事防务。命令看守南、北大门伪军从现在起,严加防范。关上大门,不许任何人进出。他布置完毕,一百多名日伪军在南门外的河滩上整装列队待发。

临出发前,岛田一看赵万奎身边的副大队长张全未到,就对赵万奎说:"赵大队长,你的副官哪里的,干活?统统参加作战!"

"报告太君,张副大队长的父亲死啦,他来不了。"

"嗯!这样,出发!"

岛田骑上战马和大队长赵万奎带领两个小队的鬼子和八十多名伪军跑步

向大西沟前进。

原来，岛田救援大西沟围子的想法一说，伪军大队长就派人去张家告诉张全："军情紧急，速来队部！"张全一听军命难违，不去不行。他当时和魏强商议怎么没想到这事哪，他和魏强说好了他做内应，没有他来做内应，魏强怎么进来？那样大冰沟小分队整个作战计划全被打乱，胜败就难说了。此时，张全微皱眉头想不出一个万全之策。张老汉看出了儿子的心事。军令如山，儿子在鬼子那头是个当官的不去能行吗？岛田和赵万奎能放过他吗？再说了，他这个小病，张全不去必会引起他们的怀疑。到了这个节骨眼上只有舍弃一头了。为了全围子的老百姓不再受苦受难，为了消灭这些害人的强盗，他豁出去了。他跑到屋里一口气喝下了半坛子卤水，转眼工夫扑通一声，老人就倒在了地上。

张全听到动静，忙跑进里屋一看父亲躺在地上，他赶快跪下把父亲扶坐起来："爹！你咋啦？"张全抱着父亲的头哭喊着。张全上手一摸没有一点气息，只见老人脸色蜡白，已咽了气："妈！我爹不行了！呜——"张全放声大哭起来。

"我的天啊！这是咋的啦？刚才好好的，转眼工夫咋就不行啦？这是咋回事啊？"张全把老人抱到炕上大放悲声，"爹啊——"

"老头子儿，你是有啥想不开的？这么对待我们娘俩呀——老浑蛋你啊——"张全母亲从西屋匆匆迈着碎步赶过来，她攥着老伴的手另一只手去扒眼皮看瞳孔是不是大了。张全似乎想到了什么，他跑到里屋一看，卤水坛子盖儿开着。他一下子全明白了。爹是为他做内应才这样做的。他知道父亲是没救了，他咬着牙根泪如泉涌。

哐！哐！哐！伪军大队长赵万奎火急火燎地来到张家，他是因张全有令不行前来问罪的。进屋一看，只见张全跪在地上号啕大哭，他的父亲直挺挺地躺在木板上。

啊——是这样。赵万奎见此情景还能说什么呢？他扔下五块大洋说："张副官，老爷子走了，你我兄弟一场，我本该在此守灵送终。但形势吃紧，我走了。"说着急匆匆地出了院子。

送信的鬼子骑马逃出围子后，负责攻击大西沟围子南门一班班长跑来向

第五十回 巧妙布阵"调虎离山" 乔装入围"出奇制胜"

王玉琴报告："报告！一个鬼子骑马朝碾子沟方向跑了！"

"好！张排长！"

"到！"

"带领你们排马上去柳树湾与葛队长会合！还有，把鬼子的军装全带上。"

"指导员，怎么走？"新来的排长不知道路。

"啊。高顺，你领着抄近道，走山路。"

"嗯。"

二排来到柳树湾与南山林子里的葛队长他们会合，并报告了情况。

葛队长命令："魏强！你带领侦察小队沿着山路快速赶到碾子沟围子，拿下他！记住！最好智取，不要放枪。"

"是！"

"大家把鬼子的衣裳穿上。"

侦察小队队员赶快把拿来的鬼子衣裳穿好，瞬时消失在密林里。

岛田带领日伪军大队人马，马驰人跑，一路烽烟滚滚，杀气腾腾。向碾子沟奔跑的侦察队员在山林里看得清清楚楚。

魏强一边领着大家跑，一边敦促大家。

"大家快点儿！"

十四名队员跑得汗流浃背。不到二十分钟，魏强的侦察小队就出现在大道上，他们大摇大摆地上了黄土桥，到了碾子沟围子的南大门外。会日语的侦察队员小周用日语喊："快快地开门！"

一个鬼子在围墙的门楼上，大声地喝问。

"你们！什么的干活？"

小周跟他说："为了围子的安全，岛田少佐命令我们回来！加强围子的军事防务！"

敌人大队人马走后，张全来到南大门等待魏强的到来。听到围墙外喊声，他顺着大门缝儿向外一望，正是魏强他们，心里高兴极了。

"快开门！是岛田太君派皇军帮我们来了。"

两个伪军慌忙去开门。这时，侯奇胜从岗楼上下来，他打开亭子门对开门的两个伪军大声呵斥:"站住!岛田太君走时有令,南北大门不许任何人出入,你们俩的耳朵塞驴毛了?啊?"

"班长,这是岛田太君派回来的皇军。"

"谁也不行!岛田太君走时有话,一律不许出入!"

"侯班长,岛田太君派回来的皇军你也敢不放?你是不是活腻啦?"侯奇胜侧脸一看张全在,慌忙解释,"哎哟!张副大队长啊!正好您在。不是我不放,岛田太君、大队长走时再三嘱咐,让兄弟们严加防范,大部队走后任何人都不许出入。我是没办法呀!"

"我说,你是真糊涂还是假糊涂啊?你说得对,有岛田太君的话,就是天王老子咱都不能放他进来,可岛田太君派回来的皇军你不放进来?行吗?你还口口声声说听岛田太君的话,等岛田太君回来,看这些皇军还在围子外等着,他一看急了,能饶了你吗?大敌当前,影响了岛田太君加强围子的军事防务计划,人家说你私通抗日联军,抗日联军让你这样干的,你到那时吃罪得起吗?"

"副大队长,天地良心呢!我可是效忠皇军的。"

"我知道你效忠皇军。可我知道有什么用啊?你得罪了皇军,岛田太君能听我的吗?"

侯奇胜一听,脑门子出汗。"你们俩还瞅着啥?快!快给皇军开门!"侯奇胜向两个开门的伪军喝喊后,调过脸来满脸堆笑,"副大队长,还是您说得对。我这死葫芦头脑袋咋这么不开窍啊?嘿嘿嘿。副大队长啊你这一开导啊,让我顿开茅塞。"侯奇胜弓腰言过,并赶忙从衣兜里掏出香烟,抽出一支递给张全,随后,嚓!点着了火。那三角眼眼角立刻挤出几道深深的鱼尾纹。

大门开了,张全上前迎接:"谢谢岛田太君周全的考虑,谢谢皇军,有你们看守,这围子咋能不平安。"

小周手一比画:"皇军要控制所有的要地。你的,配合!"

"嘿!"

张全领着侦察小队队员到鬼子营地去了。路上,张全对魏强说:"两个炮楼里鬼子又配上一挺重机枪,鬼子在炮楼里的火力完全可以控制整个围子。

第五十回 巧妙布阵"调虎离山" 乔装入围"出奇制胜"

必须把这两个炮楼先拿下。"

"对！先拿下鬼子炮楼，就好办了。"

"炮楼里有多少鬼子？"

"一个炮楼里有一个班的鬼子。"

"为以防万一，我们必须同时把两个炮楼拿下。不然的话，会出麻烦的。"

"对！到鬼子的营地了。"张全告诉魏强。

"小肖、高顺你俩把守门的鬼子弄到亭子里去。"

"嗯。"

小分队到了日军营地门口，两个站岗的鬼子横枪拦住。

"什么的干活？"

"岛田太君命令，加强围子的军事防务！这是岛田太君给你们的指令！"

小周一边说一边伴装从衣兜里掏东西。小周对两个鬼子说话时，肖一刀、高顺已靠近了他们。

这时，鬼子小队长官村一郎从营房走来。狡猾的官村一郎到门口一看觉得不对，这些人没有一个熟悉的面孔。他刚想追问张全，陈忠堂已到了他的身后。扑哧！尖刀一下攮进了他的后心。几乎同时，肖一刀、高顺都下了手。嚓！嚓！两把尖刀掠过两个鬼子的咽喉。三个鬼子像死猪一样要倒，却被几个侦察队员立着拖进了岗亭里。随后，两个侦察队员戳枪站在日军营地门口。

侦察队员迅速走进鬼子的营房。鬼子营房没有一个鬼子，队员们在弹药库绕了一圈，每个人拿了几颗手雷掖在腰间。随后，迅速从营地出来。

张全对魏强说："从围子直接上北山坡炮楼，要经过围子北大门，我带你们过去。走北门不至于引起炮楼里的鬼子的怀疑。"

到了北大门，只见六个伪军个个挺直腰板站在大门两侧。张全走在前面。这几个伪军一看是副大队长和皇军，把腰板挺得更直，脖子伸得更长。

"把门打开，皇军要上炮楼去。"

"是！"

"你们的班长呢？"

"报告副大队长！班长刚出去解手。"

"啊。"

大冰沟

伪军们都爱献殷勤,争先恐后地去开大门。侦察队一过大门,张全回头嘱咐。

"把门关上,告诉你们班长,一定看守好北门,出了事要掉脑袋的。"

"是!"

伪军们答应着。

侦察小队通过北门后,上了后山坡。

在山坡路上,魏强仰头瞅了瞅东西两座高高的炮楼遗憾地对大家轻声说:"我们这里要是多一个会说日本话的人就好了。"

"队长,他就会。"小周指着身边的一个侦察队员说。

魏强一瞅是小白脸郝向东。

"小郝,你就当这个队长吧。装得越像越好。"

"是!"

"现在我安排一下:张哥,你领着朱延成、小周、肖一刀和三名队员去西炮楼。朱延国、陈哥、郝向东、高顺、鲁宝胜和我去东炮楼。"魏强布置完后,嘱咐大家,"同志们!队长的阻击战没打响之前,我们必须拿下鬼子的两个炮楼。我们要发挥我们的一技之长,记住!不要让鬼子有开枪的机会。"

"是!"

两个小队,大摇大摆分别向东、西两个炮楼走去。魏强他们到了东炮楼头五十米远的地方,炮楼上面的鬼子喊:"什么的干活?"

小郝大声回答:"岛田少佐命令,要加强炮楼对围子的控制!"

小郝一口流利的日语让炮楼里的鬼子确信无疑,他们打开厚重的炮楼铁门。

魏强六人到了楼上,小郝在前面,走到鬼子军官跟前昂首挺胸,郑重地行了一个军礼。

"岛田太君有令,所有的人不能离开自己的岗位一步!"

"嘿!"负责炮楼防务的鬼子军官挺胸抬头向小郝表示执行命令。

侦察队员们都靠近了每个鬼子,就等魏强的眼色行事。魏强看到大家已经到位,他一个眼色,队员们的刀子、飞镖一起出手,六个鬼子哼都没来得及哼,就去见了阎王。

第五十回 巧妙布阵"调虎离山" 乔装入围"出奇制胜"

魏强让朱延国、陈忠堂、高顺和另外两名侦察队员，把鬼子尸体拉到一起。高顺高兴地奔到瞭望口架着的那挺崭新的重机枪跟前，左瞅瞅右摸摸，爱不释手。

"队长，这个——比咱俩整的那个还好。给我用行不？"

"行。"

"嘿嘿——"他摸着那挺机枪的把子，瞅一下魏强开心地笑了。

魏强把另一挺轻机枪交给了朱延国："这个，你使。"

魏强告诉大家，炮楼上插着的鬼子的膏药旗别动。

另六名侦察队员跟着张全向西炮楼去了。张全告诉小周："炮楼里的鬼子军官叫川野谷一。这个鬼子很精，也很凶。"

"嗯。"

西炮楼上的鬼子军官川野谷一在炮楼上的瞭望口处，拿着望远镜对下面山坡上出现的小队鬼子看得清清楚楚。他感到奇怪，岛田少佐临走时嘱咐他，要他们全日候谨慎坚守。时隔不久，为什么要增派人员前来？

侦察队员来到炮楼下。小周向在炮楼上从瞭望口向下观望的川野谷一大声喊话："川野君！岛田太君命令，炮楼都要增加兵力守护！"川野谷一对小周的话半信半疑。因为岛田临走时，没有说给他们增加兵力。

"川野太君！我是张副官！这是岛田太君临走时的命令！"

狡猾的川野谷一再次拿出望远镜，望望东炮楼有无异常。只看见东炮楼上有日军走动，日旗飘扬，一切正常。于是，他才放心，叫一个鬼子下去开铁门。

咣啷！铁门开了。小周带领六人噔噔上了楼梯，到了在上等候的鬼子队长川野谷一面前，郑重地行了一军礼："岛田少佐命令，我队充实到两个炮楼，加强对围子的整体控制，以防抗日联军袭击和中国军队叛乱！"

狡猾的川野谷一立刻两腿并拢，头一低"嘿"了一声。然后，他走到小周身后的朱延成跟前上下打量一番。心想，不对，这些人咋都不认识？

"岛田少佐还有别的要求吗？"

朱延成知道鬼子在试探他的日语，虽然，他在关东时和日本人打仗有几年，多少懂点儿眼面前的日本话，但是，要回答川野谷一的问话可难以做到。

咋办？一旦露出破绽，炮楼里就是一场血战。先下手为强。他急中生智，并不搭话，在川野谷一面前，他不慌不忙从衣兜里掏出一张折叠的纸递给他。朱延成这一怪异的举动，让川野谷一感到莫名其妙。他瞅了瞅朱延成，刚想打开看。说时迟，那时快，朱延成左手嗖一下拔出刀子，随后，扑哧一声，刀已攮进了川野谷一的大肚子。他"啊"声喊了一半，朱延成右手的刀子又在他的脖颈掠过，那粗短的脖颈留下一条深深的血印，他四仰八叉躺在地上。跟在鬼子军官身边的两个鬼子见此一愣，机灵的肖一刀一个箭步早已来到他们跟前，他手中倒握着利刀，只见他在两个鬼子面前，右胳膊肘略扬一转身，两个鬼子端着带刺刀的枪直愣愣的像纸人一样，站着一动不动。肖一刀一碰，扑通，两个人都躺在地上，原来他们的喉咙都被割断。一个身材魁梧的鬼子扔下刺刀和小周摔在一起，小周被他摔在底下，那个鬼子一手攥着小周衣领按着，另一只手攥紧拳头，高高举起正想向小周的太阳穴狠狠地打去，此时，张全猛扑上去，死死地掐住了他的脖子，把他翻了下去。那个鬼子两腿不住地蹬踹。这时，两个鬼子端着刺刀向张全两肋刺来，在这千钧一发的紧急时刻，肖一刀眼尖手快，飞身斜在两个鬼子胸前，左手猛力抓住一个鬼子的带刺刀的枪身，与此同时，右脚飞向另一个鬼子的胳膊肘。那个鬼子的枪哐啷飞了出去。肖一刀随后来了一个"龙卷风"般快速转体，右手飞刀朝手还攥着枪的那个鬼子的脖子飞去。只见那个鬼子脖子被飞刀扎了个透。他一下子扑倒在那个鬼子军官身上，鲜血汩汩流在那肥胖的尸体上。当他推开枪身时，那个鬼子已经被一名侦察员在身后照后胸捅了一刀，连人带枪躺在一旁。朱延成看那鬼子把大腿压在张全的左腿上，朱延成捡起鬼子军官身上的战刀，这时，那鬼子一翻把张全翻在底下，身子趴在张全的身上，他头扬起紧紧掐张全的脖子。在这千钧一发的时刻，朱延成手中的战刀，照着鬼子的脖腔猛地横削过去。噌！那鬼子的脑袋离了脖腔，骨碌到一旁。那鬼子身首异处，脖腔里的血喷出有一米多高。弄得张全上半身全是血。剩下一个鬼子，他靠着炮楼的东北一角端着枪嗷嗷叫，想继续负隅顽抗。站在一旁的肖一刀怕他开枪，一刀飞去扎进了他的喉咙，那个鬼子脑袋一歪，哧溜一下滑坐在墙角不动了。西炮楼里，大家忙着给张全找衣裳，可是炮楼里全是鬼子的军装，张全只好把上身外衣脱掉，在炮楼上，大家找到了鬼子喝的瓶装水。张全用

第五十回 巧妙布阵"调虎离山" 乔装入围"出奇制胜"

这水洗了洗脸和脖子,擦净了血迹。

侦察员们没用一枪一弹,没有一个人挂花,迅速拿下了两座炮楼。西炮楼里,大家高兴得相互拥抱,朱延成叫大家拔掉炮楼上所有的日本膏药旗。魏强一看西炮楼也被拿下,舒了一口气。

"队长!你听!葛队长他们跟鬼子打起来了!"陈忠堂向魏强兴奋地说。

大家一下子静了下来,都跑到东面瞭望口侧耳聆听。从东面远处隐隐约约传来密集的枪声和分不清个数的爆炸声。魏强知道鬼子吃败仗后,一定会逃回碾子沟围子,利用围子的防御设施和两个炮楼火力制高点,负隅顽抗,等待援兵。现在两个炮楼已经拿下。但南北大门还由伪军把守控制,如果日伪军进了围子,麻烦就大了。必须在岛田到来之前拿下这两个大门,把鬼子堵在围子外。时间紧迫,刻不容缓,魏强命令一部分人留在炮楼,其他人员赶快去南大门。他想,两个炮楼对围子来说居高临下,是控制打击敌人最有利的作战工事,得留一些打枪拿手的队员。

"朱延国,鬼子的这个家伙你能使吗?"魏强指着墙角那挺重机枪说。

"队长,我会使,在关东的时候我摆弄过这个东西。"

"那,这两个东西就交给你了。"

"队长!你不说给我了吗?"高顺生气了。

"你跟我去。"

高顺把手中那挺重机枪很不情愿地交给了朱延国。

"陈哥,你留下。再留下两个人。"

"队长,我们留下吧,在部队我们就是机枪手。"两个队员毛遂自荐。

"好,高顺跟我走!"

高顺跟在魏强的身后,他用留恋的目光回头瞅了瞅朱延国正在摆弄的那挺崭新的机枪,怏怏地下了炮楼。

这时,西炮楼的朱延成过来汇报情况。魏强命令朱延成赶快回西炮楼,并叫他留下三名队员和那两挺机枪,配合东炮楼监控看守南北大门的伪军。魏强布置完任务,带领高顺和西炮楼回来的小周和肖一刀去了南大门。

张全先一步离开炮楼,他首先去了南大门。

"哎呀,副大队长!您回来啦?"

负责看守南门的伪军班长侯奇胜在亭子里听到站岗伪军的说话声，慌忙跑出来迎接张全。

"大队长走时，再三告诉我做好防务，军务大于天啊。"

"那是，那是。不过，您放心，没有岛田太君的命令皇上二大爷我都不会放他进来的。这儿，咱弟兄十来个，人不多，但家伙都是嘎嘎的新，副大队长，您看！"

侯奇胜把插在腰间的两支短枪亮出来让张全看。接着得意地说："岛田太君还给咱们班发了一挺机枪呢。说到吃紧的时候用上它。再说，咱这大门都是大铁做的，都有皇宫的大门结实啦。就是来了百八十号的抗日联军，哼！他也不用寻思攻进来。"

张全心里清楚，这次赵万奎跟岛田出军，安排留守南北大门的两个班长都是他们的心腹。要掌控这两个大门，就必须先把这两人拿下。

张全心里想，整住这个家伙，得要让他心服口服才行。

"侯班长，到上边看看去。"

"是！"

侯奇胜跟着张全从亭子里走到上门楼的楼梯口，大声喊："张副大队长看咱们来了！"

门楼上站岗的伪军一听，慌忙各就各位。张全上了门楼一看，一盘象棋摆在地上，棋子一半在棋盘上摆着，一半摞放在棋盘旁。旁边还有冒着烟儿的半截香烟头。张全走到棋盘跟前，望着眼前的一切，脸色冷若冰霜，半天不说一句话。侯奇胜一看不好，他尴尬地瞅着张全笑也不是，哭也不是，小汗从脑门立刻渗出来。心里暗骂手下的人不给他争气。心里骂道："妈的！这是哪个王八犊子给我上眼药，我非整死他不可！"他知道"军中无儿戏"。这个时候，玩忽职守是要掉脑袋的。哎呀！我可怎么办呢？

"侯班长，这是咋回事儿？"

"副大队长，我——"侯奇胜瞅着张全瞠目结舌，用怯懦乞求的目光看着张全，希望放他一马。

"大敌当前，形势严峻，你却玩忽职守，视为儿戏。来人！"

两个伪军来到张全跟前，等候命令。

第五十回 巧妙布阵"调虎离山" 乔装入围"出奇制胜"

"把他的枪下喽,捆起来!押回大队部去!等大队长回来处理!"

扑通!侯奇胜一下子跪在地上哭丧着说:"副大队长!开开恩,开开恩啊!我,我错啦。饶我这一次吧!啊?我下次再也不敢了,副大队长。"

"下一次?如果让抗日联军攻进围子,还能有下一次吗?啊?"

张全手一摆,两个伪军上来缴了侯奇胜的枪,并把他绑了起来押走。

一路上,侯奇胜哭哭咧咧地骂着:"你们这些浑蛋,王八犊子!让老子跟你们受牵连。大队长来喽,非宰了你们不可,非扒了你们的皮不可!呜——呜——呜……"他鼻涕、眼泪一起从下巴颏往下流。

楼亭上,张全命令:"全班集合!"

伪军们再也不敢散漫,在门楼上十个伪军瞬间排成了一个"一"字,个个胆战心惊等待副大队长惩处。张全在全体伪军面前用威严的目光扫视了一下。然后,用命令的语气郑重宣布:"侯奇胜因渎职被羁押,等大队长回来处理。现任命副班长李明海为代理班长,负责南大门的军事防务!"

张全当着众伪军的面向李明海交代:"李班长,战事在即。大敌当前,如有不听令者,玩忽职守者,就地处决!"

"是!"

南大门顺利接管后,张全密令李明海:"李班长,没有我的话,对要进围子的部队,一律不许开枪,更不许开大门。"

李明海向张全郑重地行了一个军礼:"副大队长放心,我坚决执行命令!"

张全站在亭楼上瞭望北面东炮楼一点动静都没有,心里犯嘀咕:魏强他们是不是把东炮楼拿下啦?不会有什么事吧?

这时,他看炮楼下边北山坡上有五个人向围子走来。张全离开南门,快步沿大街径直北走,去迎接从北山坡下来的人。

张全到了北大门,门口的伪军上前搭讪。

"副队长!"

"把门打开,我去迎接皇军。"

"是!"

张全在北门外碰到了魏强他们。

"都完事了?"

"嗯。"

"真麻利!"张全佩服地伸出大拇指。他告诉魏强,"南门我已经安排好了,就一个北门了。"

"好!快点儿。"

张全、魏强和四名侦察员到了北门外。只见北门两扇大门紧闭,门楼上的伪军看张全和几个鬼子下了山回来,一个伪军急忙从门楼上跑下来,他站在楼梯上招呼。

"嘿!副大队长又回来啦!快给开门!"

门洞里只有两个伪军在站岗,其中一个把枪往肩上一背,从衣兜里掏出钥匙开了门锁。张全和魏强五人进了大门洞。张全看门洞子里只两人站岗,劈头就问。

"人都哪儿去啦?"

"报告副大队长,他们在……在亭子里呢!"开门的那个伪军怯生生地回答。

张全走到亭子门前,只听亭子里,哗啦,哗啦啦……搓牌声、粗野的辱骂声、肆虐的狂笑声……乱成了一锅粥。

啪!亭子的铁门被张全一脚踹开。张全和魏强他们进了亭子。亭子里吵闹声戛然停止,众伪军瞅着副大队长和跟随在后面的五个端着刺刀的皇军,个个吓得魂不附体,有的吓得尿了裤子。亭子里烟雾缭绕,弥漫着呛人的烟味儿。

"你们的班长呢?啊?"

此时,屋子里鸦雀无声,伪军们个个缩着脖子低着头不敢吭声:"咋啦?我问你们话呢,刚才热热闹闹的,咋一个个变成哑巴啦?"

"报告副大队长,班长他——"一个胆子较大的高个光头伪军伸长脖子说了半句,后半句话又吞了回去。

随着他的回话,那瘦长脖子上的几根青筋凸起,他左右瞅了瞅身边都默不作声的同伙,自知自己多了嘴,他低下光亮亮的尖脑袋。

"他咋啦?快说!"张全来到他跟前薅着他的衣领大声追问。

"副大队长,我、我不敢……"

第五十回 巧妙布阵"调虎离山" 乔装入围"出奇制胜"

"你不敢说，就别说了。"张全掏出手枪，那个伪军一看不好，扑通一下双膝跪地，一个劲儿地给张全磕头："我说！我说！副大队长饶命啊！田班长去老杨家啦！"

"他去老杨家？干什么去啦？"

"他，他……"

啪！啪！张全伸出手掌狠狠地掴了他两个耳光。

"熊色！快说！"

"他去相好的家啦。"光头用手摸着被扇得火辣辣的脸哭丧着说。

"你说的，是真的吗？"

"副大队长，我说的全是真的啊！我要是说半句假话，您就崩了我。刚才我们不敢说呀。您问问这些兄弟，田班长临走亲自跟我们交代过，谁把他的事抖搂出去，谁就滚犊子。"

"啊——你们的班长到这个时候还有心思，背着皇军去干那些采花盗柳，偷鸡摸狗的勾当。你起来，在前面带路去杨家。"

那个伪军不敢违命，乖乖地爬起来领着张全他们去找。张全瞅着这些站着的伪军呆若木鸡的样子，他把枪装进枪盒里大声警告这些吓傻了的伪军："还他妈的愣着什么呢？啊？告诉你们，抗日联军如果真的进了围子，你们这些没用的东西好好想想吧！别说丢了饭碗滚犊子，你们他妈的脑袋瓜子还能不能在脖腔子上安着，都很难说！站岗去！"

张全临走前对他们臭骂了一顿。众伪军个个灰溜溜地回到大门洞去站岗。

在离北门不远的一片杂乱拥挤的居民区中，却有一家是三间瓦房，单门独院的。这家人姓杨，是碾子沟老坐地户。

杨家有四口人，一对老人和一对年轻的夫妇。杨家的这对少夫妇虽然结婚有四年多了，过门的媳妇柳红至今没给杨家生儿育女。这对三辈单脉相传的杨家可谓是家门不幸。不过，柳红虽不生养，但能说会道。她杏脸桃腮，柳叶弯眉，有几分动人的姿色。柳红天生就是一个"绣花枕头"，再加上成天地打扮，更是妩媚动人。杨家的两位老人为杨家至今无后暗自长吁短叹，整天唠唠叨叨。年轻的小媳妇哪管那一套，柳红该乐还是乐，该美还是美，为此，她撩得一些男人魂牵梦绕，垂涎三尺。

自从鬼子修了围子，北大门有了终日看守大门的日伪军。柳红本是水性杨花的女人，早被在杨家门口每天往返路过的伪军班长田青玉看上了。田青玉天天在杨家门口路过，总是把目光不由自主地投向杨家院子。每当此时，这个女人总是在院子里望而却羞地走开，然后给姓田的留下的是转身回眸百媚生的靓影，勾得田青玉如痴如醉，神魂颠倒。时间一长，两人眉来眼去最后勾搭成奸。杨家虽知此事，谁敢声张？得罪了这个色狼，还好得了吗？全家人只好忍气吞声，任其往来。

　　"副大队长，就这家。"那个光头伪军停住脚步指着院子说。

　　田青玉根本不把杨家人放在眼里，每回与这女人做事，从来不插大门。西屋的门虚掩着，张全、魏强他们走进西屋，两个人还在一个被窝里搂着。一看张全和几个皇军来到炕前，田青玉吓得赶快推了那个女人一把，光着屁股坐起来慌忙披衣裳，那个女人抬头一看，吓得"啊"一声，把脑袋缩到被子里蜷作一团。张全正要开口大骂田青玉，只听身后啪啪啪三声枪响，姓田的那个小子的脑袋开了花。血和脑浆迸射到被子、墙壁和窗框上，田青玉上身歪倒在女人盖着的被子上，那红白相杂的脑浆在不断地流淌，在微微颤动的被子上印了一大片。张全、魏强同时回头一看，高顺手握着枪，脸上带着怒色。前面领路的那个伪军见此状缩着尖长光亮的脑袋，浑身打战。

　　张全他们又折回北门。他叫两个伪军把田青玉的尸体弄到北门来，他命令守北门的所有伪军集合。

　　十一名伪军齐刷刷站在门洞子前。

　　张全指着摆在伪军面前的那具血淋淋的尸体说："田青玉，长期霸占良家妇女，为所欲为。尤其大队长不在家期间，他视军令为儿戏，擅离职守，到民家找女人寻欢作乐，严重违反军规，被皇军就地处决！希望大家引以为戒，好自为之。"张全扫视了伪军们诚惶诚恐的神色，接着说，"现在，我宣布，北门的军事防务由姜春义负责！你们要记住有令则行，有禁则止！若有不听从指挥者，皇军绝不姑息迁延，就地处决！"

　　"听长官的话，听从指挥！"伪军们伸着脖子，参差不齐地叫喊着，"兄弟们说得好。我们是军人！服从命令是我们军人的天职！北大门就靠你们来把守了。没有姜春义的命令，任何人不许擅自行动，如果谁不服从命令，那

第五十回 巧妙布阵"调虎离山" 乔装入围"出奇制胜"

他就是第二个田青玉！你们听清了吗？"

"听清了！"

张全转过身对姜春义说："北大门就靠你啦！"张全拍了拍姜春义的肩膀一语双关地说。

姜春义会意，他郑重地向张全举手行礼说："请副大队长放心！没有你的命令，兄弟绝不放进一个人！"

"好。"

张全用完全信任的目光，久久目视着姜春义，并双手捏着姜春义的肩膀头晃了两下。姜春义从张全刚毅信赖的目光中解读出了他的用意。

南大门是直通东去大道的。无疑，日伪军无论胜与败回来进围子，都得走南大门。守住南大门至关重要。张全、魏强商议，赶快去南门。四名侦察队员和他们离开北门，返回南门。

魏强他们还没走出北街，一个伪军喘着粗气从南街跑过来："副大队长！不好了！东面大道上有部队向这儿来了。"

"看清了吗？有多少人？"

"不知道。"那个伪军摇摇头，"道上乌烟瘴气的看不清。"

"快走！"张全知道这支部队一会儿就会来到南门外。

大家向南门快速跑去。

离南门不远，又一名伪军疾风般而来，咇咇禀报："副大队长，一队人马快到南门外了。李班长说，请您快到南门楼上看看去。"

"啊——走！看看去！"

魏强他们跟着张全赶到南门，李明海早已在门亭旁等候："副大队长！从东道来了一支部队。"

第五十一回 劈日寇首民众雀跃 攻克围子百姓解脱

张全、魏强等人快步来到亭楼上向东面一望，这支部队已到了围墙外的黄土桥上。在前面骑马的那三个正是岛田、翻译官和赵万奎，后面稀稀拉拉跟着几十个扛着枪、跑得有些拉不动步子的日伪军。看他们狼狈不堪，溃不成军的样子，魏强知道这群野兽遭重创后溃退到这儿，想回围子关门不出。

岛田他们来到南门，看亭楼上站着守门的伪军，他想，见到他们伪军必然赶快开门。

策马首先来到大门前的赵万奎，向站在门楼上守门的伪军急喊。

"快！快给皇军开门！"

门楼上的伪军瞅瞅站在他们身边的张全，等着副大队长发话。

赵万奎喊了几句，却没有人来开大门。气得赵万奎指着亭楼上的伪军破口大骂："你奶奶的！你们这些王八蛋！瞎了你们的狗眼啦？没看见皇军回来了？！快开门！"

后面赶上来的日伪军上前使劲儿地拍打着大门大声喊着："开门！"

可大门还是没人给开。赵万奎气得两眼冒火，掏出手枪啪啪啪朝亭楼上的伪军开枪。一个伪军被打伤。

高顺一见赵万奎这个不共戴天的仇人死到临头了，还飞扬跋扈，横行霸道。他早已控制不住心中的怒火，推开守在机枪跟前的两个伪军，两手端起机枪，搂动靶机，嗒嗒嗒……嗒嗒……向围墙外骑马的赵万奎他们一阵猛扫。

赵万奎万万没有想到围子已被抗日联军控制，正在摆素常他那种颐指气使、土皇帝的架势，哪有什么提防？一梭子子弹射来，好几颗子弹打在他的脑袋和前胸上，啪啦！他从青马上一头栽了下来。那个李翻译官也中弹身亡。

岛田见此惊呆了，不用说，围子已被抗日联军控制了。他又气又恨，没

第五十一回 劈日寇首民众雀跃 攻克围子百姓解脱

想到固若金汤的碾子沟围子没有几顿饭工夫就被抗日联军给占了。他不相信。搜查队方圆十里全都搜查,没有一个抗日联军的影子,难道这些守门的哗啦一下全变成了抗日联军?他骑的马扬起头,摇动了几下脑袋,呼呼地打着响鼻。

高顺端起机枪还要射击骑在马上的岛田被魏强拦住。

"岛田!我们是抗日联军!你乖乖下马投降吧!"魏强说。

肖一刀接着说:"嘿!不信,睁开你的狗眼好好看看!围墙头上插的是我们的红旗!你们的王八旗早让我们扔了!"

岛田仰望围子北山上的两座炮楼。炮楼居高临下,虎视眈眈。凭炮楼的武器完全可以控制南北大门的中国军队和围子所有角落的叛乱。事到如此,他们为什么袖手旁观,无动于衷呢?他掏出望远镜向北面的两座炮楼眺望。

"岛田!别做梦了!炮楼全是我们的人!你们那些狗日的小鬼子都让我们做啦!"肖一刀冲着岛田大声喊,可岛田听不太懂。

这时,葛队长率领的追击部队已经赶来。把三十多个日伪军团团围住。张全、魏强和三名侦察队员下了门楼。张全叫李明海打开大门,大家从围子里出来。跟鬼子跑回来的十七名伪军在众人的唾骂之下,乖乖地跪地举枪投降。

岛田跳下马,十三个鬼子和他被围在当年高文忠爷俩被他们打死的这片干河滩上。

他们被八十多名抗日联军战士逼退在西面是围墙、东靠青龙河的三角地方。也许鬼子知道他们的死期到了。困兽犹斗,他们并不转身涉过不过腰深的河水逃跑。面对步步逼近,喝令他们举手投降的抗日联军战士,他们却端着刺刀冲过来,想做最后的垂死挣扎,嗷嗷地叫着,妄想来个鱼死网破。嗒嗒嗒……嗒嗒嗒嗒……战士们仇恨的子弹射向这些顽抗的日寇。十三个鬼子全被击毙。

河滩上只剩下一个岛田,他双手紧握战刀,满脸杀气,他要与支那军人作最后一拼,以示一名帝国军人对日本天皇陛下的效忠。

"岛田!放下你的刀!"

"王八蛋日的洋鬼子!你死到临头了!还想耍威风!"

"毙了他，狗日的！"

河滩上，民众手指岛田咬牙切齿地骂这个害人的强盗。

看岛田穷凶极恶的样子，排长陈世秋想一枪击毙他，被葛振林阻止："你拿着。"葛振林摘下枪套，脱下上衣递给了身后的陈排长。他抄起身边一个战士手里的大刀向岛田走去。这时，就听身后有人说："排长！我来。"

葛振林回头一瞅是高顺。高顺从人群中走出来，挡住葛振林和众人。他把衣袖卷到胳膊肘，手里拿着父亲遗留下的那把刀把子上还带着红绸布的大片刀。只见那大片刀从头到尾足有一巴掌宽，八十公分长，阳光下，它闪着耀眼的亮光。

葛振林早就听说过，岛田来自日本武士世家。他刀法娴熟，武艺精湛，一般的人绝非是他的对手。困兽犹斗，此时，他必然拼死一搏。高顺虽年轻，功夫高强，但与这样的日本武士高手面对面地厮杀，还是第一次，他担心高顺不是岛田的对手。

"顺子，小心！"葛振林在后叮嘱。

"嗯。"

高顺两眼一动不动地瞅着这个杀害他父亲和二哥的仇人。他不在意眼前这个鬼子龇牙咧嘴的凶恶丑态。他两脚稍叉，还带着血迹的旧白衬衫咧咧着，他索性把它脱掉，袒露着黝黑油亮的胸脯。他一丝不动地站在那儿，右手攥着那把大片刀斜下伸出。那明晃晃刺眼的片刀与他的胳膊成一条直线，阳光在他的脚下把他威武的雄姿拓成一个"卜"字。

高顺一动不动，等岛田前来。岛田瞅着这个满脸黝黑，个头敦实的小伙子仿佛在哪儿见过。啊！他突然想起被他处死的高才，和这个小伙子模样、个头差不多。不用说，眼前站着的这个小子一定就是他和赵万奎想抓没抓的那个高文忠的老儿子。"山鹰"告诉过他，这小子刀法非常厉害。瞅着高顺冷静、沉着的表情，倒让他心里有几分谨慎。在日本，这就是搏杀前一个武士高手面临他的对手所持有的一种姿态。岛田又一想，一个乳臭未干的小子，尽管武艺高强，又能奈我何？胆敢与我较量，真是不知天有多高，地有多厚。来吧，我要让你死得和你爹、你哥一样惨。他两眼眯缝成一对弧线，并放出咄咄逼人的凶光直逼纹丝不动的高顺。突然，他身子猛然跃起，战刀一挥，

第五十一回 劈日寇首民众雀跃 攻克围子百姓解脱

凶猛地向高顺斜劈下来。高顺身子一歪斜，那战刀顺着高顺的肩胛边擦过。随后，岛田战刀回手来个"横扫千军"，高顺只好"虎卧平原"。岛田出刀凌厉强悍，劈、削、砍、挑翻卷如风，招招紧逼。高顺沉着应对。他身子腾、跃、仰、卧，大片刀左磕右挡，上挑下压。一场刀光剑影的拼杀让在场的人们都为高顺这孩子捏着一把汗。

"哎呀！不好啦！顺子被鬼子给攮啦！"朱延国惊喊了一声。

众人一看，可不是，岛田的战刀就扎进高顺的左腋下，就在这一刹那，高顺的大刀片子也在岛田的脖子上横掠而过。奇怪的是，刀过处岛田的脑袋还在脖腔子安着，刚才龙腾虎跃的岛田转眼间就像一个榆木桩戳在那儿纹丝不动。高顺返刀用刀背一碰，那岛田的脑袋骨碌碌滚到地上，这时，只见那具没有脑袋尚未倒下的尸体的脖腔子蹿出如柱的鲜血足有一米多高。继而扑通一声一下倒了下去。这个罪过满盈的日本强盗身首异地，遭到了应得的报应。

高顺攥着大片刀立在倒下的死尸跟前一动不动。

"快！顺子受伤啦！"

呼——大家上前一下子搀住高顺，只见他的肋下被岛田捅了一个血窟窿。

"卫生员！"葛振林赶快把卫生员喊来。

卫生员一看赶快前来包扎，"怎么样？"葛振林瞅着高顺的伤口不放心地问卫生员。

"队长，肋骨扎断了一根，伤得不轻。"卫生员回答。

葛振林一听又担心又着急："赶快抬进围子，找高先生！快！"

"是！"

在卫生员的护理下，魏强和朱延国抬着担架一溜烟地把高顺抬进了围子。

这是一个永远值得纪念的特殊日子。一早，围子里的人朦朦胧胧听到远处有枪声，不敢出屋的人们猜想，准是抗日联军打过来啦。人们躲在家里没人敢再去南大门出围子干活。街上异常安静，没有往日枪挑着膏药旗的日军巡逻队在走动，只有那些伪军、便衣来去匆匆。

果真，时候不大，围子里的日伪军大队人马倾巢出动，出了南门。随后南北大门紧闭。人们知道鬼子如此兴师动众，事一定小不了。

一直到了现在,围子里的人们才听到南大门那面有枪声。知道仗打到围子这儿来了。围子里的男女老少在家里向南大门方向翘首张望,快点把这些畜生打死吧,老百姓好有个出头之日。可不知道这仗打得怎样?抗日联军是不是打胜啦?渴望与忧虑抓挠着人们的心。

"鬼子被抗日联军消灭啦——大家出来吧!"

大街上不知是谁把这个振奋人心的好消息告诉给了围子里的男女老少。有的男人走出屋门听动静。不一会儿,大街上果然出现穿灰军装的兵。这不是过去来过的抗日联军吗?鬼子完蛋啦!自己的部队回来了!大家呼啦一下子都跑了出来,围子里的大街小巷立刻沸腾起来。

"抗日联军来啦!"

"小鬼子被围在河套边啦!大家到南门外看看去!"

男人们跑到了围子外的干河滩上,数着被抗日联军打死的那些鬼子。

"你们看!这不是那个大汉奸赵万奎吗?"一个人手指着赵万奎的死尸惊喜地喊着。

"可不是,正是那个大汉奸!该!该死!"人们唾骂着。

"来呀!看!这个尸体没脑袋啦!"

"脑袋在那儿呢!"

众人顺着一个战士手指的方向看,那个人头沾满了血和沙土,像个血球,看不出一点儿脸的模样。

张全告诉大家:"这就是杀人不眨眼的鬼子军官——岛田的脑袋。"

众人一听兴奋不已:"杀得好!杀死了这个魔鬼,可算给围子里这些人出了一口冤气啊!"

不一会儿,围子里的男女老少如潮水一般不断地从南大门往外涌。人们要看看这从天而降的抗日联军是怎样把这些坑人害人的小鬼子和汉奸打死在南门外的。

可是,晚了。人们看着一具具鬼子的死尸被抬走,心敞亮了。这一下子可好啦,再也不用受这些日本鬼子的气啦!干河滩上,众人高兴得流下了热泪。

在欢乐的人群中,魏强向葛振林介绍:"队长,这位就是我张哥。"

第五十一回 劈日寇首民众雀跃 攻克围子百姓解脱

"兄弟，谢谢你，谢谢你这些年给我们的帮助。这次痛快地消灭了鬼子，你可立了大功啊！"葛振林紧紧地握着张全的手说。说得张全脸鲜红，有点不好意思："葛队长，我也是个中国人。"

葛振林瞅着这位心有良知，识大体的年轻人，流露出欣慰的微笑："说得好！只要我们中国人团结一心，同仇敌忾，日本鬼子儿，就别想做长期霸占中国的美梦。"

"葛队长，家里还有事我先回去了。"张全急忙转身走了，葛振林觉得不对，"魏强，张全好像家中有事，你跟着去。"

南门外的干河滩上，人越聚越多，三百多名民众和抗日联军战士喜笑颜开，此处，顿时变成了一片欢腾的海洋。葛振林面对受尽日寇蹂躏，在囚笼般的围子里足足圈了四年的父老乡亲，他情绪十分激动。他站在一块较高的土塄上向大家讲话："乡亲们！听我说两句！"热闹的人群顿时静下来，"乡亲们！小鬼子被我们消灭了，从今以后，我们再也不会受鬼子的气了！我们胜利啦！"葛振林振臂一挥。

"我们胜利啦——"几百名群众和抗日战士举手如云，跟着齐声欢呼。

众人欢呼雀跃。欢呼声响彻碾子沟的上空。古老温厚的群山被震撼人心的场面，感动得战栗了。"我们胜利啦——"它发出了宽亮恢宏的回音。

葛振林命令战士们清理一下鬼子的尸体。然后整装列队进了围子。围子里许多百姓拿不出好吃的东西，纷纷从家里拿来野菜包的饽饽、热水慰劳自己的子弟兵。

部队由张全领到伪军大队部。大队部屋里，大家还没坐下来，守门的一名战士就跑来报告："报告！"

"啥事？"

"队长，外面有一个人要见你。"

葛振林往外一瞅。

"嘀！老高！"

他高兴得叫起来，放下一切，三步并作两步迎了出去，两人紧紧地搂抱在一起。然后拉着手一起走进屋子。

"哎呀，没想到啊，山里老百姓这么快就见晴天了！"

"老高啊,还有更大的惊喜呢!这一次我们不但把小鬼子撵出了咱们山沟,还要把他们撵出东北,一直把他们撵出咱们中国去!"

"真的?"

"那还能假,我们的大部队从关里就要上来了,我们这是打个前站。"

"这一仗打得这样顺利,得亏是你和张全的帮忙啊!"

"老葛,帮大忙的不是我,是张全的父亲,没有他张全就得跟岛田那个鬼子出围子去,内应就成了空话,他用生命留住了儿子成全了这件事。老人家尸体现在还停在屋子里。"

"啊——"葛振林为老人深明大义舍弃生命的精神所震撼。

"警卫员!"

"到!"

"告诉全体战士集合!"大院内,葛队长向全体战士简单介绍了张家父子在此次攻打围子的战斗中所做出的重大贡献。他说:"老人家现在在家里停着,我们现在去张家向这可敬的老人表示一下我们的哀思。出发!"说完,他带领全体战士去张家。葛队长与战士们列队向老人的遗体深深地鞠了一躬。

"一个年逾六旬的老人为了百姓,为了抗日死得如此壮烈,是会让我们永远记住他的。"大队部屋里,葛队长感叹着。

"哎呀!他还不是和你一样为了乡亲?这些年,这人啊被这些小鬼子害死了。消灭了这群畜生,这一下子,咱们就好啦。"

"是啊,抗日要流血的。为了这一天,多少人献出了生命。可惜呀,他们没有看到全围子的人欢天喜地的这一天。"葛队长说到这儿眼睛有些湿了,"高先生,说实话我这条命是你们夫妇给的。是你和大山里的乡亲们感动了我。让我爱上了这里的人们,爱上了这里的山和水。我发过誓,我要用我的生命来解救这里的乡亲。没想到,我们的部队这么快就打回来了,形势发展这么快。我和你一样都没料到啊!"

葛振林说完,脸上露出高真从来没有见过的欣慰的微笑。

"哦!还有一件事我要求你做呀。"

"唉!这话就说远了不是?什么事?你说吧。"

"今天早晨,打大西沟围子有几个人挂了花,咱们的队伍只有一个年轻的卫生员，忙不过来，还得你帮忙。另外，顺子伤得很重，你看，没事吧？"

"顺子的伤啊？我看了。伤口很深，但没扎着肺叶，肋骨捅断了一根，用上刀伤药好好养一阵子，没啥事。"

"那就好。"葛振林舒了一口气，接着说，"别的伤员还在路上，时间长不了，就会到这儿。"

"这件事你就放心吧，包在我身上。我会想尽一切办法治好这些战士的。"

"好！"

葛振林说完，从怀里掏出怀表看看，喊了一声："警卫员！"

"到！"

"去！找魏强和一、二排排长。"

三人到齐，葛振林立刻命令部队马上集合。

"嘟嘟——嘟嘟嘟嘟……"号声一响，战士们立刻集合在大院里。葛振林清查了一下人数后，命令部队马上出发。

"陈排长，你们排马上出发，赶往大西沟，配合王指导员拿下大西沟围子。"

"是！"

"告诉王队长，拿下大西沟围子，去香洼围子的西河沿儿的树林子里会合。"

"是！"

"二排，侦察队跟我去香洼围子。"

"是！"

魏强与二排长齐声答应。

葛振林转过身来，握起身边张全的手，说："小张，安排好老人的事后，围子里的事儿你暂时安排一下。部队还得出去打一仗。"

"队长放心吧，围子的事我一定会安排好的。"

"好！"

葛振林说完，率部队匆匆离开大院。

大西沟围子里的敌人没有得到岛田的援助，精赤和伪军中队长龟缩在警皇所的屋子里不出来。南面在抗日联军猛烈火力攻击下，守门伪军招架不住，打开了南大门，三排二班战士在北大门牵制着还不开门的伪军。

王玉琴率领一、三班战士从南大门进了围子，迅速围住警皇所大院。她命令一班长带领四个战士去北门，解决守北门的伪军。

一班长带着四名战士快速赶到离北门不到二十米的一家院外，然后，迅速翻过院墙，在冲着北门的院子墙角窥探北门的情况。只见那个管事的伪军排长还在忽悠："中队长说了，援军一会儿就到。我们守住了北门，一个人给十块大洋儿！"

一班长在墙头上把枪对准了这个死心塌地的汉奸。啪！一枪打在他的后胸上。他想回头瞅一眼是谁打的他，可没来得及回头就扑通一下躺在地上，血从嘴里漾了出来。守门伪军一看头子死了，撇下枪像兔子一样四下逃散。北门被战士打开。一班的几名战士捡起伪军放弃的枪支和二班战友回到了警皇所院外。

一班长来到王玉琴跟前汇报："指导员，北门打开了。守门那个排长被打死，其余人都逃散了。武器，我们都收拾回来了。"

"好。"

玉琴叫一名战士向躲在屋子里的精赤和卢新凯等几个日伪军头目喊话劝降。回应的是屋子里射出的冷枪。里面的四个人躲在屋墙角。伪军中队长卢新凯手拿着枪在屋里南墙角心急火燎。他焦急地要向精赤问个究竟："我说太君，这半天啦，援军咋还不到？"

"卢队长，援军会到的。"

在院墙外劝降的战士喊话一停，王玉琴命令战士向屋里射击，密集的子弹从窗户射进来，打得屋里的八仙桌上摆设的古董陶器，稀里哗啦一阵响。屋里的几个家伙攥着枪躲在墙旮旯，都不吱声。一班长向王玉琴提出建议。

"指导员，别费口舌啦。这几个龟孙子不会投降的，炸了得了。"

王玉琴说："这房子都是老百姓家的，炸了怪可惜的。那么着，你和几个战士在房前扔几颗手榴弹，我领几个人进去。"

"指导员，这点儿小事不用你去，我领几个人进去得了。"

王玉琴想了想，这么长时间了，这几个鬼子和铁杆汉奸还负隅顽抗，看起来，他们是王八吃秤砣——铁了心啦。不能再浪费时间了。她抬头看到一班长在等她下命令,便说:"行,要小心,动作要快!"

"是!指导员。"

一班长高兴地向王玉琴行了一个军礼。

他招呼身边身手好的三个战士说:"指导员叫我们干掉这几个鬼子。心里有底吗?"

"有!"

"好!不过,家伙给我弄好喽,这几个瘪犊子,不是那么好对付的。你们看见了吧,咋打也不投降。进去后手脚麻利点儿,下手要狠!"

"知道了。"三个战士摩拳擦掌撸起了衣袖靠在墙角就等着班长下令。

屋子里不时地向外打冷枪。

王玉琴命令趴在院墙头上的几个战士往房窗前扔手榴弹。轰!轰!轰轰!一连手榴弹的爆炸声在房前掀起了一股又一股的浓烟。那房子在爆炸声中颤抖着。

借着浓烟掩护,一班长带着三个战士跳进院墙,迅速冲到房子门前,四人闪身靠贴在屋门的两侧。

爆炸声使卢新凯再也按捺不住了。他知道抗日联军已经把警皇所围了个水泄不通,什么等援军到,那是痴人说梦,不可能的事了。他们现在就是抗日联军盘里的菜。他摘下帽子擦了一下脸上的汗珠,又使劲儿地扣在脑袋上,没好气地向精赤再一次追问:"太君,抗日联军就要打进来啦,这援军到底来不来?不来,老子不能在这儿等死。出去投降啦!"

"八嘎!死啦死啦的!"

精赤嗖地一下抽出战刀把卢新凯一刀从左胛膀斜劈下来。卢新凯的脑袋和右膀与另一半离开了。精赤劈了卢新凯,他抹了抹刀上的鲜血。这时,哐的一声,一班长一脚踹开了屋门,四支枪对准了这三个鬼子。两个鬼子兵端着刺刀猛刺过来,三名战士的枪已响,两个鬼子都身中数弹,倒在地上。精赤扬起带血的战刀扑向一班长。一班长一枪打在他的手腕上,咣啷一声,他的刀掉在地上。嘎吱——他另一只手撕开上衣,露出宽肥的胸膛,那毛茸茸黑乎乎的胸口两边的乳头在微微地动,胸肌在鼓起。

"嗯——"

他瞪着发红的眼睛，盯着眼前这三个中国军人，像一头发疯的斗牛发出角斗前低沉的怪声，并用没受伤的手紧紧攥着拳头，想来个最后的角斗。三个战士端着枪严阵以待。双方对视瞬间，精赤倏地向对面的一班长猛扑过来，想来个致命的一击。啪！啪！啪！一班长的枪已响，子弹穿进了他的胸膛，这个家伙像一扇门一样，重重地扑趴在一班长的脚下。

中午，王玉琴带领一、二排战士赶到了青龙河西岸的杨树林与在那里等候的葛振林会合。

王玉琴擦了一下脸上的汗珠微笑着向葛队长汇报："队长，大西沟围子拿下了，除了几个鬼子和汉奸顽抗被打死，伪军全部投降。"

"好！现在兵合一处，尽快把它拿下。"葛振林用手指着河东岸的香洼围子。

小分队所有的战士都隐蔽在林子里，葛振林趴在林边的一条土埂上，瞅着河东岸高高的围墙，等待着去围子里侦察的魏强、朱延成他们回来。

"队长，魏队长回来了。"一个战士跑来报告。

"在哪儿？"

"在林子里。"

葛振林立刻跟前来报告的战士回到林子里。见了魏强他们开口就问："情况怎样？"

"队长，这个围子比碾子沟围子小多了。现在，围子里靠北头的警皇所里只有两个小队的伪军。平日，有一个小队的鬼子，两个小队的伪军，分别把守南、北门。驻在这里的小队鬼子前几天被岛田调到碾子沟围子去了。这个，是我们在围子东面的山跟那儿抓到的'舌头'。"

朱延成把抓到的伪军推到葛振林跟前。

"你在围子里是干什么的？"葛振林瞅着这个又胖又高的伪军训问。

他没有穿袜子，只见那条黄裤子短得露着脚脖子，脚面子和踝骨处还有被柴草刮的道道血痕。一看就是一个大头兵。

"报告长官，我是做饭的。"

"围子里，你们有多少人？"

"有四十多个人。"

"有多少日本人?"

"日本人都走啦。"

"说实话!"

"我说的都是实话啊!长官,我不敢撒谎。"

带走了俘虏,魏强汇报围子东面山上的情况。

"队长,东面山头的那个炮楼里没人,是空壳子。"

葛振林、王玉琴和魏强走出林子,登上离林子不远的一个西山头,仔细观察了香洼围子周围的情况。仅靠着香洼围子的东面,有几座连着的山丘,形成了一段绵延起伏平矮的山脉。红黄色沙岩的山坡上,点缀着点点片片的绿松。它是青龙河河畔这片唯一的一块平坦宽阔的平地上崛然隆起的独特的小山。它既没有与周围群山牵手相连,也不那样高大峭拔。一里多长的短矮的山脉脊背浑圆,独卧平地间。驻足远山观其形,俨然是一只猛虎醉卧平原。香洼围子就像依偎在这只卧虎的怀抱里。山丘顶上冒出了一个高大灰白的圆柱形的东西。这个庞然大物如一头怪兽,虎视眈眈俯瞰着它脚下的围子。

"队长,那个是小鬼子的炮楼。炮楼里的敌人不知什么时候溜进了围子,我们上去过,里头没人。"

"啊,陈排长!"

"到!"

"你带一个班去炮楼,还有,带上一挺机枪。"

"是!"

葛振林心里有了谱。他想,要是山顶炮楼里有鬼子把守,再配上一挺机枪,部队要拿下这个围子,那就困难大了。

陈排长带领一班战士带上一挺机枪首先登上了山顶炮楼,居高临下监控围子里的敌人。

根据魏强汇报的情况,葛振林分析围子里的敌人没有什么战斗力。虽有四十多个伪军,但这些伪军大多数是端鬼子的饭碗混饭吃的,只有少数人是死心塌地给鬼子做事当铁杆汉奸的。鬼子一完蛋,他们就会一哄而散。为了不伤着围子里的百姓,葛振林决定对这些人展开强大的政治攻势,说服劝降这些人。

下午，日头稍偏西，抗日联军从西河岸的杨树林子里，迅速蹚过青龙河，扑向围子。顷刻间，围子被抗日联军团团围住。一百多人的呐喊声和攻打围子的架势，早已吓得围子里的伪军魂飞胆丧。伪军们关闭着大门，他们个个六神无主。有的紧张得拿着枪的手在不住地哆嗦着，有的把大盖帽扒拉到后脑勺，张着嘴全神贯注地往围墙头上张望。有的在大门角里缩着脖子听动静。伪军中队长司严驰躲在警皇所的一幢房子里不敢出来。王玉琴命令一排的战士高嗓门儿的徐子明爬上了东面的山腰向围子里的伪军喊话。

小徐两手在嘴前围拢成喇叭形冲着围子里的警皇所一遍又一遍喊话："围子里的伪军！你们听着！你们已被包围了！出来开门投降吧！只要你们投降，抗日联军会宽大处理的！抗日联军不会虐待俘虏……"

围子里，现在能管事的，就是伪军中队长司严驰。他是修围子时跟赵万奎一起过来的。伪军听了山上的喊话，都着急地等上峰拿主意。负责守南门的伪军班长跑到警皇所跟他们的中队长司严驰说："队长，咱们投降吧，要是人家打进来，咱可就没命啦。"

"放屁！南、北面大门关着，围墙这么高，他们进得来吗？别听他们瞎诈唬，等一会儿再说！皇军会来给我们解围的。"

"队长，常言说得好，识时务者为俊杰。我看到了这个时候就降了吧。皇军没到，人家就打进来了，到那个时候，我们可说啥都晚了。"一个伪军班长劝司严驰。

二十多个伪军在屋子里眼巴巴地瞅着，等着他拍板定音。屋里静极了，能听到蚊子飞动的嗡嗡声。

"围子里的伪军们听着，碾子沟、大西沟围子的鬼子已经被我们抗日联军全部消灭！你们别再做小鬼子救你们的美梦啦！你们也都是中国人！难道你们想一条道走到黑，当小鬼子的殉葬品吗？"

"队长！不好了！抗日联军竖梯子已经上墙啦！"跑进来报告的是一个瘦小的伪军。那个伪军浑身打着哆嗦望着司严驰。

"你说什么？抗日联军上围墙了？他们上哪儿找那么高、那么多的梯子，你他妈的胡说八道！想扰乱军心是不是啊？我崩了你！"说着，司严驰掏出手枪正想向报告的那个伪军开枪。

第五十一回 劈日寇首民众雀跃 攻克围子百姓解脱

这时,他身旁的一个高个子伪军,一下子搂住司严驰的腰,央求说:"中队长,别,别,他还是个孩子,他跟您这些年了,您高抬贵手饶他这一次吧。"

"你,给我松开!听着了没有?你给我松开!"

"队长,你就行行好吧!饶他这一次吧……"

啪!司严驰回手一枪正打在高个子的前额上,高个子紧紧搂着的两只胳膊慢慢松开,扑通倒了下去。

众伪军一看惊呆了,万万没想到中队长对自己手下的兄弟如此凶狠,竟能下这样的毒手。他们谁也不吱声了。司严驰对大家的表情不屑一顾,转过枪口正要向来者开枪。

这时,身旁的几个伪军一起扑向他。大家死死地把他按倒在地上,并夺下了他手中的枪把两个胳膊反背到身后。

司严驰拼命挣脱并破口大骂:"反了!你们反了!竟敢绑我!你们真是吃了豹子胆了!等皇军来了非宰了你们这些王八犊子不可!"

几个伪军不管他怎样怒骂、挣扎,还是把他死死地按在地上捆绑起来。

一个伪军班长说:"兄弟们!我们都是中国人!替小鬼子卖命,欺负自己的父老乡亲,兄弟姐妹,我们还算人吗?这些年我们端小鬼子这碗饭,受了多少窝囊气,我们还没受够吗?今天,抗日联军来了,我们不投他们,还等什么?"

"班长说得对!投抗日联军!"

"投抗日联军!"伪军们都同意投降。

"班长,咱们给鬼子做事,抗日联军能饶了咱们吗?"一个伪军担心地说。

"抗日联军说了,只要我们投降,他们就会宽大。"

"听班长的,走!"

一人喊出,屋里的人情绪激昂都要往屋外走。

"班长,他呢?"一个伪军手指着被捆得牢牢的司严驰说。

"带着!送给抗日联军去!"

"呸!你们这些吃里爬外的狗东西!皇军回来一定把你们一个个千刀万剐!"司严驰骂不绝口。

"司严驰!平日里,你对我们弟兄不是打就是骂,鬼子欺负我们,你也帮狗吃食。今天把你捆起来,你还耍威风?"啪!伪军班长把牙根咬得吱吱地响,上前狠狠地捆了他一个大嘴巴。

香洼围子的南大门打开了。四十多名伪军走出南大门,他们在门口把枪放成一堆,捆着司严驰,欢迎抗日联军部队进围子。

碾子沟、大西沟和香洼三个围子一天的时间全被抗日联军拿下。香洼一千多老百姓终于从牢狱般的围子里被解救出来,再也不用受鬼子的奴役、蹂躏之苦。男女老少走上街头喜气洋洋,敲锣打鼓庆祝胜利。

第二天,抗日小分队为了与上级及时取得联系,葛队长叫小周和另外两名侦察队员去冀东军区独立团团部,汇报小分队目前的抗日战果,并请求石团长布置今后的小分队抗日作战任务。

葛队长和王玉琴决定,解放区的各村要尽快成立抗日民主政权,要废除伪满统治时期的任何法令、法规,彻底拆除列强为实施野蛮的殖民统治而设置的牢狱——围墙和炮楼,让人们返回故土,抗日政权尽快建立新的法规民约,新的抗日民主政权,要领导民众进行土地改革,减租减息,提倡进步有为的热血青年应征入伍,扩大抗日武装。另外,做好解放区军事防务,严防敌人对解放区的猖狂反扑报复。

不到一个半月,小分队根据冀东军分区的指示,转战百余里,全部铲除了辽西山区三十多个日寇威逼筑就的、统治山里民众四年之久的伪满部落。解放了山里饥寒交迫的劳苦民众几万人,同时,大冰沟抗日小分队,随着解放区的扩大而得到了扩充,已经发展成了一千余人的抗日队伍。

金秋八月的香洼,天蓝水碧,瓜果飘香。这是一个人们最难忘的日子。青龙河畔锣鼓喧天,男女老少喜气洋洋,青年男女穿上新衣,扎上彩带,扭着大秧歌,如同过盛大节日一般。大路两旁挤站着喜气洋洋的乡亲。他们是欢送解放他们的亲人随大军北上的。高真和他的妻子早已站在人群前,他们是与分别的亲人战友话别的。

葛振林带领大冰沟小分队所有的战友一一握着每一个亲人的手,他们热泪盈眶。部队在行进中,葛振林来到高真跟前,两人紧紧抱在一起泪如泉涌。

"珍重!听你的好消息。"

"嗯。战争结束了,我一定来看您。和您一起到山里看看不能和我一起北上的那些战友。"

高真点了点头："你放心，我逢年过节会去的。我会把我们胜利的消息告诉他们的。"

　　部队走出百步远，葛振林回首翘望，高真还站在那儿引颈望着他们。他站住了，一种无形的感伤触摸他的五脏六腑，他视线模糊了。

　　"我会回来的！"他挥动着巨臂……

大冰沟

后 记

  这部小说是以一段鲜为人知的真实历史故事为缩影编写而成的。它主要记述了伪满时期发生在辽西山区一些特殊的重大历史事件和可歌可泣的抗日英雄事迹。

  一九四二年,冀东军区抗日联军在当地广大民众的配合下,有力地打击了日寇的嚣张气焰,有效阻止了日寇利用长城要塞通道向华北平原进行军事运输的战略计划。一年后,冀东军区根据抗日的需要,把这支部队撤回关里。身受重伤不能随部队前行的侦察排长葛振林在两名同志护理下返回大冰沟一带养伤。从此,他立足大冰沟,团结当地广大抗日民众与日寇展开了卓有成效的抗日斗争,并取得了抗日的最后胜利。

  书中主要叙述了日寇疯狂地清剿在大冰沟留下来的伤病员。在清剿无果的情况下,为了隔绝这一带民众与抗日联军伤病员的联系,在大冰沟附近的辽西山区方圆百里实行了"羊圈"式的部落统治。从此,给这里的老百姓带来无穷的灾难。书中翔实地记述了日寇"集家并村"形成伪满部落的真实历史背景;记述了日寇"集家并村"后对广大民众实行部落统治的真实情景;揭露了日军在此期间对广大民众实施残酷的"高压"政策和滥杀无辜、草菅人命的法西斯殖民统治所犯下的滔天罪行。

  本书以事件发生的先后顺序为线索,具体描写了大冰沟一带"集家并村"前复杂的社会背景;记述了日军逼迫民众修筑围墙强行迁居的野蛮行径;真实再现了当年民众牢狱般的集聚,使围子里"人满为患",蚊虫四起,从而引发了令世人震惊的特大瘟疫,无情地夺去了上千人生命的悲惨情景;记述了当年大移民等重大历史事件的内幕和经历,详细描写了以葛振林为首的大冰沟的抗日战士在高真、董家父女等抗日民众帮助下成功地进行了柳树湾截粮、大石门阻击、鹿圈沟锄奸突围等生动的抗日事迹,也具体描

后 记

写了一九四五年七月，抗日战争即将取得全面胜利的前夕，冀东军区派出一支部队在葛振林带领的大冰沟抗日游击队和当地抗日民众的配合下，彻底消灭了盘踞在这一带的日寇，废除了日寇长达四年的野蛮的部落统治的经过。

本书记述了伤病员葛振林和他的抗日战友们在极其艰难的情况下，团结民众，不畏艰难，不怕流血牺牲，与日寇斗智斗勇，并以大冰沟为依托，进行了艰苦卓绝的抗日斗争的故事，再现了老一辈抗日军人的英雄风采和高尚情操。

至于这部小说的品质，敝人有自知之明，是难尽如人意的。

众所周知，小说是作者按自己的审美情趣、情感去创作，是源于生活，而又高于生活的文化产物。在这里，我很抱歉，在高于生活臻于完美的创作方面，我不具匠心。书中的其人其事是我写这部书的资本和勇气。正是这些活生生的历史故事，给了我写这部书的冲动和写完这部书的意志和理由。

三十年前，我因家庭变故，到家乡的一个县办的林场——大冰沟林场去做临时工。在那里，我听到了山里人讲述的许多大山里的抗日故事，我也曾亲眼目睹过那些大山野林里的荒丘野冢；我也曾看到同我一起劳作的山里人在山坡上捡来一筐白骨，放于坑中用几抔山土将其掩埋。当时，年过六旬的老人对其都能说出一段令人感叹的往事。原来，大山野林里那些微凸的土丘下埋葬的是抗日战士的骨骸。我曾为长眠于那里的默默无闻的英烈们的抗日壮举而感动，也曾暗自发誓要为他们写些什么。

如烟的三十余年的时光悄然流逝，但我终不能如愿。其间，我曾为我的于役不遑而良独内愧。近年来，我偶染痼疾，行走不便，于是，想起尘封于心底的三十年前的心愿。适逢其时，也许到了我给那些大山里的英烈们一个交代的时候了吧。我弥日漫笔涂鸦，竭其力操笔五载，终于有了结果。

我知道，所有的鸿篇巨著均来自颇具匠心的大家文豪之笔。因为文学需要深厚的文化内涵和深沉的文化精神。缺少这种内涵和精神作品就失去了它拥有的价值和光彩。我虽非蓬蒿之人，一生未进过名门高校求学读书。自知先天不足，资智低弱，况素来好庸人自扰，常为生活琐事所累，所以，伏案展卷时光甚少。可以说，由于我的学识浅薄掣肘了我对文情的表达，书中瑕疵百出之处自然甚多，定然会使这部书失去应有的文学品味。倘若有读者不问散文出处，不嫌内容糟糠，愿展卷一览，笔者实感荣幸。

既如此，何为书？古人有一句话："苔花如米小，也学牡丹开。"为了表达我对抗日英雄们的敬仰，为了三十前年的承诺，我想，米小的苔花学一次牡丹开花又有何不可呢？

承蒙诸位朋友错爱，能使此书问世。而能否得到部分读者的认可，能否让逢享盛世的人们，真正体味到昔日战火纷飞年代的血雨腥风，我无从知晓。倘若真能以此以飨世人一点什么，我深感欣慰。

何承久　于凌源

二零一二年七月一日